Bea Fitzgerald
PRINCESS, PROPHET, SAVIOUR
Kassandra, die Prophetin, der keiner glaubt

BEA FITZGERALD

PRINCESS, PROPHET, SAVIOUR

KASSANDRA, DIE PROPHETIN, DER KEINER GLAUBT

Aus dem Englischen
von Inka Marter

Der Verlag behält sich die Verwertung der urheberrechtlich geschützten Inhalte dieses Werkes für Zwecke des Text- und Dataminings nach § 44 b UrhG ausdrücklich vor. Jegliche unbefugte Nutzung ist hiermit ausgeschlossen.

Penguin Random House Verlagsgruppe
FSC® N001967

1. Auflage 2024
© Bea Fitzgerald 2024
© 2024 für die deutschsprachige Ausgabe
cbj Kinder- und Jugendbuchverlag
in der Penguin Random House Verlagsgruppe GmbH,
Neumarkter Straße 28, 81673 München
Die Originalausgabe erschien erstmals 2024 unter dem Titel
»The End Crowns All« bei Puffin, einem Imprint von
Penguin Random House Children's, London.
Penguin Random House Children's is part of
the Penguin Random House group of companies.
Alle deutschsprachigen Rechte vorbehalten
Aus dem Englischen von Inka Marter
Lektorat: Monika Hofko
Umschlaggestaltung: Geviert GbR, Grafik & Typografie, nach einer Vorlage
von © 2023 Penguin Random House Children's, London
Umschlag- und Innenillustrationen © Pablo Hurtado de Mendoza 2024
kk · Herstellung: UK
Satz & Druck: GGP Media GmbH, Pößneck
ISBN 978-3-570-18099-0
Printed in Germany

www.cbj-verlag.de

Für Liberty Lees-Baker.
Ich bin froh, dass du meine Bücher
nicht mehr selbst ausdrucken musst.

PERSONEN

DIE TROJANER

DIE KÖNIGLICHE FAMILIE
PRIAMOS, König von Troja
HEKABE, Königin von Troja
HEKTOR, Kronprinz
ANDROMACHE, Prinzessin von Thebe, verheiratet mit Hektor
PARIS, Prinz von Troja
ILIONE, Prinzessin von Troja
LAODIKE, Prinzessin von Troja
DEIPHOBOS, Prinz von Troja
KASSANDRA, Prinzessin von Troja und Priesterin des Apollon
SKAMANDRIOS, Prinz von Troja, Zwillingsbruder von Kassandra
KRËUSA, Prinzessin von Troja
POLYXENA, Prinzessin von Troja
THYMOITES, Bruder von König Priamos und einer seiner Berater

DER KÖNIGLICHE HAUSSTAND
ANTENOR, ein Berater des Priamos
AENEAS, Sohn von Aphrodite
KLYMENE, Adlige
AITHRA, Adlige
LIGEIA, Dienerin
AGATA, Dienerin

ANDERE TROJANER
LAOKOON, Hohepriester
HEROPHILE, Hohepriesterin des Apollon
AISAKOS, Seher

VERBÜNDETE TROJAS
SARPEDON, Sohn von Zeus und Prinz von Lykien
PENTHESILEA, Königin der Amazonen
BRISEIS, Prinzessin von Lyrnessos
CHRYSEIS, Tochter eines Priesters des Apollon

DIE GRIECHEN

DIE ACHAIISCHE ARMEE

MENELAOS, König von Sparta, verheiratet mit Helena
AGAMEMNON, König von Mykene, Bruder von Menelaos und Anführer der achaiischen Armee.
ODYSSEUS, König von Ithaka
ACHILLES, König der Myrmidonen
PATROKLOS, Gefährte des Achilles
DIOMEDES, König von Argos
TEUKROS, Prinz von Salamis
AGAPENOR, König von Arkadien
EUMELOS, König von Pherai
IDOMENEUS, König von Kreta
ANTIKLOS, achaiischer Soldat
SINON, achaiischer Soldat

DIE FAMILIEN DER SOLDATEN

HELENA, Königin von Sparta
POLYDEUKES, Bruder von Helena und Teil des Sternbilds der Zwillinge
KASTOR, Bruder von Helena und Teil des Sternbilds der Zwillinge
KLYTAIMNESTRA, Königin von Mykene, Frau von Agamemnon und Schwester von Helena
TIMANDRA, Schwester von Helena
PHOIBE, Schwester von Helena
PHILONOE, Schwester von Helena
PENELOPE, Königin von Ithaka und Cousine von Helena
APIA, Kindheitsfreundin von Helena

DIE GÖTTER

DIE IM TROJANISCHEN KRIEG MITWIRKEN
ZEUS, König der Götter und Herr des Himmels
HERA, Königin der Götter und Ehefrau von Zeus
APOLLON, Gott der Sonne, der Prophezeiung und der Musik
ATHENE, Göttin der Weisheit und des Krieges
APHRODITE, Göttin der Liebe und der Schönheit
ARES, Gott des Krieges
ERIS, Göttin der Zwietracht
TYCHE, Göttin des Zufalls und des Glücks
DIE MOIREN, drei Frauen, die die Lebensfäden der Sterblichen abmessen
IRIS, Göttin der Regenbögen und eine Botin der Götter

EBENFALLS ERWÄHNT
HADES, König der Unterwelt
PERSEPHONE, Königin der Unterwelt und Göttin des Frühlings
HEPHAISTOS, Gott der Schmiede
ARTEMIS, Göttin der Jagd
POSEIDON, König der Meere
DEMETER, Göttin der Ernte
HESTIA, Göttin von Heim und Herd
DIONYSOS, Gott des Weins und der Ekstase
EROS, Gott des Begehrens, Sohn von Aphrodite

VORBEMERKUNG DER AUTORIN

Dieses Buch ist fiktionale Fantasy, inspiriert von alten Zivilisationen und von der zeitgenössischen Gesellschaft zugleich. Das Schreiben ist für mich unter anderem ein Raum, in dem ich erkunden kann, was ich beunruhigend finde, und ich wünsche mir, dass das in diesem fiktionalen Setting auf sichere, reflektierte und schließlich auch hoffnungsvolle Weise geht. Aber jeder hat andere Erfahrungen gemacht im Leben, und manche Leserinnen oder Leser könnten die Themen in diesem Buch schwierig finden. Weiter unten habe ich eine Liste gemacht. Wenn du auf irgendetwas davon reagierst, dann sei nett zu dir, und ich möchte dich ermutigen, mit einem geliebten Menschen, einem Erwachsenen, dem du vertraust, einem Arzt/einer Ärztin oder jemand anderem zu reden. Überleg dir, was du brauchst.

- In diesem Buch wird viel über Krieg geredet. Es gibt Blut und Gewalt, menschliche und tierische Opfer, und es sterben Hauptfiguren.
- Es werden Einvernehmlichkeit beim Sex, Vergewaltigung, Rape Culture und sexuelle Nötigung thematisiert. Explizit geschildert in diesem Themenbereich werden nur erzwungene Küsse.
- Ableismus und Frauenfeindlichkeit werden behandelt. Ein besonderer Fokus der Geschichte liegt auf psychischer Gesundheit, und

obwohl es kritisiert und angesprochen wird, kommen oft Wörter vor wie »verrückt« und »wahnsinnig«.
- Es gibt konkrete Erwähnungen von Selbstmord.
- Es kommen manipulative und emotional missbräuchliche Beziehungen vor.

Ich möchte auch gern kurz über die Asexualität reden, die in diesem Buch dargestellt wird. Es ist eine authentische Darstellung, die vor allem auf meiner eigenen Erfahrung beruht, aber da Asexualität kaum jemals in der Literatur dargestellt wird, möchte ich hinzufügen, dass es nur einen kleinen Teil des breiten asexuellen Spektrums zeigt. Nicht alle Asexuellen empfinden romantische Anziehung, und sie erleben auch nicht die sex-positive Asexualität, wie sie hier beschrieben ist. Völlig ungeachtet eurer eigenen Orientierung hoffe ich, dass wir es alle wichtig finden, zu lernen, auf uns selbst zu hören, und dass wir die Kraft zu finden, uns treu zu bleiben.

TEIL

EINS

1

KASSANDRA

Ich habe nie darum gebeten, Visionen zu haben, ich *war* eine Vision. In der Zukunft sehe ich mich königlich und glorreich, der Schein meines Gottes verleiht mir Glanz. Der Tempel hält die Hohepriesterin dazu an, schlichte Gewänder zu tragen, aber diese Regel werde ich sofort ändern, wenn man mir die Stellung gibt. Ich werde die feinste Seide tragen, die größten Edelsteine und das strahlendste Gold. Die Menschen werden mich lieben, als wäre ich das Gottähnlichste, das sie je zu Gesicht bekommen werden, und niemand wird mir mehr vorschreiben, was ich zu tun oder zu lassen habe, weil man die Stimme Apollons hören wird, wenn ich spreche.

»Deine Anwesenheit wird im Thronsaal verlangt.«

Die Unterbrechung ist wie ein in der Nähe herumschwirrendes Insekt – es stört, aber gerade nur so, dass ich es träge verscheuche.

»Ich bin beschäftigt.«

»Du sonnst dich.«

»Apollon ist der Sonnengott – ich bete.«

»*Kassandra.*«

Ich öffne ein Auge und sehe Ligeia, die unruhig einen Putzlappen knetet. Wenn es wirklich wichtig wäre, hätte Mutter zwei Dienerinnen geschickt.

»Es heißt *Prinzessin* Kassandra, wenn es dir nichts ausmacht. Und ich kann nur schwer glauben, dass meine Anwesenheit irgendwo erforderlich ist. Für so etwas habe ich Brüder.«

»Es geht ja um deinen Bruder«, sagt Ligeia ruhig. Sie senkt die Stimme zu einem Flüstern, wie wenn sie über die Götter der Unterwelt spricht. »Um Paris. Er ist hier – er *lebt*. Und das heißt, die Prophezeiung …«

Ich springe auf und renne in den Thronsaal, bevor sie den Satz beenden kann.

Ich weiß mehr über Prophezeiungen als die meisten. Schließlich bin ich eine Priesterin des Apollon, und er ist der Gott davon. Auch von Dichtung, Musik, Kunst, Wahrheit, Bogenschießen, Pest, Heilung, Sonne, Licht und noch sehr viel mehr, was ich wahrscheinlich hätte auswendig lernen müssen. Wenn man sich einem Gott nur weiht, um sich alle Optionen offenzuhalten, ist Apollon eine gute Wahl.

In unserer Ausbildung lernen wir ein paar wesentliche Dinge über Prophezeiungen. Erstens dürfen sie nur von ausgewählten Personen im Tempel verkündet werden. Apollon kann nicht jeden damit segnen – und warum sollte er auch, wenn die Seltenheit von Prophezeiungen es erlaubt, dass wir eine Abgabe für sie berechnen? Zweitens muss man vage sein und alle möglichen Ausgänge berücksichtigen, damit hinterher niemand sagen kann, dass man sich geirrt hat. Vor einer Schlacht sagst du zum Beispiel so etwas wie: »*Du wirst losziehen und wirst zurückkehren niemals du wirst im Krieg fallen*«, und überlässt es den Zuhörern, ob sie die Pause vor oder nach dem »niemals« setzen. Und zuletzt sollte man sich nie mit allzu wichtigen Themen befassen – die überlässt man besser den Orakeln auf der anderen Seite des Meeres. Jeder, der verzweifelt und vor allem reich genug ist, wird die Reise unternehmen und dann erklären, wie groß Apollons Macht ist.

Aisakos hat diese Regeln bei *der Prophezeiung* alle gebrochen – und wenn man in Troja von *der Prophezeiung* spricht, kann man nur eine meinen.

Mutter hatte von einer brennenden Fackel geträumt, und Aisakos, der von einer langen Reihe von Sehern abstammte, behauptete, es sei ein Omen, dass das Kind in ihrem Leib den Untergang Trojas bedeuten würde.

Mehr weiß ich nicht. Alles andere wird totgeschwiegen, und es gibt nur Gerüchte, was sie getan haben – wie man sich um die Prophezeiung und den Säugling »gekümmert« hat, und ob Aisakos wirklich von einer Klippe in den Tod gesprungen ist oder vielleicht doch gestoßen wurde …

Mutter hat nie die Fassung verloren, aber sie hat sich auch nie wieder ganz erholt – ihr Lächeln ist fort, ihr Blick traurig.

Weshalb ich jetzt in den Thronsaal stürme, während Ligeia etwas von Schicklichkeit schreit und mich anfleht, langsamer zu gehen. Meine Eltern sind das beste Königspaar, das dieses Königreich je hatte, aber wenn es um Paris geht, sind sie immer noch am Boden zerstört. Schon wenn sein Name geflüstert wird, können sie nicht mehr klar denken.

Wer auch immer also dieser Mann ist, der behauptet, mein Bruder zu sein, und ihren größten Kummer ausnutzt, er soll nicht lange genug leben, um eine weitere Lüge von sich zu geben.

An der Schwelle fange ich mich.

Ich habe sieben Geschwister und Dutzende Cousins und Cousinen. Dieser Mann könnte leicht einer von uns sein.

Er hat wirklich alles: Mutters glattes schwarzes Haar, Vaters lange Nase, bronzefarbene Haut wie gebrannter Ton und dieselbe hoch aufgeschossene Figur wie alle meine Brüder – als wären ihre Muskeln Kletterefeu, der sich an ihre schlanken Glieder schmiegt. Ich bin mir ziemlich sicher, dass seine braunen Augen wie Bernstein glühen, wenn ich ihn in die Sonne schleife.

Aber Paris ist tot, auch wenn meine Eltern noch so sehr um ein Wunder beten. Und das heißt, wer auch immer diesen Mann hergeschickt hat, damit er sich als mein Bruder ausgibt, hat weder Zeit noch Mühe gescheut, jemanden zu finden, der auch als er durchgeht. Was auch immer sie wollen, es ist ihnen einiges wert.

»Was soll das bedeuten?«, frage ich und stolziere in den Raum, als hätte ich jedes Recht dazu. Nur meine Geschwister sind dort und stehen zusammen wie eine Gruppe Zuschauer, was erklärt, warum man nach mir geschickt hat – ich soll das Geschehen bezeugen, nicht etwa stören.

Meine Eltern sitzen auf einem Podest, von dem aus man den Thronsaal überblickt. Derselbe weiße Stein wie im ganzen Palast, durchzogen mit schimmerndem Gold, rundet und wölbt sich zu ihrem Thron, als hätte man ihn nicht gemeißelt, sondern dazu überredet, diese neue Form anzunehmen.

Meine Eltern halten sich an der Hand, und bevor ich das Wort ergriffen habe, sahen sie wirklich hoffnungsvoll aus.

Jetzt funkeln sie mich wütend an, Vater stottert sogar, weil er nicht weiß, was er sagen soll.

»Kassandra«, bringt meine Mutter heraus. »Es ist nicht an dir, zu sprechen.«

»Ein Mann behauptet, der Gegenstand einer von Apollon überbrachten Prophezeiung zu sein. Wann sonst sollte eine Priesterin des Apollon sprechen?«

Es ist nicht das erste Mal, dass ich einfach dazwischenrede, aber es ist das erste Mal, dass ich kühn darauf beharre, das Recht dazu zu haben, und allein diese Dreistigkeit scheint meine Eltern zum Verstummen zu bringen.

»Eine Prophezeiung hat mich hergebracht«, sagt der Mann, ein übermütiges Grinsen im Gesicht, das mich viel zu sehr an meine Schwester Krëusa erinnert. »Dein Herr ist mir wohlgesonnen.«

»Sprich nicht für meinen Herrn«, zische ich.

»Kassandra«, sagt mein Vater. »Vielleicht solltest du gehen und die anderen Priesterinnen und Priester versammeln. Wenn wir unseren Herrn Apollon über Prophezeiungen befragen, sollten die Hohepriester anwesend sein.«

So weggeschickt zu werden geht mir ziemlich auf die Nerven. Im Tempel habe ich durch meine königliche Herkunft ein Prestige, das die Hierarchie der Priester eigentlich nicht hergibt.

Aber meine Familie erinnert sich nur allzu gut daran, wie gleichgültig mir die Götter waren, bis ich, gerade als zum ersten Mal jemand um meine Hand anhielt, meine Berufung verkündete, in den Tempel einzutreten. Ich besitze nicht annähernd so viel Autorität, wie ich vorgebe, und, anders als der Rest von Troja, werden sie das nicht aus reiner Ehrfurcht vor mir glauben.

»Was gibt es da zu befragen? Wenn er Paris ist, dann wird die Prophezeiung mit ihm wahr werden«, beharre ich. »Wenn nicht, dann ist er ein Lügner, der sich für einen toten trojanischen Prinzen ausgibt. Ihr solltet ihn auf jeden Fall töten.«

Mutter zuckt zusammen. »Nein!«

Wahrscheinlich ist es schwer, den eigenen Sohn *zwei Mal* zum Tode zu verurteilen.

Aber die Chancen, dass er wirklich Paris ist, sind gering. Die Götter greifen nur auf Wunder zurück, wenn sie sich etwas davon versprechen.

Mein Bruder Hektor tritt vor. Als Kronprinz zögert er keine Sekunde, und er befürchtet eindeutig keine Ermahnung, dass es nicht an ihm sei zu sprechen.

»Kassandra hat nicht unrecht«, sagt er, und einen Moment lang bin ich erleichtert – so machen wir es immer, wir arbeiten Hand in Hand, um unsere Geschwister vor sich selbst zu schützen. Ich würde diese Bemühungen gern auf unsere Eltern ausweiten, doch er fährt fort: »Aber wir müssen auch bedenken, dass die Götter es nicht gern sehen, wenn jemand sein eigen Fleisch und Blut ermordet. Kassandra, du hast die religiösen Texte studiert – gibt es nicht zahlreiche Beispiele für den Zorn der Götter über die Tötung eines Sohnes?«

Andromache, seine Frau, die neben ihm steht, presst die Lippen aufeinander, um ihre Erheiterung über die Andeutung zu verbergen, dass ich überhaupt irgendetwas studiert haben könnte – und sie muss es wissen, da ich den Unterricht oft mit ihr zusammen geschwänzt habe. Ich bin nicht gerade die frommste Priesterin.

»Und wenn die Alternative der prophezeite Untergang Trojas ist?«, entgegne ich.

»Mein Vater würde niemals meinen Tod anordnen«, sagt Paris – oder wer auch immer er ist –, als hätte sein Vater seinen Tod nicht schon beim ersten Mal angeordnet.

»Es gibt viel zu bedenken«, sagt mein Vater. »Ein Fluch gegen einen Fluch. Wie Hektor sagt, erzürnt es die Götter, wenn Männer ihre eigenen Söhne töten.«

Missmutig werfe ich meine Haare zurück. »Dann schickt ihn aus der Stadt; soll der Fluch ein anderes Haus heimsuchen.«

»Da unsere Bemühungen, genau das zu tun, vor zwanzig Jahren gescheitert sind, scheinen die Götter auch über jene zu lachen, die ihrem Schicksal zu entgehen versuchen. Vielleicht haben wir die erste Prophezeiung einfach falsch gedeutet.«

Wahrscheinlich hat mein Vater theoretisch recht, aber ich glaube nicht an Prophezeiungen, die Götter sind mir egal, und der hoffnungsvolle Blick meiner Mutter bricht mir das Herz, weil ich mir jetzt schon vorstellen kann, wie sehr es sie verletzen wird, wenn »Paris« mit der halben Schatzkammer verschwindet, oder was auch immer er geplant hat.

»Prophezeiung oder nicht, wir haben keinen Beweis, dass dieser Mann wirklich der ist, der er zu sein behauptet.«

»Wir haben auch keinen Beweis für das Gegenteil«, sagt meine Mutter und blickt unverwandt den an, von dem sie verzweifelt hofft, dass er ihr Sohn ist.

»Meinetwegen«, sage ich kurz angebunden. »Dann werde ich um weitere Anweisungen zu dieser Prophezeiung im Tempel beten.«

Womit ich meine, dass ich möglichst unübersehbar so tun werde, als würde ich beten, und danach allen erkläre, was passieren muss.

Paris spricht vielleicht nicht für meinen Herrn Apollon, aber ich schon. Und ich habe so ein Gefühl, dass er uns befehlen wird, diesen Mann in die dunkelste Zelle des Kerkers zu sperren.

2

KASSANDRA

Der Weg zum Tempel dauert länger, als er sollte, weil die Leute auf der Straße stehen bleiben, um mir nachzusehen. Die Wachen, die mich begleiten, wollen mich zur Eile antreiben, aber ich nehme mir die Zeit, den Menschen lächelnd zuzunicken, und meine Selbstsicherheit wächst mit jedem Schritt in der Öffentlichkeit. Trojas Prinzessin, die es ablehnt, einen Prinzen zu heiraten und in einem Palast zu wohnen, wo sie von vorn bis hinten bedient wird, und die stattdessen in den Tempel des Schutzgottes der Stadt eintritt, Rituale leitet und dem Volk dient? Meine Brüder mögen vielleicht die Loyalität des Volkes haben, aber ich werde von ihm geliebt.

Natürlich lebe ich trotzdem noch im Palast und werde in der Tat von vorne bis hinten bedient, aber darum geht es nicht.

Ich brauche zehn Minuten zu Apollons Tempel, gehe an den anderen vorbei, die auf der Akropolis ein Labyrinth aus weißem Marmor bilden. Apollons Tempel ist ein riesiges Gebäude aus hellem Stein, das um eine hölzerne Statue von ihm herumgebaut wurde. Der Opisthodom des Tempels am südlichen Ende wurde verändert und ist nicht wie bei anderen Tempeln eine schmale Veranda, sondern eine breite, in den Berg gebaute Terrasse. Von dort überblickt man die Stadt, deren Terrakottadächer den Hang hinuntertropfen wie geschmolzenes Erz.

Früher war ich immer neidisch, wenn meine Brüder zu benachbarten Ländern in See stachen, während ich zu Hause festsaß und auf eine vorteilhafte Partie wartete. Aber seit ich mich davon befreit habe, liebe ich diese Stadt so sehr, ich hätte nicht geglaubt, dazu fähig zu sein. Troja ist wunderschön, es liebt mich auch, und es ist das herrlichste Königreich in ganz Anatolien – warum sollte ich woandershin wollen?

Ich lasse die königlichen Wachen an der Tür zurück. Der Tempel ist überraschend leer, dafür dass es mitten am Tag ist. Zwei neue Priesterinnen sind dieses Jahr dazugekommen, und sie springen sofort auf, als ich eintrete, obwohl die einzige Hierarchie, die theoretisch hier Bedeutung hat, die religiöse ist.

»Prinzessin Kassandra!«, begrüßen sie mich so hastig und aufgeregt, wie viele, die mit mir sprechen, als würden sie regelrecht staunen, dass ich vor ihnen stehe.

»Kassandra!« Im Bogengang ertönt eine sehr viel unaufgeregtere Stimme und hindert mich daran, die Bewunderung der beiden zu genießen.

»Herophile«, antworte ich und lasse eine Sekunde lang zu, dass sich Unmut auf meinem Gesicht zeigt, bevor ich mich zu ihr umdrehe. Die neu Geweihten sehen es und kichern in die Krüge in ihren Händen, bevor sie davonhuschen, um Trankopfer darzubringen.

Die Hohepriesterin ist so gertenschlank wie die Säulen des Tempels, und bei ihren kantigen Zügen und der weißen Haut könnte ich fast glauben, dass auch sie aus Marmor gemeißelt ist. Alles an ihr ist Kalkül: das Haar in der Farbe von Abendrot, das auf ihrem Kopf aufgetürmt ist, um ihr noch mehr Größe zu verleihen als ohnehin schon; wie sie sich immer ins rechte Licht setzt und auch wie sie sich bewegt, so als würde jeder Blick auf ihr ruhen. Was nicht so ist – normalerweise sehen alle mich an, und das kann sie nicht ertragen. Sie ist schön und sie ist schrecklich, und auch wenn ihr Anblick mich erfreut, würde ich sie viel lieber nie wiedersehen.

»Sag nicht, dass du wirklich hier bist, um einer Pflicht nachzukommen«, sagt sie. »Der Mond hat seinen Zyklus noch nicht einmal vollendet, seit du uns zuletzt mit deiner Anwesenheit beehrt hast.«

»Wie immer komme und gehe ich auf Apollons Geheiß. In diesem Augenblick mahnt seine Stimme mich zum Gebet. Entschuldige mich.« Ich schiebe mich an ihr vorbei. Auch wenn es Spaß machen könnte, mich mit ihr zu streiten, scheint kühle Gleichgültigkeit sie am meisten zu reizen. Weil es sie daran erinnert, dass ihre Stellung als Hohepriesterin ihr nur theoretisch das Recht gibt, mir Befehle zu erteilen – denn was könnte sie schon tun, wenn ich nicht gehorche?

Ich gehe direkt in die leere Cella, und wenn ich es nicht so eilig hätte, von Herophile wegzukommen, würde ich vielleicht denken, dass es so still ist wie noch nie, dass jede Marmorbüste von Apollon, die den zentralen Raum schmückt, geputzt werden muss, und dass bisher immer eine Priesterin mit einem Lappen da war.

Ich könnte mich fragen, woran das liegt. Ich könnte einen Hauch von Angst verspüren.

Stattdessen eile ich zu der großen Holzstatue von Apollon in der Mitte der Cella und falle davor auf die Knie.

Der Steinboden ist kalt und hart, und schon nach kurzer Zeit tun mir die Knie weh. Ich hatte die Sonnenwende hier als Teil meiner Weihe verbringen müssen.

Ligeia hatte mir Polster in die Tunika genäht, und meine Knie waren trotzdem eine Woche lang rot gewesen. Selbst oben auf den Füßen hatte ich blaue Flecken gehabt von dem harten Stein.

Bei Zeus' Gnade, es ist die Hölle. Wie schaffen manche Priesterinnen es nur, das jeden Tag zu tun?

Dann plötzlich steigt die Temperatur, eine glühende Hitze zwingt mich, die Augen zu schließen, um sie vor dem Licht zu schützen, das einen Moment später aufblitzt, so grell, dass ich den Arm vor das Gesicht reiße.

»Du versuchst nicht einmal zu beten.«

Ich brauche das Licht nicht, um zu wissen, dass das kein Sterblicher gesagt hat – sterbliche Worte hallen nicht so von den Wänden wider, und sie wecken auch keinen verborgenen, ursprünglichen Instinkt, der dir sagt, dass du weglaufen sollst, als könnte dich das vor dem Unmut eines Gottes retten.

Vorsichtig öffne ich die Augen und drehe mich zu ihm um.

Er ist schön, so wie die Sonne schön ist – feurig und golden, eindrucksvoll und unmöglich –, und nur sicher aus der Entfernung. Bei dem goldenen Haar, in das Lorbeerblätter geflochten sind, und diesem goldenen Licht, das sein ganzes Wesen zum Summen bringt, muss ich nicht fragen, welcher Gott vor mir steht.

»Mein Herr Apollon.« Ich nicke und stehe taumelnd auf, bevor ich mich eines Besseren besinne.

»Steh ruhig auf, unbedingt«, sagt er und zeigt seine Zähne. »Du hast mich in deinem ganzen Leben nicht angebetet, und ich sehe keinen Grund, warum du jetzt damit anfangen solltest.«

Etwas in meinem Bauch zieht sich zusammen. Ein Gott, hier, persönlich. Vor einer Priesterin, die ihn nie verehrt hat, die seinen Namen nur benutzt hat, um sich Prestige und Achtung zu verschaffen, und keine andere Seele ist in der Nähe …

Hybris bringt Helden zu Fall – was macht sie mit eigensinnigen Prinzessinnen?

»Schon gut«, sagt er beruhigend, aber er genießt mein Unbehagen. Er macht langsame Schritte, die mein rasendes Herz verspotten. »Dazu kommen wir noch. Ich werde dir zeigen, wie genau du dich hinknien und zu mir beten sollst.«

»Mein Herr, was für eine Ehre«, sage ich hastig und mit hoher Stimme. »Bitte erlaube mir, die anderen Priesterinnen zu holen, sie wären so …«

»Wenn ich die hätte sehen wollen, hätte ich es getan«, unterbricht er mich. »Nein, meine Gegenwart ist ein Geschenk für meine Lieblingspriesterin.«

»Herr?«

So wie er lacht, ist klar, dass ich der Witz bin. »Nicht jeden Tag weiht sich dir eine Prinzessin, vor allem nicht die weltberühmte Kassandra, die schönste Frau Trojas. Eine so egozentrische Prinzessin, dass sie nicht einmal ansatzweise weiß, wie man einem Gott Respekt erweist oder sich vor irgendwem verbeugt. Nein, nein, keine Widerrede. Es ist schon in Ordnung. Mir wurde selbst schon vorgeworfen, dass mein Ego größer sei als der Berg Ida. Ich bin seltsam angetan von einer verwandten Seele.«

Meine Angst wird von allem anderen gedämpft, das er weckt – Verwirrung, Scham, Sich-geschmeichelt-Fühlen. Aber es bleibt nur die Verlegenheit – wie er so nachdrücklich versucht, mich in die Schranken zu weisen.

Und in diesem Moment kann nicht einmal der goldene Ichor in seinen Adern ausradieren, dass sich Menschen mein ganzes Leben lang vor mir verneigt haben.

Ich stelle mich gerader hin, hebe herausfordernd das Kinn, und er klatscht vor Freude in die Hände.

»Da ist sie ja, meine Prinzessin. Du hast nie gelogen, weißt du das? So oft hast du behauptet, du seist meine Lieblingspriesterin. Es war Gotteslästerung, aber es ist auch wahr. Schließlich ist diese Stadt mir geweiht. Und ihre selbstgefällige Prinzessin läuft in meinem Tempel herum und spricht ihre oberflächlichen Gebete, während alle anderen um Gesundheit und Wohlstand bitten! Mein Name erschien mir nie so herrlich, wie wenn er über deine so absolut verwöhnten Lippen kam.«

Ich spüre die Hitze, die von ihm ausstrahlt, ein Glühen, das mich daran erinnert, dass er jeden Moment seine wahre Gestalt annehmen und mich verbrennen könnte, bevor ich blinzeln kann.

Ein Gott. Direkt vor mir. Niemand, den ich kenne, ist je einem begegnet.

Und langsam weicht die Angst der Aufregung.

Ich könnte mir das zunutze machen – um in der Hierarchie des Tempels aufzusteigen. Was für eine befreiende Macht.

»Und was willst du hier?«, frage ich und neige den Kopf mit einem fast verschlagenen Funkeln in den Augen, als wären wir Vertraute.

»Mir schmeicheln? Da wärst du nicht der Erste.«

»Ich will nur meine Lieblingspriesterin kennenlernen.« In seinen Augen brennt ein so helles Licht, dass ich seinen Blick nicht erwidern kann – aber ich habe keinen Zweifel, dass er mich aufmerksam betrachtet. »Und um zu sehen, ob die Gerüchte über deine Schönheit wahr sind. Und um dir zu sagen, dass du wenigstens ab und zu eine verdammte Kerze anzünden könntest.«

»Jetzt, wo ich dich getroffen habe, lasse ich den ganzen Raum in Flammen aufgehen.«

»Wäre es zu viel verlangt, um ein gelegentliches Opfer zu bitten?«

»Ich schlachte eine Herde.«

»Und ein Trankopfer?«

»Ich lege die Weinkeller der Stadt trocken.«

Jetzt liegt eine sanfte Wärme in Apollons Augen – als würde er mich nicht verbrennen wollen, sondern mich einladen, an seinem Herdfeuer zu sitzen.

»Und jetzt sag mir, Kassandra …« Seine Zunge verweilt bei meinem Namen und zieht ihn auf eine Weise in die Länge, dass ich eine Gänsehaut kriege. »Was für ein böses Omen bedroht meine heilige Stadt?«

»Die Prophezeiung, dass Troja durch einen von Priamos' Söhnen untergeht.« Ich hatte diese Prophezeiung nie wirklich für echt gehalten, hatte immer gedacht, Aisakos wollte einfach Einfluss auf die Politik am Hof nehmen. Die meisten Prophezeiungen werden mit einer

Agenda ausgesprochen. Aber wenn sie stimmt, könnte Troja wirklich in Gefahr sein. »Angeblich ist dieser Sohn zurückgekehrt.«

»Die Paris-Prophezeiung?« Apollon runzelt die Stirn. »Ja, die ist verzwickt. Eine meiner besten Arbeiten, was Prophezeiungen angeht.«

»Dann stimmt es also? Wir sind in Gefahr?«

»Ihr seid immer in Gefahr. Die Launen des Schicksals sind kompliziert, Tyche webt ständig neue Fäden ein, wo sie nicht hingehören, Sterbliche drehen zu völlig neuen Strängen ab – euer Leben ist so zerbrechlich, und Fäden können so leicht reißen.«

»Also wird Troja gar nicht untergehen?«

»Alle Städte gehen unter.«

»Beantworte die verdammte Frage«, fordere ich, und mir stockt der Atem in der Kehle. Apollon erstarrt, ist womöglich entsetzt, wartet womöglich aber auch, bis sein Zorn sich in etwas Ruhiges, Gefährliches verwandelt.

Jedes Wort, das ich mit Apollon rede, fühlt sich an wie ein steifer Wind auf einer Klippe; ich könnte jeden Moment abstürzen, und doch stolpere ich ungeschickt umher, als würde ich die Bedrohung nicht bemerken.

Er lacht, aber diesmal hat es nichts Beruhigendes.

»Oh, Kassandra. Ich werde sehr viel Spaß mit dir haben. Ich habe so viele hingebungsvolle Anhänger, aber was bedeutet das schon? Wenn etwas so leicht gegeben wird? Deine Hingabe, süße Prinzessin, ist eine Freude, die ich dir erst abringen muss.«

Es ist riskant, aber ihm die Oberhand zu lassen fühlt sich noch riskanter an. Ich habe einen einzigen Gedanken, bevor ich weiterrede – dass meinen Forderungen fast nie widersprochen wurde und dass Apollon diese Dreistigkeit zu schätzen scheint.

»Vielleicht solltest du mir einen Grund geben, frommer zu sein. Sag mir die Wahrheit über den Mann, der sich Paris nennt, und über die Prophezeiung, die behauptet, dass er uns alle in den Abgrund reißt.«

»Was soll diese Obsession mit Prophezeiungen, bist du –« Erfreut reißt er die Augen auf. »Oh ja, jetzt sehe ich es. Meine Worte auf diesen Lippen. Delphi, Dodona, Trophonios, Menestheus und Troja – oh, Vater wird zornig werden, und das ist fast schon Grund genug. Wie würde es dir gefallen, mein neues Orakel zu werden, Kassandra?«

Was?

»Stell es dir einmal vor.« Er tritt auf mich zu, umkreist mich wieder, und der Duft nach Lorbeer und Hyazinthen wabert durch die Luft. »Die Macht über die Zukunft selbst, die nur du benennen kannst. Menschen würden in Scharen zu dir kommen. Die ganze Stadt würde sich verneigen. Vielleicht laden sie dich sogar in ferne Länder ein – nicht immer nur Tempelmauern und Palastwachen. Du hättest Macht.«

Macht. Oh, Götter.

Mit jedem Satz kommt Apollon ein wenig näher, und ich gebe nur ungern zu, dass ich an seinen Lippen hänge. Ich bin völlig gefesselt. Geködert von dem, was ich immer ersehnt habe und von dem ich glaubte, ich würde es nie bekommen. Die Richtung meines Lebens war schon vor meinem ersten Atemzug festgelegt worden, und die Weihe zur Priesterin kam mir vor wie ein Absprung in letzter Sekunde von dem Weg, den ich hinuntersauste. Es war eine Flucht, kein Herzenswunsch. Ich will nicht einmal irgendwann Hohepriesterin werden, nicht wirklich – nur ist das von hier aus der einzige Schritt nach oben, das Einzige, nach dem es sich zu streben lohnt.

Aber das wäre etwas völlig anderes. Nicht die Freiheit, die meine Brüder haben, aber eine dritte Möglichkeit neben Heirat und dem Dasein als Priesterin, und ich würde so vieles von dem bekommen, was ich begehre: Aufmerksamkeit, Bewunderung, Achtung und Autorität. Alles gebündelt in einem glorreichen Titel: *Orakel.*

»Es gibt genügend falsche Propheten in dieser Stadt, Kassandra – ich will ihr etwas Echtes geben.«

»Und was wird mich das kosten?«, frage ich, bevor ich seinem verlockenden Angebot nachgebe. »Ich habe noch nie eine Geschichte gelesen, in der die Götter jemandem aus reiner Freundlichkeit ein Geschenk machen.«

»Habe ich nicht klar gesagt, was ich will? Was du mir sowieso schon freiwillig hättest geben sollen. Die Gabe der Prophezeiung gehört dir im Austausch gegen deine körperliche und seelische Hingabe, gegen alles, was du zu geben hast. Als Orakel wirst du dich vor keinem König verbeugen – aber vor mir wirst du auf die Knie fallen.«

Ich beiße die Zähne zusammen; der Gedanke, mich so zu erniedrigen, schmeckt bitter. Aber die Kränkung von heute Morgen tut auch noch weh. Wenn ich ein Orakel wäre, hätte meine Familie gleich auf mich gehört.

»Wenn du ein Problem damit hast, dass ich nicht bescheiden genug bin, ist es eine interessante Lösung, mir unbeschreibliche hellseherische Kräfte zu verleihen«, sage ich – weil ich einen Hintergedanken vermute und Zeit zum Nachdenken gewinnen will.

Er hält inne, sein Lächeln verblasst – vorbei ist das ganze Theater. Plötzlich ist er nur noch ein Mann, der darauf wartet, dass man seine Forderungen erfüllt.

»Ich habe dich beobachtet, Kassandra. Was du alles tust, um beachtet zu werden, wie du mit den Prinzen flirtest, die euch besuchen, und deren Begehren nur ein Spiel ist, weil du dich mir geweiht hast. Warum nicht mehr daraus machen? Warum nicht wirklich unberührbar sein für alle außer mir? Mit der Macht, die ich dir verleihe, wirst du absolut unausstehlich sein. Und jede Nacht im Bett wirst du mir danken. Überschwänglich.«

»Du meinst ...«

»Du weißt genau, was ich meine.«

Ja, weiß ich.

Ich glaube, ein Teil von mir wusste gleich, was er wollte, als er aufgetaucht ist, egal wie sehr ich versucht habe, mir etwas anderes einzureden.

»Ich will, dass du dich dafür entscheidest, Kassandra. Du kannst Nein sagen, dann mache ich das Angebot dem nächsten faszinierenden Mädchen in meinem Tempel. Aber wenn du wissen willst, was die Zukunft für deine Stadt bereithält, wenn du irgendeine Rolle in dem Krieg spielen willst, der kommt, dann wirst du bei mir liegen.«

Nein.

Es ist nicht einfach ein abstrakter Gedanke, es ist etwas Festes in meinen Knochen, eine Gewissheit in meinem Bauch. Es ist das absolute Grauen, das mich vor Jahren dazu gebracht hat, an diesen Ort zu fliehen.

»Ich bin eine geweihte Jungfrau in diesem Tempel.«

»Du hast mir deine Jungfräulichkeit geweiht«, verbessert er mich. »Aber als wohlwollender Gott werde ich dich nicht zwingen, einen Schwur einzulösen, den du mit zwölf gemacht hast. Und wenn du wissen willst, wie unglaublich liebevoll ich sein kann, stimmst du dieser Sache zu.«

Und wenn ich mich weigere? Was wird er dann tun?

»Moment, es gibt Krieg?« Ich erschrecke, bin so abgelenkt von dem Entsetzlichen, das er von mir verlangt, dass ich das noch Entsetzlichere, das er erwähnt hat, beinahe überhöre.

»Ja. Und wenn du mehr wissen willst, brauchst du die Gabe der Prophezeiung.«

Ein Krieg wäre ... Ich weiß es gar nicht. Ich weiß nicht genug über Kriege; Mädchen bringen sie solche Dinge nicht bei. Allerdings weiß ich, dass die Männer kämpfen und die Frauen verteidigt werden – bis das vorbei ist und ihre Städte fallen.

Aber wenn ich das Gesicht hätte, wäre ich nicht hilflos. Und abgesehen vom Krieg würde es Freiheit bedeuten. Mein wunderbares Leben würde noch heller scheinen – noch mehr Menschen, die sich um mich scharen, noch mehr großzügige Geschenke, meine Stimme würde endlich *gehört*.

Ich könnte es, oder? Ich könnte ihn aushalten. Frauen machen das ständig; nicht alle haben das Glück, in einen Tempel zu fliehen. Ich bin mir sicher, dass sich auch andere nicht zu Männern hingezogen fühlen. So wie ich. Ich *will* es nicht. Aber würde ich mich opfern für ein Leben, das alle meine Hoffnungen übertrifft? Ich könnte es ertragen. Vielleicht begehre ich ihn nicht, aber ist es nicht eine Ehre, dass ein Gott mich begehrt? Ich denke, für solch ein Ansehen bin ich in der Lage, es durchzustehen.

Gern würde ich behaupten, dass ich Ja sage, weil die Angst vor Krieg so tief in mir verwurzelt ist, dass ich mich und meine Wünsche und Bedürfnisse für meine Stadt opfere.

Oder dass ich es für ein Sakrileg halte, einen Gott zurückzuweisen, anstatt bei ihm zu liegen und sein Geschenk anzunehmen. Oder dass ich nur die Wahrheit über den Mann herausfinden will, der in unserem Thronsaal steht und behauptet, mein Bruder zu sein.

Aber ich sage Ja, weil ich mich genau so sehen kann, wie er mich beschreibt – mächtig und einzigartig. Ich habe mir ein Leben erkämpft, ein schönes, funkelndes Leben, aber es genügt mir nicht. Ich will Ansehen und Prestige, und die Aufmerksamkeit der anderen soll nie nachlassen. Ich sage Ja, weil ich gierig bin – eine Prinzessin, die immer nur mehr will.

Und ich sage Ja, weil ich in diesem Augenblick wirklich glaube, ich könnte tun, was er verlangt.

»Ein Mal«, schlage ich vor. »Ich lege mich nur ein einziges Mal zu dir.«

Er antwortet nicht mit der Entrüstung, die ich schon halb erwarte – und vielleicht sogar halb erhoffe –, weil er dann sein Angebot zurückziehen und mir diese schreckliche, aber verlockende Entscheidung abnehmen würde.

»Weißt du, Kassandra, ich denke, du hast recht. Wahrscheinlich würde ich sogar dich irgendwann satthaben. Vielleicht ist ein Mal genug.«

Oh, Götter, es ist wirklich wahr. Mein Herz rast. Ich stimme dem wirklich zu.

»Und keine Schwangerschaft. Ich werde niemals Trojas Orakel, wenn es einen Beweis dafür gibt, was wir getan haben.«

»Meinetwegen.«

Meine Lippen sind trocken, mein Atem stockt, und es ist, als würde sich die ganze Welt wirr und schwindelerregend um mich drehen und dann mit einem Schlag zum Halten kommen, als ich endlich etwas sagen kann: »Dann bin ich einverstanden.«

Apollon strahlt und tritt zu mir.

Ich ersticke fast an dem süßlichen Geruch von dem ganzen Lorbeer.

»Nicht jetzt«, stoße ich hervor. »Ich … will mich vorbereiten. Ich habe das noch nie getan, ich würde gern baden und es in einem Bett tun, und …«

»Schsch«, beruhigt er mich, streicht mir die Haare aus dem Gesicht, und meine Welt verschiebt sich, der Ekel ist so stark, dass ich nicht weiß, wie ich mich noch auf den Beinen halte. »Die Gabe der Prophezeiung hat große Macht. Ich bezweifle, dass du lange bei Bewusstsein bleiben wirst, nachdem du die Gabe erhältst. Aber wenn du wieder zu dir kommst, bin ich da und nehme alles, was du mir gibst.«

Das ist das erste Zeichen, dass ich einen schrecklichen Fehler gemacht habe – dass ich mich eher darüber freue, das Bewusstsein zu verlieren, als darüber, mit ihm ins Bett zu gehen.

»Du musst es richtig schwören«, sagt er. »So wie das Gelübde, als du dich mir geweiht hast.«

Ich atme langsam ein, und die Worte, die ich gesagt habe, als ich in den Tempel eingetreten bin, liegen mir auf der Zunge.

Als ich sie das letzte Mal gesagt habe, kamen sie mir vor wie die Freiheit.

Jetzt sind sie wie Ketten, die mich fesseln.

»Ich will mich ganz dem Dienst an unserem strahlenden Herrn Apollon widmen. Ich schwöre, bei keinem Mann zu liegen, um mich ganz meinem Herrn zu schenken, und dass meine Verehrung für ihn rein ist. Apollon, erhöre mein Gelübde und sei dir gewiss, dass ich für immer deine Dienerin bin.«

Als ich geendet habe, lächelt er arrogant und selbstzufrieden.

»Nun, Kassandra, ich hoffe, dieses Mal meinst du es ernst.«

Sein Lächeln verzerrt sich, bis es kein Lächeln mehr ist – eher etwas Lauerndes, die ungezügelte Freude am Sieg.

»Ich segne dich, Prinzessin Kassandra von Troja«, erklärt er. »Die Prophezeiung sei dein.«

Und sofort ist da Schmerz, eine gleißende, verzehrende Hitze, die in meiner Mitte entsteht. Ich halte die Augen offen, bis sie weiß glühen. Schmerz sägt über meine Knochen und brennt tief unter meiner Haut, bis ich sicher bin, dass das alles nur ein Trick war und er mich irgendwie täuschen wollte, bevor er mich in Asche verwandelt.

»Wir sehen uns bald«, verspricht Apollon.

Dann brennt es noch heißer und ich kann an nichts mehr denken.

3

KASSANDRA

Die Visionen beginnen langsam. Dann rasen sie durch mich hindurch, Pfeile durchbohren meine Haut wie Nähnadeln, deren Fäden sich verknoten und aufwickeln, mich zusammenheften und wieder auseinanderreißen.

Ich sehe, wie die Erde mit dem Himmel zusammenstößt, Waffen fallen, getaucht in den goldenen Ichor der Götter, Ungeheuer graben sich mit ihren Klauen aus dem Boden – ich sehe Bruchstücke von allem, was je passiert ist, während die Fäden sich enger um mich schlingen.

Bilder von fernen Ländern werden durch Länder ersetzt, die ich gut kenne: die Meere und Berge von Anatolien. Ich sehe eine Statue – das Palladion der Athene – vom Himmel fallen, einen Adler, der sich einen Hirten greift, und dann sehe ich erschrocken, wie Apollon und ein Gott an seiner Seite, der Poseidon sein muss, Steine aufeinanderlegen, die zu schwer sind für Sterbliche, und die Mauern von Troja errichten, eine Strafe von seinem Vater Zeus, dem Götterkönig, für einen versuchten Aufstand. Aber die Stadt liebt Apollon, und Apollon erwidert diese Liebe, und die Fäden, die sich immer fester um mich zusammenziehen, surren, wie in Anerkennung dieses Gottes, der ihre Formen liest.

Und dann: meine Eltern, jung und strahlend. Hektor wird geboren. Und dann Paris und die Prophezeiung und die Entscheidung, ihn zu meu-

cheln. Ich höre, gedämpft durch den dichten Wald, einen Säugling schreien, und sehe den Hirten, der zu ihm eilt.

Noch mehr Visionen, meine eigene Kindheit, und dann, als die Fäden des Universums sich mit dem von den Schicksalsgöttinnen zugeschnittenen Faden meines eigenen Lebens verflechten, landen sie krachend in der Gegenwart – Apollon in seinem Tempel, und ich, wie ich zu Boden falle.

Ich sehe Paris – der wirklich mein Bruder ist –, umgeben von unerhörten Wesen, zu unglaublich, als dass man sie lange ansehen könnte – und ich suche mir das Wesentliche heraus – die Pfauenfedern und den gefiederten Helm und Gesichtszüge, in denen ich jede der schönen Frauen wiedererkenne, denen ich je begegnet bin. Hera, Königin des Himmels, Athene, Göttin des Krieges und der Weisheit, und Aphrodite, Göttin der Liebe und der Schönheit. Sie stehen vor Paris und wollen wissen, wer von ihnen die Schönste ist, und die Fäden, die sich jetzt durch meinen Körper ziehen wie Sehnen, beginnen vom kommenden Krieg zu flüstern.

Ich reiße die Augen auf.

Ein blaugrüner Betthimmel, weiche Schaffelle um mich herum und ein feuchter Lappen auf meiner Stirn, der mit einer duftenden Kräuterpaste bestrichen wurde, die mich allzu sehr an Apollo erinnert. Ich springe aus dem Bett und übergebe mich auf den Steinboden.

Die Dienerinnen kreischen und entfernen sich schnell, bis auf eine, die mir die Haare zurückhält – und als ich aufblicke, sehe ich, dass es keine Dienerin ist, sondern meine Mutter.

»Danke«, murmele ich, aber die Worte klingen matt; die Visionen haben mein müdes Hirn überfordert.

»Kassi! Du hast tagelang geschlafen und du hattest Fieber. Als sie dich im Tempel auf dem Boden gefunden haben ... ich hab mir solche Sorgen gemacht! Was ist passiert?«

Sie sieht aus, als wäre sie müde, weil sie an meinem Bett gewacht hat – und ich bin seltsam gerührt, wie immer, wenn wir zwei allein sind, als müsste ich dankbar sein für ihre Zeit. Wobei sie nicht mehr viel Zeit für mich hatte, nachdem ich jede Aussicht auf eine Heirat, die sie hätte arrangieren können, verbaut habe.

Einen Moment lang denke ich, sie ist so erschöpft, dass ich die Adern unter ihrer blassen Haut zählen kann – aber dann erkenne ich, dass die grauen Linien sich aufeinander zubewegen und golden aufscheinen, sobald sie sich treffen. Ich kann sehen, wie sich das Schicksal webt. Ich sehe, wie das Mögliche zum Unabänderlichen wird.

Ich greife nach einem Becher neben dem Bett. Ich muss mir den Mund ausspülen – und kurz nachdenken. Das ist der Moment – meine große Ankündigung, die Möglichkeit, mein Leben zu ändern.

Es sei denn, sie finden heraus, wie ich diese Visionen bekommen habe.

Orakel oder nicht – wenn in der Stadt bekannt wird, dass ich Sex gegen Macht eingetauscht habe, bin ich erledigt.

»Ich war im Tempel und wollte um Führung beten«, sage ich. »Aber als die Cella betreten habe, war sie mit goldenem Licht erfüllt, und ich habe Apollons Stimme gehört.«

Meine Mutter sieht nicht besonders überzeugt aus, aber ich rede weiter.

»Er hat gesagt, er will die Stadt ehren, indem er seiner Lieblingspriesterin eine Gabe schenkt. Er will ein Orakel in Troja und hat mich mit prophetischen Visionen gesegnet.« Ich gebe mir wirklich Mühe, tiefgründig zu gucken. »Seitdem habe ich die Vergangenheit gesehen, damit ich die Zukunft besser lenken kann.«

»Kassandra«, sagt meine Mutter vorsichtig. »Hast du dir vielleicht den Kopf gestoßen? Wir haben keine Verletzung gesehen ...«

»Das mit Paris tut mir leid, Mutter«, unterbreche ich sie. »Was für eine unglaublich schwierige Entscheidung für dich und Vater. Ich kann euch nur loben, dass ihr das Wort unseres Herrn Apollon und den Willen des Volkes so ernst genommen habt. Und ihr selbst konntet die Tat nicht vollbringen, also habt ihr ihn mit einem Hirten in den Wald geschickt – Agelaos, nicht wahr? Aber der konnte es auch nicht und hat euch als Beweis die Zunge eines Hundes gezeigt ...«

»Hör auf«, stößt meine Mutter hervor und blinzelt die Tränen weg, die ihr in die Augen steigen. »Das genügt, ich ... Du hast das alles gesehen?«

»Paris ist nicht hier, oder? Woher sollte ich das wissen, wenn ich nicht die Wahrheit sage? Er ist auf einem Berg ...«

»Er wollte ein paar Angelegenheiten regeln, aber er müsste bald zurück sein.« Mutters Stimme ist leise. Ich lasse ihr Zeit, über das nachzudenken, was ich gesagt habe, all die Dinge, die ich angedeutet habe. »Siehst du auch die Zukunft?«

»Ich denke Ja, wenn auch jetzt noch nicht. Aber ich spüre schon, dass sie sich mir unbedingt zeigen will.«

Ich zögere, den Krieg zu erwähnen – teils, weil ich gern Genaueres wüsste, aber vor allem weil es mir lieber wäre, dass meine Visionen ein glorreiches Geschenk an die Stadt sind, nicht etwas, das man fürchten muss. Wenigstens heute.

»Apollon will ein Orakel hier in Troja? Und das sollst *du* sein?« Mutter runzelt die Stirn auf allzu vertraute Weise – ein Hauch von Sorge, dass mein Verhalten ihr Kummer machen könnte und ich vielleicht Schande über die Familie bringe.

Dass ich durchaus verstehe, warum sie das denkt, besänftigt meinen Ärger nicht – wen kümmert es, dass ich nicht die frommste Priesterin bin, solange ich eine Krone trage und das Volk mich liebt?

»Du glaubst, Apollon würde einer anderen Priesterin diese Gabe schenken, obwohl ihm die Prinzessin dieser Stadt geweiht ist? Was auch immer du darüber denkst, Mutter, ich hoffe, du weißt, wie wichtig äußerer Anschein und Ansehen sind.«

Schon bevor sie etwas sagt, weiß ich, dass sie mir zustimmt. Ich habe diesen resignierten Blick schon oft gesehen – die Erkenntnis, dass sie keine Kontrolle mehr über mein Leben hat, seit ich mich dem Tempel geweiht habe.

»Ich sage es deinem Vater. Wir müssen das angemessen ankündigen – eine Art Ritual, ein Bankett; vielleicht sollten wir benachbarte Königreiche einladen. Ich bespreche es mit ihm, aber ich gehe davon aus, dass wir heute Abend Apollon feiern, und das Geschenk, das er uns gemacht hat.«

Heute Abend.

Der Boden unter mir verschwindet, und ich falle, reiße dabei an Prophezeiungsfäden, bis sich zwei gleiche Stränge vor mir erstrecken Ich kann ihre Fasern nicht verfolgen und sehe nicht, wohin sie führen, weil das schwere Gefühl im Bauch mich zu sehr in der Gegenwart verankert. Aber in der dunstigen Ferne dieser beiden Stränge sehe ich Apollon – und es macht mir Angst.

Meine Mutter hat mir die Hand auf die Schulter gelegt und sieht mich an, wie sie mich noch nie angesehen hat: mit einem leichten Lächeln und einem sanften Blick, der so etwas wie Bewunderung ausdrückt.

»Das ist eine große Verantwortung, Kassi. Es ist eine Ehre für unsere Familie, und ich bin mir sicher, dass du uns unglaublich stolz machen wirst.«

»Ich ...«

»Und Paris?«, fragt sie fast zögernd, und Hoffnung bebt in ihrer Stimme. »Das hast du doch gesagt, oder? Dass Paris nicht hier ist. Dann gibst du es also zu? Apollon hat dir die Wahrheit gezeigt, dass er wirklich dein Bruder ist. Ein Orakel und ein zurückgekehrter Prinz. Was für eine aufregende neue Zeit wird für unsere Stadt anbrechen.«

4

KASSANDRA

Ich versuche, an den prophetischen Fäden zu zupfen, und will unbedingt irgendetwas – egal was – sehen, das den Bürgern wahrhaft Ehrfurcht beibringen wird, etwas, was alles noch viel aufregender macht und meine neu entdeckten Talente noch bewundernswerter.

An diesem Punkt würde ich sogar auf einen billigen Trick zurückgreifen – eine Vase, die ich davor bewahre, zu Boden zu fallen, oder ein Wagenrennen, dessen Ausgang ich erfolgreich vorhersage. Aber ich kann mich gerade genug konzentrieren, um die goldenen Fäden in meiner Umgebung oder unter meiner eigenen Haut schimmern zu sehen.

Ich setze mich auf die Bettkante und will den Fäden wieder folgen, aber sie bleiben fest in der Gegenwart und weigern sich, mir zu zeigen, wohin sie führen. Ich fürchte, sie zu lesen, könnte etwas mit harter Arbeit, Übung und Geduld zu tun haben, und ich bin nicht besonders zuversichtlich, diese zu erlernen.

Meine Tür wird aufgerissen – und ich brauche keine prophetische Gabe, um zu wissen, dass von allen Menschen nur Andromache und meine Schwester Krëusa nicht anklopfen.

»Geht es dir gut?« Andromache eilt auf mich zu und legt sanft eine warme Hand an mein Gesicht. Es muss einer der Tage sein, an denen ihre Gelenke mehr schmerzen als sonst, denn in der anderen hält sie den Gehstock, den sie manchmal benutzt, und sie betrachtet mich so aufmerksam, als könnte sie die Antwort in meinem Gesicht lesen. Ihre sanfte Berührung, ihr Gesicht, das so nah ist, dass ich die Poren in ihrer dunkelbraunen Haut zählen könnte – ich tue so, als würde es nicht etwas in meiner Brust aufscheuchen wie ein verschrecktes Tier.

Glücklicherweise, und obwohl Krëusa und Andromache wissen, dass mir Mädchen gefallen, scheint keine von ihnen gemerkt zu haben, dass ich einmal ziemlich verknallt in Andromache war – natürlich bevor sie meinen Bruder geheiratet hat. Ich schwärme vielleicht nicht mehr für sie, aber ich weiß auch nicht, ob es überhaupt möglich ist, geradeaus zu denken, wenn man jemand so Schönes so nah bei sich hat und auch noch von ihr angesehen wird.

»Ganz offensichtlich geht es ihr gut«, schimpft Krëusa. »Ehrlich, Kassandra, erst auf dem Sterbebett liegen und dann aufwachen und verkünden, man sei ein Orakel, ist selbst für dich absonderlich. Was hast du dir dabei gedacht? Weißt du, dass Mutter dir wirklich glaubt?«

»Sollte sie auch, weil es stimmt.« Ich drehe mich zu meiner Schwester um und richte mich mit der Gereiztheit auf, die sich nur in der Nähe meiner Geschwister zeigt. »Und ich habe es unseren Eltern schon bewiesen, ich weiß also nicht, warum ich es auch dir beweisen sollte.«

Krëusa zögert. »Skamandrios sagt, das kommt nur davon, dass du mal zwei Minuten nicht im Mittelpunkt gestanden hast.«

Ich schnaube. »Ich hätte wirklich nicht gedacht, dass ausgerechnet du so dumm bist, auf irgendwas zu hören, was Skamandrios sagt.«

Mein Zwillingsbruder neigt dazu, den Mund nur aufzumachen, um etwas Dummes oder Gemeines von sich zu geben – und öfter noch beides. Im Mutterleib muss es ziemlich ungerecht gewesen sein: Ich habe den Verstand, das gute Aussehen und das Talent bekommen, und er Freiheit, Respekt und Chancen.

Krëusa lässt die Schultern sinken und wirft sich auf mein Bett. »Zu meiner Verteidigung muss ich sagen, dass ich ein bisschen durcheinander bin. Die Schneider haben heute Morgen noch eine Truhe in mein Zimmer geliefert. Alles ziemlich scheußlich.«

»Ich kümmere mich darum«, verspricht Andromache.

In den ersten zehn Jahren ihres Lebens hat Krëusa Kleider bekommen, die für einen Prinzen angemessen sind, und Mutter scheint sie für die verlorenen Jahre entschädigen zu wollen, indem sie ihr jedes bestickte Tuch und jede glitzernde Nadel schickt, die sie finden kann – genau das, was sie als Kind geliebt hätte, mit sechzehn aber nicht mehr.

»Nur die hier waren halbwegs in Ordnung, aber sie passen mir nicht, also kannst du sie haben, wenn du willst.« Krëusa holt ein Bündel hervor und wirft es mir zu. Ich kann es auffangen und wickele ein paar fein gearbeitete Sandalen aus. »Keine Ahnung, warum Mutter glaubt, mit hübschen Schuhen kriegt sie mich schon unter die Haube.«

Ich streiche mit dem Finger über das gemusterte Leder. »Genieße es, solange es geht – ich habe nichts Hübsches mehr bekommen, seit ich das Heiraten aufgegeben habe.«

Krëusa hat eine Art Allergie gegen Ehrlichkeit, und alle meine Versicherungen – dass sie schön ist, dass sie zwischen mehreren Bewerbern wählen können wird, dass die froh sein können, überhaupt von ihr in Betracht gezogen zu werden – führen meist nur zu noch größerer Verstimmung. Der Gedanke, zu heiraten, scheint für sie in Ordnung zu sein, aber der Pomp und die Förmlichkeiten der Vorbereitungen und der Hochzeit selbst lassen ihre Befürchtungen so sehr in den Himmel wachsen, dass ich sie schon oft festhalten musste, wenn sie hyperventiliert hat.

»Genau wegen solchen Sätzen wie ›das Heiraten aufgeben‹ kann übrigens niemand wirklich glauben, dass Apollon ausgerechnet dich als sein neues Orakel auswählen würde«, sagt Andromache trocken und schüttelt den Kopf. »Die meisten würden eher sagen ›seit ich mich der ewigen Jungfräulichkeit im Dienst des großen Gottes Apollon geweiht habe‹. Und jetzt erzähl, was ist passiert?«

Ich muss den Blick senken – wenn ich sie beide ansehe, würde ich es ihnen sagen. Ich weiß nicht, ob ich ihnen je etwas verheimlicht habe. Aber es geht nicht … Ich wollte nie heiraten und war wirklich erleichtert, als ich dem entkommen war, aber wenn ich doch einmal an die Hochzeitsnacht und die ehelichen Pflichten dachte, habe ich mir immer vorgestellt, wie meine älteren Schwestern Laodike und Ilione mir alles erklären würden, wie Andromache am nächsten Tag mit mir darüber kichern und Krëusa die Nase krauszziehen würde, weil sie die ganze Sache so abscheulich fand.

Aber Ilione und Laodike sind mit Männern aus anderen Ländern verheiratet und weit weg von hier, und ich kann es nicht riskieren, irgendjemandem zu erzählen, wozu ich mich bereit erklärt habe. Ich muss das allein durchstehen – und ich kann nicht einmal über die wahnsinnige Angst reden, die mich erdrückt, obwohl ich weiß, dass mir das zumindest ein wenig Erleichterung verschaffen würde.

»Erzähl es uns, während wir dich vorbereiten«, schlägt Krëusa vor. »Du sollst die Feierlichkeiten am Abend anführen und willst sicher gut aussehen.«

Erleichtert atme ich auf – ich habe wieder festen Boden unter den Füßen und freue ich mich darauf, wie die ganze Stadt mich und Apollons Geschenk an mich feiern wird. Mit erhobenem Kopf und einem Lächeln auf den Lippen kann ich das Tauschgeschäft, in das ich eingewilligt habe, vielleicht sogar lange genug vergessen, um alles zu genießen.

»Hast du gerade gesagt, es ist eine Truhe von den Schneidern gekommen?«, frage ich Krëusa mit einem durchtriebenen Lächeln.

»Oh nein, bestimmt nicht. Ich hab dir schon die Schuhe gegeben.« Sie schafft es, gleichzeitig zu schmollen und mich wütend anzusehen.

»Aber du hast doch gesagt, dass die Sachen scheußlich sind«, nehme ich sie beim Wort, obwohl ich ihre Antwort schon kenne, weil ich das Gleiche sagen würde. Scheußlich oder nicht – wenn man etwas haben kann, wollen wir es beide.

»Komm schon, hör auf, deiner Schwester Sachen zu klauen. Oder willst du damit sagen, dass meine Entwürfe nicht gut genug sind?« Andromache geht zu der großen hölzernen Truhe, in der die meisten meiner Chitone liegen – von denen sie mehrere gemacht hat. »Du hast genug Kleider, wir machen aus dir die schönste ...«

Paris dreht nervös einen Apfel in den Händen und fährt mit dem Daumen über Worte, die er nicht lesen kann. Die Göttinnen um ihn herum zanken sich, bestehen darauf, dass er wählt, welche von ihnen die Schönste ist und den Apfel bekommt.

Die Szene ist eingebettet in miteinander verflochtene goldene Fäden, die sich zu drei Strängen verspinnen, Paris mit allen drei Göttinnen verbinden und in eine Ferne reichen, die ich nicht richtig sehen kann.

Die Fäden, die mich in meiner eigenen Gegenwart festhalten, lockern sich, und es ist ganz leicht, nach dem nächsten Strang zu greifen. Ich sehe neue Bilder: das Schicksal, das Hera verspricht, die Paris zum König von Europa und Asien machen will, Ländern, die sogar Griechenland und Anatolien verschlucken ... und als ich das goldene Licht der Zukunft berühre, sehe ich lange, blutige Kriege, Bürger, die im Schlamm sterben, brennende Dörfer, in Flüssen verwesende Leichen und – mit zugeschnürter Kehle lasse ich den Faden los.

Ich gehe weiter zu Athene. Das Schicksal glänzt und verdreht sich, und sie ergreift das Wort und bietet Paris Weisheit und Geschick im Krieg, und ich muss diese Zukunft gar nicht sehen, um zu wissen, dass sie ziemlich ähnlich sein wird, aber ich berühre den Faden trotzdem und sehe Paris, der Schlachten in ganz Anatolien anführt – Verbündete, die durch Hochzeiten und Handelsabkommen gewonnen wurden, verwandeln sich in zu erobernde Städte, in Land, das eingenommen werden muss.

Und dann kommt Aphrodite und bietet ihm die schönste Frau der Welt. Erleichtert eile ich zu diesem Strang und schluchze erstickt auf, als Schiffe meine eigene Stadt angreifen, Schlachten vor meinen eigenen Mauern ausgefochten werden und man von den Palastfenstern aus sieht, wie die Toten verbrannt werden.

Und plötzlich wird mir klar, dass jemand diese Göttinnen geschickt haben muss. Jemand hat Paris zum Richter erklärt. Und dieser Jemand will eindeutig, dass Blut fließt und Städte untergehen.

Ich blinzele und bin in meinem Zimmer – Andromache hält zwei Chitone hoch, damit ich einen aussuche, Krëusa starrt mich mit geradezu wissenschaftlicher Neugier an.

»Hast du etwas gesehen?«, fragt sie aufgeregt. »War das eine Vision?«

Aber ich bin schon aus der Tür und laufe zu meinem Vater.

Ich muss ihm sagen, dass er den Kriegsrat einberufen soll.

5

KASSANDRA

„Es wird **Krieg geben**«, beende ich meine vor Panik hektische Erklärung. Die Worte überschlagen sich – als würde diese Furcht mich nicht verzehren, wenn ich einfach immer weiterrede. Ich wusste, dass ein Krieg naht, und ich wusste auch, dass Paris ganz Troja in Gefahr bringen würde – aber es ist etwas ganz anderes, wenn man es mit eigenen Augen sieht. »Nach Aisakos' Prophezeiung über den Untergang Trojas fürchte ich, dass er Aphrodite wählt, und dann wird Krieg zu unserer Stadt kommen, und …«

»Wir würden jeden Krieg, der an die Küste Trojas getragen wird, schnell zurückschlagen, Mädchen«, weist Antenor mich zurecht.

»Ich denke, meine Schwester will uns sagen, dass sie einen prophetischen Traum hatte; sicher hat er eine gewisse Bedeutung, aber natürlich glaubt sie nicht wörtlich daran.«

»Ich denke, es ist ziemlich klar, was ich sagen will, Skamandrios.«

Mein Onkel Thymoites winkt ab. »Du hast es wahrscheinlich durcheinandergebracht. Selbst wenn du etwas Derartiges gesehen hast, kannst du die Natur des Krieges nicht verstehen.«

Ich hatte meinen Vater im Gespräch mit zwei Beratern und meinem Bruder Skamandrios angetroffen und war so dumm gewesen, zu glauben, dass das günstig sei – wo sich der halbe Kriegsrat schon versammelt hatte. Aber jetzt, da ich mich im Arbeitszimmer meines Vaters umsehe – die Schriftrollen in den Regalen, die luxuriösen Stühle um den großen Holztisch und die dunklen schweren Stoffe, die muffig sind vom Geruch des jahrzehntelang vergossenen dunklen Weins –, begreife ich, dass das ihr Raum ist und dass ich hier genauso störe wie bei diesem Gesprächsthema: Ich habe weder ein Recht auf ihre Würfelspiele, noch darf ich über Krieg sprechen.

»Das ist ein guter Einwand.« Antenor nickt. »Das Mädchen hat nicht das richtige Temperament für die Laufbahn eines Orakels. Apollon mag seine Wahl getroffen haben, aber die Pythia in Delphi wird sorgfältig ausgewählt und ausgebildet. Wenn du deine Prophezeiungen verkünden willst, Kassandra, darfst du dir von ihnen keine Angst machen lassen. Wirklich schade, dass Prophezeiungen oft von Frauen kommen, obwohl die nötige Charakterfestigkeit eher bei Männern zu finden ist.«

Ich kann mich kaum lange genug zurückhalten, um ihn ausreden zu lassen. »Nun ja, zum Glück hat Apollon diese Wahl getroffen und nicht du.«

»Genau das meine ich, Priamos: Das Mädchen hat keinen Respekt vor den Älteren.«

Mein Vater schüttelt belustigt den Kopf. »Und du hast keinen Respekt vor dem Orakel von Troja, Antenor.« Kurz bin ich erleichtert. »Aber er hat auch recht, Kassandra. Orakel haben Macht, weil sie eine Brücke zu den Göttern sind – du darfst deinen Vortrag nicht zu menschlich gestalten. Sei vielleicht nicht ganz so leidenschaftlich.«

»Würdet ihr bitte aufhören, mir zu raten, wie ich reden soll, und endlich auf das hören, was ich sage? Wir müssen ... ich weiß nicht, Paris folgen und ihn noch vor diesen Göttinnen finden, oder uns wenigstens auf die Zukunft vorbereiten, die er bringt.«

»Du hast drei Möglichkeiten für die Zukunft gesehen, ja?«, fragt mein Vater.

»So geht das nicht.« Thymoites schüttelt den Kopf. »Ein Orakel muss sich sicher sein, welche Zukunft es voraussagt, und darf nicht mehrere Möglichkeiten anbieten.«

»Sie versteht die wahrscheinlich sowieso nicht«, murmelt Skamandrios und wirft mir einen wütenden Blick zu. »Antenor hat recht: Apollon hätte jemanden auswählen sollen, der seine Gefühle besser unter Kontrolle hat.«

»So wie du, meinst du? Du kommst mir nämlich gerade sehr gefühlsgesteuert vor. Bist du vielleicht neidisch?«

»Du bist ja verrückt, Kass, warum sollte ich ...«

»Ich meine«, Vater erhebt die Stimme, »dass das deine erste Prophezeiung ist, Kassandra. Ich muss zugeben, manches davon scheint mir sehr weit hergeholt – Paris soll von den Göttern erwählt sein? Drei so erhabene Göttinnen sollen sich um einen Apfel zanken? Und ich kann nicht glauben, dass die Göttin der Weisheit sich auf einen Wettstreit einlässt, wer die Schönste ist. Viele Narren haben sich in die Irre führen lassen, weil sie eine Prophezeiung falsch verstanden haben. Du brauchst noch Zeit, um deine Gabe besser kennenzulernen. Vielleicht sind das keine Tatsachen, sondern du musst aus dem, was du siehst, etwas ableiten und lernen.«

»Aber ...«

»Ich hab's ja gesagt.« Skamandrios wirft sich richtig in die Brust.

»Kriege werden nicht wegen Schönheitswettbewerben geführt, Kassandra. Mit der Zeit, wenn du dich als Orakel bewährt hast, werden wir dich vielleicht auch zu einem Krieg um Rat fragen, so wie das Orakel von Delphi. Aber im Moment solltest du solche Dinge den Männern überlassen, die damit Erfahrung haben. Und Antenors Einwand, was von einem Orakel erwartet wird, ist durchaus berechtigt. Vielleicht solltest du deine Zeit lieber darauf verwenden, über deine Aufgabe und dein Verhalten dabei nachzudenken.«

Ich gehe, bevor ich vor ihnen in Tränen ausbreche. Diese Schicksalsfäden sind um – *durch!* – mein Innerstes gewoben, und tief in mir weiß ich, dass es wahr ist, was ich gesehen habe. Es mag sich noch verändern, aber es ist trotzdem die Zukunft und nicht irgendein Märchen!

Ich zwinge mich, in mein Zimmer zu gehen, wo Andromache und Krëusa darauf warten, dass ich ihnen mein plötzliches Verschwinden erkläre. Meine Chitone sind auf dem Bett ausgebreitet, und passender Goldschmuck ist danebengelegt.

Als ich sie betrachte, habe ich eine Idee.

Wenn mein Vater wünscht, dass ich an mein Verhalten und an den äußeren Schein denke, dann werde ich eine verdammt gute Show abliefern.

Ich strahle.

Krëusa und Andromache haben sich selbst übertroffen, Andromache hat mit den Bändern und Kordeln gezaubert, mit denen wir die Chitone binden, und es hinbekommen, dass das Kleid in einem wundervollen Kreis ausgestellt ist. Meinen purpurnen Umgang hat sie mir um den Hals geknotet und eine goldene Kette durch den Knoten gefädelt – es ist einfach perfekt: nicht zu viel auffälliger Schmuck, nichts, was andeuten könnte, dass *ich* Aufmerksamkeit wollte, anstatt sie Apollon zu schenken, nicht zu viel zur Schau gestellter Reichtum, der von schlechtem Geschmack zeugen würde, aber trotzdem etwas, in dem sich das Licht fängt.

Krëusa hat mein Haar zu spiralförmigen Locken gedreht und hochgesteckt, sodass ein zartes goldenes Lorbeerblatt in meinem Nacken zu sehen ist, das meine Eltern mir an dem Tag geschenkt haben, an dem ich in den Tempel eingetreten bin. Meine Haut sieht strahlend aus, mein Kiefer streng, und durch mein Geschick mit Bürsten und Pinseln sind meine Wimpern länger, die Augenbrauen dichter, und glänzende, schimmernde Linien ziehen sich über meine Wangen. Ich sehe aus, als bräuchte ich gar keine Krone, damit die Menschen stehen bleiben und mich anstarren.

So lange hat man mich die schönste Frau von Troja genannt, dass ich vergessen habe, was es bedeutet. Aber in diesem Moment scheint es Macht zu bedeuten.

Die vielen Menschen passen nicht alle in die Tempel, sie stehen an den breiten Straßen der Akropolis, und ich lehne den Wagen ab, den meine Eltern mir anbieten, damit er mich von den Palasttoren zum Tempel bringt. Ich will, dass die ganze Stadt mich sieht.

Ganz Troja soll glauben, dass ich nicht beschenkt wurde, sondern dass ich selbst das Geschenk bin.

Ich halte einen gewissen Abstand zu den Leuten. Meine Beliebtheit beruht schließlich auf Annahmen und Eindrücken – ich bin selbstlos in den Tempel eingetreten, ich verschwende mein hübsches Gesicht und schwöre aus Liebe zu den Göttern ewige Jungfräulichkeit, und ich bin ganz allein verantwortlich für die guten und barmherzigen Werke des Tempels.

Aus der Nähe würde das Bild Risse bekommen.

Aber jetzt schwebe ich zwischen ihnen hindurch und lächle und winke nicht nur, sondern rufe ihnen Grüße zu und wünsche ihnen Glück, schüttele die Hände kleiner Kinder und verteile sogar Olivenbrot und Süßigkeiten aus Sesamhonig.

Mein Vater wird fuchsteufelswild werden über die Verschwendung und sofort durchschauen, wem sie dient – mir und nicht Apollon. Aber er wird auch erkennen, dass ich weiß, wie man als Orakel Macht ausübt, und dass ich keine Predigt von ihm brauche, sondern ein offenes Ohr. So wie diese Fäden sich in Dutzende verschiedene Richtungen schlängeln, kann ich uns vielleicht an einem anderen entlangführen, weg von Paris' Krieg. Mich anzuhören könnte uns alle vor diesem Blutvergießen bewahren.

Und deshalb muss dieser erste öffentliche Auftritt alle davon überzeugen, dass ich würdig bin, angehört zu werden.

Als ich mich dem Tempel nähere, reicht eine Priesterin mir den

Strick, an dem sie eine Ziege führt. Früher ist mir dieser Teil wirklich schwergefallen, die Hand mit dem Messer hat gezittert, das Seil ist mir aus der Hand gerutscht, als hätte das Tier eine Chance, wenn ich es freiließe. Aber es hat keine. Das Opfer ist der wichtigste Aspekt des Priesterinnenamts – und in jedem Fall der öffentlichste. Als mir klar wurde, dass ich mich zwischen der kalten Klinge und dem Ehegelübde entscheiden musste, packte ich das Messer fester und unterdrückte meinen Ekel und meine Verzweiflung so sehr, dass ich nichts mehr fühle, wenn ich den Strick nehme und das Tier hinter mir her die Steinstufen zu Apollons Tempel hinaufziehe.

Es ist so voll, dass ich mich durch die Menge drängen muss. Auf dem Altar in der Mitte schneide ich dem Tier die Kehle durch und ich kann immer noch nicht hinsehen. Ich sehe nur das Blut in einem weiten Bogen über die Fliesen spritzen und drehe mich zu der Menge um.

Herophile spuckt die Worte praktisch aus, als sie mich zu dem von Apollon erwählten Orakel erklärt. Aber anders als ich ist sie es gewohnt, ihre wahren Gefühle zu verbergen, vor allem in Gegenwart der Königsfamilie – und sie strahlt, als die Menge zu jubeln beginnt, während sich der durchdringende Geruch von gebratenem Ziegenfleisch ausbreitet. Musikanten betreten den Tempel mit Leiern, und als die Zeremonie sich in ein Fest verwandelt, sehe ich, wie die Fäden sich entwirren – kleine verwobene Stränge schlingen sich um Personen – und ich versuche ihnen zu folgen, wie bei der Vision mit Paris, aber die Fäden zittern unter meiner Berührung. Es ist, als wollte ich nach einer Luftspiegelung greifen.

Draußen, auf der Terrasse des Tempels, werde ich in ein Gespräch mit Priesterinnen und Adligen verwickelt. Troja ist eine windige Stadt, dort weht es normalerweise so laut, dass man sich nicht unterhalten kann, aber heute Nacht ist es still. Die Leute fragen mich, wie es war, Apollon zu begegnen, und ich setze ein falsches Lächeln auf und werfe mit Komplimenten um mich, und er muss es wohl mitbekommen – denn die Prophezeiung, die mich trifft, riecht so stark nach ihm, dass ich rückwärtstaumele und keuche: »Seht hinauf in den Himmel, Apollon zeigt Troja, wie sehr er ihm zugeneigt ist.«

Einen Moment lang ist da nichts. Und dann, obwohl es spät ist und die Sonne schon vor Stunden untergegangen ist, durchbohren ihre Strahlen den Nachthimmel wie rasende Sterne – und gehen flackernd aus, als Jubel und Applaus aufbranden.

Apollon beweist meine Macht – und noch mehr beweist er seine.

Das wollte ich doch, oder? Diesen unumstößlichen Beweis, dass meine Macht göttlich ist und Beachtung verdient.

Aber stattdessen empfinde ich Angst bei der greifbaren Erinnerung daran, wie sehr dieser Gott sich auf mich konzentriert – und was er schon bald von mir verlangen wird.

Als ich zurück im Palast bin, wirbeln die Fäden spöttisch um mich herum – Betrunkene flirten, und neue Menschen begegnen einander, all die Zukunftsmöglichkeiten verweben sich. Manchmal sehe ich Fäden, die Menschen zueinander hinziehen, vorherbestimmte Begegnungen. Ich versuche, sie zu deuten, bis mein Kopf pocht.

Also denke ich mir stattdessen etwas aus, stelle Menschen einander vor, die mit Fäden verbunden sind. Vielleicht werden sie sich ewig lieben, vielleicht sich so schlimm verletzen, dass es den Lauf ihres Schicksals ändert, aber heute Abend müssen sie nur glauben, dass sie vielleicht wichtig sind und ich es weiß. Ich starre in die Ferne, als würde ich etwas sehen, was nicht da ist, und irgendwann verkünde ich sogar meiner Mutter, dass meine kleine Schwester unbedingt länger aufbleiben sollte, woraufhin Polyxena fröhlich in die Hände klatscht und verschwindet, bevor jemand etwas einwenden kann.

Ich nehme eine Kerze und verbrenne beinahe Hektor, der hinter mir auftaucht.

»Kippt die irgendwann um?«, fragt mein Bruder.

Nein, ich stelle sie nur besonders auffällig woandershin, damit die Leute denken, genau das würde passieren, und ich hätte alle vor dem Tod in den Flammen bewahrt.

»Ja, gern geschehen.« Ich lächele zuckersüß.

Hektor lacht. »Das macht dir viel zu viel Spaß.«

»Würde es dir nicht genauso gehen?«

»Ich hab ehrlich gesagt keine Ahnung. Aber ein weiser Rat ...«

»Von dir?«

»Die Geschichte von Ikarus, Kass. Sei vorsichtig und flieg nicht zu dicht an die Sonne.«

»Ah, aber Apollon ist der Gott der Sonne, lieber Bruder. Ich kann gar nicht nah genug heranfliegen«, scherze ich und hoffe fast, dass es meine Befürchtungen etwas zerstreut, wenn ich so leichtfertig rede. Aber nein – ich muss nur Apollons Namen aussprechen, und mein Herz rast vor Angst.

»Ich meine es ernst, Kass.«

»Was, du, Hektor?« Mein Lieblingsbruder Deiphobos taucht hinter ihm auf und klopft ihm auf die Schulter. »Das passt gar nicht zu dir. Wir sollten den Tempeln Bescheid geben, dass noch mehr Veränderungen im Haus des Priamos anstehen: Ein Sohn ist zurückgekehrt, eine Tochter hat die Gabe der Prophezeiung bekommen, und der Kronprinz ist ernst geworden.«

Hektor seufzt unglaublich müde. »Wisst ihr, wie es ist, euch ertragen zu müssen? Ihr denkt, das Leben ist nur ein großer Spaß ohne Konsequenzen.«

Ich klimpere in gespielter Unschuld mit den Wimpern. »Stimmt das etwa nicht?«

Deiphobos tut erschrocken. »Siehst du das, Kassandra? Der arme kleine Prinz, der eines Tages die Krone bekommt, verflucht seine Verantwortung. Er tadelt seine jüngeren Geschwister, weil sie ... was? Sich keine Krone aufsetzen?«

»Es muss wirklich hart sein.« Ich nicke. »Und deshalb sorgt er dafür, dass wir nicht vergessen, wie schwer seine Verantwortung wiegt, und dass er leidet, obwohl ... was noch gleich?«

»Obwohl er den Thron besteigen wird.«

»Ach ja, das arme kleine Prinzchen, das den Thron besteigen und die Krone tragen muss.«

Hektor wirft uns nicht einmal einen ordentlich wütenden Blick zu, er sieht einfach nur total gelangweilt aus. »Ich muss euch doch nicht Andromache auf den Hals hetzen? Ihr wisst, wie sehr sie es hasst, wenn Leute gemein zu ihrem perfekten Ehemann sind.«

Das stimmt – obwohl Andromache Hektor selbst ärgert, wird sie ziemlich fies, wenn andere das tun.

»Sehr wohl, Prinzchen.« Ich verbeuge mich. »Aus Angst vor der künftigen Königin werden wir uns benehmen.«

Hektor geht, schüttelt den Kopf und murmelt etwas, das wahrscheinlich nicht sehr schmeichelhaft ist.

»Also«, fängt Deiphobos an, »das ist alles wirklich gut gemacht. Ich wusste nicht, dass du so würdevoll sein kannst.«

»Ich bin ein königliches Orakel – das gehört dazu.«

»Offensichtlich. Hast du Skamandrios gesehen?«

»Kurz. Ich glaube, er schmollt.«

»Was sonst. Seine Schwester stellt ihn mal wieder in den Schatten.«

»Und Paris ist zurück, und der Thron ist in noch weitere Ferne gerückt«, betone ich.

Deiphobos schüttelt sich. »Ich frage mich, ob er meinen Kopf gern auf einem Tablett überreicht bekäme, damit er in der Thronfolge nach vorn rutscht, aber wahrscheinlich genießt er es viel zu sehr, sich über uns alle zu ärgern, um mir wirklich den Tod zu wünschen.«

»Er muss ja nicht der vierte in der Thronfolge sein – er könnte um eine Königstochter ohne Geschwister werben, wenn er unbedingt eine Krone will. Und wenn er nur Ansehen will, könnte er in einen Tempel eintreten oder sich einen Namen als Held machen.«

Er hat so verdammt viele Möglichkeiten. Ich hatte zwei, und er ist trotzdem neidisch.

»Aber dann hätte er keinen Grund zu jammern. Und er ist nicht der beste Kämpfer.«

»Warte!«, rufe ich und drehe mich zu meinem Bruder um. »Das bringt mich auf einen Gedanken.«

»Oh, versuch nicht ausgerechnet jetzt etwas Neues, wo du gerade vom Sterbebett aufgestanden bist – du könntest wieder in Ohnmacht fallen.«

Ich gehe nicht darauf ein. »Ich habe Vater von einer Vision erzählt, die ich heute hatte, von einem Krieg, der kommt. Seine Berater waren dabei, und alle waren der Meinung, dass ich sie falsch deute, dass ich, wenn es um Krieg geht, nicht verstehen kann, was ich sehe.«

»Das ist lächerlich, Kriege sind das häufigste Thema, zu dem Orakel befragt werden.«

»Ja, aber offensichtlich fehlt mir die Ausbildung, und meine Visionen sind zu neu. Ich glaube, es hat ihnen einfach nicht gepasst, sich von einer Frau etwas sagen zu lassen, was sie nicht schon wussten. Also könnte ich jemanden brauchen, dem sie zuhören. Einen Mann. Vielleicht einen Bruder …«

»Äh.« Deiphobos trinkt einen großen Schluck Wein. »Na gut, aber lass uns das morgen früh besprechen, ja? Ich sollte wahrscheinlich nüchtern sein für so ein ernstes Thema.«

Weiter werde ich jetzt nicht kommen, also nicke ich, und Deiphobos geht zurück auf das Fest, wahrscheinlich um ein anderes unserer Geschwister zu ärgern oder um mit einem stattlichen Adligen zu flirten.

Langsam leert sich die Feier, und es fällt mir immer schwerer, mich von dem abzulenken, was möglicherweise auf mich wartet. Ich erwäge, länger zu bleiben, und achte darauf, keinen Moment allein zu sein.

Aber dann denke ich – oder hoffe es vielleicht –, dass meine Erwartungen schlimmer sein könnten als die Realität.

Also verabschiede ich mich und gehe in mein Zimmer, und mein Bauchgefühl sagt mir, dass Apollon mich dort aufsuchen wird.

Das werden sie nicht schreiben: dass ich *nie* versucht habe, dem aus dem Weg zu gehen, dass ich mein Verhalten *nie* von Anfang an geplant, *nie* nach Schlupflöchern oder Auswegen gesucht habe, um einen Gott um seine Macht zu betrügen; dass ich *keine* bösartige Zicke war, die glaubte, einen Gott austricksen zu können, sondern nur ein Mädchen, das dachte, sie könnte es, bis sie es dann doch nicht konnte.

Und da das hier nicht von *denen* geschrieben wird, sondern von mir, will ich etwas Wahres sagen, weil schon bald niemand mehr ein einziges Wort glauben wird, das über meine Lippen kommt: Hätte ich anders gehandelt, hätte es auch keinen Unterschied gemacht.

Ich hatte jedes Recht, zu tun, was ich getan habe.

6

KASSANDRA

Er ist nicht da – aber der Knoten in meinem Magen löst sich nicht, genauso wenig wie die goldenen Fäden der Prophezeiung, die mich in diesem Augenblick verankern, egal wie sehr ich an ihnen zerre. Ich strenge mich an, bis mir fast der Schädel platzt, und meine zwecklosen Forderungen, zu sehen, was vor mir liegt, verwandeln sich in verzweifelte Bitten.

Ich sitze an dem kleinen Frisiertisch in einer Ecke meines Zimmers – vor einem verzierten Spiegel über einer Ablage, auf der noch die Kosmetik für diesen Abend verstreut ist. Ich habe fast alle Nadeln, mit denen mein Haar hochgesteckt war, herausgezogen, da leuchtet dieses Licht wieder auf, und ich habe die brennenden Augen noch nicht wieder geöffnet, als Apollon spricht.

»Du hast dich für mich schön gemacht.«

Ich habe Furcht erwartet – nicht, dass mein Herz so wild hämmert und etwas flehentlich in meinen Adern flüstert, dass ich weglaufen soll. Ich habe ihn überlebt und kenne seine Rahmenbedingungen – oder weiß wenigstens, was er will –, warum also fühle ich mich immer noch wie ein Beutetier, das sich im Unterholz versteckt?

Ich drehe mich zu Apollon um und sehe zu meiner Überraschung, dass er zwei Kelche mit Wein hält. Er bietet mir einen an, und ich zögere, bevor ich ihn nehme, und stelle ihn verstohlen ab. Ich habe zwar vielleicht eingewilligt in das, was wir gleich tun werden, aber ich nehme kein Getränk an von diesem Mann.

»Macht deine Gabe dir Freude?«

»Ja, Herr.« Ich nicke und verberge meine Hände, die sich nervös verschränken, in den Falten meines Kleides. »Aber ich weiß nicht, ob sie so gut anschlägt, wie ich gehofft habe. Die Fäden wollen mir nur ungern zeigen, wohin sie führen.«

»Nun ja, du bist nicht der Gott der Prophezeiung, der nahtlos durch ihre Wasser navigieren und ihre Fluten beherrschen kann«, sagt er und nippt an seinem Wein. Der färbt seine Lippen dunkel, und mich schaudert. »Als Orakel kannst du gelegentlich ihre Wahrheiten erahnen. Du hast keine Kontrolle über die Regentropfen, die dich treffen, und so wird auch die Macht der Prophezeiung entscheiden, was dir eröffnet wird.«

Ich nicke langsam. Er soll nicht glauben, dass ich undankbar bin.

»Die Stadt freut sich«, sagt Apollon und lässt seinen Blick über meinen Körper wandern. »Warum habe ich dich nicht schon vor langer Zeit entdeckt? Hast du gesehen, wie ich den Himmel für dich in Brand gesetzt habe?«

»Können wir es einfach tun, bitte?«, frage ich, und meine Stimme ist merkwürdig hoch.

Ich erwarte, dass er lacht oder lächelt – es scheint seine Reaktion auf alles zu sein, was ich tue –, aber er hebt nur eine schmale Augenbraue und stellt seinen Kelch zur Seite. »Und ich dachte, ich sorge für ein bisschen Romantik.«

»Das ist keine Liebesgeschichte, es ist ein Handel.« Ich sollte ihn nicht provozieren, aber ich bin so angespannt, dass seine Worte mich zerbrechen könnten. Und dieses letzte Wort von ihm trifft einen Nerv. Romantische Empfindungen sind oft alles, was ich habe – Tagträume davon, weiche Hände zu halten, unbefangen in ein schönes Gesicht zu blicken, das meinen Blick liebevoll erwidert, eine so große Sehnsucht nach etwas Unergründlichem, dass ich glaubte, es würde mich zerreißen. Ich werde ihm meinen Körper geben, aber Romantik kriegt er nicht auch noch.

Sein Kiefer zuckt, er knirscht mit den Zähnen, bevor er befiehlt: »Aufs Bett mit dir.«

Das kann ich tun – und ich tue es, und sobald ich mich auf die Bettkante setze, presst sich sein Mund auf meinen.

Seine Lippen sind weich, sein Atem duftet nach Pfefferminz, und obwohl er zornig ist, ist er merkwürdig sanft.

Aber ich mag es nicht. Es ist nicht so, dass ich instinktiv vor ihm zurückweiche, ich schreie auch nicht Nein, es ist nur ein unangenehmes Gefühl auf der Haut und der Wunsch, mehr Abstand zwischen uns zu schaffen.

Ich mache weiter. Ich kann das – ich kann dieses Unbehagen aushalten.

Dann fängt er an, meinen Umhang aufzuknoten, und ich höre auf zu atmen, bevor ich stockend und keuchend wieder Luft hole, und er muss meine Panik mit Erregung verwechseln, denn er seufzt an meinen Lippen. Mir wird schlecht.

Aber ich weiche erst zurück, als seine Hand meine Taille streift – noch über dem Gewand, kaum eine Berührung.

Ich stoße mich von ihm ab, springe auf und eile von ihm weg, bis ich mit dem Rücken an der Wand stehe.

»Kassandra«, warnt er mich leise.

»Ich weiß, bitte«, keuche ich und schlinge die Arme um mich. »Bitte gib mir einen Moment.«

»Es ist ganz natürlich, nervös zu sein, wenn du das erste Mal bei einem Mann liegst. Vertrau mir, wenn ich sage, dass du es genießen wirst.«

Ich versuche ihn auszublenden, aber mit jedem Moment steigen mehr Empfindungen an die Oberfläche: Übelkeit, das Zimmer dreht sich leicht, jeder Atemzug zittert in meinen Lungen.

Ich könnte das immer noch wegschieben – das glaube ich jedenfalls. Ich könnte die Augen schließen und alles ausschalten oder einfach weitermachen und mich mehr auf seine Lust als auf meine eigene konzentrieren.

Es ist kein schreiender Drang, ihn zurückzuweisen, kein unüberwindliches Entsetzen bei dem Gedanken an seine Berührung. Es ist alles viel leiser, an der Oberfläche, leicht, ein Flüstern, kein Schrei.

Aber es nicht zu beachten wäre wie Verrat an etwas so tief in mir, dass ich es nicht benennen kann – ja es nicht einmal *kenne*. Den ganzen Abend lang habe ich alle meine Gedanken und Handlungen darauf gerichtet, mich großzumachen, allen einen Grund zu geben, mir *zuzuhören*, wenn ich etwas sage. Wie könnte ich da jetzt nicht auf mich selbst hören.

»Ich kann das nicht«, sage ich leise, als könnte das die Zurückweisung abmildern.

Apollon dreht ruckartig den Kopf zu mir, aber alles andere geschieht langsam: wie er vom Bett aufsteht und sich wieder vor mir aufbaut.

»Sag das noch einmal.«

»Es tut mir leid, wirklich«, sagte ich schnell. »Ich dachte, ich könnte es, aber ich kann nicht.«

Ich weiß, was ich riskiere – und ich erwarte fast, dass er mich gleich hier zu Asche verbrennt. Aber trotz dieser Gefahr bin ich fest entschlossen. Also atme ich tief ein und wappne mich gegen die Konsequenzen, die auf die Zurückweisung eines Gottes folgen.

»Ich bin mir sicher, du bist klug genug, eine mit mir getroffene Abmachung nicht zu brechen.«

»Das bin ich. Und deshalb flehe ich dich an, mir zu glauben, dass ich das wirklich, wirklich nicht kann.«

»Dein Flehen bedeutet gar nichts, kleine Priesterin«, stößt er hervor, und seine Augen blitzen geradezu – glühende Kohlen, die Funken sprühen vor Zorn. »Bist du wirklich so dreist zu glauben, dass du einen Gott belügen kannst? Und dir einfach nehmen, was er dir anbietet, ohne deinen Teil der Abmachung einzuhalten?«

»Ich …« Noch nie habe ich so ein Chaos gefühlt: einen Strudel aus Angst, das Gefühl von Versagen und Verwirrung; nicht zu wissen, warum ich etwas so Einfaches nicht tun kann, Empörung, dass er so mit mir redet, dass er mir Vorwürfe macht, noch dazu in meinem Zuhause … »Es tut mir leid, Herr. Du sollst wissen, wie sehr ich zu schätzen weiß, was du mir angeboten hast. Ich wünschte, es wäre anders, aber bitte nimm es zurück.«

Anscheinend ist es falsch, das zu sagen. Etwas in ihm reißt, sein Ärger verwandelt sich in ausgewachsene Wut.

»Du wagst es, mein Geschenk zurückzuweisen? Mich zurückzuweisen?«

Plötzlich kommt mir in den Sinn, dass es keine große Rolle spielen könnte, ob ich einverstanden bin – er ist ein Gott und außerdem ein Mann, und ich bin allein. Ich blicke zur Tür. Ich würde es nie schaffen. Heldenhafte Frauen kämpfen, wehren sich und werden mit einem schnellen, sauberen Tod belohnt, Körper biegen sich wie Zweige im Wind. Mein Blick landet auf den Lorbeerblättern in Apollons Haar, und vor Ekel taumele ich noch einmal rückwärts – Daphne wurde in einen Lorbeerbaum verwandelt, als sie versuchte, der Verfolgung durch diesen Mann zu entgehen, und jetzt ist sie ein Symbol, das ihm heilig ist.

»Ich werde dich nicht zwingen«, höhnt er, als wüsste er genau, was ich denke. »Wofür hältst du mich? Für einen gewöhnlichen Vergewaltiger?«

»Nein, natürlich nicht«, lüge ich. Aber in den Geschichten betrachtet er die Mädchen gern als seine Geliebten. Er will, dass sie ihn wählen – auch wenn er sie dazu nötigen muss. Vielleicht ist also die einzige Bedrohung, dass er noch länger versuchen wird, mich zu überreden.

»Du stolzierst in der Stadt herum, prahlst mit meiner Gabe und stellst dich als heiliger hin als die Hälfte der Götter, deren Tempel eure Straßen schmücken. Und ich soll dir glauben, dass du deine Zurückweisung nicht von Anfang geplant hast?«

»Das habe ich nicht, ich schwöre es – es wäre mein Ruin, mein Herr. Wenn du die Gabe zurücknimmst, wird jeder fragen, warum. Ich habe gerade vor der ganzen Stadt erklärt, dass ich ein Orakel bin.« Oh, Götter, das wird mich vernichten. Aber wenigstens wird es mich nicht so vernichten, wie wenn ich mich an unsere Abmachung halten würde. »Aber ich sehe ein, dass ich einen Handel abgeschlossen habe, und da ich meinen Teil nicht einhalten kann, biete ich dir an, deine Gabe zurückzunehmen.«

Bis jetzt hat Apollons Wut sich auf blitzende Augen und starre, angespannte Bewegungen beschränkt, aber jetzt zuckt seine Lippe, und seine Stimme zittert, als würde er die Kontrolle über seinen Zorn verlieren. »Du dummes Mädchen, glaubst du, das ist so einfach? Die Prophezeiung ist mit dem Kern deines Wesens verbunden. Es würde dich töten, wenn ich sie dir wieder entreiße. Das wäre mir zwar egal, aber es würde auch die Fäden der Prophezeiung beschädigen, wenn ein Ausgang von ihnen zerbricht.«

»Ich … kann ich stattdessen etwas tun?«

»Du kannst dich auf dieses Bett legen und dir meine Vergebung verdienen.«

»Ich kann nicht.«

»Du hast es versprochen.«

Aber langsam denke ich, dass man einer solchen Sache nicht im Voraus zustimmen kann.

»Nein.«

»Du willst einen Gott nicht zum Feind haben.«

»Und ich will auch keinen als Geliebten.«

Er verstummt bei der Erwiderung – die mir schnell und böse über die Lippen kommt. Ich stoße an die Grenzen meiner Angst und meiner Demut und komme wieder bei dem Hochmut an, den er mir vorwirft. Aber es ist mir egal – ich bin eine Prinzessin von Troja und niemand zwingt mich zu gar nichts.

Wenn das meine letzten Momente sind, dann sterbe ich als die verwöhnte Prinzessin, die er demütigen wollte.

»Das wirst du bereuen.«

»Ich sehe nichts dergleichen in meiner Zukunft.«

»Schreckliche Dinge passieren denen, die den Göttern etwas abschlagen.«

»Ist es schlimmer, als mit dir zu schlafen?«

Er stößt ein Knurren aus, stürzt zu mir hin und packt mich an meinem Kleid, und seine Stimme ist kaum mehr als ein Flüstern, bei dem mir ganz tief drinnen kalt wird.

»Du hast die Gabe der Prophezeiung, Kassandra. Aber du hast den Gott betrogen, der sie dir geschenkt hat – und deshalb verfluche ich dich.«

Er küsst mich – aber anders als vorhin ist es nur ein leichter Druck seiner Lippen, und der Schauder, der durch meinen Körper läuft, läuft gar nicht durch *mich*, sondern durch alle Fäden, die mit mir verbunden waren, und sie zerfasern, als sein Fluch in mich sinkt.

Als er mich loslässt, sieht er mich nicht einmal mehr wütend an, bevor er verschwindet.

Und obwohl es ein Wunder ist, dass ich noch lebe, fühle ich mich, als würde ich selbst zerfasern.

7

KASSANDRA

Ich schlafe erst am späten Morgen ein, als die Erschöpfung endlich die Angst verdrängt, dass Apollon zurückkommen könnte, um noch gezielter Rache an mir zu nehmen. Seit meine Mutter mir den ersten Heiratsantrag unterbreitet hat, habe ich mich nicht mehr so gefürchtet. Der dritte Prinz einer zerklüfteten Insel vor dem Peloponnes. Wir haben ihn gar nicht in Betracht gezogen. Aber es hat mich trotzdem beunruhigt, hat sich trotzdem unausweichlich angefühlt. Es würden weitere kommen. Und einem würde man irgendwann zustimmen.

Apollon sollte meine Rettung sein.

Und jetzt brüllt es in meinem Kopf von Krieg und Flüchen und Apollons Lippen, die sich auf meine pressen.

Beim Aufwachen fahre ich erschrocken hoch.

Ich renne los auf der Suche nach Deiphobos. Wenn ich nur eine dieser Ängste besänftigen kann, habe ich danach vielleicht Ruhe. Noch so eine Nacht ertrage ich nicht – voller quälender Erinnerungen an eine Zukunft, die noch eintreten wird.

Mein Bruder kommt gerade aus der Turnhalle der Stadt zurück, als ich ihn finde – und ich überlege, ob ich ihn erst einmal baden lasse. Aber das kann nicht warten, also muss ich seinen üblen Schweißgeruch ertragen.

»Draußen, bitte«, sage ich. »Ich brauche ein bisschen Luftzirkulation, um zu überleben.«

»Du weißt, dass ich dir einen Gefallen tue, ja?«, grummelt er, aber er folgt mir in einen der Innenhöfe. »Also Krieg. Sag mir, was du gesehen hast.«

»Paris wird erwählt werden, einen Wettstreit zwischen Göttinnen zu entscheiden.«

»Sei nicht albern.«

»Oh, glaub mir, ich stelle diese Entscheidung auch infrage – hat wohl mit irgendeiner früheren Sache mit Ares zu tun. Aber egal. Jedenfalls führt jede Wahl, die er trifft, zu Krieg, entweder weil es so geplant ist, oder durch den Zorn der Göttinnen, die verlieren.«

»Die Götter würden keinen Wettstreit veranstalten, bei dem jeder Ausgang zum Scheitern führt.«

»Und ob sie das würden.«

Deiphobos lacht. »Ja klar.«

Er hört mir kaum zu, blinzelt, als hätte er etwas im Auge, und blickt zurück in die Richtung, aus der wir gekommen sind, als würde er sich fragen, wie lange dieses Gespräch noch dauert.

Meine Kehle zieht sich zusammen, als würde ich an meiner eigenen Enttäuschung ersticken. Ich hätte nicht gedacht, dass Deiphobos mich abtun würde wie die anderen Männer.

»Nun, jetzt verstehe ich, warum dir niemand geglaubt hat.« Er seufzt. »Gib mir Bescheid, wenn du wirklich etwas siehst.«

»Bitte hör mir zu.« Ich fange an, genauer zu erklären, was jeweils passiert, wenn eine Göttin gewinnt – aber Deiphobos unterbricht mich.

»Ich habe genug gehört. Beim Olymp, Kassi – hast du die ganze Zeit gelogen?« Voller Abscheu schüttelt er den Kopf. »Ich habe keine Ahnung, wie du da wieder rauskommen willst, aber die ganze Stadt hält dich für ein Orakel. Du solltest vielleicht daran arbeiten, deine Geschichten glaubwürdiger zu machen.«

Er geht, und ich blicke in die Ferne und versuche zu verstehen, was schiefgelaufen ist.

Peinlicherweise brauche ich Tage, bis ich es langsam verstehe – Tage in meiner neuen Rolle als Orakel. Jede neue Weissagung fühlt sich an wie ein zerbrechliches Geschenk, ich wiege sie in den Händen und übergebe sie Menschen, die sie nehmen und mir einfach vor die Füße werfen. Ich habe ohnehin nur Bruchstücke; entweder muss ich mich wirklich anstrengen, um eine Vision zu haben, oder ich stolpere hinein und bringe mich selbst in Gefahr, wenn ich mitten auf der Straße oder auf einer gefährlichen Stufe im Palast schwankend stehen bleibe.

Also denke ich mir Geschichten aus, erfinde vage Lügen, so wie man es uns beigebracht hat.

Es ist wirklich Ironie, dass ich seinen Fluch durch Lügen erkenne, wo Apollon doch der Gott der Wahrheit ist.

Weil ich mit den Lügen wenigstens ab und zu ein Nicken, verhaltene Zustimmung und ein Danke für meine Zeit bekomme.

Die Wahrheit führt immer nur zu sofortiger Zurückweisung, ausgesprochen mit der höhnischen Verachtung von Männern, die mich mit glasigen Augen anblicken, unsicher, was sie überhaupt gehört haben.

Apollon hat meine Prophezeiungen verflucht, damit niemand sie glaubt.

Ich würde seine Klugheit feiern, wenn es nicht so mühsam für mich wäre – denn ich kann mich nicht weiter an Lügen festhalten und meinen Mangel an Weitsicht hinter noch mehr Worten verstecken. Ich bin nicht gut darin, mir etwas auszudenken, und was soll ich tun, wenn sie mich entlarven? Zugeben, dass ich gelogen habe? Dass ich alles nur getan habe, um beachtet zu werden? Dass ich Apollons Namen für meinen eigenen Aufstieg missbraucht habe? Die Wahrheit ist irgendwie schlimmer – ich war einverstanden, mit ihm zu schlafen, *und* hab es mir dann auch noch anders überlegt. Sie werden mich eine Hure nennen, die nicht Wort gehalten hat.

Es ist nur eine Frage der Zeit, bis mein Ruf zerspringt wie billige Glasperlen – und nachdem ich mein ganzes Leben wie ein kostbares Juwel verbracht habe, weiß ich nicht, was das mit mir machen wird.

Aber als die Visionen des Krieges zunehmen, wird mir immer klarer, wie sinnlos es ist, und es macht mich wütend. Die Männer dieser Stadt haben mir schon bevor Apollon ihnen keine Wahl mehr ließ, nicht geglaubt. Niemand glaubt einer Frau, wenn es um Krieg geht, auch wenn sie eine Gabe hat und von einem Gott erwählt wurde. Wie oft müsste ich mich bewähren, bis sie meine Worte für ebenso bedeutungsvoll halten wie ihre eigenen? Delphi hatte Jahrhunderte Zeit, zu beweisen, dass das Orakel dort Beachtung verdient – ich werde Jahre brauchen, bis sie es überhaupt in Erwägung ziehen.

Meine einzige Hoffnung ist, dass einer der anderen Fäden uns auf einen anderen Weg ziehen wird. Dass Krieg vielleicht nicht der einzige Strang ist, dem wir folgen können.

Aber eines Abends bin ich auf dem Weg vom Tempel nach Hause, erschöpft und voller Zweifel, warum ich diese Verantwortung überhaupt wollte. Ich verkünde erst ein paar Wochen lang erfundene Weissagungen, und ich bin jetzt schon müde von den langen Tagen und den Lügen und den Visionen, die mich immer zu unpassender Zeit überkommen. Beim Olymp, ich habe meine eigene Stimme satt.

Ich hatte keine Ahnung, dass das überhaupt möglich ist.

Ich knalle mit den Knien aufs Pflaster, Schmerz jagt mir die Wirbelsäule herauf, und das nehme ich als Erstes wahr: den Sturz, nicht die Dunkelheit oder die Kälte, die immer extremer wird, nur den Schmerz. Der Boden bewegt sich unter mir, und die goldenen Fäden, die sich um diese Welt winden, schreien auf, als sie sich neu ausrichten und etwas an seinen Platz rückt.

Paris segelt – oder eher die Männer bei ihm segeln, weil sein Leben in den Bergen ihn nicht mit den Tauen und der Mechanik vertraut gemacht hat und er nur zusehen kann, verloren, aber hoffnungsvoll. Der Palast von Sparta ragt drohend auf, als sein Boot darauf zufährt, der gelbe Stein ist rot gestrichen.

Als Zeus, der König der Götter, seinen Vater vom Thron jagte, gab es über zehn Jahre einen blutigen, grausamen Krieg. Sein Vater hatte sich vor ihm den Thron mit einem schnellen Schnitt ebenfalls genommen: Uranos' Blut war auf die Erde gespritzt, und es waren Kreaturen, Ungeheuer entstanden, wo es gelandet war.

Und genau so sehen die Säulen des Palasts aus: wie Blut, das vom Himmel regnet.

Eine wunderschöne Frau erscheint: Andromaches dunkelbraune Haut und ihre vollen Lippen; die smaragdgrünen Augen meines ersten Schwarms Briseis; das lockig fallende rostrote Haar von Herophile; Krëusas Kurven und ihre Grübchen, wenn sie lächelt. Ich erkenne sogar etwas von mir selbst: die hohen Wangenknochen, die dichten Augenbrauen, die gerade Nase. Es ist keine Überraschung. Schließlich bin ich das schönste Mädchen in Troja. Ihre Anwesenheit bedeutet, dass Paris eine Siegerin gewählt hat: Aphrodite, Göttin der Liebe und der Schönheit.

Die Visionen flackern mit tausend Umdrehungen in der Sekunde.

Wie von fern spüre ich, wie meine Finger sich in einen brennenden Schädel bohren. Ich glaube, es ist mein eigener.

In manchen Visionen steigt Aphrodite die karminroten Stufen des spartanischen Palasts hinauf, manchmal verwandelt sie sich in Nebel und schwebt durch ein Fenster, dann wieder lauert sie in einem Garten. Manchmal geht Paris selbst: Er klopft an die Palasttür, wird angekündigt und geehrt als Gesandter oder verkleidet sich als Diener.

Sie spricht. Er spricht.

Im selben Fall: eine Frau. Sie wird von einer Prozession hereingeführt, hebt ihren Becher bei einem Bankett, fährt zusammen vor Überraschung oder sogar vor Angst – jede Vision führt so oder so zu ihr.

Sie ist schön, aber das Wort verblasst neben ihr, es fühlt sich falsch und unaufrichtig an, als könnten seine Buchstaben auseinanderbrechen, wenn man es auf sie anwendet. Honiggoldene Locken umrahmen ein Gesicht mit Sommersprossen, die sich wie Lilienpollen auf ihrer elfenbeinfarbenen Haut verteilen. Ihre Lippen zeichnen Eros' Bogen nach. Ihre Augen sind ein Meer, das sich verändert – mitternachtsblau, als Paris sie im Speisesaal trifft, türkis, als sie in der hellen Sonne auf ihren Balkon geht, kalt wie gefrorenes Wasser, als sie in den Thronsaal gezerrt wird, um den trojanischen Gesandten zu treffen oder sich vor der Göttin der Schönheit zu verneigen.

In manchen Visionen sind Aphrodite und Paris ehrlich, in manchen lügen sie, und manchmal benutzen sie gar keine Worte. In manchen nickt die Frau und sagt: Ja, natürlich werde sie mitkommen, in manchen weicht sie zurück und ruft die Wachen, und in manchen erwacht sie gefesselt auf dem Schiff, reißt die Augen auf und knurrt und spuckt und wehrt sich so gut sie kann.

Paris hat seine Belohnung gewählt – die schönste Frau im Land. Aber sie ist mit einem anderen Mann verheiratet. Und der wird eine lange und blutige Schlacht um sie vor unsere Mauern bringen.

Sie wird einen Krieg beginnen.

8

HELENA

Als ich Paris das erste Mal sehe, denke ich: *Vielleicht ist dieser Mann ein schneller Weg aus Sparta hinaus.*

Er steht in unserem Thronsaal, murmelt Handelsangebote, und ein Übersetzer verwandelt sein Zögern in klare und geschliffene Sätze. Ich bin die Einzige im Raum, die es bemerkt. Mein Vater hat darauf bestanden, dass ich die Sprache Trojas lerne – aber was für ein Prinz wurde weder in Griechisch noch in Fragen des Handels unterrichtet, über die er so ungeschickt zu reden versucht? Und warum habe ich noch nie etwas von Paris von Troja gehört, wo ich doch schon als Kind alle Prinzen aus allen Königreichen auswendig gelernt habe?

Was für ein Rätsel ist dieser Mann – und wie herrlich interessant. Ein Lachen steigt in mir auf, als der Übersetzer Paris' Gestammel in Poesie verwandelt, und wird unterbrochen, als mein Mann mich anzischt, dass ich still sein soll. Paris sieht mir in die Augen – Schock, ein Anflug von Zorn – und das bestätigt, was ich von Anfang an dachte: Dieser Mann ist meinem Mann gegenüber nicht loyal. Er könnte ein Verbündeter sein. Er könnte mein Ausweg sein.

Als ich ihn das zweite Mal sehe, ist er nur ein Umriss im trüben Mondlicht, das durch mein Schlafzimmerfenster fällt. Aber er steht im Türrahmen neben einer aus Einzelteilen zusammengesetzten Liebesgöttin, und sie muss mir nicht erst sagen, dass wir durchbrennen sollen, ich nehme schon seine Hand und renne los.

Als wir nach Troja segeln, sehe ich ihn immer noch an wie dieses erste Mal und versuche schlau aus ihm zu werden. Ich habe noch nie einen so schüchternen Prinzen gesehen, und auch keinen, der so völlig ahnungslos und doch optimistisch ist. Ist es nur gespielt? Will er mich so entwaffnen? Ich analysiere seine Sätze, als wären es Rätsel mit verborgenen Tiefen, tue alles, um seine Absichten zu erkennen.

Alles an Paris ist schön, aber genauso zögerlich: dichte, nervös flatternde Wimpern, eine große, anmutige Gestalt, die er beugt, um sich kleiner zu machen, seine goldbraune Haut, oft mit einem Hauch von Rosa.

Und dann lächelt er – und *oh, dieses Lächeln*.

Es entzündet etwas in mir – etwas, von dem ich nicht wusste, dass es noch brennen kann.

Gerade weiße Zähne, Grübchen in den Wangen, funkelnde Augen – ein so absolut ansteckendes Lächeln, dass ich es einfach erwidern muss.

Anders als jedes Lächeln, das ich je einem Menschen entlockt habe, ist das von Paris nicht an ein Publikum gerichtet, er brüstet sich nicht mit mir und seinem Recht, in meinem Leben eine Rolle zu spielen. Er lächelt nur für mich. Und jedes Mal wenn er die Lippen zu einem Lächeln verzieht, zweifle ich weniger an seiner Unschuld und an seiner kompromisslosen, unkomplizierten Freude. Es färbt sogar auf mich ab – als könnte ich, wenn ich mich lange genug darin sonne, dasselbe Glück empfinden.

Und deshalb würde ich ihm überallhin folgen – auch übers Meer.

An den Tagen auf dem Schiff liegen wir uns in seinem Quartier in den Armen oder lehnen uns abseits von den Matrosen an einen Mast, betrachten den blauen Horizont und erzählen uns Geschichten. Oder sagen wir, er erzählt mir Geschichten – weil er nicht nach meinen fragt und ich keine heiteren zu berichten habe. Und seine sind alle so wunderbar idyllisch – ein Prinz, der als Hirte aufwächst und der Königin von Sparta mit Geschichten über Getreidediebstahl und rasende, entflohene Kühe das Herz stiehlt.

Aber dann verändern sich die Geschichten: Er erzählt mir von seiner Herkunft und von der Prophezeiung, wegen der er fast getötet worden wäre. Er erwähnt eine Flussnymphe, die ihm riet, niemals nach Troja zu gehen, und wie er herausfand, warum. Er erzählt, wie nervös er war bei seiner Rückkehr und wie freundlich seine Eltern ihn aufnahmen – und wie gemein eine der Prinzessinnen war, die versuchte ihn mithilfe von Apollons Macht verbannen zu lassen.

Ich merke mir den Namen. *Kassandra*. Es gibt nur *einen* Grund, warum eine Adlige Priesterin wird: Macht. Und vor einer machthungrigen Prinzessin sollte ich mich unbedingt in Acht nehmen, wenn ich einen Prinzen heirate.

»Sie ist im Tempel krank geworden«, fügt Paris hinzu. »Ich habe sie vor meiner Abreise nicht noch einmal gesehen, und Aphrodite hat mich nach Sparta geschickt, bevor ich zurückkehren konnte ...«

»Ich habe mich schon gefragt, warum Aphrodite bei dir war. Was ist passiert?«

Wir sitzen an den Bug von Paris' Schiff gelehnt, unsere Beine sind verschränkt, und die Wellen wiegen uns.

Mit dem Finger zeichne ich träge einen Kreis auf seinen Oberschenkel und blicke ihm in die Augen mit einem Interesse, das ich seit Langem perfektioniert habe – als würde ich an seinen Lippen hängen.

Ich bin wirklich neugierig, aber meine Frage ist auch klar, so als würde ich sagen: *Rede mit mir, sieh mich an, liebe mich.*

»Sie ist mit Hera und Athene zu mir gekommen«, erklärt er. »Sie hatten einen goldenen Apfel dabei, auf dem gefährliche und tödliche Symbole eingeritzt waren, die angeblich *ti kallisti* bedeuteten – das heißt ›für die Schönste‹.«

Die Übersetzung ist nicht nötig, da er aus meiner Sprache übersetzt, aber er lächelt sanft, als er es sagt, und ich lasse ihm diesen Moment des Stolzes.

»Ich musste entscheiden, welche den Apfel bekommen soll«, fährt er fort, aber seine Finger haben sich mit meinen verschränkt und sein Blick fällt auf mein hochgerutschtes Kleid, das etwas mehr Haut zeigt, als wenn ich stehe. Schnell wendet er den Blick ab, als würde er nicht beim Hingucken erwischt werden wollen. Das ist ziemlich süß, da er schon viel mehr von mir gesehen hat.

Wir müssen uns noch an den Rhythmus des anderen gewöhnen, aber die Momente, die wir im Bett miteinander verbracht haben, waren gewiss ein angenehmer Zeitvertreib.

»Und du hast Aphrodite erwählt?«, hake ich nach.

»Wie hätte ich mich zwischen ihnen entscheiden sollen? Als ich das nicht konnte, haben sie versucht, mich zu bestechen: Hera wollte mir Königreiche schenken und Athene Ruhm im Krieg. Aphrodite hat mir Liebe geboten. Sie bot mir dich.«

Der Moment bekommt Risse, obwohl Paris mich weiter anstrahlt, als hätte er keine Ahnung, dass ich abstürze.

Inzwischen sollte ich mich daran gewöhnt haben. Schon mit zehn Jahren war ich ein Preis, als zwei Männer mich raubten, um mich zu einer perfekten Braut zu erziehen; ich war ein Preis, als meine Brüder einen Krieg gewannen, um mich nur Tage später zurückzubekommen; und ich war ein Preis, um den an dem Tag, als ich sechzehn wurde, die Männer aus Griechenland kämpften. Der Mann, den ich dummerweise wählte, sah mich auch als einen Preis an, und er versuchte im ganzen Jahr unserer Ehe seine persönliche Galatea aus mir zu machen – eine Statue, der er mit seinen eigenen Händen eine Form gab, die er lieben könnte, während er auf Aphrodite wartete, die mich ganz machen sollte.

Stattdessen hat sie Paris geschickt, der mich unablässig ansieht, als könnte er sein Glück nicht fassen, an meiner Seite zu sein, der mir übers Haar streicht und mir sagt, wie schön ich bin, wie wunderbar – wie vollkommen.

Ich merke, dass ich es schon wieder tue – ich erwarte das Schlimmste von ihm, weil ich immer nur das Schlimmste erlebt habe. Ich bin vielleicht wirklich Paris' Preis, aber das heißt nicht, dass er mich auch als einen solchen ansieht.

»Du hast mich gewählt«, sage ich ruhig – und versuche die Schönheit darin zu sehen, nicht alles andere, an dem man zweifeln kann.

»Natürlich. Und jetzt, wo ich dich gesehen habe, kann ich mir die anderen Möglichkeiten gar nicht mehr vorstellen.« Und da ist es wieder, dieses ernste Lächeln, das mir vorkommt wie ein Versprechen.

In der Nacht schleiche ich mich aus der kleinen Kammer, die wir teilen, vorbei an den Männern, die an den Tauen ziehen, und stehe am Bug. Der Himmel brennt hell über dem Wasser von der Farbe dunklen Weins. Ich blicke hoch zu den Sternen und finde sie schnell: meine Brüder.

Vier Jahre. Seit vier Jahren sind sie fort.

Nicht ganz tot, nicht ganz lebendig – ein unsterbliches Leben, das zwischen ihnen aufgeteilt wurde, die Tage in der Unterwelt, die Nächte am Himmel als Sternbild der Zwillinge. Hier bei mir verbringen sie keine Zeit.

»Ich kann nicht glauben, dass ihr Mistkerle mich allein gelassen habt«, flüstere ich in den Himmel, obwohl ich es eigentlich nicht so meine. Na gut, vielleicht ist da ein Anflug von Bitterkeit, aber vor allem bin ich … traurig. Ich glaube, ich bin schon seit einer ganzen Weile traurig.

Zuerst bemerke ich gar nicht, dass ich weine. Ich denke, das Salz auf meinen Lippen stammt von der Gischt.

»Bitte mach, dass es funktioniert«, flüstere ich und klammere mich an die Hoffnung, die Aphrodite mir gebracht hat. Ein Prinz, den die Göttin der Liebe zu mir geführt hat – das sollte die Art Liebe sein, über die man sich Geschichten erzählt und um die sich Legenden ranken.

Ich habe alles aufgegeben für einen letzten Versuch auf ein glückliches Leben. Mit Paris scheint das möglich zu sein – die Liebe, die sich zum Greifen nah anfühlt, kann mich vielleicht retten.

Aber manchmal fürchte ich, ich bin zu kaputt, um zuzulassen, dass mir so etwas Schönes passiert.

Ich blicke wieder zum Himmel. Meine Brüder schweben am Horizont, als würden sie mich dorthin führen. Als würden sie mir sagen, dass diese Entscheidung richtig ist, dass das Glück in Troja liegt und dort auf mich wartet.

Am nächsten Tag fliegen Vögel über uns, und es ist klar, dass wir uns der Küste nähern. Paris und ich reden an Deck. Oder vielmehr, er redet und ich flirte. Ich kann nichts dagegen tun – ich erzwinge es, als wäre unser Liebeswerben ein Spiel, das ich gewinnen muss. Sobald ich in Sicherheit bin, hoffe ich auf eine Liebe, die rein und einfach ist, aber im Moment tue ich, was ich immer tue, und werde die, die ich sein muss, damit Paris in dieser Stadt für mich kämpft, in der wir beide Neuankömmlinge sind.

Denn als die Stadtmauern sich nähern, kommt mir alles plötzlich sehr real vor. Menelaos muss wissen, dass ich mit Paris weggegangen bin. Wenn ich hinter diesen Mauern bin, wird er genau wissen, wo er mich suchen muss. Und ich brauche Paris, damit sie mich nicht zurückschicken, egal was Menelaos für meine Auslieferung bietet.

»Weißt du«, sage ich so leise, dass Paris sich vorbeugen muss, »Männer aus jedem Königreich in Griechenland haben um meine

Hand gekämpft. Wie merkwürdig, dass ein gut aussehender Prinz aus einem weit entfernten Reich kommt und mich allen wegnimmt.«

Verwirrt runzelt er die Stirn. »Troja ist nur übers Meer. Es ist nicht sehr weit.«

Mein zerbrechliches Herz zieht sich zusammen. Ist das ein Zeichen? Normalerweise würde eine solche Begriffsstutzigkeit mich wütend machen – bedeutet die Tatsache, dass meine Zuneigung zu Paris wächst, dass ich mich wirklich in diesen Mann verliebe?

»Ja, ich verkläre es nur, wie es sicher auch die Dichter tun werden. Sparta und Troja, Griechenland und Anatolien. Es könnten auch zwei Seiten dieser Welt sein.«

In diesem Moment ertönen die Hörner, und Troja kommt in Sicht. Es ist nur ein Fleck am Horizont, aber als wir näher kommen, nimmt es mir den Atem. Es ist nicht wie Griechenland: Stadtstaaten aus Ansammlungen von Häusern und kleinen Palästen, mit Befestigungen gegen die Armeen der Nachbarn, aber nicht zu hoch gebaut, damit die Götter ihnen die Hybris nicht übel nehmen und damit die Nachbarn nicht glauben, man besäße etwas, das sich zu stehlen lohnt. Ich kann den Palast von hier aus sehen, an den Berg dahinter geschmiegt, weißer Stein und ein Dutzend Türme. Die Stadt zieht sich als Farbschleier den Hang hinunter, die Dächer aus orangem Stein, während sonst alles in sanften Pastelltönen leuchtet, die kühner werden, als wir uns nähern.

Aber während ich Mühe habe zu atmen, stöhnt Paris auf.

»Ich hätte das niemals tun sollen«, sagt er. »Oh Götter, sie kennen mich nicht einmal. Sie schulden mir keine Treue. Und jetzt komme ich und sage nicht nur: ›Ich bin euer Prinz‹, sondern ich habe auch noch eine Frau. Die ich dem König von Sparta geraubt habe.«

»Paris«, fange ich an, aber ich komme nicht weit.

»Ich sollte wenden lassen und dich zurückbringen.«

Ich spüre einen heftigen Stich im Bauch, und nach einem Moment merke ich, dass ich den Schmerz nicht verbergen muss. Ich lasse die

Risse an die Oberfläche, lasse zu, dass die Verzweiflung sich in meinem Gesicht zeigt, und stoße einen erstickten Schrei aus, bevor Tränen in meinen Augen glitzern.

Was genau stellt er sich vor? Dass er einfach sagen kann: *Ach, hier hast du übrigens deine Frau zurück, Menelaos. Keine Sorge, ich habe ihr nichts getan, ich hab dir keine Hörner aufgesetzt.* Menelaos würde sich von mir scheiden lassen, weil mich ein anderer Mann besudelt hat. Und er sitzt auf dem Thron, auf den mein Stiefvater seinetwegen verzichtet hat. Meine Brüder sind so gut wie tot und meine Schwestern auf der ganzen Welt verstreut – Phoibe und Timandra in Städten jenseits der Berge, und Philonoe dort, wo auch immer die Jagd Artemis hinführt. Meine älteste Schwester, Klytaimnestra, ist mehr in der Nähe, aber ihr Mann ist Menelaos' Bruder, und ich bezweifle sowieso, dass sie mir helfen würde. Ich kann nirgendwohin, habe kein Zuhause und keinen Schutz, und ohne einen Mann, der mich verteidigt, habe ich nichts als mein hübsches Gesicht, das jemand als Preis fordern kann.

Aber natürlich hat Paris darüber nicht nachgedacht; er hat seine Ängste einfach unbekümmert ausgesprochen, ohne sie vorher ein Dutzend Mal zu durchdenken, wie jeder vernünftige Mensch es tun würde.

»Paris«, sage ich, blinzele die Tränen weg und tue so, als wäre ich nur wegen ihm verletzt. Alles Echte, das gerade aufgekeimt war, ist jetzt verborgen. Ich werde sagen, was nötig ist. »Wie kannst du das sagen? Ich könnte es nicht ertragen, dich zu verlieren. Ich weiß, wir sind erst seit ein paar Wochen verheiratet, aber ich liebe dich.«

Es passiert sofort, genau wie ich gedacht habe. Seine Miene entgleist, er stottert, starrt mich an.

»Ich liebe dich auch!«, verkündet er schließlich ermutigt. Er packt mich mit plötzlichem Begehren, greift mir ins Haar. »Natürlich liebe ich dich.«

Ich küsse ihn, drücke die geschlossenen Lippen auf seine, und er hält mich fest, als wäre ich alles, was er jemals wollte. Es tut weh – so sehr das Aufrichtige und Wahre zu wollen und es stattdessen in einem manipulativen Flehen zu erklären. Ich fühle mich beraubt, und alles, was es für Paris und mich noch an Hoffnung gibt, flackert wie eine Flamme an einem kurzen Docht.

Die Lippen noch auf seine gepresst, öffne ich ein Auge und blicke hinüber nach Troja.

Hier wird unsere Liebe sicher gedeihen können – auf festem Boden, wenn ich nicht länger vor dem fliehe, was ich zurückgelassen habe. Ich könnte etwas aufbauen, das genauso beständig ist wie diese berühmten Mauern.

In Troja wird die Liebe vielleicht halten.

9

KASSANDRA

Ich klammere mich an meine Würde, aber bei jedem zweifelnden Blick, jedem ungläubigen Flüstern halte ich an etwas fest, von dem ich selbst ohne meine Gabe weiß, dass es mir durch die Finger rinnen wird.

Es ist schon Wochen her, und trotz einer Handvoll Visionen täglich hat mir keine viel vom Krieg gezeigt, abgesehen von ein paar so chaotischen Szenen, dass es mir schwerfällt, sie zu entschlüsseln. Wenn der Krieg an unsere Küste kommt, dann werde ich als Allererstes fordern, die griechischen und trojanischen Truppen farblich zu kennzeichnen, vielleicht sogar Namen auf die Rüstungen zu schreiben, damit ich den Überblick behalte, wer wer ist und was sie jeweils für dumme Entscheidungen treffen. Bäuchlings im Dreck sehen alle gleich aus.

Die meisten Visionen sind absolut banal – in der Zukunft gibt es mehr langweilige Dinge als bemerkenswerte –, und wenn ich sie in der Öffentlichkeit ausspreche, glauben mir die Leute trotzdem nicht und machen sich über ein Orakel lustig, das denkt, etwas so Unmögliches und Unsinniges wie Sonnenschein oder Frühstück könnte eintreten.

Meine Fingernägel bohren sich in meine Handflächen, meine Kiefer pressen sich so fest aufeinander, dass es wehtut. Ich bin es nicht gewohnt, scharfe Antworten zurückzuhalten oder meinen Unmut zu verbergen, und ich muss mir wirklich Mühe geben, nicht selbst Flüche auszusprechen.

Stattdessen lüge ich das Blaue vom Himmel herunter. Das Hauptrisiko, abgesehen davon, dass die Leute Weissagungen misstrauen, bei denen ich das Versmaß einfach nicht richtig hinkriege, sind die Prophezeiungen, die mich an öffentlichen Orten überkommen. Ich habe keine Kontrolle darüber, welche Form sie annehmen – manchmal sind es Verse, die aus mir hervorbrechen, oder ich werde in eine Szene hineinversetzt, oder, und das ist am schlimmsten, die Fäden der Zukunft schlingen sich um mich, während mein Ich der Gegenwart gerade spricht – und dann komme ich in einer Menschenmenge zu mir, die sich über Worte lustig macht, die ich mich nicht erinnere gesagt zu haben.

Jetzt gehe ich in der Cella des Tempels auf und ab, warte auf Besucher, versuche die Prophezeiungen zu hervorzulocken, während ich allein bin. Gelegentlich funktioniert das, aber meistens zeigen sie mir nur wieder das Gesicht dieser Frau – manchmal weint sie, manchmal lacht sie klar und glockenhell, dann wieder lächelt sie gelassen oder weitet besorgt die Augen, aber es ist immer, immer sie.

Langsam glaube ich, dass es keinen anderen Pfad mehr gibt. Da ist nur dieses Mädchen und die Zerstörung, die es mit sich bringt.

»*Wenn Gäste herannahen und der Verbündeten starke Umarmung suchen*«, flüstere ich. »*Ist die Stimme der Überredung …*«

»Es ist keiner da, du kannst dir die Vorstellung sparen«, tadelt mich Herophile, und ihre Schritte werden übertönt vom Geräusch aufeinandertreffender Schwerter, die mir noch in den Ohren klingen.

»Das, glaubst du, mache ich hier?«

»Ich habe genug unsinnige Prophezeiungen und schlechte Kopien der Verse gehört, die die Seher dieses Tempels abgeliefert haben, um ein paar Dinge zu wissen. Entweder, du lügst – und versuchst, ziemlich schlecht übrigens, die Rolle zu spielen.«

Ich verschränke die Arme vor der Brust und versuche so hochmütig auf sie herabzusehen, dass sie vielleicht irgendwelche Konsequenzen befürchten könnte.

»Oder?«

»Oder du bist wirklich von Apollon gesegnet worden. Er hat sogar Lichter in den Himmel geschickt, um es zu zelebrieren. Aber du bist nicht stark genug. Diese ganze Macht hat dir den Verstand vernebelt, und du bist verwirrt von dem, was du siehst.«

»Die Prinzessin von Troja ist entweder eine Lügnerin oder sie ist verrückt – willst du das sagen? Nur damit ich weiß, was genau du mir vorwirfst.«

»Oh bitte, Kassandra, hör auf, mit deinem Titel um dich zu werfen, als würden die Gerüchte nicht auch im Palast kursieren. Ich wiederhole nur, was andere gesagt haben – und zwar sogar der Rat.«

Stimmt das? Ich dachte, vor allem die Öffentlichkeit würde meinen Ruf gefährden. Mir war nicht klar, dass sogar in meinem Zuhause getuschelt wird. Bin ich nicht einmal innerhalb der Mauern des Palastes sicher? Reden die Dienerinnen, wenn sie mein Bett machen? Versammeln sich meine Geschwister, um ihrer Sorge Luft zu machen? Oder, schlimmer noch, lachen sie auch über mich?

»Warum solltest du eine Priesterin deines eigenen Tempels in Verruf bringen?«, zische ich, und meine Angst verwandelt sich in rasende Wut – eine Erinnerung daran, dass auch ich Macht besitze, dass Gerüchte gar nichts sind gegen den Zorn einer Prinzessin. »Ich weiß, dass du mich nicht magst, Herophile, aber ist es nicht auch gut für deinen Ruf, ein Orakel unter deinem Dach zu haben?«

»Vielleicht wenn du gut wärst. Aber wir wissen beide, dass du eine Betrügerin bist und noch dazu nicht schlau genug, um nicht aufzufliegen. Du wirst nicht noch mehr Schande über Apollon oder diesen

Tempel bringen; wenn es also heißt, wir alle oder du, werde ich verdammt noch mal dafür sorgen, dass du die Schuld auf dich nimmst.«

Ein Mann hält sich eine Wunde an der Seite, taumelt rückwärts und blickt mit Augen, die schon nicht mehr sehen, in die Ferne, bevor er zu Boden stürzt. Ich sehe, wie sein Blut die Erde unter ihm färbt.

Die Vision verschwindet und meine Wut verblasst mit ihr. Ein vertrautes Schuldgefühl legt sich stattdessen schwer auf meinen Magen. Schon als ich sie, noch vor Apollons Fluch, vor dem Krieg gewarnt habe, hat mir niemand geglaubt, aber hätte ich es vielleicht aufhalten können, wenn ich mich zuerst mit kleineren Prophezeiungen bewiesen hätte? Kann ich das vielleicht immer noch?

»Dann hilf mir«, sage ich. »Wenn du Angst hast, dass ich dem Ruf des Tempels schade, hilf mir, das jetzt zu verhindern. Ich trete zurück. Ich spiele nicht länger das Orakel. Was immer du willst, bitte.«

Sie muss wissen, was es mich kostet, diese Worte zu sagen – um Gnade zu betteln.

Und sie lacht trotzdem.

Ihr Lachen hallt von den Wänden wider wie das von Apollon.

»Oh nein, Kassandra. Das hast du dir selbst eingebrockt. Ich habe jahrelang auf deinen Untergang gewartet – und ich kann es kaum erwarten, zu sehen, was noch alles auf dich zukommt.«

Ich versuche uns auf den Krieg vorzubereiten, ohne den Fluch auszulösen – mache Weissagungen, dass wir Getreide einlagern müssen, und halte Männer zum Kampftraining an. Aber ich bin ratlos. Trotz der Visionen von klirrenden Schwertern und zerbrochenen Speeren habe ich keine Ahnung, welche Vorkehrungen sinnvoll sein könnten, außer die Frau wieder zurückzuschicken, sobald sie ankommt.

Ich frage Krëusa, wie man sich am besten auf einen Krieg vorbereitet – sie weiß so viel mehr als ich. Aber sie ist gereizt und will Einzelheiten wissen, die ich ihr nicht nennen kann.

»Du kannst das nicht einfach fragen, ohne mir etwas Kontext zu geben – wie groß sind die Armeen, wie ist die Stadt befestigt? Es gibt kein allgemeingültiges Rezept für einen Sieg.«

Ich sage ihr, dass sie sich keine Sorgen machen soll. Ich lote immer noch die Grenzen des Fluchs aus und was er als Prophezeiung betrachtet. Bis jetzt behindert er jeden Versuch, zu erklären, was ich gesehen habe, oder eine Weissagung mit anderen Worten zu verkünden. Würde ich den Fluch auch auslösen, wenn ich Troja zu genau beschreibe?

Ich habe solche Angst, dass das Volk sich gegen mich wendet, dass ich über meine Worte stolpere und nachts keinen Schlaf finde.

Und seit Herophile es angedeutet hat, hat sich auch der Gedanke in mir festgesetzt, dass meine eigene Familie mich immer mehr verachtet. Die Angst überfällt mich in jedem ruhigen Moment, und ich versuche sie in mir zu verschließen und sie nur dann herauszulassen, wenn ich auf meine Matratze einprügeln oder Türen knallen oder erstickt in mein Kissen schreien kann.

Alles kommt mir immer unausweichlicher vor.

An dem Nachmittag, an dem sich alles ändert, rede ich mit drei verschiedenen Leuten, die nach ihrem Schicksal fragen und danach, wie man es zum Besseren wenden kann, und ich bemühe mich, keine Ratschläge und Weissagungen wiederaufzuwärmen. Ihr Schicksal kann nur in vier Himmelsrichtungen liegen, es können nur so und so viele Schätze auf sie warten, und ich habe auf die harte Tour gelernt, dass sie es nicht lustig finden, wenn man ihnen sagt, dass Leid unvermeidlich ist.

»Meine Ländereien sind karg«, sagt mir ein Mitglied des Adels. »Nichts wächst.«

»Poseidon ist zornig«, lüge ich. »Du hast ihn in deinen Gebeten vergessen – warst zu sehr auf das Land konzentriert und nicht auf das

Meer –, und deshalb bringt er Stürme, die dein Land unfruchtbar machen. Gieß Meerwasser auf deine Felder und sie werden gedeihen.«

Der Mann blinzelt. »Ich soll Salz auf meine Felder streuen?«

»Ja«, bestätige ich. »Ich sehe, dass das dein Problem lösen wird.«

Er versteift sich, knirscht mit den Zähnen, als er mir kurz zunickt, und dankt mir nicht einmal, bevor er geht.

Eine Priesterin neben mir blickt ihm nach und schüttelt dann den Kopf.

»Er sollte nicht an den Göttern zweifeln«, sagt sie. »Es ist eine Prüfung des Glaubens – vergieße Meerwasser im Namen von Poseidon und wisse, dass er niemals zulassen wird, dass das Land dadurch unfruchtbar wird.«

Und woher soll ich wissen, dass nichts mehr wächst, wenn man Salz auf das Land streut? Warum kommen die Leute mit irgendwelchem landwirtschaftlichen Unsinn zu mir? Ist ein Orakel nicht zu wichtig, als dass man es wegen jeder Kleinigkeit befragen sollte?

Ich muss hier raus, muss irgendwie von meiner Position zurücktreten, bevor ich mich unrettbar blamiere.

Ich merke gar nicht, dass die läutenden Glocken zur Wirklichkeit gehören – ich habe sie schon so oft gehört, in Visionen und als Echo, das auf die Wirklichkeit abfärbt.

Aber der nächste Besucher schreckt bei dem Geräusch zusammen und die anderen Priesterinnen sehen sich mit verhaltener Neugier um.

Ich eile zum Rand des Tempels, zu der breiten, windumtosten Terrasse, von der aus man über die Stadt blickt. Ich weiß schon, was ich sehen werde, noch bevor die Brüstung gegen meine Rippen drückt – ich habe es Dutzende Male gesehen.

Die Sonne steht hoch am Himmel.

Und ein Schiff ist am Horizont.

10

KASSANDRA

Ich darf die Stadt nicht ohne Wache verlassen, und ich war auch nie so dumm, es zu versuchen.

Es hat mich nie wirklich gestört. Diese Stadt bedeutet mir alles, sie kriecht den Berg hinauf, als würden wir den Göttern selbst immer näher kommen. Ganz oben erhebt sich der Palast, und vor seinen Mauern, an einem sanften Abhang, liegt der Halbkreis der Akropolis, in der Tempel und Schulhäuser sich abwechseln. Sie alle sind dem Palast nachgebildet, aus weißem, goldgeädertem Marmor oder anderem, billigerem Stein, der bemalt wurde, damit er so aussieht.

Unter dem ganzen Weiß ist die Stadt eine Explosion aus Farben. Jeder Fensterladen ist bunt gestrichen, jeder Karren strahlt in einem Dutzend verschiedenen Farben, die Marktstände sind mit grellbunten Stoffen überdacht. Es ist wunderschön, ein Ort, an dem Kunst und Musik mehr gepflegt werden als Krieg. Und man kann es *sehen*, die berühmten Holzstatuen in den Straßen, die Schauspieler und Sänger, die aus den Tavernen kommen, den Palast selbst, der weit oben auf dem Berg thront, der aber doch ein Palast ist, keine Festung, keine Burg, nicht aus strategischen Gründen dort erbaut, sondern wegen des Blicks auf die geliebte Stadt.

Ich streife durch die Stadt, wann immer es geht. Aber diesmal warte ich nicht auf eine königliche Wache.

Ich muss es sehen, auch wenn ich Angst davor habe. Wie bei der schrecklichen Inszenierung eines Märchens ziehen die Fäden des Schicksals an mir und bitten mich, anzusehen, was sie mir längst gezeigt haben.

Ich muss es sehen, damit es mir real erscheint. Und auch alle anderen müssen es sehen – und bezeugen, wie meine Visionen zu ihrer Wirklichkeit werden.

Nachdem die Menschen wochenlang geleugnet haben, was ich im Kopf sehe, hoffe ich gar nicht mehr, diesen Moment noch ändern zu können. Ich brauche nur die Bestätigung.

Denn langsam zweifle ich an mir selbst.

Und wenn ich trotz des ganzen Widerstands recht habe, muss die Wahrheit mir bei dem helfen, was ich als Nächstes versuche, um uns zu retten.

Ohne Wachen und zwischen den Massen, die das Läuten angelockt hat, schaffe ich es, mich ungesehen durch die Straßen zu schlängeln und an den äußeren Stadtmauern vorbei, die so unglaublich hoch über uns aufragen, dass kein Mensch sie jemals bauen könnte. Und sie wurden auch von keinem Menschen gebaut – sie sind das Werk von Poseidon und Apollon.

Ich folge den Wegen dahinter bis zum Meer, das in der Sonne funkelt wie tausend Edelsteine.

Ich komme an, als das Boot sich nähert, die Leinen sind ausgeworfen, sodass man es ans Ufer ziehen kann.

Hektor steht vor der Menge und betrachtet alles mit der stoischen Miene, die man oft in seinem Gesicht sieht.

Die Leute sehen mich, und mir wird flau im Magen, ihre Reaktion ist ungefähr so, wie ich erwartet habe – Ellbogenstöße und aufgeregtes Flüstern, rasche Verbeugungen und großmütiges Lächeln –

und halb unterdrücktes Gekicher, Hohn und Spott und verdrehte Augen.

Trotzdem treten sie zur Seite, bilden eine Gasse für mich zu meinem Bruder, obwohl Hektor sich so auf das Schiff konzentriert, dass er mich erst sieht, als ich neben ihm stehe.

Er dreht sich um und begrüßt mich mit einem schelmischen Lächeln. »Und? Denkst du, Paris hat Aphrodite dabei?«

Ich wende den Blick ab, mein Gesicht brennt vor Wut. Deiphobos hat mir nicht geglaubt, und auch sonst niemand, den ich gewarnt habe, bevor ich das mit dem Fluch begriffen hatte, und das ist jetzt einer ihrer Lieblingswitze – dass Paris die Gunst von Aphrodite gehört. So lächerlich, dass man es nur im Scherz sagen kann.

»Komm schon, Kass, es ist nur ein Witz …«

»Bleib bei deinen Angebersprüchen, das kannst du besser«, sagt Deiphobos, der plötzlich aus der Menge tritt. »Mutter wird wütend sein, Kassandra, wenn sie dich hier ohne Wache entdeckt.«

»Ich weiß nicht, was du meinst. Wir sind ja wohl zusammen hergekommen.«

»Klar, für zwanzig Silberstücke.«

»Du bist ein Prinz – was willst du mit Silberstücken?«

»Dreißig.«

»Ja, meinetwegen.« Ich verdrehe nur nicht die Augen, weil ich weiß, dass er genau das will. Manchmal denke ich, Deiphobos muss uns ärgern, so wie wir anderen essen und trinken müssen.

»Paris ist nicht allein«, sagt Hektor und blickt zu dem Schiff. »Ist das eine Frau?«

Ich drehe mich um, und die Zeit verlangsamt sich so sehr, dass ich mich frage, ob es eine neue Art Vision ist, aber nein, sie ist es, ihr Haar flattert im Meereswind, sie hält sich an Paris fest, und selbst aus dieser Entfernung, selbst im Schatten des Schiffs weiß ich, dass es die Frau ist, die mich seit Wochen verfolgt.

Dann nimmt Paris ihre Hand und führt sie ins Licht.

Ich habe ihr Bild ein Dutzend Mal gesehen, aber es ist anders, ihr leibhaftig zu begegnen – so als würde man aufwachsen mit Geschichten von Naturwundern und erst eins erblicken, wenn man den letzten Atemzug tut. Sie ist ewiges Staunen, ein Mythos, der dir Kraft geben kann.

»Sie ist wunderschön«, sage ich, weil es mir die einfachste Übersetzung der Springflut scheint, in der ich gefangen bin.

Die Menge murmelt, ich höre Gesprächsfetzen, wie atemberaubend diese Frau ist. Obwohl ich weiß, welche Gräuel sie bringt, kann ich ihnen nicht widersprechen. Aber ich hatte immer eine Schwäche für Mädchen, die wie Kunstwerke aussehen – die Hälfte meiner Tagträume besteht aus unerreichbaren, ästhetisch ansprechenden Frauen.

Als sie anlegen und sich bereit machen, von Bord zu gehen, glitzern ihre Trauringe in der Sonne.

»Warte«, sagt Hektor. »Sie sind verheiratet? Wer ist das?«

Würde es als Prophezeiung zählen? Ich bin mir nicht sicher. Anstatt *Helena, Königin von Sparta*, sage ich also nur: »Ist das eine Krone?«

Ist es nicht – es ist nur ein winziges Diadem aus Metall, aber in Sparta geht es als Krone durch, und Hektor weiß das so gut wie ich.

Sie trägt ein purpurnes Kleid – eine Farbe, die nur Könige sich leisten können –, und es ist eindeutig spartanisch: kurz und mit Schlitzen an der Seite. Wer sonst würde so viel Haut zeigen? Als wäre ihr Gesicht nicht allein schon Trophäe genug, muss sie auch noch jeden Zentimeter ihrer sonnengebräunten, muskulösen Beine zeigen.

»Helena von Sparta?« Hektor starrt sie mit erwachendem Entsetzen an.

»Dieser Idiot«, zischt Deiphobos und betrachtet unseren neuen Bruder mit zusammengekniffenen Augen, als könnte er Paris' Existenz höchstpersönlich korrigieren.

»Das darf er nicht«, sagt Hektor. »So viele Männer haben in Sparta um ihre Hand geworben, dass sie schwören mussten, die Ehe zu respektieren, für die sie sich entschieden hat. Sie haben einen Pakt geschlossen, dass kein Mann versuchen würde, sie ihrem rechtmäßigen Ehemann wegzunehmen, und dass sie sich, falls es doch einer täte, zusammenschließen würden, um sie zurückzuholen.«

»Du meinst ...« Er muss selbst darauf kommen.

»Das bedeutet Krieg.« Er spricht es gar nicht erst aus wie eine Frage.

»Was tun wir?«, fragt Deiphobos. »Wir können sie nicht zurückschicken, und wir können nicht gegen jede verdammte Polis in Griechenland kämpfen.«

»Wir müssen den Kriegsrat einberufen«, sagt Hektor und blickt zur Stadt, wo die hohen, gewölbten Tore geöffnet wurden und Wagen von den Mauern her auf uns zurollen. Meine Mutter sitzt im ersten, sie sieht mich, bevor ich mich wegducken kann, und ihr strahlendes Lächeln verdüstert sich.

Ich sollte Deiphobos schnell bezahlen, sonst kriege ich ziemlichen Ärger.

Aber ach, wen kümmert es? Meine Brüder glauben mir. Und wenn sie denken, dass Helena ein Problem ist, werden andere das auch tun. Die Fäden, die sich durch die Luft ziehen, zucken nicht einmal, aber ich bin mir so sicher, dass die Zukunft sich verändern wird, gleich wird sich ein neues Bild formen, und ich vergesse ganz, dass ich in der Öffentlichkeit bin, mache einen kleinen Luftsprung und klatsche in die Hände.

»Herzallerliebst.«

Ich drehe mich nicht zu der Stimme um, sondern zu meinen Brüdern – als könnten die mich vor einem Gott beschützen. Aber sie sind schon weg und laufen zu meinen Eltern. Und obwohl ich von Menschen umgeben bin, ist es, als wäre ich wieder allein mit ihm.

»Du hast dich gut geschlagen, kleine Prinzessin«, sagt Apollon.

»Herr«, fange ich an, aber ich weiß nicht weiter. Als ich ihn das letzte Mal gesehen habe, dachte ich, er würde mich vernichten, und war bereit, mit so vielen Beleidigungen abzutreten, wie mir nur einfielen. Heute allerdings sehe ich meinem unvermeidlichen Untergang nicht ganz so bereitwillig ins Auge, und der Gedanke, dass er hier vor allen anderen mit meinem Tod ein Exempel statuieren will, flößt mir eine Angst ein, die sich kalt wie Eis um mein Rückgrat legt.

Er hebt die Hand, als wollte er meine stummen Lippen nachzeichnen, aber ich trete einen Schritt zurück und sehe ihn kalt und wütend an, bevor mir einfällt, dass ich diesen Blick besser mäßigen sollte. Wie oft muss ich das noch durchspielen: dass mir völlig bewusst ist, welche Gefahr von ihm ausgeht, und ich mich trotzdem nicht entsprechend verhalte?

»Es war wirklich außerordentlich unterhaltsam«, fährt Apollon fort. »Zuzusehen, wie du versucht hast, den Fluch zu umgehen. Und so einfallsreich, die ganzen Lügen. Wie schade, dass du meine Verehrung früher nie so ernst genommen hast und nicht fleißiger warst – wärst du besser darin, schöne Verse zu dichten, hätten sie deinen falschen Prophezeiungen vielleicht sogar geglaubt.«

Paris hilft Helena über den Landungssteg, und ich weiß nicht, was mir mehr Angst macht – Apollon, der neben mir steht, oder der Gedanke, dass sie gleich den Fuß auf unser Land setzen wird.

»Mach nur so weiter, dann wenden sie sich vielleicht in einem Jahr gegen dich.« Er breitet die Hände aus, und mir drängt sich der Eindruck auf, dass er diese Rede auswendig gelernt hat. »Aber so lange kann ich nicht warten. Ein Krieg kommt, Kassandra. Und eines Tages wirst du aufhören, in unserem kleinen Spiel gegen mich zu kämpfen, und begreifen, wie absolut hilflos du bist.« Er sieht mir in die Augen, sein Blick brennt gleichermaßen vor Verlangen und Hass. Er senkt die

Stimme zu einem Flüstern, wie ein geknurrtes Versprechen, dass er, wenn er in dem einen keine Befriedigung findet, einfach das andere wählt. »Ich hoffe, du zerbrichst daran.«

Er drückt mir die Hand gegen die Stirn und ich werde gewaltsam in eine Vision geschleudert. Die Fäden um mich zurren sich fest, und alles flackert so schnell an mir vorbei, dass ich kaum verstehe, was passiert.

Wieder die roten Säle Spartas, der König sitzt auf seinem Thron, brüllt und schreit und verlangt, dass man ein Orakel holen soll und Nachricht an jeden Prinzen in Griechenland schicken, der den Pakt unterzeichnet hat, um ihnen zu sagen, dass die Zeit gekommen ist, Wort zu halten, und sie für ihre Ehre kämpfen und sich die Reichtümer in den Schatztruhen von Troja holen sollen.

Dann sehe ich Truppen, die sich vor unseren Mauern sammeln, Schiffe, die genau an dieser Stelle anlegen, und alle sind sie hier, um auf der Suche nach dieser Frau mein Zuhause auseinanderzunehmen.

Und dann bin ich wieder auf dem Schlachtfeld, auf dem ich schon so oft war, nur kann ich es jetzt fühlen, ich fühle, dass es so viel schlimmer wird, als ich mir vorstellen kann, und die Vision dreht sich, mein Fokus verändert sich, und ich sehe Hektors Leiche, die an einen Streitwagen gebunden ist. Ich habe so viele Tote gesehen in meinen Visionen, so viele waren zerschunden und blutig und kaum zu erkennen. Aber das ist etwas anderes: Fleisch, das nur noch Brei ist, Fleisch, das ich nicht als das meines Bruders erkennen würde, wäre da nicht der Ehering an seinem Finger, ein unverwechselbarer Rubin an der aufgerissenen Haut.

Ich blinzele, als sich die Realität wieder vor mich schiebt, und ich sehe die Frau, die die ersten Schritte auf die Stadt zu macht, der sie Gefahr bringt.

Hektors Leiche, wenn man es überhaupt so nennen kann, Blut klebt an der Erde, die Augen zerfetzt von spitzen Steinen, über die er geschleift wird, als der Streitwagen weiterrast.

Ich schreie – nicht einmal Worte, nur Entsetzen, das in meiner Kehle kratzt, als es sich befreit.

Sie macht das. Diese Frau erschafft die möglichen Formen der Zukunft, die schon seit Wochen durch meinen Verstand rasen. Wegen dieser Frau wird mein Bruder getötet und sein Leichnam geschändet, und, bei den Göttern, wie vielen wird es noch so ergehen? Wie viel Rot wird dieses Land färben?

Ich denke nicht nach – ich kann kaum etwas sehen bei dem ganzen Blut. Ich renne einfach los.

Sie verschwimmt vor meinen Augen, die goldenen Locken verschmelzen miteinander, bis ich nur noch das sehe und denke, wenn ich nur zu ihr gelange, kann ich uns vielleicht retten.

Ich werde mit solcher Kraft am Arm zurückgerissen, dass ich es knacken höre.

Aber das hält mich nicht auf; ich versuche immer noch, zu ihr zu kommen. Sie hat so viele Haare, es ist schon obszön. Ich will es ihr um die Gurgel wickeln.

Jemand hält mich an der Taille fest und hebt mich hoch, und ich packe etwas Metallisches und schleudere es nach ihr.

Jemand anderes schreit und ich denke: *Gut, gut, sie sollten auch schreien.*

Aber jetzt bin ich umzingelt, jemand dreht mir die Arme auf den Rücken, und ich kann nichts weiter tun, als ihr vor die Füße zu spucken.

Für den Bruchteil einer Sekunde sehe ich die Unsicherheit in ihrem Gesicht, dann dreht sie sich zu Paris um und lehnt sich an ihn.

Ich sehe immer noch das zerschundene, blutige Gesicht meines Bruders, und die Weissagungen heulen los. »*Wegen Helena treffen Achaier und Troer aufeinander in jahrelangem Krieg, unzählige Leben zahlen den Tribut, und Kummer wird beide Seiten erdrücken, schwer und …*«

Die Wache, die mich gepackt hat, hält mir schließlich den Mund zu, und ich hätte nie gedacht, dass ich für eine solche Demütigung einmal so dankbar sein würde.

Hunderte Stadtbewohner müssen am Ufer versammelt sein – alle blinzeln, ihre Augen werden glasig, als der Fluch sich über ihre Ohren legt. Dann zeigt sich ein Lächeln auf ihren Gesichtern, und wo ich auch hinsehe, begegnet mir herablassendes Grinsen.

»Kassandra!«, schreit meine Mutter, sie ist so wütend, dass sie zittert. Vater ist sprachlos.

Die Wache senkt die Hand, als meine Familie näher kommt.

»Hektor, Deiphobos«, flehe ich. »Bitte, ihr wisst, dass sie gefährlich ist.«

Aber Deiphobos blickt verlegen auf seine Füße, kickt einen Stein weg und zuckt die Achseln. »Kassandra, bitte hör auf. Warum sollte sie gefährlich sein?«

Nein.

Hektor dreht sich um, ein Faden ist fest um seine Kehle geschlungen, und die Vision haftet noch an ihm, die Haut schält sich von seinem Schädel; man sieht, wie sich Muskeln und Sehnen bewegen, als er Paris und der Frau zunickt, die uns dem Untergang weiht. »Wir sind erfreut, dich hierzuhaben, Helena von Sparta. Wobei wir dich jetzt wohl Helena von Troja nennen sollten.«

Hektor lächelt mit aufgerissenen Lippen, Blut färbt seine Zähne rot.

In der Ferne höre ich eine Ker kreischen, als die Dämonen des gewaltsamen Todes sich vor unseren Stadtmauern sammeln und darauf warten, dass es beginnt.

11

KASSANDRA

Die königlichen Wachen werfen mich in einen der Wagen und fahren mich schnell nach Hause, wo sie mich, ohne meine Proteste zu beachten, in mein Zimmer schleifen. Sie halten nur inne, um einen Arzt zu rufen, der mir den Arm ohne viel Federlesens wieder einrenkt.

Meine Schulter pocht vor Schmerz und ich kneife die Augen zu, als die Tränen kommen. Ist es das wert? Wenn ich meinen Eltern die Wahrheit sage – ihnen gestehe, was ich getan habe, und ihnen von dem Fluch erzähle –, würden sie irgendeinen Ausweg finden? Das kann kaum schlimmer sein als dieses langsame Zerfasern.

Ein Dutzend Zukunftsvisionen blitzen gleichzeitig auf: meine Mutter, die sich in einem Raum umsieht, als könnte jemand meine Worte hören; mein Vater, dessen Stirnrunzeln tiefer wird; Krëusas rasender Zorn, Deiphobos' kalte Wut, Hektors Enttäuschung, die sich schnell zu praktischen Erwägungen wandelt; Andromache, die die Arme um mich legt; und sogar Skamandrios, der mit geblähten Nasenlöchern erklärt, dass nur er mir das Leben zur Hölle machen darf.

Ich sehe Treppenstürze, Gifte, die den Erstickungstod bringen, Stürze von Pferden, mythische Bestien, mysteriöse Krankheiten und verirrte Pfeile – und immer, immer Apollons Gelächter und seine Drohungen, die sich in der Prophezeiung verheddern.

Ich krümme mich und schreie vor Qual. Es ist zu viel, zu viele Möglichkeiten, alle sind schrecklich, und alle rasen gleichzeitig durch meinen Verstand. Ich bin es gewohnt, täglich eine Handvoll Orakelsprüche oder ein paar bruchstückhafte Visionen zu sehen. Aber das ist eine Flut. Es ist ein gebrochener Damm, der meinen zerbrechlichen, schmerzenden Schädel zu zerschmettern droht.

Was auch immer Apollon getan hat, um mir diese Vision von Hektor zu zeigen – die Prophezeiungen und ihr Zugriff auf mich haben sich verändert.

Aber die Botschaft ist klar. In jeder Zukunft, in der ich jemandem von dem Fluch erzähle, sorgt Apollon für seinen tragischen, frühen Tod.

Die Tür wird aufgestoßen, und meine Mutter stürzt ins Zimmer, ein Wirbelsturm aus kostbarer grüner Seide, die sie mit den Händen rafft, als wäre sie sonst nicht schnell genug.

»Rede«, befiehlt sie, und ich weiche so erschrocken zurück, dass ich auf mein Bett falle. Geisterhafte graue Erscheinungen steigen hinter meiner Mutter aus dem Boden auf und kreuzen die Schwerter. Ich erkenne die Schilde – ich habe das schon einmal gesehen. Es ist keine richtige Vision, weil ich noch immer in meinem Schlafzimmer bin, aber als ich mich auf die Fäden des Schicksals konzentriere – sie sind immer da, es ist leicht, sie auszublenden –, sehe ich, dass sie praktisch Funken schlagen.

Die Zukunft färbt auf die Gegenwart ab.

»Kassandra!«, stößt meine Mutter hervor.

»Tut mir leid.« Ich ducke mich. Genau das will Apollon: dass ich Prophezeiungen murmele, unsichtbare Gestalten verfolge und in Gesprächen abdrifte, weil ich Dinge sehe, die ich niemals glaubwürdig erklären kann.

Er sorgt dafür, dass ich schneller in Ungnade falle.

Ich könnte heulen – alles, was ich sehe, alle diese Schrecken, die auf mir lasten, das ist noch nicht einmal die Strafe. Ich dachte, er will einfach, dass ich mich machtlos fühle, weil ich die schrecklichen Dinge, die ich sehe, nicht verhindern kann. Aber es ist mehr als das. Apollon will nicht nur, dass ich hilflos bin, sondern auch isoliert und verzweifelt.

Hasst er mich wirklich so sehr? Aber dann hallen seine Worte in meinem Kopf wider und mir wird alles klar: *unser kleines Spiel.*

Er will mich vernichten, ich bin eine Gegnerin, die er schlagen kann, ein Mädchen, das keine andere Wahl hat, als ihn um Gnade anzuflehen. Für ihn ist es ein Spiel, und das einzige Spiel, das diese Männer beherrschen, ist Jagd und Eroberung.

Ich habe mich geirrt. Er befriedigt nicht seinen Hass anstelle von seiner Begierde – für ihn ist es ein und dasselbe. Er hofft, dass ich mich irgendwann nur noch an *ihn* wenden kann, dass ich zu ihm zurückkrieche und ihn anflehe, mich zu nehmen.

»Also?«, drängt meine Mutter.

Ich muss irgendwie da rauskommen, aber diese letzten Wochen haben mir gezeigt, was für eine schlechte Lügnerin ich bin – und das ist keine Überraschung. Mein ganzes Leben lang habe ich immer genau das gesagt, was ich denke. Warum sollte ich meine Gedanken zügeln, wenn niemand etwas dagegen tun kann? Eine Prinzessin von Troja muss nicht lügen – sie würde sogar mit Mord davonkommen.

Es sei denn, sie versucht es am helllichten Tag und schreit dabei unglaubwürdige Prophezeiungen vor ihren Untertanen.

»Ich ... ich kann nicht«, sage ich, lasse meinem Kummer freien Lauf. »Die Prophezeiungen sind so verwirrend, sie wirbeln durch meinen Kopf und sagen mir nie, wann sie eintreten und ob sie wirklich eintreten oder ob das von etwas anderem abhängt. Ich habe keine Kontrolle darüber.«

Es ist nicht direkt gelogen – wobei ich eher wegen allem anderen enttäuscht bin. Aber fast funktioniert es. Mutter ist kurz davor, mich zu umarmen, als sie es sich anders überlegt.

»Und warum hast du Helena angegriffen?«

Ich schüttele den Kopf. »Ich habe etwas gesehen und ... ich habe mich geirrt. Ich habe gedacht, sie würde etwas tun, was ...«

»Soll das eine Entschuldigung sein?«

»Nein! Ich war eine Idiotin und es tut mir leid.«

Sie wendet den Blick nicht ab, und ich versuche mich an meinem Kummer festzuhalten – das Gefühl stimmt, auch wenn Mutter es falsch deutet. Aber wenn ich daran denke, dass ich Helena angegriffen habe, werde ich wütend – weil ich überhaupt nicht nachgedacht habe. Ich habe nur auf den Leichnam meines Bruders reagiert, und auch wenn ich erleichtert sein müsste, dass nichts passiert ist – denn dann würden die Achaier garantiert kommen, um sie zu rächen –, bin ich auch noch wütend, dass ich sie nicht wenigstens verletzen konnte – wo sie uns alle so sehr verletzen wird.

»In Ordnung.« Mutter nickt. »Keine Versammlungen mehr, bis du diese Prophezeiungen in den Griff bekommst. Du kannst deine Weissagungen unter vier Augen aussprechen, und die anderen Priesterinnen können sie dann weitergeben.«

Ich bin so erleichtert, dass ich fast vergesse, demütig und bescheiden zu schauen.

»Apollon hat unserem Königreich ein Geschenk gemacht, als er dir das Gesicht gegeben hat, Kassandra, aber wenn du nicht unterscheiden kannst, was real ist und was nicht, dann musst du deinen Gott um Führung bitten. Bringe Opfer dar, wache und bete und sorge dafür, dass du ihn angemessen ehrst.«

Toll. Ich bin sicher, er wird begeistert sein.

»Ja, Mutter«, sage ich und schaffe es, die Worte nicht auszuspucken.

»Und du wirst dich bei Helena entschuldigen.«

Das macht mich irgendwie noch wütender. Seit Wochen sehe ich ihr Gesicht, das uns den Untergang bringen wird, und jetzt soll ich sie auch noch um Verzeihung bitten?

Eigentlich sollte es leicht sein, wenigstens so zu tun, als ob, aber allein schon bei dem Gedanken daran kommt mir die Galle hoch.

»Na gut«, schimpfe ich. »Aber wenn wir mal beiseitelassen, was ich getan habe, was will sie hier?«

Mutter durchbohrt mich mit einem klugen, argwöhnischen Blick, der mir sagt, dass ich mich auf einem sehr schmalen Grat bewege.

»Sie hat deinen Bruder geheiratet.«

»Aber warum?«, dränge ich. »Sie war die Königin von Sparta und hat das aufgegeben, um einen Prinzen zu heiraten, der nicht einmal Thronerbe ist? Warum sollte sie das tun?«

»Dir haben wir auch viele Angebote von Thronerben und Königen unterbreitet. Manchmal kommt es nicht darauf an.«

»Was, wenn Paris sie gegen ihren Willen geholt hat?«

Sie dreht sich so abrupt zu mir um, als wäre schon der Gedanke ein Schlag. »Das würde dein Bruder niemals tun.«

»Wir kennen ihn nicht!«

»Fang nicht wieder damit an.« Sie schüttelt den Kopf. »Ich ertrage das nicht noch einmal.«

»*Kassi.*« *Ihre Stimme ist angespannt, brüchig – voller Bedauern. Sie blickt mich mit großen Augen flehentlich an. Sie hat mir etwas Schreckliches, etwas Unverzeihliches angetan.* »*Was hatte ich denn für eine Wahl?*«

Ich blinzele und meine Wut verwelkt.

»Ich will ja gar nicht sagen, dass wirklich etwas passiert«, bringe ich mit erstickter Stimme heraus. »Aber da ist doch einiges, das keinen Sinn ergibt. Wir sollten darüber nachdenken.«

Ich sehe ein Flackern in ihrem Gesicht – Zweifel. Aber dann reißt sie sich zusammen.

»Sie sind jung und sie sind verliebt. Und wenn wir ihre Ehe heute Abend offiziell machen, wirst du dich bei Helena entschuldigen und dafür sorgen, dass sie sich zu Hause fühlt. Und sei nett zu deinem Bruder.«

Oh, garantiert nicht.

Aber ich will es auch nicht noch schlimmer für mich machen.

»Natürlich«, stimme ich zu. Und dann, weil ich es nicht lassen kann: »Wird Helena sich ein Kleid leihen müssen? Es sieht nicht so aus, als hätte sie etwas Passendes zum Anziehen.«

Mutter wirft mir einen wütenden Blick zu, weil sie die Beleidigung heraushört – aber sie kann nicht leugnen, dass das stimmt. Also seufzt sie und sagt: »Höchstwahrscheinlich, ja. Bring später ein paar mit. Und ich meine es ernst, Kassandra: Du wirst Helena gegenüber ein Muster an Freundlichkeit sein. Gib ihr das Gefühl, dass ganz Troja auf sie gewartet hat.«

Nur Minuten nachdem meine Mutter gegangen ist, kommen Andromache und Krëusa in mein Zimmer und werfen sich aufs Bett, genau wie immer, wenn wir vor einem Bankett Klatsch austauschen.

»Sind die Gerüchte wahr?«, fragt Andromache. »Paris ist verheiratet?«

Das habe ich doch schon lange gesagt, will ich schreien. Aber ich weiß, dass es so nicht funktioniert.

Also nicke ich einfach.

»Mit der Königin von Sparta?« Krëusa runzelt die Stirn. »Warum kommt mir ihr Name so bekannt vor?«

»Weil du jedes Buch in der Bibliothek gelesen hast?«, sagt Andromache, setzt sich an meinen Frisiertisch und lehnt ihren Gehstock an die Wand. »Wahrscheinlich irgendein Verzeichnis königlicher Hochzeiten. Kassandra, kannst du mich schminken?«

Mein Magen macht einen Satz, genau wie immer.

Das ist unser üblicher Ablauf: Andromache richtet die Kleider her, ich schminke uns, und Krëusa macht mir und sich selbst die Haare – Andromache bekommt die Haare von Dienerinnen gemacht, die sie aus Thebe mitgebracht hat. Im Moment ist es zu hundert winzigen

Zöpfen geflochten, und in jeden sind Muscheln eingeflochten, die klirrend aneinanderstoßen, wenn sie sich bewegt.

Hunderte Male habe ich mit dem Pinsel über Andromaches Haut gestrichen, und ihr so nah zu sein, die Finger erst in Farbpigmente zu tauchen und dann wieder sie zu berühren, macht mich jedes Mal ein winziges bisschen nervös.

Trotzdem gehe ich zu ihr und setze mich vor sie. Wenigstens ist es eine Erleichterung, mit den beiden zusammen zu sein und so zu tun, als wäre alles normal.

»Also mir tut sie leid«, sagt Andromache, während ich Puder und Cremes bereitstelle. »Zum Einheiraten seid ihr eine schreckliche Familie.«

»Oh, vielen Dank.« Krëusa tut so, als würde sie geschmeichelt in Ohnmacht fallen, dann sagt sie atemlos: »Die Königin von Sparta! Helena, oder? Jetzt weiß ich es wieder, sie wurde in einem religiösen Buch erwähnt.«

»Ich dachte, du würdest dich eher für Geschichte und Krieg interessieren«, sagt Andromache.

»Na ja, Aeneas hat die Schriftrolle geklaut, die ich vorgemerkt hatte, also habe ich beschlossen, seine zu klauen.«

Andromache sieht mir im Spiegel in die Augen. »Heirate ihn endlich, Krëusa«, sagt sie todernst.

»Sei nicht eklig. Außerdem ist Aphrodite seine Mutter, und jeder weiß, wie sehr sie ihre Schwiegertöchter hasst.«

»Und nur deswegen heiratest du ihn nicht?«

»Nein, außerdem ist er ein Arschloch, das Schriftrollen klaut. Wollt ihr jetzt wissen, was ich über Helena weiß, oder nicht?«

»Willst du es uns erzählen?« Ich grinse schief. Krëusa kann nie der Gelegenheit widerstehen, damit anzugeben, was sie alles gelesen hat.

»Sie ist eine Tochter von Zeus.«

»Das wissen wir.«

»Ja, und wisst ihr auch, dass er anscheinend als Schwan zu ihrer Mutter Leda gekommen ist? Leda hat Eier gelegt, und Helena ist aus einem davon geschlüpft.«

Ich verfehle mit dem Pinsel das Töpfchen und verteile schwarzes Puder über den Tisch. »Äh, was?«

»Helena ist aus einem Ei geschlüpft. Anscheinend waren es vier Kinder, und weil Leda in der Zeit auch mit ihrem Mann geschlafen hat, waren zwei von ihm und sterblich und zwei waren Zeus' halbgöttliche Nachkommen. Zwischen dem Schlüpfen der Kinder lagen etliche Jahre – sogar Jahrzehnte, deshalb weiß ich nicht genau, wer was ist, aber ich glaube, Helena ist Zeus' Tochter.«

»Das ist doch lächerlich«, sagt Andromache. »Ganz ehrlich, was die Griechen sich alles ausdenken, um zu behaupten, dass sie göttlicher Abstammung sind ...«

»Ja, wahrscheinlich.« Krëusa nickt. »Na ja, wenn sie anfängt zu gackern, wissen wir, woran wir sind.«

»Hatte sie einen Schnabel, Kass?«

»Nein«, sage ich. Ich will nicht zu lange an ihr Gesicht denken. Es stellt sich heraus, dass es gar nicht wichtig ist, ob deswegen ein Krieg begonnen wird oder nicht – ein hübsches Gesicht bringt mich in jedem Fall durcheinander.

»Glaubst du, wir werden uns vertragen?« Andromache sieht mich an.

»Nun, ich habe versucht, sie umzubringen, also wird sie nicht unbedingt mein größter Fan sein.«

»Ja, darauf wollte ich noch kommen. Beim Olymp, was hast du dir nur dabei gedacht?«, schnaubt Andromache. »Aber ich wollte wissen, ob wir sie mögen werden oder ob wir lieber wollen, dass sie Troja mit dem erstbesten Schiff wieder verlässt.«

Beim Zeus, Andromache ist ein Genie. Ich muss überhaupt niemanden von einer Prophezeiung überzeugen, damit die Moiren ermutigt werden, ein Schicksal weit weg vom Krieg zu spinnen. Ich muss nur Helena loswerden. Und ich habe Jahre am Hof verbracht ... Da gibt es so viele Möglichkeiten, ohne die Prophezeiung überhaupt zu erwähnen.

Man könnte zum Beispiel herausfinden, dass sie Paris nur benutzt oder dass sie aus Trojas Schatzkammern stiehlt oder – ich grinse – vielleicht irgendeine Blasphemie, Äußerungen gegen einen Gott, die einfach unverzeihlich sind, weil sie keine trojanische Prinzessin mit einem Freifahrtschein ist.

Oder ich könnte sie hinausekeln, bis sie irgendwann darum bettelt, die Stadt verlassen zu dürfen – vielleicht nimmt sie sogar Paris mit, dann können die achaiischen Truppen sie in einer anderen Stadt jagen.

Apollon könnte mich sogar zwingen, eine Weissagung darüber hinauszuschreien, wie sie uns zerstören wird, und es wäre allen egal, weil man sie aus ganz anderen Gründen wegschicken würde.

Sehr gut, Apollon, wenn du unbedingt spielen willst, dann rennst du in dein eigenes Verderben.

Du hast eine Gegnerin erschaffen, die nichts zu verlieren hat.

12

HELENA

Sie zerren **Kassandra weg**, und das buchstäblich. Staub wirbelt auf, als ihre Füße über den Boden schleifen, jemand hält ihr den Mund zu und dreht ihr die Arme auf den Rücken, obwohl ein Arm eindeutig ausgerenkt ist. Es ist, als wäre es ihnen egal. Aber sie ist eine Prinzessin. Wie kann das sein?

Alle wenden den Blick ab, als würde es nicht passieren, wenn sie es nicht sehen, nur der Mann mit den goldenen Haaren, der hinter ihr stand, lacht, als würde er sich an einer Theateraufführung bei den Dionysien erfreuen.

Paris fragt mich noch einmal, ob es mir gut geht, ob ich mich setzen muss oder einen Schlauch Wasser will, und erst als jemand in meiner Nähe Riechsalz bereithält, begreife ich, dass ich erschüttert sein sollte nach diesem offensichtlichen Anschlag auf mein Leben – falls man das Geschrei und einen ungeschickten Wurf überhaupt so nennen kann.

Aber alle tun so, als wäre ich gerade knapp dem Tod durch Münzwurf entronnen, also halte ich mich an Paris fest und danke ihm, dass er mich beschützt. Das hat er zwar nicht, aber es gibt seinem Ego Auftrieb, und das braucht er bei dieser Familie, derer er sich noch nicht sicher ist.

Als ich wieder hinsehe, ist der lachende Mann weg.

Wir steigen in einen Wagen mit Mitgliedern der königlichen Familie – drei Prinzen und der König. Paris bleibt stumm, und mein Herz zieht sich zusammen bei jedem erwartungsvollen Blick, den er auf seine Familie richtet.

Ich habe mich daran gewöhnt, Männer schnell in Kategorien einzuteilen, damit ich weiß, wie ich sie jeweils beeinflussen kann. König Priamos, enorm stolz auf seine Stadt und sein Volk, strahlt, als ich Interesse an dem Thema zeige, das er so eindeutig liebt. Ich stelle ein paar Fragen über Troja und wie es zu diesem strahlenden Kleinod am Rande der Ägäis geworden ist. Während die Prinzen sich zanken, ordne ich sie ein: Hektor, der sich Bestätigung für seine Entscheidungen und für sich selbst wünscht; Skamandrios, der Aufmerksamkeit sucht und eine Grenze zwischen harmlosem Flirt und Ermutigung braucht; und Deiphobos, der jede Frau wie eine Schwester behandeln würde, wenn sie nur über seine Witze lacht.

Als wir den Palast erreichen, nimmt Paris mich beiseite.

»Danke«, sagt er und nimmt meine Hand. »Ich konnte nicht ... Ich dachte, ich wäre vorbereitet, aber dann habe ich gemerkt, dass ich kein Wort herausbringe.«

»Oh, mein Liebster.« Er sieht so verletzlich aus, ich will ihn in eine Ecke ziehen und mit zarten Küssen und sehnsuchtsvollen Liebkosungen trösten.

»Du warst wundervoll. Sie beten dich an«, sagt er ein wenig neidisch. Dann scheint er den Neid abzuschütteln, denn als er mich wieder ansieht, ist da wieder die übliche, rehäugige Reinheit. »Und, was noch wichtiger ist, ich bete dich auch an. Alles ist so viel leichter mit dir an meiner Seite. Ich fühle mich wie ... wie ein Schaf.«

Ich hatte mich vorgebeugt, mich auf einen großen Moment eingestellt, und vielleicht hätte ich weiterhin so tun sollen, als ob, aber ich weiche zurück. »Ein Schaf?«

»Ja.« Er nickt ernst, auch wenn ein Hauch von Rosa seine Wangen färbt und ich mich schrecklich fühle, weil ich schuld daran bin. »Zufrieden. Die Familie ist meine Herde, und du bist der Hund, der uns zusammengetrieben hat – und ich bin glücklich zu folgen.«

Hat mein Mann mich gerade einen *Hund* genannt?

»Das ist süß«, sage ich und lächele. »Und ich übernehme gern diese Rolle, damit du dich ausruhen kannst, bevor du der Jagdhund wirst, der du im Herzen bist.«

Bei Zeus, wovon reden wir hier überhaupt?

Ich küsse ihn, bevor wir noch mehr sagen – und es ist schön und beruhigend, dabei hatte ich meine eigene Anspannung gar nicht bemerkt, bis er sie mit einem einzigen Kuss vertreibt.

»Bis später«, sage ich und löse mich von ihm. Das klingt ein bisschen nüchtern – und er muss es auch bemerken, denn er wird wieder ernst und nickt und kehrt zu den Männern zurück.

Denn wir werden uns bei unserer Hochzeit wiedersehen.

Eigentlich sind wir schon verheiratet. Aphrodite selbst hat die Zeremonie durchgeführt – aber alles muss ordentlich aufgezeichnet werden, und es gibt eine offizielle Vorgehensweise für solche Dinge, auch wenn die offizielle Vorgehensweise normalerweise nicht für Frauen gedacht ist, die bereits mit dem König eines fernen Reiches verheiratet sind.

Aber ich bin nicht die Erste. Als ich jung war, brachten Reisende Nachrichten von meiner Schwester Timandra: *Sie ist in der Nacht verschwunden. Sie hat ihren Mann verlassen.*

Und dann die Berichte, dass man sie gefunden hat – verheiratet mit einem anderen.

Als Menelaos Jahre später davon erfuhr, überwachte er mich strenger – ließ mich kaum jemals ohne eine von ihm ausgewählte Dienerin oder eine andere Spionin allein, die er in meiner Nähe unterbrachte.

Ich frage mich, ob ihm klar ist, dass der Gedanke, ihn zu verlassen, immer da war, auch als er ihn zu einem vagen, fernen und unmöglichen Traum geschrumpft hatte.

Und ich frage mich, ob Timandra auch so nervös war, als sie in einem anderen Land neu anfing.

Eine Dienerin führt mich durch den Palast, und ich versuche, nicht alles anzustarren, aber bald gaffe ich regelrecht. Die Wände sind mit Gold durchwirkt – weißer Marmor, durchzogen mit einem metallischen Schimmer, der mich an Ichor erinnert, der aus göttlichen Wunden fließt. Kerzenleuchter glitzern hoch über meinem Kopf, behängt mit Edelsteinen, die helle Farbtropfen in die Gänge werfen, tanzende Lichter in Smaragd und Rubin und Saphir. Flauschige Teppiche liegen auf dem Boden, neben gemusterten Fliesen, die Wände selbst sind mit Kunst bemalt.

Ein schwerer holziger Duft liegt in der Luft, gemischt mit etwas, das mich auf wundersame Weise an zu Hause erinnert, bis ich den Geruch von sauberer Wäsche erkenne, von der Lavendelseife, die die Dienerinnen benutzen. Wir gehen eine Treppe hinauf, deren Geländer, schmiedeeiserne Efeuranken, allein schon schöner ist als alles, was es im Palast von Sparta gibt. Dann führt man mich in ein Zimmer, dessen großes Fenster aus kleinen bunten Glasscheiben auf den steilen Berghang geht.

Ich ziehe die Münze hervor, die Kassandra nach mir geworfen hat – dünnes, geprägtes Kupfer mit dem groben Abbild der Stadtmauern. Die Trojaner schätzen eindeutig ihre Schutzwälle.

Die Tür geht auf, und die Königin kommt herein, dicht gefolgt von ein paar Frauen. Zuerst denke ich, es müssen ihre Hofdamen sein, bis ich das Mädchen ganz hinten erkenne. Ich brauche einen Augenblick. Ihr dichtes schwarzes Haar ist zu einem ordentlichen Kranz um ihren Kopf geflochten, die Wangen mit schimmerndem Puder bestäubt – ganz anders als vorhin, als sie wie eine Verrückte auf mich losgegangen ist. Aber sie ist es eindeutig – sie trägt sogar den Arm in einer Schlinge. Und sie lächelt etwas zu süßlich in meine Richtung, als dass ich mich entspannen könnte.

»Helena.« Die Königin kommt näher und nimmt meine Hände. »Wie wunderbar, dich kennenzulernen.«

Ich will einen Knicks machen, aber sie winkt ab.

»Unsinn, du gehörst zur Familie«, sagt sie. »Gefällt dir das Zimmer? Wir werden natürlich sofort anfangen, ein eigenes Heim für euch zu bauen, aber ich hoffe, für den Augenblick genügt es.«

»Ich habe so etwas noch nie gesehen. Es ist wirklich schön.«

»Wunderbar! In diesem Fall dachten wir, wir könnten dir helfen, dich für die Hochzeit fertig zu machen.«

»Wie gütig.« Ich strahle und versuche so zu tun, als wäre das nicht völlig lächerlich. Warum sollten die Königin und die Prinzessinnen mir beim Ankleiden helfen? Haben sie keine Dienerinnen? »Ich muss zugeben, dass ich ein bisschen nervös bin. Was wirklich dumm ist, wo wir doch schon verheiratet sind.«

»Das ist ganz normal«, sagt ein anderes Mädchen, genau wie ich gehofft hatte. Zeig Schwäche, und sie werden dich trösten und sich dann nicht einmal mehr fragen, ob sie überhaupt wollen, dass du getröstet wirst. »Ich bin Andromache, die Frau von Prinz Hektor.«

Ah, das sehe ich – Hektor, der die Last der Krone auf sich nimmt, und hier seine schöne und gepflegte Frau; ihre dunkelbraune Haut ist makellos, ihr Kleid ordentlich gesteckt, Schmuck aus Holz in exakt demselben Mahagoniton wie der Stock, auf den sie sich stützt, als sie als Erste vortritt, um der neuen Prinzessin zu helfen, sich an das Leben in Troja zu gewöhnen. Andromache lächelt ermutigend, als wollte sie sagen: *Ich will dir gern helfen.* Tja, sorry, Andromache, aber ich trau der Sache nicht.

»Wie schön, dich kennenzulernen. Bist du schon lange verheiratet?«

»Ich habe ein paar Kleider mitgebracht.« Kassandra drängt sich vor, bevor Andromache antworten kann, und hält einen Stapel Chitone auf ihren Armen hoch. »Damit du nicht …« Ihr Blick wandert an mir hinunter, und sie bemüht sich, spöttisch zu gucken, aber es wirkt eher freundlich – wie kurios. »… *das* tragen musst.«

Die Königin hustet ostentativ.

»Ach ja«, fährt sie schnell fort. »Es tut mir wirklich leid, was vorhin passiert ist, Helena.«

Ich nehme an, mit »was passiert ist« meint sie ihren irren Angriff. Sie ist nicht sehr überzeugend, aber ich habe auch nicht den Eindruck, dass sie das sein will – es ist eher, als würde sie die Sache in Gegenwart ihrer Mutter abhaken.

»Meine Tochter ist ein Orakel. Apollon selbst hat ihr Visionen geschenkt, auch wenn sie manchmal nicht viel Sinn ergeben«, erklärt Königin Hekabe. »Sie wird oft von ihnen überwältigt.«

»Genau«, sagt Kassandra ein bisschen angespannt. »Ich hoffe also, du kannst mir verzeihen. Als Friedensangebot habe ich dir ein paar Kleider mitgebracht – auch wenn ich nicht sicher bin, ob sie dir stehen.«

Hekabe blickt zu dem letzten Mädchen, das ein wenig jünger ist als die anderen beiden und eindeutig Kassandras Schwester – sie hat dieselbe warme bronzene Hautfarbe, dasselbe dichte schwarze Haar und scharfe braune Augen. Kassandra ist größer, und sie hat nicht die vollen Kurven ihrer Schwester, aber der größte Unterschied ist die Art, wie sie stehen: Kassandra hat die Schultern zurückgezogen und eine Hüfte ausgestellt, als würde sie sich jetzt schon langweilen, das andere Mädchen tritt nervös von einem Fuß auf den anderen, als wollte sie sich gleich wieder hinter Andromache verstecken.

»Krëusa.« Sie nickt und sieht kurz auf, bevor sie den Kopf wieder senkt.

Meine Tür wird noch einmal aufgerissen, und ein jüngeres Mädchen stürmt herein, die Arme fest vor der Brust verschränkt.

»Vater hat gesagt, dass ihr hier seid. Ich will auch helfen.«

Hekabe sieht sie bestimmt an. »Was sagt man und wie bittet man darum?«

Das Mädchen dreht sich mit großen, flehenden Augen zu mir um. »Darf ich bitte helfen? Die lassen mich nie bei so was mitmachen.«

Hekabe hustet.

»Ich bin Prinzessin Polyxena, Tochter von Priamos, dem König von Troja in Anatolien.«

»Wir brauchen nicht unbedingt den vollen Titel«, murmelt Krëusa, aber ich strecke dem Mädchen die Hand hin.

»Wie schön, dich kennenzulernen, Prinzessin Polyxena.« Ich überlege, welchen Titel ich nennen soll, *Königin von Sparta* liegt mir fast schon auf der Zunge. »Ich bin Prinzessin Helena, und jetzt, wo ich deinen Bruder heirate, werde ich auch bald dem Königreich Troja angehören. Ich fände es wunderbar, wenn du mir hilfst, mich für meine Hochzeit anzukleiden.«

»Wir werden dir ein paar Dienerinnen zuteilen«, sagt die Königin mit einem Lächeln auf den Lippen, und ich weiß schon jetzt, dass ich mich durch meine Reaktion auf Polyxena mehr bei ihr eingeschmeichelt habe als durch sonst etwas, das ich hätte tun können. »Aber die Mädchen verzichten bei Feiern gern auf sie und machen sich zusammen fertig. In dieser Tradition, dachten wir, wir könnten dir bei der Vorbereitung helfen.«

Ich werde mich sicher nicht vor meiner Schwiegermutter umziehen.

»Wie schön, das würde mich freuen.« Ich nicke und lächele allen zu. »Ihr seht alle wunderbar aus – habt ihr euch selbst für heute Abend hergerichtet?«

»Andromache ist eine begabte Weberin, und ihre Kleider gleichen unser mangelndes Geschick aus«, sagt Kassandra, und Andromache lächelt warm.

Kassandra legt die besagten Kleider aufs Bett. Ich frage mich, welche Stoffe von Andromache sind, und kann kaum glauben, dass eine Prinzessin so viele webt und sie dann weggibt, damit man sie als Kleider trägt. Sie sind von so feiner Qualität, die Muster sind so kompliziert, dass wir sie in Sparta als Wandbehänge oder Tapisserien nutzen würden. In Troja schmücken sich offensichtlich sogar die Menschen mit Kunst.

Aber sie sind auch sehr lang, es ist so viel Stoff, den man um mich wickeln und binden muss, ich weiß gar nicht, wie ich mich darin bewegen soll.

Ich wäge die Möglichkeiten ab – den schlichtesten zu wählen könnte den Eindruck vermitteln, dass es mir egal ist, den erlesensten, dass ich nur wegen der Dinge hier bin, die sie zu bieten haben. Ich wähle einen Chiton, der irgendwo dazwischenliegt, ein dunkles Meerblau mit goldenen, gedrehten Kordeln, mit denen man ihn um Hals und Taille bindet. Ich verschwinde hinter einem Wandschirm, um ihn mir so gut wie möglich überzuwerfen, bevor Hekabe und Andromache anfangen, ihn um mich zu drapieren. Polyxena sieht zu und freut sich einfach nur, hier zu sein.

»*Und mit dem Teuersten, das wir besitzen, wird das Hassenswürdigste erkauft!*«, murmelt Kassandra.

»Verzeihung?«

»Beachte sie einfach nicht«, sagt Hekabe. »Sie kämpft mit den Prophezeiungen, aber wir beten zu Apollon, dass sie sie bald besser versteht.«

Kassandra wirft ihrer Mutter einen mordlüsternen Blick zu und schaut nicht schnell genug wieder weg, dass es mir entgehen würde.

Sie fragen, wie Paris und ich uns kennengelernt haben, und ich weiß nicht, was ich sagen soll und ob ich Aphrodite überhaupt erwähnen soll, also bleibe ich so nah wie möglich an der Wahrheit, lasse aber dieses wesentliche Detail aus.

Krëusa ist still, und ich kann nicht erkennen, ob aus Feindseligkeit oder aus Nervosität, bis ich sie im Spiegel dabei ertappe, wie sie die Augen verdreht, und ich begreife, dass es beides ist.

Kassandra flüstert die ganze Zeit weiter vor sich hin, und wie alle anderen versuche ich, nicht darauf zu achten. Ab und zu schnappe ich einzelne Wörter auf wie »*Schützengräben*« und »*Schiffe*«, und etwas, das verdächtig nach Namen klingt, die ich kenne: »*Agamemnon, Odysseus, Menelaos*«. Sie ist eine Prinzessin, rufe ich mir ins Gedächtnis, und hat wahrscheinlich die Namen der königlichen Familien der ganzen Welt auswendig gelernt, genau wie ich einmal. Es ist nichts als ein hinterhältiger Versuch, mich aus der Ruhe zu bringen.

»Kassandra, möchtest du dich zurückziehen?«, fragt ihre Mutter schließlich.

Ich erwarte, dass die Frage sie kränkt, aber sie presst nur die Lippen aufeinander und schüttelt den Kopf.

»Paris freut sich so, wieder hier zu sein«, sage ich und versuche ihr die Peinlichkeit zu ersparen, aber jetzt sieht sie wirklich gekränkt aus – als würde sie mir auf keinen Fall etwas schulden wollen. Ich fahre fort, berichte begeistert von der Fahrt hierher, bausche auf, wie Paris mich einmal getröstet hat, als ich seekrank war, und mache daraus den heldenhaften Versuch, das Schiff zu beruhigen, und großes Geschick mit Tauen und Segeln.

»Du scheinst meinen Sohn wirklich zu lieben«, bemerkt Hekabe mit einer Wärme, die ich mir für später merke – Paris wird froh sein, wenn er erfährt, dass es seiner Mutter wichtig ist. Überraschend, da sie schließlich vor zwanzig Jahren zugestimmt hat, ihn in den Tod zu schicken.

»Ja, ich liebe ihn.«

»Und wann können wir Küken erwarten?«, fragt Kassandra so unschuldig, dass ich gar nicht verstehe, was sie meint, bis Krëusa schnaubt und die Haarsträhne loslässt, die sie gerade geflochten hat, und Andromache ein kurzes Lachen mit einem Husten kaschiert.

Aha, die Schwanengeschichte ist also auch in Troja angekommen.

»Sorry«, sage ich und flattere verwirrt mit den Wimpern. »Ich bin mir nicht sicher, ob ich den Witz verstehe.«

Kassandra hat die Schminksachen weggeräumt und sieht mich jetzt mit einem herausfordernden Funkeln in den Augen an. Sie ist nicht raffiniert. An einem griechischen Hof würde sie keinen Tag überleben.

»Ach«, sagt sie und gibt sich unbedarft. »Hör gar nicht auf unser Gegacker.«

»Mädchen«, tadelt Hekabe. Sie weiß eindeutig nicht, warum die anderen lachen, aber sie hat verstanden, dass es um mich geht. Sie starrt Kassandra wütend an, als würde sie begreifen, was ich schon weiß – es ist eine grausame Mädchenclique und Kassandra ist die Anführerin.

Wenn Kassandra wüsste, wie viele solcher Grüppchen ich zu meiner Zeit fertiggemacht habe – Klatsch und Gerüchte, untergeschobene Beweise –, woraufhin sie in den Tempel oder in eine benachbarte Stadt abgeschoben wurden. Oder, besser noch, ich habe sie auf meine Seite gezogen. Kassandra kann mich allenfalls irritieren mit ihren abfälligen Witzen und den gemeinen Bemerkungen. Weil sie keinen Biss hat – es ist alles harmlos und oberflächlich.

Wenn ich jemanden verletzen will, mache ich es so entschlossen, als wollte ich ihm den Todesstoß versetzen.

Also denke ich jetzt schon anders über die Sache. Das bedrohliche Versprechen in *Du wirst untergehen* wird zur entzückten Vorfreude von *Das könnte lustig werden*.

13

HELENA

Athenes Tempel ist riesig, umsäumt von Dutzenden Reliefs, die ihre Geschichten erzählen: Athene in ihrem Streitwagen, Zyklopen, die aus dem Meer aufsteigen, fallende Giganten. In der Mitte ist ein großer Hof mit einer Holzstatue: Pallas Athene, deren Kopf über das Dach des Tempels hinausragt. Sie ist unglaublich, wie in Form gegossene Flüssigkeit, das Holz so glatt, dass es glänzt.

Zu ihren Füßen steht Paris, so nervös wie immer. Ich will diesen Ruck in meinem Herzen, dieses Gefühl, dass die Zeit sich verlangsamt, das ich manchmal in seiner Nähe habe.

Aber stattdessen durchbohrt mich ein Stachel des Zorns. Ich bin in einem fremden Land, spreche ihre Sprache, schmiede Bündnisse – alles, damit er Fuß fassen kann. Und selbst jetzt darf er ängstlich sein, während ich ihn beruhigend anlächele.

Ja, er fragt, ob es mir gut geht, aber auf achtlose Weise. Er glaubt jedem Nicken und denkt nie daran, zu hinterfragen, ob es eine Lüge sein könnte oder ob ich überhaupt in der Position bin, die Wahrheit zu sagen. Ich mache mir ständig Gedanken darüber, wie er sich fühlt, aber wie oft befasst er sich ernsthaft mit meinem Glück?

Beim Zeus, ich sollte nicht so etwas denken, während ich lächele und ihm meine Liebe erkläre. Ich mache mir wie immer alles kaputt und …

»Denn einer Liebe wegen, einer Frau zulieb, der Helena, verlort ihr viele Tausende ...«, schreit Kassandra, und meine Panik legt sich. Hektor eilt zu ihr, legt den Arm um sie und führt sie hinaus. Ich glaube eher, weil es ihm peinlich ist, und nicht aus Sorge um seine Schwester, aber als sie an mir vorbeigehen, höre ich, wie er leise auf sie einredet, um sie zu beruhigen. Ich erwarte, dass alle anderen sie beschämt ignorieren, aber ein sanftes Murmeln geht durch die Menge – und man hört zischendes Lachen, das schnell unterdrückt wird.

Interessant. Anscheinend hat die Prinzessin von Troja dringendere Probleme, als einen Rachefeldzug gegen mich zu führen. Glaubt sie, sie kann die Leute dazu bringen, sich gegen *mich* zu wenden anstatt gegen *sie*? Begreift sie nicht, dass die Öffentlichkeit sich gar nicht zwischen uns entscheiden muss, sondern sehr gut in der Lage ist, uns beide zu verachten?

Kassandras Beweggründe zu analysieren lenkt mich lange genug von meinen kreisenden Gedanken ab, um Paris zu heiraten. Wasser wird vergossen, Obst gegessen, ein Schleier angehoben, Opfer für Athene werden dargebracht und Ringe getauscht.

Dann kehren wir zum Feiern in den Palast zurück.

Ich weiß nicht, wo ich anfangen soll, als wir im großen Saal Platz nehmen. Oliven liegen vor mir, wie ein Kunstwerk in Spiralen aus unterschiedlichen Grüntönen gelegt, an denen Zitronenschale und getrocknete Kräuter kleben. Körbe mit Brot laden ein, kunstvoll geflochten und mit grobem Salz bestreut. Olivenöl fließt in Strömen, und ich könnte alles ausblenden – das geschmorte Gemüse, das glasierte Fleisch, die knackigen Kichererbsen und den gesäuerten Joghurt – und einfach nur ein Stück Brot abreißen und in die verschiedenen Soßen tunken.

Während des ganzen Essens lächele ich so strahlend, dass es mich fast zerreißt.

Am Abend spielen Musikanten auf, das Essen wird abgetragen, und die Trojaner tanzen.

Paris und ich ergreifen die erste Gelegenheit und fliehen in den halbdunklen Gang vor dem großen Saal.

»Wie geht es dir?«, frage ich. »Ich weiß, das ist alles ein bisschen viel.«

Ich streiche ihm mit der Hand über den Arm, und er spielt abwesend mit einer Haarsträhne, als würde ihn das trösten. »Ich hätte nicht gedacht, dass sie uns so freundlich willkommen heißen, aber ich vermisse die Ruhe auf dem Schiff, wo wir allein waren. Hoffentlich können wir dem Rampenlicht bald entfliehen.«

»Paris«, sage ich vorsichtig. »Du bist ein Prinz von Troja, du wirst niemals ...«

»Ja, ich weiß.« Er nickt. »Ich weiß. Ich habe nicht die Ruhe der Wiesen erwartet, die ich verlassen habe. Aber ich würde mich gern als Prinz von Troja beweisen und meinen Platz durch eine Arbeit finden oder durch Heldentaten, die ich vollbringe. Nicht durch die theatralische Zurschaustellung einer Liebe, die privat und intim sein sollte.«

»Nun, sie wird bald wieder privat und intim sein«, verspreche ich, und meine Stimme ist warm und verheißungsvoll. Ich beuge mich einladend vor. Ehrlich gesagt wäre mir nichts lieber, als einen Abend ganz allein zu verbringen. Aber wenn in Zukunft jemals Platz sein soll für meine Wünsche, dann muss ich jetzt das sein, was Paris braucht – und wenn das ein offenes Ohr ist oder zwei Arme, die ihn halten, dann ist das eine Form, die ich leicht ausfüllen kann. Ich habe mich praktisch auseinandergebrochen, um in die Form zu passen, die Menelaos von mir verlangt hat. Die von Paris klingt wenigstens angenehm.

Er blickt zurück in den Saal, wo die Musik pulsiert und die Menschen reden, und plötzlich kommt sogar mir alles ein bisschen viel vor. »Ich wünschte ... ach egal.«

»Liebster?«

Paris seufzt, und irgendwie klingt es wie einer meiner eigenen Seufzer, in dem die tiefe Schwermut meiner Seele widerhallt, und ich frage mich, ob auch er solche Trauer in sich trägt.

»Ich wünschte, wir wären uns gerade erst begegnet«, sagt er. »Bei einem Bankett oder in einem Tempel. Und ich wünschte, wir hätten uns unterhalten und etwas empfunden und würden uns wieder unterhalten wollen. Ich bin so unglaublich dankbar, dass ich zu dir gebracht wurde, Helena, aber ich wünschte, wir hätten uns in aller Stille verliebt. Wir wären keine Inszenierung der Götter, die mit diesem ganzen Prunk ihre Macht beweisen wollen. Ich wünschte, wir wären ganz einfach.«

»Ich liebe dich ganz einfach, genügt das vielleicht?«

Er atmet zitternd ein und lächelt auf diese verlegene, schüchterne Art, die mir das Herz wärmt. »Ich denke schon.«

Er hebt meine Hand an seine Lippen und drückt einen züchtigen Kuss darauf, bevor er zurück zur Feier geht. Schon so viele Männer haben mich umworben, aber wie viele von ihnen haben eher zarte Liebe gesucht anstatt die Befriedigung ihrer eigenen egoistischen Lust? Ich denke darüber nach, genieße es, einen Moment allein zu sein in diesem spärlich beleuchteten Gang. Aber offensichtlich ist er selbst für meinen scharfen Blick zu spärlich beleuchtet.

»Oooh, das wird ihr nicht gefallen.« Zuerst ihre Stimme – schneidend –, dann tritt sie selbst aus dem Schatten. War sie die ganze Zeit hier? Wie entsetzlich – die Macht der Prophezeiung in den Händen einer Voyeurin.

»Kassandra.« Ich lächele, als wäre dies eine angenehme Begegnung. Ich habe sie im Saal umherwandern sehen und mit allen flüstern, die ihr zuhören. Ich gehe davon aus, dass sie über mich geredet hat.

Aber ich bin nicht besorgt. An einem einzigen Tag habe ich König und Königin dazu gebracht, mich zu mögen, und während des Essens bin ich auch bei den Prinzen weitergekommen. Ich habe noch Wochen und Jahre, um dafür zu sorgen, dass mich auch alle anderen lieben – denn das werden sie.

»Eine Hochzeit in Athenes Tempel, und er bedauert schon jetzt, dass sie sich eingemischt hat? Sie wird kochen vor Wut.«

»Wer?«

»Aphrodite.«

Plötzlich wird mir eiskalt.

»Woher weißt du von ihr?«

Soweit ich weiß, hat Paris es niemandem erzählt. Und ganz gewiss hätte er sich nicht ausgerechnet Kassandra anvertraut. Also lässt er mehr Informationen durchsickern, als ich dachte? Oder hat uns jemand belauscht? Hat Kassandra einen Spion unter Paris' Gefährten?

Sie zieht eine Augenbraue hoch. »Ist es noch eine Prophezeiung, wenn es schon passiert ist?«

Ist das alles? Sie hat nur gut geraten?

»Wenn du genügend Unsinn verbreitest, liegst du sicher ein oder zwei Mal richtig.«

»Deine Meinung dazu ist mir vollkommen egal.«

»Ja, das hast du ziemlich deutlich gemacht. Willst du über deine Abneigung gegen mich reden, oder tun wir einfach weiter so, als gäbe es sie nicht?«

»Hast du die Geschichten von Athene und Aglauros gehört? Von Auge? Ismene? Und wo fangen wir bei Hera an?«

Bei jedem Namen werde ich ein wenig nervöser, jeder ist ein Zeichen, eine Frau, die zu einer abschreckenden Geschichte über die Rache der Götter wurde. Aphrodite kann nicht nur ein Zufallstreffer sein, wenn sie auch von Athene und Hera weiß. Sie hat eine Quelle, wahrscheinlich mehrere – und Spione, die für sie arbeiten, sind gefährlich.

Vielleicht habe ich die Gefahr Kassandra unterschätzt.

»Was willst du damit sagen?«

»Athene und Hera sind rachsüchtige Göttinnen«, sagt sie, verschränkt die Arme vor der Brust und lehnt sich an die Wand. Sie sieht so völlig anders aus als die Frau, die mich zuerst begrüßt hat: tadellos frisiertes Haar, kunstvoll geschminkte Augen, das gedämpfte Lampenlicht wirft Schatten unter ihre Wangenknochen und die Schlüsselbeine, und dichte Wimpern lenken die Aufmerksamkeit bei jedem Blinzeln auf das dunkle Gold ihrer Augen.

»Rache ist das Wesen der Götter«, sage ich einfach.

»Ganz genau. Glaubst du, sie werden es gut aufnehmen, dass Paris Aphrodite gewählt hat? Und glaubst du, Aphrodite wird dich beschützen, wenn sie dich holen kommen?«

Die Musik und das Geplauder der Feier werden leiser, ich konzentriere mich nur auf sie. Mir ist nicht in den Sinn gekommen, dass sie einen wirklichen Grund haben könnte, mich loswerden zu wollen. Ich dachte, es sei nur kleinliche Eifersucht, Territorialverhalten, Misstrauen gegenüber Fremden – nicht die Angst vor der Rache der Götter.

»Und glaubst du wirklich, dein Ex-Mann lässt dich so einfach gehen?«

Nein, nein, das glaube ich nicht.

Ich habe versucht, mir einzureden, dass er im schlimmsten Fall Schreiben senden und um meine Auslieferung verhandeln kann – dass ich die Trojaner nur dazu bringen muss, mich behalten zu wollen, damit ich in Sicherheit bin. Aber wenn ich wirklich ehrlich bin, weiß ich, dass Menelaos mich lieber tot sehen will, als die Demütigung zu ertragen, von mir verlassen worden zu sein.

Meuchelmörder sind eine sehr reale Möglichkeit.

»Ich hatte keine Ahnung, dass dir mein Wohlergehen so am Herzen liegt.«

»Mir liegt Troja am Herzen. Du musst meine Prophezeiungen nicht glauben – sind verschmähte Göttinnen und Könige nicht Grund genug, sich Sorgen zu machen?«

Sie könnte eine echte Bedrohung sein, so getrieben, wie sie ist. Ich brauche die Loyalität der Wachen, das offene Ohr des Königs, die hohen Mauern um mich herum und einen bewaffneten Mann an meiner Seite – und der Klatsch, den Kassandra den ganzen Abend verbreitet hat, könnte mir das wegnehmen.

Ich spiele schon die Szenarien durch – Möglichkeiten, sie zu entthronen, bevor sie handeln kann. Die Prophezeiungen zu nutzen, erscheint mir zu grausam, es ist unter meiner Würde, so etwas zu manipulieren. Aber es wird Wege geben. Die gibt es immer.

»Paris hat Verbindungen außerhalb der Stadt. Wenn du ihn so sehr liebst, solltest du auch als Frau eines Bauern glücklich sein.«

Sicher nicht – Trojas Befestigungsmauern sind mein bester Schutz.

»Natürlich, aber warum sollte ich.«

»Ich habe Cousins, die dich aufnehmen könnten.«

»Damit ich stattdessen ihnen Verderben bringe, falls es das ist, wovor du Angst hast?«

»Geh«, zischt sie. »Das ist meine einzige Warnung. Verschwinde jetzt. Bevor du rausgeworfen wirst, verbannt, ohne eine Münze in der Tasche. Ich gebe dir Schmuck, Kleider, genug, dass du dich irgendwo niederlassen kannst. Weit weg von hier.«

»Du weißt genau, dass das nicht passieren wird«, sage ich und betrachte sie aufmerksam. »Und wie genau willst du das Volk von Troja dazu bringen, mich wegzujagen, wo deine Position hier sehr viel unsicherer ist als meine? Ich bin die Frau des lang verschollenen Prinzen. Dem zweiten in der Thronfolge. Du bist eine in Ungnade gefallene Priesterin, eine Seherin, der niemand glaubt – und als wäre das nicht schon schlimm genug, auch noch eine überschüssige Prinzessin.«

»Ich bin Trojanerin«, sagt sie mit trotziger Gewissheit. »Ich kenne diesen Hof und diese Menschen.«

Und sie ist so von sich überzeugt, dass ich ihr fast glaube und das Getuschel, das sie verfolgt, vergesse.

»Das klingt, als würdest du mich herausfordern.«

Sie kneift die Augen zusammen und macht sich daran, mein Kleid zurechtzuziehen und die Kordeln festzubinden. Während des Gesprächs haben wir uns bewegt und stehen nicht mehr im Schatten, sondern in dem Licht, das durch die Tür zum Saal fällt. Ich glaube nicht einmal, dass sie es tut, um den Schein zu wahren – damit alle, die uns sehen, glauben, sie würde mir mit dem Kleid helfen. Ich glaube, sie braucht nur einen Vorwand, um mir bedrohlich nah zu kommen. So nah, dass ich ihre Wimpern zählen könnte und einen Hauch von Kardamom und Zeder in ihrem Parfüm wahrnehme. »Du bist eine Närrin, wenn du es so verstehst. Habe ich dir nicht Göttinnen aufgezählt, die dir vielleicht mehr schaden wollen als ich?«

»Ich komme schon klar.« Ich lächele – nur falls jemand in unsere Richtung blickt. Und um sie zu ärgern. »Und mein Mann betet mich an. Genau wie Aphrodite. Ich bin erst seit wenigen Stunden hier, und nach deiner kleinen Vorstellung im Hafen würde ich sagen, dass mehr Leute mir zu Hilfe eilen würden als dir.«

»Das war nichts Persönliches«, sagt sie kühl, aber sie zieht so heftig an einer Kordel meines Kleids und schnürt sie so eng um die Taille, dass mir der Atem stockt. Dann tritt sie zurück. »Aber wenn du es so sehen willst, dann meinetwegen, Helena. Betrachte es als Herausforderung.«

Sie macht auf dem Absatz kehrt, ihr karminrotes Kleid schwingt um sie herum, und sie stolziert in den Saal zurück.

Jetzt lächle ich wirklich. Einer Herausforderung kann ich nicht widerstehen. Und wo wäre der Spaß dabei, ihren Ruf zu zerstören, bevor sie meinen zerstören kann? Nein, dieses Spiel ist komplizierter, und ich bin entschlossen, es zu gewinnen.

Ich werde sie dazu bringen, genau das zu tun, was sie am meisten hassen wird.

Ich werde Kassandra dazu bringen, mich zu mögen.

14

KASSANDRA

Es beginnt mit **Tuscheleien**, wie so oft. Die Gerüchte der letzten Nacht verbreiten sich schnell, und als die Sonne sich über die Berge erhebt, reden alle nur über Helena.

Sie ist strahlend schön. Ja, aber sie ist Spartanerin – wie konnten wir zulassen, dass eine Barbarin unseren Prinzen heiratet? Und er war nur wenige Tage Prinz, bevor sie aufgetaucht ist – sie hat ganz eindeutig ihre Chance gewittert. Aber Paris sah wirklich verliebt aus. Wie auch nicht, hast du sie mal angesehen?

Ich habe mir angewöhnt, an Durchgängen zu lauschen und zu warten, dass jemand meinen Namen erwähnt. Wenigstens dafür war die Paranoia gut, die Herophile in mir geweckt hat. Ich musste nie die Ränkespiele des Hofs lernen – ich habe mich so plump und dreist aus dem Palast in den Tempel gestürzt und mich so großspurig aufgeführt, dass *Prinzessin Kassandra* zu sein allein schon ein Schutz war. Ich konnte alles sagen und alles tun, und wenn jemand etwas gegen mich gesagt hat, ist es nie hängen geblieben.

Aber Helena hat recht – inzwischen ist meine Stellung unsicher. Ich bin nicht so unantastbar, dass man mich nicht stürzen könnte. Aber mein langsamer Niedergang hat mir zumindest ein paar Wochen Vorsprung verschafft, sodass ich die Macht von Gerüchten und von Manipulation besser verstehen und die Maschinerie in Gang setzen kann. Vielleicht genügt es nicht, aber man kann eine Frau mit einem einzigen Wort zugrunde richten.

Mein Wort ist »verrückt«.

Ich muss nur das von Helena finden.

Als ich durch die Gänge des Palasts gehe und Gesprächsfetzen wie Trophäen sammele, biege ich um die Ecke und entdecke Hektor und Andromache an der Tür zu ihren Gemächern. So als würde Hektor innehalten, bevor sie auseinandergehen.

»Ich habe das Gefühl, als hätte ich dich in diesem Chaos kaum gesehen«, sagt Hektor; seine Stimme ist so sanft, wie ich sie noch nie gehört habe. »Willst du heute Abend etwas unternehmen? Wir könnten in die Stadt gehen und uns eine Vorstellung ansehen, oder uns in eine der Tavernen schleichen.«

»Können wir nicht einfach zu zweit essen? Oder uns einen Schlauch Wein holen und die Sterne ansehen? Ich möchte einen Abend nur mit dir.«

»Natürlich«, sagt Hektor, nimmt ihre Hände und zieht sie an sich, während er zugleich einen Schritt auf sie zugeht, als wollte er die Lücke zwischen ihnen so schnell wie möglich schließen. Er nimmt sie in die Arme, umfängt sie ganz.

Ich weiche zurück, um sie nicht zu stören. Ich fühle mich hohl, als hätten die Visionen alles aus mir herausgeschält, das wehtun könnte. Wenn man mich aufschneidet, wird man eine schartige, ausgekratzte Schale finden, aber nichts, was noch bluten kann.

Normalerweise fühle ich mich ganz anders in Hektors und Andromaches Nähe, nervös und überwach, als könnte ich etwas Falsches denken und ihnen etwas Kostbares wegnehmen. Früher hätte ich geschworen, ich bin in sie verliebt. Aber sie passten so gut zueinander, dass ich nicht wirklich Eifersucht empfand, als sie zusammenkamen, eher eine vage Sehnsucht; ich wollte etwas, das so war *wie* das, was sie hatten, nicht *genau* das, weil *genau das* eben ihnen gehörte und schön war. Noch immer nehme ich mich in ihrer Gegenwart Stück für Stück auseinander, als müsste ich sichergehen, dass sich nichts Giftiges einschleicht.

Aber jetzt ist da nichts und das ist viel schlimmer.

Er könnte sterben. Ich könnte ihn verlieren. Sie könnte ihn verlieren. Ich könnte sie verlieren.

Es gibt so viel zu fürchten – warum muss ich mit dieser scheußlichen Gefühllosigkeit kämpfen?

Mir kommt so schnell ein Gedanke, dass ich mich beinahe frage, ob es wieder Apollon ist, der mir Ideen in den Kopf setzt. Aber ich kann ihm nicht die Schuld geben; diese Gemeinheit stammt allein von mir.

Ich schwöre mir, zuerst alles andere zu versuchen.

Aber wenn es sein muss, werde ich auch dieses Unsägliche tun.

Und später, als Andromache mir und Krëusa Tee einschenkt, kommt heraus, dass es noch andere Möglichkeiten gibt.

»Ich habe vorher gar nicht daran gedacht«, sagt Andromache, »aber diese Schwanengeschichte – das muss ja heißen, dass der alte König von Sparta nicht Helenas Vater ist. Leda muss eine Affäre gehabt haben. Und dann sagt man einfach, Helena sei das Kind von Zeus, damit keiner ausspricht, was sie wirklich ist: ein illegitimes Kind.«

Es ist mein eigenes Gerücht, das wieder bei mir ankommt. Und »illegitim« ist ein sehr gutes Wort, um Helena zugrunde zu richten. Wahrscheinlich wird es nicht allein genügen – bei uns sind solche Dinge nicht sehr wichtig, aber in anderen Städten schon; wenn ich es also mit etwas anderem verbinden kann …

Ich habe mir den ganzen letzten Monat Geschichten ausgedacht.

Ich hoffe, ich bin inzwischen geübter darin.

Am Abend falle ich nach einem ausgefüllten Tag zufrieden ins Bett. Ich bin total erschöpft, weil ich mir in der vorigen Nacht Strategien für die Gerüchte überlegt habe, anstatt zu schlafen. Die Visionen sind ständig gekommen, aber sie waren erträglich – keine weiteren Leichen von Menschen, die ich kenne, und die Schlachtszenen sind fast eine Erleichterung, weil sie so chaotisch sind, dass man nicht sagen kann, wer verliert.

Aber ich habe nicht geschlafen, seit Apollon mir diese Vision aufgezwungen und das Ventil für so viele mehr geöffnet hat. Und als ich endlich die Augen schließe, darf ich eine weitere Tortur auf meine lange und immer länger werdende Liste setzen: Visionen, Prophezeiungen, Erscheinungen und jetzt Albträume.

Beim Aufwachen bin ich müder als beim Einschlafen, und ich stolpere durch den Palast – das Getuschel von ein paar Mädchen überrumpelt mich.

»Hast du die verrückte Prinzessin letzte Nacht schreien hören?«

Es verletzt mich, wie solche Gerüchte es bisher nicht konnten.

Die Dinge, die ich sehe, sind mehr als verstörend. Sie sind furchterregend. Sie sind kräftezehrend. Selbst jetzt blitzen Erinnerungen an meine Visionen auf wie ein Echo, sobald eine schwere Tür zufällt oder jemand lauter wird.

Man muss gar nicht glauben, dass ich die Zukunft sehe, um zu glauben, dass ich *das* sehe, oder?

Sie wissen, dass ich ständig von schrecklichen Visionen heimgesucht werde, auch wenn sie nicht glauben, dass sie wahr sind.

Sie wissen, dass ich leide, und sie lachen.

Und jetzt weiß ich nicht mehr, was mir mehr Angst macht: dass ich in den Wahnsinn abdrifte – würde ich das überhaupt so nennen, wo es mir doch gerade ziemlich rational vorkommt, mich so weit von meinem Geist zu entfernen wie möglich – oder dass ich ihre Hilfe brauche, falls es wirklich so kommt.

Es ist also Selbsterhaltung, wenn ich Helena zum Gehen bewege. Die Stadt könnte einen Krieg vielleicht überleben. Aber ich bin mir nicht sicher, ob ich die ständigen Visionen davon überlebe.

Mittags isst Helena mit uns, danach besteht meine Mutter darauf, dass wir ihr die Akropolis zeigen, und als wir an den Gebäuden aus glänzendem Marmor vorbeigehen, erinnert es mich daran, wofür das alles gut ist.

Ich bin es gewohnt, dass Leute auf der Straße stehen bleiben und mich anstarren – also nehme ich es auch jetzt kaum wahr. Aber dann wird mir klar, dass sie gar nicht mich ansehen – und auch nicht über mich tuscheln.

Haben meine Gerüchte es schon aus dem Palast herausgeschafft?

»Dein Werk, nehme ich an?«, fragt Helena, als sie mich einholt und sich bei mir unterhakt, bevor ich mich dagegen wehren kann – wobei ich das hier in der Öffentlichkeit natürlich sowieso nicht kann, da meine Mutter ein paar Meter vor uns geht. Ich muss schließlich so tun, als würde ich Helena in der Stadt willkommen heißen.

»Ach, sie freuen sich sicher nur, die Frau zu Gesicht zu bekommen, über die die ganze Stadt redet.«

»Ganz bestimmt«, sagt sie, winkt ein paar Frauen zu, die sich gerade etwas ins Ohr flüstern – und dann erröten und sich schnell verbeugen. »Du merkst hoffentlich, dass es gar nicht so schlimm ist, wie du anscheinend glaubst, wenn die ganze Stadt über mich redet.«

»Kommt darauf an, was sie sagen.«

»Eigentlich nicht.«

Ich drehe mich zu ihr um, und sie grinst – sie trieft geradezu vor Selbstgefälligkeit. Ärger kriecht mir unter die Haut, und ich kann kaum glauben, dass ich ihren widerlichen Arm noch länger ertrage, mit dem sie sich untergehakt hat. Aber mich loszumachen und wegzugehen wäre genau das, was sie will. Oder will sie das hier? Dass ich bleibe und mir ihre Provokationen anhöre? Helena wirkt so unbekümmert und fröhlich, dass es mich wütend macht; als würde alles, was ich unternehme, nur ihrem Vergnügen dienen, als wäre alles nur belanglose Unterhaltung.

»Klatsch gibt es bei jeder neuen Ankunft in der Stadt. Und ich bin ein ergiebiger Gesprächsstoff. Durch deine Einmischung hast du mir freundlicherweise eine breite Bühne verschafft, um meinen Ruf wieder geradezurücken.« Sie drückt meinen Arm, als würde sie mir wirklich für ein Geschenk danken. Dann dreht sie sich zu einer der Dienerinnen um und nickt.

Sie alle tragen Körbe. Ich dachte, es wären Opfer für die Tempel oder Reste von unserem morgendlichen Mahl oder … nein, ich habe eigentlich gar nichts gedacht, weil ich kaum darauf achte, was Dienerinnen tragen.

Und jetzt lässt Helena mich los. Dass ich die Wärme ihrer Haut auf einmal nicht mehr spüre, hinterlässt einen eigenen Eindruck.

»Volk von Troja«, ruft sie und tritt vor, und es ist faszinierend. Ich dachte, ich wüsste, wie man eine Menge kontrolliert, aber bei den Göttern, verglichen mit Helena kann ich nichts. Mit jeder einzelnen Bewegung weckt und fesselt sie die Aufmerksamkeit wie Charybdis, wenn sie die Seeleute in die Tiefen des Meeres lockt. »Ihr wart so gastfreundlich zu mir. Ich möchte euch für eure Großzügigkeit danken und meine Freude, hier zu sein, mit euch teilen.«

Die Dienerinnen ziehen den Stoff von den Körben und enthüllen große Mengen kleiner runder Honigkuchen. Die Stimmung wandelt sich, Neugier wird zu Herzlichkeit, Gelächter liegt in der Luft, als die Kuchen verteilt werden.

Beim Zeus, wie können sie nicht sehen, dass sie bestochen werden?

Ich sollte es eigentlich wissen – ich habe es genauso gemacht, als ich verkündet habe, dass ich ein Orakel bin.

»Oh, ist das nicht nett?«, sagt Mutter zu ihren Begleiterinnen, die zustimmend nicken. Ich bin wütend: fingernagelbohrend, knochenzermalmend, kieferschmerzend wütend.

Als sie fertig ist, kommt sie direkt zu mir und legt mir einen Arm um die Schultern, obwohl ich versuche, auszuweichen. Die Leute sehen uns, also schiebe ich sie nicht weg, sondern verschränke die Arme nur fest vor der Brust und blicke stur geradeaus, nur um nicht in ihr spöttisches Gesicht zu sehen.

»Siehst du, es ist eigentlich egal, was sie sagen«, flüstert sie, und ihre Stimme ist leise und warm an meinem Ohr. »Solange sie nur über mich reden.«

Helena zieht das Volk von Troja auf ihre Seite, aber das ist in Ordnung. Es gibt andere Städte – die genauso viel Einfluss haben.

Also schreibe ich Briefe, wobei das eine Aufgabe für sich ist: Kaum habe ich einen halben Satz niedergeschrieben, verschwimmt alles, und ich bin auf einem Schlachtfeld, Schwerter krachen aufeinander, und dieser *Gestank* – niemand sollte so etwas ausgesetzt sein, es riecht wie die Gedärme eines Mannes, die von einer fliehenden Armee in den Schmutz gestampft wurden –, und dann sitze ich wieder am Schreibtisch und sehe, dass ich in meiner Benommenheit die Inhalte der Vision hingekritzelt habe. Ich werfe das Pergament beiseite und überlege, aufzugeben, aber dann denke ich an Helena, die durch die Stadt spaziert, oder an ihr selbstgefälliges Lächeln oder an das Echo der Soldaten, die sie im Tod verfluchen, nehme das Schreibrohr wieder in die Hand und fange von vorn an. Und alles wiederholt sich – das Schreiben, die Visionen, *sie* –, bis ich schließlich vier Briefe fertig habe.

Ich hoffe, ich brauche keinen fünften.

Ich schicke sie an die Handvoll Personen, die ich jenseits dieser Mauern kenne: meine Schwestern Laodike und Ilione; Briseis, eine Königin, die uns kurz besucht hat, als sie noch Prinzessin war; und

Chryseis, die Tochter eines Priesters des Apollon, die gelegentlich mit ihrem Vater vom Tempel seiner Stadt zu unserem reist. Die Antwort der Letzteren ist so unbezahlbar, ich hätte niemals auf so etwas gehofft.

Es ist ganz merkwürdig. Der Mann, den du beschreibst, klingt sehr nach dem Paris, den ich vor ein paar Jahren kennengelernt habe. Es war das erste und letzte Mal, dass mein Vater die Hochzeit einer Unsterblichen abgehalten hat. Die Frau war eine Nymphe namens Oinone, die Tochter eines Flussgottes. Und der Mann, Paris, war ein einfacher Schafhirte. Es ging das Gerücht, dass er sie verlassen hat – niemand konnte verstehen, warum ein Mann, der das Glück hatte, eine Göttin zu heiraten, sie dann einfach verlassen konnte.

Ich überlege, meinen Eltern die Nachricht zu zeigen. Aber sie haben ziemlich deutlich gemacht, dass Paris ihrer Ansicht nach sogar die Sonne über den Himmel zieht, wenn Apollon es nicht tut, jedenfalls scheint sie ihm aus jeder Körperöffnung. Ich bezweifle, dass sie etwas Schlechtes über ihn hören wollen. Nein, ich muss Helena selbst überzeugen – sie mit dieser Information verletzen, damit sie zurück nach Griechenland flieht.

Ich habe ein Armband eingetauscht, um die Briefe überbringen zu lassen, und ich würde jede Kette, Haarspange und Brosche hergeben, die ich besitze, um sie auf ein Schiff nach Sparta zu verfrachten. Sie könnte in einer Woche dort sein.

Mir kommt gar nicht in den Sinn, dass sie mir glauben könnte, dass es ihr aber egal ist – und dass sie einfach lacht über meine gemeine und arrogante Erklärung.

»Meine Liebe, ich habe meinen Ehemann für ihn verlassen. Was bedeutet es schon, dass er seine Frau verlassen hat?«

Mein Lächeln erstirbt.

»Oh nein, hast du etwa gedacht, ich wäre am Boden zerstört?«

»Hat er es dir gesagt?«, bringe ich heraus.

Sie zögert eine Sekunde, was sie mit einem herablassenden Lachen kaschiert, so als hätte sie versucht, es zu unterdrücken. Aber langsam durchschaue ich meine Gegnerin und weiß, dass sie diese Frage nicht wahrheitsgemäß beantworten will. »Männer müssen ihren Frauen so etwas nicht sagen, Kassandra. Wann gibst du es endlich auf, mich aus der Stadt vertreiben zu wollen? Selbst wenn du erreichst, dass ich ihn verachte, wo sollte ich hin? Ich kann von Glück sagen, wenn ich es überlebe, *einen* Mann zu verlassen, ich bezweifle, dass es bei zweien klappt.«

»Ich möchte lieber nicht herausfinden, wer es überlebt, dass du deinen Mann verlassen hast«, fahre ich sie an. Ich bin es so gewohnt, zu verbergen, was die Zukunft bringt, dass es fast eine Erleichterung ist, es herauszuschreien und so wenig auf Helenas Meinung zu geben, dass mir völlig egal ist, ob sie mir glaubt oder nicht.

Aber es ist keine Prophezeiung, und kein Fluch wirbelt in ihren Augen, sie neigt nur den Kopf und lächelt kokett. »Du bist ja besessen von mir, wie süß.«

Sie will mir die Schulter tätscheln, aber ich wende mich schon ab, überlege mir schon etwas anderes und lasse den unheimlichen Klang von Schlachtrufen ihr Lachen übertönen.

Die Visionen kommen häufiger, und die Tage schleichen dahin, und ich glaube langsam, dass ich aus dem einzigen Grund keine Zukunft ohne Helena gesehen habe, weil diese Möglichkeit nicht existiert.

Was bedeuten könnte, dass es keine Zukunft ohne Krieg gibt.

Oder ohne Hektors Tod – den ich jetzt mit verstörender Regelmäßigkeit sehe: die leeren Augen, das durch die durchbohrten Fersen gezogene Seil, den Streitwagen, der vor den Mauern auf und ab rast, seine Leiche, die hinter ihm hergeschleift wird.

Und die ganze Zeit lacht Helena und lächelt, wehrt meine Versuche, uns von ihr zu befreien, ab, als wären sie absolut dilettantisch – und das sind sie auch.

Ich behaupte, dass sie nicht den Anstand besäße, der sich für eine Prinzessin von Troja geziemt, und sie bewirtet die Damen des Hofs bei einer schillernden Nachmittagsfeier, wirbelt herum und sät ihre Saat zwischen ihnen aus, und alle im Raum haben nur Augen für sie.

Ich sage, sie sei nicht so gläubig, wie sie sein sollte, und plötzlich hat sie sich bei einem Dutzend Tempeln eingeschmeichelt, verbringt einen Teil ihres Tages dort und zieht sogar die anderen Priesterinnen des Apollon auf ihre Seite.

Ich sage, sie sei ein Snob, und sie fängt an, sich mit den Dienstboten zu unterhalten, und erst jetzt sehe ich, was ich bei dem ganzen Intrigieren nicht bemerkt habe: Helena kann gut mit Leuten, und ich eindeutig nicht. Sie ist nicht nur charismatisch, sie ist aufmerksam. Sie stellt ihnen Fragen – über sie, über ihr Leben, ihre Bräuche.

Sie sammelt Verbündete. Sie gewinnt Herzen.

Und jedes Mal wenn ich die Augen schließe, sehe ich Tod und Verderben und Schmerz. Ich bin es so leid, mich hilflos zu fühlen. Ich kann es nicht aufhalten – ich kann nicht einmal kontrollieren, was ich sehe. Ich kämpfe gegen eine Macht, die ich nicht verstehe, rede mir ein, dass es wichtig sein könnte, und selbst meine unerschütterliche Sturheit nutzt sich ab.

Ein Teil von mir will es gar nicht mehr aufhalten. Ich wünschte einfach, ich könnte so ahnungslos hineinrennen wie alle anderen.

Noch ein letzter Versuch, schwöre ich mir. Bald werden Spiele abgehalten für den Götterboten Hermes, und danach wird es ein kleines Bankett geben, wo sich viele der einflussreichsten Adligen der Stadt versammeln. Ich habe noch die Möglichkeit, mir die Gerüchte zunutze zu machen, bevor ich die letzte Option in Betracht ziehe.

Bei dem Fest haste ich von Gruppe zu Gruppe und lande schließlich bei Deiphobos, Aeneas und ein paar anderen Männern, die ich nicht besonders gut kenne.

»Helena hat ihren Mann verlassen, um Paris zu heiraten. Es ist eine Schande für Hera, und ich fürchte, wir könnten die Göttin der Ehe aufgebracht haben«, beginne ich, bevor ich richtig einsteige. Dass ich zuerst die Götter erwähne, verleiht meinem Argument einen moralischen Anstrich, und ich kann als »Fürsprecherin der Götterwelt« auftreten und nicht einfach als Klatschtante.

»Es wurde ein offizielles Ehegelübde abgelegt«, sagt Aeneas. »Es würde Hera genauso kränken, wenn wir sie wegschicken, jetzt, wo wir alle die Verbindung bezeugt haben.«

»Das stimmt natürlich«, gebe ich zu. »Aber wenn sie *einen* Mann verlässt, wer sagt uns dann, dass sie es nicht wieder tut? Vielleicht hat sie es schon getan – Loyalität und Treue scheinen sie nicht besonders zu kümmern.«

»Kassandra«, sagt Deiphobos mit einer warnenden Stimme, die besser zu Hektor passen würde.

Eine düstere Gestalt tritt aus der Wand neben uns – eine Frau, die eine blutige Windel in der Hand hält. Sie macht den Mund auf und schreit und klagt, und ich will es zwar, aber ich kann keinen Geist aus einer noch nicht eingetretenen Zukunft trösten, und ich habe ein schlechtes Gewissen, weil ich nicht sofort zu ihr renne. Wenn solch ein Schmerz Wirklichkeit wird, wird es mir überhaupt etwas ausmachen? Oder wird diese Gleichgültigkeit die Oberhand gewinnen?

»Entschuldigt mich«, bringe ich heraus, bevor ich aus dem Raum eile.

Im Gang lasse ich mich gegen die Wand sinken und frage mich, wie ich vor Visionen weglaufen kann, die in meinem eigenen Kopf existieren.

Ich ringe nach Atem, aber die Fäden um mich spüren meine Schwäche und ziehen sich fest, pressen Worte aus meinem Mund.

Ich lasse es geschehen, hoffe, sie nehmen ihren Lauf und sind dann still – aber als eine Gestalt in der Tür erscheint, schaffe ich, sie zu einem Flüstern zu dämpfen.

»Kassandra«, sagt Helena – das war ja klar. Wer sonst. »Du musst aufhören. Sieh dich doch an – begreifst du überhaupt, dass nur meine Herzensgüte mich davon abhält, dich zu vernichten? Es wäre so leicht.«

»Dann tu es doch«, keuche ich. Die Weissagungen lassen etwas nach durch die Ablenkung. »Es ist mir egal.«

Normalerweise stolziert Helena auf eine Weise durch die Stadt, dass es mir jedes Mal einen gemeinen, schmerzhaften Stich versetzt. Früher habe ich es selbst getan: bin durch diese Straßen spaziert wie ein Kunstwerk, das man bewundern muss. Jetzt haste ich mit gesenktem Kopf umher, als könnte ich unsichtbar werden. Vielleicht ist es Zeit, mir nicht länger Sorgen zu machen – vielleicht ist mir mein gesellschaftliches Ansehen zu wichtig, als dass ich diesen Krieg wirklich und wahrhaftig verhindern wollte.

Hier draußen, in dem hohen und spärlich beleuchteten Gang, ist Helena nicht die steife, Achtung gebietende Gestalt, als die sie manchmal erscheint. Stattdessen wirkt sie klein und schmal und unerträglich menschlich. Es ist gefährlich, dass sie so ist – besser, ich sehe sie als das Monster, das all das bringt, was ich gesehen habe. »Sei nicht albern. Wir sind Frauen bei Hof, Kassandra, unser Ruf ist alles, was wir haben.«

»Dann zerstöre meinen. Es ist mir egal! Nur geh! Sorg dafür, dass mein Name selbst zu schändlich ist, als dass man ihn aussprechen könnte, wenn du das unbedingt willst. Wenn du dann endlich aus dieser Stadt verschwindest, dann sei es so.«

»Hasst du mich wirklich so sehr? Obwohl ich nichts getan habe, als innerhalb dieser Mauern zu leben?«

»Es geht darum, was du tun wirst.«

Sie atmet ein. »Du hast mein Mitgefühl, wirklich. Aber wenn irgendjemand auch nur einen Bruchteil von dem glauben würde, was du herumerzählst, dann könnten sie mich völlig mittellos verstoßen. Menschen könnten sterben, Kassandra. Beschuldige einen armen Mann, eine Affäre mit mir zu haben, und Paris hätte das Recht, ihn zu töten.«

Wie kann sie es wagen, moralisch so überlegen zu tun, bei all der Zerstörung, die sie bringen wird? »So etwas tun wir in Troja nicht«, fauche ich, als würde es mich aufhalten, selbst wenn wir es täten. Das Blut eines einzelnen Menschen ist ein kleiner Preis, wenn damit das Leben von Tausenden gerettet wird.

»Prinzen stehen über dem Gesetz, Kassandra. Worte haben schreckliche Macht, und so ungeschickt, wie du mit ihnen umgehst, kann ich nur annehmen, dass dir diese Spiele nicht besonders geläufig sind. Ich habe zugelassen, dass du deine Lügen in der Stadt verbreitest, und deine Pläne jedes Mal vereitelt. Gib endlich auf.«

Das Blut eines einzelnen Menschen. Ich zucke zusammen. Anscheinend habe ich mich endlich dazu durchgerungen.

Denn ich mache mir keine Illusionen, was für eine Zukunft Helena in Sparta erwarten würde. Wenn sie freiwillig zurückkehrt, könnte es sie retten, aber wenn jemand sie verrät? Genauso gut kann ich den Befehl für ihre Hinrichtung unterschreiben. Oder mich freiwillig melden, selbst die Klinge zu schwingen.

Und auch wenn ich sie bei ihrer Ankunft erwürgen wollte, fühle ich mich nicht wirklich wohl dabei, den Tod dieser Frau zu verursachen.

»Das ist meine letzte Warnung«, fährt Helena fort, und ihr ganzes Auftreten verändert sich. Ihre Stimme – immer so leicht – glänzt wie schneidender Stahl, ihre Augen werden schmal, ihr Kinn ist eine scharfe Kante, als sie es hebt, um mich anzusehen. »Es reicht. Akzeptiere, dass ich hier bin, dass die Bewohner der Stadt mich lieben – und akzeptier doch auch gleich, dass es eine neue schönste Frau in Troja gibt. Akzeptier das alles. Vielleicht ist dir dein Ruf nicht wichtig, aber ich würde schreckliche Dinge zu tun, um meinen zu schützen.«

Sie wartet meine Antwort nicht ab. Sie dreht sich einfach auf dem Absatz um und geht wieder hinein zum Fest, bereit, zu blenden und zu schmeicheln und so zu tun, als hätte sie nicht gerade die Prinzessin dieses Königreichs bedroht.

Ich gehe direkt in mein Zimmer.

Und ich schreibe einen letzten Brief.

15

HELENA

Sie verdient meinen Zorn, aber ich bin immer noch wütend, dass sie mich so schnell aus der Reserve gelockt hat.

»Helena, alles in Ordnung?«

Es ist nicht Paris' Stimme, aber einen Moment lang lasse ich mich glauben, dass sie es ist.

Als ich aufblicke, entdecke ich stattdessen Aeneas. Er ist groß und kräftig und hat breite Schultern und hat wie jeder Trojaner gelernt, ein Schwert zu führen. Wenn man von den Muskeln absieht, sind seine Züge zart und fein. Seine Nase ist gebogen wie ein umgedrehtes Psi, sein Kinn hat ein Grübchen, und auf seiner Stirn verläuft eine schmale Narbe, eine Linie in der warmen braunen Haut, die vor allem seine Augen betont, fast schwarz und so dunkel, als würden sie niemals enden.

Seine Schönheit ist eine Bedrohung. Sie kommt direkt von seiner Mutter, Aphrodite.

Er behauptet, sie habe ihn gebeten, in Troja auf mich aufzupassen. Aber ich habe den Verdacht, »Bericht über mich zu erstatten« könnte es besser treffen – auch wenn er mir zugegebenermaßen keinen Grund gegeben hat, ihm über das »Troja ist ein Hof wie jeder andere und Vertrauen hat hier keinen Platz« hinaus zu misstrauen.

»Bitte nimm es nicht ernst, es ist nur leeres Gerede«, sagt er – und erst da begreife ich, dass man mir meine Verstimmung ansehen muss.

Ich dachte wirklich, ich würde darüberstehen, dass Kassandra meine gesellschaftliche Stellung untergraben will, und völlig unbeeindruckt einfach abwarten, bis ihr ihre eigenen Schwächen klar werden. Und dann, wenn sie kurz davor wäre, angesichts ihrer Machtlosigkeit zu verzweifeln, würde ich auftauchen und ihr zeigen, wie man wirklich eine Geschichte erfindet. Ich würde Kassandras ramponierten Ruf wiederherstellen und sie wiederaufrichten – mit mir an ihrer Seite.

Aber es gibt eine offenkundige Schwachstelle in diesem Plan: Kassandra wird ihre Fehler niemals zugeben. Sie wird niemals ihre Grenzen erkennen, nie denken, dass sie zu etwas nicht fähig ist. Es ist fast schon bewundernswert.

Trotzdem wird es ihr Untergang sein, wenn sie mich weiter so angreift.

Dann endlich wird mir klar, was Aeneas gesagt hat – und es ist besorgniserregend, wie lange ich dafür gebraucht habe.

Kassandra ist eine Ablenkung, die ich mir momentan nicht leisten kann.

Nicht solange Menelaos noch keinen Versuch unternommen hat, mich zurückzubekommen – kein Brief, keine diplomatischen Gesandten, keine Handelsdelegationen. Mit jedem Tag des Schweigens schnürt meine Angst sich fester zusammen – gerade weil alle anderen sich entspannen. Sie kennen Menelaos nicht so wie ich. Wenn er nicht die offiziellen Wege nimmt, dann weil er etwas Hinterhältiges plant, und bei jedem Schiff, das im Hafen anlegt, taste ich über meinen Oberschenkel, ob der Dolch, den ich inzwischen trage, noch an seinem Platz ist.

»Was sagen sie denn?« Ich versuche, mich zu konzentrieren.

»Es ist egal, es ist Unsinn. Außerdem sieht es so aus, als hättest du dich um die Quelle der Gerüchte gekümmert.«

Ich schüttele sanft den Kopf und schlinge die Arme um meinen Körper. Ich will aussehen wie etwas, das man retten will, und hoffe, er kommt mir zu Hilfe. »Ich fürchte, ich habe es nur noch schlimmer gemacht.«

»Es sind nur Worte.«

Als gäbe es etwas Schädlicheres an einem königlichen Hof.

»Und wenn nicht? Wenn wir das andere nur nicht sehen? Kannst du ... kannst du vielleicht ein Auge auf sie haben? Vielleicht jemanden bitten, ihr zu folgen?«

»Ihr folgen? Das ist ein bisschen übertrieben, oder? Hör zu, Kassandra ist ... sie hat es in letzter Zeit nicht leicht gehabt. Die Gabe der Prophezeiung ohne Ausbildung und Unterstützung? Das ist hart. Und sie lässt es an dir aus, was auch nicht fair ist, aber es hat nichts zu bedeuten, sie ist keine wirkliche Gefahr.«

»Bitte, Aeneas. Nur ein paar Tage, damit ich ruhig schlafen kann.«

Ihn so zu bitten ist ein Risiko, aber ich habe nicht genug Kontakte in dieser Stadt, um sie beschatten zu lassen. Viele andere Männer würden die Augen verdrehen, sagen, dass sie für so etwas keine Zeit hätten und dass ich nicht hysterisch sein soll.

Aber Aeneas grinst nur schief. »Da bitte ich meine Mutter, mir bei einem einzigen Treffen mit Krëusa zu helfen, und ich muss mich mit solchen Problemen herumschlagen. Na gut, Helena. Ich helfe dir.«

Die Männer, die vorher an den Spielen zu Ehren von Hermes teilgenommen haben, werden immer betrunkener und ungehobelter, und allmählich ist es beunruhigend, mit ihnen in einem Raum zu sein. Außerdem sind die Berater, bei denen ich mich eingeschmeichelt habe, schon gegangen, und ich will Paris nicht stören, der in einer Ecke mit Hektor und Deiphobos steht und die Beziehung zu ihnen festigt.

»Ich werde mich bald zurückziehen«, sage ich zu den beiden Mädchen aus dem Palast, die ich inzwischen als meine Gefährtinnen betrachte.

Ich dachte, ich könnte beliebter sein, wenn ich Freundinnen hätte – aber ich echte Freundschaft habe ich nicht erwartet. Ich spüre, wie ich mich ihnen gegenüber zurückhalte, jedes Mal zusammenzucke, wenn ich lächele, und mich gerade noch fange, bevor ich lache. Freundinnen – Menelaos hat sie mir genommen. Ich will es nicht noch einmal riskieren.

Aber es ist schwer, ihnen zu widerstehen.

Aithra umarmt mich. »Ich wollte schon zu dir gehen, aber Aeneas war schneller.«

Lächerlich, wirklich. Mir fallen ein Dutzend Gründe dafür ein, eine Freundin auszuwählen – und Klymene und Aithra sind ganz gewiss das, was ich gesucht habe. Sie sind Töchter von Gesellschafterinnen von Königin Hekabe, was bedeutet, dass ihnen vielleicht etwas Wichtiges zu Ohren kommt. Aithra ist schön, mit vollen Lippen und Sommersprossen auf ihrer goldbraunen Haut. Sie kann Männer entwaffnen und dazu bringen, ihr alles Mögliche zu verraten – sie muss nur verwirrt die Stirn runzeln, und sie lieben es, ihr alles zu erklären. Und Klymenes Mann ist Aufseher über den Import feiner Güter – was bedeutet, dass er jedes Schiff kennt, das im Hafen an- oder ablegt. Noch dazu ist sie ruhig und aufmerksam, ihr dunkler Blick huscht schnell im Raum umher und entdeckt Dinge, die nicht einmal ich bemerke.

Aber das sind nicht die Gründe, warum ich ihre Nähe suche. Es ist das hier: Aithra, die die Arme um mich legt.

»Vielleicht solltest du nicht so lange bleiben«, sagt Aithra, als sie mich loslässt. »Du hattest ein paar anstrengende Wochen. Geht es dir auch bestimmt gut?«

»Das hängt ganz davon ab, was Klymene sagt.« Ich wende mich der anderen Frau zu, die meinem Blick ausgewichen ist und jetzt zaghaft lächelt. »Erzähl, was sagen sie? Ich komm schon damit klar.«

Klymene senkt die Stimme. »Bei mehreren Gesprächen heute Abend haben die Leute deine Ergebenheit gegenüber Paris und allgemein deine Treue angezweifelt, und außerdem, äh, verzeih mir, gab es ein paar anzügliche Bemerkungen über deine sexuelle Vorgeschichte. Alle sind fasziniert von einer so schönen Frau, die nicht mehr *Jungfrau* war, als sie unseren Prinzen geheiratet hat, und zusammen mit gewissen Gerüchten über Ausschweifungen in Sparta …«

»Natürlich.« Ich nicke, nicht wirklich überrascht. Darauf habe ich schon gewartet. Ich habe längst eine Liste gemacht, was ich selbst aufs Korn nehmen würde, um Kassandras nächste Schritte vorherzusagen – an ihrer Stelle würde ich allerdings versuchen, Paris aus der Stadt zu bekommen. So oft werden Männer weggerufen für geschäftliche oder diplomatische Missionen und er könnte seine Frau sogar mitnehmen. Aber sie scheint zu glauben, dass es einfacher ist, mich zu vertreiben – und Paris ist vielleicht ein bisschen dämlich, aber er würde sicher nicht zulassen, dass ich einfach davonlaufe, nur weil ich mich über irgendwelchen Klatsch aufgeregt habe.

Als hätte ich ihn heraufbeschworen, erscheint er an meiner Seite, legt mir die Hand um die Taille und zieht mich an sich.

»Ich glaube, ich möchte mich zurückziehen«, sage ich.

»Nein, bleib!«

»Ich bekomme Kopfschmerzen, ich muss mich hinlegen.«

»Oh, in Ordnung, aber hör zu, ich habe mich mit diesem Mann dort unterhalten, der die Viehherden der Stadt überwacht«, fängt Paris aufgeregt an – und sofort legt sich Furcht über mich wie eine dunkle Wolke. Jede Versammlung, jede Mahlzeit, jeder Kontakt – ich habe konzentriert einen Plan verfolgt. Paris in der Stadt etablieren, dafür sorgen, dass man ihn respektiert, mich nach Gelegenheiten für ihn umsehen, damit er an Bedeutung und Macht gewinnt. Hektor ist im Rat tätig und berät Priamos in Bezug auf Strategie und geheime

Informationen. Deiphobos führt die Armeen der Stadt. Ich dachte, Paris könnte die Schatzkammer überwachen oder den Handel oder die Tempel.

Aber nein, er wird sich für Schafe entscheiden.

»Paris, mein Liebster, ich fühle mich wirklich nicht gut«, unterbreche ich ihn schließlich und hebe die Hand mit leidender Miene an die Stirn.

»Oh, okay. Dann geh dich lieber ausruhen, wenn du musst.« Er beugt sich zu mir mit einer merkwürdigen Mischung aus Erwartung und Zögern – als würde es ihn immer noch irgendwie nervös machen, mich in einem Raum voller Menschen zu küssen, obwohl er weiß, dass ich den Kuss erwidere.

Seine Lippen legen sich auf meine, ein keuscher und schneller Abschied.

Zu keinem Zeitpunkt, nicht jetzt und auch nicht an den folgenden Tagen, fragt er mich, wie mein Abend war.

In der Tat fällt mir langsam auf, dass er mich überhaupt nicht viel fragt.

Tage vergehen, ohne dass ich Aeneas sehe, also beschließe ich, ihn zu suchen. Ich weiß, dass er jeden zweiten Morgen mit dem Schwert trainiert. Meine Dienerin, Agata, hat allerdings gewisse Spannungen zwischen Paris und mir bemerkt – auch wenn ich nicht sicher bin, ob es die wirklich gibt, abgesehen von meiner eigenen Unsicherheit –, als würde ich darauf warten, dass Paris ein Interesse an mir zeigt, bei dem es nicht nur um das geht, was ich für ihn tue. Agata fühlt sich jetzt bemüßigt, mir Ratschläge zu einem Problem zu erteilen, das wir möglicherweise beide nicht verstehen.

Sie könnte eine sehr gute Quelle mit Ohren im ganzen Palast sein, also will ich ihren gut gemeinten Monolog nicht unterbrechen, aber sie braucht so lange, dass ich schon befürchte, Aeneas zu verpassen.

»Mein Mann macht das auch. Behält den ganzen Stress für sich und erzählt mir erst davon, wenn alles erledigt ist. Er glaubt, so schützt er mich.«

»Das wird es sein.« Ich nicke, obwohl es garantiert nicht so ist. Paris teilt seine Sorgen, als wäre er ein Pithos mit Löchern und ich wäre dazu da, die zu stopfen. Endlich steckt Agata den letzten Teil meines Kleids fest. Ich beobachte aufmerksam, wo sie die jeweiligen Enden des Stoffs hinsteckt. Ich verstehe nicht, warum es nicht auseinanderfällt. »Danke.«

Dann renne ich praktisch los.

In einem der Innenhöfe trainieren Jungen unter Aeneas' Anleitung – und so wie es aussieht, versuchen sie zum ersten Mal, Schwert und Schild gleichzeitig zu benutzen. Der trojanische Kampfstil ist anders als der in Sparta, fast ein Tanz mit seiner leichten Beinarbeit.

Ich nähere mich langsam und empfinde eine so heftige Sehnsucht, ich weiß nicht, wie ich ihrem Ruf widerstehen soll. Vielleicht ist es die Freude, die Aeneas so offensichtlich beim Kämpfen empfindet, oder dass mein Verstand wie ein altes Pferd plötzlich in Galopp fällt und Haltung und Bewegungen analysiert oder wie diese Jungen immer wieder die Schwerter aufheben und es aufs Neue versuchen. Jedenfalls weckt es etwas in mir, das ich glaubte, erstickt zu haben, nachdem man mir verbot zu trainieren. Nicht, dass Menelaos es jemals so genannt hätte.

Nein, er sagte einfach, es würde ihm nicht gefallen.

Und als ich es trotzdem tat, hat er mich mit schlechter Laune und Beleidigungen bestraft und mich mit spitzen Bemerkungen, dass ich ja müde sein müsste, von Zusammenkünften ausgeschlossen. Wenn Menelaos mir sagte, dass er mich liebt, nahm er meine Hände und tastete mit den Fingern nach der Hornhaut, die auf heimliche Schwertkämpfe hindeuten könnte.

Aeneas blickt in meine Richtung und sagt den Jungen schnell, dass sie zu zweit üben sollen.

»Du bist unheimlich«, sagt er, als er bei mir ist. »Erst heute Morgen habe ich Nachricht aus dem Hafen bekommen, und da bist du.«

»Aus dem Hafen?«

»Kassandra.«

»Was? Was hat sie da gemacht?«

Aeneas seufzt und holt etwas aus seiner Tasche.

Es ist nicht das, was ich erwarte – es ist eine lange Kette mit einem großen Bernsteinanhänger, und bei der sonnenförmigen Fassung ist klar, wem sie gehört.

»Sie hat sie eingetauscht, um einen Brief zu verschicken.«

»Hat sie nicht ein Herz aus Gold?«

Ein bisschen zu teuer bezahlt, was selbst dann Fragen aufgeworfen hätte, wenn sie keinen Gegenstand gewählt hätte, der so offensichtlich ihr gehört. Es ist nachlässig.

Und ich glaube, sie weiß das.

Meint sie also ernst, was sie gesagt hat? Dass es ihr egal ist, ob ich ihren Ruf zerstöre? Sie schlägt verzweifelt um sich, in der Hoffnung, einen Treffer zu landen.

»Wohin ging der Brief?«

»Sie waren nicht sicher. Der Mann hat seinem Bruder die Kette gegeben und die Segel gesetzt. Aber das Schiff, auf das er gegangen ist, sollte nach Gythion und Kranaë fahren.«

Ich reiße ihm die Kette aus der Hand.

»Überprüfe jedes ankommende Schiff. *Jedes einzelne*. Wenn er zurückschreibt, muss ich es wissen. Wir müssen den Brief abfangen.«

»Vielleicht ist es gar nicht ...« Es ist ein schwacher Einwand und er verstummt.

Kranaë ist die Insel, auf der Paris und ich unsere erste gemeinsame Nacht verbracht haben. Genauer gesagt ist es der erste Hafen, in dem Schiffe von oder nach Sparta anlegen.

Ich unterdrücke die Panik, bis ich um eine Ecke biege, aber dann klappe ich fast zusammen und muss mich an einem Geländer festhalten.

Obwohl ich oft genug gesagt habe, dass ich nicht wirklich glaube, dass Menelaos mich einfach gehen lassen würde, hatte ich mich immer noch an der Hoffnung festgehalten, er könnte es doch tun.

Und jetzt das. Sie konspirieren. Was haben sie vor? Will sie Männer in die Stadt lassen, die mich entführen? Oder mich zu ihm hinauslocken? Selbst den Dolch führen?

Ich bin so dumm. Warum dachte ich, es gäbe Regeln, an die sie sich halten würde? Unausgesprochene Regeln. So wie: Liefere eine Frau niemals an den Mann aus, der sie verletzen will.

Oder: Benutze nie etwas, für das sie uns alle anklagen würden, um eine andere Frau zu vernichten.

Ich werde sie zermalmen. Ich werde sie dem Erdboden gleichmachen. Und ich will, dass sie das weiß. Ich will, dass sie die gleiche Angst empfindet und sich vor allem fürchtet, was ich ihr antun könnte.

Ich hänge mir die Kette um, und der Anhänger liegt zwischen meinen Schlüsselbeinen, über dem Kleid, wo ihn alle sehen.

Dann suche ich sie.

Ich finde sie im Speisesaal, wo sie mit nervösen Händen Stücke von einem Brot abreißt und auf ihren Teller fallen lässt.

Ich schlage mit der flachen Hand auf den Tisch, und sie erschrickt, lässt das ganze Brot fallen und sieht zu mir auf. Sie ist schon beunruhigt – und dann fällt ihr Blick auf die Kette.

Ich wünschte, ich könnte diesen Moment in feinen Leinenfäden einfangen und daraus etwas weben, das so befriedigend ist wie der Ausdruck in ihrem Gesicht: Angst, Schuldgefühle, Reue.

Aber sie hat keine Ahnung, was Reue ist – noch nicht.

»Kassandra«, quietsche ich, als sich die Köpfe in unsere Richtung drehen. Schnell lege ich die Hand an den Edelstein. »Vielen, vielen

Dank für dein Geschenk. Was habe ich für ein Glück, so weit von zu Hause so eine Familie gefunden zu haben. Du bist zu großzügig.«

Erstauntes Raunen wandert durch den Raum.

»Aber gern«, sagt Kassandra und zwingt sich zu einem Lächeln, auch wenn sie die unausgesprochene Drohung wahrnehmen muss. Sie hält sich an der Tischkante fest und beißt die Zähne aufeinander. »Sie steht dir gut.«

Es reicht mir nicht, dass sie angespannt ist. Ich will sie noch mehr in die Enge treiben, sie reizen, will sehen, was für eine große Wut ich ihr entlocken kann.

Als ich ihr das erste Mal begegnet bin, hat sie sich wild auf mich gestürzt, die Haare hingen ihr verfilzt und strähnig ins Gesicht, während die Wachen sie festhielten, und sie spuckte und knurrte und in ihren Augen ein Hass brannte, wie ich es noch nie gesehen hatte. Dann, auf meiner Hochzeit, war sie so sanft und sittsam, mit geradem Rücken und gestrafften Schultern. Ich habe gesehen, wie sie überall im Palast Worte faucht und sich dann krümmt und sich die Brust hält, als hätte sie keine Ahnung, woher die kommen; sie meidet Blickkontakt, macht sich klein, als würde sie am liebsten ganz verschwinden, und richtet sich dann doch wieder auf.

Wütende Frauen haben mich schon immer angezogen – ich glaube, ich sehe mich selbst in ihnen.

Wäre sie nicht so besessen davon, mir zu schaden, würde sie herausfinden, dass ich die einzige Person in diesem Palast bin, die sie respektiert. Götter, ich hatte sogar vor, sie zu retten.

Aber jetzt wird sie spektakulär verlieren.

Ich habe Kassandra beobachtet, ich habe sie praktisch studiert. Sie hat furchtbar viel Zeit im Tempel verbracht und ziemlich eindrucksvoll inszeniert, wie sehr sie Apollon verehrt. Die meisten glauben, dass die Prophezeiungen sie verwirren und sie um so etwas wie Führung betet, eine Sichtweise, die zuerst von ihrer Mutter verbreitet wurde und die jedes Mal wiederholt wird, wenn sie in der Öffentlichkeit irgendwelchen Unsinn von sich gibt.

»Verwirrt« ist nicht »verrückt«, aber es ist ein Vorbote davon. Menelaos hat das bei mir auch versucht, er hat zum Beispiel über etwas gelogen, das passiert war, und behauptet, ich würde mich nicht richtig erinnern und sei verwirrt; ich sei seine verrückte Frau.

Es gibt also eine Linie, die ich nicht überschreiten will. Aber ich muss solchen Klatsch gar nicht selbst wiederholen, wenn ich stattdessen die Menschen dazu benutzen kann, dass sie ihn verbreiten.

Die Hohepriesterin in Apollons Tempel spricht mich jedes Mal an, wenn ich dort bin – und das bin ich alle paar Tage dank Kassandras Gerüchten, die Götter würden mir nichts bedeuten.

»Helena«, gurrt Herophile. »Schon wieder beehrst du uns.«

Es ist nichts falsch daran, um die Gunst der Königsfamilie zu buhlen, aber ich wäre eher für eine raffiniertere Herangehensweise statt so unverblümter Schmeichelei.

Es dauert nicht lange, bis unser Geplauder auf Kassandra kommt – die Frau ist besessen. Ich kann es verstehen, und so langsam komme ich auch dahin.

»Ich mache mir Sorgen, dass ihr Geist nicht stark genug ist für die Prophezeiungen, die unser Herr ihr geschenkt hat. Es ist eine Tragödie.« Sie beendet ihren Redeschwall mit einem ernsten und absolut hinterhältigen Kopfschütteln.

»Darf ich offen sprechen, Herophile?«

»Gewiss«, sagt sie sofort. »Ich vertraue deiner Einschätzung.«

»Orakel oder nicht, es ist dein Tempel und du hast etwas Seelenfrieden verdient. Sie ist eindeutig eine große Belastung für dich. Erwartet man etwa, dass du das ewig aushältst?«

»Ich kann sie nicht ausschließen, sie ist eine Prinzessin – und ein Orakel.«

»Das schon, aber ist es nicht völlig vertretbar, dass die Hohepriesterin Aufgaben verteilt? Lass sie nachts den Tempel bewachen. Dann siehst du sie nicht, und sie kann ihre Weissagungen am Morgen verkünden, wenn sie geht.«

»Apollon ist der Gott der Sonne – eigentlich ist der Tempel nachts nicht besetzt.«

Ich zucke die Schultern. »Was würde es über die Hingabe dieser Stadt an den Herrn der Sonne sagen, wenn eine Priesterin – und noch dazu eine so wichtige – Apollon verabschiedet, wenn er nachts die Sonne wegzieht, und ihn morgens begrüßt, wenn er wieder zurückkommt. Aber sicher hast du …«

»Nein, nein«, sagt sie schnell. »Das ist ein hervorragendes Argument.«

»Und wenn alles andere versagt, wäre doch ein Schweigegelübde eine Möglichkeit, dass nur noch Apollons Weissagungen über ihre Lippen kommen dürfen.«

Langsam breitet sich ein Lächeln auf Herophiles Gesicht aus. »Ich glaube, wir sind uns sehr ähnlich, Helena.«

Ich habe noch mehr geplant – so viel mehr. Zwietracht säen zwischen ihr und ihren Freundinnen. Ich könnte dafür sorgen, dass Krëusa eifersüchtig auf sie wird, wenn ich Aeneas bitte, zu einem bestimmten Zeitpunkt in Kassandras Nähe zu sein, oder ihr mit einer Handvoll kluger Lügen Andromache wegnehmen. Vielleicht fällt mir sogar etwas für Deiphobos ein.

Aber dafür ist noch genug Zeit, Zeit, in der ich nicht von huschenden Schatten und komischen Geräuschen abgelenkt werde – auf die ich immer aufmerksamer achte und die mir keine Ruhe lassen.

Und es stellt sich heraus, dass dieser kleine Anstoß völlig genügt, so als würde man einen einzelnen Stein aus den berühmten Stadtmauern von Troja herausschlagen und daraufhin würde das ganze Bauwerk einstürzen.

Kassandra ist so erschöpft von den langen Nächten im Tempel, dass sie tagsüber schläft und ihr wenig Zeit und Gelegenheit bleibt, gegen mich zu intrigieren oder noch mehr Briefe zu schreiben.

Durch ihre Müdigkeit scheinen die Weissagungen schlimmer zu werden, und sie brüllt sie oft und laut heraus. Niemand glaubt ihr und die Menschen am Hof sind langsam völlig entnervt. Die Freundlichsten denken, sie tut es, um Aufmerksamkeit zu erregen. Die Grausamsten denken, man sollte sie wegsperren, bis sie endlich lernt, den Mund zu halten.

Dann sieht sie mich eines Tages mit Augen an, die blass wirken trotz ihrer dunklen Farbe, als hätte man jedes Leben aus ihnen herausgesaugt. Da ist kein Hass, kein Groll, nur Müdigkeit.

Ich lächele zurück, strahlend und dreist und so selbstgefällig, dass es den Göttern selbst Konkurrenz macht.

Ich gewinne.

16

KASSANDRA

Bei all den Schlachten in meinem Kopf dachte ich nie, dass meine eigene Zukunft mir genauso viel Angst einflößen könnte. Aber ich weiß nicht, wie lange ich diese Qual noch aushalte – den ständigen Wechsel von Einsamkeit und Angst und Verzweiflung und wieder von vorn.

Ich komme aus dem Tempel zurück, als alle anderen sich für die erste Mahlzeit des Tages versammeln, und einen Moment lang überlege ich, ob ich mich dazusetzen soll.

Aber der Gang bebt und Visionen rasen hindurch. Ich springe zurück, um einem Streitwagen auszuweichen, der nicht wirklich da ist, und eine Dienerin zischt missmutig.

Eine *Dienerin* zischt mich an.

Ich komme mir vor wie eine Erinnerung und eine unwirkliche Zuschauerin zugleich. Ich sehe, wie mein altes Ich sich aufrichtet und sich mit hoch erhobenem Kopf und einem Tadel auf den Lippen umdreht.

Verwöhnt. Eingebildet. Egoistisch. Stur. Töricht. Ich höre, was über mich geflüstert wurde.

Aber ich vermisse mein früheres Ich. Ich fand es wunderbar.

Diese Gleichgültigkeit ist jetzt wie ein dichter Nebel, der sich um meinen Wesenskern legt. Ich sollte traurig sein, oder? Ich wurde einmal geliebt. Verehrung war alles, was ich hatte.

Aber es ist wie ein anderes Leben. Ein Leben vor Helena.

Ein goldener Faden entspinnt sich vor mir, einer von denen, auf die mein Körper aufgefädelt ist wie eine Perle auf einer Schnur, so als wäre ich für die Zukunft kaum mehr als ein Ornament: unwichtig und entbehrlich, aber ein nettes Detail.

Helena hätte mich an den Abgrund drängen können, aber ich glaube, ich bin selbst an ihn herangetreten, als ich diesen Brief verschickt habe. Ich habe mehr als eine Kette dafür eingetauscht. Ich glaube, ich habe einen Teil von mir selbst hergegeben. Und Menelaos hat nicht einmal geantwortet.

Ich krieche ins Bett, nur um dieses schreckliche Nichts nicht mehr zu fühlen, und wache nach einem Schlaf voller Albträume auf, als die Sonne untergeht und der Nebel wieder herankriecht. Ich schleppe mich zum Tempel, müde und ausgelaugt – und schließlich besiegt. In der Cella ist es ruhig, und ich nehme einen Lumpen und beginne mit den Aufgaben, die ich jede Nacht ausführe.

Die Stunden ziehen sich. Wegen der Arbeit tun mir die Schultern weh, und mein Rücken ächzt unter seinem eigenen Gewicht. Meine Gedanken jagen einander, als würden sie mich umzingeln und in ihren Abwärtsstrudel locken.

»Du hast gewonnen«, flüstere ich der Marmorbüste zu, die ich putze. »Bitte, lass sie mich einfach warnen.«

Leichen fleddern, nach Waffen oder Rüstungen oder anderen nützlichen Gegenständen suchen. Der glitschige Widerstand des Fleisches, als Hände einen Pfeil aus einer Brust ziehen und spüren, wie er über den Knochen schrappt.

Ich stolpere rückwärts, und auf dem Boden neben der Statue, die ich gerade geputzt habe, liegt die Leiche meines Bruders: blass und grau, fast durchscheinend und ausnahmsweise noch erkennbar –

nicht der zerschundene Leichnam, den zu sehen ich gewöhnt bin –, wobei es fast schlimmer ist, Hektor in die starren, blinden Augen zu blicken.

»Apollon, bitte«, schreie ich – weil ich schreien kann. Es ist früh am Morgen, und die einzigen Menschen, die mich hören, sind die Wachen, die am Eingang des Tempels stehen. »Du kannst das nicht zulassen!«

Der helle Blitz kommt, wie ich es gehofft habe.

»Ehrlich gesagt kann ich tun und lassen, was ich will. Ich dachte, das hier ist vielleicht gut für dich. Eine als Priesterin verkleidete, verwöhnte Prinzessin daran erinnern, dass sie trotz ihres Krönchens und ihrer Schönheit machtlos ist gegen den Zorn eines Gottes.«

Apollon hockt auf dem Altar und betrachtet mich in aller Ruhe. Er glüht, eine pulsierende goldene Aura legt sich um seine strahlende, sonnengeküsste Haut. Sein Haar lockt sich perfekt um runde, frische Blätter, sein Gewand ist fast kühn drapiert – es liegt schräg über den muskulösen Schultern und lässt über der Brust Haut aufblitzen. Er ist so überirdisch, dass ich mich fühle, als wäre ich unfertig.

»Ich weiß. Du bist unglaublich mächtig, Herr. Und ich bin nichts. Und ich werde auch weiterhin nichts sein, für den Rest meines Lebens diesen Tempel putzen und verkünden, wie mächtig du bist, aber bitte lass sie mich warnen vor dem, was kommt. Dein Fluch hat funktioniert. Aber bitte bestrafe diese Stadt nicht für etwas, das *ich* getan habe.«

»Man kann nicht erst einen Gott belügen und sich dann entschuldigen, damit die Strafe wieder aufgehoben wird«, schnaubt er. »Man erduldet sie. Man wird eine Lehre für jeden anderen Sterblichen auf diesem Planeten. Und du, Kassandra, wirst ihnen eine wunderbare Lehre sein. Du wirst einen sehr langen Niedergang inmitten eines Krieges erleben.«

»Ich bin schon ganz unten! Bitte, Herr. Ich habe nichts mehr, was ich noch geben könnte.«

»Du hast noch dich selbst«, murmelt er und wirft mir ein gefährlich funkelndes Lächeln zu. »Du behauptest, dass dir diese Stadt so wichtig ist, aber du hast nicht ein einziges Mal das angeboten, das deine Zukunft ändern könnte.«

Ich habe mich geirrt – da ist doch noch mehr, was ich geben kann. Die selbstgefällige Erwartung in seinem Gesicht spiegelt dieselbe groteske Anspruchshaltung, die ich Hunderte Male bei Würdenträgern und ausländischen Prinzen gesehen habe. Wenn Jungen, die alles besitzen, etwas sehen, das niemand berühren darf, sind sie sich immer sicher, dass man für sie eine Ausnahme macht.

In diesem Moment kommt es zu mir zurück – mein früheres Ich. Apollons Forderungen machen mich mit einem Ruck wieder zu dem Mädchen, das sich niemals selbst opfern würde.

»Ein Krieg kommt zu dieser Stadt«, zische ich, und jede Demut verschwindet. »Tausende werden einen grausamen, absolut vermeidbaren Tod sterben. Und du denkst an deine sexuellen Eroberungen. Willst du nur jemanden bestrafen, weil du zurückgewiesen wurdest? Bezahle ich gleich mit für die Zurückweisungen von Daphne, Marpessa, Koronis, Kyrene–«

Wut funkelt in Apollons Augen, und er springt auf und geht vor mir auf und ab, sein Gewand ist fleckig vom Blut auf dem Altar. »Du weißt nicht, wo dein Platz ist. Dafür wirst du bestraft. Und da du ein so wunderbar einschlägiger Fall bist, kann man so noch die widerwilligsten Sterblichen dazu bringen, vor dem Altar ihrer Götter zu betteln. Weißt du, was im Krieg passiert, kleine Priesterin? Menschen werden gläubiger. Sieh doch, was allein der Gedanke daran mit dir gemacht hat.«

Meine Nasenlöcher blähen sich, aber ich schaffe es, mich an die Punkte zu halten, die ihn überzeugen könnten.

»Aber ein Krieg gegen *deine* heilige Stadt?«
»Ich habe noch andere.«

»Hast du deren Mauern auch gebaut? Was werden die anderen Götter sagen, wenn sie einstürzen?«

Er beäugt mich misstrauisch. »Das wird nicht passieren.« Aber er klingt nicht überzeugt.

»Vielleicht nicht. Aber die Möglichkeit besteht. Und die anderen Götter werden dafür sorgen. Es sind nicht nur Sterbliche, die deine Stadt angreifen.«

Er lächelt, aber sein selbstsicheres Gehabe könnte einfach ein Reflex sein. »Weißt du, Liebes, dass sie auch auf der anderen Seite der Ägäis zu mir beten? Ich habe viele Möglichkeiten.«

»Dann entscheide dich für die Achaier, die sind die bessere Wahl. Wir hätten uns im letzten Monat vorbereiten können. Jetzt ziehen unsere Soldaten mit der Überzeugung, zu siegen, in den Kampf, weil ich beim Frühstückstisch von unserer Niederlage gebrüllt habe.«

»Dann geh. Wenn du dir so sicher bist, dass du Trojas Untergang bist, pack deine Sachen und verlass die Stadt. Lass dich von den Achaiern gefangen nehmen und sing denen deine kranken Geschichten vor. Oder stürz dich von einem Turm. Oder schneid dir die Zunge raus. Auch du hast Möglichkeiten, kleine Priesterin – tu nicht so, als hätte ich dir alle genommen.«

Ich starre ihn an, obwohl es mich nicht schockieren sollte, dass ein Gott Blut verlangt.

»Wenn deine Stadt überleben soll, brauchst du alle Vorteile, die du kriegen kannst«, dränge ich und denke daran, wie Helena den Hof manipuliert – sie wirkt auf Egos ein, die einfach nicht anders können. »Überleg doch, wie nützlich ein Mädchen mit der Gabe der Prophezeiung wäre, wenn man ihr glauben würde.«

Er lacht so fröhlich, dass ich das Gesicht verziehe.

»Wie selbstherrlich von dir. Und ich dachte schon, ich hätte dir das ausgetrieben. Du solltest dich glücklich schätzen, dass ich dich nur verflucht habe. Selbst völlig unschuldigen Mädchen ist schon Schlimmeres passiert. Denkst du, wenn sie die Geschichte dieses Krieges erzählen, erwähnen sie, dass zuerst das Blut eines jungen Mädchens vergossen wurde? Iphigenie hat geglaubt, sie würde Achilles heiraten, und wurde stattdessen geopfert, damit Wind zum Segeln aufkommt. Und du denkst, du leidest am meisten wegen dieses Krieges!«

»Wen kümmert es, wer am meisten leidet, wenn wir alle leiden werden? Und ich kann helfen!«

»Kriege werden von Männern auf dem Schlachtfeld gewonnen, nicht von Mädchen, die sich Geschichten ausdenken. Wir werden diesen Krieg ohne dich gewinnen, und du kannst in dem Turm wüten, in dem sie dich einsperren, wenn sie deine Lügen satthaben. Du sagst, dass Götter auf der Seite der Achaier kämpfen werden – glaubst du wirklich, deine Weissagungen entscheiden, wer gewinnt und wer verliert, wenn Götter sich einmischen?«

Er steht vor mir, hebt die Hand, um meine Wange zu berühren, und ich weiche mit zusammengebissenem Kiefer zurück.

Er beugt sich trotzdem vor und redet leise weiter. »Du lügst dir etwas vor – behauptest, dir läge das Wohl der Stadt am Herzen. Du hast kein einziges Mal für ihre Rettung gebetet, für den Mut unserer Soldaten im Kampf, dafür, dass Konflikte die griechischen Königreiche daran hindern, eine achaiische Armee aufzustellen, oder für Stürme, die sie von uns fernhalten. Du hast um nichts gebeten, was wirklich helfen könnte – nur, dass ich den Fluch aufhebe. Du bist egoistisch, Kassandra. Und weißt du, was der endgültige Beweis dafür ist?«

Ich starre ihn an, und ich weiß wirklich nicht, wie mir dieses Gespräch so schnell entgleiten konnte. Es ist klar, worauf er hinauswill, aber ich halte mich an etwas so wenig Fassbares wie die Fäden, die sich durch die Luft spinnen – etwas, das mit Sicherheit zerstört werden würde, wenn ich seinen Forderungen nachgebe. Ich glaube gar nicht, dass der Akt selbst so schlimm wäre, es ist vielmehr das Wissen, dass ich mir nicht einmal mehr selbst zugehört habe, als die ganze Stadt sich weigerte, meinen Worten zu lauschen. »Du sagst, du würdest alles tun, damit deine Familie, deine Stadt den Krieg gewinnen. Und doch verweigerst du mir das Einzige, was mich interessiert – und was du mir einmal selbst versprochen hast. Du kannst es jetzt beenden, Kassandra.« Er macht noch einen Schritt auf mich zu, ist jetzt so nah, dass sein Gewand meine Haut streift. »Gib dich mir hin und rette deine Stadt.«

»Niemals«, zische ich, und bevor ich es mir anders überlege, greife ich hinter mich nach einer Waffe, packe sein eigenes Abbild – eine Marmorbüste von ihm, jede goldene Locke fein gemeißelt – und werfe sie nach ihm.

Sie segelt durch ihn hindurch und zerschellt am Boden.

Er blickt auf die Scherben und lacht.

»Ich glaube dir. Was für eine großartige Idee.«

Jede einzelne Büste, jede Statue im Raum zerbirst, Marmorscherben spritzen umher, und ich ducke mich schnell, um mich vor scharfen Kanten zu schützen und vor dem schrecklichen Geschepper, das von den Wänden widerhallt.

Ich blicke erst auf, als die Wachen hereinstürmen.

Apollon ist nirgends zu sehen, und sie sehen erst mich an, dann die zerbrochenen Statuen und schließlich einander, als würden sie nachdenken, ob sie mich wieder fesseln müssen.

Sie bekommen keine Gelegenheit dazu – weil in der ganzen Stadt die Glocken ertönen.

Ich hätte wissen müssen, dass Apollon mich niemals mitten in der Nacht aufsuchen würde. Er ist der Sonnengott. Er bringt die Morgendämmerung.

Und in diesem Moment beleuchten der rosa Himmel und das schwache Tageslicht etwas am Horizont.

Schiffe.

Tausende.

TEIL
ZWEI

17

HELENA

Die Frauen versammeln sich im großen Saal, und wir warten auf die Brocken von Informationen, die zu uns durchsickern. Wir stecken ängstlich die Köpfe zusammen und flüstern, als würden wir uns Geheimnisse anvertrauen.

»Schiffe am Horizont, man weiß nicht, wer oder warum.«
Menelaos.
»Griechen – sie können ihre Insignien sehen.«
Zeus im Himmel, bitte.
»Dutzende Stadtstaaten haben sich zusammengetan, um eine achaiische Armee zu bilden. Niemand hat so etwas je gesehen.«
Wie ist das überhaupt möglich?
»Ich habe etwas von einem Pakt gehört. Sie haben sich alle bereit erklärt, für den zu kämpfen, der Helenas Hand errang.«
»Sie ersuchen um Audienz.«
»Sie wollen Helena zurück, ihr Ex-Mann ist hier.«
Scheiße.
Ich lasse mich auf einen harten Holzstuhl sinken und versuche so zu tun, als würde ich ihre schneidenden Blicke nicht sehen, als würde ich nicht hören, wie mein Name bei jeder Wiederholung verächtlicher klingt.

Aithra nimmt meine Hand.

»Alles wird gut«, verspricht sie, und ich glaube, sie meint: *Ich hoffe es. Ich hoffe, du darfst bleiben. Ich hoffe, sie regeln das alles und nichts ändert sich.*

Aber Menelaos ist jetzt so nah, dass ich nicht viel Raum sehe für Hoffnung.

Abgesehen davon, dass ich Angst habe, sind meine Gedanken merkwürdig unklar, irgendwie muss ich immer wieder an Kassandra denken, obwohl ich nicht begreifen kann, warum – als würden sich jedes Mal, wenn ich fast darauf komme, meine Gedanken neu ordnen.

Sie sind wegen mir hier. Die Schuld brennt glühend heiß – sie ist ein körperlicher Schmerz. Menelaos würde diese Stadt wegen mir auseinandernehmen – das wusste ich immer. Ich wusste nur nicht, dass er genügend Leute hat, um es auch zu schaffen.

Ich kann nichts tun – und ich frage mich, ob er mich in seiner Vorstellung so hier sieht, machtlos und verängstigt. Wahrscheinlich denkt er, allein dafür haben sich all die Schiffe gelohnt – aber ich glaube nicht, dass die Männer an den Steuerrudern das denken. Sie werden kaum den ganzen Weg herkommen und glücklich sein, wenn ich das Einzige bin, was sie bekommen. Aber werden die Trojaner mich ausliefern, als Friedensangebot, mit Schätzen beladen?

Ich befürchte, dass Menelaos mir das Gold einfach in die Taschen steckt und mich über Bord wirft.

Wir sitzen stundenlang da, bis wir nicht mehr darüber reden, was die Achaier wollen, sondern über die Tatsache, dass wir mit ihnen verhandeln.

Sie reden darüber. Sie denken darüber nach.

Ich drücke Aithras Hand – habe ich sie die ganze Zeit gehalten? – und schlüpfe aus dem Saal. Manches kann selbst ich nicht verbergen und diese Angst gehört dazu.

Alle Frauen des Palasts sollen im Saal warten, also laufe ich zu den Gemächern der Frauen, um mich im Gynaikeion zu verstecken, bis ich mich beruhigt habe – aber es ist nicht leer.

Hinter den Webstühlen und den langen, tiefen Sofas sitzt in einer Nische unter dem Fenster Kassandra mit zusammengekniffenen Augen und an die Brust gezogenen Knien. Sie wiegt sich vor und zurück, und über ihre zitternden Lippen kommen Worte.

Ich zögere und frage mich, ob ich sie allein lassen sollte. Ich bin garantiert der letzte Mensch, den sie sehen will. Und sie müsste eigentlich der letzte Mensch sein, dem ich begegnen will. Aber zwischen meiner Angst und den Schuldgefühlen scheine ich den Hass, den ich für sie empfinden sollte, gerade nicht zu finden.

Außerdem ist es eine Ablenkung. Eine Möglichkeit, die Angst wegzusperren und zu hoffen, dass sie in der Dunkelheit verwelkt.

»Geht es dir gut?«, frage ich und berühre sie ganz leicht an der Schulter.

Sie zuckt heftig zusammen und sieht mich an.

»Fass mich nicht an«, knurrt sie, weicht zurück und springt auf.

»Ja, okay, mach ich nicht. Aber geht es dir gut?«

»Wie soll es mir gut gehen in so einem Moment«, sagt sie und schüttelt den Kopf, als wollte sie die Dinge verscheuchen, die sie sieht – und von denen sie glaubt, dass sie wahr werden. So, wie die Visionen sie verfolgen, scheint sie sich keine schöne Zukunft vorzustellen. »Wie kannst du dastehen und das fragen, wo du doch der Grund dafür bist?«

Meine Sorge verschwindet. Wie kann sie es wagen?

»Ich habe Menelaos keine Briefe geschickt«, sage ich kalt und gebe einen ärgerlichen Laut von mir, als ich ungehalten die Haare zurückwerfe. »Woher soll ich wissen, dass du ihn nicht hergebeten hast?«

»Ich bereue es.«

Ich schnaube – hält sie das etwa für eine Entschuldigung?

Die Sehnen ihres Halses werden starre Stränge. »Die größte Armee, die man je gesehen hat, ist gerade vor unseren Toren angekommen – verstehst du nicht, warum ich angeboten habe, dich auszuliefern, bevor ihre Schiffe in See stechen konnten?«

»Oh, dann hat er dein freundliches Angebot wohl ausgeschlagen. Wolltest du mir wenigstens eine Schleife um die Taille binden? Oder mir einen Brief mit guten Wünschen hinters Ohr klemmen?«

Es so an ihr auszulassen, fühlt sich besser an, als es zu unterdrücken.

»Ich habe doch gesagt, dass ich es bereue! Aber du hast gewusst, dass das passieren könnte, und …«

»Wie sollte ich mir bitte so etwas vorstellen? Ich hatte keine Ahnung, dass Menelaos die Mittel hat, eine Armee dieser Größe aufzustellen, und ich habe ihn ganz sicher nicht dazu gebracht.« Ich fühle mich zwiegespalten – hier die Schuldgefühle, dort die Logik, die sicher stimmt. Aber ich will verdammt sein, wenn sie mir ein noch schlechteres Gewissen einredet, als ich ohnehin schon habe.

»Sie rufen deinen Namen, oder?«

»Sie verteidigen nicht *meine* Ehre, sondern die meines Mannes. Und ihre eigene – glaubst du etwa, sie sind wegen mir hier und nicht wegen des Ruhms?«

Kassandra weicht hastig ein paar Schritte zurück, als wollte sie unbedingt Abstand zu mir gewinnen.

»Und du würdest zulassen, dass sie meine Heimat niederbrennen, um zu beweisen, dass du recht hast? Oder weil du zu sehr damit beschäftigt bist, über das Bedeutungsspektrum von Schuld zu diskutieren? Wenn du auch nur ein bisschen Ehre im Leib hättest, würdest du jetzt zu ihnen gehen.«

Ich lehne mich an einen Tisch und betrachte sie mit ruhiger Verachtung. Ich sollte das nicht tun. Ich sollte versuchen, sie auf meine

Seite zu ziehen. Aber es ist so berauschend, meine Worte nicht in irgendeine überzeugende List verpacken zu müssen – diese unverstellte Offenheit.

»Du weißt genauso gut wie ich, dass Männer nicht aus Liebe in den Krieg ziehen. Denkst du wirklich, es würde ihr Ego besänftigen, wenn ich zurückgehe? Frauen verlassen ihre Männer jeden Tag, ohne dass Kriege angefangen werden – nur wenn du deinen Mann verlässt und in eine Stadt gehst, die so reich ist wie Troja, wird plötzlich eine Armee aufgestellt. Glaubst du wirklich, die wollen *mich*?«

Sie zögert und ich ergreife meine Chance. »Und glaubst du, Paris wird mich einfach gehen lassen? Ich bin genauso seine Trophäe wie die von Menelaos.«

So. Das ist die Wahrheit, die ich die ganze Zeit für mich behalten habe und von der ich nie geglaubt hätte, dass ich sie in diesen Hallen aussprechen könnte – dass ich nicht Paris' Liebe bin, sondern seine Belohnung.

Ihre Blicke zucken wild durch den Raum, wie um zu prüfen, ob wir auch allein sind. Als sie mich wieder ansieht, ist sie eher die bissige Prinzessin als die verrückte Priesterin. Sie hebt das Kinn und verzieht die Lippen.

»Du bist clever, Helena, das muss ich dir lassen …«

»Wie großzügig von dir.«

»… aber mich wirst du nicht so leicht überzeugen wie die anderen. Weil du einen Krieg angefangen hast, genau wie ich vorausgesagt habe.«

»Nicht *ich* habe einen Krieg angefangen. Das war Menelaos. Und niemand hätte das voraussagen können, nicht einmal du …«

»Habe ich mich bei deiner Hochzeit nicht klar ausgedrückt?«

Ein scharfer Schmerz bohrt sich durch meinen Schädel. Ich erinnere mich an ihre wütenden Drohungen, wie sie an den Kordeln meines Kleids gerissen und versprochen hat, alles in ihrer Macht

Stehende zu tun, damit ich verschwinde – aber nicht warum. Irgendwas mit eifersüchtigen Göttinnen? Ich presse die Hand an den Kopf und der Druck erleichtert den plötzlichen pochenden Schmerz ein wenig.

Kassandra starrt mich fasziniert an. »Hast du es vergessen?«

Ich schnaube spöttisch. »Ich kann mich nicht an jeden einzelnen Satz in unseren Gesprächen erinnern, Kassandra, aber wenn du gesagt hättest, dass eine Armee unterwegs sei, würde ich mich sicherlich erinnern.«

»So funktioniert der Fluch also im Nachhinein«, sinniert sie, als wäre ich gar nicht da. »Er verzerrt unsere Erinnerungen. Natürlich kann ich nicht beweisen, dass ich recht habe – du wirst dich mit der Tatsache zufriedengeben müssen, dass meine Prophezeiungen wahr sind.«

Noch mehr Blödsinn. Aber ich tue ihr den Gefallen.

»Ein Fluch?«

Sie schüttelt sich und blinzelt müde, als hätte sie vergessen, dass ich da bin.

Dann lächelt sie grausam und triumphierend.

»Ja, Helena, ein Fluch. Apollon hat mir die Gabe der Prophezeiung geschenkt, unter der Bedingung, dass ich mit ihm schlafe. Und als ich meinen Teil der Abmachung nicht einhalten konnte, hat er mich mit einem Fluch belegt, sodass niemand meine Prophezeiungen glaubt.« Sie blickt nach oben und schreit: »Los, Apollon! Sie weiß es jetzt! Tu dein Schlimmstes!«

»Sei still!«, zische ich, und jetzt blicke ich mich um, ob wir auch wirklich allein sind. Ich kann es mir nicht auch noch leisten, mit jemandem gesehen zu werden, der unsere Schutzgötter verflucht, während sich bewaffnete Männer vor den Mauern sammeln.

Aber dann fällt mir etwas anderes ein – eine goldene Aura, ein lachender Mann. »Apollon war am Anleger, als ich angekommen bin«, sage ich langsam, als alles zurückkommt. »Als du diese Weissagung geschrien und mich angegriffen hast.«

Kassandras erfreutes Grinsen erlischt. »Du hast ihn gesehen? Wie? Das hat noch niemand.«

Es ist schon ein paar Mal passiert: Personen, die niemand sonst sehen konnte. Ein breitschultriger Riese von einem Mann, der über die spartanischen Übungsplätze rennt und Leute berührt, die dann plötzlich geschickter im Schwertkampf sind. Ein Mann mit geflügelten Sandalen hoch oben am Himmel. Eine Frau, die mit gespanntem Bogen am Waldrand lauert.

»Zeus ist mein Vater. Für Götter ist es schwerer, sich vor ihren Nachkommen zu verbergen als vor anderen Sterblichen.«

»Beim Olymp, erzähl mir bloß nicht, dass die Schwanengeschichte wirklich stimmt«, murmelt sie, lässt sich gegen die Wand sinken und betrachtet mich mit einer Miene, die ich nicht einordnen kann. »Glaubst du mir?«

Ich denke nach – denn was würde das bedeuten? Dass sie das wirklich gesehen hat und niemand ihr glaubt? Dass sie mich deshalb aus der Stadt haben wollte? Meine ganze Angst vor der Armee da draußen und dem Tod, der sicher folgen wird – schleppt Kassandra das seit Monaten mit sich herum?

Zorn brennt in meinen Adern. Kassandra hat mir schreckliche, unverzeihliche Dinge angetan. Ich *will* nicht, dass sie einen guten Grund dafür hat. Ich will es nicht verstehen oder in Betracht ziehen, ob ich dasselbe getan hätte, weil …

Weil es eine Ablenkung war, sie zu hassen – ich konnte mich daran festhalten, wenn ich nicht darüber nachdenken wollte, was Menelaos vorhatte, oder über meine wachsende Enttäuschung wegen Paris oder die Tatsache, dass es hier besser ist als dort, aber eben doch nicht das Happy End, das ich mir erhofft hatte. Ich bin die Tochter von Zeus, aber, verdammt, das hier ist genau der Scheiß, den die Götter abziehen würden – und das ergibt sehr viel mehr Sinn als ein Mädchen, das unter dem Gewicht der Prophezeiungen zusammenbricht.

»Ja, ich glaube dir.«

Sie schlingt die Arme um sich. »Sagst du das nur, um mich zu manipulieren, wie du alle anderen manipuliert hast?«

Ich sehe sie an, ich sehe sie wirklich an. Ich analysiere sie seit Wochen – wie ihr immer öfter diese Prophezeiungen herausgerutscht sind, die geflüsterten Drohungen, wie alles, was sie tut, so mitleiderregend und verzweifelt wirkt ... Und jetzt steht sie da, verlassen, keiner glaubt ihr – und blickt die Frau, die sie eigentlich hasst, mit einer Hoffnung an, die ich noch nicht gesehen habe.

Ich denke: *Sie ist am Ende.*

Und dann: *Sie könnte jetzt eher geneigt sein, mich zu mögen.*

»Ich glaube dir, Kassandra.«

Sie schließt die Augen, als würde sie den Augenblick genießen – als würde sie sich dagegen wappnen, dass er zerbricht.

Ich halte inne und begreife, dass ich ihn auch genieße. »Versteht Apollon nicht, dass es auch *seinem* Ruf schadet? Seine eigene Priesterin so zu verfluchen? Sogar sein eigenes Orakel?«

»Ich bin nicht mehr seine Priesterin und auch nicht sein Orakel«, sagt sie mit einer Bitterkeit, die ich nicht wirklich verstehe. »Während alle wegen der Schiffe im Hafen in Panik geraten sind, hat meine Mutter mich informiert, dass meine Priesterinnenwürde aufgehoben wurde. Sie hält es für das Beste, wenn ich die öffentliche Demütigung durch unkontrollierte Prophezeiungen und eine Raserei, bei der sogar Statuen zu Bruch gehen, nicht mehr ertragen muss. Sie glaubt, dass sie mich beschützt.«

Aha. Davon verstehe ich etwas: *Vertrau mir, ich weiß es am besten, ich passe nur auf dich auf.*

Muss Menelaos diese Mauern überhaupt überwinden, wenn seine Stimme in meinem Kopf wohnt?

Vom öffentlichen Leben ausgeschlossen zu werden ist kein Schutz, es ist eine Form der Kontrolle – und wieder merke ich, dass ich aufrichtig empört bin im Namen eines Mädchens, dessen Niedergang ich unterstützt habe.

»Die Ironie ist natürlich, dass ich die letzten zwei Monate versucht habe, jeden sonst in dieser Stadt zu beschützen.« Sie lacht und stöhnt zugleich. »Ich weiß gar nicht, ob die Prophezeiungen sich überhaupt verändern *können*. Aber manchmal kommen sie mir vor wie dünne Fäden und manchmal wie geschmiedetes Eisen, also dachte ich, ich könnte es versuchen.«

»Aber es wird bestimmt keinen Krieg geben. Sie verhandeln jetzt, sie werden eine Lösung finden.«

»Ich habe doch gesagt, es gibt Krieg«, sagt Kassandra resigniert. »Wegen dem Fluch kannst du mir nicht glauben.«

Oh. Und doch erscheint es so lächerlich. Es ist wie zu wissen, wie weit sich die Meere erstrecken, und ihre Tiefen trotzdem nicht ermessen zu können – etwas glauben und gleichzeitig nicht glauben.

»Es klingt nicht so, als wären die Fäden festgelegt. Du hast schon *einen* alternativen Strang gefunden. Niemand hätte deinen Prophezeiungen glauben müssen, wenn du mich davon überzeugt hättest zu gehen.«

»Aber das konnte ich nicht und du bist nicht gegangen.«

»Weil du wirklich nicht gut darin bist. Ganz im Gegensatz zu mir. Ich könnte dir helfen. Wir könnten zusammenarbeiten und auf der Grundlage von dem, was du siehst, die Entscheidungen der Männer beeinflussen. Dafür muss ich deine Prophezeiungen nicht glauben, oder?«

Wir könnten eine Waffe gegen Menelaos sein.

Sie blickt wieder in die Ferne, und ich frage mich, ob es Visionen von der Zukunft sind oder einfach nur Erinnerungen an die Vergangenheit, die sie ablenken.

»Ich bin nicht an einem Bündnis mit dir interessiert, Helena«, erklärt sie schließlich, und in ihren Augen blitzt fast brutaler Hass. »Wegen dir habe ich alles verloren. Menschen, die ich liebe, werden sterben. Also ist es mir egal, wie nützlich du sein könntest. Meinetwegen kannst du dich von der Stadtmauer stürzen und sie um dein Andenken kämpfen lassen.«

18

HELENA

Ich sitze vor dem Spiegel und versuche damit klarzukommen, dass das Gesicht, das mich daraus anblickt, das alles vielleicht wert ist. Als ich Rouge auf meine Wangen streiche, bringen Zweifel meine Bewegung ins Stocken. Ist es besser, auszusehen wie eine Trophäe, um die sie kämpfen würden? Oder vielleicht schlimmer: als würde man das ganze Aufhebens um jemanden machen, der nicht von Bedeutung ist.

Als ich den Blick senke, bemerke ich, dass ich am Pinselstiel gekaut habe.

Fluchend werfe ich ihn hin. Ein Mädchen, um das sich zu kämpfen lohnt, tut so etwas nicht.

Ich werde von einem Klopfen abgelenkt, und selbst wenn Paris nicht auf meine Antwort wartet, bevor er seinen Kopf hereinsteckt, freue ich mich doch über die Vorwarnung und dass ich mit einem Mann verheiratet bin, der wenigstens anklopft.

»Liebster«, begrüße ich ihn begeistert, eile zu ihm, als könnte ich nicht ertragen, auch nur eine Sekunde länger von ihm getrennt zu sein.

Wenn sie mich zu Menelaos zurückschicken, werde ich mich ihm zu Füßen werfen und weinen müssen, behaupten, man hätte mich gegen meinen Willen entführt, und ich hätte immer nur zu ihm zurückgewollt – und so viele Komplimente dazugeben, wie ich kann.

Ich bezweifle, dass er mich, so besudelt, wie ich bin, als seine Königin zurücknimmt, aber er könnte mich am Leben lassen – wenn ich Glück habe, bringt er mich in einem abgeschiedenen Haus unter, wo ich als Warnung für andere Mädchen einsam lebe. Oder er könnte mich zur Dienerin seiner neuen Braut machen oder mich am Hof bedienen lassen oder mich mit einem entfernten Cousin verheiraten.

Wahrscheinlich bringt er mich einfach um, aber es beruhigt mich, zu überlegen, wozu ich ihn vielleicht stattdessen überreden kann. Eine Zukunft, in der man für das am wenigsten schreckliche Szenario kämpft, ist immer noch besser als eine, in der das Schlimmste eintrifft.

Paris packt mich so fest, dass er riskiert, etwas kaputt zu machen.

»Wie wundervoll!«

Wir drehen uns gleichzeitig zu der Frau um, die im Türrahmen erschienen ist. Sie schimmert, als ihre Züge an den richtigen Platz rücken, und da ist sehr viel von Kassandra: die markanten Wangenknochen, das leichte Grinsen, die frech vorgeschobene Hüfte und das glatte schwarze Haar, das wie bei ihr eilig zu einem Zopf geflochten ist. Ich betaste meine eigenen Locken – den Teil von mir, der immer am wertvollsten war – und frage mich, was es bedeutet, dass Aphrodite stattdessen Kassandras Haar gewählt hat.

Findet sie es wirklich besser? Oder ist Schönheit nur Unsicherheit?

Paris und ich stolpern fast übereinander, als wir uns schnell und tief verbeugen.

»Und?«, fragt Aphrodite. »Was sagen sie?«

»Alle stehen unter Schock«, sagt Paris. »Fast alle Königreiche Griechenlands sind unter einem einzigen achaiischen Banner vereint.«

»Ja, und? Ziehen sie wieder ab?«

Paris kaut auf seiner Lippe, als wüsste er nicht, wie er eine solche Nachricht übermitteln soll – und auf einmal weiß ich die Antwort.

Sollte ich erleichtert sein? Ich bin mir nicht sicher. Aber ich nehme seine Hand, um ihm zu helfen, die Worte zu finden.

Und als seine warme, vor Nervosität feuchte Hand die meine etwas fester drückt als nötig, denke ich, dass ich ihn vielleicht doch liebe.

Ich mag ihn, sein Glück ist mir wichtig. Ich will, dass er in Sicherheit ist. Ich will ihn beruhigen, wenn er Angst hat, und an seiner Seite stehen, wenn er jemanden braucht. Ich habe so lange darauf gewartet, mich in ihn zu verlieben, dass ich die Liebe, die ich schon empfand, vielleicht nicht erkannt habe.

Es ist einfach nicht die Art Liebe, für die man ein Meer überquert.

»Es gibt Krieg«, sagt er schließlich, und Angst macht sich in meinem Magen breit.

Wie viele werden sterben, weil ich ein elendes Leben bei Menelaos fürchte? Belüge ich mich selbst, wenn ich mir sage, dass sie auch kämpfen würden, wenn ich zu ihm zurückkehre? Sollte ich es nicht wenigstens versuchen? Würde ein Krieg auch die Trojaner gegen mich ...

Aphrodite hüpft auf und ab und quietscht vor Begeisterung. »Oh, ja! Oh, das ist perfekt!«

Sie fasst uns an den Schultern und schiebt uns dichter zusammen – als müsste sie uns noch mehr herumschubsen. Als wäre unsere Ehe nicht ohnehin nur zustande gekommen, weil sie uns gezwungen hat.

»Stellt es euch nur vor«, sagt sie, dreht uns zum Spiegel um und beobachtet, wie ihr eigenes herrliches Spiegelbild ihre Worte auskostet. »Eine Liebe, für die man kämpft – für die man in den Tod geht! Ein ganzer Krieg in meinem Namen!«

Mir graut – aber wenigstens nicke ich und lächele das Spiegelbild der Göttin an. Paris sieht nur entsetzt aus.

»Auch ihr könntet sterben«, sagt sie und zwingt sich, ein wenig traurig zu klingen, aber das passt überhaupt nicht zu ihrem strahlenden Lächeln. »Vielleicht ist das eine Tragödie; junge Liebende sterben, weil sie alles getan haben, um zusammen zu sein. Oh, das wird man niemals vergessen!«

»Herrin«, murmelt Paris. »Ich würde gern …«

»Oh, mach dir keine Sorgen«, sagt sie und lässt uns schließlich los. »Du kämpfst für mich, Paris. Es wäre mir lieber, wenn du heldenhaft all jene besiegst, die dir deine Liebe entreißen wollen. Außerdem gibt es so einige, die meine Verbindung mit dem Krieg in ihren Gebeten vergessen. Ich denke, ich möchte sie daran erinnern. Ich werde bei dir sein auf diesem Schlachtfeld, wo diese Liebe sich als siegreich erweisen wird.«

»Schlachtfeld«, wiederholt Paris und sieht sein Spiegelbild zweifelnd an.

»Du hast mir oft erzählt, wie geschickt du mit dem Bogen bist«, erinnere ich ihn und hoffe verzweifelt, dass er sich das nicht nur ausgedacht hat, um mich zu beeindrucken.

»Geh jetzt, mein Held, und verkünde deinem Volk, dass viele Götter auf eurer Seite stehen, wenn der Krieg beginnt«, sagt Aphrodite – und legt mir schwer die Hand auf die Schulter. Ich gehe offensichtlich nirgendwohin.

Paris scheint es nicht zu bemerken – er nickt schon. »Ja, natürlich. Ich … ich danke dir. Vielen Dank.«

Er lässt meine Hand los.

»Ich liebe dich«, verspreche ich. Das muss ich. Ich kann es mir nicht leisten, mir zuerst darüber klar zu werden, was genau ich fühle, und erst recht nicht, ehrlich darüber zu reden. In jedem Gespräch über diesen Krieg, in dem Paris kämpft, muss unsere Liebe das Erste sein, woran er denkt.

Aphrodites Griff wird fester.

Sobald Paris geht, lässt sie mich los, und ihre Freude weicht ungezügelter Wut.

»Du hast ihn angelogen«, knurrt sie. »Du sprichst die Unwahrheit im Namen meiner Macht – wie kannst du es wagen?«

»Herrin?« Ich fürchte, ich weiß genau, was sie meint, aber ich werde es erst zugeben, wenn sie mich dazu zwingt.

»Du liebst ihn nicht.«

Meine Gedanken rasen – Entschuldigungen und Ausreden liegen mir schon auf der Zunge.

»Nein«, räume ich ein. »Aber das werde ich noch. Du selbst hast mich zu ihm geführt – wie könnte ich ihn da nicht lieben?«

Das habe ich bisher geglaubt. Jetzt bin ich mir nicht mehr so sicher.

Offensichtlich lässt Aphrodite nur eine einzige Antwort gelten, und ich will nicht wissen, welche Konsequenzen es hat, wenn ich ihr die nicht gebe, also rede ich weiter. »Was ist falsch daran, ihn vor dem Krieg zu trösten, wenn ich weiß, dass ich ihm nah bin? Herzensangelegenheiten brauchen Zeit.«

Ich versuche, meine Angst zu verbergen. Zu sagen, was von mir verlangt wird, ist meine zweite Natur. Ich kann mit solcher Inbrunst lügen, dass die Wahrheit selbst die Form verändert – aber Aphrodite kann mir ins Herz sehen und sie nimmt mir das nicht eine Sekunde ab.

»Nur wenn ich es sage. Soll mein Sohn einen seiner Pfeile auf dich abschießen?«

»Nein.« Ich erschrecke. Eros' Pfeile sind nicht die Liebe, die ich suche – sie sind Besessenheit, ein unermüdliches Streben, bei dem man sich selbst vergisst. »Ich ... ich will mich in ihn verlieben. Nicht dazu gezwungen sein.«

»Verlieb dich schneller«, sagt sie und stakst näher. »Weil ich es dir befehle.«

Sie packt mich erneut an den Schultern, und diesmal brennt meine Haut unter dem dünnen Stoff. Sie dreht mich herum, drückt mich auf den Stuhl vor dem Frisiertisch, wo ich vor wenigen Momenten gesessen habe, und nimmt eine Locke meiner Haare zwischen ihre Finger. Sie tut so, als würde sie mich frisieren wollen, aber ich verstehe ganz klar die von ihr beabsichtigte Drohung, dass sie mich jederzeit verletzen kann, mir die Haare ausreißen, die mich ausmachen, mir die Schönheit oder das Leben nehmen.

»Hübsche Mädchen wie du, Helena, machen immer, was ich ihnen sage. Das weißt du doch, oder?«

»Ja«, sage ich ruhig. Denn Paris ist vielleicht ihr Held, ich aber bin nur das Symbol ihrer Gunst, eine Figur, die sie bewegt hat, eine Entscheidung, die sie getroffen hat. Und sie ist eine eifersüchtige Göttin. Besser, sie sieht dich als ein hübsches Gesicht unter ihrer Fuchtel, nicht als Konkurrentin, mit der sie rechnen muss. Die Mythen sind übersät mit schönen Leichen. Sie ist bei Weitem nicht für alle verantwortlich, aber ein paar von ihnen schreien ihren Namen, während sie durch die Unterwelt wandern.

»Du musst begreifen, in was für einer Geschichte du vorkommst, Helena. Wenn du überlebst, spielst du die Rolle, die ich dir anbiete. Ich muss viel beweisen auf diesem Schlachtfeld – und ich gebe dir nur eine Aufgabe. Mach meinen Helden glücklich, gib ihm einen Grund zu kämpfen, schenk ihm Liebe, die er verteidigen kann. Verstanden?«

Natürlich. Meine Worte genügen nicht. Ich kann nicht einfach so tun, als ob, ich muss selbst eine leibhaftige Lüge werden. Ich habe das schon getan, und es ist gar nicht so schwer. Es ist erstaunlich, was du glauben und wer du sein kannst, unter den richtigen Umständen. Und mit der richtigen Motivation.

Ich werde tun, was nötig ist – *sein*, wer ich sein muss –, um geliebt zu werden, um meinen Mann glücklich zu machen, um zu überleben.

Also ist es vielleicht gar nicht so wichtig, auf welcher Seite der Mauer ich bin.

19

KASSANDRA

„Es ist ein bisschen makaber, es ›eine letzte Nacht‹ zu nennen, oder?", fragt Deiphobos und sieht sich auf dem angeblichen »Bankett« um, das wir ausrichten. Es ist anders als die Bankette, auf denen ich bisher war. Es ist riesig und unübersichtlich und chaotisch, die Leute sind schon betrunken, bevor wir uns überhaupt zum Essen hinsetzen, und alle reden zu laut, als könnten sie die Angst übertönen, wenn sie nur genug Lärm machen. Das Essen wird beiseitegeschoben – Berge von Brot und Obst, Schüsseln mit Schmorgerichten und Suppen, und Platten mit geräuchertem Fleisch und gesalzenem Fisch. Keiner rührt etwas an – alle sind viel zu sehr auf die Leute und die Musik und die Amphoren mit Wein konzentriert.

Jeder scheint verzweifelt eine Zerstreuung zu suchen, aber ich habe schon eine gefunden – die Prophezeiungen sind still. Ich hatte keine Vision, seit die Schiffe angekommen sind, und auch nicht den Drang, einen Vers über die Zukunft herauszuschreien.

Oder vielmehr seit Helena gesagt hat, dass sie mir glaubt.

Ich sitze mit Deiphobos, Skamandrios und Krëusa zusammen an einem Tisch. Ich habe einen viel zu dicken Kloß im Hals, aber jetzt ist nicht die Zeit zu weinen, sondern ein gekünsteltes Lächeln aufzusetzen: Wir sollen vorgeben, dass wir nicht an unserem Sieg zweifeln, damit niemand das Vertrauen der königlichen Familie in unsere Soldaten infrage stellen kann.

»Es sollte nicht unsere letzte Nacht sein«, zischt Krëusa. Sie war den ganzen Tag wütend – niemand studiert den Krieg so wie sie, und jetzt, da er vor unserer Tür steht, wird sie aus allen Räumen ausgeschlossen, in die man sie eigentlich einladen sollte. »Wir sind eine ummauerte Stadt. Wir sollten so viele Lebensmittel einlagern, wie wir können, und es aussitzen.«

Skamandrios schnaubt. »Es ist nicht ehrenvoll, sich belagern zu lassen. Wir werden für Ruhm kämpfen.«

»Für Ruhm wirst du sterben. Kämpf lieber für den Sieg.«

Sie verschränkt die Arme vor der Brust und starrt in die Ferne. Da ist ein winziger glimmender Faden, der sich um sie schlingt. Ich kann nur seine Form ausmachen und nicht das ganze Bild sehen – eine Zukunft, in der wir genau das tun, uns in der Stadt verbarrikadieren, wütend und hungrig, aber lebendig. Der Faden zerfasert, bevor er mir zeigen kann, ob Krëusas Plan aufgehen würde. Es ist keine echte Zukunft. Keine echte Möglichkeit.

Trotzdem habe ich das Gefühl, es könnte funktionieren – und die Männer schließen Krëusa nur von ihren Gesprächen aus, weil sie genauso viel weiß wie sie und weil niemand von einem jungen Mädchen bloßgestellt werden will, das eine Bibliothek zur Hand hat statt einer Klinge.

»Du solltest bei diesen Gesprächen dabei sein, Krëusa«, sagt Deiphobos, als würde er das auch denken, und ich spüre meine Eifersucht wie ätzende Säure. Deiphobos war der Erste, den ich um Hilfe gebeten habe, und der Erste, in dem der Fluch Zweifel geweckt hat. Ich wollte, dass er mich so unterstützt. »Soll ich nicht vielleicht mit Vater reden? Ich glaube, man könnte ihn überzeugen.«

Ich trinke einen Schluck Wein, als könnte ich den Neid damit aufhalten. Krëusa hat es verdient. Sie hat mit vier Jahren Schriftrollen in die Hand genommen und sich seither geweigert, sie wieder wegzulegen – selbst als sie vom Schulzimmer der Jungen in das der Mädchen geschickt wurde und die Lehrer vorschlugen, sie solle vielleicht lieber lernen, Leier zu spielen oder zu weben, anstatt sich in Schriften zu vergraben, die für eine Prinzessin nicht angemessen sind. Vielleicht bin ich ihr deshalb näher als meinen älteren Schwestern – wir sind beide entschlossen, auf genau die Art Prinzessinnen zu sein, wie es uns verdammt noch mal gefällt.

»Nein«, sagt sie und wird schon rot bei dem Gedanken »Ich … ich könnte nicht vor so vielen Leuten reden.«

Skamandrios lehnt sich zurück und lacht leise. Ein Teil von mir hat gehofft, er und der Rat hätten begriffen, dass etwas Wahres in meinen Prophezeiungen lag – schließlich hatte ich ihnen von einem Krieg erzählt, noch bevor Apollon seinen Fluch ausgesprochen hat. Aber entweder hat der auch nachträglich gewirkt, oder sie haben es praktischerweise vergessen. »Stimmt. Wer braucht eine verrückte Schwester, wenn er auch zwei haben kann?«

Bevor jemand von uns etwas sagen kann, packt Deiphobos Skamandrios am Kragen seines Chitons und reißt ihn hoch. »Okay, wir zwei gehen jetzt raus und unterhalten uns ein bisschen.«

»Verpiss dich, Deiphobos.«

»Es heißt ›verpiss dich, Herr‹. Wir sind im Krieg, kleiner Bruder, und ich bin dein vorgesetzter Offizier. Also unterhalten wir uns jetzt darüber, welches Verhalten ich von meinen Soldaten erwarte.«

Skamandrios murrt, aber geht mit Deiphobos hinaus, und ich wende mich meiner Schwester zu. »Alles in Ordnung?«

Sie lacht, aber es klingt irgendwie falsch. »Oh bitte, ich lasse mir von einem Arschloch wie Skamandrios doch nicht einen schönen letzten Abend vor einem grausamen Krieg verderben. Und Vater würde mir vielleicht zuhören, aber der Rat niemals. Sie geben nichts auf Wissen, nur auf Erfahrung.«

Aeneas taucht hinter uns auf. »Ja, Erfahrung ist etwas anderes. Aber wir ...«

»Nun, Aeneas, vielleicht solltet ihr es mal mit beidem versuchen.« Krëusa läuft dunkelrot an, und ich denke, es liegt an ihrer üblichen Schüchternheit, aber dann dreht sie sich zu ihm um, und ich merke, dass sie wütend ist. »Vielleicht solltet ihr wertvolle Erkenntnisse nicht einfach abtun, schließlich sind wir im wahrsten Sinne des Wortes im Krieg.«

»Ja, ich wollte sagen, dass wir mehr als genug Erfahrung im Raum haben und dass etwas Wissen sehr nützlich wäre.«

»Wenn ihr nur eine Sekunde über den eigenen Tellerrand hinaussehen würdet, könntet ihr vielleicht erkennen, dass es noch andere Leute gibt, die helfen können. Einen Krieg gewinnt man nicht nur mit Männern, die mit dem Schwert herumfuchteln.«

»Ich gebe dir recht.«

»Ich hab's wirklich so satt. Ihr seid alle so mittelmäßig, aber in der Not zählt plötzlich keiner mehr außer euch, als wäre Kampfstrategie nicht eine Kombination aus Geschichte und – was soll das heißen, du gibst mir recht?«

»Ich glaube, es ist dumm, dich aus den strategischen Sitzungen auszuschließen.«

Sie starrt ihn unverwandt an, wahrscheinlich atmet sie nicht einmal.

Er lächelt etwas verhalten. »Ich weiß, dass wir uns nicht wirklich gut vertragen haben, aber ich weiß, dass du jede Schriftrolle, die ich aus der Bibliothek haben wollte, immer schon kanntest. Und ich weiß, dass du uns viel Zeit ersparen und uns auf Fehler in Plänen hinweisen würdest, von denen alle wissen, wie schlecht sie sind, was aber nicht offen ausgesprochen wird, um niemanden zu kränken.«

»Ich ... Nun, wenn du nicht hergekommen bist, um mich zu ärgern, was willst du dann?«

»Ich wollte fragen, ob du tanzen willst.«

Ihre Augen weiten sich, und plötzlich scheint ihr wieder einzufallen, dass ich auch da bin. Ich begegne ihrem panischen Blick mit einem ermutigenden Lächeln.

»Na gut, aber tritt mir nicht auf die Füße.«

In seinen Augen strahlt das Lächeln, das er zu verbergen versucht.

»Würde ich nie wagen.«

Krëusa nimmt seine Hand und zieht ihn mit einer Begeisterung, die beinahe an Aggression grenzt, zu den anderen Tanzenden. Sie tanzt mit ihm, als würde sie gar nicht an die anderen Leute denken, die ihr zusehen, an die Blicke, bei denen sie sich normalerweise in eine Ecke verkriechen würde.

Hinter ihnen wirbelt Hektor Andromache mühelos herum. Unter anderen Umständen würde ich sie aufziehen. Ich würde sagen, dass sie nur angibt und es ausnutzt, dass ich ohne einen Partner nicht beweisen kann, dass ich die bessere Tänzerin bin, und sie würde prusten vor Lachen und irgendeinen Witz über ihre Beweglichkeit machen, dass die endlich einmal für etwas anderes gut sei als nur für ausgekugelte Gelenke – als läge ihre Fähigkeit nicht in Anmut und Rhythmusgefühl und einer irgendwie fesselnden, intuitiven Verbindung mit der Musik. Sie tanzt, als würden ihr die Noten in den Knochen summen, als würde ihr Puls im Takt schlagen.

Aber als sie und Hektor sich endlich lachend und atemlos auf zwei Stühle fallen lassen, gehe ich nicht zu ihnen, und ich sage nichts. Weil dies keine gewöhnlichen Umstände sind und mein Kleid noch feucht ist von Andromaches Tränen von vorhin, als wir uns für den Abend fertig gemacht haben.

»Ich habe ihn angefleht, nicht zu kämpfen, aber er besteht darauf, den Angriff anzuführen, und ich ... Was, wenn er nicht zurückkommt?«

Mehr hatte sie nicht herausgebracht, bevor sie anfing zu weinen und das Gesicht an meiner Schulter vergrub, und ich musste nicht so tun, als würde ich nicht jedes Mal, wenn ich ihn ansehe, seinen Tod sehen, den Schicksalsfaden um seinen Hals, der dort liegt wie eine Schlinge, die man nur noch zuziehen muss.

Ich drehe mich um, weil der Anblick der beiden zu schmerzhaft ist, und stoße fast mit Apollon zusammen.

»Götter, nein, warum? Was willst du?«, frage ich.

Jedes Mal wenn ich ihn gesehen habe, hat er mein Leben unerbittlich schlimmer gemacht. Jedes Mal wenn ich denke, ich kann nicht noch tiefer fallen, beweist er mir das Gegenteil.

Sind die Prophezeiungen deshalb stumm? Verändert er sie irgendwie? Hält er sie an, damit etwas Schreckliches ohne Vorwarnung passieren kann, und lässt sie danach weiterlaufen?

Ich sehe, wie er mich betrachtet, die Umrisse meines olivgrünen Chitons mit dem Blick nachzieht, und eine andere Art Adrenalin rast durch meine Adern – eine andere Art von Horror erwacht.

»Keine Sorge, Liebes«, beruhigt er mich und freut sich eindeutig über meine Angst. »Ich bin nicht wegen dir hier. Ich genieße nur das Fest.«

Er sieht sich im Raum um, als würde er Obst an einem Marktstand begutachten und nach der reifsten Frucht suchen.

»Wer weiß schon, wie viel Gelegenheit wir in den nächsten Monaten zum Feiern haben? Nun ...«, er lächelt mir vertraulich zu, als wären wir verbunden durch die Dinge, die sonst niemand glauben kann, »wir zwei wissen es schon.«

»Also bist du nicht ...« Ich blicke zu Helena, die sich eben noch auf der Tanzfläche gedreht hat und mich jetzt beobachtet. Wie ich Selbstgespräche führe, nehme ich an – aber nein, sie kann Apollon ja auch sehen, oder?

»Tut mir leid, dich enttäuschen zu müssen, Liebes. Ich würde ja. Erzähl jemandem von dem Fluch, und ich sorge dafür, dass diese Person nicht lange genug lebt, um etwas dagegen zu tun. Helena steht allerdings unter Aphrodites Schutz. Aber es ist sowieso egal – sie werden sie genauso hassen wie dich.«

Ich nicke erleichtert. Nach dem furchtbar schlechten Gewissen, weil ich Menelaos geschrieben habe, habe ich Helena auch noch der Gnade Apollons ausgeliefert. War ich schon immer so ein schrecklicher Mensch oder haben mich die Prophezeiungen dazu gemacht?

»Hast du nicht einen Zwillingsbruder?«, sagt Apollon mit einem anzüglichen Grinsen, bei dem ich das Gefühl habe, meine Haut würde vor dem Stoff meines Kleides zurückweichen. »Vielleicht verbringe ich den Abend mit ihm.«

»Nur zu«, sage ich kurz angebunden. Wenn er hofft, mich eifersüchtig zu machen, ist er eingebildeter, als ich dachte, und wenn er will, dass ich mir Sorgen mache, weil er jemandem aus meiner Familie nachstellt, dann hat er sich eindeutig den Falschen ausgesucht. »Entschuldige mich.«

Zum ersten Mal bei allen unseren Begegnungen drehe ich mich um und gehe.

20

KASSANDRA

Ich finde ein Zimmer in der Nähe. Die Möbel wurden an die Wände geschoben, damit getanzt werden kann; Kerzenlicht erhellt den fast leeren Raum. Vielleicht werden sich später ein paar Leute von dem Fest in diesen intimeren Bereich absetzen. Aber jetzt ist niemand hier, und meine Schritte hallen, als ich ihn durchquere.

Ich habe kaum Zeit, mich in der Stille zu entspannen, da stürmt Helena herein. Sie sieht gehetzt aus – die Haare fliegen, als sie hereinhastet, das Kleid hat sie mit den Händen gerafft, damit sie schneller ist.

»Da bist du ja«, ruft sie erleichtert – ich hätte nie gedacht, dass ich je so etwas von ihr hören würde. »Bist du okay?«

Ich verziehe das Gesicht und schließe die Augen, als könnte ich auch sie ausblenden. Ich will allein sein. Ich will, dass die Welt aufhört, sich zu drehen, dass alles langsam zum Stillstand kommt, genau wie die Prophezeiungen. Ich fühle mich, als hätte ich hyperventiliert und meine Lungen wären trotzdem noch leer, und ich will einfach nur dringend atmen.

»Kümmert dich das wirklich, Helena?«

Ich erwarte eine oberflächliche Antwort oder eine Lüge, aber sie bleibt stehen und neigt den Kopf, während sie überlegt. »Ich bin wohl noch dabei, das herauszufinden. Aber ich bin mir nicht sicher, ob ich je einem Mädchen wünschen würde, allein mit einem Gott zu sein. Auch wenn du das Mädchen bist. Ich glaube, *gerade* wenn du das Mädchen bist und der Gott Apollon ist. Er hat sich als Höfling verkleidet und ist flackernd erschienen, sobald du weg warst, und die Tatsache, dass er immer noch mit dir reden will, ohne dass es jemand bemerkt ... das ist beängstigend, Kassandra.«

»Ja, ziemlich.«

»Aber dir geht es gut?«

»Mir geht es gut.«

Ich sehe, wie die Anspannung aus ihrem Körper weicht und sie sich auf den nächsten Sessel wirft. Ich bin merkwürdig gebannt davon, wie ihre Glieder aufs Geratewohl irgendwie landen. Sie trägt ein trojanisches Kleid, aber es rutscht hoch, als sie sich setzt und ihre muskulösen und endlos langen Beine ausstreckt. In ihren Bewegungen liegt so viel Freiheit, so viel Unbeschwertheit und Macht zugleich.

Mir wird bewusst, dass mich vor allem ihre Ungezwungenheit so fesselt. Ich habe gesehen, wie sie bei tausend unterschiedlichen Personen jedes Mal anders war, aber noch nie habe ich sie entspannt erlebt – immer ist ihre Haltung bedacht, sind ihre Schritte wohlüberlegt. Und jetzt liegt sie quer auf einem Sessel, einfach so, als würde sie allein mir vertrauen.

Wenigstens erkenne ich es jetzt: Bei allem, was sie tut, bis hin zu ihrem Auftreten, versucht sie, die Menschen für sich einzunehmen. Selbst das hier – dass sie mir folgt, nach mir sieht und so locker tut, als wollte sie ein falsches Gefühl von Intimität heraufbeschwören – ist Teil ihres Bedürfnisses, von allen gemocht zu werden. Und das wird bei mir auf keinen Fall funktionieren.

»Hat er etwas Schlimmes gesagt?«, fragt sie.

Ich sollte gehen – einfach durch diese Tür verschwinden und mich weigern, mich mit ihr abzugeben. Aber meine verräterischen Füße tragen mich zu dem Sessel ihr gegenüber und ich hocke mich auf die Kante, als wollte ich jederzeit wegrennen.

»Nein, aber nach allem, was er getan hat, muss er gar nichts sagen, damit ich ...«

Sie nickt, als müsste ich es gar nicht aussprechen, als würde sie es sowieso verstehen.

Das Herz geht mir auf bei diesem Nicken. Sie weiß es. Sie glaubt mir. Und sie findet nicht, ich sollte dankbar oder erleichtert sein oder mich glücklich schätzen.

Also sage ich ihr die Wahrheit. »Sie haben mir die Priesterinnenwürde genommen, weil Apollon heute Morgen im Tempel aufgetaucht ist. Er hat gesagt, ich würde den Fluch verdienen, und wenn ich so besorgt sei, könnte ich mir ja etwas antun, um ihn zu stoppen. Dann hat er ziemlich klar angedeutet, dass er den Fluch aufheben würde, wenn ich mit ihm schlafe, also habe ich eine Statue nach ihm geworfen.«

Mit jedem Wort blickt sie finsterer drein. »Kein Wunder, dass so viele Männer so schrecklich sind, bei solchen Göttern.«

Ich will ihr kein so warmes, heiteres Gefühl verdanken. Es ist eine Sache, es ihr zu erzählen und zu wissen, dass sie mir glaubt, aber eine ganz andere, dass sie in meinem Namen empört ist.

Die schimmernden goldenen Fäden strahlen heller – und als ich ihnen etwas mehr Aufmerksamkeit schenke, löst sich ein Strang, dreht sich und reckt sich in eine andere Richtung, bevor auch er verblasst und verpufft ... Wie der Faden von Krëusa ist das keine Zukunft.

Dann rollt er sich zusammen, schlägt aus und trifft mich mit voller Wucht.

Helena – nur ist sie anders: Sie hat ein Schwert in der Hand, ihr Haar ist kurz geschnitten, sie lacht merkwürdig schrill, was etwas Ungehemmtes hat. Ein Glimmen, ein Flackern, dann verblasst sie, und der Faden läuft aus.

Fast bin ich erleichtert wegen der Vision – sie sind noch da. Ich hatte mir schon Sorgen gemacht, dass ihr plötzliches Ausbleiben bedeutete, dass Apollon etwas noch Schlimmeres für mich bereithält. Aber nein, sie brauchten einfach nur den richtigen Auslöser. Sie brauchten Helena.

»Es tut mir leid«, stoße ich hervor – und sobald ich anfange, fließt die Wahrheit aus mir heraus. »Apollon hat das Leben der Menschen bedroht, denen ich von dem Fluch erzähle, und als ich es dir erzählt habe, habe ich vielleicht ein bisschen gehofft … na ja, wenn du tot wärst, gäbe es nichts mehr, um das man kämpfen muss.«

Es wird still. Ihr Blick wird härter, und ich fühle mich wie gesponnene Wolle, fest aufgewickelt und gespannt, beschwert von der Intensität dieser blauen Augen.

»Du weißt, dass das dumm ist. Wenn ich hinter Trojas Mauern sterbe, werden die Achaier mich rächen wollen. Sie wären gnadenlos.«

Ich ärgere mich über ihren belehrenden Ton, aber ich kann es ihr nicht verdenken – natürlich ist ihr wichtig, dass ich diese Lektion verstehe.

»Ich weiß. Ich war aufgewühlt und verzweifelt und dumm. Und es tut mir leid.«

Ihre Ungezwungenheit kehrt zurück und sie sitzt wieder entspannt auf dem Sessel und zupft an einem eingerissenen Fingernagel. »Nun, solange wir uns darauf einigen können. Aber bitte versuch nicht länger, mich Männern auszuliefern, die mich umbringen wollen – es wird echt langweilig.« Sie wirft mir ein schiefes Lächeln zu, aber als sie die Zweifel in meinem Gesicht sieht, fährt sie fort. »Ich bin immer noch wütend, Kassandra. Aber ich verstehe, warum du es getan hast.«

»Ich …« Ich verstumme. Bin ich wirklich so verzweifelt, dass man glauben könnte, ich komme jetzt bei ihr angekrochen, nachdem ich sie so total abgelehnt habe?

»Sprich weiter.«

»Ich habe gesehen ... nun, was du gerade über schreckliche Männer gesagt hast, ich ...«

»Spuck's schon aus.«

Die Formulierung erschreckt mich. Ich, eine Prinzessin, die sogar vor unflätiger Sprache und der Kenntnisnahme von Körperflüssigkeiten geschützt werden muss, habe so etwas noch nie gehört.

»Ich habe Paris und Aphrodite in meinen Visionen gesehen. Ich habe hundert verschiedene Szenarien gesehen. Haben sie ... Ich meine, bist du freiwillig gekommen?«

Sie prustet; noch so ein unwürdiges Verhalten, das sie in diesen Hallen bisher nicht an den Tag gelegt hat. »Du hast gedacht, ich wäre vielleicht gegen meinen Willen hier, und hast trotzdem mehrmals versucht, mich umzubringen? Beim Zeus, Kassandra, du machst wirklich keine halben Sachen.«

Es klingt fast widerstrebend respektvoll.

»Es war so freiwillig, wie es eben ging. Paris ist bei Hof erschienen und hat mit meinem Mann – Ex-Mann – irgendeinen Tauschhandel ausgemacht, und dann ist er nachts mit Aphrodite an seiner Seite in mein Zimmer gekommen. Ich dachte, dass wir uns vielleicht wirklich verlieben, und wenn nicht, würde er mich wenigstens von Menelaos befreien.«

Sie spricht seinen Namen mit Vorsicht aus – einer Vorsicht, die jede Frau kennt, der ich je begegnet bin – es ist genau die Angst, wegen der ich in den Tempel eingetreten bin.

»Es tut mir leid«, sage ich, und es scheint mir gleichzeitig zu viel und nicht genug zu sein, ein schwaches Gefühl, aber eines, das Widerhall findet und das wohl jeder fühlen könnte, der sich ihm stellen muss.

»Ich habe mir lange selbst die Schuld gegeben«, sagt sie und betrachtet ihre Hände, die in ihrem Schoß liegen. »Ich habe Menelaos aus einer langen Liste von Bewerbern ausgewählt. Er hat eine Weile bei uns gelebt – wir waren mit ihm und seinem Bruder gegen ihren Onkel verbündet. Wahrscheinlich war er irgendwie charmant. Und ein Kriegsheld – was in Sparta … nun, da bedeutet es alles. Also dachte ich, da ich selbst schuld war, könnte ich mich auch selbst da wieder herausholen. Ich könnte mit Paris weglaufen.«

Ich weiß nicht, was ich sagen soll. Ich habe keine Erfahrung mit der Ehe und meine Frage überrascht mich: »Gibst du dir noch immer die Schuld?«

Sie denkt einen Moment nach. »Nein. Mit den Informationen, die ich hatte, habe ich eine vernünftige Entscheidung getroffen. Ich dachte, wir könnten gut sein für das Königreich – eine spartanische Königin in all ihrer Freiheit und Standfestigkeit, und ein Mann von jenseits der Berge, der Güte und auch Stärke mitbringen würde. Er hat so viele Versprechungen gemacht. Erst nachdem wir geheiratet haben, hat sich alles verändert. Er hat nicht versucht, Sparta besser zu machen, er hat versucht, es umzuformen. Angefangen bei mir. Ich war nicht mehr seine Prinzessin, ich war seine Frau, und er wollte, dass ich in allem von ihm abhängig war.«

»Ja, ich habe gehört, dass sie das so machen.«

»Und der Sex war furchtbar. Er ist so umwerfend, und ich dachte, er wüsste, wie es geht, aber irgendwann hab ich sogar überlegt, ihm eine Karte zu zeichnen. Oh, Götter, ich habe vergessen, wie prüde ihr Trojanerinnen seid – du bist knallrot geworden, alles in Ordnung?«

»Alles gut, nur … äh … ähm?«

»Bei Aphrodite«, flucht sie und schüttelt den Kopf. »Erinnere mich daran, dass ich dir einen netten Jungen suche, damit er dir zeigt, was du verpasst.«

»Oh, sicher nicht.«

Sie winkt ab. »Dann eben ein nettes Mädchen.«

»Können wir da weitermachen, wo du mit Paris weggelaufen bist?«
Ich kann sie nicht ansehen, weil ich Angst habe vor ihrem wissenden Blick.

Sie lacht leise und genießt mein Unbehagen, bevor sie schließlich fortfährt. »Nun, nachdem Menelaos ein Jahr lang versucht hat, mich zu seiner Version einer perfekten Frau abzurichten, und ich ständig das Gefühl hatte, etwas falsch zu machen und nie wirklich seinen Erwartungen zu genügen, kommt Paris daher. Aphrodite war bei ihm, und ich dachte einfach, vielleicht ist es das.«

»Aber das ist es nicht?«

Sie atmet ein. »Ich … ich hoffe es. Ich hoffe es wirklich.«

Und näher komme ich nicht an ein Geständnis, dass es das nicht ist.

Ich rufe mir in Erinnerung, dass sie alles sagen würde, um mich auf ihre Seite zu ziehen. Aber es ist trotzdem wahnsinnig mutig, es in diesem Palast zu sagen – oder nicht zu sagen –, wo jeder sie hören kann. »Warum erzählst du mir das?«

Sie lächelt entschuldigend. »Niemand würde dir glauben, Kassandra. Du bist keine Gefahr.«

Ich glaube, ich überrasche sie, als ich lache. Aber sie hat recht. Mit mir kann Helena Risiken eingehen, die sie bei anderen nicht in Betracht ziehen würde. Und sie ist der einzige Mensch, mit dem ich über diese Dinge reden kann. Trotz allem, was wir einander angetan haben, sind wir auch die einzige Atempause füreinander.

Wie ausnehmend abscheulich. »*War dies das Antlitz, das an tausend Schiffe zur Meerfahrt zwang und Ilions stolze Türme den Flammen weihte? Süße Helena, mach mich durch einen Kuss von dir unsterblich!*« Endlich kann ich die Worte wegdrängen und ringe nach Luft. Meine Wangen brennen, und ich hoffe, in dem schwachen Kerzenlicht sieht sie nicht, wie rot ich geworden bin. »Tut mir leid.«

»Braucht es nicht – ich fühle mich geschmeichelt, aber auf die

Gefahr hin, die Situation noch komplizierter zu machen, behalte ich diesen Kuss lieber für mich.«

»Ich will dich ungefähr so gern küssen, wie ich will, dass Troja brennt«, fauche ich.

»Ich glaub dir nicht.« Sie grinst, und es lindert etwas in meiner Brust, von dem ich nicht einmal wusste, dass es wehgetan hat. Ein Witz, den nur wir beide verstehen. Und es war auch ein bisschen geflirtet, obwohl ich den Verdacht habe, dass Helena nichts anderes kennt. Aber trotzdem ist es ein persönlicher Witz, und wie herrlich, wieder so etwas zu haben.

»Helena, ich muss dich das fragen. Ist es das wert? Meine Stadt dem Untergang zu weihen?«

Sie kneift die Augen zusammen. »Du hast gesagt, in manchen Visionen wurde ich entführt. Das klingt, als wäre deine Stadt völlig unabhängig von meiner Entscheidung dem Untergang geweiht.«

»Ich muss es einfach wissen.«

»Warum?«

»Weil du dich als eher sympathisch erweist und ich mir nicht sicher bin, ob ich dem trauen kann.«

Sie sieht mich eine Weile an – was ist da in ihrem Blick? Wenn sie mich so intensiv betrachtet, habe ich das Gefühl, ich kann erst wegsehen, wenn sie es tut – und irgendwann tut sie das auch mit einem erschöpften Seufzen.

»Du bist echt eine miese Kuh, weißt du das?«

»Bisher hat man mich nicht darüber informiert, aber gut zu wissen.«

»Kassandra«, sagt sie ernst und beugt sich leicht vor. »Wenn ich diesen Krieg verhindern könnte, indem ich zu Menelaos zurückgehe, würde ich es tun. Selbst wenn wir siegen und die Achaier abziehen – falls auch nur ein einziger Mann sein Leben verliert, wünschte ich, ich wäre nie hergekommen. Aber Paris hat gesagt, die Männer, die um meine Hand angehalten haben, hätten einen Pakt geschlossen – nicht nur, mich zurückzuholen, falls mich jemand raubt, sondern die Stadt niederzubrennen, die gegen ihn verstößt. Es gibt keinen Raum für Verhandlungen – sie sind durch ihren Eid gebunden. Schick mich zurück, und sie werden trotzdem kämpfen, um Troja zu zerstören. Nachdem sie den ganzen Weg gekommen sind, werden sie es auch zu Ende bringen.«

Ihre Stimme zittert, und sie spielt mit dem Ring an ihrem Finger. Sie blickt mich mit großen Augen an, als würde sie mich anflehen, ihr zu glauben. Als würde sie mich anflehen, ihr zu vergeben.

Ich nicke, ohne nachzudenken, weil mir diese Verletzlichkeit nicht gefällt. Ich will sie bei dieser Sache nicht als reale Person sehen. Es ist so viel einfacher, sie als Grund für unsere Zerstörung anzusehen.

So viel einfacher, sie als Trophäe zu betrachten, die den Besitzer gewechselt hat.

»Was würdest du tun«, frage ich leise, »wenn du dich nicht einem Mann unterordnen müsstest? Wenn du einfach gehen könntest und wüsstest, dass du in Sicherheit bist?«

Sie runzelt die Stirn, und es stößt mich ab – weil Helena nie einfach Verwirrung zeigt, sondern sie benutzt. Ich habe gesehen, wie sie fragend lächelnd mit den Wimpern klimpert und wartet, dass Männer ihr etwas erklären, wobei sie ihnen mehr Informationen entlockt, als sie ihr eigentlich geben wollen.

Dass ihre Miene jetzt weicher, nicht so übertrieben – nicht so *aufgesetzt* – ist, hält mich nicht davon ab, zu glauben, dass sie es doch ist, denn sonst müsste ich ja damit klarkommen, dass Helena mir wirklich eine wahre Seite von sich zeigt.

»Wie meinst du das? Wie sollte das gehen?«

»Es ist egal«, sage ich schnell.

Die ganze Zeit habe ich gegen Helena gewettert, dabei ist sie ein besserer Mensch als ich – denn wenn sie noch einmal zurückkönnte, würde sie sich anders entscheiden. Und ich bin mir nicht sicher, ob ich das auch von mir sagen kann.

Selbst wenn die geflochtenen Zukunftsfäden sagen würden, dass es die Stadt retten würde, wenn ich mich zu Apollon lege, bin ich mir trotzdem nicht sicher, ob ich es könnte.

Ich hätte es einfach über mich ergehen lassen sollen. Aber selbst jetzt verweigere ich mich stur diesem Akt.

Die Schuldgefühle kreisen so schnell in mir, dass mir fast schlecht wird. In diesem Moment hasse ich Helena mehr als je zuvor, weil sie mir meine schlechtesten Eigenschaften im Spiegel zeigt.

»Ich muss zurück.« Ich stehe auf und streiche den zerknitterten Chiton glatt.

»Ich auch. Es ist leichtsinnig, Paris so lange allein zu lassen, bei den vielen Achaiern vor den Toren.«

Eine Gruppe missmutiger achaiischer Soldaten, müde und verletzt, will nur nach Hause.

Einer der Älteren mit wettergegerbter Haut und Kampfesnarben und mit einer Nase, die mehrmals gebrochen ist, ruft, dass sie stehen bleiben sollen. »Setzt nicht so schnell die Segel, schnappt euch erst die Frau eines Trojaners und rächt euch bei ihr für die Schmerzen, die Anstrengungen und das Elend, das wir wegen Helena erlitten haben.«

Ich fahre zusammen, mein Blick ist auf Helena gerichtet, der die Angst und das Bedauern ins Gesicht geschrieben stehen.

Hier ist die ehrliche, bittere Wahrheit: Man wirft mit Helenas Namen um sich, um zu rechtfertigen, was diese Männer wollen. Den Sieg, Schätze – die Frauen dieser Stadt. Wie konnte ich nur behaupten, es sei Helenas Schuld und nicht einfach ihr Name auf den Lippen von Männern, die tun werden, was sie immer tun und immer getan haben: was sie verdammt noch mal wollen.

Ich kann Helena nicht dafür verurteilen.

»Gib mir die Schuld«, sage ich. »Wenn er fragt, wo du warst. Sag, du hast geholfen, mich nach einer Vision oder so zu beruhigen.«

»Bist du sicher?«

»Ich könnte mir vorstellen, dass Apollon sich ärgert, wenn wir es als Ausrede benutzen.«

»Nur deshalb tust du das?«

Ich antworte ihr nicht. Ich weiß nicht, was ich von ihr halten soll oder weshalb ich das tue oder wo wir hier gelandet sind. Also gehe ich, während sie noch auf eine Antwort wartet, zurück zum Bankett und versuche sie nicht jedes Mal anzusehen, wenn meine Aufmerksamkeit abschweift.

Ich tanze mit meiner Familie, so viele von uns haken sich unter, dass sogar meine Eltern mitmachen; Vater dreht sich so würdevoll wie möglich. Ich halte Krëusas Haare zurück, als der viele Wein, den sie getrunken hat, sie umhaut, und ich bringe Skamandrios ins Bett, als er in einer Ecke zusammensackt. Hinter mir versteckt sich eine peinlich berührte Andromache, als Hektor – *Hektor!* Den ich höchstens einmal einen genau abgemessenen Becher Wein zum Essen habe trinken sehen – auf einen Stuhl steigt und schreit: »Ich liebe meine Frau!«, gefolgt von einem kaum verständlichen Monolog über ihre besten Eigenschaften.

Und ich ignoriere Helenas helles Lachen, jedes Mal wenn Paris etwas sagt, ihre anmutigen Drehungen auf der Tanzfläche, wie sie Hof hält in ihrem Kreis.

Ich genieße den Abend und denke gar nicht an sie.

21

HELENA

Paris' Hände sind überall – auf meiner Taille, auf meinem unteren Rücken, sie streicheln mein Gesicht, spielen mit meinem Haar – als könnte er mich hier festhalten, indem er mir nur sichtbar seine Liebe zeigt.

Wir haben uns früh zurückgezogen, wollen uns in unserer letzten Nacht vom Gewicht der drohenden Zukunft ablenken.

Ich umschlinge ihn mit meinem ganzen Körper und halte ihn fest. Ich will nicht, dass er geht. Paris ist der Einzige, der mir wirklich verpflichtet ist. Er war meine einzige Konstante, seit ich Sparta verlassen habe.

Ich habe Angst, ohne ihn einsam zu sein.

»Es wird schnell vorbei sein«, verspricht er. »Und dann wartet ein langes, glückliches Leben auf uns, ein Geschenk von der Göttin der Liebe selbst.«

»Ein langes Leben, und doch kann ich es nicht erwarten, jeden Tag an deiner Seite zu verbringen«, antworte ich. Und es ist nicht ganz gelogen, aber es ist auch nicht das süße Summen wahrer Sehnsucht, also verschränke ich meine Finger mit seinen und ziehe ihn auf mich, bevor ich noch länger darüber nachdenke.

Er sollte sich ausruhen. Es ist dumm, unausgeschlafen in den Krieg zu ziehen.

Aber wir bleiben trotzdem fast die ganze Nacht wach und genießen einander, bevor alles vorbei ist.

Ich komme mir vor wie eine Betrügerin, als wir uns am nächsten Morgen verabschieden. Es ist so ... laut. Vor den Toren des Palasts haben sich ganze Horden von Menschen versammelt, und sie schluchzen, umarmen sich, rufen nach Freunden und Verwandten, die sie in der Menge verloren haben.

Ich sehe, wie Kassandra die Augen verdreht und dann ihren Zwillingsbruder mit zitternden Händen an sich zieht. Andromache hält Hektors Hand, als bräuchte es wirklich eine Armee, um sie voneinander zu trennen, und Polyxena lacht unter Tränen, während Deiphobos verzweifelt versucht, zu verhindern, dass sie fließen. Neben ihnen, ganz am Rand, stehen Paris und ich.

Ein paar Leute blicken in unsere Richtung, aber nicht so viele, wie ich befürchtet habe – wenn überhaupt herrscht freudige Erregung. Sie sind überzeugt, dass die Männer in wenigen Tagen siegreich heimkehren.

Ich hoffe, sie haben recht.

König Priamos legt Paris eine Hand auf die Schulter und ich erwarte ermutigende oder stärkende Worte. Stattdessen sagt er: »Es tut mir leid, dass ich dich bitte, für eine Stadt zu kämpfen, die du kaum als deine eigene erleben konntest.«

Paris nickt, als hätte er – *hätten wir* – diesen Krieg nicht hergebracht.

»Es tut mir so leid«, stoße ich hervor. »Ich wünschte, ich wäre nie hergekommen und hätte all das hier verursacht.«

»Du?« Priamos betrachtet mich überrascht. »Helena, das ist kaum deine Schuld. Nicht du bist die Armee an unserer Küste. Auch wenn dein schlechtes Gewissen sehr viel über die Güte deines Herzens sagt, glaub mir bitte, dass dir niemand hier die Schuld gibt.«

Er lächelt und wendet sich an den nächsten seiner Söhne.

Ich breche in Tränen aus und halte mich an Paris fest, lasse alle hier in dem Glauben, dass ich um ihn weine und nicht, weil mich nicht alle für verantwortlich halten.

Und dann sind die Männer weg.

Und mit ihnen verschwindet die Freude.

Tagelang fühlt der Palast sich verlassen an, und noch leerer, weil die übrig gebliebenen Frauen und Mädchen sich in den Ecken herumdrücken und leise reden, bis sie sich schließlich damit abfinden, dass dies ein längerer Kampf werden wird, als wir gehofft haben.

Wenn ich einen Raum betrete, verstummen alle – selbst Menschen, die ich gut kenne.

»Es hat doch niemand etwas gesagt, oder?«, frage ich meine Freundinnen, als wir durch den Palastgarten spazieren. »Geben sie mir die Schuld? Verflucht die Stadt meinen Namen?«

»Beim Olymp, Helena, hier geht es nicht um dich«, fährt Aithra mich an.

Ich bleibe stehen und eine Sekunde später lachen wir alle drei.

»Okay, in Ordnung, rein theoretisch vielleicht schon«, sagt Aithra, schiebt sich eine Haarsträhne hinters Ohr und sieht wieder traurig aus. »Es tut mir leid, ich wollte das nicht an dir auslassen. Es ist eher …« Sie blickt Klymene an, die den Faden aufnimmt und es mir erklärt.

»Sie sind nicht wütend, es ist Verlegenheit. Für dich steht nicht so viel auf dem Spiel wie für uns.«

Ich bemühe mich, mich nicht sofort zu verteidigen. »Wie das?«

»Du hast Paris«, sagt Aithra. »Und das ist schrecklich und furchtbar, aber er ist nicht jeder Mann, den du je gekannt und geliebt hast – dein Vater, dein Bruder, deine Söhne. Die Leute haben schreckliche Angst, und auf merkwürdige Weise verbindet uns das alle. Aber es ist nicht jeder in Gefahr, an dem dein Herz hängt, und deshalb weiß keine, wie sie sich in deiner Nähe verhalten soll.«

»Paris gehört mein ganzes Herz«, sage ich. Weil ich muss. Aphrodite will einen Krieg aus Liebe, also darf ich nicht aufhören zu beteuern, dass unsere Liebe so viel größer ist als die aller anderen.

»Wir lieben dich, Helena«, sagt Aithra und drückt mir liebevoll die Schulter. »Aber das ist der Grund, warum die anderen dich meiden. Nicht, weil sie dich hassen, sondern weil sie neidisch sind.«

»Andromache darf Hektor sogar sehen, und niemand behandelt sie so«, gebe ich zurück. Er kommt regelmäßig zum Rat, um das taktische Vorgehen zu besprechen, sodass die Frauen sich inzwischen beim kleinen Skäischen Tor im Süden der Stadt versammeln, wenn Hektor hindurchschlüpft, und ihn um Nachrichten über ihre Liebsten und ihre Angehörigen bitten.

Aithra zögert, bevor sie endlich den Kopf schüttelt und leicht die Schultern zuckt, als würde sie es auch nicht verstehen.

Ich wende mich Klymene zu. Aithra neigt dazu, Trost über die Wahrheit zu stellen, während Klymene mir respektvoll die Fakten überreicht wie ein Geschenk. Jetzt zuckt sie die Schultern. »Wir können das nur überleben, wenn wir uns einreden, dass es gar nicht passiert; wenn wir so tun, als könnten wir die Schreie auf der anderen Seite der Mauern nicht hören. Aber deine bloße Gegenwart ist eine Erinnerung an alles, was wir ausblenden. Du bist die Verkörperung des Krieges, und das kann niemand ertragen.«

Wenn ich die Leute sowieso nur an den Krieg erinnern kann, dann kann ich das auch so gut machen, wie es geht.

Königin Hekabe leitet die Kriegsanstrengungen in der Stadt, während König Priamos und seine Berater sich an den Mauern treffen. Sie kümmert sich um das, woran die Männer nicht denken – Lederrüstungen und von Schwertern aufgeschlitzte Kleidung müssen repariert werden, Lebensmittel werden verpackt und in die Lager gebracht wie auch medizinische Güter, und vor allem werden in allen Tempeln der Stadt Gebete und Opfer abgehalten. Ich helfe ihr und erzähle ihr bei der Gelegenheit alles, was ich über die Griechen und die Politik an ihren Höfen weiß. Schließlich gibt es viele Wege, einen Krieg zu führen. Und diese Armee besteht aus mehreren uneinigen Poleis, die sich nie aus freien Stücken zusammengetan hätten.

Es gibt noch mehr, was erledigt werden muss: langweilige Gespräche und verzwickte Regelungen, die man bis ins Detail durchgehen muss, vor allem die Frage, wie man Dinge von einer Seite der Mauer auf die andere bekommt, ohne ständig die Tore öffnen zu müssen. Und es ist aufregend, sich über diese Probleme Gedanken zu machen, sich in einem Raum umzusehen, in dem die Frauen von Beratern die Erlaubnis haben, selbst zu beraten.

Und sobald mir das einmal aufgefallen ist, sehe ich es ständig: die Veränderung bei den Frauen der Stadt.

Es fängt an mit dem fast unheimlichen Anblick von Frauen bei Nacht: Sie treffen sich und plaudern freundschaftlich, anstatt schnell nach Hause zu gehen – so als wäre die Nacht nicht länger eine Bedrohung. Dann sehe ich, was die Frauen noch alles machen: Sie reparieren Wagenräder, spielen wilde Spiele, transportieren Waren, arbeiten in den Schmieden der Männer, die jetzt die Waffen an der Front reparieren, und bauen Schutzhütten für die Bauern, die in die Stadt strömen, weil sie vor den Achaiern fliehen, die ihre Dörfer überfallen und die Felder dem Erdboden gleichmachen.

Wochenlang beobachte ich die anderen Mädchen, und meine Ehrfurcht und meine Begeisterung werden immer größer, bis ich endlich mutig genug bin, es selbst zu versuchen.

Ich gehe in die Waffenkammer. Die besten Waffen sind natürlich weg. Wir führen Krieg und es gibt immer mehr Leute als Waffen. Aber ich finde Übungsschwerter und ganz hinten ein rostiges Schwert –

kurz, schlank, wahrscheinlich für die Hand eines Jungen gemacht. Vor ein paar Jahren hätte ich mich über so eine Waffe lustig gemacht, jetzt schrubbe und öle ich sie, schärfe die Klinge und webe den ganzen Abend, um die Ummantelung des Griffs auszubessern.

In einer schattigen, felsigen Ecke eines der Innenhöfe des Palasts, weit weg von neugierigen Blicken, übe ich, das kostbare Ding zu schwingen. Ich bin furchtbar schlecht, mache ungeschickt die Bewegungsabfolgen, die ich einmal, ohne nachzudenken, konnte, bin nach ein paar Runden um den Hof außer Atem und habe selbst von dieser leichten Klinge Schmerzen in den Schultern.

Es fühlt sich herrlich an.

So herrlich, dass ich schon bald jeden Morgen mit dem Schwert in der Hand beginne. Jeden Tag spüre ich, wie sich die Muskeln wieder aufbauen, wie wunderbar sie sich dehnen und anspannen, die Kraft unter meiner Haut.

Das ist sie. Das ist die Freiheit, die ich wollte.

Allein im Hof, das Schwert in der Hand, fange ich an zu lachen. Das ist es wert, dafür ein Meer zu überqueren.

22

KASSANDRA

Wochen vergehen, und je länger der Krieg tobt, desto mehr Feindseligkeit begegnet mir im Palast. Menschen, die es früher nicht einmal gewagt haben, mich anzusehen, funkeln mich jetzt wütend an, wenn unsere Wege sich kreuzen. Sie lassen Bemerkungen fallen und tun so, als könnte ich sie nicht hören – Bemerkungen, gegen die ich früher etwas unternommen hätte.

Ich rede mir ein, dass es mir nichts ausmacht, aber die Überreste der hochgeachteten Prinzessin, die in mir begraben sind, leiden, und meine Tränen fließen gleichermaßen ungehindert, wenn ich an den Krieg denke oder an die Verachtung, die alle für mich zu empfinden scheinen.

Die Visionen sind schlimmer als je zuvor, sie überkommen mich, wann immer es ihnen beliebt, und sie lassen mich auch dann nicht los, wenn ich heule und zittere wegen dem, was ich sehe.

Die Weissagungen sind ein anderes Problem – ich kann sie inzwischen eine Weile unterdrücken, wenn ich mich konzentriere, aber danach kommen sie lauter und heftiger zurück, und mein Kopf hämmert.

Mit Flüstern geht es am besten – und es hat zusätzlich den Vorteil, dass niemand eine Weissagung hört, an der er sofort zweifeln würde.

Aber wenn ich leise flüsternd herumlaufe, scheint es alle noch mehr zu beunruhigen, als wenn ich schreien würde.

Krëusa und Andromache sind die Einzigen, die noch mit mir reden, als wäre ich ein Mensch und kein Hindernis. Aber das stimmt nicht ganz – Mutter tut so, als hätte sich nichts geändert, und ignoriert alle Anzeichen meiner Qual.

Polyxena hat sich darauf verlegt, Fragen zu stellen, auf die ich keine Antwort habe: *Warum sagst du, dass du Dinge siehst? Warum bist du keine Priesterin mehr? Wird alles wieder gut?* Und ich komme nicht damit klar – ich spüre, dass ich kurz davor bin, sie anzuschreien, obwohl sie nichts falsch gemacht hat, also gehe ich ihr aus dem Weg, und dann gehe ich allen aus dem Weg. Ich wünschte, ich könnte mich in der Stadt verstecken, aber Mutter hat mir verboten, den Palast zu verlassen, als sie meine Priesterinnenwürde hat aufheben lassen, geradeso als würde ich auf Schritt und Tritt Statuen zertrümmern. Also schließe ich mich in meinem Zimmer ein oder husche die Dienstbotentreppe hinunter und bleibe in den schattigen Höfen, hinter denen sich steil der felsige Berg erhebt. Ich meide sogar Krëusa und Andromache, weil es mir vorkommt, als wäre es nur eine Frage der Zeit, bis auch sie genug von mir haben.

Und wenn ich die Weissagungen nicht zum Schweigen bringen kann, wenn ich mit den Lippen Worte forme, die auszusprechen ich mich weigere, oder wenn ich so leise flüstere, dass die Leute nur ab und zu ein Wort mitkriegen, wie »sterben« oder »umkommen« oder »*Untergang*«, oder wenn eine Prophezeiung kommt, die mich erschüttert und überwältigt und mich als ein Gefäß benutzt, damit ich ihren Willen herausschreie, dann wünschte ich mir selbst, ich könnte eine Pause von mir bekommen.

Vielleicht bin ich nicht die Einzige, die vor den Blicken fliehen muss, denn eines Tages, einen Monat nach Kriegsbeginn, stößt Helena zufällig auf eins meiner Verstecke, die schattige Nische zwischen dem

Ostflügel und dem Schrein für Hestia, die Göttin von Heim und Herd.

Sie ist nicht die Göttin, zu der wir im Moment am meisten beten.

»Hier versteckst du dich also«, sagt sie.

Seit dem Bankett habe ich nicht mehr mit ihr gesprochen – unsicher, wo ich stehe, und voller Angst, ihr Glaube an mich könnte mein Urteilsvermögen trüben. Außerdem war ich weit länger in den Prophezeiungen gefangen als in den Palastmauern.

»Das ist einer der Plätze«, antworte ich.

»Du musst mir die anderen zeigen.«

»Das würde dem Prinzip von einem Versteck widersprechen.«

Sie lächelt und es ist welterschütternd. Sie muss es wissen, denn es hat etwas Selbstironisches, und dann legt sie den Kopf schief und sagt: »Du willst nicht, dass ich dich finde?«

»Ich weiß es nicht, Helena«, seufze ich, weil ich zu müde bin, um auch nur eine Sekunde länger zu versuchen, aus ihr schlau zu werden. »Würdest du nach mir suchen?«

»Wer sagt, dass ich das nicht getan habe?«, fragt sie, und als ich sie wütend ansehe, sagt sie tadelnd. »Du bist nicht lustig heute.«

»Und dabei bin ich nur hergekommen, weil ich viel zu lustig bin, als dass man meine Nähe ertragen könnte. Wolltest du was Bestimmtes?«

Sie geht zu der Nische mir gegenüber und steigt auf das Sims. Ich sollte nicht immer wieder überrascht sein, sie so zu sehen, so achtlos, wie sie, ohne zu zögern, auf das schmutzige Mauerwerk klettert. Sie streicht mit dem Finger darüber und zieht die kleinen Ranken nach, die in das Fenstersims eingeritzt sind. »Ist alles in dieser Stadt ein Kunstwerk?«

»Was willst du, Helena?«

»Nun, ich gebe es nur ungern zu, aber ich habe gar nicht nach dir gesucht. Ich wollte nur raus aus dem Palast, irgendwohin, wo mich niemand findet.«

Vielleicht hätte ich ein schlechtes Gewissen, wenn ich nicht gerade gesehen hätte, wie ein sterbender Mann auf einem staubigen Schlachtfeld ihren Namen verflucht.

»Du bist nicht die Einzige, der man giftige Blicke zuwirft«, erklärt sie. »Ich bin die Frau, die einen Krieg angefangen hat, und du bist die, die nicht aufhört, davon zu reden.«

»Ja, und eine von uns wurde von einem Gott verflucht, und die andere hat einen Fehler gemacht, für den wir alle bezahlen. Wir sind nicht gleich, auch wenn man uns so behandelt.«

»Als Ausgestoßene nimmt man, was man kriegen kann.«

»Du wolltest allein sein, oder? Dann lass ich dich mal. Ich habe noch hundert Plätze, wo ich mich verstecken kann.«

»Kassandra, warte, was ist los?«

»Was los ist?« Ich fahre zu ihr herum. »Vor unseren Mauern tobt ein Krieg, und die Hälfte der Menschen, die ich liebe, kämpft dort, ich sehe ständig Tod, und jeden Tag entfernt sich meine Familie deswegen mehr von mir.«

»Ach ja? Von hier aus sieht es so aus, als würdest du dich selbst entfernen.«

Mein Kiefer spannt sich an und sie zuckt die Schultern.

»Oh, tut mir leid, wolltest du leere Beschwichtigungen hören?«

»Beides kann stimmen. Genau wie die meisten Leute dich zu mögen scheinen, auch wenn ihnen ständig wieder einfällt, was deine Anwesenheit hier bedeutet.«

»Das ist wohl kaum mein Problem.«

»Klar. Wie auch immer. Bis dann.«

Ich wende mich zum Gehen, als mich eine Vision überkommt, und sie kommt so plötzlich, dass ich das Gleichgewicht verliere. Ich wanke und falle hin, als die Vision Besitz von mir ergreift.

Die Männer in den Lagern reden über Gerüchte, die ich schon gehört habe – Agamemnon opfert ein junges Mädchen, Iphigenie, an ihrem

Hochzeitstag, genau wie Apollon erwähnt hatte. Aber dann sagt einer von ihnen etwas, das mir den Atem verschlägt. »Was für ein Mistkerl bringt seine eigene Tochter um? Kein Wunder, dass dieser ganze beschissene Krieg verflucht zu sein scheint.«

Als ich in die Wirklichkeit zurückkehre, sehe ich diese blauen Augen über mir, und einen Moment lang frage ich mich, ob ich noch falle – weil ich bestimmt keinen Boden mehr unter den Füßen habe.

Agamemnon hat seine Tochter umgebracht. Agamemnon, der Bruder von Menelaos und der Mann von Helenas Schwester Klytaimnestra. Was bedeutet, dass Iphigenie Helenas Nichte ist.

Das kann ich ihr nicht sagen – oder? Aber sie wird es wissen wollen. Und offensichtlich ist mir nicht mehr egal, was Helena will …

»Alles in Ordnung?«, fragt sie und hält mir eine Hand hin, die ich bewusst ignoriere, als ich aufstehe.

»Iphigenie«, fange ich an – und Helena ist eindeutig überrascht. Bei einem ganzen Schlachtfeld voller Männer hat sie wahrscheinlich nicht erwartet, dass ich ihre Nichte in Mykene erwähnen würde. »Die Achaier hatten nicht genug Wind, um nach Troja zu segeln.« Ich halte inne, warte ab, ob sie es glaubt. Aber es ist gar keine Prophezeiung, oder? Nur etwas, das ich durch eine Prophezeiung erfahren habe und das schon passiert ist. Helena nickt und drängt mich weiterzusprechen. »Agamemnon hat ein Reh in Artemis' heiligem Hain getötet, und die hat die Winde verflucht, innezuhalten. Die einzige Möglichkeit, den Fluch aufzuheben, war, Iphigenie zu töten. Er hat ihr gesagt, sie würde Achilles heiraten, hat sie nach Aulis bestellt und sie geopfert.«

Einen Moment lang denke ich, sie schreit gleich los, dass sie mir nicht glaubt.

Dann keucht sie und schlägt die zitternde Hand vor den Mund. »Was?«

»Oh Helena, es tut mir so leid.«

Ich sehe, wie sie darum kämpft, ihre Gefühle in den Griff zu bekommen, um mir etwas Vorzeigbareres zu präsentieren.

»Ich kannte sie kaum, aber das arme Mädchen ...« Sie verstummt mit einem erstickten Laut. »Wie kann ich ihnen das wert sein? Ihre eigene Tochter? Wofür – um mich zu Menelaos zurückzubringen? Oder um mich zu begraben und seine Ehre wiederherzustellen? Was auch immer sie mit mir machen wollen, wie kann es *das* wert sein?«

Ein nicht realer Mann erscheint vor meinen Augen, schwebt über Helenas Schulter, als würde er sie verspotten. Ich habe genügend Visionen gesehen, und dieser anmaßende und höhnische Blick ist verstörend vertraut – Menelaos. »*Ich komme nicht wegen ihr*«, sagt das Bild seines künftigen Ichs. »*Ich komme wegen ihm – dem Betrüger, dem Dieb, der mit mir am Tisch gegessen und mir dann die Frau gestohlen hat.*«

Helena weint immer noch, als der Mann verschwindet.

Zum ersten Mal in dieser ganzen Zeit tut sie mir leid. Menelaos will Helena nicht zurück, weil er sie liebt und vermisst. Sie ist gar nicht der Grund, warum er hier ist. Wenn sie sich irgendwo versteckt hätte, wenn sie die Stadt verlassen hätte, wie ich wollte – hätte er uns trotzdem angegriffen, nur um Paris zu töten?

Ich weiß nicht, was ich sagen soll, und nehme ihre Hand.

»Es wird ihnen nicht genügen, oder?«, fragt Helena, sobald ihre Tränen versiegen. »Artemis würde niemals verlangen, dass ein junges Mädchen geopfert wird – sie hat geschworen, sie zu beschützen. Agamemnon wollte damit nur beweisen, wie ernst es ihm mit diesem Krieg ist. Und er muss es schnell gemacht haben, denn Klytaimnestra ist Spartanerin, und sie hätte ihm eher selbst den Bauch aufgeschlitzt, als ihm zu erlauben, ihre Tochter anzurühren.«

»Viele der Achaier verurteilen es«, sage ich, erleichtert, dass ich überhaupt etwas sagen kann. »Manche fürchten, sie wären so eher dem Untergang geweiht, als dass es die Götter auf ihre Seite gezogen hätte.«

»Hoffen wir es«, sagt Helena, und ihre Nasenlöcher blähen sich. »Weil Agamemnon gerade der ganzen achaiischen Armee erklärt hat, was er für diesen Krieg zu tun bereit ist. Sie werden erst aufhören, wenn sie die Stadt dem Erdboden gleichgemacht haben.«

Sie hat recht. Und ich kann nicht glauben, dass ich auf die Lügen reingefallen bin, die sie sich erzählen. Die Ausreden, die sie von sich geben, als könnten sie damit ihre Gier nach Ruhm verbergen.

Helena wird still – oder sie versucht es wenigstens. Aber ihre Hände zittern, und sie blinzelt rasch, um die Tränen zu unterdrücken, bevor sie erneut zu fließen beginnen. »Bitte entschuldige mich«, sagt sie mit gepresster Stimme. »Ich muss für die sichere Reise meiner Nichte in die Unterwelt beten.«

23

HELENA

Ich bleibe lange auf, die Augen tun mir weh vom Schreiben bei spärlichem Kerzenlicht, ein Dutzend vollgekritzelte Zettel, aber nichts, was einem Brief nahekommen würde.

Meine liebe Schwester, ich habe von deinem Verlust erfahren und ...
Sei versichert, dass ich mich eher selbst dem Schwert gestellt hätte, als dass Iphigenie –
Es tut mir leid ...
Ich weiß, du musst mich hassen. Ich hasse mich selbst ...

Ich packe das Schreibrohr so fest, dass es zerbricht. Es wäre Hochverrat, einen Brief nach Griechenland zu schicken. Die Trojaner würden mich selbst hinrichten.

Also werfe ich die Briefe nacheinander ins Feuer und achte darauf, dass nichts übrig bleibt. Zwei Königreiche kämpfen um mich, und trotzdem fühle ich mich wertlos, bin nichts als ein hübsches Gesicht, das unter der Bürde des Bluts an meinen Händen wankt.

Des Lebens so überdrüssig zu sein kommt mir in einem Land, wo Männer im Dreck verbluten und die Leichen von Mädchen auf Hochzeitsaltären liegen, vor wie ein viel größerer Verrat, als Briefe an meine Schwester zu schreiben.

Ich wache früh auf und brauche etwas länger, weil ich mir kalte Metallscheiben auf die Augen lege und mich eincreme – um den Schaden von letzter Nacht zu beheben und meinen Schmerz mit Kosmetik und alten Tricks unsichtbar zu machen.

Ich frühstücke langsam, esse Oliven, als könnten sie mir den Energieschub geben, den ich nach einer so anstrengenden Nacht brauche. Aber weil ich so lange im Saal sitze und mit Aithra und Klymene plaudere, bemerke ich, dass Kassandra nicht erscheint.

Und dann erfasst mich ein allzu vertrautes Gedankenchaos. Kassandra kommt mir nie einfach nur in den Sinn, sie frisst mich auf. Jeder Gedanke an sie schraubt sich in den nächsten, all ihre Intrigen, ihre Machenschaften, ihre grausamen Forderungen. Kann es sein, dass sie doch wieder entschlossen ist, mich aus der Stadt zu vertreiben?

Ist Iphigenie wirklich tot oder ist es nur der nächste Schritt in einem weiteren schlecht durchdachten Plan?

Mir reicht es, und ich gehe zu ihrem Zimmer, um ihr genau das zu sagen.

Sie gibt keine Antwort, als ich klopfe, aber ich höre, wie sie wieder unsinnige Verse von sich gibt, also öffne ich die Tür.

Sie sitzt inmitten von Pergamenten, hat Tintenflecken an den Fingern und auf den Kleidern, sie hat die Augen verdreht, sodass man das Weiße sieht, während sie so fieberhaft versucht, etwas auf ein Pergament zu schreiben, dass sie die Spitze des Schreibrohrs durchdrückt und den Tisch darunter zerkratzt.

Was auch immer sie vorhat, es ist klar, dass ich nicht länger ihr Hauptproblem bin, und der Ärger, der mich hergeführt hat, verblasst.

Ich nehme ihr das Schreibrohr ab, aber ihre Hand bewegt sich trotzdem weiter, und ich bin mir nicht sicher, was sie will, aber ich schreibe auf, was sie sagt, da es ihr eindeutig wichtig ist – etwas über eine Rüstung, einen Schwachpunkt.

Mein Blick wandert über die Seite, und es liest sich wie ein Märchen – mein Instinkt sagt mir, dass es nicht wahr ist, es ist nur eine Geschichte, die sie sich ausdenkt.

Aber es ist wahr. Und doch *erscheint* es falsch. Das, was ich weiß, und das, was ich glaube, sind voneinander abgekoppelt – aber das ist mir durchaus vertraut.

Wie oft habe ich die Geschichten angezweifelt? Männer erzählen von Heldenmut, und ich bin mir sicher, dass sie übertreiben; man erzählt uns Legenden von den Göttern, die sich garantiert Priesterinnen ausgedacht haben, damit wir uns fügen – und wir fügen uns. Wir tun so, als würden wir ihnen glauben. Und selbst wenn wir im Herzen nicht glauben, dass die Geschichten wahr sind, handeln wir doch so, als wären sie es. Zweifel ist ein Luxus, den man vielen erlaubt – wenn Menelaos ein Dekret erlässt, gehorchen wir, ob wir daran glauben oder nicht; wir denken nicht einmal daran, es anzuzweifeln, sein Wille ersetzt den unseren. Männer reden, als würden wir ihnen mit Sicherheit glauben, wir Frauen, als würden wir unsere Sätze im Kopf selbst anzweifeln, bevor wir sie aussprechen – und ich frage mich, ob Kassandras Fluch so vernichtend gewesen wäre, wenn wir nicht ohnehin machtlos wären? Wenn selbst das Prestige des Adels und die Priesterinnenwürde kaum etwas bedeuten, weil Männer das so sagen?

»Helena?«, flüstert sie, und ihre Stimme ist kratzig.

Sie scheint in der Gegenwart zu sein, nicht gefangen in einer Vision.

»Ich denke, du solltest eine Pause machen.«

Rasch schüttelt sie den Kopf. »Ich kann nicht – da muss etwas sein, oder? Die Weissagungen sollten ein Geschenk sein; wenn ich also herausfinde, was sie bedeuten, was genau ich sehe, dann könnte ich – *selber fest standhalten und es gebieten den anderen ...*« Die Worte überwältigen sie so plötzlich, dass sie fast vom Stuhl fällt, und ich beeile mich aufzuschreiben, was sie sagt, eine Hand auf ihrer Schulter, damit sie sitzen bleibt.

»Tut mir leid«, keucht sie, als sie zu sich kommt.

»Es ist okay, leg dich hin, und ich schreibe alles auf.«

»Aber du glaubst nicht daran.«

»Deshalb kann ich es doch trotzdem aufschreiben. Und hinterher, wenn wir alles entschlüsseln, kann ich mir immer noch überlegen, was genau ich nicht glaube.«

Sie scheint zu müde zu sein, um zu streiten, wankt zu ihrem Bett, und ich setze mich auf ihren Stuhl – rate die Schreibweise von Namen, die ich nie gehört habe, und stocke jedes Mal wenn einer kommt, denn ich nur allzu gut kenne.

Nach einer Stunde ist sie ausgebrannt und liegt keuchend auf dem Bett.

»Es ist in Ordnung«, sagt sie. »Du kannst jetzt aufhören.«

»Bist du sicher? Es macht mir nichts aus.«

»Ja.« Sie kann kaum sprechen, so wund ist ihre Kehle.

Ich stecke den Kopf zur Tür hinaus, rufe eine vorbeigehende Dienerin und bitte sie, ihr etwas Linderndes zu bringen. Bei dem vielen Papier muss sie die ganze Nacht Weissagungen geschrien haben.

Dann hocke ich mich am Fußende auf ihre Bettkante; sie hat sich auf den Laken ausgestreckt, und ich versuche, nicht daran zu denken, wie atemberaubend sie aussieht, so mit Tinte beschmiert und ungekämmt. Aber es ist schwer zu ignorieren, wo doch das Verführerische an ihr immer diese Wildheit war, die selbst ihre Zugehörigkeit zur Königsfamilie nicht hat glätten können.

»Und?«, frage ich. »War es schlimm heute?«

»Es ist immer schlimm, jeden Tag.« Sie nimmt ein Kissen und umarmt es. »Die Zukunft ist kein glücklicher Ort.«

»Das meine ich nicht.«

Sie seufzt und setzt sich auf, sodass wir uns ansehen. »Ich weiß. Heute war nicht gut, aber ich hatte schon öfter solche Tage.«

»Was für Tage?« Ich betrachte die Seiten. An denen sie sich wirklich hineinstürzt?

»Tage, an denen die Prophezeiungen übernehmen«, sagt sie ruhig. »An denen ich genau das bin, was sie glauben – wahnsinnig.«

»Du hast seit Tagen Weissagungen aufgeschrieben«, sage ich, gehe wieder zu ihrem Schreibtisch und betrachte das sorgfältig gestapelte Papier. »Glaubst du, du findest da etwas?«

»Ich muss«, sagt sie und starrt auf die Seiten. »Apollon hat mir diese Visionen geschenkt. Dass man mir nicht glaubt, ist das letzte Hindernis, aber ich komme nicht einmal am ersten vorbei. Ich werde nicht schlau aus dem, was ich angeblich sehen soll. Wenn ich das hinkriegen würde, gäbe es vielleicht eine Möglichkeit – ich könnte das Gegenteil sagen oder einen Ratschlag geben, ohne zu viel zu verraten, oder ...«

»Oder ich könnte sie weitergeben«, sage ich und mache mich mit dem Gedanken vertraut. »Ich kann die Weissagungen weitergeben, obwohl der Fluch bei mir wirkt und ich dir nicht glaube. Ich denke, ich habe genug von Menelaos' Unsinn nachgeplappert, um eine halbwegs überzeugende Vorstellung abzuliefern.«

»Helena, das wird nicht ...«

»Nein, du hast recht«, begreife ich. »Wenn dich niemand für eine brauchbare Quelle hält, werden sie denken, dass ich jemanden auf der anderen Seite kenne – vielleicht sogar jemanden in der achaiischen Armee. Nein, wir müssen klüger sein. Und etwas finden, was keine von uns belastet.«

»Helena!«

»Kassandra, wenn du mich jetzt fragst, warum ich das tue, oder denkst, wir sollten nicht zusammenarbeiten, dann schreie ich. Du besitzt eine göttliche Gabe, die uns in diesem Krieg helfen könnte, und ich bin die einzige Person im Palast, die glaubt, dass du grundsätzlich die Wahrheit sagst. Selbst wenn ich die Einzelheiten nicht glauben kann. Wir müssen uns zusammentun. Und wir haben ehrlich gesagt schon genug Zeit verschwendet.«

Sie starrt mich an und umarmt immer noch das Kissen, wobei es jetzt gerade so aussieht, als würde sie eine Barriere zwischen uns brauchen.

Ich betrachte die Hände, die den Stoff umklammern – ich hatte schon immer eine Schwäche für Hände, und es ist verwirrend, wie sie ihre langen schmalen Finger in die Seide gräbt, die Nägel kurz und rissig, weil sie ständig damit über Stein kratzt, wenn die Visionen sie zu Boden werfen. Ich frage mich, wie sie sich anfühlen ...

Ich würde mich am liebsten ohrfeigen, aber es ist kaum mein Fehler, wenn mein Verstand sich angesichts einer atemberaubenden, im Bett liegenden Prinzessin im freien Fall befindet.

»Ich denk drüber nach«, sagt Kassandra schließlich – und sie hat eindeutig über die wichtige Frage des Krieges und unsere Rolle darin nachgedacht, während ich sie angeglotzt habe. Was für ein brillanter Anfang für die von mir vorgeschlagene Partnerschaft. »Aber ich kann jetzt nicht darüber nachdenken. Und ich lasse nicht zu, dass du die Visionen ausnutzt, um mich zu manipulieren.«

Beim Olymp, sie ist wild entschlossen, an der Feindschaft zwischen uns festzuhalten.

»Iphigenie«, sage ich und weigere mich, auf ihre Versuche, mich wegzustoßen, zu reagieren. »Das war die Wahrheit?«

Sie braucht länger für die Antwort, als ich erwarte, so lange, dass ich schon hoffe, sie sagt Nein.

»War ich wirklich so schrecklich zu dir, dass du glaubst, ich würde dich bei so etwas belügen?«, sagt sie und senkt den Blick. »Ja, das war die Wahrheit.«

»Ja, also gut. Komm, sehen wir uns die anderen Weissagungen an.«

Ich gehe zum Tisch und nehme ein Pergament. Es ist ziemlich klar – eine detaillierte Beschreibung von Schwerthieben. Aber ich sehe, was sie meint: Die Beteiligten haben keine Erkennungsmerkmale, es sind zwei namenlose Personen, die kämpfen, bis einer stirbt. Und selbst da ertappe ich mich bei dem Gedanken, dass niemand je so kämpfen würde, dass es unmöglich so lange dauern kann, dass das nicht wirklich ein Todesstoß sein kann.

»Du hast keine Möglichkeit, zu kontrollieren, was du siehst?«

Es ist riskant, sie jetzt zu drängen. Sie ist drauf und dran, durchzudrehen und sich zu weigern, noch einmal mit mir zu reden. Aber ich bin mir auch sicher, dass sie unbedingt über diese Dinge reden will, und sie hat recht – ich habe keine Skrupel, sie daran zu erinnern, dass ich die Einzige bin, mit der sie darüber reden *kann*.

Ich weiß nicht, ob sie antworten wird, aber dann antwortet sie doch, so schnell und leise, als würde sie nicht zu viel darüber nachdenken wollen. »Nein. Ich bin nur die Feder, nicht die Autorin. Ich bin nur ein Auslass.«

»Und wenn du in einer Vision bist, kannst du dich dann umsehen?«

Sie wendet den Blick ab. »Manchmal. Gelegentlich sehe ich sie durch die Augen von jemand anderem, aber meistens kann ich meine Umgebung überblicken und sogar herumgehen und versuchen, einen Hinweis zu finden, wann es passiert oder wen genau ich sehe.«

»Bis zu einem gewissen Grad kannst du also darin lesen«, sage ich. »Du bist kein passives Gefäß, und wenn das bei Visionen geht, vielleicht geht das auch bei den Weissagungen. Wir sollten experimen...«

»Helena.« Sie verzieht das Gesicht und legt die Hände an die Schläfen. »Können wir das ein andermal machen? Mein Verstand ist ausgebrannt von all diesen Visionen.«

Es klopft an der Tür, und ich gehe und komme mit zwei Bechern zurück.

»Was ist das?«, fragt sie, als ich ihr einen reiche.

»Milch mit Honig«, sage ich und kann sie nicht ansehen. Es ist mein Trostgetränk. Nur ein Getränk, aber damit gebe ich etwas von mir preis, überreiche ihr noch einen kleinen Teil von mir, als wäre es keine große Sache. »Ich dachte, etwas Süßes würde dir guttun.«

Sie nimmt den Becher, und schon nach einem Schluck scheint sich wieder etwas Farbe in ihrem Gesicht zu zeigen.

Mir kommt ein Gedanke.

»Wann hast du das letzte Mal ein bisschen Spaß gehabt?«

»Wie meinst du das?«, fragt sie. Sie wirkt zurückhaltend – vielleicht die Erschöpfung oder unser vertrautes Gespräch –, ihre aufgeblasene Art und die Anmaßung sind weg, und sie sieht mich fragend über den Becher hinweg an.

»Warst du überhaupt in der Stadt, seit das alles angefangen hat?«

»Das darf ich nicht, seit sie mir die Priesterinnenwürde genommen haben.«

Ich versuche zu verbergen, wie unglaublich ich das finde. »Kassandra, du hast viel zu viel durchgemacht, um dich auf diese vier Wände zu beschränken. Komm jetzt, ein Krieg ist nicht die Zeit, in der man sich an Regeln hält.«

24

HELENA

Der Palast ist unheimlich still, und mir ist sehr bewusst, dass Kassandra neben mir geht. Es ist irgendwie intimer als eben allein mit ihr in ihrem Zimmer. Dort waren wir zwei Menschen, die sich beobachtet haben, getrennte Einzelwesen; hier, wo man uns sehen könnte, sind wir ein *Wir*.

Ich habe sie so lange durch diese Hallen rauschen sehen, als könnten die sich glücklich schätzen, sie in sich zu haben. Jetzt huscht Kassandra nervös durch die Gänge, und als eine Dienerin vorbeigeht und uns mit dem Blick folgt, zieht sie mich in eine Vorratskammer.

»Ich fühle mich geschmeichelt«, sage ich, als ich die Wand im Rücken spüre. »Aber ich bin mit deinem Bruder verheiratet.«

Sie ignoriert mich einfach, und es war zwar nur ein Witz, aber neben ihr auf einem Bett zu sitzen ist nichts dagegen, von ihr in eine Vorratskammer gezogen zu werden. Ich gebe mir wirklich Mühe, nicht auf ihre Lippen zu sehen.

Sie ist größer als ich.

War sie schon immer größer als ich?

»Willst du ohne mich weitergehen?«

»Was?«, frage ich, gleichermaßen verblüfft und nervös. »Nein, es geht doch gerade darum, dass wir zusammen gehen.«

»Ich war ehrlich. Ich sage nicht direkt, dass wir nicht zusammenarbeiten sollen, aber ich brauche Zeit zum Nachdenken. Mit dir in die Stadt zu gehen, wird mir nicht helfen bei meiner Entscheidung.«

»Wir gehen in die Stadt, weil du eine Pause brauchst und weil ich nicht glaube, dass du eine machst, wenn ich dich nicht dazu zwinge.«

»Und es ist in Ordnung für dich, wenn man uns zusammen sieht?«

»Man hat uns schon oft zusammen gesehen.«

»Ja, bei kurzen Gesprächen. Du willst wirklich mit mir gesehen werden? In der Stadt? Ich bin in Ungnade gefallen, Helena, und du hast mir ziemlich klar gesagt, dass dein Ruf dir wichtig ist. Und das war, bevor in deinem Namen ein Krieg angefangen wurde.«

Ah. Ich ringe um die richtige Antwort – wie ehrlich ich sein soll, wie offen.

Aber letztlich ist es Kassandra. Eigentlich spielt es keine Rolle, was sie denkt. Sie wird sicher begreifen, dass sie die Weissagungen am ehesten irgendwie nutzen kann, wenn wir zusammenarbeiten. Egal wie sie über mich denkt. Aber aus irgendeinem merkwürdigen Grund will ich, dass sie mich mag. Es ist nicht wie sonst – weil sie mir nützen oder eine Bedrohung sein könnte. Mit ihrer fehlenden Glaubwürdigkeit und ihren schrecklichen Versuchen, mich loszuwerden, hat sich gezeigt, dass beides nicht zutrifft. Ich will, dass sie mich mag, weil es mir wichtig ist – weil ihr Hass mich überraschend tief getroffen hat.

»Und?«, drängt sie.

»Warte, ich überlege noch, wie nett ich sein sollte.«

»Du bist nicht nett, Helena.«

»Natürlich bin ich nett, aber ich wüsste nicht, wie mich das irgendwie weiterbringt bei dir.« Was nicht gelogen ist. Kassandra will die Wahrheit – und die ist schrecklich, und bisher habe ich niemandem viel davon verraten.

Sie beobachtet mich aufmerksam im Halbdunkel, als könnte sie den Moment erkennen, in dem ich mich entscheide, sie anzulügen. Oder vielleicht erwartet sie keine Lüge, sondern ein Geständnis. Oder sie wartet auf den Moment, in dem ich beschließe, dass sie weder das eine noch das andere wert ist.

»Na gut«, sage ich, weil ich diesen verzweifelten Blick keine Sekunde länger ertrage. »Zuerst einmal glaube ich nicht, dass dich so viele Leute nicht mögen, wie du denkst.«

»Und die anderen?«

»Nun, du wirst meinem Ruf nicht schaden. Wenn jemand mich mit dir sieht, dann bin ich einfach die liebevolle, fürsorgliche Prinzessin, die Mitleid mit der Verrückten hat, die sie umbringen wollte.«

»Okay. Aber zuerst einmal bin ich die Prinzessin in dieser Gleichung.« Hochmütig richtet sie sich auf.

»Das stört dich am meisten an dem, was ich gerade gesagt habe?«

»Nun, du hast nicht unrecht«, lenkt sie ein. »Wobei ich nicht glücklich darüber bin, wie schnell du dir einen solchen Plan ausdenken konntest.«

»Ich bin in einem fremden Land und ein Krieg tobt in meinem Namen. Wenn ich nicht schnell Pläne machen würde, wäre ich tot.«

»Auch da hast du nicht unrecht«, sagt Kassandra kurz angebunden. »Aber ich habe viele Möglichkeiten, eine Pause zu machen, ohne mich in der Öffentlichkeit zu zeigen, warum bist du also so scharf darauf, mit mir zusammen in die Stadt zu gehen?«

Weil ich will, dass sie mich mag, und auch wenn ich immer will, dass mich alle mögen, fühlt es sich anders an.

Und weil sie so extrem weit gegangen ist, um diese Stadt zu retten, will ich diesen Ort mit ihren Augen sehen und etwas entdecken, das es wert ist, dass man sich dafür selbst zugrunde richtet.

Aber bevor ich dazu komme, etwas sagen, fährt sie schon fort.

»Es tut mir leid – *doch Trojas Erde wird deine Knochen verfaulen lassen bei unverwirklichtem Kriegsziel –*, sorry.«

Sie fährt zusammen und hält sich den Kopf.

»Ach, ich glaube nicht, dass ich die für heute unterdrücken kann. Ich bin noch schwach von gestern, und ich will diese Kopfschmerzen nicht noch schlimmer machen.«

»Die Weissagungen tun dir weh?«, frage ich. Das war mir nicht klar gewesen.

»Manchmal.« Sie zuckt die Schultern. »Wenn ich sie zu einem Flüstern dämpfe, ist es auszuhalten, aber wenn ich sie zu lange ganz zurückhalte, fühlt es sich an, als würde sich mein Schädel spalten.«

»Oh. Dann sei nicht leise, jedenfalls nicht bei mir. Ich will nicht, dass es anstrengend für dich ist, in meiner Nähe zu sein.«

Ihr stockt wirklich der Atem.

»Ich rede nicht einfach nur Unsinn, Helena. Es ist alles grausam und entsetzlich, nichts, was du pausenlos mitanhören willst.«

»Ja, aber mir ist es lieber, ich höre es, als dass du dich jedes Mal hinlegen musst, wenn wir einen Tag zusammen verbringen.«

»Aber …«

»Warum versuchst du es nicht einfach, und ich sage dir, wenn es mir zu viel wird?«

Sie starrt mich an, und ich habe den Eindruck, dass sie sich nur aus Prinzip weiter mit mir streiten könnte, aber dann schüttelt sie schnell den Kopf. »Meinetwegen. Und wir waren jetzt lange genug in dieser Kammer.«

»Ach, ich weiß nicht, ich finde es ganz schön.«

»Warum habe ich das Gefühl, du würdest sogar mit dem Besen flirten, wenn ich euch allein lassen würde?«

»Es ist ein hübscher Besen, ich denke, ich könnte ihm ziemlich den Kopf verdrehen.«

Was mache ich hier? Was rede ich da?

Und wichtiger noch – wann habe ich die Fähigkeit zu flirten verloren und greife zu so plumpen Versuchen, bei denen ich am Ende selbst wirrer bin als mein Zielobjekt?

Kassandra kneift die Augen zusammen, dann erschaudert sie, als sie sich glorreich ergibt. »Das wird ein langer Tag, oder?«

25

KASSANDRA

Ich kann den Gedanken nicht abschütteln, dass ich nur eine einzige Chance bekomme. Falls ich mitten auf der Straße eine Weissagung brülle oder mich im falschen Moment eine Vision erschreckt und meine Eltern herausfinden, dass ich mich ohne Wache in die Stadt gewagt habe, werden sie mir auch noch die wenigen Freiheiten nehmen, die mir geblieben sind.

Warum tue ich es also?

Ich sehe ständig aus den Augenwinkeln zu Helena, als stünde ihr die Antwort auf die Stirn geschrieben.

Aber ich weiß, warum – sie glaubt mir. Und es ist eine Sache, dass sie es sagt –, dagegen kann ich argumentieren, es wegschieben und so tun, als wäre es egal. Aber es wirklich zu *sehen* – nach einer Vision aufzuwachen und Helena zu sehen, die zwar nicht glauben kann, was ich sehe, die es aber trotzdem aufschreibt, weil sie weiß, dass es mir wichtig ist, das ist etwas völlig anderes.

Wahrscheinlich ist es Absicht. Helena denkt strategischer als die meisten Männer, die vor unseren Mauern kämpfen – sie wird gemerkt haben, wie die Menschen sich abwenden, wenn ich Weissagungen flüstere, wie sie die Augen verengen und die Türen schließen. Sie wird genau wissen, wie sie Loyalität von mir einfordern kann.

Meinetwegen – es ist mir egal. Ich bin müde und einsam und ich verliere mit jedem Tag mehr die Hoffnung. Wenn Helena mich ausnutzen will, dann soll sie doch. Wenn sie mich auf ihrer Seite haben will, kann sie mich einfach herüberziehen.

Und wenn sie mich in die Stadt schleppen und meinem erschöpften Körper und dem schon im Voraus trauernden Herz ein wenig Freude bringen will, dann schafft sie wohl auch das.

Frauen blicken in unsere Richtung, als wir die Akropolis durchqueren. Ich kann ihre Mienen nicht deuten, aber da ist nicht viel von der üblichen Feindseligkeit, die mich überall verfolgt.

Und dann, wenige Augenblicke später, sind wir in den gepflasterten Straßen von Troja.

Ich bin mir nicht sicher, ob ich mich je an diese Stadt gewöhne – und vielleicht liegt es einfach daran, dass die Besuche hier immer aufregend waren und Tage im Voraus geplant wurden, obwohl sie nur ein paar Schritte entfernt ist. Aber ich glaube, es ist mehr als das, denn Troja ist ein Ort, der selbst den Göttern den Atem verschlägt.

Eine lange Straße führt bis hinunter zu den Stadttoren; zu beiden Seiten stehen große weiße Häuser mit bunten Fensterläden und orangeroten Dächern, und alles fließt über vor Leben. Es gibt Wäscheleinen, Marktstände, Karren, Hunde, die durch die Menge jagen, Papierlaternen an Gebäuden, kleine Holzornamente und noch viel mehr. Es ist auch laut, es wird geplaudert und gefeilscht, aus den Tavernen dringen Lieder, Kinder spielen auf der Straße.

Ich drehe mich zu ihr um, neugierig, wie es auf jemanden wirkt, der nicht daran gewöhnt ist – aber Helena sieht die Stadt gar nicht, sie sieht mich an, und ein Lächeln liegt auf ihrem Gesicht.

Einen Moment lang ärgere ich mich, ich will nicht beobachtet werden. Aber ich zwinge mich, mich zu entspannen, und gebe mich geschlagen.

»Und jetzt?«, frage ich.

Helena zuckt die Achseln. »Es ist deine Stadt. Führ mich herum.«

»Du warst wahrscheinlich öfter hier als ich.«

»Ja, bei den herrlichen genehmigten Ausflügen zu den Stoffhändlern und Juwelieren – komm schon, es muss doch etwas geben, was du schon immer tun wolltest, aber bei den offiziellen Besuchen nicht durftest.«

Ich ...

Ja, ja, das gibt es.

Ich drehe mich zu ihr um. Aus der Entfernung ist Helena genau so, wie die Geschichten es beschreiben – anmutig und schön, sodass man sie einfach bewundern muss. Aber aus der Nähe ist sie fordernd und eindringlich, ihre Aufmerksamkeit ist wie ein helles Licht, das dich ganz offenlegt – und während sie ständig von allen bewundert wird, starrt sie zweifellos immer auch zurück.

Es kommt mir vor, als wollte sie mich herausfordern, als hätte sie mich hergebracht, um zu zeigen, was sie von mir gesehen hat – diese Stadt, meine Sehnsucht danach, alles zur Schau gestellt.

Und plötzlich will ich sie auch herausfordern, will sagen: *Ja, du hast recht, ich liebe diese Stadt, aber du kommst jetzt mit mir und wirst sie auch lieben.*

Ich nehme ihre Hand und ziehe sie in eine der Seitenstraßen, weg von den ausgetretenen Pfaden, über die ich schon gegangen bin.

»Was ist das?«, fragt Helena und deutet auf die Holzskulpturen, die an Straßenecken stehen und sich in den Himmel recken. »Die stehen auch in den Tempeln.«

Also erzähle ich ihr unsere Geschichte – gebe weiter, was ich vor Jahren im Unterricht gelernt habe, und schildere auf dem Weg über die gepflasterten Straßen, wie die Skulpturen entstanden sind – und ich genieße es, über etwas zu reden, ja, an etwas zu *denken*, das nichts mit der Zukunft zu tun hat.

Ich beginne mit Athene, die das Palladion auf einem Berg abgelegt und Tros gezeigt hat, wo die Stadt gebaut werden soll. Und als dann Poseidon und Apollon in die Stadt geschickt wurden, haben die Bürger auch zu deren Ehren Statuen gebaut.

»Apollon haben sie so gut gefallen, dass er sie für heilig erklärt hat, und seitdem gibt es jedes Jahr einen Feiertag, um, inspiriert von den Göttern und ihren Geschichten, noch mehr zu bauen.«

»Sie sind wunderschön«, sagt Helena und bleibt vor einer stehen, die einen Bären darstellt – nach dem Mythos von Kallisto, die in dieses Tier verwandelt wurde, nachdem sie mit Zeus geschlafen hat. Sie ist höher als ein Haus, geschnitzt aus den Bäumen, die am Berghang wachsen. Es gibt sogar eine Gilde von Handwerkern, die mit so großen Holzteilen arbeiten, und sie brauchen ein ganzes Jahr für ihre Skulpturen, die alle ein Vermögen wert sind außerhalb Trojas, wo man Leute mit solchen Fertigkeiten nur schwer findet.

Überall auf unserem Weg durch die Stadt stehen diese Statuen.

Wir probieren die Speisen an den Marktständen, werfen den Händlerinnen Kupfermünzen hin für ihre Zeit. Wir sehen uns die Waren an, die auf Karren vor den Geschäften auslegen. Es ist nicht mehr wie vorher, aber dafür auf eine andere Art aufregend: Anstelle der Schausteller, die Zaubertricks vorführen und um Münzen betteln, sehen wir draußen Frauen zusammensitzen. Sie flicken Kleidung für die Front und erzählen abwechselnd Geschichten, die fesselnder sind als so manches Theaterstück bei den Dionysien. Die Leute, die aus den umliegenden Dörfern in die Stadt geflohen sind, singen Lieder vor und begeistern kleine Menschengruppen mit noch unbekannten Texten.

Helena strahlt. Ihre Augen funkeln, sie lächelt so breit, dass sich auf ihren Wangen Falten bilden, und bewegt sich unbekümmert und gelöst.

Am Nachmittag lassen wir uns am Ufer des Skamander nieder und blicken in den Himmel.

»Ich will dich nicht drängen, noch einmal über eine mögliche Allianz nachzudenken«, sagt Helena. »Aber du sollst wissen, dass ich diese Stadt retten will. Und ich glaube, wir könnten es schaffen, wenn wir es versuchen.«

»Ich habe es versucht!«

»Ja, aber zusammen.«

Ich warte darauf, dass sie noch etwas sagt – vielleicht ihre früheren Argumente wiederholt. Aber sie belässt es dabei.

Ich denke daran, wie sie meine Visionen aufgeschrieben hat, dass sie mich gebeten hat, die Weissagungen in ihrer Gegenwart nicht zu unterdrücken – nicht einmal heute auf unserem Spaziergang durch die Stadt.

Und ich kann mir gar nicht mehr vorstellen, es ohne sie zu versuchen.

»Ja, also gut. Zusammen.«

Das goldene Gewebe der Welt stockt, manche Fäden reißen, andere werden kräftiger, das Ganze bebt durch die plötzliche Veränderung.

Ich keuche, als sich die Fäden um mich festziehen und in ein Dutzend verschiedene Richtungen zerren – so ähnlich wie in dem Moment, als Helena sagte, sie würde mir glauben, und die ganze Welt den Atem anhielt, nur ist es jetzt so, als gäbe es überhaupt keine Luft mehr. Alles raut sich auf, zerfasert an den Rändern, eine Erschütterung der ganzen Existenz.

Und dann ganz plötzlich Ruhe – als sich ein zarter Strang in die Existenz spinnt und seinen Platz einnimmt.

Etwas Gewaltiges hat sich verändert.

Ich sehe zu Helena, zu diesem hellen, strahlenden neuen Faden über ihrer ahnungslosen Gestalt. Sie ist die Wurzel unserer Zerstörung, aber wenn man diesem Faden glauben kann, könnte sie vielleicht auch der Weg zu unserer Rettung sein.

26

KASSANDRA

Am nächsten Tag nimmt Helena mich mit in den Hof, wo sie trainiert. Sie hat eine Härte an sich, die ich nur gesehen habe, als sie mich bedroht hat – eine furchtlose Entschlossenheit. Normalerweise bemüht sie sich so sehr, bescheiden zu wirken, dass mich diese Wildheit überrascht.

»Mir scheint, dass wir uns auf drei Hauptbereiche konzentrieren müssen«, sagt sie und geht mit so großen Schritten auf und ab, dass ihr der Saum des Chitons gegen die Knöchel schlägt. »Wir müssen die Weissagungen kontrollieren, sie entschlüsseln und sie weitergeben, ohne den Fluch auszulösen.«

Drei unmögliche Aufgaben, die sie in abzuhakende Punkte auf einer Liste verwandelt hat.

»Der erste ist mental am anspruchsvollsten, denke ich. Also habe ich gedacht, dass wir damit anfangen.«

Ich nicke, auch wenn ich nicht richtig zuhöre – ich starre die Fäden um Helena an und versuche ihre Bewegungen zu sehen. Aber Helena ist so untrennbar mit der Zukunft dieser Stadt verbunden, dass ihre Stränge ein chaotischer Knoten sind, verwickelt mit anderen Fäden, die sich durch die Luft ausdehnen, und sogar mit meinen eigenen.

»Hier schaltest du dich ein und sagst, wie das möglich sein könnte«, sagt sie.

»Ich weiß es nicht. Ich bin mir nicht sicher, *ob* es möglich ist.«

»Ja, okay, egal. Ich sollte lieber packen. Glaubst du, auf Menelaos' Schiff ist Platz für meine ganze Garderobe, oder soll ich nur das Wichtigste mitnehmen? Aber es ist wohl egal, er wird mich nicht lange genug leben lassen, dass ich ...«

»Helena«, knurre ich mit der gequälten Genervtheit, die normalerweise meine Kopfschmerzen begleitet. Im Moment habe ich keine, aber ich bin mir nicht sicher, ob Helenas Gegenwart sich nicht dahingehend auswirken wird. »Die Weissagungen kommen einfach. Apollon hat gesagt, ich kann mir nicht aussuchen, was sie mir zeigen, weil ein Orakel diese Macht nicht hat. Das kann nur ein Gott.«

»Das ist Unsinn – Könige beraten sich ständig mit Orakeln, und die sitzen nicht einfach nur herum und hoffen, dass ihnen die richtige Weissagung in den Schoß fällt.«

»Das liegt daran, dass die meisten sich einfach welche ausdenken. Man hat uns im Tempel buchstäblich beigebracht, in welcher Form wir Weissagungen verkünden sollen. Und niemand hat je den Unterschied zwischen Weissagungen und Visionen erwähnt oder die Art, wie sie durchscheinen – sie haben nicht einmal erwähnt, dass die Fäden sich manchmal verändern, sich direkt vor deiner Nase neu weben. Bei ihnen hat es geklungen, als wäre die Zukunft gesichert.«

Der Pfad vor mir hat vielleicht einen festen Kern, der durch Jahre des Kriegs verläuft und den ich wahrscheinlich eher nicht verbiegen und verschieben kann, aber die Fäden an den Rändern flackern ständig hin und her, wenn auf dem Schlachtfeld neue Entscheidungen getroffen werden oder wenn andere Waffen zuschlagen.

Helena hat den Blick auf mich gerichtet, aber ich erkenne die plötzliche Leere in ihren Augen, die erahnen lässt, dass sie zu sehr damit beschäftigt ist, an ihre Antwort oder ihren nächsten Schritt oder ihren letzten Schritt zu denken, um mir wirklich zuzuhören.

»Fäden?«, fragt sie. »Gewebe? Dann ist die Zukunft so etwas wie ein Bildteppich?«

»Irgendwie schon. Aber die Fäden sind überall um uns herum. Wenn ich mich darauf konzentriere, ist jeder Mensch ein wirres Durcheinander aus pulsierenden Fäden – sie dehnen sich aus, verbinden Menschen miteinander, schieben sich in die Zukunft oder zurück in die Vergangenheit. Und das ist nur das, was im Moment bei uns existiert. Es kommt mir immer so vor, als könnte ich nur eine Oberfläche von etwas sehen, das viele Seiten hat.«

»Kannst du diese Fäden lesen? Einfach zu Leuten hingehen und ihnen die Zukunft vorhersagen?«

Ich schüttele den Kopf. »Nein, ich habe es versucht.«

»Versuch es noch einmal«, sagt sie. »Ich will es sehen.«

Ich ziehe in Betracht, noch weiter zu protestieren, aber es zu versuchen und zu scheitern scheint der schnellste Weg zu sein, um zu beweisen, dass ich recht habe. Ich konzentriere mich auf die glitzernden, spinnennetzdünnen Fäden, die um mich herum durch die Luft schießen, bis ich nur noch sie sehe, glänzend und schimmernd.

»Versuch es mit einem von mir«, schlägt sie vor. »Dann ist es vielleicht leichter, eine Zeitlinie zu erarbeiten oder sie zu verändern, wenn das nötig ist.«

Es wird sowieso nicht funktionieren, also ist es auch egal.

Ich konzentriere mich auf einen Faden, der durch ihr Handgelenk verläuft, löse ihn von dem Strang, mit dem er verflochten ist, bitte ihn, sich mir zu offenbaren.

Nichts passiert – bis auf ein leichtes Pochen im Kopf, das ich mir vielleicht nur einbilde, als würden die Weissagungen mich für den Versuch zurechtweisen.

»Siehst du?«, zische ich. Ich wusste genau, dass es nicht funktionieren würde, aber das ändert nichts daran, dass ich es hasse, vor ihr zu versagen.

»Das habe ich mir gedacht.« Sie kaut auf ihrer Lippe – ganz leicht nur, eine kaum wahrnehmbare Berührung der Zähne, aber ich bemerke es, wie all die Male, die ich es davor gesehen habe: ihren Blick, wenn sie darüber nachdenkt, wie sie mir etwas sagen soll, von dem sie weiß, dass es mir nicht gefallen wird.

»Was auch immer du sagen willst, sag es.«

Sie seufzt. »Du bist frustriert, ungeduldig und wirst leicht wütend.«

»Und du bist selbstgerecht, überheblich …«

»Im Kampf macht man Fehler, wenn man wütend ist – dein Speer trifft nicht, du fällst auf eine Finte herein, bist ungeschickt.«

»Prophezeiung ist kein Kampf.«

»Nein, es ist ein Bildteppich; das hast du gerade gesagt. Aber zum Weben braucht man auch einen klaren Kopf. Du scheinst mir nicht gerade ein Auge für Präzision zu haben, aber wenn das wirklich Fäden sind, wie du behauptest, dann brauchst du Präzision. Wenn wir an deiner Disziplin arbeiten wollen, dachte ich, du bist vielleicht eher offen für die Arbeit mit dem Schwert als fürs Weben.«

»Ich kann weben, Helena«, fauche ich – lasse allerdings weg, dass ich nie gut darin war und dass ich im Unterricht meistens Andromache angehimmelt habe. »Und ich werde sicher nicht in grausamer Nachahmung der Männer, die vor unseren Mauern sterben, mit einem Schwert herumfuchteln.«

»Es ist keine grausame Nachahmung, sondern eine nützliche Fähigkeit, von der die meisten Frauen ausgeschlossen sind. Und außerdem macht es Spaß.«

»In einem Hof herumzurennen ist nicht meine Vorstellung von Spaß.«

»Dann vielleicht, einen spitzen, scharfen Gegenstand zu schwingen?«

»Nein.«

»Warum nicht?«

Weil der Gedanke, ein Schwert zu halten, zu viele Erinnerungen an die Zukunft bringt, an Visionen, die ich durch die Augen der Männer sehe, die ein Schwert führen.

»Wir sollten den wütenden Gedanken in meinem Kopf lieber keine Gelegenheit geben, real zu werden.«

»Oh«, sagt sie sanft – zu sanft. »Na gut, dann machen wir ohne weiter.«

Ich lasse mich darauf ein und sofort soll ich ein Dutzend Dinge ausprobieren: Triggerwörter, Methoden, meinen Geist zu reinigen oder meine Gedanken zu lenken; betteln, fragen, schreien, fordern, dass eine Weissagung kommt.

Nichts funktioniert – nur gelegentlich kommt irgendein Vers ohne große Bedeutung und vor allem ohne Klarheit.

Irgendwann können wir nicht mehr und setzen uns auf den staubigen Boden unter einer großen Pinie, deren Äste uns vor der heißen Mittagssonne schützen.

»Danke, dass du es versucht hast«, sagt Helena. »Ich weiß, es war wahrscheinlich schrecklich von mir, dich so zum Äußersten zu treiben. Aber ich weiß es zu schätzen, dass du es mit mir aushältst.«

»Ehrlich gesagt ist es eine Erleichterung, dass mal jemand anderes Ideen hat. Meine eigenen habe ich ausgeschöpft.«

»Ich kann nicht glauben, dass du das monatelang allein gemacht hast. Erst ein Tag und ich bin jetzt schon am Verzweifeln. Wenn ich zurückgehen könnte – Moment mal. Apollon hat dir Visionen geschenkt, aber beschränkt auf die Macht eines Orakels. Vielleicht hat er sich so darauf konzentriert, dir nur flüchtige Einblicke in die Zukunft zu gewähren, dass dir die Vergangenheit weit offen steht. Hast du nicht gesagt, die kannst du auch sehen?«

»Irgendwie schon.« Ich starre die Fäden an, die sich um Helenas Arm schlingen, blicke an den goldenen Strängen vorbei auf die dumpferen Fäden, die darunter noch leicht glühen. »Ich habe sie nur zufällig berührt, wenn ich nach der Zukunft gegriffen habe, aber jeder Mensch umfasst immer auch die Stränge seiner Vergangenheit. Ich verstehe nur nicht, inwiefern es helfen soll, zu verhindern, was kommen wird, wenn ich sie lese?«

»Du könntest deine Kontrolle verbessern. Oder dich besser damit vertraut machen, wie die Fäden funktionieren.«

Helena hält mir den Arm hin und das Netz aus Fäden, die in ihre Haut eingebettet sind.

»Willst du es versuchen?«

Inzwischen habe ich mich so daran gewöhnt, alles zu versuchen, was sie vorschlägt, dass ich nicht wirklich darüber nachdenke, was sie mir anbietet – keine Zukunft, die verhindert werden muss, sondern einen Teil ihrer sorgsam verborgenen Vergangenheit. Ich greife einfach hinein.

Angst, Verwirrung – ein großer Mann schleift sie mit sich. Die Luft duftet nach Wiesenblumen und nach dem strengen Geruch von Schwefel – da sehe ich die Lava; die glühende Hitze versengt mir die Härchen an den Armen – und dann begreife ich, dass es keine Lava ist, sondern richtige Flammen, die fließen wie Wasser. Ein Fluss aus Feuer. Der Phlegeton. Die Unterwelt.

27

KASSANDRA

K euchend lasse ich den Faden los.
»Was hast du gesehen?«, fragt Helena, eher aufgeregt als ängstlich, und ich frage mich, ob ihr wirklich klar ist, was für unglaubliche Dinge sie mir zum Experimentieren gegeben hat.

»Es war die Vergangenheit, aber ... du warst in der Unterwelt.«

»Ach das.« Sie lacht erleichtert.

»Das? Habe ich irgendwie verpasst, dass du gestorben bist? Oder gibt es einen dritten Liebhaber in deiner Vergangenheit, einen wie Orpheus, der dich gerettet hat?«

»Es gibt mindestens fünf Liebhaber, Kassandra-Schatz Ich habe nicht alle geheiratet. Und das war keiner von ihnen.« Sie will noch etwas sagen, aber sie verstummt.

»Du musst es nicht erklären. Ich will meine Nase nicht in etwas stecken, was ich gar nicht hätte sehen sollen.«

»Nein, ich will es dir ja sagen. Es ist nur ... also, weißt du etwas über meine Brüder?«

»Du hast Brüder? Aber Menelaos sitzt auf dem Thron deines Vaters.«

»Ja, sie sind nicht mehr bei uns«, sagt sie, und ihre Stimme ist belegt von etwas, das komplizierter, aber ebenso bedrückend ist wie

Trauer. »Zeus hat sich nur einmal mit unserer Mutter getroffen. Zeus war ein Schwan, wie du weißt, und nein, ich will wirklich nicht darüber nachdenken. Aber es gab zwei Eier aus dieser Verbindung. Meine Mutter und ihr Mann Tyndareos hatten bereits vier fast erwachsene Töchter. Meine Brüder sind fast sofort geschlüpft – sie waren beide in einem Ei und sahen absolut gleich aus, nur dass Kastor geleuchtet hat mit hellen Lichtfunken, gesegnet von Zeus. Und mein Ei blieb kalt. Sie dachten, es wäre leer, als wäre der eine Bruder in die Schale des anderen geflohen. Aber ein paar Jahre später ... nun, das Ei ist aufgebrochen, und ich war da.«

»Ich ...«

»Ja, versuch einmal, dir das erklären zu lassen, wenn du vierzehn bist und deine Brüder halb sterben und halb unsterblich werden. Man hat mir erzählt, dass es einen ziemlichen Wirbel gab, als ich geboren bin ...«

»Geschlüpft«, verbessere ich sie.

»Ja, geschlüpft«, bestätigt sie, dann zupft sie an der Spange ihres Kleids. Ich vermute, damit sie mich nicht ansehen muss. »Mit sieben war ich jedenfalls beim Ringen in der Palästra und wurde entführt.«

»Was?«

»Ist schon okay, sie wurden gefasst, und ehrlich gesagt haben sie sich absolut anständig verhalten, während ich bei ihnen war. Kennst du Theseus?«

»Theseus, den legendären Helden, der den Minotauros getötet hat? Ja, ich habe von ihm gehört.«

»Ja, der *Held*«, spottet sie. »Er hat mich entführt. Er und sein Freund Peirithoos hielten sich für so edle Helden und große Männer, dass sie Töchter von Göttern als Ehefrau verdient hätten.«

»Ehefrau?«, stöhne ich. »Du warst sieben!«

»Genau, und in weiteren sieben Jahren wäre ich absolut heiratsfähige vierzehn Jahre alt geworden. Theseus wollte mich zu seiner Mutter bringen, die sollte mir das Spartanische aberziehen, aber Peirithoos ist ehrgeizig geworden. Er wollte Persephone.«

»Äh ... was?«

»Er wollte Persephone. Keine Halbgöttin, sondern eine richtige Göttin, die bereits verheiratete Königin der Unterwelt. Also sind wir dahin. Hades war einverstanden, sie zu empfangen, und hat uns sogar alle eingeladen, mit ihm zu Abend zu essen, und ich weiß noch, wie Persephone hereinkam, weil überall, wo sie hingetreten ist, kleine Blumen erblüht sind. Hades hat sie angesehen, und ich fand es komisch, weil er sie so ganz anders angesehen hat, als andere Männer ihre Frauen ansehen. Ich glaube, seitdem habe ich immer nach so einem Blick gesucht – bewundernd, verehrend, aber vor allem vertraut, als würden sie sich mit einem einzigen Blick tausend Worte sagen.«

»Helena«, dränge ich sie. »Mir ist egal, wie sehr die Königin und der König der Hölle sich lieben. Du warst erst sieben und wurdest entführt!«

»Ja«, fährt sie fort. »Und dann hat Hades sich zu Theseus und Peirithoos umgedreht und gelächelt, und diesen Blick kannte ich, weil ich es geliebt habe, bei den Kämpfen zuzusehen.«

»Das war ja klar!«

»Theseus und Peirithoos waren ahnungslos. Die haben nicht das Geringste verstanden und einfach weitergeredet, haben Geschichten erzählt, auch irgendwelche Lügen, warum sie da wären, und als sie fertig waren, hat Hades sie nur eiskalt und mit Todesverachtung angesehen, und Schlangen haben sich um ihre Arme und Beine gewunden und sie festgehalten.«

»Wahrscheinlich ist es nur okay, wenn *er* seine Frau entführt.«

»Ja, es ist schon ein bisschen heuchlerisch – aber dann hat er etwas wirklich Merkwürdiges getan.«

Helena scheint nicht verlegen zu sein, jetzt, wo sie zu diesem Teil der Geschichte kommt – sie wirkt fast aufgeregt, mitgerissen von der Spannung, und ich ertappe mich dabei, wie ich mich vorbeuge, unsicher, ob ich neugierig bin, was als Nächstes passiert, oder ob ich einfach nur will, dass ihre Begeisterung nicht aufhört.

»Was?«

»Er hat sich zu Persephone umgedreht und so etwas gefragt wie: ›Willst du dich darum kümmern?‹ Und sie hat gelächelt, hundertmal furchterregender als Hades, und hat gesagt: ›Absolut.‹ Und dann hat Hades sich vor mich gehockt und gefragt, wie ich heiße, und meine Hand genommen und mich weggeführt, bevor sie mit ihnen machen konnte, was sie eben gemacht hat.«

»Er hat ... was?«

Helena nickt. »Ich weiß. Nicht viele Leute glauben mir überhaupt, dass ich in der Unterwelt war, aber das glaubt mir wirklich *keiner*.«

»Es ist nur ... er ist der König der Unterwelt.«

»Ja, und offensichtlich kann er gut mit Kindern. Ich glaube, damals habe ich gar nicht begriffen, dass er derselbe Hades war wie der aus den Geschichten. Ich weiß nicht einmal, ob ich überhaupt wusste, dass ich in der Unterwelt war, bevor ich sie wieder verlassen habe. Aber Hades hat mich in ein anderes Zimmer gebracht und mich alles Mögliche gefragt. Wie gesagt, ich war sieben, und ich erinnere mich vor allem daran, dass irgendwann ein Automat kam und Milch mit Honig serviert hat, die einfach köstlich war.«

Mir stockt der Atem. Helena hat mir Milch mit Honig gebracht, als ich völlig fertig gewesen war von den Weissagungen. War das Zufall, oder hat sie den Trost, den es damals für sie bedeutet hatte, an mich weitergegeben?

»Hades hat gefragt, wer mein Vater sei, und gesagt, er könne eine göttliche Präsenz wahrnehmen, und er war gar nicht glücklich, als ich Zeus nannte. Er meinte, er würde versuchen, ihn zu rufen, damit er mich abholt. Zeus hat anscheinend nicht reagiert, was keine große Überraschung ist, da ich ihn nie kennengelernt habe, aber Hades hat sich darüber geärgert. Ein paar Stunden später konnte er aber meinen Brüdern eine Nachricht zukommen lassen. Die haben gerade Krieg gegen Athen geführt, um mich zurückzuholen.«

»Ah, das ist also nicht der erste Krieg, der in deinem Namen erklärt wurde?«

Ihr Lächeln erlischt. »Sie haben im Namen einer Siebenjährigen einen Krieg angefangen und mir auch noch die Schuld dafür gegeben.«

Einen Moment lang starren wir uns an, und das ganze Gewicht dieser Worte legt sich auf uns.

»Was soll's«, flötet Helena und versucht es wieder mit Fröhlichkeit. »Hades hat mich zu den Toren gebracht, und wir haben gewartet, und ich habe ein bisschen mit seinem Hund gespielt – du weißt schon, diesem dreiköpfigen Riesenhund, der den Eingang bewacht. Total lieb ist der. Dann sind Kastor und Polydeukes gekommen und haben mich nach Hause gebracht. Später habe ich gehört, dass Herakles Theseus rausgeholt hat, aber Peirithoos ist immer noch da unten.«

»Helena, das ist echt eine wilde Geschichte.«

»Ja, es ist okay, wenn du mir nicht glaubst. Die meisten Leute glauben, ich hätte sie mir ausgedacht, um mit dem Trauma klarzukommen, und die ganze Zeit bei Theseus' Mutter gewartet.«

»Ich glaube dir, aber ich glaube auch, dass nur dir so etwas passieren konnte.«

Helena denkt nach. »Weißt du, was das Schlimmste daran war?«

»Daran, als Kind entführt zu werden?«

»Es war der Grund für alles andere. Alle haben gesagt, dass ich zu einer großen Schönheit heranwachsen müsste, wenn ich sogar entführt wurde, und dann war es praktisch eine Weissagung, und dann einfach eine Tatsache. Ich meine, das ist doch dumm, oder? Ich war schön, weil ein Mann mich ausgesucht und das so beschlossen hat.«

»Natürlich ist das dumm. Wir führen gerade einen Krieg, weil Paris sich gegen Macht und Ruhm und für Schönheit entschieden hat.«

Helena dreht sich zu mir um, ihr Blick ist vorsichtig. »Schönheit? Ich dachte, es wäre Liebe?«

»Nein«, verbessere ich sie, nicht annähernd so zartfühlend, wie ich mir später wünschen sollte. »Ich glaube, das finde ich am traurigsten. Aphrodite hat ihm die schönste Frau der Welt versprochen. Liebe war nie Teil der Gleichung.«

Helena denkt darüber nach, ihr Gesicht ist angespannt, und sie blickt ins Leere. »Das ist nicht … so hat er es mir gegenüber nicht ausgedrückt.«

Sie blinzelt schnell und ich sehe weg. Ich weiß nicht, wie ich sie trösten soll, und ich habe das Gefühl zu stören.

Und dann greift sie raschelnd unter die Falten ihres Kleids und holt einen verzierten Dolch hervor.

»Helena, was zur …«

»Furchtbar praktisch, eure trojanischen Kleider, um etwas zu verstecken. Die vielen Schichten.«

»Um seine Blöße zu bedecken, nicht Waffen.«

»Ich weiß – total absurd, wo sie solche Möglichkeiten in sich bergen.«

Bevor ich etwas unternehmen kann, nimmt sie eine dicke Strähne von ihrem Haar und setzt den Dolch an.

»Beim Olymp, was tust du da?« Ich springe auf und sehe, wie die goldenen Locken in den Schmutz fallen.

»Was ich schon die ganze Zeit tun wollte«, sagt sie und säbelt an der nächsten Strähne. »Es nervt mich und ist mir die ganze verdammte Zeit im Weg. Du weißt, dass wir uns die Haare in der Hochzeitsnacht eigentlich kurz schneiden sollen? Menelaos wollte nichts davon wissen. Er hat mein Haar das ›Gold von Sparta‹ genannt. Und Paris auch; wie er mir immer übers Haar streicht, wenn er sagt, wie sehr er mich liebt. Bin ich nicht berühmt für diese Locken?«

»Du bist berühmt dafür, die schönste Frau der Welt zu sein. Ich hasse es, dir das sagen zu müssen, aber du wirst auch mit kurzen Haaren schön sein.«

»Ja, aber ich werde auf die Art schön sein, wie *ich* es will, nicht wie *sie* es wollen.« Sie säbelt die nächsten Haare ab. »Hilf mir mal, ja? Ich glaube, hinten kriege ich es nicht so gut hin.«

»Ja klar, ich werde dir mit einem Dolch eine großartige Frisur verpassen.« Ich schüttele sanft den Kopf und blicke zum Himmel, als könnten die Götter darüber lachen, wie albern das ist. »So viele Leute haben uns zusammen herkommen sehen. Sie werden glauben, dass ich irgendwie dafür verantwortlich bin.«

Helena zuckt die Schultern. »Nun, dein Ruf kann nicht mehr viel schlechter werden.«

»Hör auf, das als Freifahrtschein zu benutzen.«

»Hilfst du mir jetzt oder nicht?«

»Na gut, aber eigentlich willst du mich nicht ausgerechnet mit einer Klinge in die Nähe deines Halses lassen.«

»Das Risiko gehe ich ein.«

Ich nehme ihr den Dolch aus der Hand, bevor sie ihn mir geben kann, auch weil ich ein bisschen besorgt bin, dass sie mit einem spitzen Gegenstand herumfuchtelt, während sie so aufgewühlt ist wegen Paris. Aber als ich ihn berühre, stelle ich mir unweigerlich vor, wie er sich in die Haut bohrt, und lasse ihn fast fallen, so schlecht wird mir dabei.

»Ich könnte dir zeigen, wie man einen Dolch benutzt, wenn du willst«, schlägt sie vor, als ich ihre Haare in Abschnitte unterteile. So wie sie den Kopf vorbeugt, ihren Nacken – sie wirkt so angreifbar, so verletzlich. Helena hat mir einen Dolch gegeben und ihren Hals entblößt, nur wenige Wochen nachdem ich das letzte Mal versucht habe, sie umzubringen.

Meine Hände zittern, als ich die blonden Locken abschneide, und ich versuche mir einzureden, dass nur ihr plötzliches Vertrauen mich nervös macht, nicht ihre Nähe oder die Notwendigkeit, auf jede Kleinigkeit von ihr zu achten, bis hin zur letzten Strähne.

»Wenn dir ein Schwert zu viel ist«, fährt sie fort, »geht ein Dolch vielleicht eher. Ich kann dir zeigen, wie man damit umgeht.«

»Du meinst, das hier ist nicht der normale Verwendungszweck?«, frage ich, obwohl ich eigentlich sagen will, dass ich nicht wissen will, wie man damit umgeht. Ich will kein Teil sein von so viel Gewalt.

Oder sagen wir eher, ich habe Angst vor dem Teil von mir, der das vielleicht will.

Ich brauche nicht lange, und Helena strahlt unter dem schiefen Haarschnitt. Die Spitzen sind ungleichmäßig, die Locken stehen in alle Richtungen ab.

Und ich hatte recht, denn sie ist immer noch unglaublich schön. Von so nah kann ich die Sommersprossen auf ihren elfenbeinfarbenen Wangen sehen, und ich denke, was für ein Glück diese Jungs alle haben, sie einfach ansehen zu dürfen, sich das Muster einzuprägen, die Konstellationen zu finden.

Da ist noch etwas, und ich brauche einen Moment, um es zu begreifen.

Ihr Lächeln. Es ist ein bisschen schief und ihr rechter Schneidezahn ist angeschlagen. Und manchmal, wenn sie lacht, bleibt ihr das Lachen im Hals stecken, und dann keucht sie und es rutscht höher und wird ein fröhliches Kichern.

Ich habe sie tausend Mal lächeln sehen. Ich habe ihr Lachen durch den Palast hallen hören. Es ist anders. Normalerweise ist es geübt, geschliffen und perfekt. Dieses hier ist echt.

Ich sehe weg und wende mich wieder der Stadt zu, weil ich nicht weiß, wie ich jemals mit der wahren Helena klarkommen soll.

»Gut, machen wir weiter?«, fragt sie. »Lass es uns noch einmal versuchen – ich glaube, so können wir mehr über die Fäden erfahren. Aber ich hoffe, du bist darauf vorbereitet, Kassandra. Wenn du die Tiefen meiner Vergangenheit auslotest, wirst du mich furchtbar gut kennenlernen. Du könntest das sogar mit Freundschaft verwechseln.«

Stundenlang versuchen wir die Stränge zu überreden, sich zu offenbaren, sichten Erinnerungen und alltägliche Situationen. Ich erwarte, dass ich Kopfschmerzen habe, als wir fertig sind, aber sie kommen nicht. Die Weissagungen dagegen schon. Sie sind ein steter Strom während des Abendessens, sodass ich in dem sowieso schon kargen Essen nur herumstochere. Wir sind so sparsam, wie es geht, falls die Achaier unsere Versorgung abschneiden. Ich sollte wahrscheinlich in mein Zimmer gehen. Aber etwas hält mich zurück – und ich habe das unbehagliche Gefühl, dass es Helena ist. Sie sitzt mit Aithra und Klymene an einem anderen Tisch, aber ich höre ihre Stimme: *Sei nicht leise* und *Ich glaube nicht, dass dich so viele Leute nicht mögen, wie du denkst.*

Damit könnte sie sogar recht haben. Gewiss gibt es ein paar böse Blicke, aber die meisten Leute scheinen sich inzwischen an mein Gefasel gewöhnt zu haben. Krëusa und Andromache hören kaum auf, sich zu unterhalten, selbst als ich laut eine der üblichen Weissagungen hinausschreie – Blut und Eingeweide und Tod. Aber meine Mutter erscheint vor mir und legt mir die Hand auf die Schulter.

»Kassi, alles in Ordnung?«

Ich nicke und bemühe mich, die poetischen Verse lange genug zu unterdrücken, damit ich antworten kann.

Sie setzt sich auf den leeren Platz neben mir, und obwohl wir in einem Raum voller Menschen sind, ist es, als wären wir allein.

»Wie fühlst du dich?«, fragt sie leise. »Nach allem, was ich gehört habe – was wir alle gehört haben –, nun, ich kann mir nicht vorstellen, wie schrecklich es sein muss, wenn einem solche Dinge durch den Kopf gehen.«

Ich zucke die Schultern. »Wir sind im Krieg – wahrscheinlich ergibt es Sinn, dass die Visionen entsetzlich sind.«

»Und sicher auch verwirrend, wenn sie sich als ein solches Chaos zeigen.« Sie nickt weise, als würde sie es verstehen. Dann zögert sie.

Ich hasse es, wenn sie das tut. Es bedeutet nie etwas Gutes, nur, dass sie ein schlechtes Gewissen hat.

»Das ist nicht leicht, Kassandra, aber wie du selbst sagst, sind die Visionen entsetzlich. Und ich tue, was ich kann, damit sich die Stimmung in der Stadt nicht verschlechtert. Sieh dich um, alle sind einträchtig beisammen. Und dann schreist du eine Weissagung, dass ein Freund oder ein Verwandter von jemandem stirbt ... Wir können es nicht riskieren, dass die Moral sinkt – die Leute innerhalb der Mauern dürfen sich nicht gegen uns wenden, bevor wir mit der Bedrohung von außen fertig werden.«

Ich bohre die Fingernägel in die Handflächen. »Und was willst du damit sagen?«

»Ja, das möchte ich auch gern wissen«, fügt Krëusa hinzu. Sie und Andromache haben sich auf ihren Stühlen umgedreht und mischen sich entschlossen ein.

Andromache versucht eindeutig, ruhig zu bleiben, aber Krëusa macht keine Anstalten, ihre Wut zu verbergen.

»Mädchen, ihr müsst verstehen, dass ich als Königin an das Volk denken muss. Und für mich als deine Mutter, Kassi, ist es schrecklich, dich so zu sehen.« Wieder legt sie mir die Hand auf die Schulter. Sie fühlt sich an wie ein totes Gewicht. »Es ist schrecklich, zu hören, was die Leute über dich sagen, und ich denke einfach, dass wir ihnen nicht noch mehr Munition liefern sollten.«

»Kassandra ist keine Munition«, sagt Krëusa wütend. »Du bist die Königin – wenn die Leute über deine Tochter reden, dann tu etwas gegen die, nicht gegen Kass.«

Es sollte eigentlich tröstlich sein, dass sie für mich kämpft.

Aber es ist so, als wäre ich gar nicht da, als würden alle einfach über mich reden, während ich woanders bin. Die Stränge flackern und strahlen, der Saal verändert sich in ihrem Licht, und vielleicht lebe ich wirklich in einer anderen Welt, vielleicht ist das der Grund für die Kluft zwischen uns.

»Ich unterstütze Kassandra«, entgegnet meine Mutter scharf. »Ihr könnt alle so tun, als wäre nichts, aber das stimmt nicht, und deshalb müssen wir eben Anpassungen vornehmen. Es mag euch nicht gefallen, und ihr nehmt es mir vielleicht übel, aber ich weiß, was das Beste für alle ist. Und im Augenblick denke ich, ein abgeschiedener, ruhigerer Raum ist das Beste für Kassi, bis sie ihre Weissagungen besser kontrollieren kann. Es ist ihr gegenüber viel menschlicher, als sie hierzubehalten und zuzulassen, dass weiter getuschelt wird.«

»Sie hat recht«, sage ich und stehe auf. Ich weiß nicht, ob es stimmt – ich habe keine Ahnung, was ich denken soll –, aber meine Kehle ist belegt, und meine Wangen sind warm, und das scheint mir der schnellste Weg, dieses Gespräch zu beenden.

Andromache nimmt meine Hand, bevor ich gehen kann – sie ist auch aufgestanden.

»Na gut«, sagt sie. »Wenn wir woandershin müssen, dann gehen wir eben.«

Ich verlasse den Saal mit den beiden an meiner Seite, aber es hält diesen gewaltigen Schmerz der Einsamkeit nicht auf. Vielleicht meinte Helena das, als sie sagte, die Leute würden mich gar nicht so ablehnen, wie ich glaube. Schaut her, ich habe Menschen an meiner Seite. Aber das ändert nichts daran, dass ich mich trotzdem allein fühle und dass ich die Weissagungen trotzdem allein ertragen muss.

Krëusa schimpft vor sich hin, als wir gehen, und Andromache legt den Arm um mich.

Aber dies ist nicht die Art Einsamkeit, die ihre Liebe in Ordnung bringen könnte.

Und an einen ruhigeren Ort zu gehen hilft auch nichts gegen dieses schreckliche, aufgewühlte Gefühl in mir, und ich wünschte, ich könnte einfach verschwinden, weil es für alle praktischer wäre.

28

HELENA

Ich begleite Agata in die Stadt, um ein paar Ballen Stoff abzuholen, was äußerst unschicklich ist – Frauen ohne Begleitung, eine Dienerin und eine Prinzessin in der Rolle eines Boten. Aber Krieg bedeutet, alles zu tun, was getan werden muss, und zu helfen, wo man kann.

Dass ich strategisch dort helfe, wo es am meisten auffällt, tut nichts zur Sache.

Aber nachdem ich mich wochenlang mit Kassandra davongeschlichen habe, um die Weissagungen zu erforschen, muss ich meine Zeit in der Öffentlichkeit gut nutzen. Und ehrlich gesagt kann ich die Abwechslung gebrauchen. Ich habe nicht gezögert, als ich ihr meine eigene Vergangenheit zum Ausprobieren angeboten habe, aber jetzt frage ich mich, ob es eine gute Idee war. Jeden Tag gebe ich mit einer Handvoll Erinnerungen etwas von mir auf. Das tue ich eben und das habe ich immer getan.

Ich spiele mit meinen schief geschnittenen Haaren, denke an die Stadt, die wir so verzweifelt zu retten versuchen, und frage mich, warum. Es liegt sicher nicht nur an Paris und auch nicht daran, dass die Stadt so weit weg ist von Menelaos. Es liegt an dem hier – an Agata neben mir und an Kassandra, die nach immer mehr Fäden greift, und an Klymene und Aithra, die jeden Abend die Gewichte meines Webstuhls bewegen.

Ich will Troja retten, weil ich mich selbst retten will. Sie hätten mich zurückschicken können, aber das haben sie nicht getan. Sie haben mich nicht geopfert.

Warum opfere ich mich also immer wieder selbst?

Ich höre auf, Agatas Schimpftirade auszublenden.

»Die gleichen Mädchen wie sonst wurden aus der Küche geholt, um in den Schmieden zu helfen – wahrscheinlich wissen sie, wie man ein Feuer gleichmäßig am Brennen hält –, also hat man mich gebeten, den Rat zu bedienen. Ich hatte ganz vergessen, wie die manchmal sind, und die Tatsache, dass wir gerade an Boden verlieren, macht ihre Laune auch nicht besser. Ich war erleichtert, als die Priesterin der Athene einbestellt wurde und nicht mehr nur ausschließlich Männer im Raum waren.«

Der Rat besteht für mein Empfinden vor allem aus Männern, die zu alt sind zum Kämpfen und die dreist verkünden, dass der Krieg mit ihnen auf dem Schlachtfeld schnell gewonnen wäre. Sie reden in ihrem Raum im Palast, sie reden beim Essen, sie reden auf den Stadtmauern, während sie der Schlacht zusehen, und sie reden jeden Abend mit den Männern, die gekämpft haben. Es wird überhaupt ziemlich viel geredet.

Aber sie sind auch die, die ich dazu bringen muss, uns zuzuhören, und leider habe ich mich anfangs vor allem bemüht, harmlos zu wirken, damit sie mich nicht zurückschicken – ganz unschuldig und lieb. Ganz gewiss nicht wie jemand, von dem man Ratschläge in Kriegsdingen annehmen würde.

Ich habe Kassandra vielleicht davon überzeugt, dass es unser vorrangiges Problem ist, ihre Visionen zu kontrollieren. Aber in Wirklichkeit weiß ich weder, wie wir aus diesen Weissagungen Ratschläge machen sollen, noch, wie wir die Leute dazu bringen können, wirklich darauf zu hören.

»Morgen kommen Priesterinnen aus Artemis' Tempel«, fährt Agata fort. »Der Rat braucht so dringend irgendein Omen, dass sie es von egal welchem Gott nehmen würden.«

Beim Olymp, es ist so naheliegend – und ich kenne eine Priesterin, die sich unbedingt mit mir anfreunden will.

Kassandra kann ich das natürlich nicht sagen – sie würde es schrecklich finden. Und wenn Herophile merkt, woher die Informationen kommen, könnte sie die ganze Stadt gegen mich aufhetzen.

Aber ich besuche den Tempel des Apollon jetzt öfter und bemühe mich um die Hohepriesterin. Ich beginne mit oberflächlichem Geplauder und bringe das Gespräch dann auf meine Ängste.

Es ist irritierend, dass ich Kassandra so lange Zeit Wahrheiten verraten habe und jetzt plötzlich Lügen erzähle, als würden sie etwas bedeuten.

Kassandra kann die Vergangenheit nicht immer lesen – manchmal erscheint sie ihr in der Tat genau so schwierig wie die Zukunft. Und sie ist so schnell frustriert.

»Ich hasse es«, stöhnt sie eines Morgens schon nach dem dritten Versuch. »Es ist gar nicht nötig, dass man mir nicht glaubt. Sind diese unsinnigen Weissagungen nicht Fluch genug?«

Ich versuche, nicht zu lächeln, aber ihre Wut ist gleichermaßen liebenswert und verführerisch. Ihre finstere Miene, die geröteten Wangen und wie reizbar sie ist – die Schönheit einer Frau, die so tief empfindet und die sich so kümmert.

»Ich denke immer noch, es wäre nützlich, deinen Geist zu schärfen und zu fokussieren. Und da du jede Form körperlicher Ertüchtigung immer noch ablehnst …«

»Oh ja, das tue ich.«

»Das ist auch in Ordnung, aber ich denke, du solltest etwas anderes versuchen, um …« Ich verstumme, weil es nicht gut ankommen würde, wenn ich sage »zu lernen, geduldig zu sein«. »Deine Konzentration zu fördern. Webe. Male. Mach Kleider mit Andromache. Irgendwas.«

»Für so etwas haben wir keine Zeit!«, protestiert sie. »Jede Minute, die wir verschwenden, sterben Menschen.«

Also machen wir einfach weiter.

Es ist eigenartig, aber ich sehe es nicht, wenn sie es schafft, einen meiner Fäden zu lesen. Ich sehe nur, wie sie dabei aussieht – und das ist selbst eine Art Vision.

Diesmal verzieht sie die Lippen, so groß ist ihr Widerwille.

Als sie zu sich kommt, ist sie wütend. »Ich habe die Männer gesehen, die sich um dich gestritten haben. Dieses Geschacher. Wie sie Herden und Land für deine Hand geboten haben, als wäre es ein Geschäft!«

»Ja«, sage ich – aber anders als sie lächele ich. »Mein Stiefvater mochte es auch nicht besonders. Tyndareos hat mich gefragt, wen ich nehmen will. Eine Schande, dass ich so schlecht gewählt habe.«

»Würdest du ... du musst nicht antworten ...«

»Und du musst nicht jede Frage so anfangen«, sage ich. »Ich verspreche dir, dass ich nicht antworte, wenn ich nicht will, aber ich habe eigentlich kein Problem damit, Kassandra.«

So fühlt es sich wenigstens an, als hätte ich die Wahl, es ihr zu sagen. Und ich liebe es, wenn Röte in ihre hellbraunen Wangen steigt.

»Warum er?« Sie spuckt es praktisch aus, als brächte sie den Namen nicht über die Lippen. »Ich weiß, du kanntest ihn, aber nach allem, was ich gesehen habe, ist er einfach nur schrecklich.«

Ich denke nach – versuche, tiefer zu gehen als sonst bei meinen Antworten: *Ich habe einen Fehler gemacht. Alles, was er versprochen hat, war gelogen. Ich war dumm.*

Aber was kann man über Menelaos sagen? Unsere Beziehung war eine Partie Petteia – wir waren Spielfiguren, die sich über ein Brett bewegen und versuchen, sich gegenseitig einzufangen. Und er hat gewonnen und gewonnen und gewonnen – er hat mich überzeugt, dass er mich liebt, mich überzeugt, dass ich bei ihm sicher wäre – und sobald der Sieg ihm gehörte, hat er das Brett umgeworfen.

Er hat mir meine Waffen weggenommen. Er hat mich von den Versammlungen des Hofs ausgeschlossen. Er hat mir auf so heimtückische Art Dinge weggenommen, dass mir nie ganz bewusst wurde, dass es eine Strafe war: die Absage des Besuchs meiner Schwester Phoibe wegen des schlechten Zustands der Straßen – nach einem Streit; die Bitte, beim Händler weniger auszugeben, weil es geschmacklos sei kurz nach einer Steuererhöhung – nachdem ich ihn vor dem Rat kritisiert hatte; das Arrangement einer ehrbaren Ehe zwischen meiner Kindheitsfreundin Apia und einem ausländischen Würdenträger, mit dem sie nach Argos ziehen würde – nachdem er uns beim Kampftraining erwischt hatte.

Menelaos ist nicht nur aufgebracht, weil ich mit einem anderen Mann weggelaufen bin. Er ist aufgebracht, weil er es nie als möglichen Zug vorhergesehen hat, als hätte ich die Regeln des Spiels geändert, das er geschaffen hat.

»Ich habe ihn ausgewählt, weil ich keine Ahnung hatte, was er mir antun würde.«

»Es tut mir leid«, sagt sie, und sie zögert nur kurz, bevor sie weiterredet. »Ich bin froh, dass du fliehen konntest. Ich bin froh, dass du hier bist. Trotz allem.«

Ich stelle mir vor, wie sich diese Fäden in mir abspulen, wie sich etwas fest Aufgewickeltes lockert. Sie klingt so aufrichtig, dass ich mir nicht erlaube, es infrage zu stellen – ihre Worte bedeuten zu viel, als dass ich sie mit meinen Zweifeln vergiften wollte.

»Danke. Und falls es hilft, ich hätte diese Abmachung mit Apollon auch getroffen. Ich glaube, jede Frau hätte das getan – die Möglichkeit, zu sehen, was kommt? Wir hatten alle schon Zeiten, in denen uns das viel Schmerz erspart hätte.«

Sie schlingt die Arme um sich. »Aber du hättest es durchgezogen. Du hättest dich nicht in diese unmögliche Lage gebracht. Du wärst nicht so unfähig.«

»Kassandra.« Ich trete fast instinktiv näher – und nehme dann doch Abstand davon, sie zu berühren. »Was haben die Weissagungen mit deinem Wert zu tun? Du bist auch ohne sie so viel – wie du für deine Schwester, Andromache, deine Brüder da bist ... sogar für mich.«

»Ich könnte mehr tun, Helena. Ich hätte Leben retten können.«

Ich auch. Wenn ich nie hergekommen wäre.

Wie lange waren wir hier draußen? Wie viele Stunden habe ich mit Kassandra im staubigen Schatten der Berge verbracht, in meiner Vergangenheit gegraben und versucht, Fäden zu entwirren – ohne zu begreifen, dass sie dieselbe Schuld mit sich herumträgt, die auch auf mir lastet, seit der Krieg erklärt wurde.

»Vielleicht. Aber es ist nicht deine Schuld, dass du verflucht wurdest.«

»Natürlich ist es meine Schuld – ich habe meinen Teil der Abmachung nicht eingehalten.«

Unruhig spielt sie mit ihren Händen, verdreht die Finger so fest umeinander, dass die Knöchel weiß werden. Ich widerstehe dem Drang, ihre Hände zu nehmen.

»Kassandra, du weißt, dass es erlaubt ist, es sich anders zu überlegen, ja?«

»Ja, und dann trägt man die Konsequenzen. Und selbst wenn ich die Zeit zurückdrehen könnte, glaube ich nicht, dass ich es könnte. Ist das nicht dumm? Frauen machen es ständig und ich konnte es einfach nicht durchziehen. Ich bin genauso egoistisch, wie Apollon mir vorwirft.«

»Nein, nein, das bist du nicht«, beharre ich. »Hör zu, das sind zwei völlig verschiedene Dinge. Ich habe auch schon Stopp gesagt beim

Sex! Weil es wehgetan hat oder weil ich nicht bei der Sache war oder weil ich einfach nicht mehr wollte. Diese Möglichkeit gehört zum Sex dazu, und wenn Apollon die einfach gestrichen hat, dann hat *er* eure Abmachung nicht eingehalten! Und wenn du das Gefühl hast, du kannst es nicht, nicht einmal für Troja, dann ist das völlig in Ordnung! Mach dich nicht fertig wegen einer hypothetischen Annahme! Sex ist eine große Sache – und manchen bedeutet er weniger und manchen mehr, aber das Einzige, was wirklich wichtig ist, ist, auf sich selbst zu hören.«

»Aber in Wirklichkeit ist das gar nicht wichtig, jedenfalls nicht so wichtig wie die Stadt.«

»Ist es doch«, beharre ich. »Und wenn die Stadt wichtiger ist, dann frag dich mal, warum euer Schutzgott nicht woanders sein Rohr verlegen kann. Du kannst dir noch so sehr die Schuld geben – ich behaupte, *er* ist das wahre Problem: der Mann, der ein Mädchen zu Sex nötigen will, nicht das Mädchen, das Nein sagt.«

»Niemand in dieser Stadt würde dir recht geben.«

»Das ist mir völlig egal. Mir ist nur wichtig, was *du* denkst«, dränge ich – in meiner Stimme hört man den Zorn, den ich zu zügeln versuche. Ich würde gern die Leute finden, die ihr diese Ideen in den Kopf gesetzt haben, und sie das spitze Ende meiner Klinge spüren lassen. Und abgesehen davon erinnert mich das nur allzu sehr an einen Mann, der glaubt, es sei ein Grund, in den Krieg zu ziehen, wenn eine Frau Nein zu ihrer Ehe sagt. Wenn Troja mich irgendetwas gelehrt hat, dann dass ein *Nein* kostbar und heilig ist. »Er hat dich in eine Lage gebracht, in der du dich nicht ungestraft entscheiden konntest, Nein zu sagen. *Er* ist der Mistkerl, der diese Stadt dem Untergang weiht.«

»Ich ... vielleicht.« Widerstrebend stimmt Kassandra zu.

Ich belasse es dabei. Aber ich werde sie weiter daran erinnern, dass sie nichts Falsches getan hat, bis sie es glaubt.

»Und apropos es sich anders überlegen: Ich würde gern nicht länger die Fäden meiner Vergangenheit betrachten. Wenn es helfen würde, die Zukunft zu lesen, hätten wir inzwischen sicher Fortschritte gemacht, und ich ... ich glaube, ich kann das nicht alles noch einmal durchgehen.«

»Natürlich«, verspricht Kassandra. »Ist es okay für dich, wenn ich versuche die Fäden deiner Zukunft zu lesen? Sonst könnte ich auch Fäden nehmen, die woandershin führen – auch solche in der Luft.«

»Nein, nimm meine – es ist leichter zu überprüfen, ob sie veränderlich sind. Außerdem kommt mir die Zukunft nicht so privat vor wie die Vergangenheit. Es ist etwas, das wir noch erschaffen.«

Sie nickt und beginnt an den Fäden zu zupfen.

Unsere Tage verändern sich. Vormittags trainieren wir Kassandras Fähigkeit, die Zukunft zu lesen, und nachmittags versuchen wir, vage Prophezeiungen zu entschlüsseln.

Sie wird besser. Nur geringfügig, so leicht, dass sie sich weigert, die Verbesserung anzuerkennen. Aber es vergeht selten ein Tag, an dem sie gar nichts liest.

Das Entschlüsseln der Weissagungen ist merkwürdig. Manche sind leicht zu deuten – auch wenn sie nicht die wesentlichen Hinweise über Zeit, Ort und die beteiligten Personen enthalten, die wir bräuchten. Sie wirken erfunden; es ist wie das Wissen, dass Apollon die Sonne über den Himmel zieht, auch wenn man nie wirklich verstehen kann, wie ein Streitwagen sie durch die Luft befördern soll.

Dann, eines Tages, passiert es – etwas Konkretes. Etwas, das wir nicht ignorieren können.

»*Am Morgen der Olympieia verfliegen fruchtlos Gebete, Zeus ist bei Diomedes, schenkt ihm Macht, Skamandrios, ach, soll den Schmerz ertragen, den das Schicksal bringt.*«

Kassandra packt mich am Arm. »Wir müssen etwas tun. Das ist mein Bruder!«

Ich versuche nachzudenken, es nur als Strategiespiel zu sehen. Welchen hypothetischen Rat könnte ich geben?

»Die Olympieia – das ist ein Fest in Athen. Das bedeutet es, oder? Dass sie in Athen beten, aber dass Zeus nicht zuhört, weil er auf dem Schlachtfeld ist. Und Skamandrios wird von Diomedes, ähm, verletzt.«

»Das glaube ich auch«, sagt Kassandra und sieht mich in fieberhafter Verzweiflung an und vielleicht auch mit einem Funken Hoffnung. »Wir müssen das verhindern.«

Herophile ist erfreut, mich zu sehen. Wir trinken Tee im Tempel, auf der breiten Terrasse, von der aus man die Stadt überblickt.

Ich höre zu, wie sie über die neuen Priesterinnen redet, und kaue ab und zu an meiner Lippe oder blinzele etwas zu schnell, bevor ich den Blick in die Ferne richte.

»Helena, darf ich fragen … ich will nicht neugierig sein«, sagt sie in einem Ton, der besagt, dass sie absolut neugierig sein will. »Du wirkst besorgt.«

Ich lache und lasse es erstickt klingen. »Ich hätte wissen müssen, dass du es bemerken würdest. Du bist zu klug. Und ja, ich wollte mit dir reden. Manchmal habe ich das Gefühl, dass du die Einzige in dieser Stadt bist, der ich vertrauen kann.«

Sie strahlt geradezu. »Natürlich kannst du mir vertrauen!«

»Ich habe etwas getan«, sage ich schnell. »Ich wollte helfen, also habe ich einem Mann, den ich kenne, einen Brief geschickt.«

Sie lächelt verwirrt, also fahre ich fort.

»Einem Mann auf der Seite der Achaier.«

»Oh, Helena!«, ruft sie aus.

»Ich weiß, aber darum geht es ja! Ich wollte ihm Informationen entlocken, und es hat funktioniert! Er hat praktisch zugestimmt, für uns zu spionieren. Aber ich weiß nicht, wie ich diese Information den Leuten weitergeben kann, die sie brauchen, ohne dass sie mich fragen, woher ich sie habe. Allein mit einem Mann zu reden kann mein Untergang sein, und sei es noch so unschuldig. Aber wenn ich mit einem Achaier spreche, selbst wenn es im Interesse von Troja ist, könnte man mich wegen Hochverrat verurteilen. Aber ich kann es doch nicht sein lassen. Ich muss doch alles Menschenmögliche tun, um diese Stadt und ihre Bewohner zu retten.«

Ich vergrabe den Kopf in den Händen und lasse die Schultern beben, während ich schluchze.

Herophile legt sofort die Arme um mich, und da weiß ich, ich habe es geschafft – nicht, weil sie mich trösten oder weil sie Troja helfen will. Sie wird es tun, weil sie ganz aus dem Häuschen ist, dass ich ihr offensichtlich so sehr vertraue, dass ich mich ihr gegenüber verletzlich zeige. Die Vorstellung, mein Vertrauen zu genießen, ist ein Rausch, dem sie hinterherjagen wird.

»Alles wird gut, Helena. Dein Geheimnis ist bei mir sicher. Aber was hat in diesem Brief gestanden?«

»Er hat geschrieben, am Morgen der Olympieia würde es einen gezielten Angriff auf einen der Prinzen geben. Ich glaube, sie versuchen, sie nacheinander auszuschalten, und fangen mit Skamandrios an. Ich dachte, wenn Skamandrios von der Front weggerufen und als strategischer Berater gebraucht würde, könnte das die Pläne der Achaier durchkreuzen.«

Herophile denkt nach. »Vielleicht kann ich dem Rat sagen, sie sollen diese Woche statt Hektor Skamandrios dazuholen. Ich könnte sagen, Apollons Zeichen würden darauf deuten, dass sein Rat wertvoller sei als sein Wirken auf dem Schlachtfeld.«

Sie glüht praktisch vor Freude – eine Quelle zu haben, solche Informationen weiterzugeben, eine so bedeutende Rolle zu spielen.

»Das würdest du tun?«

»Ja«, sagt sie lächelnd und trägt den Kopf schon etwas höher. »Und du hast recht, jedes Mittel zu nutzen, das dir zur Verfügung steht. Du solltest diesem Griechen weiter schreiben. Ich kann die Warnungen als Omen von Apollon weitergeben, und niemand wird je erfahren, dass du die Quelle bist.«

Ich springe auf und quietsche vor echter Begeisterung – auch wenn ich mich in Wirklichkeit darauf freue, Kassandra am nächsten Tag zu sagen, dass alles unter Kontrolle ist und Skamandrios in einem stickigen Zimmer im Palast sitzen wird, anstatt zu kämpfen.

Aber ich komme gar nicht dazu – ich gehe in unseren ruhigen, öden Hof hinunter, und sie wartet schon auf mich, hat blutunterlaufene Augen mit dunklen Ringen und hält zitternd eine Klinge, die ihr viel zu schwer ist.

Sie drückt mir das Schwert in die Hand.

»Bring mir bei, wie man es benutzt.«

29

KASSANDRA

»Erzähl mir, was passiert ist.« Helena versucht mir das Schwert zurückzugeben, aber ich lasse sie nicht.

»Nichts ist passiert.« Ich kann kaum stehen. Ich höre meinen eigenen Puls pochen, ich habe mich schon mehrmals übergeben, und mir könnte jeden Moment wieder schlecht werden.

»Dann sag mir, was passieren *wird*.«

Wir werden den Krieg verlieren.

Ich werde –

Wir sind in den Fäden des Untergangs gefangen.

Ich schüttele den Kopf so heftig, dass Helena mich erschrocken ansieht.

Ich kann nicht. Ich kann es ihr nicht sagen und aushalten, dass sie mir nicht glaubt. Ich kann es ihr nicht sagen und aushalten, dass sie so tut, als würde sie mir glauben, und mich mit Gemeinplätzen beruhigt, die sie nicht für wahr hält. Ich behalte es lieber für mich, als dass ich sie zwinge, mich anzulügen, und es ihr hinterher auch noch übel nehme.

»Warum wappnest du dich so, mein Freund? Willst einen Gefährten du als Späher gegen die Troer treiben?«

»Okay, ja, gut.« Sie schüttelt den Kopf und betrachtet mich so eindringlich und wissend, dass es meine Sorgen zerstreut, und ich spüre, wie meine Wangen rot werden. »In Ordnung, fangen wir an mit einer Runde um den Hof.«

»Ich habe dich gebeten, mir zu zeigen, wie man ein Schwert benutzt.«

»Und wenn du deine Muskeln nicht aufwärmst, wirst du nicht lange durchhalten.«

»Aber ...«

»Zwei Runden.«

»Helena.«

»Drei.«

Ich laufe los.

Wenn ich daran denke, wie sehr ich es hasse zu laufen, denke ich wenigstens nicht daran, was die Zukunft bringt.

Ich habe Helena jeden Tag trainieren sehen, denn warum nicht zugeben, dass ich sie fast jeden Morgen beobachte, wenn die Sonne den Horizont färbt, und ich sehe ihr kurzes Haar und das Spiel ihrer Muskeln und die kurzen Kleider, die eher den Chitonen für Männer ähneln als denen für Frauen, und ich denke daran, wie sie gesagt hat, dass sie auf die Art schön sein würde, wie sie es will, und ich hoffe, das ist sie jetzt, ich hoffe, sie ist glücklich, weil ich zwei Dinge erkenne: dass sie natürlich unglaublich schön ist und dass die Männer nicht erfreut sein werden, wenn sie zurückkommen.

So wie meine Muskeln brennen, würde ich unter anderen Umständen schreien, aber hier erinnert es mich daran, dass mein Körper mir gehört – *und nicht das Eigentum des griechischen Königs ist, der mich gefangen nimmt* –, dass ich hier bin – *in einem Troja, das noch nicht brennt* –, in der Gegenwart – *nicht in einer Zukunft, die zu schrecklich ist, als dass man sie benennen könnte.*

Ich soll mich eine Stunde lang dehnen und bewegen und anstrengen, bevor sie mir das Schwert zurückgibt. Sie schließt meine Finger um den Griff, zeigt mir, wie ich es halten soll, erklärt, dass ich den Arm nicht zu sehr bewegen soll, weil ich mir sonst eher selbst das Handgelenk breche, als jemand anderen zu verletzen, wenn ich zuschlage.

Sie tritt gegen meine Füße, bis ich sie in die richtige Position bringe, stupst gegen den Ellbogen, bis ich ihn an den Körper anlege, gegen die Hüften, bis ich sie gerade nach vorn ausrichte, gegen die Knie, bis ich sie leicht beuge. Sie ist mir so nah, und mein Herz hämmert noch von den Aufwärmrunden, und alles fühlt sich so viel intensiver an.

Sie umfasst mein Kinn und zwingt mich, sie anzusehen, und diese kalten blauen Augen sind unerbittlicher als das Meer, das Armeen an unsere Küste getragen hat. Sie ist so nah, ich spüre ihren Atem auf meiner Haut.

»Sieh einem Mann in die Augen, wenn du ihn tötest.«

Sie lässt mein Kinn los und ich lache leicht verächtlich. »Wozu braucht man Ehre in einem solchen Krieg?«

»Das hat nichts mit Ehre zu tun; wenn du seiner Klinge mit den Augen folgst, wirst du am Ende nur zusehen, wie sie dich durchbohrt. Wenn du geradeaus blickst, bemerkst du die Bewegungen aus den Augenwinkeln, du spürst den Luftzug und reagierst auf alles, was du wahrnehmen kannst.«

Sie dreht ihr eigenes Schwert in der Hand und grinst, und das Grinsen sagt mir, dass sie genau weiß, wie sie aussieht und was das mit mir macht, und kann sie mir das bitte sagen, weil ich mich sofort total unsicher fühle und so als würde ich nie wieder Luft bekommen.

Ich knirsche mit den Zähnen, kreuze meine Klinge mit ihrer und konzentriere mich.

Stahl trifft auf Stahl, und ich denke nichts mehr, ich hebe nur erneut die Klinge und hole aus.

Als wir aufhören, bin ich erschöpft, und sogar sie schnappt nach Luft. Ich bin sogar zu fertig, um verzweifelt zu sein, und meine Hoffnungslosigkeit ist nur ein fernes Echo in meinem Schädel, verglichen mit unmittelbareren Bedürfnissen: Essen, Schlafen und die klebrigen Kleider von der Haut streifen.

Helena und ich sitzen mit ausgestreckten Beinen im Schatten der Palastmauern, unsere Schwerter neben uns.

»Ich nehme an, dass wir den Krieg verlieren«, sagt sie.

Und ich weiß nicht, wie ich darauf reagieren soll. Gilt es auch als Prophezeiung, wenn ich nichts sage und einfach meine Handlungen sprechen lasse?

Sie summt leise. »Ja, das habe ich mir gedacht.«

Es sollte mich eigentlich nicht überraschen. Schreie ich nicht seit Monaten, dass Paris uns alle in den Abgrund reißt? Ich hatte nur gehofft, dass es irgendwie übertrieben war. Aber alles lag vor mir: die brennende Stadt, die toten Männer und Jungen, die Frauen und Mädchen in Ketten am Strand. Sie werden mit den restlichen Schätzen unter den Männern aufgeteilt, die uns dafür hassen, dass wir sie so lange von zu Hause ferngehalten haben.

Und das Schlimmste: wie unnachgiebig dieser Teil war. In diesen ganzen Wochen, in denen ich meine Fähigkeiten geschult habe, die Fäden zu lesen, hat sich mein Bewusstsein dafür geschärft, welche flexibel sind und welche sich noch in eine andere Form weben könnten und welche diesen eisernen Kern bilden, steinern und unzerstörbar wie die Mauern selbst – die sogar in meinen Visionen noch stehen und eine Stadt in Flammen umringen. Diese Zukunft ist das Fundament für alle anderen Zukünfte, der solide, bleibende Strang in ihrem Herzen.

Und man kann noch so viel an Fäden zupfen oder Schwerter schwingen, es wird sich nicht ändern.

»Und was willst du jetzt tun?«, fragt sie.

Ich versuche mir irgendein »Wollen« vorzustellen, das nicht meint, dass meine Stadt sicher, meine Familie an meiner Seite oder mein

Kopf ruhig sein soll. Was hat mich ausgerechnet hierher gebracht? *Wollen?* Helena, die sich jeden Morgen in der goldenen Sonne dehnt, während die scharfe Klinge das Licht einfängt. Und schon war ich hier mit einer Waffe in der Hand.

»Ich will jemandem wehtun«, gestehe ich – warum fühlt sich bei Helena alles an wie ein Geständnis. »Ich will, dass jemand anderes blutet, bevor ich blute.«

Helena scheint das nicht zu beunruhigen – sie lacht nicht und schreit nicht herum. Sie denkt nach. »Ich weiß nicht, ob du es hinkriegst, dass er blutet, aber wenn du jemandem wehtun willst, warum rächst du dich dann nicht an Apollon?«

»Apollon ist nicht derjenige, der mich umbringt.« Ich denke nicht darüber nach, die Worte kommen nur so schnell heraus wie sonst die Weissagungen.

»Wer ...«

»Das ist nicht wichtig.«

Denn wie soll ich es in Worte fassen? Wie soll ich sagen: *Es ist deine Schwester?* Und: *Ja, ja, das heißt, ich werde vom Bruder deines Mannes übers Meer verschleppt, aus meiner Familie gerissen, in die Sklaverei gezwungen*, und: *Nein, das ist nicht das Schlimmste, was mir passiert*, und: *Ja, deine Schwester Klytaimnestra* – und: *Keine Sorge, Helena, sie können versuchen, Sparta aus euch beiden herauszupressen, aber sie schwingt eine Streitaxt, und ich sehe in deine Augen, als sie sie mir in den Hals rammt.*

Wie sage ich, dass es sich an dem Punkt anfühlt wie eine Gnade?

»Ich könnte dich jetzt sofort mit dieser Klinge erstechen«, sagt sie.

»Mir wäre es lieber, du würdest es lassen.«

»Ich meine nur, dass keine Zukunft endgültig festgelegt ist.«

Aber Teile davon. Teile sind unabänderlich. Teile wie *Troja wird fallen*, was mir immer noch in den Ohren klingt.

»Es ist egal«, sage ich. »Was ist schon eine weitere schreckliche Weissagung in einer langen Reihe davon?«

»Eine zu viel, finde ich. Ich bin hier, Kassandra, rede mit ...«

»Beim Olymp, hier habt ihr euch versteckt?«

Krëusa erscheint im schattigen Säulengang, der den Palast umgibt, und ihre Miene wechselt schnell von Erstaunen zu Freude, als sie die Schwerter am Boden entdeckt.

»Du trainierst Kassandra? Darf ich mitmachen?«

Alles, was ich letzte Nacht gesehen habe – der lange, aufwühlende Albtraum –, dreht sich noch einmal in meinem Geist. Und mir fällt auf, dass ich Krëusa nicht gesehen habe.

Vielleicht schafft sie es hinaus.

Es ist eine zarte Hoffnung, aber ich halte mich daran fest.

»Du willst kämpfen?«, frage ich sie. Sie hat die hölzernen Trainingsschwerter immer gehasst, die man ihr als Kind aufgezwungen hat, bevor man sie in die Tanzstunde schickte. Obwohl sie das auch nicht wirklich mochte, wie eigentlich gar nichts, was sie von der Bibliothek fernhielt.

Sie senkt den Blick. »Wahrscheinlich ist es dumm. Ich habe mit Vater gesprochen und gehofft, ich könnte helfen, aber er meinte, hier im Palast zu warten und den Männern etwas zu geben, was sie verteidigen können, wäre hilfreicher als jede Strategie, die ich anbieten könnte, und ich kann nicht einfach nur herumsitzen. Wenn ich mich verteidigen könnte, falls die Achaier die Mauern überwinden, würde ich vielleicht nicht länger bei jedem lauten Geräusch und jeder plötzlichen Bewegung zusammenfahren.«

Krëusa spielt mit dem Stoff ihres Kleides und verdreht ihn irgendwann so, dass er knittert. Mir wird klar, wie schrecklich diese letzten Wochen gewesen sein müssen. Die ganze Zeit an den Krieg zu denken und an ihre Brüder, die kämpfen ... Eigentlich klingt es nicht viel anders als meine Prophezeiungen.

»Du solltest alle trainieren«, schlage ich vor. »Krëusa ist sicher nicht die Einzige, die es beruhigen würde, wenn sie sich wehren könnte.«

Ist das auch einer der Gründe, warum ich selbst hergekommen bin? Die Hoffnung, dass meine Zukunft sich weniger beängstigend anfühlt, wenn ich glaube, eine Chance zu haben?

Helena kaut an einem Fingernagel. »Ich weiß nicht. Für die Hälfte der Männer auf diesem Schlachtfeld wäre ich keine Gegnerin. Ich weiß nicht, was ich euch beibringen soll, das nützlich wäre und nicht nur Zeitverschwendung.«

»Es wäre gut für die Moral«, beharre ich. Und ich glaube, auch Helena würde sich besser fühlen. Sie hat zwar eine sinnstiftende Aufgabe darin gefunden, mir bei den Prophezeiungen zu helfen, aber Kampfunterricht könnte ihr wirklich das Gefühl geben, zu Hause zu sein. Und das will ich – dass sie sich in Troja zu Hause fühlt. Das will ich wirklich.

Sie fixiert mich mit ihrem klugen Blick. »Glaubst du, es wäre gut für den Ausgang des Krieges?«

Nichts kann die entsetzliche Zukunft umformen, die uns erwartet.

Aber wären kleinere Korrekturen möglich? Vielleicht können wir die Geschehnisse nicht aufhalten, aber könnten wir sie verlangsamen? Könnten wir ein paar Leuten die Möglichkeit verschaffen, zu fliehen und mit dem Leben davonzukommen?

»Ich weiß es nicht«, sage ich ehrlich.

»Ich denke darüber nach«, sagt Helena. »Ich kann es mir gerade eben leisten, hier allein zu trainieren. Wenn ich allen Frauen im Palast Unterricht gebe, sind der König oder der Rat womöglich weniger nachsichtig.«

»Du planst ja kein komplettes spartanisches Ausbildungslager, oder?«, fragt Krëusa. »Ich habe gelesen, dass ihr alle nackt ringt. Dass man euch aussetzt und euch dazu anhält, zu stehlen, um zu überleben und ...«

»Ich dachte an einfaches Kampftraining«, sagt Helena und errötet.

»Fang doch einfach mit Krëusa an«, schlage ich vor. »Viel Spaß, ihr zwei, ich gehe rein.«

»Bist du sicher?«, fragt Helena schnell. »Wir können morgen anfangen, wenn du willst, dass ich ...«

»Es ist alles gut, ehrlich«, sage ich und sehe ihr in die Augen.

Weil ich auch Helena nicht in dem Gemetzel gesehen habe.

Vielleicht kann ich mein eigenes Schicksal nicht ändern, aber es gibt Hoffnung für alle anderen – und wenn ich jede Sekunde, die mir bleibt, versuche, sie zu retten, dann lohnt sich der Schmerz vielleicht, den ich dafür ertragen muss.

30

KASSANDRA

Nach dem **Schwertkampf mit Helena** bin ich widerlich verschwitzt und könnte sofort in ein heißes Bad sinken. Ich bin so auf meine schmerzenden Muskeln und die Aussicht auf warmes, linderndes Wasser konzentriert, dass ich meinen Bruder erst sehe, als ich fast mit ihm zusammenstoße.

Skamandrios' Lachen ist grausam und laut, ein übermütiger Klang, den ich in den letzten Monaten nicht oft in diesen Räumen gehört habe. Ich vergesse immer, wie wenig Angst Männer haben, Raum einzunehmen – mit Lärm, mit ihrem Körper, mit allem, was uns zur Seite drängt.

»Ich habe schon gehört, was für ein bedauernswertes Ding du jetzt bist, Kass, aber in so einem Zustand durch den Palast zu wandern geht doch ein bisschen zu weit. Die Haare! Das Kleid! Was ist mit der Schwester passiert, die ihr Zimmer nicht ohne ein Dutzend Juwelen verlassen konnte?«

Meine Erleichterung währt nur kurz und wird schon zu Wut, bevor er aufgehört hat zu lachen. »Skamandrios, ich hätte wissen sollen, dass du der Bruder bist, der sich als Erster aus dem Kampf zurückzieht. Was machst du hier?«

Das muss Helena gewesen sein – aber wie? Wie hat sie es angestellt? Und wird es ihn lange genug hier festhalten, damit er gerettet ist?

»Ich wurde vom Rat herbestellt. Ich habe nur noch den Göttern ein Trankopfer dargebracht, bevor ich mich dort melde.«

Wie hat sie das nur geschafft? Ich blicke an der Wirklichkeit vorbei zu den flimmernden Fäden. Die von Skamandrios haben sich irgendwie verändert. Ich greife danach, sichte im Geist die Fäden, die alle brennen, während ich sie durchgehe, bis zu ... ja, da ist er. Der gesponnene Faden der Prophezeiung – ich muss ihn nicht lesen, um zu sehen, dass er schon etwas ausfranst.

Es funktioniert. Beim Zeus, es funktioniert wirklich.

Helena ist ein Genie. Sie ist brillant. Sie ist so vieles, wofür man sie niemals rühmen wird. Aber *ich* werde es tun.

Jetzt wende ich mich mit einem verächtlichen Grinsen wieder meinem Bruder zu, weil ich weiß, dass ihn das aufregen wird – Skamandrios verschießt Kränkungen schneller als Pfeile, aber er kommt gar nicht gut damit klar, wenn er selbst das Ziel ist. »Weiß der Rat, worauf er sich da eingelassen hat?«

»Zufällig ja«, knurrt er. »Sicher haben sie die Gerüchte gehört, die man sich im Lager erzählt. Sie wollen mit dem neuen Seher der Stadt reden.«

Ich bin so verblüfft, dass ich kurz glaube, er meint mich und dass der Rat *meine* Meinung hören will.

Dann entdecke ich den grausamen Glanz in seinen Augen.

»Wir sind im Krieg! Jetzt ist nicht die Zeit, dir eine wichtige Stellung zu erschwindeln. Und du könntest wenigstens ein bisschen erfindungsreicher sein und nicht einfach ...«

»Deine Abmachung mit Apollon stehlen?«

Ich verstumme so schnell, dass meine Lippen zittern. Ich kann Skamandrios nicht vorwerfen, dass er schnaubend lacht – es muss ziemlich komisch aussehen, wie ich ins Schwimmen gerate.

Er öffnet eine Tür in der Nähe. »Lass uns das nicht im Gang besprechen, ja? Der Rat kann sicher ein bisschen warten.«

Wortlos folge ich ihm in den kleinen Raum – sicher das Arbeitszimmer eines Ratsmitglieds. Wir sollten nicht hier sein, aber ich lasse mich auf den groben Holzstuhl neben dem langen niedrigen Tisch fallen, auf dem Pergamente liegen und ein Tintenfässchen steht.

»Was hast du getan?«, frage ich, als Skamandrios sich mir gegenüber hinsetzt und das zufriedene Grinsen, das er bis jetzt unterdrücken konnte, nicht länger zurückzuhalten versucht.

»Apollon kämpft da unten mit uns. Wir haben ziemlich viel Zeit Seite an Seite verbracht. Und nach einer kurzen Unterhaltung habe ich in die Abmachung eingewilligt, die du nicht eingehalten hast.«

»Ich habe gar nichts nicht eingehalten – hat er das behauptet?«

»Ja, hat er.« Seine Mundwinkel zucken in selbstgefälliger Heiterkeit. »Und da er *unsere* Abmachung eingehalten hat, werde ich wohl ihm glauben.«

»Ja, ich fürchte, dass man mir nicht glaubt, gehört zu dem Fluch, mit dem er mich belegt hat. Es ist dir also egal, dass er mir das angetan hat?«

Beim Olymp, ich … ich kann niemandem erzählen, was mir passiert ist, und jetzt findet mein Bruder es selbst heraus und schlägt sich auf die Seite des Mannes, der daran schuld ist.

Und ich rette ihn auch noch, weil ich ihn liebe, auch wenn ich ihn nicht ausstehen kann und er so herablassend ist. So gehässig. Und mir das blutende Herz bricht.

»Jetzt sei nicht beleidigt, Kass. Ich bin hier. Ich sorge für die Prophezeiungen, dann musst du das nicht mehr.«

»Du hast also mit Apollon gevögelt für die Gabe der Prophezeiung?«

Er lacht, schüttelt den Kopf und seufzt. »Liebste Schwester.« Ich zucke zusammen, weil das Apollons Tonfall ist und mir nicht gefällt, was das bedeutet. »Hast du ihn mal angesehen? Ich hätte auch für nichts mit ihm gevögelt. Aber natürlich nehme ich die Gabe der Prophezeiung gern an.«

Das ist also Apollons Spielzug. Ich war so dumm zu glauben, er würde sich auf den Krieg konzentrieren – aber es war klar, dass er etwas Derartiges abzieht.

»Und was hast du gesehen? Kannst du helfen?«

Skamandrios zuckt die Achseln. »Es kommt langsam, aber stetig. Ich denke, das Wichtigste ist, dass Paris den Krieg nicht überleben wird. Also würde ich gern ein bisschen Zeit mit Helena verbringen, solange ich hier bin.«

Wenn es jemand anderes wäre, würde ich fragen, wie er das meint. Aber bei Skamandrios ist es ziemlich klar.

»Du bist widerlich.«

»Wenn Paris stirbt, geht sie an einen von uns. Ich kann mir nicht vorstellen, dass Deiphobos sie will, aber er ist älter, also wird man sie ihm zuerst anbieten. Aber wenn ich sie jetzt verführe, kann ich vielleicht vor ihm Ansprüche anmelden.«

»Sie ist keine Sache, die man erbt!«

Er zuckt die Achseln. »Wir führen Krieg wegen ihr – natürlich werden wir sie behalten müssen, wenn Paris stirbt.«

Sie behalten. Als wäre sie ein Haustier.

Ich stehe so abrupt auf, dass der Stuhl umkippt.

»Du bist ein Idiot, und Helena wird dich fertigmachen. Halt dich von ihr fern.«

»Beruhig dich, du verrückte ...«

Ich lache fast hysterisch. »Weißt du, ich bin es wirklich leid, dass mich alle verrückt nennen. Du weißt, dass Apollon mich verflucht hat. Du kannst dasselbe sehen wie ich. Wie lang wird es dauern, bis die Leute das auch mit dir machen?«

»Sie werden mich einen Seher nennen. Du dagegen bist eine irre

Hexe, die schon immer gedacht hat, dass sie etwas Besseres ist als alle anderen.«

»Nicht als alle anderen, nur als du«, sage ich, aber es ist nicht wahr. Ich habe mich für großartig gehalten. Im Rückblick war ich das vielleicht auch.

»Ich glaube gar nicht, dass sie anfangs *wirklich* dachten, du wärst verrückt. Ich glaube, sie wollten dich einfach scheitern sehen. Aber das ist vorbei. Jetzt warten sie nur noch auf eine Gelegenheit, dich wegzusperren. Und anders als du besitze ich genügend Selbstkontrolle, um die Weissagungen nicht jedes Mal herauszubrüllen, wenn es still im Raum wird.«

»Glaubst du, es ist mir neu, dass ›verrückt‹ als Vorwand dient, um Frauen kaltzustellen, die man nicht mag? Aber es gibt immer noch wichtige Menschen, die mich lieben, und ich versuche immer noch, diese Stadt zu retten, anstatt nur auf meinen eigenen Vorteil bedacht zu sein. Du dagegen? Erschleichst dir die Gaben von anderen und die Ehefrauen von anderen – was für ein widerlicher, verzweifelter Versuch, Macht zu erlangen.«

Macht hätte er so einfach haben können, durch Klugheit oder durch mutiges Handeln oder durch harte Arbeit. Mein ganzes Leben lang wollte ich ihn am liebsten schütteln, damit er endlich merkt, dass er ein Prinz ist – ein Mann aus einer Königsfamilie, dem die ganze Welt offensteht. Aber er war zu sehr damit beschäftigt, nach uns anderen zu schielen, um herauszufinden, was wir hatten und was ihm vorenthalten worden war.

Skamandrios steht ruhig auf, aber sein Auge zuckt.

»Ich weiß überhaupt nicht, warum ich meine Zeit mit dir verschwende. Apollon hat recht – es wird lustig, zuzusehen, wie du in dein Verderben rennst.«

31

HELENA

Inzwischen bin ich von den Weissagungen mehr besessen als Kassandra – auch wenn sich bei jedem Wort, das ich lese, alles in mir sträubt. In den freien Momenten, die ich bei den Kriegsanstrengungen und bei Besuchen beim Volk und gelegentlichen Besuchen von ausländischen Würdenträgern erübrigen kann, vertiefe ich mich in diese Seiten.

Auch jetzt lese ich eine, und ich bemerke erst, dass ich nicht allein bin, als Klymene mir über die Schulter guckt.

»Was ist das? Sind das Rätsel?«

»Äh, sozusagen.«

Sie nimmt mir das Blatt aus der Hand. »Ich wünschte, ich hätte es gar nicht gesehen. So ein ungelöstes Rätsel macht mich wahnsinnig. Ich kann erst schlafen, wenn ich es entschlüsselt habe.«

»Meine Cousine Penelope ist auch so«, sage ich, und plötzlich trifft mich eine so heftige Welle von Heimweh, dass ich fast zusammenklappe.

Aber Penelope ist mit Odysseus verheiratet und lebt jetzt in Ithaka.

Und meine Schwestern haben unser Heim schon vor langer Zeit verlassen.

Und Polydeukes und Kastor sind Sternbilder am Himmel.

Und Sparta ...

Es ist nicht Heimweh, es ist Trauer. Sehnsucht nach etwas, das es nicht gibt, nach etwas, das praktisch begraben wurde.

»Wie ist sie? Penelope?«, fragt Klymene. »Du erzählst nie von zu Hause.«

Weil man jedes Wort über Sparta als Verrat an Troja ansehen könnte.

Und Penelope ist ein besonders gefährliches Thema – ihr Mann ist einer der Könige auf dem Schlachtfeld und führt Armeen gegen uns an. Und wie ich Odysseus kenne, ist er wahrscheinlich auch ein führender Stratege.

Aber ich will reden – und sosehr ich den Austausch mit Kassandra auch liebe; wenn wir flüsternd im Schatten des Palasts darüber sprechen, macht es das noch heimlicher, als nötig wäre.

»Sie war der klügste Mensch, den ich je gekannt habe. Als die Männer kamen, die um meine Hand gewetteifert haben, gab es viele geheime Pläne, um mich zu gewinnen. Einmal haben wir eine Wachstafel mit einer verschlüsselten Nachricht abgefangen. Es waren merkwürdige Symbole in das Wachs geritzt, und mein Vater hat die Klügsten unter den Männern versammelt, die um mich gekämpft haben, damit sie sie entschlüsseln. Tagelang haben sie es erfolglos versucht – und dann kam Penelope und hat das Wachs einfach abgeschabt. Sie waren fuchsteufelswild, aber da war sie: die eigentliche Nachricht, die in das Holz darunter geritzt war. Odysseus hat sofort um ihre Hand angehalten.«

Und wenn ich wetten müsste, würde ich sagen, Penelope hat die Wachstafel genau deshalb selbst hergestellt – um den Mann zu beeindrucken, für den sie schwärmte, seit er angekommen war.

»Das ist echt sehr süß. Mein Mann hat sechs Mal um mich angehalten – ich hab ihn immer wieder abgewiesen. Natürlich war es nicht sehr hilfreich, dass wir beim ersten Mal sieben waren und er meinem Vater einen Krug mit schönen Muscheln angeboten hat, die er am

Strand gefunden hat.« Klymene berührt die Kette um ihren Hals, und erst jetzt sehe ich, dass das, was ich immer für Perlen gehalten habe, zerbrochene Muscheln sind. Ein größeres Stück Perlmutt hängt in der Mitte.

Sie lächelt, aber ihr Lächeln ist traurig und wehmütig – voller Angst um ihren Mann auf dem Schlachtfeld. Ich lächele auch – mitfühlend, aber mit meinem eigenen tiefen Kummer, der mehr ist als Neid, so als würde ich mir eine Tragödie ansehen, aber noch hoffen, dass sie diesmal anders ausgeht. Als könnte ich die Hoffnung nicht aufgeben, obwohl ich weiß, dass ich so eine Liebe nie erleben werde. Als würde meine Hoffnung nur beflügelt werden, damit die Enttäuschung umso tiefer fallen kann.

»Also.« Sie schluckt schwer und zieht das Pergament heran. »Lass mich mal versuchen, es zu verstehen.«

Minutenlang blickt sie unverwandt auf das Pergament und sieht nicht einmal auf, als Aithra kommt.

»Was macht ihr da?«, fragt sie.

»Wir lösen ein Rätsel.«

»Warum?«

Ich denke an Penelope.

»Ich glaube, es sind kodierte Nachrichten der Achaier. Aber wir können sie nicht entschlüsseln.«

Ich belüge meine Freundinnen nicht gern, aber ich kann Kassandras Geheimnisse nicht einfach weitersagen.

»Eine deiner Quellen, nehme ich an?«, sagt Aithra und schüttelt belustigt den Kopf. »Ich kann nicht glauben, dass du erst ein paar Monate hier bist und dass dir schon ein Netzwerk von Spionen zur Verfügung steht. Lass mich auch mal sehen.«

Klymene zeigt ihr das Pergament.

Aithra sieht es kaum an. »Aber das ist doch klar. Sieh mal, hier: ›Wenn Selene blinzelt‹ – das heißt, ›bei Neumond‹.«

»Ja, aber es ist dieser Teil, ›steigt Medea grimmig empor‹, der mich verwirrt«, sagt Klymene.

»Da steht nicht ›Medea‹, da steht ›Medeon‹. Das ist eine boiotische Festung. Da steht, die Boiotier werden beim nächsten Neumond das Lager überfallen. Was irgendwie Sinn ergibt – die Nacht wird dunkel sein, und sie können unsere Armee überraschen. Aber sie könnten niemals nah genug herankommen, also glaube ich nicht, dass deine Quelle recht hat.«

Klymene starrt Aithra an.

»Helena«, sagt sie und wendet den Blick nicht von Aithra. »Gib mir noch ein Rätsel. Ich lasse sie auf keinen Fall gewinnen.«

Aithras Augen leuchten auf. »Ach, ich liebe Herausforderungen. Ich nehme auch noch eins.«

Also verbringen wir den Abend damit, Weissagungen zu entschlüsseln, und sie überzeugen uns nicht einmal, wenn wir sie enträtselt haben, es ist ein ständiges Hin und Her zwischen der Aufregung, wenn wir sie endlich verstehen, und den Zweifeln, wenn der Fluch wirkt. Aber im Namen des Wettstreits kämpfen wir uns durch, und am nächsten Morgen bringe ich die Hinweise, die dabei herausgekommen sind, zu Herophile, die sich direkt zum Rat begibt, um sie zu übermitteln.

Atemlos erzähle ich Kassandra davon – und bin so begeistert, so glücklich, auch wenn ich nicht erwarte, dass sie es auch ist. Zu gut kenne ich meinen entschlossenen Optimismus und ihre Erschöpfung.

Aber sie legt mir die Arme um den Hals, und wir hüpfen auf und ab, und ich fasse sie um die Taille, hebe sie hoch und wirbele sie herum.

Ich will nicht mehr loslassen.

Nicht, als sie sich zurücklehnt und mich mit diesem Lächeln anblickt, das ich gern in Stein verewigen würde.

Und in diesem Moment werde ich grausam.

Ich bete zum Himmel, dass der Krieg nie endet.

32

HELENA

Klymene und Aithra bringen Freundinnen mit, und bald haben wir ein geheimes Netzwerk von zehn Frauen, die Kassandras Weissagungen entschlüsseln – oder besser gesagt, die Nachrichten, die meine angeblichen Kontakte von den Achaiern abfangen. Herophiles Ratschläge erweisen sich als so nützlich, dass der Rat sie jeden Tag zu sich ruft. Und obwohl Kassandra immer noch von Prophezeiungen überrascht wird, kann sie ihre Offenbarungen mit jedem Morgen, den sie im schattigen Hof an den Fäden zupft, besser lenken.

Es funktioniert, es muss einfach funktionieren. Gewiss, es gibt keine Berichte, dass wir gewinnen, aber wir hören auch seltener, dass wir verlieren, und im Moment fühlt sich das an wie ein Sieg.

Unter den Frauen, die sich durch die Prophezeiungen arbeiten, ist auch Krëusa – die erwähnt, dass sie die letzten paar Wochen mit mir trainiert hat, und jetzt verlangen alle Frauen lautstark, dass sie kämpfen lernen wollen. Ich protestiere, aber sie haben gegen alle meine Ausreden etwas einzuwenden: Wir können einen Tempel suchen, wo wir üben können, die Turnhallen aufschließen, in denen die Männer nicht mehr trainieren, und einfache Waffen benutzen. Am Ende fällt mir nichts mehr ein, was dagegenspricht – außer diesem einen sehr wichtigen Grund: *Es könnte die Männer wütend machen.* Aber das kommt uns jeden Tag weniger wichtig vor.

Wenn wir eine Zukunft weben, dann sieht sie vielleicht so aus – denn ich kann mir nicht vorstellen, dass alles zur Normalität zurückkehrt, wenn die Tore sich öffnen und die Achaier davonsegeln.

Am ersten Tag trainiere ich vierzehn Frauen. Am nächsten sind es sechsunddreißig. Dann einundachtzig.

Polyxena kommt mit einer der Dienerinnen – ich glaube Ligeia – und will es auch lernen. Ligeia sieht aus, als wollte sie sich entschuldigen, als hätte sie schon versucht, die achtjährige Prinzessin von derartigen Ideen abzubringen. Aber warum eigentlich? Spartaner ringen, und trojanische Jungen schwingen in demselben jungen Alter schon Holzschwerter.

»Suchen wir dir etwas, womit du kämpfen kannst«, sage ich, und sie gesellt sich zu den über hundert anderen, die sich versammelt haben und darauf warten, dass der Unterricht beginnt.

Es ist beglückend und sinnvoll und schrecklich, weil Kassandra nicht dabei ist.

Andromache scheint das auch zu finden – obwohl sie zuerst kein Interesse hatte, kämpfen zu lernen.

Dann ist ihre Stadt gefallen. Die Nachricht hat uns vor ein paar Tagen erreicht. Andromache hat mir erzählt, dass sie schon seit sie ein Kind war in Troja lebt, also weiß ich nicht, wie nah sie ihrer Familie in Thebe noch stand, aber sie hat sich tagelang in ihrem Zimmer eingeschlossen und nur Kassandra zu sich gelassen, bevor sie dann mit einem Speer in der Hand zum Unterricht gekommen ist.

»Wo in Troja hast du den denn gefunden?«, habe ich sie gefragt. Die meisten Frauen hatten Besenstiele und Webgewichte; die wenigen Glücklichen hatten hölzerne Übungsschwerter oder rostige, kaputte Waffen aus den Haufen, die in den Waffenkammern ausgemustert worden waren.

»Ich habe Hektor darum gebeten. Er hat ihn mir sofort gegeben, aber er hat verlangt, dass ich lerne, richtig damit umzugehen, und hat gemeint, dass meine Körperbeherrschung in Verbindung mit einer Waffe furchterregender sei als alle unsere Angreifer.«

Der Witz zündete nicht, und sie senkte den Blick, aber darin war eine stählerne Entschlossenheit. Ich konnte sehen, was Kassandra damit gemeint hat: Es würde Andromache beruhigen, wenn sie davon ausgehen könnte, dass sie, anders als ihre Familie, vielleicht eine Chance hätte, sollten die Achaier unsere Mauern überwinden, wie schon die ihrer Heimatstadt.

Jetzt ist sie mit Abstand meine beste Schülerin und erfasst Bewegungsabfolgen wie Tanzschritte. Eines Tages bleibt sie nach der Stunde da.

»Wir müssen etwas tun«, sagt sie. »Alle Frauen aus dem Palast sind hier, nur Kassandra nicht.«

»Mir wäre nichts lieber, als Kassandra dabeizuhaben. Aber sie will nicht. Es ist ihre Entscheidung.« Sie läuft immer noch morgens, sagt, es beruhigt ihre Gedanken. Aber sie hat jede Einladung, mit uns kämpfen zu lernen, abgelehnt.

»Wirklich? Es sind die Frauen aus dem Palast – die Hälfte von ihnen hat ziemlich klar gesagt, dass sie sie nicht in ihrer Nähe haben wollen. Ihre eigene Mutter hat sie gebeten, den Speisesaal zu verlassen. Ich glaube einfach nicht mehr, dass wir ihr die Entscheidung überlassen sollten. Alles andere muss ungeschehen gemacht werden, damit sie das Gefühl hat, willkommen zu sein.«

Sie hat nicht unrecht. Ein paar Tage später, als wir morgens die Fäden untersuchen – nicht mehr meine, sondern inzwischen die, die sich durch die Luft selbst ziehen und das Gewebe der Welt ausmachen –, räuspere ich mich.

»Also, ich weiß ja, dass du nicht lernen willst zu kämpfen«, fange ich zögernd an, zum Teil, weil ich so abgelenkt bin von ihrer Arbeit.

Sie bewegt flatternd die Finger vor sich, als würde sie die unsichtbaren Fäden entwirren.

Sie ist majestätisch – mit geschlossenen Augen greift sie nach etwas, das nur wenige jemals zu Gesicht bekommen. Solche unglaubliche Macht zu besitzen, diese Dinge ihrem Willen zu unterwerfen ... manchmal wirkt sie eher göttlich als sterblich.

Sie öffnet die Augen, und ich wende den Blick ab, als wollte ich nicht, dass sie weiß, dass ich sie angesehen habe.

»Ich habe gar nichts gegen das Kämpfen«, gibt sie zu. »Es ist der Unterricht – es ist zu laut und zu voll und, ach, egal. Es ist sinnvoller, wenn ich meine Zeit mit den Prophezeiungen verbringe.«

»Es ist deine Entscheidung«, sage ich. »Und wenn du es lernen willst, ohne am Unterricht teilzunehmen, bringe ich es dir gern bei. Aber wenn du mitmachen willst – ich war im Tempel von Demeter. Seit das Getreide für den Fall einer Belagerung woandershin gebracht wurde, haben sie Kissen und Sofas in den Lagerräumen – wenn du dich also ausruhen oder dich wegen der Weissagungen zurückziehen willst, gibt es einen Raum dafür. Und ich habe ein paar Vorhänge umgehängt; es gibt jetzt einen Bereich, wo Stimmen nicht so weit tragen und wo du etwas sagen kannst, ohne dir Sorgen zu machen, dass man dich hören könnte und dir nicht glaubt. Außerdem bin ich nicht besonders tolerant – wenn sich irgendwelche Frauen dir gegenüber scheiße verhalten, dann können sie woanders lernen, wie man mit einem Schwert umgeht. Dann können *die* gehen. Nicht *du*.«

»Du musst das alles nicht tun.«

»Was? Vorhänge aufhängen?«

»Ich ... In Ordnung. Ich versuche es.«

Kassandra sieht so verletzlich aus wie selten – ihre schmale Gestalt ist gebeugt, der Blick gesenkt, die Arme hat sie an den Körper gepresst.

»Sorry«, sage ich schnell. »Ich habe falsch angefangen – hör zu, du sollst nicht Ja sagen, weil du dich verpflichtet fühlst und denkst, dass es mir so viel Arbeit gemacht hat. Das war gar nicht so – und ich will nicht, dass du nur kommst, weil ... ich meine, nein ... Hör zu.«

Kassandra stößt ein tränenersticktes Lachen aus. »Beim Olymp, ich habe noch nie erlebt, dass dir die Worte fehlen. Ich dachte, dir geht immer alles leicht über die Zunge.«

»Wir reden hier nicht über mein Geschick im Bett!«

Kassandra errötet und ich sehe weg. Es ist unerträglich – immer deutlicher nehme ich Teile von ihr wahr, die ich festhalten möchte: ihr verhaltenes Lachen, ihr verlegenes Erröten, die ironisch hochgezogene Augenbraue, den genervten Klang meines Namens aus ihrem Mund ...

Ich schlucke schwer, als könnte ich auch diese Gefühle unterdrücken.

»Ich will nur sichergehen, dass du eine Wahl hast. Und Andromache hat mich darauf aufmerksam gemacht, dass du ohne diesen ganzen Aufwand vielleicht überhaupt keine hättest. Wenn dir noch etwas einfällt, das helfen würde, dann sag mir Bescheid – und wenn du trotzdem nicht willst, ist das wirklich auch in Ordnung.«

Sie nickt, aber sie sieht mich nicht an. »Es würde wohl bedeuten, dass ich noch mehr Zeit mit dir verbringe, aber damit komm ich schon klar.«

Da ist etwas an der Art, wie sie es sagt, dass ich mich frage, ob das vielleicht der eigentliche Grund ist, warum sie Ja sagt.

Und da ist wieder dasselbe Gefühl, wie als Klymene mir ihre Muschelkette gezeigt hat: lang unterdrückte Hoffnung, die an die Oberfläche steigt und nur darauf wartet, am Ufer zerschmettert zu werden.

Kassandra besteht darauf, nach dem Training den »langen Weg« zurück zu nehmen, und führt uns oft auf stundenlangen Umwegen durch die Stadt. Das ist wunderschön, aber es ist nichts verglichen mit ihrer Freude daran, mir alles zu zeigen.

Einmal führt sie mich in einen Obstgarten am Rand der Akropolis, wo der gepflasterte Boden auf den natürlichen Felsen trifft und wo am Übergang Gras wächst. Der Garten ist klein, eher nur symbolisch. Aber ich lasse mich nicht davon abbringen, auf den höchsten Baum zu klettern, um die saftigsten Feigen zu pflücken, bringe einen Armvoll mit hinunter und wische mir die schmutzigen Hände am Kleid ab. Als wir uns unter den Baum setzen, drehe ich mich zu Kassandra um. Saft klebt an ihren Lippen.

Es ist unglaublich verwirrend.

Eine Sekunde lang, einen kurzen Moment nur stelle ich mir vor, wie es wäre, die Lippen auf ihre zu legen und sie zu schmecken, berauschend und süß, von den Bäumen geschützt vor neugierigen Blicken. Ein perfektes Geheimnis.

Aber ich schüttele mich. Im Kopf tue ich Kassandra an einen Platz, wo sie nicht hingehört – nicht hingehören *kann*.

Niemand kann das. Nicht solange die Liebe zwischen Paris und mir die Kämpfe vor unseren Mauern befeuert.

»Was müssen wir als Nächstes tun?«, fragt Kassandra. »Um etwas zu verändern?«

»Das hängt wohl davon ab, was du gesehen hast.«

Sie nickt. »Da ist etwas – aber eher etwas, das ich nicht sehen kann. Krëusas Fäden sind so verknotet, dass ich die Enden nicht finde, um sie zu entwirren.«

»Und das heißt ...«

»Wahrscheinlich nichts. Aber ich glaube, es heißt, dass sie wichtig ist – und ich denke, wir müssten den Rat dazu bringen, sie anzuhören.«

»Es wäre leichter, meinen Vater davon zu überzeugen, treu zu sein. Aber vielleicht können wir ihren Rat genauso weitergeben wie deine Weissagungen?«

»Einen Versuch ist es wert.«

Das war immer die wahre Tragödie von Kassandras Fluch: Sie hätte sich abgemüht, damit die Männer ihr trotzdem zuhören – aber die hätten der Wahrheit in Kassandras Worten niemals mehr Bedeutung beigemessen als ihrem Stolz und ihrer Prahlerei.

Vielleicht liegt auf jeder Frau dieser Stadt ein Teil dieses Fluchs: Immer müssen wir kämpfen, damit man uns glaubt, damit wir zählen, damit man uns zuhört.

Und vielleicht werden wir zusammen ein bisschen lauter.

33

KASSANDRA

»Guten Abend, kleine Priesterin.«

Apollons Stimme durchbricht meine Ruhe heftig und brutal wie ein Donnerschlag.

Ich hätte wissen müssen, dass etwas nicht stimmt. Seit Beginn des Krieges waren meine Träume jede Nacht voll klirrender Gewalt und blutigen Leichen. Und jetzt sitze ich am Strand, blicke aufs Meer, und kein Schiff ist in Sicht.

»Kriege ich jetzt Hausbesuche?« Ich drehe mich nicht zu ihm um. Ich lasse durch nichts erkennen, dass er irgendwie wichtig ist. Aber ich spüre, dass mein Körper aufwachen will.

»Es ist ein Traum, Liebes.«

»Ja, das erkennt man daran, dass kein Krieg ist.« In meinen Visionen ist der Strand voll mit achaiischen Zelten; Lagerfeuer wechseln sich ab mit Feuern, in denen sie Leichen verbrennen, und von dem widerlichen, erstickenden Rauch dreht sich einem der Magen um. Ich stehe auf und drehe mich zu ihm um. »Traumbesuche. Soll ich mich geehrt fühlen, dass du *mich* auserwählt hast und nicht die Nymphe, der du gerade hinterherläufst?«

»Ja, Liebste, das solltest du. In den Lagern bist du *das* Gesprächsthema – die verrückte Prinzessin, die in Ungnade gefallene Priesterin.

Du solltest mal hören, was sie mit dir anstellen wollen. Ich muss zugeben, dass es mich fast eifersüchtig macht, deinen Namen auf ihren unwürdigen Lippen zu hören.«

Ich weiß, dass er mich reizen will, mich anwidern – er tut alles nur, um eine Reaktion in mir hervorzurufen, und weil es ihm Spaß macht, mich zu verletzen.

Aber das ändert nichts daran, dass es funktioniert – ich bin so voller Abscheu, dass man mich sogar überzeugen könnte, meine Bemühungen einzustellen, diese abstoßenden Männer zu retten.

Ich kann nur verbergen, dass er zu mir durchdringt, weil meine Wut durch Erleichterung gedämpft wird.

Er ist hier, um mich zu ärgern, nicht um mir wehzutun. Also will er mich nicht dafür bestrafen, dass ich versuche, durch die Prophezeiung zu manövrieren, obwohl er sich solche Mühe gibt, mich daraus auszuschließen. Vielleicht weiß er es nicht einmal.

»Fühlst du dich einsam, Apollon? Bist du deshalb hier? Der größte Teil deiner Familie ist gegen dich in diesem Krieg. Kannst du nur noch einer ehemaligen Priesterin vertrauen?«

Er lacht, aber dem Funkeln in seinen Augen nach zu schließen liege ich nicht weit daneben. »Du bist keine ehemalige Priesterin.«

»Das Amt wurde mir entzogen.«

Er sieht mich missbilligend an und macht eine wegwerfende Handbewegung. »Oh bitte, diese Leute sprechen nicht für mich, auch wenn sie es behaupten. Du hast dich nicht dem Tempel geweiht, sondern mir.« Er tritt auf mich zu, und ich mache instinktiv einen Schritt rückwärts und hasse mich dafür, als er über mein Zurückweichen lächelt. »Es braucht mehr als eine zerbrochene Statue, damit du von deinem Gelübde entbunden wirst. Du gehörst mir, Kassandra.«

»Ich habe kein Interesse an den abgelegten Liebhabern meines Bruders.«

Er lacht sich kaputt. »Fast hätte ich Lust, dich auf den Olymp und vor einen Altar zu schleifen, um dich für immer zu der Meinen zu machen.«

»Zuerst versuchst du mich zum Sex zu nötigen, und jetzt tauchst du in meinen Träumen auf und drohst mit Ehe und einem Platz auf dem Olymp. Was kommt als Nächstes? Oder hast du keine Karten mehr auf der Hand?«

»Sag mir nicht, dass du diese Anziehung zwischen uns nicht spürst – dieses Feuer, das wir im anderen entfachen. Du bist nicht nur irgendeine – wie sagtest du noch gleich – *Nymphe, der ich hinterherlaufe*. Du kreist in meinem Kopf. Du schürst eine Wut in mir, wie ich sie noch nie empfunden habe. Was kann das anderes sein als Liebeswahn?«

Hat die Zeit auf dem Schlachtfeld das mit ihm gemacht? Sein Verlangen, mich zu besitzen, gilt nicht mehr nur meinem Körper, sondern auch meinem Geist und meinem Herzen? Als wäre seine Eroberung erst komplett, wenn *ich* die Sonne bin, die er über seinen Himmel zieht, gefangen in seiner Umlaufbahn.

»Ich habe nur Gefühle für Frauen«, sage ich so nüchtern, wie ich kann, als würde ich mich nicht gerade vor meinem Feind outen.

»Ich bin kein Sterblicher, Kassandra. Ich bin ein Gott. Ich bin die Ausnahme. Ich kann dich in die Himmel selbst erheben.«

»Na gut, Apollon«, sage ich. »Sagen wir, ich verzeihe dir, ich akzeptiere den Fluch und bitte nicht darum, dass du ihn aufhebst, du schleifst mich auf den Olymp, gibst mir die Oberaufsicht über die Prophezeiungen und machst mich für immer zur Göttin des Orakels. Und ich liebe dich auf die einzige Art, die mir möglich ist: in leidenschaftlicher platonischer Anbetung. Wärst du dann glücklich?«

»Ich will deine Freundschaft nicht.«

»Dann liebst du mich auch nicht.«

»Wenn ich dich nicht lieben würde, würde ich nicht jedes Mal so wütend werden, wenn die Männer im Lager deinen Namen sagen. Wenn ich daran denke, dass sie sich dich auf eine Weise vorstellen, wie nur ich es darf! Ich war noch nie so wütend.«

»Liebe wird nicht durch Eifersucht bewiesen, Liebe wird durch sie verdorben.«

Er grinst schief. »Poetische Worte – und ich bin der Gott der Dichtung! Da sag noch einer, dass wir nicht zusammengehören.«

»Nach dieser Logik kannst du mit allen Dichterinnen und Dichtern in Anatolien schlafen.«

»Das habe ich, und das werde ich auch«, sagt er abfällig. »Aber du bist mehr als das.« Er streckt die Hand aus, um mir die Haare aus dem Gesicht zu streichen, und ich weiche zurück.

»Kann ich jetzt vielleicht die Visionen voller Schrecken und Blut zurückhaben?«

Er hebt eine Augenbraue – immer noch keine Wut, so als wäre das einfach die nächste Phase des Liebeswerbens. Als könnte er mich mürbe machen. »Na gut.«

Mit einer Handbewegung schleudert er mich in eine Vision.

Meine jüngste Schwester Polyxena, jetzt etwa in meinem Alter, beruhigt unsere panische Mutter. Einen der Achaier habe ich oft genug in meinen Visionen gesehen, um zu wissen, dass er Odysseus heißt. Er sagt meiner Mutter, sie soll kein Theater machen, es sei klüger, das Schicksal anzunehmen.

Sie schneiden Polyxena auf Achilles' Grab die Kehle durch und erklären, dass ihr Geist ihm im Nachleben dienen wird. Selbst die Toten kriegen ihren Anteil an der Beute aus Troja.

Völlig desorientiert schrecke ich aus dem Schlaf – erwarte die stille, ruhige Nacht und sehe die helle Mittagssonne. Aber natürlich würde Apollon mich nicht besuchen, wenn die Sonne nicht ihren Höchststand erreicht hätte.

Ich denke an die goldenen Fäden, die durch Krëusa verlaufen. Vielleicht kann sie uns in eine Zukunft führen, in der Polyxena überlebt. Vielleicht muss ich nicht alles selbst lösen, nur die Leute benennen, die es vielleicht besser können.

Normalerweise ist es leicht, Krëusa zu finden, und sobald ich den Fuß in die Bibliothek setze, sehe ich ihre Sachen, ihre Schriftrollen und Schreibrohre, auf einem Tisch. Sie muss irgendwo zwischen den Regalen sein, also wandere ich herum, bis ich ihre Stimme höre.

»… totaler Idiot, das kannst du nicht ernst meinen, ich dachte, du wärst klüger als …«

Sie entdeckt mich und läuft tiefrot an.

Aeneas lehnt an einem Regal und grinst über ihre Tirade. Er trägt den Arm in einer Schlinge, die seinen Chiton etwas hinunterzieht, die dunkelbraune Haut an seiner Schulter ist gezeichnet von roten Striemen, wundgescheuert von seiner eigenen Rüstung.

»Kann ich dir helfen?«, frage ich. Ich habe keine Ahnung, womit er das verdient hat, aber ich balle die Fäuste und weiß, es muss etwas Schlimmes sein, wenn Krëusa ihn so anschreit – vor allem an einem Ort, der ihr so heilig ist wie die Bibliothek.

»Nein, nein, schon gut«, sagt Krëusa. »Wir sind fertig.«

»Dann bis später«, sagt Aeneas trocken, aber immer noch mit diesem dämlichen Grinsen im Gesicht. »War mir wie immer ein Vergnügen.«

»Ach, fahr zur Hölle.«

Er lacht leise, als er geht.

Krëusa wendet sich wieder den Büchern zu, und ich habe das Gefühl, dass sie mich nur nicht ansehen will. Sie ist immer noch rot im Gesicht, ihre Hände sind verkrampft.

»Also«, fange ich an.

»Oh, Götter«, stöhnt sie.

»Willst du mir sagen, worum es da ging? Was hat er getan?«

»Er ist verletzt«, sagt sie leise.

Ich bin kurz verwirrt, dann verstehe ich.

»Oh.«

»Ja.«

»Das heißt also ...«

»Ja, Kassandra«, schimpft sie, eindeutig wütend auf sich selbst, nicht auf mich. »Mir ist absolut bewusst, was das heißt.«

»Okay, also, äh, ich bin da, wenn du darüber reden willst.«

»Als würdest du das verstehen. Was weißt du schon von Liebe?«

Ich zucke zusammen.

»So hab ich das nicht gemeint«, sagt sie und seufzt frustriert. »Aber du hattest noch nie eine Beziehung. Hast du überhaupt schon mal jemanden gerngehabt?«

Andromache – aber jetzt habe ich meine Zweifel. Was ich von ihr wollte – Zeit zusammen verbringen, sanfte Berührungen, sehnsüchtige Blicke in einem Ballsaal –, mir ist klar, dass in dieser Gleichung etwas fehlt.

Ein hübsches Gesicht zieht mich an wie ein Kunstwerk – ich will es ansehen, bewundern, verehren, es nicht durch eine Berührung kaputt machen. Und wenn ich an Berührungen denke ... Ich frage mich einfach, warum. Da ist kein Widerwillen, kein Verlangen, einfach nur ein merkwürdiges Erstaunen.

Wie damals, als im Tempel gepredigt wurde, dass wir unsere Jungfräulichkeit bewahren sollten, und ich nie verstanden habe, warum ständig über etwas geredet wurde, was so leicht zu sein schien – fast als könnten wir stolpern und auf einem Phallus landen, wenn wir nicht ständig aufpassen würden. Auch enthaltsame Beziehungen waren verboten, als wäre es naiv zu glauben, dass sie überhaupt möglich sind. Jeder schien zu glauben, sobald wir mit dem Objekt unserer Zuneigung allein wären, würden wir vom Zauber ihrer Geschlechtsteile überwältigt. Wir würden uns in wilde Bestien verwandeln, uns die

Kleider vom Leib reißen und erst benommen aufwachen, wenn alles vorbei wäre.

Wie kann ich jemandem einen Rat geben, wenn ich nicht einmal weiß, ob das, was ich gefühlt habe, dasselbe ist wie das, was die anderen meinen, wenn sie von Liebe reden?

»Du liebst ihn also«, sage ich, anstatt zu antworten.

Sie sackt in sich zusammen, verwelkt wie ein Herbstblatt, das sich einrollt, wenn es fällt.

»Im Krieg hat Liebe keinen Platz«, flüstert sie und hält sich an einem Regal fest, als könne sie sich sonst nicht aufrecht halten.

Liebe hat diesen Krieg verursacht. Das werden wenigstens die Geschichten sagen.

»Liebe ist das Einzige, was den Krieg erträglich macht.«

Zumindest ist es das Einzige, was mich zusammenhält – das Einzige, was ich noch habe, wofür es sich zu kämpfen lohnt. Wenn es in meinem Leben keine Menschen gäbe, die ich lieben würde, was sollte das alles dann?

Krëusa nickt langsam, mehr zu sich selbst.

»Verdammt«, flüstert sie. »Was wolltest du überhaupt?«

Ich weiß nicht, ob ich sie so schnell das Thema wechseln lassen soll, aber wahrscheinlich braucht sie ein bisschen Zeit nach der Erkenntnis, dass sie den Jungen liebt, von dem wir anderen schon seit vier Jahren sagen, sie würde ihn lieben.

Also komme ich zum Punkt. »Vielleicht haben wir eine Möglichkeit, den Rat dazu zu bewegen, uns anzuhören, allerdings über sehr undurchsichtige geheime Kanäle. Ich wollte wissen, was du ihnen raten würdest.«

Sie wird sofort munter. »Verbündete – unser Hauptproblem ist, dass unsere Verbündeten sich nicht genug für uns einsetzen. Die Achaier haben fast ganz Griechenland auf ihrer Seite. Wir müssen einen größeren Teil von Anatolien bitten, uns zu Hilfe zu kommen.«

»Sie haben es versucht ...«

»Ich weiß. Aber wie wäre es, wenn wir die Amazonen überreden könnten, auf unserer Seite zu kämpfen? Sobald die Männer erfahren, dass eine Elite von Kriegerfrauen in die Schlacht zieht, werden sie nicht als Feiglinge dastehen wollen, die nicht gekämpft haben. Wir könnten sogar Verbündete von weiter weg gewinnen – Thrakien, Paionien, vielleicht sogar Äthiopien. Nur wenige werden darauf verzichten wollen, in einem so legendären Krieg Ruhm zu erlangen.«

»Und wie kriegen wir die Amazonen?«

»Die Männer stellen den Krieg so dar, als ginge es darum, machomäßig darum zu kämpfen, wer das Recht auf Helena hat. Das wird den Amazonen eher nicht gefallen – aber vielleicht würden sie eine Frau verteidigen, die beschlossen hat, ihren Mann zu verlassen. Ein Mann zettelt einen Krieg an, weil eine Frau ihre eigenen Entscheidungen trifft? Hoffentlich kommen sie in Scharen.«

»Du bist ein Genie. Wenn du mich jetzt entschuldigen würdest, ich muss eine Weile den Kopf gegen die Wand schlagen. Wenigstens bis ich Aeneas' Namen vergesse.«

Helena erwischt mich, als ich die Bibliothek verlasse, und ich schwöre, so wie sie um die Ecke biegt, wie sie strahlt, das aufgeregte Lächeln im Gesicht, und wie sie fröhlich meinen Namen ruft, macht mir das Atmen schwer.

Es ist, als würde ich erst jetzt begreifen, dass unsere Freundschaft kein Geheimnis mehr ist.

»Draußen?«, schlage ich vor.

Wir gehen in das schattige Eckchen bei Hestias Schrein, und ich klettere auf das eine Fenstersims, sie auf das andere. Ich erkläre ihr Krëusas Plan mit solchem Feuereifer – ich bin überrascht, dass die Worte überhaupt verständlich sind.

»Das ist so einfach«, sagt sie genauso begeistert, und die Aufregung ist wie eine Strömung zwischen uns, stark und unaufhaltsam. »Wir brauchen gar nicht den Rat, um die Amazonen zu kontaktieren – ich sollte besser selbst ein Schreiben aufsetzen.«

»Hast du eine Möglichkeit, es aus der Stadt zu bekommen?«

»Nein, aber ...«

»Aber?«

»Du hast eine, oder? Du hast diesen Brief an Menelaos geschickt.«

Die Luft kühlt sich ab und hinterlässt eine abgrundtiefe Leere.

»Es tut mir so leid.«

»Ich weiß.«

»Wirklich, ich ...«

»Kassandra, bitte. Ich habe dir das längst verziehen. Außerdem dachte ich damals, du wolltest mich nur aus einem schäbigen, unwichtigen Grund aus der Stadt vertreiben. Aber du wolltest einen Krieg verhindern. Ich hätte vielleicht sogar dasselbe getan.«

Ich sehe ihr in die Augen, aber das ist viel zu intensiv, und ich wende den Blick ab und konzentriere mich stattdessen auf die schimmernden Fäden, die zwischen uns gespannt sind. Es sind jetzt so viele, und nicht ein einziger hat mir erlaubt, die Zukunft zu lesen, die sie weben. Aber einer von ihnen glüht jetzt, und ich spüre es auf meiner Haut, in meinen Adern – so sehr berührt es mich. Nicht nur Vergebung, sondern Verständnis.

Manchmal sehe ich mich noch als die perfekte, strahlende Prinzessin – und wenn ich mit meiner neuen Wirklichkeit fertig werden muss, fühle ich mich verloren. Ich habe so schreckliche Dinge getan. Ich weiß nicht einmal mehr, wer ich bin. Aber Helena sieht mich klarer als ich mich selbst.

Sie gibt mir das Gefühl, aufgehoben zu sein. Als hätte ich mich nie wirklich verloren.

Es dauert einen Moment, bis ich merke, dass sie auf eine Antwort wartet. »Es gibt einen Schiffskapitän, der Bestechungsgeld annimmt, aber er wurde wahrscheinlich in die Armee eingezogen.«

»Seeleute sind nützlich – besonders wenn man sich Verbündete sichern will. Manche arbeiten bestimmt noch für den Rat. Gib mir seinen Namen und ich finde ihn.«

»Perfekt.«

»Und hast du ... ich meine, hast du gesehen, ob sich irgendetwas verändert hat? Das muss doch der Fall sein – dass wir die Weissagungen weitergeben und die Frauen trainieren, muss doch ...?«

Sie verstummt, als ich nicht antworte.

Ich kann die Prophezeiung vielleicht etwas besser kontrollieren, aber sie ist immer noch überwältigend. Und ich bin immer noch erschöpft von ihren Versuchen, mich zu ersticken. Aber was ich mit penetranter Regelmäßigkeit sehe, ist eine brennende Stadt.

»Das heißt also, Nein.«

»Es heißt, *Noch nicht*. Komm, lass jetzt nicht mich die Optimistin sein – das ist dein Part.«

»Vielleicht färbe ich ein bisschen auf dich ab«, neckt sie mich. »Nur schade, dass es nicht mit Spaß verbunden ist.«

»*Helena!*«

Sie lacht, und ich kann nicht wegsehen, ihr Lächeln ist wie ein Leuchtfeuer, das mich gefangen nimmt. Wenn sie nicht in der Sonne ist, verwandelt sich ihr Haar von blendendem Gold in Bronze, glänzt wie ein Monument für die Götter. Ihre blauen Augen bekommen einen grauen Schimmer, aber die Farbe ist nicht mehr das Faszinierendste an ihnen, und dann keuche ich, als eine Vision mich überkommt.

Wir sitzen auf dem Dach des Palasts und blicken über die Stadt, und sie lächelt, umrahmt vom Sonnenuntergang, und gähnt, und ihre Augen schließen sich. Sie seufzt zufrieden, legt den Kopf auf meine Schulter, und obwohl es eine Vision ist, spüre ich sein Gewicht.

»Vielleicht sollten wir einfach für immer hierbleiben.«
Und dann bin ich wieder in der Gegenwart und Helena lacht.
»Es ist ein bisschen zu dreckig, um für immer zu bleiben«, sagt sie und hält einen schmutzigen Finger hoch.
»Sorry – Vision«, sage ich und suche nach Worten.
»Ja, ich weiß. Es klang nicht …«
»Es war schön.« Ich bin mir nicht sicher, ob ich vorher schon einmal etwas Schönes hatte.
»Worum ging es?«
Ich schüttele den Kopf.
Die will ich eine Weile für mich behalten.

34

KASSANDRA

Ich stürze zu Boden, die Sandkörner bohren sich in meine Haut, die Anspannung löst sich jäh aus meinem Körper. Die Vision war brutal – Achaier plünderten die Stadt, und ich war im Körper eines Mannes gefangen, der seine Familie in ihrem kleinen Haus versteckte. Die Achaier haben mich – *ihn* – gefunden, verprügelt und aus dem Haus geschleift, haben ihm die Kehle durchgeschnitten, während er zusehen musste, wie das Gebäude Feuer fing.

»Wir verlieren den Krieg«, sagt Apollon, und seine Stimme klingt fast beruhigend bei dem chaotischen Lärm in meinem Kopf. Ich kann nichts dagegen tun, dass ich sie inzwischen fast als Stütze empfinde. Er ist so oft in meine Träume eingedrungen, um mit Seuchen zu prahlen, die er den Achaiern schickt, oder mit seinem Geschick im Kampf oder, was mich am meisten beunruhigt, einfach um zu reden. Aber einzig seine Besuche reißen mich aus den schlimmsten Visionen, die mich im Schlaf heimsuchen. Apollon beendet die Gewalt für eine kurze Weile. Was bedeutet, dass ich es zwar eigentlich nicht will, aber dass ich seine Besuche herbeisehne, damit sich alles beruhigt.

»Ja«, sage ich, stehe auf und wische mir den Sand von den Knien. »Du hast es gesehen?«

Ich nicke knapp. Er ist der Letzte, mit dem ich darüber reden will.

»Es ist vom Schicksal bestimmt«, sagt er und kickt einen Stein über den Strand. Er starrt das Meer an, als hätte es ihm persönlich unrecht getan. »Manche Stränge des Schicksals sind beweglicher als andere, manche können leichter durchgeschnitten werden. Dieser könnte genauso gut aus Eisen sein.«

»Eisen kann verformt werden.«

»Sag mir nicht, dass du noch Hoffnung hast.« Er dreht sich um, und das Mondlicht legt einen Schimmer auf sein Gesicht, das seine übliche Härte mildert. Er sieht jünger aus. Und verzweifelt.

Ich will ihm keine Munition geben, aber ich will wissen, was er weiß.

»Ja. Ich bin nur eine Sterbliche. Wir können immer nur hoffen, wenn die Götter Krieg fordern.«

»Fast alle Götter haben sich auf die Seite der Achaier geschlagen, aber für sie ist es nur Unterhaltung. Für die auf unserer Seite ist es das allerdings auch nur: für Ares, Aphrodite, Artemis, wenn die sich denn mal blicken lässt.« Wütend geht er auf und ab und starrt aufs Meer.

»Schockiert es dich«, frage ich, »wenn du daran denkst, dass wir bei dieser Sache auf derselben Seite stehen?«

Er blickt mich eindringlich an, aber nicht mit seiner üblichen Freude. »Ich betrachte dich nicht als Feindin, Kassandra, das habe ich nie.«

Nein, nur als etwas, das erobert werden muss.

»Trotzdem frustrierend, oder? Wenn Leute ein Spiel aus etwas machen, das dir so viel bedeutet.«

Er starrt weiter aufs Meer.

»Erzähl mir von den Prophezeiungen«, schlage ich vor, als ich begreife, was Helena tun würde, wenn sie jedes Mal, sobald sie die Augen schließt, einem Gott begegnet. Sie hätte ihm von Anfang an Antworten entlockt. »Wie werden sie festgelegt?«

Apollons Verzweiflung wandelt sich. »Dieses Wissen steht dir nicht zu.«

Zuerst bringe ich nichts weiter heraus – aber dann fällt mir ein, wie gern Helena diese Worte sagen würde, und sie kommen mir leichter über die Lippen.

»Was sollte ich denn anstellen mit der Information? Falls du dein Leid jetzt jede Nacht mit mir teilen willst, könnte ich dir helfen, wenn ich alles besser verstehe.«

»Die Moiren messen und durchtrennen die ersten Fäden«, sagt er und blickt zum Horizont, als müsste er sich nicht eingestehen, was er sagt oder zu wem, solange er mich nicht ansieht. »Dann fransen sie aus, kleinere Fäden lösen sich bei jeder Entscheidung, bei jeder Berührung von Tyche, der Göttin des Glücks, die kleine Flicken webt, wann immer sie es für richtig hält. Dann treffen verschiedene Fäden aufeinander, Menschen begegnen einander, und ihre Fäden verknoten sich, verknoten sich weiter und verweben sich, und es webt sich ein Bild, flüchtige Blicke auf das, was man Prophezeiung nennen könnte.«

»Dann ist so ein unvermeidlicher Strang wie Trojas Untergang nur Zufall?«

Er sieht mich an. »Es ist die kollektive Arbeit von Dutzenden Göttern: den Moiren, Tyche, Eros, Ananke, Eris und so weiter – da ist durchaus auch menschlicher Wille, ja, aber wie viele Götter nehmen Einfluss darauf, legen Liebe und Hass in ihre Herzen? Und über allem, kleine Prinzessin, über allem in dieser verfluchten Welt: Zeus.«

»Zeus?«, wiederhole ich erschrocken, weil er plötzlich so gereizt klingt.

»Ja. Er liebt Troja, aber mehr noch liebt er Macht. Er wird Schmerz und Leid bringen und euch alle daran erinnern, wie durch und durch sterblich ihr seid. Er spielt auf beiden Seiten mit, treibt das Sterben auf dem Schlachtfeld voran, so gut es geht, aber das Endergebnis, auf das er uns alle zumarschieren lässt ...« Er verstummt und schluckt die

Worte hinunter, und als er weiterredet, klingt er fast bösartig. »Ich habe nie um die Macht der Prophezeiung gebeten, wusstest du das? Ich habe erklärt, dass ich Zeus' Willen für die Menschheit lesen würde. Und diese starren, unnachgiebigen Fäden? Dabei arbeiten ein Dutzend Göttinnen und Götter zusammen, um *seinen* Willen zu zementieren – die Waagschalen des Schicksals richten sich nach seinem Ermessen aus. Und wenn ich die gewebten Fäden betrachte und etwas so Unabänderliches sehe und wenn es auch noch *meine* Stadt ist, die untergeht – wie willst du den Kummer darüber lindern, dass mein eigener Vater gegen mich arbeitet?«

Ich schweige. Er ist nicht wütend, aber etwas, das dem nahekommt – eine Empörung, die jeden Moment Funken sprühen kann –, und ich will nicht ins Kreuzfeuer geraten.

»Leb wohl, kleine Priesterin.«

Am Morgen suche ich Helena an den üblichen Orten – in dem Hof, wo sie trainiert, an den ruhigen Plätzen, an denen wir uns verstecken, und im Gynaikeion. Dort finde ich nicht Helena, sondern Andromache, und als sie mich entdeckt, lässt sie die Leinenfäden los, mit denen sie gewebt hat, und läuft zu mir.

»Suchst du Helena?«, fragt sie und begrüßt mich nicht einmal, und da ist ein Grinsen in ihrem Gesicht, das mir nicht besonders gefällt.

»Ja«, sage ich vorsichtig, aber mein Magen zieht sich zusammen, als wüsste er genau, wo das hinführt – was bedeutet, dass ich womöglich selbst etwas weiß, das ich mir noch nicht eingestehen will.

»Du verbringst viel Zeit mit ihr. Und du hast sie ziemlich lange gehasst, deshalb muss ich das fragen.«

Oh, Götter, genauso haben wir Krëusa immer geärgert, und ich ... aber so ist es nicht. Es könnte sein. Aber ich bin mir nicht sicher – beim Olymp, ich bin mir nicht sicher, und dachte, ich hätte mehr Zeit, es selbst zu verstehen, bevor ich etwas darüber sagen muss.

»Bitte, tu das nicht«, sage ich, aber durch den jammernden Tonfall ist klar, dass ich mich schon mit dem abgefunden habe, was sie gleich sagen wird.

»Komm schon, Kass, das ist so aufregend – bitte sei keine Spielverderberin. Ich habe es noch nie erlebt, dass du jemanden gut findest, und es ist ehrlich gesagt ziemlich witzig. Du bist so daran gewöhnt, zu bekommen, was du willst, dass du gar nicht weißt, wie du damit umgehen sollst ...«

»Mit meiner Freundin, die mit meinem Bruder verheiratet ist?«

Das Problem ist, dass ich unsicher bin, was ich wirklich fühle, weil ich mir ständig einrede, in jemanden verliebt zu sein. Es ist praktisch ein Hobby von mir, und ganz bestimmt eine Sucht. Ich liebe es, mich nach jemandem zu sehnen, über sie nachzugrübeln. Briseis, Andromache – Götter, ganz selten sogar Herophile. Schöne Mädchen, die ich anhimmln, bei denen ich mich fragen kann, ob es eines Tages in irgendeinem verworrenen Strang der Zukunft vielleicht Raum für uns gibt, um ... ich weiß nicht einmal, wofür genau. Und genau das ist das Problem: Ich bin nie über diesen Anfang hinausgekommen, meine Fantasien enden mit bebenden Liebesgeständnissen und fangen dann wieder von vorn an.

Es ist fast grausam. Ich bin mir nicht einmal sicher, ob ich wirklich *sie* gut finde oder eine verklärte Version von ihnen, und ich will Helena nicht behandeln wie noch eine Amphore, in die ich meine Zuneigung gießen kann.

»Aber ihr wärt so ein bezauberndes Paar«, sagt Andromache – was irgendwie absurd ist, weil das Wort *bezaubernd* zu keiner von uns passt.

Ich ertrage es keine Sekunde länger, daran zu denken, also sage ich: »Hey, nur weil du nicht damit klarkommst, dass Helena und Paris Trojas neues Lieblingspärchen werden, kannst du nicht einfach ...«

»Entschuldige bitte, die spielen gar nicht in derselben Liga wie Hektor und ich.« Andromache sieht mich wütend an, dann scheint sie zu begreifen, dass sie in meine total offensichtliche Falle getappt ist, um das Thema zu wechseln. »Ich werde das nicht einfach vergessen, Kass. Es ist das Aufregendste, was seit Wochen passiert ist. Und außerdem bist du gar nicht in der Lage, lange etwas vor mir geheim zu halten.«

Fast will ich Helena danach gar nicht mehr sehen, aber ich muss ihr erzählen, was Apollon über die Prophezeiung gesagt hat, bevor es sich in meinem Kopf verdreht und ich etwas falsch verstehe. Als ich sie endlich finde, berichte ich ihr alles direkt ohne eine Pause. Und wir sind uns beide sicher, was es für uns bedeutet – wenn Zeus' Wille im Kern der Prophezeiung steckt, werden wir die Götter, die die Zukunft kontrollieren, niemals umstimmen können.

Während wir also auf eine Antwort von den Amazonen warten, fahren wir fort mit den Versuchen, den Bildteppich selbst zu gestalten: Frauen im Kampf trainieren, Weissagungen entschlüsseln und Helenas geheime Kanäle nutzen, um sie dem Rat vorzulegen.

Jede freie Minute verbringe ich mit Helena. An manchen Tagen üben wir Kämpfen, dann wieder sind wir zu müde dafür, sitzen erschöpft da und reden einfach nur. Manchmal kann ich sehen, warum Andromache mich gefragt hat, ob da mehr ist, aber langsam frage ich mich, wie es überhaupt *mehr* sein könnte. Anders vielleicht, aber diese Freundschaft ist so extrem intensiv, dass alle Fragen, die Andromache mir in den Kopf gesetzt hat, verstummen – weil ich das mag, was wir haben, und weil es mir auf jeden Fall genügt.

Einmal gehe ich mit ihr in eine Bäckerei in der Stadt und kaufe ihr einen marmorierten Kuchen mit Farbwirbeln, die sich in der Mitte treffen – mein Lieblingsgebäck als Kind. Irgendwie fühlt es sich unerträglich nah an, als würde ich zu viel von mir selbst preisgeben. Im

Gegenzug sucht sie für mich ein Gebäck mit Honig und Nüssen aus, klebrig und köstlich, aber nicht so süß, wie zu wissen, sie würde es aussuchen, weil sie Honig liebt, und dass ich Dinge über sie weiß, die sie glücklich machen.

Wir verbringen Stunden in den Gärten des Palasts, und sie erzählt mir von ihren Brüdern, während wir Blumen pflücken und zu Kränzen winden, mit denen wir uns gegenseitig schmücken.

»Einer deiner Brüder war unsterblich? Heißt das, du bist es auch?«

»Nein, nicht alle Kinder von Göttern haben besondere Gaben, und Unsterblichkeit ist sogar bei denen selten, die welche haben.«

»Ich wäre ziemlich wütend, wenn mein Bruder eine göttliche Kraft hätte und ich nicht.«

»Ich habe nicht gesagt, dass ich keine Kräfte habe«, sagt sie mit der Stimme meines Vaters. Ich erschrecke und sie fährt fort. »Es ist ziemlich nützlich« – Krëusas Stimme. »Vor allem, um den Leuten zu sagen, dass ich nicht da bin, wenn sie an der Tür nach mir fragen« – die meiner Mutter. Alles perfekte Imitationen.

Ich muss sie ziemlich verblüfft anstarren.

»Die kann ich auch.«

Ich brauche einen Moment. »So klinge ich nicht.«

»Oh doch. Genau so klinge ich – Prinzessin Kassandra. Vor allem wenn ich Helena sage, wie unglaublich toll sie ist, die hübscheste, klügste und beste Prinzessin, die Troja je gesehen hat, und wie verloren wir alle wären ohne ...«

Ich halte ihr den Mund zu und muss viel zu sehr lachen, um ihr zu sagen, dass sie aufhören soll. Ihr Atem ist warm auf meiner Handfläche. Ich lehne mich fast an sie, doch dann weiche ich hastig zurück, weil mich plötzlich etwas beunruhigt, das ich nicht wirklich benennen kann.

Später, in der Bibliothek, zieht Helena Gedichte aus den Regalen und wir lesen sie uns mit dramatischer Betonung vor. Helena mag vor allem die erotischen – und erklärt mir, dass dieser Mann ganz sicher noch nie eine Frau gesehen, mit einer gesprochen oder eine glücklich gemacht hat, und sie lacht, als ich rot werde, und nennt mich eine verklemmte Trojanerin.

Wir gehen aus Versehen in den falschen Gang. Da steht Krëusa in Aeneas' Armen, ihre Lippen sind aufeinandergepresst, und ich kann ehrlich nicht glauben, dass sie eine Bibliothek so entweiht. Wir rennen hinaus, bevor wir ihnen den Moment verderben, knallen die Tür hinter uns zu und lehnen uns hysterisch lachend dagegen.

Es dauert Wochen, bis die Gerüchte aufkommen – Boten eilen voraus und melden, dass die Amazonen auf dem Weg hierher sind. Der Rat ist sich sicher, dass die Gerüchte falsch sind, aber dann gibt es Pläne, die Prinzen vom Schlachtfeld zu holen, ein Bankett auszurichten, um unsere Gäste zu begrüßen – und anderen Verbündeten zu schreiben, ob sie nicht auch kommen und die legendären Amazonen kennenlernen wollen, vielleicht eine Armee mitbringen, um Seite an Seite mit ihnen zu kämpfen.

Die Vorstellung, dass wieder überall im Palast Männer herumlaufen, ist beunruhigend.

An dem Abend, bevor das Leben unterbrochen wird, an das ich mich viel zu sehr gewöhnt habe, an dem es immer noch nur uns und die Stadt gibt, so als würde sie uns gehören, führe ich Helena aufs Dach, und wir sehen zu, wie die Lichter der Stadt zum Leben erwachen.

»Soll ich dir einen Grund geben, mich zu hassen?«, fragt sie.
»Versuch es ruhig.«
»Ich bereue es nicht.«
»Dass du hergekommen bist?«
»Ja. Wenn ich die Zeit zurückdrehen könnte, würde ich alles wieder genauso machen.«

Sie hat recht. Ich sollte sie hassen.

Ich greife nach ihrer Hand, aber ich kann sie dabei nicht ansehen. Sie fährt zusammen, als ich ihre Finger berühre, und aus den Augenwinkeln sehe ich, wie sie sich mir zuwendet.

»Wenn ich die Zeit zurückdrehen und es aufhalten könnte, würde ich es auch nicht tun«, sage ich.

Sie drückt meine Hand. Ich habe glatte, zarte Prinzessinnenhände erwartet, aber das ist dumm. Nichts an ihr ist zart und sie hat jahrelang ein Schwert geschwungen. Ihre Hände sind rissig und rau und wettergegerbt.

»Wir sind schreckliche Menschen.«

»Ja.«

»Ich würde sogar absichtlich einen Krieg provozieren, um hier sein zu können.«

Aber es fühlt sich an, als würde sie etwas anderes sagen – oder eher als würde sie *nicht* etwas anderes sagen – und es trifft mich ins Herz.

Ich lasse los, unfähig, sie eine Sekunde länger zu berühren. Was auch immer ich fühle, es tut weh. Es ist ein körperlicher Schmerz im Bauch, als wäre mir etwas weggenommen worden, das ich brauche.

Sie schließt gähnend die Augen, seufzt zufrieden und legt den Kopf auf meine Schulter. Er ist warm, unbequem und zu nah. Ich kann ihr Haar riechen, die Jasminseife, die sie benutzt, und alles tut noch mehr weh.

Über Troja geht die Sonne unter.

»Vielleicht sollten wir einfach für immer hierbleiben.«

35

HELENA

Ich setze mich, umgeben von den anderen Frauen des Palasts, an den Webstuhl und bleibe dort sitzen, bis Paris zurückkehrt.

»Ich kann es kaum erwarten, du auch?«, quietscht Klymene und schiebt schnell ihre Fäden zusammen.

Ich würde noch ein Jahrhundert länger warten, wenn ich könnte. Ich habe es vermieden, an Paris zu denken, habe mich beschäftigt, um nicht an die vielen verworrenen Gefühle zu denken, die sich in meiner Brust verknoten. Ich habe Angst, dass sie ganz aus dem Lot kommen, wenn ich anfange, sie zu entwirren.

Ich konzentriere mich auf die Fäden vor mir, auch eine Ablenkung, an der ich mich festhalten kann.

Aithra arbeitet mit mir an meinem Webstuhl, sie zieht auf der linken Seite die Fäden ein, ich auf der rechten, wir haben beide nur kurze Wege. Klymene steht bereit, um die Gewichte wieder festzubinden, die sich lösen.

Ohne Krieg würden wir vielleicht auch nichts anderes tun. Wenn wir es schaffen, den Krieg siegreich zu beenden, haben wir uns dieses Leben dann zurückerkämpft? Ich webe gern, aber es scheint mir ein zu kleiner Teil dessen zu sein, was ich bin, als dass ich mich darüber definieren lassen wollte.

»Die Prinzen sind zurück und erwarten euch in ihren Kammern«, erklärt Agata.

Wir beeilen uns und kehren betont aufgeregt zu unseren Männern zurück.

Paris liegt auf dem Bett, das eindeutig *unseres* ist, das ich in den letzten Monaten aber als *meins* betrachtet habe.

»Helena.« Er springt auf und ruft erschrocken meinen Namen. Es fällt mir schwer, ihn anzusehen – die schlanken Muskeln, die windgegerbte Haut, den dunklen Bluterguss an seinem Kragen. Und er starrt mich fast ebenso neugierig an. »Beim Olymp, was hast du getan?«

Dann eilt er zu mir, streckt die Hände nach meinen Haaren aus – die ich wahrscheinlich kürzer geschnitten habe, als ihm lieb ist.

Es war klar. Ich hätte wissen müssen, dass er das als Erstes bemerkt. Aber dass er es anspricht, noch bevor er irgendetwas von Sehnsucht oder Liebe sagt, ist unerwartet verletzend.

Paris hat Schönheit gewählt, nicht Liebe. Es sollte mich nicht überraschen, dass er darüber zuerst spricht.

Dann plötzlich sieht er mich mitfühlend an, bevor er mich in die Arme schließt. »Oh, Helena, ich weiß, du musst Angst haben, aber es wird nicht funktionieren, wenn du versuchst dich weniger schön zu machen.«

Es sollte eigentlich egal sein, aber mir dreht sich der Magen um. Ich habe mir die Haare abgeschnitten, um die Kontrolle über meine Schönheit zu haben – es war Absicht. Aber wenn es *weniger* Schönheit ist, heißt das auch *weniger* Wert und *weniger* Macht.

Er presst seine Lippen auf meine.

Ich rühre mich nicht.

»Nur der Gedanke an dich hat mich in diesen letzten Monaten am Leben gehalten«, sagt er und presst mich immer noch an sich.

»Mein Liebster«, sage ich – aber es fällt mir schwer.

In diesen letzten Monaten ging es mir viel zu gut, ich bin unachtsam geworden und habe herausgefunden, wer ich ohne die ganze Verstellung bin. Und jetzt stellt sich heraus, dass es schwirig wird, die Maske wieder aufzusetzen.

»Komm, setz dich, Helena.« Er zieht mich zum Bett – meine Schritte sind widerstrebend. »Ich muss mit dir über das reden, was ich gehört habe.«

Er wird untypisch ernst, und im Kopf gehe ich alles durch, was ihn unglücklich machen könnte. »Du bringst den Frauen bei, zu kämpfen? Merkst du nicht, wie das für uns auf dem Schlachtfeld aussehen muss? Als würdet ihr uns nicht zutrauen, euch zu verteidigen.«

Das sind nicht seine Worte – das sind sie nie. Wenn Paris einen Gedanken hat, dann hat er ihn von jemand anderem übernommen – und anscheinend gefällt es mir weniger gut, wenn nicht ich ihm die Ideen in den Kopf setze.

Die Männer vor unseren Mauern sind eindeutig nicht glücklich.

Und was würde passieren, wenn sie sagen würden, ich wäre es nicht wert, und Paris solle mich aufgeben?

»Ich liebe dich«, sagt er sanft.

»Ich liebe dich auch«, sage ich, obwohl ich einen Moment brauche.

Ich weiß nicht mehr, wer ich sein soll. Soll ich dem Bild entsprechen, das Paris erschafft – ängstlich, kleinlaut und verzweifelt –, oder mich dagegen wehren und hoffen, dass ihm eine andere Version von mir so gut gefällt, dass er auch die verteidigt. Welche würden die Männer eher beschützen? Welcher würden die Frauen eher vertrauen? Ich muss viel zu vielen Menschen gefallen und kann die Person, in die ich mich so leicht verwandeln konnte und die immer von allen gemocht wurde, nicht finden.

»Mehr bekomme ich nicht? Nur Schweigen und Zögern?«, fragt er, und Zorn schleicht sich ein, den es vorher nie gab. »Ich habe Tag und Nacht für dich Menschen *getötet*, Helena. Verstehst du das? Dabei geht gar nicht um das moralische Ringen, wirklich jemandem das Leben zu nehmen, sondern um die bloße Anstrengung, Metall in einen Körper zu rammen und alles auseinanderzureißen. Ein Schwert ist schwer, Helena. Die Rüstung ist schwer. Ich bin erschöpft.«

Die Worte kommen eins nach dem anderen zu mir zurück: *Angenehm. Anmutig. Liebenswürdig.*

»Natürlich, du musst ja erschöpft sein«, wiederhole ich, steige aufs Bett und will ihn an den Schultern fassen. Er dreht sich weg, aber ich packe sie trotzdem. »Ich bin auch müde, vor Sorge, mein Liebster. Bitte gib mir einen Augenblick, damit ich mich einfach ... freuen kann, dass du da bist.«

Und langsam entspannt er sich, während ich ihn massiere.

»Es tut mir leid«, sagt er. »Ich weiß, die Frauen kämpfen nur, um mit ihrer Angst fertig zu werden. Aber wir haben alle Angst. Wir müssen nicht daran erinnert werden, was passieren könnte, wenn die Feinde die Mauern überwinden.«

»Wie war es?«, frage ich leise und setze mich neben ihn. Ich kann immer noch seine Freundin sein. Kann immer noch das sein, was er braucht – und im Moment ist das jemand, dem er sich anvertrauen kann. »Ich kann es mir nicht einmal vorstellen.«

»Was ich gesehen habe, ist nicht für die Ohren einer Frau bestimmt.«

»Ich will diese Last gern auf mich nehmen, wenn es deine leichter macht.«

Es ist die einzige Art Liebe, die ich ihm bieten kann – für ihn zu leiden. Manchmal fürchte ich, es ist die einzige Art Liebe, die ich überhaupt bieten kann: anderen das Leben leichter zu machen, ihre Mühsal auf mich zu nehmen, mich unentbehrlich zu machen.

Paris nimmt meine Hand und erzählt mir, was er getan hat und wen er alles gesehen hat, bis die Glocken im Palast die Ankunft unserer Gäste verkünden und uns rufen.

Paris lehnt den Kopf an meinen, bevor wir uns trennen, seine Finger graben sich in meine zu kurzen Haare.

»Ich habe vergessen, wie sehr ich das gebraucht habe. Aber es ist nicht mehr dasselbe, oder? Dieses Glücksgefühl, das wir einmal miteinander hatten.« Er löst sich von mir mit einem traurigen und wehmütigen Lächeln. »Ich hoffe, wir finden es wieder.«

Zum ersten Mal frage ich mich, ob nur ich eine Liebe vorspiele, an die ich nicht glaube.

36

HELENA

Die Amazonen und eine Handvoll Verbündete strömen eine Stunde vor Einbruch der Dunkelheit in die Stadt. Ich folge den anderen zu den Palasttoren und warte auf ihre Gesandten. Paris nimmt seinen Platz bei Hektor und ihrem Vater ein. Ich stelle mich neben Kassandra.

Sie reckt den Hals, um die Menge zu betrachten. Aus diesem Blickwinkel ist ihr Kiefer kantig, ihre Wimpern sind lang, und ich kann den Puls in ihrer Kehle hämmern sehen.

Ich presse die Lippen aufeinander. Es wird immer schwieriger zu ignorieren, wie schön Kassandra ist.

Jahrelang hatte ich eine Reihe von Geliebten, bin von einem zum anderen gewechselt, bis ich das Ehegelübde ablegte und das Risiko zu groß wurde. Jetzt, ohne dieses *Verlangen* nach Paris scheint mein von Liebe geprägtes Gehirn sich an sie zu heften.

Ich wünschte, Paris wäre bei dem heutigen Bankett nicht dabei. Ich wünschte, ich könnte einen Fremden finden – einen mysteriösen König aus einem fernen Land oder eine wilde Amazone – und etwas von diesem Hunger loswerden, diesem Bedürfnis nach körperlicher Zuneigung, nach jeder Berührung, die sie mir geben könnten.

»Du bist spät dran«, sagt Kassandra mit einem Lächeln.

Die Amazonen führen die Gruppe an. Ganz vorn geht eine über zwei Meter große Frau mit breiten Schultern und Muskeln, die aussehen wie aus Stein gemeißelt. Ihr schwarzes Haar ist kurz geschoren, ihre dunkelbraune Haut mit Narben übersät.

Hinter ihnen folgen Männer in staubigen Gewändern und dick besohlten Stiefeln.

»Das ist Prinz Sarpedon«, flüstert Kassandra und deutet mit dem Kinn auf einen ziemlich unauffälligen Mann.

»Woher weißt du das?«

Seine Gewänder sind nicht fein. Er trägt keine Spangen, Insignien oder Juwelen. Er kann eigentlich kein Prinz sein.

»Seine Eltern wollten eine Ehe zwischen uns arrangieren. Er hat uns besucht, nachdem ich in den Tempel eingetreten bin. Die anderen Jungen haben meine Weihe meist als Herausforderung betrachtet. Er nicht. Er hat mich in Ruhe gelassen.«

»Die Messlatte für Männer liegt im Tartaros«, flüstere ich, und sie kichert. Ich dämpfe mein eigenes Kichern an meiner Schulter und kann kaum glauben, dass wir in dieser Situation reden, geschweige denn lachen.

»Sie müssen Angst gehabt haben, von den Achaiern abgefangen zu werden«, sage ich. »Ich bezweifle, dass sie auch nur eine Schriftrolle mit ihrem Emblem dabeihaben, für den Fall, dass man sie gefangen nimmt.«

Kassandra deutet auf die Amazonen. »Die nicht.«

Dicke Felle hängen, mit Bolzen befestigt, über ihren Schultern, ihre Brustpanzer sind kunstvoll, aber abgenutzt – komplizierte Formen, von Schlägen zerbeult.

Ich werfe einen Seitenblick auf Kassandra, die sie ebenfalls anstarrt.

»Sag mir, dass es nicht nur mich überwältigt, wie atemberaubend sie sind.«

»Absolut nicht nur dich«, sagt sie, bevor die leichteste Röte ihre bronzefarbenen Wangen überzieht.

Zählt es als Flirten, wenn man gemeinsam starke, von Kampfesnarben gezeichnete Frauen bewundert?

»Ich danke euch allen, dass ihr uns mit eurem Besuch beehrt.« König Priamos nickt. »Wir sind dankbar für die Unterstützung, die ihr bis jetzt geleistet habt, für Lebensmittel und Handel. Heute geben wir euch zu Ehren ein Bankett. Auch in diesem Moment werden Städte und Dörfer in unserer Nachbarschaft von den Achaiern überfallen – bitte denkt darüber nach, euch der Verteidigung Anatoliens anzuschließen.«

Die Männer klatschen.

Aber die Anführerin der Amazonen tritt vor. Ihre Stimme ist glockenhell, aber so gewichtig, dass jedes Wort wie im schweren Takt einer marschierenden Armee erklingt.

»Wir müssen nicht nachdenken, Priamos«, sagt sie. »Seht ihr nicht, dass wir für den Krieg gewappnet sind? Wir kommen nicht wegen eines Banketts. Wir sind hier, um zu kämpfen, wenn wir einen Grund dafür sehen.« Sie sieht mir in die Augen. »Also, Helena, würdest du uns auf dem Weg zu den Stadtmauern begleiten? Das sollte genug Zeit sein, um uns von deiner Sache zu überzeugen.«

Alle verstummen und drehen sich zu mir um. Ich kann das Gewicht ihrer Erwartung spüren. Zeus im Himmel, sag mir, dass ich die Amazonen nicht allein überzeugen muss, mit uns zu kämpfen. Unsere anderen Verbündeten lassen sich vielleicht nur durch die Tapferkeit der Amazonen umstimmen, weil sie sich nicht von einfachen Frauen in den Schatten stellen lassen wollen. Aber wenn ich sie vergraule? Was ist, wenn sie diesen ganzen Weg gemacht haben und sich nicht von meinen Worten bewegen lassen?

Ich muss es versuchen.

Ich gehe im Gleichschritt mit ihrer Anführerin, Königin Penthesilea. Die zwölf anderen Frauen folgen uns, und sie sind alle so groß und stark, dass es mir vorkommt, als wären es doppelt so viele.

»Warum sollen wir für dich kämpfen, Helena?«

»Das sollt ihr gar nicht«, sage ich. »Ihr sollt gegen die Achaier kämpfen. Ihr habt gesehen, was sie Sparta angetan haben. Sie werden sicher nicht eher ruhen, als bis sie jede Stadt mit starken und fähigen Frauen in die Knie gezwungen haben.«

Penthesilea knurrt. »Nun, es ist ein überzeugendes Argument, dass auch Athen auf ihrer Seite ist. Ihr angeblicher Held, Theseus, hat eine Nacht mit meiner Vorgängerin, Königin Hippolyte, verbracht und hinterher Lügen verbreitet darüber, wie er sie unterworfen, besiegt, erobert hätte.«

»Ja, ich glaube, sie sehen Frauen lieber als etwas, das sie besiegt haben. Ich hatte selbst eine Begegnung mit Theseus. Er behauptet, er hätte gewartet, bis ich das heiratsfähige Alter erreicht hätte. Ich glaube nicht, dass das sein Plan war.«

Eine der Amazonen hinter mir spuckt auf den Boden.

»Priamos bemüht sich um andere Städte in Anatolien. Ich kann mir vorstellen, dass es auch in ihren Reihen grässliche Männer gibt.«

»Wahrscheinlich«, stimme ich zu. »Aber dieser Krieg wird geführt, weil ein Mann seine Ehefrau als ewigen Besitz betrachtet.«

»Wirklich? Oder weil Paris' Besitzanspruch über dem von Menelaos steht? Du bist so oder so ein Objekt.«

Ich atme ein. »Ich liebe meinen Mann, aber ich denke, wenn ich ihn verlassen wollte, würde kein Trojaner das Schwert heben, um mich aufzuhalten.«

Penthesilea denkt nach, blickt in den fernen Himmel, als könnte sie den Krieg dort sehen. »Stimmt es, dass du den Frauen beibringst zu kämpfen?«

»Ja.«

»Nun, das sollte uns reichen.« Penthesilea dreht sich zu den anderen Amazonen um. »Dieser Krieg wird in die Geschichte eingehen. Wir wollen daran teilhaben, und obwohl beide Seiten sehr zu wünschen übrig lassen, ist wohl klar, zu welcher Seite wir gehören. Du kannst Priamos mitteilen, dass die Amazonen mit euch kämpfen.«

Die Frauen brüllen zustimmend und ich falle fast in Ohnmacht. Ich wünschte, ich könnte ein Schwert nehmen und mit ihnen in die Schlacht ziehen. Vielleicht würde ich schnell sterben, aber was für ein herrlicher Tod.

Dann sagt sie leiser: »Es gibt noch einen Grund, warum ich mit dir reden wollte. Wir hatten einen Verräter unter uns. Als wir durchs Gebirge gekommen sind, um die achaiischen Truppen zu meiden, ist ein Mann zu uns gestoßen und hat behauptet, ein Gesandter der Halizonen zu sein. Aber er war Phoker und gehörte der achaiischen Armee an. Wir haben das bei ihm gefunden. Ich glaube, er wollte sich in die Stadt schleichen, um es dir zu übergeben.«

Sie holt eine Wachstafel hervor, die Buchstaben sind deutlich in das weiche Wachs geritzt.

Liebe Helena, ich liebe dich sehr. Bitte denk darüber nach,
nach Hause zu kommen. In ewiger Liebe, Menelaos

»Vielleicht haben sie kein Pergament in den achaiischen Lagern. Jedenfalls ist es wohl deine Sache, was du damit zu tun gedenkst. Wir sehen uns.«

37

KASSANDRA

Das Bankett beginnt langsam, die Menschen strömen in den Saal, die Ankündigungen sind endlos. Ich habe mit meiner Mutter ausgemacht, dass ich teilnehmen darf, wenn ich in der Nähe der Tür sitze und hinausgehe, wenn ich eine Weissagung aussprechen muss.

Hektor und Andromache treten ein, schlendern durch den Gang zu ihren Plätzen vorn im Saal, wo auch der Rest meiner Familie sitzt. Mein Herz ziept wie die gezupfte Saite einer Leier – ich verschränke die Arme fester vor der Brust und erlaube mir, eine Weile bei dem verwirrenden bittersüßen Schmerz zu verweilen. Meine Familie sitzt weit weg und zusammen, und ich kann nur zusehen und die Zeit verschwenden, die uns noch bleibt.

Aber zugleich: Hoffnung. Es fühlt sich an wie ein Opfer, und Opfer haben einen Grund. Wir verändern alles, oder? Polyxena war etwa so alt wie ich in meiner Vision von ihrem Tod – wir haben noch Jahre, vielleicht ein Jahrzehnt. Bis dahin müssen wir doch eine neue Zukunft gewebt haben! Und wenn der Preis dafür nur ist, dass ich ausgeschlossen werde – dass ich weggestoßen werde und meine Weissagungen nur hinter einem Dutzend verschiedener Schichten verborgen weitergeben kann, dann sei es eben so.

Ich versuche mir vorzustellen, dass der prophetische Faden etwas lockerer um Hektors Hals liegt. Er hält Andromache fest, lässt ihre Hand nur los, um ihr den Arm um die Schulter zu legen oder ihre Taille zu umfassen. Aeneas sitzt gegenüber von Krëusa, bemüht, darauf zu achten, was der ausländische König neben ihm sagt, blickt aber immer wieder zu meiner Schwester, als könnte er an nichts anderes denken. Meine Eltern sind müde und lächeln gezwungen, aber sie sind so entspannt, wie ich sie seit Kriegsbeginn nicht mehr erlebt habe; sie sitzen dicht nebeneinander, als könnten sie sich wirklich aneinander anlehnen, wenn es nötig wäre.

Beim Olymp, wir könnten es wirklich schaffen. Wir könnten sie retten.

Meine Freude währt nur kurz. Ich muss mich nicht umdrehen, als ich das Raunen in der Menge höre. Helena, natürlich. Ich stelle mir vor, dass sie strahlend aussieht, ihre Emotionen über jede Glaubwürdigkeit hinaus übertreibt, nur dass man ihr, anders als mir, natürlich immer glaubt. Aber ich kann nicht mitansehen, wie sie an Paris' Arm hereinkommt, egal ob sie nur spielt oder nicht.

Ich merke, wie jemand auf den Platz neben mir schlüpft.

»Beim Zeus, was hat sie mit ihren Haaren angestellt?«

Ich stehle fast allen die Schau, als ich meinem Bruder um den Hals falle.

»Ooch, du hast mich vermisst«, neckt mich Deiphobos.

»Halt die Klappe«, sage ich. »Und ja, ja, hab ich.«

Ich löse mich von ihm und mustere ihn von oben bis unten. Keine Narben. Keine Kratzer. Die einzige Veränderung sind dunkle Schatten unter den Augen und dass seine Muskeln kräftiger geworden sind.

»Solltest du nicht mit den anderen da oben sitzen?«, frage ich.

»Du nicht auch? Außerdem werde ich nicht die einzige Nacht, die ich nicht an der Front bin, damit verbringen, Verbündeten Honig ums Maul zu schmieren.« Er reckt den Kopf, um Paris und Helena noch einmal anzusehen. »Götter, sie sehen wirklich aus, als wären sie überglücklich, zusammen zu sein.«

Endlich blicke ich in ihre Richtung. Helena ist wirklich schön, aber es ist eine befremdliche Art Schönheit – ich bin so daran gewöhnt, sie lachen zu sehen, zu sehen, wie der Wind ihr das Haar zerzaust und wie sie ein Schwert hochhebt oder auf einen Baum klettert, dass sie mir ganz merkwürdig vorkommt in dem bodenlangen Kleid, mit zerriebenen Muscheln, die auf ihren Wangen schimmern, und den kurzen Strähnen, die sich um ihr Gesicht locken.

Sie hat sich bei Paris untergehakt, als wäre sein Arm dafür gemacht, dass sie ihn ziert, als könnte sie ihn durch die bloße Kraft ihrer Zuneigung von der Front fernhalten.

Dann sieht sie mich an, und mir stockt der Atem – dieser eine Blick vor Tausenden Zuschauern und der Anflug von Belustigung in ihren Augen, der das nicht zu *ihrer* Täuschung macht, sondern zu *unserer*.

Deiphobos greift an mir vorbei nach der Weinflasche.

»Das Bankett hat noch nicht einmal angefangen«, sage ich, obwohl ich ihm mein Glas hinhalte.

»Hey, ich bin ein Kriegsheld.«

Mein Vater steht auf und beginnt seine Rede. »Seid gegrüßt, Gäste, wir heißen euch willkommen in unseren Landen …«

Ich rutsche näher an Deiphobos heran und flüstere: »Und wo sind die anderen? Du kannst ja nicht der Einzige sein, der hier ist.«

»Ich bin ziemlich sicher, dass unser lieber Cousin Polites ein Fass Wein geklaut und dass Skamandrios die Hälfte der Frauen von Troja eingeladen hat, um es mit ihnen zu trinken.«

»Oh, das wird Apollon sicher gefallen.«

»Götter, du hast davon gehört?«

»Skamandrios hat selbst damit geprahlt.«

Er verzieht das Gesicht über seinem Glas. »Uh, die haben sich wirklich verdient – schade, dass Apollon ihn schon einen Monat später hat sitzen lassen.«

»Und warum betrinkst du dich nicht mit den anderen?«

Er nimmt einen Schluck Wein und hebt die Augenbrauen.

»Ooch, du hast mich vermisst«, wiederhole ich seine Neckerei von eben.

»Halt die Klappe.« Er seufzt. »Und ja, ja, hab ich.«

»Lasst uns essen, Freunde.« Vater beendet endlich seine Rede, während Diener mehr Speisen hereintragen, als ich seit Monaten gesehen habe. Es ist ein Glücksspiel: Wir verbrauchen unsere Vorräte in der Hoffnung, dass wir uns mit diesen Verbündeten nie auf eine Belagerung vorbereiten müssen. »Also«, sagt Deiphobos, »ich hab gehört, dass Helena den Frauen das Kämpfen beibringt. Sie ist Spartanerin, also nehme ich an, dass sie ganz gut darin ist?«

Ich nicke.

»Das ist gut – falls wir den Krieg verlieren, wäre es mir lieb, wenn ihr ein paar von den achaiischen Mistkerlen abstechen könnt, bevor sie die Stadt dem Erdboden gleichmachen. Ihre Arme sehen aus, als hätte sie nichts anderes gemacht als Diskuswerfen, seit sie hier ist. Nicht gerade die fügsame Prinzessin, von der Paris uns allen erzählt hat.«

»Er scheint absolut glücklich zu sein«, sage ich und starre wütend in ihre Richtung und auf seine Hand, die auf ihrem Knie liegt.

Deiphobos hustet verlegen. »Und wo wir gerade bei Glück sind, was ist mit deinem Liebesleben?«

Ich sehe immer noch zu Helena und fahre zusammen. »Oh, nicht existent. Ich …«

»Ja?«

»Wollte tatsächlich mit dir darüber reden.«

»Verstehe.«

»Du magst Männer.«

»Ja, sehr gut beobachtet.«

»Aber du weißt trotzdem, ob eine Frau hübsch ist, oder? Woher weißt du also, was der Unterschied ist zwischen einfach nur hübsch finden und sich wirklich zu jemandem hingezogen fühlen?«

Deiphobos kneift die Augen zusammen, als würde er die Frage nicht verstehen. »Du magst Frauen, aber du weißt trotzdem, ob ein Mann gut aussieht. Merkst du denn keinen Unterschied?«

Das ist ein gutes Argument, aber ich kann es nicht richtig erklären. »Ich glaube, ich habe einfach nie die Nähe von Männern gesucht, nur die von Frauen. Ich will Geheimnisse teilen und Händchen halten und romantische Verabredungen und …«

»Das klingt alles sehr keusch – und ich danke dir dafür, weil du meine Schwester bist.«

»Aber genau das meine ich – meine Fantasien gehen nicht darüber hinaus. Warum nicht? Rein theoretisch kann ich es manchmal verstehen, aber … ich meine, wenn jemand, der unbestreitbar großartig aussieht, neben dir steht und korrigiert, wie du dein Schwert hältst, müsstest du doch unterscheiden können, ob du es aufregend oder unangenehm findest, oder? Warum ist das so verwirrend?«

»Ah, okay, wir reden also über …« Sein Blick huscht zu Helena.

»Nein, natürlich nicht. Das ist nur ein Beispiel, aber ein hübsches Gesicht sollte eigentlich keinen Einfluss darauf haben, ob ich mit jemandem Händchen halten will, oder? Es sei denn, ich fühle mich irgendwie zu dieser Person hingezogen.«

»Das geht durchaus, wenn du dich weniger von dem hübschen Gesicht angezogen fühlst als von dem vermeintlichen Wert dieser Person und davon, wie sie zu deiner Vorstellung vom Leben passt. Mutter hat immer zu mir gesagt: ›Es ist nicht wirklich wichtig, ob du sie schön findest, Deiphobos, solange andere Männer das tun.‹«

Darüber habe ich schon nachgedacht. Ausgiebig. Ich habe eine Frau nach der anderen angestarrt und versucht, Gefühle zu erzwingen und die Vorstellung von Schönheit, die man mir beigebracht hat, außer Acht zu lassen. Aber Schönheit ist alles. Wie soll ich das wieder rückgängig machen?

»Also, ich bin nicht gerade Experte auf diesem Gebiet. Aber erinnerst du dich an die Hymne, die wir früher für Aphrodite gesungen haben? Etwas über Göttinnen, die immun gegen sie sind, und dass sie ihr Herz nicht verbiegen und umgarnen kann?«

Ich denke an Andromache und an die Jahre, in denen ich mich so nach ihr gesehnt habe, dass es sich anfühlte, als würde etwas in mir zerbrechen.

»Mein Herz kann auf jeden Fall umgarnt werden.«

»Ja, aber was ist, wenn du gegen eine bestimmte Art von Liebe immun bist? Eros zum Beispiel? Das ganze Begehren, die Sinnlichkeit. Vielleicht können seine Pfeile dich nicht treffen, so wie ich bezweifle, dass mir eine Frau gefallen könnte, wenn mich einer trifft – vielleicht bist du komplett gefeit gegen ihre Wirkung?«

Ich blicke zu Helena. Paris' Hand liegt immer noch auf ihrem Knie. Eros. Die Liebe, die brennt, die Skandale verursacht und eine Erregung, von der die Menschen behaupten, dass sie ohne sie nicht leben könnten …

»Und wenn ich nicht gegen Eros immun sein will?«

»Oh, das kann ich dir sagen.« Er greift nach seinem Wein. »Du kannst es nicht ändern. Glaub mir, ich habe es versucht. Aber Gemeinschaft hat viele Gesichter, Kassandra. Ich wüsste nicht, warum eine Liebe der anderen überlegen sein soll. Nicht alle Männer da draußen kämpfen für ihre Geliebten – ob sie nun neben ihnen kämpfen oder ob sie hinter den Mauern leben. Manche kämpfen für ihre Kinder, ihre Eltern oder ihre Freunde. Manche kämpfen für ihre nervigen kleinen Schwestern«, fügt er betont hinzu. »Es wäre nicht gut, zu glauben, dass *diese* Liebe weniger erfüllend ist als das, von dem du befürchtest, dass du es vielleicht nie fühlen wirst.«

»Danke«, sage ich. »Sorry, es ist nur ... Irgendwie dachte ich immer, dass ich zu jung bin und dass ich eines Tages alles fühlen würde. Als dann klar wurde, dass es nicht so ist, kam es mir vor, als würde ich eine Vorstellung von Glück verlieren.«

Und es ist dumm, sich darüber Sorgen zu machen, weil es in der Zukunft sowieso so wenig Glück gibt.

»Mit jemandem verbunden zu sein, ist das, was zählt, nicht, welche Form es annimmt. Vor allem in Zeiten wie diesen. Das einzig Wichtige ist, dass man überhaupt etwas hat, wofür es sich zu kämpfen lohnt.«

»Danke, Deiphobos.« Ich blinzele die Tränen weg, die mir in die Augen treten. Wie viel leichter wären diese letzten Monate gewesen, wenn ich mit meinem Bruder über alles hätte sprechen können? Krëusa und Andromache sind meinem Herzen nah, aber mit den echten Sorgen bin ich immer zu Deiphobos gegangen. »Und wie ist dein Liebesleben?«

Er greift nach dem Krug auf dem Tisch. »Oh, dafür brauchen wir sehr viel mehr Wein.«

38

KASSANDRA

Helena kommt auf unseren Tisch zu, als alle mit Essen fertig sind und die Feier beginnt. Jeder ihrer Schritte zieht an dem festen Knoten in meiner Brust. Ihr Chiton ist von einem satten dunklen Grün, bestickt mit gewundenen Blättern und um die Taille mit einem breiten goldenen Reif zusammengehalten. Der Stoff umfließt sie beim Gehen, schmiegt sich an ihren Körper, und fällt dann wieder lose herab wie ein leises Ausatmen. Ihre Augen sind wie Meeresgischt daneben, und in ihrer Halsgrube liegt ein in einer Spirale aus Gold eingefasster großer ägyptischer Peridot.

»Du starrst sie an«, flüstert Deiphobos, bevor sie bei uns ankommt.

»Prinz Deiphobos.« Sie nickt. »Kassandra.«

»Helena«, sagt Deiphobos und bemüht sich gar nicht erst, das selbstgefällige Grinsen aus seinem Gesicht zu wischen, als er zwischen uns hin und her blickt.

»Ich komme gleich wieder«, sage ich zu meinem Bruder.

»Ja, klar.« Er verdreht die Augen, aber er lächelt. »Lass mich nur allein, wo ich gerade kurz vom Krieg zu Hause bin, und rede mit jemandem, der die ganze Zeit hier war.«

Aber als ich aufstehe, erhebt er sich ebenfalls und geht zu dem

Tisch, wo Polyxena mit unseren jüngeren Cousins sitzt, die alle seine Ankunft bejubeln.

Helena verschwendet keine Zeit mit Höflichkeiten. »Ich würde gern einzeln mit unseren Gästen reden. Bei mir verplappern sie sich vielleicht und verraten, warum sie hier sind oder warum sie in Wirklichkeit zögern, zu kämpfen. Und dann kann ich sie davon überzeugen, sich uns anzuschließen.«

»Klar. Und wie willst du das anstellen?«

»Na ja, Alkohol. Ein bisschen Wimperngeklimper, eine tragische Geschichte – ich könnte meine tote Mutter erwähnen. Sie haben immer so starke Gefühle für ihre Mütter, in die eine oder in die andere Richtung, also ist das meistens eine Möglichkeit. Aber worum ich dich bitten wollte ...«

Ihr Zögern sagt mir, dass es mir nicht gefallen wird.

»Kannst du mir Paris vom Hals halten? Sagen wir, für eine Stunde?«

»Eine Stunde?«

»Okay, eine halbe, das wäre toll, danke!«

»Ich habe nicht zugestimmt!«

»Du hast verhandelt. Also danke, du bist die Beste.«

»Helena!«

»Er stört einfach – er fällt mir mit den lächerlichsten Gedanken ins Wort, und du weißt, dass ich hier wirklich Informationen bekommen kann.«

Leider weiß ich das, ja.

»Und was soll ich mit Paris machen?«

»Dir fällt schon was ein.« Sie drückt meine Schulter. »Danke!«

Dann ist sie weg.

»Feigling«, zische ich ihr hinterher, aber so leise, dass sie es nicht hören kann.

Ich blicke zu Paris, kann meine wütende Miene nicht unterdrücken und merke, dass er mich beobachtet. Als Helena sich wieder neben ihn setzt, entschuldigt er sich bei ihr und kommt zu mir.

Nun, das beantwortet immerhin die Frage, wie ich überhaupt ein Gespräch mit ihm anfangen soll.

Und eins muss ich zugeben: Wenn Helena nichts dafürkann, dass die Achaier ein »Ich will nicht mit diesem Mann zusammen sein« nicht als endgültige Antwort akzeptieren, dann Paris auch nicht. Aber ich bin nicht bereit, darüber hinwegzusehen, dass er freudig eine Frau als Belohnung akzeptiert hat. Ich habe die Prophezeiungen gesehen. Ich weiß, er hätte sie in jedem Fall genommen, ob sie zugestimmt hätte oder nicht.

»Äh, hi«, sagt er und taucht vor mir auf.

»Hallo«, sage ich knapp, und der Griff um meinen Kelch wird fester.

»Ich …« Unruhig sieht er sich um. Nicht wenige blicken in seine Richtung, aber das war zu erwarten. »Würde es dir etwas ausmachen, irgendwohin zu gehen, wo es ruhiger ist?«

»Warum?«

»Um zu reden.«

»Warum sollte ich mit dir reden wollen?«

»Oh, äh. Bitte?«

Es ist wirklich ein Jammer, dass Apollon mich hasst – ich könnte jetzt gut einen Gott gebrauchen, der mir Kraft gibt.

»Na gut«, zische ich und setze mich in Bewegung, ohne mich umzusehen, ob er mir folgt.

Ich gehe mit ihm in den nächsten Innenhof. Es ist ein warmer Abend, und wir sind nicht die einzigen Gäste hier draußen, also führe ich ihn zum Springbrunnen, wo das plätschernde Wasser unser Gespräch übertönt.

Ich hocke mich auf die Umrandung und werfe Paris einen meiner besten wütenden Blicke zu. »Also?«

»Ich wollte mit dir reden.«

»Ja, das habe ich verstanden. Gibt es etwas Bestimmtes?«

Er starrt mich mit großen Augen an, und ich könnte ihn erwürgen. Dieser tollpatschige Narr steht einfach unschuldig und unbeholfen da, obwohl er einen Krieg vor unsere Tore gebracht hat.

»Es tut mir leid«, stößt er hervor, und selbst er sieht aus, als wäre er überrascht von seinen Worten.

»Was tut dir leid?« Ich kann meine mürrische Miene nicht unterdrücken.

»Alles«, sagt er nach einem Augenblick, und dann kommt es wie ein Wasserfall aus ihm heraus. »Es tut mir leid, dass ich überhaupt nach Troja gekommen bin, dass ich in den Palast gekommen bin, dass du versucht hast, herauszufinden, wer ich bin, und dir dann so viel passiert ist – die Prophezeiungen und dass du aus dem Tempel ausgestoßen wurdest, und überhaupt alles, was du erlitten hat. Es tut mir leid, dass ich Aphrodite ausgewählt habe, und es tut mir leid, dass ich mit Helena auch all das andere hergebracht habe.«

Hält er mich für blöd? Helena und ich haben gerade gesagt, dass wir nichts anders machen würden, und ihm soll ich glauben, dass er es täte?

»Warum entschuldigst du dich ausgerechnet bei mir?«

»Weil mir scheint, dass du die Einzige bist, die mir glauben könnte.«

Mein finsterer Blick zeigt eindeutig, dass ich ihm nicht glaube, also fährt er fort.

»Wir sind deswegen im Krieg. Wenn jemand anderes erfährt, dass ich denke, es wäre das alles nicht wert, sind wir verloren. Die Menschen müssen daran glauben, weil sie nur das haben.«

»Und ich?«

»Du glaubst jetzt schon zu wissen, dass wir verloren sind.«

Ich höre, was er *nicht* sagt: dass ich seine Absolution bin, das offene Ohr, das ihm seine Probleme abnimmt, damit er sie nicht länger mit sich herumtragen muss. Ich bin die Frau, bei der seine Geheimnisse sicher sind, weil mir sowieso niemand glaubt.

Außer Helena.

»In dem Dorf, in dem ich aufgewachsen bin, gab es beim Tempel von Tyche einen Brunnen«, sagt er selbstvergessen und geht ein paar Schritte, und Wassertropfen vom Springbrunnen spritzen auf sein Gewand. »Die Menschen haben ihr Opfer gebracht – vor allem Kleinigkeiten, Würfel oder Petteia-Spielsteine –, alles, was mit dem Zufall zu tun hat. Nichts war besonders wertvoll. Aber ich habe es trotzdem gestohlen und dann im nächsten Dorf verkauft, damit niemand mir auf die Schliche kommt. Es war ganze drei Tagesmärsche entfernt.«

Und das alles ... wofür? Für eine Handvoll Kupfer?

Ich nehme mich zusammen und starre ihn an – diesen Jungen, der so plötzlich ein Prinz geworden ist. Eine Kindheit, in der ein bisschen Kupfer alles verändern konnte, Tage, an denen er Schafe hütete und Holz hackte und es um jeden Preis vermied, Hunger zu haben.

Ich habe viele Jahre in einem Schulzimmer gesessen, wo man mir jede Geschichte von Göttern und Helden erzählte, die unsere Redner kannten. Hätte ich auf diesem Berg gestanden, wäre ich so klug gewesen, keine dieser Göttinnen zur Siegerin dieses verfluchten Wettstreits zu erklären. Aber er?

»Vielleicht ist es die Strafe für die gestohlenen Opfergaben.« Er blickt so unverwandt ins Wasser, dass ich mich frage, ob er darüber nachdenkt, sich darin zu ertränken.

»Jetzt reiß dich zusammen. Es ist ein Krieg zwischen Göttern, der Olymp selbst ist entzweit. Dieser Krieg ist sicher keine Strafe für *dich*.«

Mit ausdrucksloser Miene dreht er sich zu mir um, und ich ziehe eine Spange aus meinem Haar. Sie ist mit kleinen blauen Diamanten besetzt, die mich an Helena erinnern, an die Farbe ihrer Augen im frühen Morgenlicht. Ich werfe sie in den Brunnen.

»Das sollte deine Schuld begleichen.«

Er presst die Lippen aufeinander, ein Ausdruck, den ich unwillig wiedererkenne, weil Krëusa genauso aussieht, wenn sie enttäuscht ist. Kann er bitte aufhören, mich an die Menschen zu erinnern, die ich am meisten liebe – und die zu retten ich alles gebe –, wenn er so abscheulich selbstmitleidig ist? »Ich habe Helena hergebracht. Das war der Grund für den Krieg.«

»Aphrodite hat Helena hergebracht«, verbessere ich ihn. »Ach ja, du hast sie in diesem dummen Wettstreit ausgewählt, weil du dachtest, es wäre eine Errungenschaft, die schönste Frau der Welt zu besitzen.«

»Ich will sie nicht besitzen.«

Ja, klar.

»Und ehrlich gesagt wären wir wahrscheinlich sowieso hier. Athene hat dir Ruhm im Kampf versprochen, oder? Ich frage mich, wie sie das ohne Krieg angestellt hätte. Und Hera? Was hat sie dir geboten? Politische Macht und die Kontrolle über Asien. Ganz sicher ein friedliches Unterfangen. Und trotzdem hast du Aphrodite gewählt.«

»Ich wollte keinen Krieg. Ich wollte keine Macht.«

Er sieht so verloren aus, und ich kann mich eines Anflugs von Sorge nicht erwehren, als ich den Kummer in diesen wohlbekannten Zügen sehe.

Kann es sein, dass er die Wahrheit sagt?

»Du wolltest eine schöne Frau an deiner Seite«, zische ich und klammere mich an meine Verachtung. Ich kenne die Wahrheit; ich habe es gesehen. Wie kann er es wagen, etwas anderes zu behaupten?

»Ich wollte Frieden – Helena schien die harmloseste Möglichkeit zu sein, und sie wollte Sparta sowieso verlassen, was hat es also schon ausgemacht?«

»Als hättest du sie nicht gefesselt und auf dein Schiff geschleift, wenn sie das nicht gewollt hätte. Als hättest du das nicht stundenlang mit Aphrodite diskutiert.«

»Hast du mal versucht, das Geschenk eines Gottes abzulehnen?«, will er wissen. Er ist zum ersten Mal wütend und das kommt schon eher hin. Wenigstens habe ich zum ersten Mal irgendwie Respekt vor ihm. »Nun, offensichtlich nicht.«

»Du bist ein Idiot, aber du hast diesen Krieg nicht verursacht. Zeus hat dich ausgewählt, damit du eine Siegerin in einem Wettstreit kürst, der von Eris provoziert wurde, die sauer war, weil Thetis sie nicht zu der Hochzeit eingeladen hat, zu der Zeus sie wegen einer Weissagung gezwungen hat, die er irgendwann einmal gehört hat. Und Aphrodite hätte jede Frau aussuchen können, um dich zu belohnen.« Ich verziehe die Lippen. »Aber sie hat genau die ausgesucht, deren Ehe durch einen Pakt zwischen mehreren Königreichen geschützt war. Und damit, Paris, will ich sagen, dass wir alle nur Figuren im Spiel der Götter sind.«

»Wenn du nicht glaubst, dass ich diesen Krieg verursacht habe, warum hasst du mich dann so?«

Ich antworte nicht.

»Helena«, folgert er stattdessen, dabei habe ich meine Wut nicht einmal selbst mit ihr in Zusammenhang gebracht, bevor er es sagt, aber ja: Helena. Er ist ihrer nicht wert, und sie ist praktisch sein Eigentum. Und er redet mit ihr, sorgt dafür, dass ihr Leben sich nur um ihn dreht, und sieht nicht einmal ihre wahre Schönheit, weil sie in seiner Nähe so vieles verbergen muss.

Ich wäre nicht die Erste, die den Partner ihrer Freundin hasst – und hoffentlich denkt Paris, es ist nur das.

»Werde ich sie glücklich machen?«, fragt er mit schmerzlich leiser Stimme.

Ich würde gern sagen können, dass es keine Absicht ist, dass es mir einfach, ohne nachzudenken, herausrutscht.

Aber das stimmt nicht.

Trotz allem will ich ihn verletzen.

»Du wirst sie glücklicher machen, als Menelaos es jemals getan hat.«

Es ist die Wahrheit und ich habe sie gesehen. Und das macht es zu einer Weissagung, die niemand glauben kann.

Seine Augen werden glasig. Er weicht verletzt zurück, seine Miene verdüstert sich, dann dreht er sich um und geht.

Und ich rutsche in eine Vision.

Paris fällt. Es ist einer ihrer Helden, auch wenn ich ihn nicht erkenne. Er durchbohrt ihn mit seinem Schwert und nimmt kaum wahr, was er getan hat, dreht sich nur um, als der nächste Kämpfer sich nähert, woraufhin Paris wegkriecht. Ich sehe ihn nicht erliegen, sehe ihn nicht das Bewusstsein verlieren; die Vision wiederholt sich nur wieder und wieder und wieder. Und ich weiß mit der Gewissheit, die es nur in den Prophezeiungen gibt, dass er stirbt. Skamandrios hat es auch gesehen, sagte er, und ich bin vertraut genug mit Prophezeiungen vom Tod, um zu wissen, wie er sich in einer Vision anfühlt, wie kaltes Wasser, das mir die Wirbelsäule hinunterrinnt. Und diese Vision ist durchtränkt von solcher Kälte.

Als ich zu mir komme, steht Helena vor mir, ihre Hände umfassen meine.

»Hallo«, sage ich.

»Hi.«

»Habe ich geschrien?«

Ihre kurzen Locken wippen, als sie den Kopf schüttelt. »Nein, ich bin noch nicht lange hier – ich dachte, ich sehe nach dir.«

Es ist sinnlos, ihr zu erzählen, was ich gesehen habe. Sie weiß, was mit Paris passieren wird, wenn wir verlieren. Ehrlich gesagt hat er Glück, im Kampf zu fallen. All die Schrecken, die ich gesehen habe, würden verblassen gegen das, was die Achaier mit ihm machen würden, wenn er ihnen lebend in die Hände fällt.

»Wie lief es mit den Gesandten?«

»Gut – ich denke, ich habe viel von ihnen erfahren. Wusstest du, dass Sarpedon ein Sohn von Zeus ist? Theoretisch ist er mein Halbbruder. Hoffen wir, familiäre Verbundenheit genügt, damit er kämpft. Und danke, dass du dich um Paris gekümmert hast. Aber ist etwas passiert? Er ist zurückgestürmt und hat seitdem kein Wort zu mir gesagt.«

»Oh«, sage ich, viel zu erschüttert von der Prophezeiung, um überhaupt daran zu denken, zu lügen. Und ich glaube, ich würde sie nicht anlügen. »Ich glaube, er hat gefragt, ob du mit ihm glücklich wirst.«

Sie wirkt amüsiert. »Und, werde ich glücklich?«

»Ich habe ihn mit Menelaos verglichen, und die Antwort darauf kennst du selbst. Aber offensichtlich hat er mir nicht geglaubt.« Ihr Gesicht verdüstert sich, und ich begreife, was ich getan habe. »Beim Zeus, Helena, es tut mir so leid. Ich hätte nicht …«

»Es ist in Ordnung. Ich kriege das schon hin«, versichert sie mir und bringt das Lächeln zurück in ihr Gesicht.

»Es tut mir wirklich leid. Ich habe nicht darüber nachgedacht, was es für dich bedeuten würde. Ich war einfach so …«

»Ehrlich, Kassandra, keine Sorge. Wenn ich ihm nicht einreden kann, dass er mich glücklicher macht, dann wenigstens, dass ich mich mehr geliebt oder mehr zu Hause fühle oder dass ich – sagen wir – *befriedigter* bin. Darüber wird er so aufgekratzt sein, dass er das mit der Liebe ganz vergisst.«

Sie lacht und nach einem Augenblick lache ich auch.

Ich bin mir nicht sicher, ob es mich ganz überzeugt, aber ihre Freude ist so ansteckend, und sie hält immer noch meine Hände, und ihr Lächeln ist wie die Kehrseite meines Fluchs, weil ich ihr alles glauben würde, wenn sie es erstrahlen lässt.

Noch eine Vision.

Helena, goldenes Licht, ihre Augen sind dunkle, brennende Saphire und schließen sich, ihre Lippen berühren meine und schmecken wie Honig …

Ich blinzele und sie steht immer noch lachend vor mir.

»Aber warum hast du es überhaupt *gesagt?*«

Ich kann nicht atmen.

Nun, offensichtlich darum.

39

HELENA

Ich würde gern bis in die Nacht hinein auf dem Bankett bleiben, wenn sich bei Wein und Mondlicht die Zungen lösen und das Denken leichtfertiger wird. Aber Paris bleibt für sich, bis er schließlich verkündet, dass wir uns früh zurückziehen.

Ohne ihn kann ich nicht bleiben, vor allem nicht umgeben von fremden Männern, die ich zu überzeugen versuche, für unsere Liebe zu kämpfen.

Geräuschvoll schließt er die Tür und dreht sich zu mir um.

»Liebst du mich?«

Mein Herz hämmert so heftig, ich könnte ersticken.

Liebst du mich? Wie oft hat Menelaos das gefragt. *Liebst du mich?* Er hat es gefragt, wenn er mich verletzt hat – wenn er eine Beschränkung oder eine Regel aufgestellt hat, die mich noch weiter von mir selbst entfernte. *Liebst du mich?* Wenn er noch einen kleinen Teil von meinem Herzen abschlug, als wollte er wissen, wie klein er es noch machen kann, bevor es aufhören würde, seinen Namen zu rufen.

»Natürlich!« Ich nehme Paris' Hände, als könnte sich meine Aufrichtigkeit in der Berührung zeigen.

Ich habe keine Ahnung, wie ich den Zweifel vertreiben soll, den Kassandra ihm in den Kopf gesetzt hat – kann ich das, auch wenn ich mit einem Fluch zu kämpfen habe? Ich habe ihr zwar versichert, dass es einen Ausweg gibt, aber eigentlich bin ich mir nicht so sicher.

»Aber du bist nicht glücklich.«

»Wir sind im Krieg.«

»Nein, Helena, du bist mit *mir* nicht glücklich.« Er schüttelt den Kopf, Tränen glänzen in seinen Augen, und er zieht seine Hände weg. »Jetzt sehe ich es. Ich bin zurück, und du wirkst verunsichert, und nach allem, was ich gehört habe, bist du vor allem glücklich, wenn ich an der Front bin. Du läufst hier herum wie eine Amazone – schwingst das Schwert mit dieser gefährlichen Frauenbande.«

»Sie haben nur Angst und wollen sich selbst schützen in Zeiten des Krieges.«

»*Wir* beschützen sie. Die Männer an der Front. Nur darum geht es doch in diesem Kampf – darum, sie zu beschützen. Wir können es nicht gebrauchen, dass du denkst, du weißt, wie man mit einem Schwert umgeht.«

»Ich weiß, wie man damit umgeht. Ich bin Spartanerin!«

»Nicht mehr. Du bist Trojanerin.«

»Ich … Troja ist mein Zuhause, aber ich kann nicht alles hinter mir lassen, was Sparta mir gegeben hat.«

»Du siehst sogar aus wie eine Spartanerin, die Haare so kurz wie ein Junge …«

»Es ist mein Körper, Paris, und ich schneide mir die Haare, wann ich will.«

»Du weißt, dass das nicht stimmt«, sagt er leise. »Da draußen tobt ein Krieg, Helena. Dein Körper gehört Troja. Wir sind es, die unser Blut dafür vergießen. Und es wird schwieriger werden, Männer zusammenzubekommen, wenn sie für eine Frau kämpfen sollen, die sie nicht besonders mögen – und sie werden dich nicht mögen, wenn du ihre Frauen und Töchter weiter auf Abwege führst.«

Ich fühle mich wie eine schlecht geschmiedete Klinge – brüchiges

Eisen, das gleich in scharfe und bedeutungslose Splitter zerbrechen wird. Meine Wut ist glühend heiß, und ich will mich streiten und schreien und brüllen und kämpfen, wenn es sein muss. Aber ich will auch weinen und in den Arm genommen werden, jemand soll mir sagen, dass ich perfekt bin und in Sicherheit – weil das eindeutig nicht stimmt, weil ich eindeutig scheitere.

Die Wahrheit bleibt immer dieselbe: Wenn ich Sicherheit will, muss ich eine Frau sein, die es wert ist, dass man für sie kämpft.

»Ich liebe dich«, verspreche ich leise. »Und ich will, dass du mich auch liebst.«

»Ich liebe dich, Helena. Aber die Frau, die ich geheiratet habe, liebe ich mehr.«

»Verstehe.«

Das war immer der Preis des Überlebens in dem Spiel, das ich bis jetzt bereitwillig und geschickt gespielt habe. Ich will verdammt sein, wenn ich vergessen habe, wie man gewinnt.

Paris schläft schnell ein – so schnell, dass ich mich frage, ob sein Zorn vom Wein geschürt wurde. Ich betrachte seine schlafende Gestalt und begreife, dass er der Sache einfach nicht gewachsen ist.

Aber ich bin es leid, ihm ständig diese Ausrede zu liefern und davon verletzt zu werden.

Gegen Mitternacht schlüpfe ich aus dem Bett. Ich ziehe mich leise an, nehme Paris' Umhang – der schwer und dunkel und unauffälliger ist als meiner. Die dünnen Seidenschuhe ziehe ich erst im Gang an, damit ich Paris auf keinen Fall wecke.

Aus dem großen Saal erklingt immer noch Musik, und ich mache mir Sorgen, dass ich jemandem begegnen könnte. Aber ich schleiche schnell und leise zum Westturm. Ganz oben ist ein staubiger, runder Raum mit schmalen Bogenfenstern. In einem Halter an der Wand brennt eine Fackel.

Ich muss nur diese Fackel vor dem Fenster schwenken.

Aber selbst jetzt, nachdem ich den ganzen Weg hierhergekommen bin, bin ich nicht sicher, ob ich es wirklich tun soll.

Ich betrachte die Tafel – das Wachs ist abgekratzt und Menelaos' Botschaft darunter deutlich zu lesen. Er war auch dabei, als Penelope ihre List aufgedeckt hat.

Ich versuche die Beleidigungen und die barschen Bemerkungen auszublenden, die ich beim Lesen so klar mit seiner Stimme höre, und gehe noch einmal zu den Anweisungen am Ende.

Ich nehme an, es gibt eine, wenn auch geringe Chance, dass du nicht so dumm, nichtsnutzig und schamlos bist, freiwillig die Hure eines Trojaners zu werden. In Sparta sammeln die Menschen das beste Holz für deinen Scheiterhaufen. Ich träume davon, wie ich dich vor die hasserfüllte Menge schleife. Die süßen Bitten, die du aussprechen wirst – vielleicht wirst du aber auch endlich den Kopf beugen und anerkennen, dass ich als dein rechtmäßiger Ehemann das Recht habe, alles mit dir zu machen, was mir verdammt noch mal einfällt, und sei es, dich einen Kopf kürzer zu machen. Ich bin es den Männern schuldig, die mit deinem Namen auf den Lippen sterben, dich zur Rechenschaft zu ziehen. Solltest du diesem Schicksal entgehen wollen, solltest du mich davon überzeugen wollen, dass man dich mit Gewalt entführt hat und du an meine Seite zurückkehren willst und mich um einen winzigen Teil des Respekts anflehen, den ich dir einmal bekundet habe – gib mir mit einem Licht im Fenster des Westturms des Palasts ein Zeichen. Ich lasse ihn ununterbrochen beobachten. Du hast Zeit bis zum nächsten Vollmond.

Dein Herr, König und rechtmäßiger Ehemann
Menelaos

Das Ganze ist so absolut tragisch. Wie viele Männer müssen sterben, weil Menelaos nicht damit umgehen kann, von einer Frau verlassen zu werden? Wie tief sitzt seine Wut, dass er den Brief nicht einfach schreiben konnte, sondern ihn gleich in Holz ritzen musste?

Es könnte klug sein, die Fackel zu schwenken. Wir verlieren den Krieg, wie es scheint, und sogar wenn das ganz unwahrscheinlich wäre – was schadet ein Ausweichplan? Damit ich nicht mit untergehe, falls wir untergehen.

Aber ich mache mir auch Sorgen, dass es eine Falle sein könnte. Vielleicht kommt der Brief gar nicht von meinem Mann – *Ex-Mann* –, sondern die Trojaner selbst haben ihn den Amazonen als Test für meine Loyalität übergeben.

Und wenn er wirklich von Menelaos sein sollte – was wird er als Nächstes verlangen? Dass ich versuche, aus der Stadt zu fliehen? Wenn die Achaier mich erst haben, können sie mich vor den Mauern abschlachten und trotzdem weiterkämpfen.

In mir zittert und bröckelt etwas – zum ersten Mal seit so langer Zeit hatte ich wieder das Gefühl, ich selbst zu sein, mein wahres Ich, nicht das Theater, das ich allen vorspiele, um zu überleben. Und an ein und demselben Tag haben mein Mann und mein Ex-Mann mich daran erinnert, dass ich niemals so werde leben können, nicht solange meine Sicherheit immer von der Liebe eines Mannes abhängt. Und diese Fackel zu schwenken ist wie nachgeben – zugeben, dass ich niemals Nein sagen, nie für mich einstehen, mich nur immer wieder einschmelzen werde und die Form annehme, die sie von mir verlangen.

Jetzt die Fackel zu schwenken ist nichts anderes, als angesichts von Paris' Wut zu nicken und mir zu sagen, dass ich mein Schwert weglegen und mich ändern werde. Also habe ich vielleicht längst nachgegeben.

Ich blicke in den Himmel und suche nach meinen Brüdern, aber durch die schmalen Fenster im Turm kann ich sie nicht sehen.

Sie wollten immer nur Helden sein. Und jetzt sind sie Sterne am Himmel, weil sie im Leben zu schnell und zu hell brannten.

Manche von uns flackern nur durch ihre ganze Existenz.

Ich nehme die Fackel, weil ich schon als ich den Brief erhielt, wusste, was ich tun würde – die sicherste Wette, die klügste Entscheidung, die Option, die mir die größten Überlebenschancen bietet.

Meine Brüder würden sagen, ich soll stark sein, eine mutige Entscheidung treffen und daran festhalten. Aber was wussten sie schon? Sie sind nicht als Kinder entführt worden. Nie hat jemand einen Krieg erklärt, weil sie eine harmlose Entscheidung getroffen und das Glück gewählt haben, anstatt weiter die ganze Grausamkeit zu ertragen, die die Welt ihnen antun wollte. Starke Männer werden unsterbliche Helden zwischen den Sternen. Starke Frauen werden schneller gebrochen, härter bestraft und fallen tiefer.

Und *nur für den Fall* schwenken sie eine Fackel hinter einem Fenster. Sie schichten so viele Ausweichpläne übereinander, dass die Hoffnung unter dem Gewicht ihrer Angst erstickt.

Langsam denke ich, dass wahre Stärke nicht davon kommt, dass man ständig gegen diese Welt ankämpft, sondern davon, dass man sie aushält. Vielleicht sollten wir nicht die Geschichten der Helden erzählen, sondern die der Frauen, die sie überlebt haben.

Ich schwenke die Fackel vor dem Fenster – schnelle, hektische Bewegungen.

Ich bereite mich vor auf meine letztlich unvermeidliche Kapitulation.

40

KASSANDRA

Ich versuche, lange aufzubleiben, nutze die Gelegenheit, bei meinen Brüdern und den gut gelaunten Menschen auf dem Bankett zu sein. Aber ich bin völlig verunsichert von der Erkenntnis, dass ich Helena mag.

Noch dazu viel mehr als bei meinen üblichen Schwärmereien. Das Gefühl geht tiefer, als mir bewusst war, ein Schmerz in meinem Pulsschlag, eine Anspannung bei jedem Atemzug – als würde ich ohne sie nicht funktionieren.

In diesem Zustand kommen die Weissagungen schneller und ich kann mich kaum auf die Gespräche konzentrieren. Also finde ich mich damit ab, dass der Abend für mich vorbei ist, und gehe zurück in meine Gemächer.

Eine Frau steht am Fenster.

»Danke«, sage ich und taste schon nach dem Verschluss meiner Kette. »Ich ziehe mich jetzt zurück. Holst du meine Dienerinnen, damit sie mir helfen, mich fürs Bett umzuziehen?«

Normalerweise bin ich absolut in der Lage, das selbst zu tun, aber in letzter Zeit hat Andromache eine Vorliebe für umständliche Kleider, und dieser Chiton hat zu viele Bänder an zu vielen unpraktischen Stellen, als dass ich ihn allein ablegen könnte.

Dann dreht die Frau sich um, und das Licht der Lampen fängt sich in ihrer Haarspange – blaue Diamanten, ein goldener Ring. Sie ähnelt auffallend der, die ich in den Brunnen geworfen habe als Opfer für … Tyche.

»Wie merkwürdig, die Gunst einer Göttin auf eine solche Bitte zu verschwenden.«

»Herrin«, sage ich schnell und falle auf die Knie. »Du ehrst mich mit deiner Anwesenheit.«

»Du darfst dich erheben«, sagt sie, aber dreht sich wieder um und blickt aus dem Fenster. Sie ist über zwei Meter groß, ihr schwarzes Haar ist zart gelockt, und ein scharlachrotes Band hält es ihr aus der Stirn über dem breiten, flachen Gesicht. Ihre kühle braune Haut spannt sich über hohe Wangenknochen, der Kiefer ist ein Schattenriss vor dem matten Glanz der Sterne. So wie sie auf die Stadt blickt, umrahmt vom Fenster, ist sie mehr als königlich. Sie ist himmlisch.

»Du hast dein Opfer zeitlich gut gewählt – die Männer sind in der Stadt zurück, und die Götter haben sich verkleidet unter sie gemischt und feiern mit ihnen in dieser Nacht. Sie sind abgelenkt, könnte man sagen. Der Strahlende und der Donnerer.«

Was heißt, dass Apollon und Zeus nicht wissen, dass sie hier ist – und das sollte sicher am besten so bleiben.

»Man kann es wohl Glück nennen.«

Jetzt lächelt Tyche. »In der Tat. Und dein Glück ist ziemlich zur Neige gegangen in letzter Zeit. Natürlich ist Glück keine Waage, sondern eine Kugel, die in jede Richtung rollen kann, es gibt kein Gleichgewicht zwischen Glück und Unglück. Und meiner Domäne zu Ehren möchte ich das auch nicht ändern. Aber als Frau hast du mein Mitgefühl.«

Sie löst die Spange aus ihrem Haar.

»Und durch das hier hast du auch meine Gunst.«

Ich betrachte die Spange. Sie ist viele Münzen wert, das stimmt. Aber das bedeutet einer Göttin nichts.

Was heißt, dass sie nur auf eine Ausrede und eine Gelegenheit gewartet hat, und beides hat sich jetzt glücklicherweise ergeben.

»Kannst du uns helfen, den Krieg zu gewinnen?«

»Ich helfe nur dem Herrn des Himmels, auch wenn er in diesem Krieg ungern etwas dem *Zufall* überlässt.« In ihren Worten liegt nicht der Hauch von Enttäuschung, aber sie ist trotzdem da: das herausfordernd gereckte Kinn, der gleichmäßige Klang ihrer Stimme, als wäre jede Silbe sorgfältig gewählt, die Ehrerbietung, mit der sie »Zufall« ausspricht – als wäre allein schon das Wort kostbar, als würde jeder, der es gering achtet, einen Akt der Gotteslästerung begehen. »Aber wenn du eine konkretere Hoffnung hast, könntest du mehr Glück haben.«

Sofort denke ich daran, sie zu bitten, Apollons Fluch aufzuheben.

Dann zögere ich – weil Apollon mir einmal vorgeworfen hat, dass ich nur an mich selbst denke statt an den Ausgang des Krieges.

Und ich denke daran, was er noch gesagt hat – über die Dutzenden Göttinnen und Götter, die die Fäden zusammenweben.

»Kannst du mir zeigen, wie ich die Zukunft weben kann?«

Sie runzelt kaum merklich überrascht die Stirn. »Die meisten Menschen können die Zukunft nur weben, indem sie Entscheidungen treffen, die selbst wir nicht voraussehen konnten.«

»Die meisten?«

»Die meisten Menschen können das Gewebe nicht sehen. Du bist anders. Kannst du es berühren?«

Ich denke an das Surren dieser Fäden. »Ich kann sie durchsehen und nach denen greifen, die ich suche. Sie erlauben es mir nicht immer. Aber ja, ich kann sie berühren.«

Tyche denkt nach und schürzt die Lippen. »Was genau hat Apollon gesagt, als er dir das Gesicht geschenkt hat?«

Es kommt mir ewig her vor, und so viel ist seitdem passiert, dass ich mich nicht genau erinnere. Ich versuche, daran zurückzudenken – an die Zeit vor dem Schmerz, als die Prophezeiung noch ein erhoffter Traum war.

»Ich bin mir nicht sicher, aber ich glaube, er hat gesagt: ›Die Prophezeiung sei dein.‹«

»Was für eine *unglückliche* Wortwahl«, sagt Tyche, und ihre Augen blitzen mit warmem Humor. »Ich kann dir zeigen, wie man Prophezeiungen webt – aber das heißt nicht, dass du dazu in der Lage sein wirst.«

»In Ordnung«, sage ich, und trotz der Aufregung, die mich zu überwältigen droht, ist meine Stimme ruhig.

»Achte auf das Gewebe«, sagt sie, und ich lasse den Blick verschwimmen, bis die goldenen Fäden schimmernd sichtbar werden. Ich habe vergessen, wie viele es sind. Sie schießen um mich herum durch die Luft, bis sie sich in den Menschen bündeln, deren Schicksal sie erzählen. »Versuch einen Faden zu bewegen.«

Ich greife nach einem.

Ein weinendes Kind wird den Armen der Mutter entrissen, ihre Schreie sind ohrenbetäubend.

Ich zucke zurück.

»Das ist dein Problem«, sagt sie. »Es ist nicht die göttliche Macht, die uns befähigt, das Schicksal zu weben, es ist die Geisteshaltung. Du bist zu menschlich. Die Gefühle sind deinen eigenen zu nah, die Zukunft ähnelt zu sehr deinen eigenen Möglichkeiten. Die Fäden merken das und versuchen dich zu kontrollieren, anstatt sich von dir kontrollieren zu lassen. Du brauchst nicht nur die Abgeklärtheit eines Gottes, du brauchst die Sicherheit. Du brauchst die Arroganz.«

Vielleicht ist das der Grund, warum Apollon versucht hat mir meine zu nehmen.

»Lass es mich noch einmal versuchen.«

Und so greife ich nach einem Faden nach dem anderen, und sie werfen mich entweder kopfüber in eine Vision oder sie geben meiner Berührung einfach nicht nach.

»Es ist nicht wie das Weben, das du kennst – stell es dir eher vor, als wolltest du etwas bauen«, sagt Tyche. »Anders als beim Weben sind manche Stränge stabiler als andere, manche sind breiter oder länger – du brauchst einen soliden Strang, um andere hineinzuweben, einen Anfangspunkt, auf den du bauen kannst. Fang klein an, die feineren Fäden könnten biegsamer sein.«

Ich kann nicht scheitern, nicht mit einer Göttin in meinem Zimmer, die mich ermahnt, es immer weiter zu versuchen. Apollon ist nur heute Nacht abwesend und feiert mit den Männern in der Stadt. Das ist meine Chance.

Ich greife nach einem kaum sichtbaren Faden. Er ist so durchsichtig, dass ich zuerst gar nicht merke, dass es ein prophetischer Faden ist und nicht nur eine Spinnwebe, in der sich das Licht fängt.

Männer, ein Streit, eine Frau, die sie getäuscht hat und die sich weigert, zuzugeben, dass ihr unbedeutender Mann nicht zu ihr zurückkehren wird ...

Ich ziehe mich aus der Vision zurück, aber lasse den Faden nicht los. Er ist kochend heiß, aber ich beiße die Zähne zusammen und wickle ihn um einen Faden in der Nähe, der verheißungsvoll schimmert, die Zukunft eines anderen.

Der Faden mit dem Streit bleibt und wird dicker durch diesen zusätzlichen Faden – zwei Männer schreien sich jetzt auf dem Schlachtfeld wegen einer anderen Frau an, einer Frau, die sie entführt haben: nicht Helena, aber ich kenne den Namen. Briseis, Königin einer Stadt in der Nähe, ein paar Jahre älter als ich und die erste, für die ich geschwärmt habe – jetzt Kriegsbeute von Achilles und seit ein paar Nächten von Agamemnon, der sie ihm entrissen hat, um seine eigene Gefangene zu ersetzen, die er zurückgeben musste. Dieser Faden schlingt sich nun um Achil-

les, steigert seinen Zorn, und er schreit Agamemnon an, bis ... er aufhört zu kämpfen.

Der stärkste Mann der achaiischen Armee, der ganze trojanische Bataillone niedermetzeln konnte, ohne von einer Klinge getroffen zu werden, kämpft nicht mehr.

Ich lasse los, die Kuppen von Zeigefinger und Daumen sind eingeschnitten und brennen.

Die Stränge um mich herum beginnen zu zittern, zu beben – das ganze Gewebe ordnet sich neu.

Tyche strahlt.

»Oh, großartig! Das ist schon einmal passiert – dass sich das ganze Gewebe verändert hat. Dieser Strang hätte nie so nah an dem anderen dran sein sollen, und jetzt sieh nur!« Sie zeigt auf Fäden, die zusammenschrumpfen. »Der Krieg hätte zehn Jahre gedauert. Jetzt sind es nur wenige Jahre. Oder nur Monate.«

Aber der Ausgang, dieser solide Strang im Kern der Prophezeiung, ist unberührt.

Ich starre ihn an, die schmerzenden Finger sind vergessen. Sie hat recht: Das ist schon einmal passiert. Als Helena mir geglaubt hat. Als ich mich entschieden habe, mit ihr zusammenzuarbeiten.

Und jetzt wieder.

»Von solchen Dingen passieren meistens drei, weißt du, so wie die Moiren drei sind. Wenn du Glück hast und das Dritte findest, kannst du vielleicht wirklich etwas verändern. Selbst Zeus' Wille kann nichts dagegen ausrichten, wenn die richtigen Stränge sorgfältig verwoben sind.«

41

HELENA

Paris ist schon fort, als ich am Morgen erwache. Ich habe gestern Nacht lange gebraucht, um einzuschlafen. Es war, als würde sein leises Schnarchen sich lustig machen über meine eigenen Versuche, in die Leere des Schlafs zu sinken. Und obwohl es noch früh ist und das helle Morgenlicht durch die dünnen Vorhänge dringt, ist mein Mann schon fort. Er ist auf das Schlachtfeld zurückgekehrt, ohne sich zu verabschieden.

Später gehe ich in die Stadt, um meinen Unterricht zu geben, die Sonne scheint brutal in den Innenhof der Turnhalle, wo fast hundert Frauen hölzerne Stöcke schwingen – abgebrochene Besenstiele und andere behelfsmäßige Waffen. Ich wollte fast nicht hingehen und habe überlegt, ob ich den Morgen besser mit Weben verbringen sollte. Aber bevor ich den Unterricht aufgebe, muss ich mir etwas einfallen lassen, damit die Frauen es mir nicht übel nehmen.

Ich trainiere Zweikampf mit Andromache – bei Weitem die aufmerksamste Schülerin. Sie ist immer konzentriert und so präzise in ihrer Technik wie beim Weben.

»Greif etwas dichter zusammen«, sage ich. »Deine Hände sind zu weit auseinander.«

Ich höre erstaunte Ausrufe, und die Frauen weichen zurück.

Als ich mich umdrehe, kristallieren Regenbögen in der Luft, die leuchtenden Farben verschmelzen, und eine Frau nimmt an ihrer Stelle Gestalt an.

»Prinzessin Laodike?«, ruft eine und fällt auf die Knie.

Verwirrt sieht die Frau an sich hinunter. »Nein, tut mir leid ... Habe ich mich vertan? Ich dachte, ich leihe mir eine Gestalt, die im Palast nicht auffällt, aber – sie wohnt hier gar nicht mehr, oder? Mein Fehler. Helena, man hat mich geschickt, dich zu holen.«

Sie will nicht auffallen, aber materialisiert sich aus dem Nichts in einem bunten Funkenregen?

Es muss Iris sein. Göttin des Regenbogens und Botschafterin der Götter.

»Was? Warum?«, sage ich erschrocken.

»Paris hat Menelaos zum Zweikampf herausgefordert. Zeus hat mich geschickt, dich zur Mauer zu bringen.«

»Was soll ich an der Mauer?«, frage ich, und Angst durchdringt mich. Ich weiß es oder kann es halbwegs erraten, aber bis es nicht wirklich bestätigt ist, kann ich die Last dieses Gedankens nicht ertragen.

Iris legt den Kopf schief und bringt mir eine noch tiefere Wunde bei – dieser Blick! Genau wie Kassandra. Laodike ist ihre ältere Schwester, und bei Zeus, sie sehen sich so ähnlich. Ihre dichten Brauen über den mitfühlenden bernsteinfarbenen Augen sind gerunzelt, die Lippen zu einem schmalen Strich zusammengepresst, und es könnte auch Kassandra sein, die spricht, als Iris antwortet: »Du bist der Preis für den Sieger.«

Was auch sonst.

Trotz all meiner Arbeit in der Stadt und trotz der Beziehungen, die ich hier aufgebaut habe, läuft es immer auf dasselbe hinaus: Zwei Männer kreuzen die Klingen und entscheiden auf diese Weise, wer mich bekommt.

Paris wird nicht gewinnen. Das kann er niemals. Aber er ist bereit, das Risiko einzugehen, als wollte er mich dafür bestrafen, dass er wegen mir an unserer Ehe zweifelt.

Und das war es jetzt? Kein Abschied. Kein letztes Gespräch. Eine Göttin schleift mich zur Stadtmauer und wirft mich Menelaos in die Arme. Wird er mich herumzeigen als Beweis für seinen Sieg? Wird er mir das Diadem vom Kopf reißen und mich vor der achaiischen Armee in den Dreck stoßen? Falls er glaubt, dass ich gegen meinen Willen hier bin, sperrt er mich vielleicht auf seinem Schiff ein, um mich nicht erneut zu verlieren, eine gefangene Königin, die in seinen Gemächern wartet?

Ich drehe mich zu Andromache um. »Sag Kassandra, dass ich … Sag ihr einfach Danke. Sie weiß schon, wofür.«

Andromache schüttelt den Kopf. »Helena, du darfst nicht gehen!«

Meine Augen sind feucht, aber ich hebe das Kinn.

»Den Göttern schlägt man nichts ab. Paris hat meine Hand als Einsatz geboten, und als mein Mann ist das sein gutes Recht.«

Was für eine Ironie. Trotz der vielen Stunden mit einem Schwert und meinem großen Geschick damit ist es nicht sinnvoll, sich gegen so etwas zu wehren.

Ich bin froh, dass Kassandra nicht hier ist.

Ich würde zusammenbrechen.

Iris umfasst meine Hand, und ich bin schwerelos, bin Licht, bin blendend hell.

Dann leuchtende Farben, alles nimmt wieder Form an, und ich stehe auf dem Wehrgang der Stadtmauer. Priamos und seine Berater sitzen nah an den Zinnen, und als er mich sieht, weiten sich seine Augen überrascht.

»Helena!«, ruft er. »Komm, setz dich zu uns.«

Zögernd gehe ich hinüber. Ich weiß nicht, wie ich mich verhalten soll – wie viel Angst ich zeigen soll. Als ich näher herantrete, sehe ich unten das Schlachtfeld – Schlamm und Blut, zersplitterte Schwerter und geschundene Männer, Zelte am Horizont vor dem großen weiten Meer.

Ich entdecke vertrautes rostrotes Haar – rot wie ersterbende Glut, die in der Dunkelheit knistert. *Menelaos.*

Er ist in einen Streit mit Paris und Hektor verwickelt, und sein Bruder Agamemnon hat sich neben ihm aufgebaut.

Der Bruder, der meine Nichte getötet hat und der anscheinend alles für diesen Krieg tun würde. Hat es Menelaos überhaupt gekränkt, dass ich ihn verlassen habe? Oder hat sein ruhmsüchtiger Bruder ihn beschwatzt, so den Krieg zu rechtfertigen, den er so gern wollte? Oder, nein ...

Die Fackel. Ich habe ihm selbst gesagt, dass ich gegen meinen Willen hier bin und nach Hause kommen will.

Beim Zeus, das habe ich.

»Kennst du ihn?«, fragt der König, und er muss wissen, dass ich nicht Menelaos anstarre.

»Agamemnon, der Mann meiner Schwester und Menelaos' Bruder. Achilles und Aias sind bessere Kämpfer, aber Agamemnon kann Männer dazu bewegen, zu kämpfen, als wäre er ein Held in einer Geschichte. Er ist grausam auf dem Schlachtfeld und die Männer folgen ihm blind.«

Priamos nickt. Seine anderen Berater waren ins Gespräch vertieft, aber jetzt richten sie die Aufmerksamkeit auf mich.

»Kannst du Achilles und Aias erkennen?«, fragt einer von ihnen.

Ich blicke auf das Schlachtfeld. »Achilles bin ich nie begegnet. Er hat nicht um mich geworben.«

»Warum kämpft er dann?«, fragt Thymoites und zupft an seinem ergrauenden Bart.

»Ruhm«, antworte ich ruhig. *Und eine Weissagung.* Kassandra ist nicht die einzige Prophetin – die Achaier haben auch eine. Und in ihren Lagern wird so viel darüber geredet, dass man es sogar bei uns gehört und dem Rat vorgelegt hat: Achilles ist es vorherbestimmt, in diesem Krieg zu sterben, und ohne ihn können die Achaier nicht gewinnen. Da er weiß, dass er sterben wird, kämpft er dafür, eine Legende zu werden.

»Das da ist Aias, neben Idomeneus.« Ich zeige auf den Riesen, der neben dem gottgleichen Mann vor der großen kretischen Armee steht. Vielleicht wird ihnen das bei ihren Strategien helfen – mein letztes Geschenk an Troja, bevor man mich zu Menelaos zurückkarrt.

»Und wer ist das?«, fragt Priamos. »Der mit der breiten Brust?«

Es ist nicht schwer zu erraten, wen er meint – er ist der Einzige, der zu mir hochblickt. Es erschreckt mich jedes Mal, wie brutal er aussieht – kräftige Arme und ein dicker Hals, klein und stämmig, aber muskelbepackt. Er ist so listig, dass er in meinem Kopf eine raffiniertere Gestalt annimmt, verschlagen und fuchsartig. Selbst jetzt wirkt das belustigte, selbstgefällige Grinsen fehl am Platz auf seinem stumpfen Gesicht.

»Odysseus«, sage ich. »Der Mann meiner Cousine und der König von Ithaka, einer zerklüfteten kleinen Insel. Seine Hinterlist macht ihn zum gefährlichsten Mann auf diesem Schlachtfeld.«

»Das stimmt«, sagt Antenor. »Ich habe ihn bei den Verhandlungen vor dem Krieg bewirtet.«

»Warum kämpfen sie nicht?«, frage ich und deute mit dem Kinn auf meine streitenden Ehemänner und ihre Brüder.

Priamos seufzt. »Es ist unklar, aber wenn ich raten müsste, würde ich sagen, dass Paris einen Rückzieher machen wollte, als Menelaos' die Forderung zum Zweikampf angenommen hat. Hektor scheint ihn dafür zu tadeln.«

Das war's also? Menelaos nimmt mich zurück, nachdem er den Mann, der mich entführt hat, besiegt, weil der sich vor dem von ihm selbst vorgeschlagenen Kampf gedrückt hat? In Sparta gibt es keine größere Schande, als einen Kampf zu verweigern. Es ist besser, seine blutigen Zähne in den Dreck zu spucken, als zu kapitulieren.

Agamemnon und Hektor entfernen sich, als Menelaos und Paris die Waffen nehmen – lange Speere, mit denen sie wohl hoffen, ihren Gegner zu erledigen, bevor sie in Reichweite der Schwerter sind. Menelaos' Hand ist stark, er packt so fest und sicher zu, dass die Knöchel weiß hervortreten. Paris wirkt nervös, als er die Finger um die Waffe legt.

Ich kann kaum hinsehen, aber was soll ich sonst tun.

In diesem Moment spiegelt sich die Mittagssonne in Menelaos' Waffe, und er wendet den Blick ab – schaut hoch zu mir. Wir sehen uns in die Augen.

Beim Zeus, diese Wut. Dieser vernichtende Zorn.

Ich begreife sofort, dass die Frau, die er jetzt sieht, ihn noch wütender macht. Ich bin nicht die, die er geformt hat – mit den kurzen Locken und den straffen Muskeln.

Ich widerstehe dem Drang, ihn zu verspotten – mit einem selbstgefälligen Grinsen vielleicht oder einem koketten Winken. Ich senke einfach den Kopf – eine Geste, die, wie ich hoffe, nicht zu entschlüsseln ist –, vielleicht bete ich zu einem Gott oder bin unfähig, bei einem so grausamen Kampf zuzusehen.

Ihre Speere schlagen gegeneinander. Die Männer bewegen sich schnell, das klirrende Metall hallt so weit, dass selbst wir es hören können.

»Ich kann das nicht mitansehen«, sagt Priamos. Ich würde gern mit ihm gehen, aber ich rufe mir in Erinnerung, dass ich keine Wahl habe. Die Götter selbst haben mich auf dieser Mauer abgeliefert. Also sehe ich zu, und mein Herz hämmert wie eine Schlachtentrommel, die die Kämpfenden anspornt.

Menelaos landet den ersten Treffer, sein Speer durchbohrt Paris' Schild, und ich spüre den Stoß, als wäre ich selbst getroffen worden.

Aber bald schon kommen beide nicht weiter, und sie werfen die Speere zu Boden und ziehen die Schwerter. Der Nahkampf ist brutal, jeder Hieb ein Schock in meiner Brust. Sie bewegen sich geschickt, und ich kann nicht glauben, dass Paris so lange standhält, dass er überhaupt so gut umgehen kann mit einer Waffe.

Er muss schnell gelernt haben.

Bei einer ungeschickten Finte verliert er das Gleichgewicht – ich könnte ihm noch etwas beibringen. Ich könnte ihm zeigen, wie man sich mit der Klinge in der Hand bewegt, als wäre sie Mondlicht in der Luft – leicht und sanft, kalt und schneidend. Wir könnten Partner sein in diesem Krieg, wenn er aufhören würde, mir vorzuwerfen, dass ich ihn nicht liebe, oder vielmehr dass ich mir nicht genug Mühe gebe, so zu tun, als ob.

Menelaos' Schwert geht mit einer solchen Wucht auf Paris' Kopf nieder, dass sich der Bronzehelm verbiegt.

Ich drücke mich so fest gegen die Brustwehr, dass ich blaue Flecken bekommen könnte.

Paris stürzt auf die Knie, er lässt das Schwert nicht fallen, aber er taumelt benommen. Menelaos schreit zu Zeus in den Himmel, packt Paris am Riemen seines Helms und schleift ihn durch den Dreck zu den Achaiern.

Nein. Nein, bitte nicht. Dann löst sich eine Gestalt aus der Menge und rennt los – und ich brauche eine Sekunde, um zu begreifen, dass es eine Frau ist, in einer Lederrüstung, aber ohne Klinge an der Seite. Ein Mann tritt vor und will sie aufhalten, dann merkt er, dass sie helfen will. Ich erkenne ihn wieder, es ist Sarpedon, der Prinz, der auch ein Kind von Zeus ist. Weshalb er sie genauso gut sehen kann wie ich, auch wenn alle anderen nichts ahnen. Aphrodite. Neue Züge, eine neue Gestalt. Sie lässt den Riemen in Menelaos' Hand reißen, ohne dass der überhaupt in ihre Richtung blickt.

Menelaos knurrt zornig und rennt zu seinem Speer. Paris versucht, sich aufzurichten, aber er taumelt heftig, und unter dem Metall seines Helms quillt Blut hervor.

Menelaos hebt den Speer, die Achaier jubeln, und ich kriege keine Luft – auch als ich sehe, wie Aphrodite zu Paris läuft und ihn umfasst, bin ich mir sicher, dass sie ihn nur halten wird, während er stirbt.

Beide verschwinden in einer Dunstwolke.

42

HELENA

Die Menge schnappt nach Luft, bevor sie ihren Unmut herausbrüllt.

Ich renne los. Schlüpfe zwischen den Leuten hindurch und laufe so schnell ich kann zum Palast. Ich will Abstand zu der Schlacht, bevor sie entscheiden, dass Paris in diesem Kampf auf Leben und Tod auch ohne Tod eindeutig verloren hat und der Preis den Besitzer wechseln sollte.

Im Gang stoße ich mit einer Dienerin zusammen.

»Ah, Helena!«, flötet sie, ein übersüßes Lächeln im Gesicht. »Schnell! Paris ist in deinem Zimmer. Man sieht gar nicht, dass er überhaupt gekämpft hat. Er liegt auf dem Bett, schnell …«

»Es reicht«, knurre ich, und meine Stimme ist leise und dadurch umso bedrohlicher. »In diesem Moment willst du mich täuschen? Warum? Macht es dir mehr Spaß in der Verkleidung?«

Sie hört auf mit dem Theater – und wenn ich mir bei ihrem Lächeln schon sicher war, dann erst recht bei der verächtlichen Miene, die sie jetzt aufsetzt.

»Helena, dein Mann wartet in den feinsten Gewändern auf dich, gebadet mit den Düften von …«

»Fick du ihn doch!«

Aphrodite funkelt mich an, ihr Gesicht verwandelt sich in das vertraute Flickwerk. Meine eigenen Augen blicken mich wütend an. Es ist grotesk, wie sie uns alle zusammennäht, als wären wir nichts als lauter Einzelteile, die man stehlen und austauschen kann.

»Nur weiter so! Übergib mich einem neuen Königreich, irgendeinem neuen Mann, der für deinen Ruhm kämpft. Dem Nächsten als Belohnung. Und bring diesen Krieg in ein anderes Land. Dann kannst du Paris heiraten oder seine Konkubine werden oder was auch immer du wirklich willst.«

Sie umfasst meinen Arm wie ein Schraubstock und drückt mich gegen die Wand. »Ganz vorsichtig, Helena, du vergisst dich. Dein Mann wartet auf dich – und du wirst eine liebevolle Frau sein, die sich um sein Wohlergehen sorgt.«

»Was mich angeht, ist mein Mann auf diesem Schlachtfeld gestorben«, fauche ich, reiße mich los und stoße sie weg. »In dem Zweikampf, auf dem er bestanden hat. Erwartest du etwa, dass ich mich um einen Feigling kümmere, der vor einem Kampf davonläuft?«

»Genau das wirst du tun. Deine Schönheit ist eine Gabe von mir, Helena. Sie ist mein. Ich bin der Grund dafür, dass dich jeder Mann auf diesem Schlachtfeld will. Du wirst also genau das sein, was ich sage. Und ich sage, dass du so hoffnungslos in Paris verliebt bist, dass du lieber den Tod an diese Ufer holen würdest, als ihn aufzugeben.«

»Wenn dir deine hübsche kleine Geschichte von einem Krieg aus Liebe so wichtig ist, dann spiel gefälligst selbst die weibliche Hauptrolle. Ich habe es satt, dass du mir meinen Text diktierst.«

Ich wende mich von ihr ab – und ich verstehe nicht, was ich da gerade tue. Mit einer Göttin streiten? Es ist lächerlich. Es könnte tödlich enden.

Aber diese Angst, zu Menelaos zurückzumüssen, der Schmerz, mich nicht verabschieden zu können, zu dieser Ehe gezwungen zu werden … das alles bricht aus mir heraus.

Ich bin halb den Gang hinunter, als sie anfängt zu sprechen.

»Ich kann dafür sorgen, dass sie dich genauso hassen, wie sie dich geliebt haben.« Ihre Stimme ist weich wie eine Liebkosung und mir wird eiskalt. »Ich hätte Eros befehlen können, einen Pfeil auf dich abzuschießen, aber das beweist wohl kaum *meine* Macht, oder? Gefällt es dir nicht, meine Belohnung zu sein? Na gut, dann bringe ich sie dazu, dich nicht als prachtvolle Trophäe zu sehen, die man gewinnen kann, sondern als verhasste Zicke, die die Fäden zieht. Deine wohlüberlegten Worte, was du alles tust für die Stadt, jede Kleinigkeit, mit der du ihr Vertrauen gewinnen willst? Ich kann das alles mit einem einzigen Willensakt zunichtemachen. Ich kann dafür sorgen, dass die Trojaner darum betteln, dass man dich Menelaos übergibt, und dass die Achaier dich um jeden Preis töten wollen, wenn das passiert.«

Ich bleibe stehen und hasse mich dafür. Aber sie weiß genau, wo meine Entschlusskraft Risse hat und sie zuschlagen muss.

Ich schließe die Augen, als könnte ich es nicht ertragen, meine eigene Schande zu sehen.

»Du sagst, Paris ist in unseren Gemächern?«

»Braves Mädchen.«

Wie versprochen liegt Paris auf unserem Bett, in weißen Gewändern, die zu hell sind, um etwas anderes zu sein als gottgegeben.

»Das ist also der Mann, der vor dem Kampf davonläuft, zu dem er selbst herausgefordert hat. Du hättest auf diesem Schlachtfeld sterben sollen.«

Ich kann nichts dagegen tun – aber ich kann nicht glauben, dass er mich so bereitwillig auf sein Ego verwettet hätte.

»Schimpf nicht ausgerechnet jetzt mit mir, Helena.«

Er ist eingeschnappt und sieht nicht einmal hoch.

»Zu feige, dich den Vorwürfen deiner Frau zu stellen? Es gibt da diese spartanische Denkweise: Lieber als Held sterben, als zu überleben und am nächsten Tag weiterzukämpfen.«

Wie kann mein Schicksal ausgerechnet mit diesem Mann verknüpft sein?

»Was soll ich sagen? ›O Paris, ich danke dir so sehr, dass du mich meinem Ex-Mann angeboten hast, und du hast sogar fast gewonnen, wirklich schlau! Ich bin so froh, dass du wieder zu Hause bist, und keine Sorge, mein Held, das nächste Mal machst du sie bestimmt fertig!‹«

Paris fängt an zu weinen, laute, erstickte Schluchzer. Und dann bin ich an seiner Seite, denn Wut oder nicht, anscheinend ist er mir immer noch nicht egal.

»Ich weiß, ja! Ich hätte ihn nie herausfordern dürfen, ich weiß einfach nicht, was ich tue! Nie! Auf dem Schlachtfeld nicht oder als Prinz – oder mit *dir*. Ich will einfach nur, dass dieser Krieg vorbei ist.«

Ich habe es satt, meinen Mann aufzurichten – seine kindischen Fehler und seine Wutanfälle. Ich habe es satt, ihn zu decken oder ihm jedes Mal zu vergeben, wenn er mir wehtut, weil er es ja nicht so gemeint hat.

Paris' Schluchzen beruhigt sich zu einem Schniefen und er sieht mich an.

»Was machen wir nur, Helena?«

Ich starre an die Wand, mein Blick ist verschwommen. »Versuchen zu überleben.«

»Ich war dir einmal wichtig. Jetzt frage ich mich, ob du mich überhaupt angesehen hättest, wenn Aphrodite mich nicht zu dir geführt hätte.«

»Du bist mir immer noch wichtig, Paris.«

»Aber du liebst mich nicht.«

Ich frage mich, ob Kassandra sich vor all diesen Monaten so gefühlt hat, als sie geschrien hat, ich könnte ihren Ruf ruhig zerstören, es wäre ihr egal.

Ich würde gern mein eigenes Leben in die Luft sprengen und sehen, was ich aus den Resten bauen kann.

»Du liebst mich auch nicht.«

Er fährt zu mir herum. »Natürlich liebe ich dich.«

»Du kennst mich gar nicht. Du hast mir nie eine einzige Frage über mich gestellt!«

»Ich ...«

»Weißt du, wie auch nur ein einziges meiner Geschwister heißt? Weißt du, wie viele ich habe? Was ist mit meinem Vater? Kennst du seinen Namen? Was ist mit Dingen, die ich gerne tue?«

»Du ... tanzt gern, dachte ich.« Er sieht mich an, als wüsste er genau, wie schwach diese Antwort ist.

»Mein Lieblingsessen?«, biete ich an, und er schüttelt den Kopf. Ich rede weiter. »Vergiss es einfach. Kannst du irgendetwas nennen, was du an mir magst?«

»Ich ... Du bist wunderschön, Helena.«

Wir blicken uns in die Augen und sehen zu, wie die Hoffnung auf irgendein *Wir* schwindet.

»Warum hast du mir nicht gesagt, dass du so empfindest?«, fragt er mit dumpfer Stimme. »Warum all die Lügen?«

»Das waren keine Lügen. Uns wird beigebracht, uns in einer Ehe so zu verhalten, damit wir uns nicht in Gefahr bringen. Die Göttin der Liebe stand vor meiner Tür und sagte, ich soll mit einem mir unbekannten Mann in ein Land auf der anderen Seite des Meeres segeln, einem Mann, der die Macht hätte, mit mir zu machen, was er will – auch mich meinem Ex-Mann zurückzugeben, wenn die Bedingungen stimmen. Ich musste dich lieben. Fast habe ich mich selbst davon überzeugt.«

Ich erwarte Protest und Abwehr. Aber Paris erinnert mich daran, dass es einen Grund gab, warum ich dachte, ich könnte ihn irgendwann lieben – bei all seiner Achtlosigkeit ist er im Grunde gütig. Und er denkt über mein Argument nach.

»Beim Olymp, ich bin so dumm.« Er sieht mich mit diesen großen, flehenden Augen an. »Es tut mir leid, Helena. Ich hätte deutlich sagen müssen, dass deine Sicherheit nicht von deiner Liebe abhängt. Ich habe mich nur so aufgeregt, weil ich dachte, du würdest mich wirklich lieben und ich hätte etwas getan, wodurch ich diese Liebe verloren habe.«

»Mir tut es auch leid«, sage ich. »Du bist mir wichtig, Paris. Ich dachte, ich könnte dich vor der Wahrheit beschützen.«

»Ich weiß nicht, was wir tun sollen. Wir können uns nicht scheiden lassen …«

»Nein«, sage ich schnell, und denke dabei nicht einmal an Menelaos, sondern an Aphrodite. Sie würde mich nicht nur zu ihm zurückschicken, sie würde seinen ohnehin schon so bösartigen Hass noch größer machen. Sie würde ihre Macht zur Schau stellen.

Paris stöhnt. »Es ist egal. Ich bin bald wieder auf dem Schlachtfeld. Was auch immer als Nächstes kommt, wir kümmern uns darum, nachdem der Krieg gewonnen ist.«

Nachdem. So ein kostbares, hoffnungsvolles Wort, und doch hoffe ich, es wird nie eintreten und diese Stränge können für immer herausgezupft werden.

Er deckt sich zu. »Vielleicht hast du recht: Vielleicht habe ich dich auch nie geliebt. Aber es fühlt sich trotzdem an, als würde es mir das Herz brechen; wenn es dir also nichts ausmacht, Helena, würdest du bitte gehen?«

43

KASSANDRA

Andromache findet mich im Hof hinter dem Palast, wo ich Fäden lese und mir überlege, bei welchen es sich lohnen könnte, sie miteinander zu verweben – falls ich das schaffe.

»Oh, gesegnet sei Apollon, ich habe überall nach dir gesucht«, sagt sie und hält sich die Seiten. »Iris hat Helena gerade auf die Stadtmauer gebracht – sie hat gesagt, Menelaos und Paris würden den Krieg im Zweikampf entscheiden.« Sie zögert, als wüsste sie genau, wie viel dieser nächste Teil mir bedeutet. »Sie hat gesagt, ich soll dir ›danke‹ sagen.«

Ich habe so viele Fragen, aber es fühlt sich an, als wäre die Welt ins Schlingern geraten, als würden wir auf einen Abgrund zuschlittern.

»Kassandra!«, ruft Andromache mir hinterher, als ich losrenne.

Aber ich bleibe nicht stehen, wobei ich es gar nicht bis zu den Mauern oder auch nur aus dem Palast hinaus schaffe, weil Helena wie eine Erscheinung vor mir auftaucht, so unerwartet biegt sie um die Ecke, und ich bemerke erst jetzt, da sie vor mir steht, wie sehr ich gefürchtet habe, sie nie wiederzusehen.

Ich stürze mich praktisch auf sie, falle ihr um den Hals und halte sie fest. Dann lasse ich sie los, taumele rückwärts und bringe heraus: »*Danke?* Ernsthaft? Mehr bekomme ich nicht?«

Sie zieht trocken eine Augenbraue hoch. »Ich hatte nicht wirklich Zeit, ein Pergament zu suchen.«

»Geh nicht. Du darfst nicht. Ich verbiete es.«

Sie lacht leise und verbeugt sich tief. »Sehr wohl, Prinzessin Kassandra.«

»Götter, sei nicht albern.« Sie ist aufgewühlt und kaschiert ihre Angst mit einem Lächeln, wie ich es schon öfter bei ihr gesehen habe, aber ich bin selbst total durcheinander und schlucke die Tränen hinunter. Ich weiß, wenn eine von uns die Beherrschung verliert, verliert die andere sie auch. »Aber Moment, du bist hier! Heißt das, Paris hat den Kampf gewonnen?«

Der Krieg könnte vorbei sein. Aber die Fäden haben sich nicht verändert, wie kann es also …

»Natürlich nicht. Entschuldige«, fügt sie hinzu, als sie meine enttäuschte Miene sieht. »Ich hätte mich vorsichtiger ausdrücken sollen, aber ich hätte nie gedacht, dass irgendjemand glauben könnte, er könnte wirklich gewinnen. Ich sollte wahrscheinlich allen Bescheid geben, dass er auch nicht tot ist, aber ich denke, die meisten, die ihn vor seinem bevorstehenden Tod haben verschwinden sehen, gehen von einer göttlichen Rettung aus. Er ist in unseren Gemächern – und was das angeht: Ich muss vielleicht eine Weile bei dir schlafen, solange Paris hier ist.«

Ich überspringe den wie auch immer gearteten Konflikt, der zu dieser Notwendigkeit geführt hat, und lande direkt bei der Vorstellung, mit Helena in einem Bett zu schlafen.

Schläft sie gut? Oder wälzt sie sich herum? Zieht sie einem die Decke weg oder schnarcht sie oder redet sie im Schlaf?

Dieses nagende Bedürfnis in meiner Brust meldet sich wieder, und ich ertappe mich dabei, dass ich die Antworten auf diese entschieden intimen Fragen unbedingt kennen will. Und darunter liegt wie ein Ölfilm um meine Knochen die tiefe Furcht, dass ich irgendwohin fallen könnte, wo sie mich nicht erreicht.

»Klar«, bringe ich irgendwann heraus. Ich halte mich an der ersten Ablenkung fest, die mir in den Sinn kommt, und versuche meine kreisenden Gedanken zu stoppen. »Gestern Nacht habe ich Tyche getroffen.«

Helena sieht nicht einmal überrascht aus, sie schüttelt nur den Kopf mit einem belustigten Lächeln. »Natürlich. Komm, lass uns irgendwohin gehen, wo man uns nicht belauschen kann.«

Wir gehen nicht weit, nur zum Ende des Gangs, wo man von einem Säulenvorbau aus auf einen Hof blickt, der ein paar Stufen tiefer liegt. Wir klettern auf die Marmorbrüstung dieser Galerie und lehnen uns jede an eine Säule. Mein Knie berührt ihres, und ich weiche ein winziges bisschen zurück, als könnte selbst diese leichte Berührung verräterisch sein.

Sie erzählt mir von Aphrodite und dem Zweikampf. Als sie fertig ist, fragt sie nach Tyche, und ich erkläre ihr, was wir erreicht haben – nur ein einziger kleiner Faden, und der Verlauf des Krieges war geändert.

»Das ist unglaublich. Kannst du das wieder tun?«

»Ich weiß es nicht. Ich habe es vorhin versucht, aber es ist schwierig. Ich glaube, ich habe es letzte Nacht nur geschafft, weil Tyche dabei war.«

»Können wir sie nicht zurückholen?«

»Ich denke nicht – sie hat angedeutet, dass sie nur hier sein konnte, weil Zeus abgelenkt war und Apollon nicht vorhatte, mich zu besuchen.«

»Was? Sorry, Apollon besucht dich?«

»Ja, er taucht gern in meinen Träumen auf und belästigt mich.« Mir war gar nicht klar, dass ich es ihr nie erzählt habe. Wir haben immer so viel anderes zu besprechen – und ich will nicht mit Helena über Apollon reden, über das, was er so eindeutig von mir erwartet …

Helena sieht aus, als könnte sie persönlich in meine Träume greifen, nur um ihn zu würgen. »Bedroht er dich?«

»Manchmal.« Ich zucke die Schultern. »Meistens versucht er nur, mich zu verführen. Neuerdings hat er beschlossen, dass er mich liebt – will mich auf den Olymp mitnehmen, eine Göttin aus mir machen und mich heiraten.«

Helena hält sich an der schmalen Brüstung fest. »Entschuldige, kannst du das wiederholen?«

»Das ist in etwa das Wesentliche.«

»Und was hast du gesagt?«

»So was wie ›Verpiss dich und lass mich in Ruhe‹.«

Sie starrt mich an.

»Okay, ich sage es.« Mit einer Kopfbewegung wirft sie ihre kurzen Locken aus dem Gesicht. »Ich will natürlich nicht, dass du Apollon heiratest, aber du lehnst Unsterblichkeit, Macht, Göttlichkeit ab …«

»Ich mag ihn einfach nicht.«

Sie schluckt und lässt die Hände sinken.

»Frauen heiraten ständig Männer, die sie nicht mögen, und aus nicht einmal halb so guten Gründen. Weil sie ihnen eine gute Ernte versprochen haben oder weil sie reich oder mächtig sind oder einfach nur gut mit ihren Eltern befreundet. Eine Ehe im Tausch gegen Göttlichkeit? Ich würde es nehmen.«

»Wirklich?« Es soll eigentlich nicht so traurig klingen.

Sie wendet den Blick ab, ihre Augen sind so blau wie ein kühler Winterhimmel. Sie blinzelt ein bisschen zu schnell. »Wahrscheinlich«, gibt sie zu. »Vermutlich sagt das mehr über mich aus, als mir lieb ist. Aber alles, was ich je von einer Ehe wollte, war Glück. Und dann wurde Liebe daraus, weil Liebe Sicherheit bedeutet, und wenn schon kein Glück, dann wenigstens keine Grausamkeit. Aber Göttlichkeit wäre noch dazu eine Macht. Wenn du schon jemanden heiraten musst, warum nicht die Möglichkeit wählen, bei der du wahre Autorität bekommst und Kontrolle über dein Leben, anstatt dich ständig verbiegen zu müssen für das bisschen Macht, das die Zuneigung deines Mannes dir verschafft?«

»Aber du wärst deinem Mann immer noch verpflichtet. Das würde ich niemals wollen – deshalb bin ich Priesterin geworden.«

Mein glorreicher Ausweg, um zu den wenigen Frauen zu gehören, die ihr Glück nicht aus den Resten zusammensuchen müssen, die die Männer uns übrig lassen.

Anders als Helena.

Skamandrios' Worte klingen mir in den Ohren: *Wir werden sie behalten müssen.* Wie viele Ehen warten noch auf sie, wenn Paris fällt?

»Verstehe«, sagt sie, und mir wird klar, dass sie, während ich über sie nachgedacht habe, auch mich analysiert hat. Sie betrachtet mich so aufmerksam – normalerweise würde ich schnell ablenken. »Es ist nicht ungewöhnlich, dass Mädchen aus Furcht vor einer schlechten Ehe in den Tempel eintreten.«

Ich bleibe still, Antworten kreisen in meinem Kopf, aber keine kommt mir richtig vor.

»Oder überhaupt vor der Ehe«, sagt Helena und versucht gelassen zu klingen, aber ihr Blick ist durchdringend und intensiv.

»Mir gefallen Mädchen so, wie mir eigentlich Jungen gefallen sollen.« Es ist komisch, das so zu erklären. In meiner Familie war es selbstverständlich. Ich habe immer von anderen Mädchen geredet, und irgendwann hat meine Schwärmerei sich verändert, und ich wollte lieber Zeit mit ihnen verbringen als so aussehen wie sie. Als ich es ihnen erzählt habe, wussten sie es schon.

»Ha, ich habe das nie so empfunden – dass ich etwas *sollte*. Ich war mit Mädchen und mit Jungen zusammen, aber außer Aphrodite hat nie jemand von mir erwartet, dass mir die Männer, die ich heirate, wirklich *gefallen*. Dafür ist die Ehe nicht gedacht.«

»Ja, kann sein. Aber wenn ich ganz ehrlich bin, glaube ich nicht, dass ich jemals Eros empfunden habe – es ist eher Romantik als Verlangen.«

»Wie meinst du das?«

»Nun, manchmal fühlt es sich irgendwie bombastisch an, was ich will: dass ihr Name sich auf meine Zunge prägt, weil ich ihn so oft ausspreche; dass unsere Leben sich umeinanderwinden und gemeinsam in die Höhe wachsen, unsere Stämme stärker werden. Jemanden haben, mit dem ich mich gemeinsam durch diese Welt kämpfen kann. Und manchmal fühlt es sich ganz still an. Ich will nur eine Hand halten, mich an eine Schulter lehnen. Ich will bei jemandem zur Ruhe kommen.«

»Das klingt schön.«

»Ja?«

»Ja, ich glaube, es würde mir gefallen.« Sie blickt auf ihre eingerissenen Fingernägel. »Ich glaube, es würde mir sogar sehr gefallen.«

Sie sieht mir in die Augen. Ich denke an die Geschichten, die man uns erzählt: von Blumen, die sich durch das Blut von Helden verwandeln, von einer warmen Sommerbrise, die das Geflüster von Liebenden weiterträgt. In diesem Augenblick kann ich unmöglich glauben, dass Helena nicht auch Teil einer Geschichte ist – Augen, bei denen der Himmel blau wird vor Neid.

Ich mache den Mund auf – unsicher, welche Worte folgen werden –, als wir im Gang Geschrei hören.

Es passt so wenig zu Hektor, herumzubrüllen, dass ich einen Moment brauche, bevor ich merke, dass er es ist. Mein Bruder ist immer ruhig – nervigerweise.

»Er ist Trojas Verderben! Und vielleicht wird diese schwere Last endlich von uns genommen, wenn seine Seele in den Hades aufbricht.«

»Paris ist dein Bruder«, gibt Mutter zurück.

»Und aus diesem Grund werde ich versuchen, ihn durch Anschreien zur Vernunft zu bringen, anstatt sie mit dem Schwert in ihn hineinzurammen.«

Helena und ich springen auf und kommen in den Gang, als meine Mutter gerade um eine Ecke verschwindet.

»Helena, den Göttern sei Dank«, sagt Hektor. »Ich habe mir schon Sorgen gemacht, die Achaier könnten einen Weg gefunden haben, dich in dem ganzen Chaos zu holen. Sie haben gefordert, dass wir dich trotzdem übergeben, aber dann hat jemand einen Pfeil abgeschossen, und jeder Gedanke daran ist verstummt, sobald wieder gekämpft wurde. Aber Paris muss wieder an die Front, es gibt schon Gerüchte, dass er sich hier versteckt.«

»Ich rede mit ihm«, sagt Helena – und nur weil ich sie so gut kenne, höre ich den Widerwillen in ihrer Stimme. »Ich glaube nicht, dass du ihn durch Anschreien überzeugst.«

Hektor zögert, bevor er schließlich nickt.

Helena hält inne, sieht mich an, und ich frage mich, was passiert wäre, wenn Hektor nicht aufgetaucht wäre. Vielleicht nichts. Aber vielleicht hätten wir etwas gesagt, das uns nur durch die Bedrohung, einander möglicherweise zu verlieren, über die Lippen gekommen wäre.

Dann dreht sie sich um und geht ohne einen weiteren Blick zurück wieder in ihre Gemächer.

44

KASSANDRA

»Kassandra«, sagt Hektor mit angespannter Stimme. »Können wir kurz reden?«

Ich nicke verblüfft, aber werde mich kaum darüber beschweren, dass ich Zeit mit meinem Bruder verbringen kann, bevor er in diesen grausamen Krieg zurückkehrt.

Er geht den Gang hinunter und sagt erst etwas, als wir in einem der Tagesräume des Palasts sitzen – ein paar Sessel um einen langen, niedrigen Tisch, die Luft berauschend vom Duft des Räucherwerks.

»Ich habe nicht viel Zeit«, sagt er.

Aus dem Nichts um ihn herum erscheint die Vision einer geflügelten Frau, die über diese Erklärung kichert. Sie streckt die Hand nach Hektor aus, als wollte sie ihn gleich berühren.

Furcht legt sich schwer auf mich, und die Hoffnung, die ich erst gestern noch hatte, löst sich auf. Ist das überhaupt eine Prophezeiung? Es muss so sein – eine Ker würde erst nach seinem gewaltsamen Tod von Hektor angezogen werden. Aber vielleicht ist die Grenze zwischen den Prophezeiungen und dem Reich der Götter durchlässig. In meiner eigenen Zukunft wanke ich über einen purpurnen Teppich auf das Schloss des Mannes zu, der mich gefangen nimmt. Ich höre schreiende Kinder, die von ihren eigenen Eltern verschlungen werden, ich sehe Blut, das längst weggeschrubbt wurde, ich sehe meine eigene Vernichtung durch eine Axt und tief fliegende Kreaturen, die gegen die Wände krachen. Vergangenheit, Gegenwart und Zukunft, alles zur gleichen Zeit, und nichts ist von Bedeutung.

»Kass«, sagt Hektor, aber ich kann nicht aufhören, auf die Verheißung des Todes zu starren, die ihm um den Hals hängt.

Achilles, sein Name im Wind, auf den Lippen der Soldaten, die sich hinter ihm in die Schlacht stürzen. Apollon schnallt die Rüstung auf, ein anderer Mann trifft – und schließlich bohrt sich Hektors Speer tief in seinen Bauch. Der Körper zuckt noch, und der Speer wird mit einem kräftigen Ruck aus der Leiche gezogen.

Ich taumele. Hektor tötet Achilles? Aber alle Visionen von Hektors Tod – und es gab so viele – zeigen, wie Achilles ihn tötet, ihn an ein Seil hängt und ihn durch den Dreck schleift.

Eine zweite Zukunft. Ein zweiter Strang. Hektor kann überleben, wenn er Achilles tötet, bevor der die Chance bekommt, ihn abzuschlachten.

Hektors Fäden verlaufen direkt durch diesen eisernen Kern der Zukunft, sind unwiderruflich mit dem Ausgang des Krieges verbunden. Wenn wir ihn retten, können wir dann auch Troja retten?

»Kass«, wiederholt Hektor etwas drängender.

Oh, Götter, ich kann ihm nichts sagen. Ich kann diese Hoffnung nicht zunichtemachen, indem ich den Fluch darauf lenke.

»Wie fühlst du dich?«, frage ich, um überhaupt etwas zu sagen. »Wie ist es, in die Schlacht zurückzukehren?«

»Ich bin nicht begeistert, aber ich habe schon in schlimmeren Kriegen gekämpft. Bis Paris diesen Wahnsinn abgezogen hat, waren wir am Gewinnen. Aber ich will auch nicht lügen – ein Teil von mir war erleichtert über den Zweikampf, auch wenn wir ihn verloren haben. Wir wären zwar bankrottgegangen, wenn wir den Achaiern so viel gezahlt hätten, dass sie es als Sieg hätten betrachten können und abgezogen wären. Aber der Krieg wäre vorbei gewesen.«

»Und Helena wäre gezwungen gewesen, zu einem grausamen Mann zurückzukehren«, erwidere ich. »Sie hätte uns verlassen.«

Er sieht mich scharf an. »Ja, darüber wollte ich mit dir reden.«

Ich kenne diesen Ton. So redet er schon seit der Kindheit – als wir ihn noch »spießig« und »langweilig« und »nervig« genannt haben. Ich glaube, wir hatten keine Ahnung, wie schwer die Krone auf seinem Kopf lastete.

Und jetzt ist er genauso nervig wie damals, auch wenn ich ihn besser verstehe als je zuvor.

»Was willst du wissen?«

»Du liebst Helena.«

»Ich *liebe* sie nicht«, sage ich spöttisch.

»Ich habe dich beim Bankett gesehen. Ich habe dich gerade eben gesehen. Du kannst nicht leugnen, dass du Gefühle für sie hast.« Er verschränkt die Arme vor der Brust und wirft mir einen Blick zu, den er von unserer Mutter geerbt hat: funkelnde Augen, schmale Lippen, als wollte er sagen, wag es ja nicht, zu lügen.

»Na gut.« Ich atme ein – obwohl ich so viel über mich herausgefunden habe, weiß ich nicht genau, wie ich meine Gefühle für Helena in Worte fassen soll. Aber am Ende ist es irgendwie einfach. »Ich liebe sie nicht, aber ich glaube, ich könnte. Ich glaube, ich werde sie lieben.«

»Beim Olymp.« Hektor stöhnt, als wären seine schlimmsten Befürchtungen Wirklichkeit geworden. »Sie ist mit deinem Bruder verheiratet. Wir führen Krieg wegen dieser Verbindung. Ihr könnt auf keinen Fall zusammen sein.«

»Ich habe nie erwartet, dass ich mit ihr zusammen sein kann, aber ich werde sie trotzdem lieben.«

»Es wird dir nur das Herz brechen.«

»Ich kann von Glück sagen, wenn ich nur mit einem gebrochenen Herzen hier herauskomme.«

»Kass ...«

»Was, Hektor?«, stoße ich schließlich hervor. »So ist es eben, okay? Die meisten Frauen werden gezwungen zu heiraten. Manche tun es freiwillig. Und deshalb soll ich meine Gefühle auf die Frauen beschränken, die einen Ausweg finden? Oder ist es genauso unpassend, eine zu lieben, die in einem Tempel Jungfräulichkeit geschworen hat, wie eine, die sich einem Mann vor dem Traualter verspricht?«

Er denkt nach – natürlich tut er das. Es ist ihm nicht so wichtig, bei einem Streit zu gewinnen, wie die richtige Schlussfolgerung zu ziehen. »Du hast nicht unrecht. Aber siehst du nicht, dass das nur beweist, was ich sage? Es kann dich nicht glücklich machen.«

Ich blicke zu Boden, meine Augen brennen. Es ist egal, dass in einem Jahr niemand mehr glücklich sein wird – für dieses eine Mal vergesse ich die Weissagungen und die Zukunft und bin nur das Mädchen, dessen dummes Herz ihr Schaden zufügen wird.

»Und was soll ich tun, Hektor? Ich weiß nicht, wie ich aus meinen Gefühlen wieder herauskomme. Ich werde es ihr kaum sagen. Und wenn meine Sehnsucht nur mich selbst verletzt, ist es dann nicht einfach mein Schmerz?«

Hektor wendet den Blick ab, und eine Sekunde lang sieht er so unglaublich jung aus, dass ich nicht verstehe, wie er das alles ertragen kann.

»Weißt du, was das Schlimmste am Kämpfen dort draußen ist?«

Ich kann es mir vorstellen. Ich habe so viel gesehen, auch durch die Augen der Männer, die dem standhalten – aber trotzdem weiß ich es nicht. Ich bin nicht wirklich dort.

»Zu wissen, was mein Tod Andromache antun wird. Sie hat schon ihre Familie, ihre Stadt verloren – wer könnte noch mehr Verlust ertragen? Aber ich weiß, was die Achaier mit ihr machen würden, sollten sie diese Tore überwinden, also gehe ich jeden Tag dort hinaus, damit sie in Sicherheit ist. Wenn ich sage: ›Sei vorsichtig‹, Kass, meine ich damit, dass ich weiß, wie mächtig Liebe sein kann. Ich fände es schrecklich, wenn diese Macht in die falschen Hände gerät. Wie sie manipuliert werden könnte. Helena war den größten Teil ihres Lebens von Hunderten von Leuten umgeben, die irgendwie in sie verliebt waren. Glaubst du *wirklich*, sie weiß nicht, was du fühlst?«

Hektors Worte gehen mir nicht aus dem Kopf, und meine Gedanken rasen von der Angst, dass Helena es wissen könnte, zu der verzweifelten Hoffnung, dass sie ähnlich empfindet. Das ständige Hin und Her macht mich wahnsinnig – und ich kann es nicht abstellen, weil Helena nicht im Gynaikeion auftaucht. Weil sie wahrscheinlich immer noch bei Paris ist.

»In Ordnung, wir gehen raus. Sofort.« Andromache hält es nicht länger aus, sie wirft das Schreibrohr zur Seite, die meerblaue Tinte spritzt ihr über die Hände. Eilig wischt sie sie an ihrem Kleid ab, und dass sie es riskiert, einen Stoff zu ruinieren, lässt erahnen, dass mein Zustand doch schlimmer ist, und ich folge ihr, ohne Fragen zu stellen.

Erst als wir die Akropolis zur Hälfte durchquert haben, sagt sie wieder etwas. »Kannst du mir bitte erklären, warum du jedes Mal zusammenfährst, wenn jemand durch die Tür kommt?«

»Ich denke ständig, dass es Helena ist.«

»Götter des Olymp, Kassandra, wann wirst du …«

»Ich kann nichts dafür. Dein Mann hat gesagt, dass ich in sie verliebt bin, und ich – nein, warum nickst du? Lass das. Ich habe ihm gesagt, dass das nicht stimmt, allerdings … habe ich zugegeben, dass ich Gefühle für sie habe.«

»Verzeihung?« Andromache bleibt so schlagartig stehen, dass eine andere Frau fast mit ihr zusammenstößt. Dann senkt sie die Stimme, als ihr bewusst wird, dass wir in der Öffentlichkeit sind und andere das besser nicht hören sollten. »Seit Wochen versuche ich, dich dazu zu bringen, und du redest ein Mal mit Hektor und gibst es einfach zu?«

Wir kommen zu den Toren, die hinaus in die Stadt führen, und reden erst weiter, als wir durch Trojas Hauptstraßen gehen und in das Viertel der Händler einbiegen, fast wie vor dem Krieg, als wir stundenlang geredet und uns Stoffe angesehen haben.

»Ich habe über einiges nachgedacht«, sage ich. »Aber Hektor hat das sehr gute Argument vorgebracht, dass Helena so daran gewöhnt ist, in der Nähe von Menschen zu sein, die Interesse an ihr haben, dass sie wahrscheinlich weiß, was ich fühle, und jetzt kriege ich Panik.«

Andromache schweigt einen Moment, und als ich sie ansehe, lächelt sie bei sich.

»Was?«

»Ach, ich liebe meinen Mann einfach. Das nächste Mal sollten wir so einen Hinterhalt gemeinsam planen – stell dir vor, wie gut wir erst zusammen wären.«

»Andromache!«

»Ja, stimmt ja. Wenn es hilft, ich bin mir ziemlich sicher, dass deine Gefühle nicht einseitig sind.«

Ich drehe ein paar Keramikperlen in den Händen, um Andromache nicht ansehen zu müssen, aber dann reiße ich mich zusammen – sie ist hier. Es ist ihr wichtig. Ich *will* es ihr erzählen. Habe ich ihr in letzter Zeit nicht schon genug verheimlicht?

»Das ist auch ein Grund, warum ich nervös bin. Bevor Hektor kam, haben Helena und ich uns gerade unterhalten, und wir haben nicht genug gesagt, dass ich mir sicher sein kann, aber es ist möglich, dass es in diese Richtung ging.«

Andromache nimmt meine Hand. »Kassandra, das ist so aufregend!«

Ja, ist es wohl. Aber irgendwie auch nicht. Es gibt im Moment so viel Wichtigeres, und ich bin egoistisch und will nicht, dass es gerade jetzt passiert – ich habe so lange von der Liebe geträumt. Ich will nicht, dass sie beiseitegeschoben wird, weil bedeutendere Dinge auf dem Spiel stehen. Sie verdient es, dass sich alles nur um sie dreht und das Übrige neben ihr verblasst.

»Du hast gesagt, du hast über einiges nachgedacht«, fängt Andromache an und spielt mit einem Armband. »Du musst es nicht erzählen, aber … nun, ich bin hier. Wenn du willst.«

»Ich habe einfach …« Ich atme ein und nehme einen Spiegel in die Hand, als könnte ich meine Gedanken darin sehen. »Ich glaube schon seit einer Weile, dass ich Menschen anders liebe als die meisten. Aber ich glaube auch, dass meine Liebe jemanden glücklich machen könnte, ob sie nun anders ist oder nicht.«

»Auf jeden Fall«, stimmt Andromache zu, und nicht auf die hastige Art, die ich erwartet habe, einfach weil sie mich unterstützen will. Andromache stimmt mir zu, als wäre es ihre grundlegende Überzeugung. »Natürlich ist es kompliziert, wegen Paris …«

»Bitte mach dir deswegen keine Sorgen, das hat dein Mann schon getan.«

»Ich liebe es, wie du von ›mein Bruder‹ zu ›dein Mann‹ wechselst, wenn du wütend auf ihn bist«, bemerkt sie. »Aber ich will einfach wissen, worauf du hoffst, damit ich dich am besten unterstützen kann.«

Ich lache ein bisschen, weil es total hektormäßig ist, so etwas zu sagen, und ich kann kaum glauben, dass sie erst ein Jahr verheiratet sind und trotzdem so aufeinander abfärben.

»Ich glaube, mehr als alles andere will ich einfach, dass sie sich selbst so sieht, wie ich sie sehe.«

»Oh, das ist schön. Das solltest du ihr sagen.«

Ich blicke in den Spiegel in meinen Händen und eine Idee nimmt Gestalt an. »Ja, das sollte ich wohl.«

Andromache und ich bleiben bis zum Abend draußen. Als die Sonne untergeht, kochen die Frauen in der Stadt zusammen große Mengen Essen und singen und tanzen. Wir gesellen uns zu ihnen und lachen, bis uns die Seiten wehtun. Und wir wissen, dass wir eigentlich im Palast sein sollten, solange Verbündete hier sind, die wir auf unsere Seite ziehen können, aber wir haben viel zu viel Spaß, um zu widerstehen. Diese Stadt. Diese wunderbare Stadt.

Ich könnte Hektor retten. Ich könnte Helena lieben. Wir könnten diesen Krieg gewinnen.

Wie sehr Hoffnung einen doch verjüngt.

Aber als ich in mein Zimmer zurückkomme, knallt die Tür hinter mir zu.

Apollon.

Er ist hier, höchstpersönlich, und lehnt sich an die Tür, völlig ausdruckslos, bis auf die Kälte in seinen Augen.

»Hallo, kleine Priesterin. Setz dich doch.«

45

KASSANDRA

»Apollon, was ...«

»Apollon, mein *Herr*«, knurrt er. »Setz dich hin. Sofort.«

Ich gehorche, weil er real ist und weil er hier ist und weil nichts gefährlicher ist als ein wütender Gott in deinem Schlafzimmer. Ich denke an das letzte Mal, als er hier war, und mir schnürt sich die Kehle zu. Ich könnte an meiner Angst ersticken.

»Mein Vater ist fuchsteufelswild«, sagt Apollon und geht auf und ab. »Er hat mich gerade auf den Olymp gerufen und getobt wegen des Kriegsverlaufs – und wegen seiner Zukunft. Die Zeitachse ist letzte Nacht praktisch zusammengebrochen.«

»Wirklich?«

»Wegen dir.« Er bleckt die Zähne und kommt steifbeinig auf mich zu. »Du bist schuld. Alles ist kaputt, weil du die Zukunft auf eine Weise manipuliert hast, wie eine Sterbliche es niemals dürfte. Nur wegen einer missratenen Priesterin hat sich die Wut des Götterkönigs gegen mich gerichtet. Weißt du, womit er mir gedroht hat?«

Ich bleibe ruhig, mein ganzer Körper prickelt. Er weiß, dass ich die Stränge verwebt habe. Geht es Tyche gut, oder bestraft Zeus sie, während Apollon sich um mich kümmert?

»Ich habe nicht ...«

Er unterbricht mich mit einem leicht irren Lachen. »Du schlaue, schlaue Priesterin. Ich hätte wissen müssen, dass du Schlupflöcher in meinem Fluch findest. Du hörst den Erlass eines Gottes und sorgst dafür, dass man deinen Weissagungen trotzdem glaubt.«

Ich muss ein erleichtertes Aufatmen unterdrücken. Er glaubt, dass ich nur das getan habe – dass ich nur seinen Fluch umgangen habe, und nicht das Schicksal selbst geformt.

»Was ist falsch daran, dass ich die Weissagungen weitergebe?«, frage ich. »Es gibt Seher auf beiden Seiten. Du hast sogar Skamandrios ...«

»Deinem Bruder habe ich nur Bruchstücke von Prophezeiungen gegeben, einen oberflächlichen Blick auf die Fäden des Schicksals. Aber du – du hättest ein Orakel werden sollen.« Er steht vor mir und hebt mein Kinn mit einem Finger. »Dir habe ich alles gegeben.«

»Und ich habe es genutzt.«

»Das Schicksal hat bestimmt, dass Troja untergehen wird.«

Ich springe auf, um wenigstens etwas Abstand zwischen uns zu bringen. »Wen interessiert es, was das Schicksal bestimmt?«

»Den König der Götter«, zischt er. »Ich konnte mir keinen Reim darauf machen, habe nicht verstanden, warum der Verlauf des Krieges sich geändert hat. Erst als alles zusammengebrochen ist, habe ich begriffen, dass du es warst.«

»Ich soll also die Zukunft, die ich sehe, einfach hinnehmen?«

»Du sollst darüber den Verstand verlieren, kleine Priesterin. Du sollst in deinem Fluch verharren, ihn annehmen als verdiente Strafe dafür, dass du einen Gott herausgefordert hast. Und stattdessen suchst du nach Möglichkeiten, mich zu überlisten. Du spielst ein gefährliches Spiel, Sterbliche.«

»Das ist kein Spiel. Ich versuche meine Stadt zu retten.«

»Deine Stadt wird untergehen«, ruft er. »*Meine* Stadt wird untergehen!«

Ich verstecke die zitternden Hände in den Falten meines Kleides und versuche die Stimme nicht zu heben. »Aber du willst das doch gar nicht, warum macht es dich so wütend, dass ich versuche, es aufzuhalten?«

»Ich will nicht, dass Troja untergeht, aber ich bin nicht bereit, mich deshalb Zeus' Willen zu widersetzen. Zehn Jahre sind lang, viele Menschen können sterben, aber du hast dafür gesorgt, dass diese zehn Jahre in nur wenigen Monaten passieren. Wenn das so weitergeht, wird der Krieg nur ein einziges Jahr dauern. Troja wird immer noch fallen, aber Vater will, dass es länger dauert, dass mehr Männer sterben. Er ist wütend, dass sich das ändert. Und ich?«

Er kommt wieder auf mich zu und ich gehe noch einen Schritt zurück.

»Ich bebe vor Zorn, weil du mich herausforderst.«

Ich stoße mit dem Rücken gegen die Wand, und als er lächelt, hat es etwas Brutales.

»Ich habe dich verflucht. Ich, *ein Gott*, habe dich verflucht. Du wirst diesen Fluch nicht umgehen, du wirst betteln und flehen und vor mir im Staub kriechen, bis ich ihn in meiner göttlichen Gnade aufhebe.«

»Aber du hast gesagt, dass du ihn nie aufheben wirst.«

»Und du solltest trotzdem betteln.«

»Ich habe einmal gebettelt und du hast nicht geantwortet.«

»Versuch es noch einmal.«

»Du willst, dass ich um Gnade flehe?«

»Ja.«

»Und außerdem willst du mich vögeln, du willst mich heiraten, du willst, dass ich dich abweise, weil es dich amüsiert.« Ich weiß, das ist keine sehr kluge Reaktion auf meine Angst. »Du willst, dass ich bettele, mich mit dir streite, mit dir rede und endlich den Mund halte. Entscheide dich, verdammt.«

Er stürmt vor, ballt die Faust und rammt sie über mir gegen die Wand. Drohend ragt er vor mir auf, hält mich mit seinem Körper gefangen, und ich fahre zusammen und ziehe den Kopf ein.

Er grinst.

»Genau das will ich, Kassandra.« Er fährt mit einem Finger über mein Gesicht und ich kriege eine Gänsehaut, wo er mich berührt. »Du sollst dich daran erinnern, dass ich ein Gott bin, den man fürchten muss. Du sollst nie vergessen, dass du nur lebst, weil es mein Wille ist. Und jeden Tag amüsierst du mich ein bisschen weniger, und ich frage mich, warum.«

Ich kann mich nicht bewegen, kann nicht weglaufen, kann kaum atmen. Ich habe zu große Angst, um auch nur daran zu denken, etwas zu sagen.

»Denn weißt du, was mich besonders wütend macht, meine Liebe?«, flüstert er mir ins Ohr. »Du hast *mich* benutzt, nicht nur die Prophezeiungen, die ich dir gegeben habe. Du hast meine Verzweiflung ausgenutzt und mir Antworten über die Natur der Prophezeiung entlockt, und dann hast du sie gegen die Armeen verwendet, die vom Schicksal dazu bestimmt waren, euch zu vernichten. Solche Hybris bleibt nicht ungestraft.« Er fährt mit dem Finger an meiner Wange hinunter und legt die Hand schließlich um meine Kehle. Er drückt nicht zu, noch nicht, aber ich spüre das Gewicht seiner Fingerspitzen und wage nicht zu atmen.

»Anscheinend wollen dich noch nicht so viele als verrückt abtun, wie ich gehofft habe«, spottet er. »Sehn wir mal, was ich da tun kann.«

Er greift in das Gewebe und zupft an einem Faden. Die Fasern winden sich in seinem Griff.

Er nimmt einen Faden und schlingt ihn mir um den Hals.

Erstickender Rauch, Blut, so viel Blut, und ein spitzer Pfeil und noch einer und noch einer und qualvoller, brennender Schmerz, meine Kleider stehen in Flammen, meine Haut löst sich ab ...

Die Vision verblasst, aber sie ist noch da, sie brennt für immer auf meiner Haut.

Der Faden ist nicht wie der um Hektors Hals – er sagt nicht meinen Tod voraus. Aber die Ähnlichkeit macht die Drohung ziemlich klar. Apollon zieht den Faden fest und lächelt.

»Mach mich nicht noch einmal so wütend.«

46

HELENA

Paris findet auch, dass wir die Probleme zwischen uns nicht öffentlich machen können, also glauben die meisten, er schmollt, weil die Niederlage im Zweikampf eine öffentliche Demütigung war – und nicht weil unsere Ehe am Ende ist. Aber er kann nicht für immer hierbleiben, und ich bin es leid, ihm gut zuzureden und ihn vorsichtig auf den richtigen Weg zu führen. Also werde ich ihn noch mehr demütigen – seine Frau schwingt fröhlich ein Schwert, während er sich weigert zu kämpfen. Vielleicht hört er dann auf, sich wie ein Feigling zu verhalten, verschwindet aus meinem Zimmer und geht zurück an die Front.

Außerdem ist es nicht nur das angenehme Summen der brennenden Muskeln, das ich gerade brauche.

In einer einzigen Stunde Kampfübungen erfahre ich von der Tochter eines Ratsmitglieds, dass man Blutregen auf dem Schlachtfeld gesehen hat; von der Frau eines Palastkochs, dass Agamemnon versucht hat, Achilles zu überreden, wieder für die Achaier zu kämpfen; und von einer Dienerin, dass in Achilles' Abwesenheit Diomedes der neue Schrecken auf dem Schlachtfeld ist.

Ich frage mich, ob Kassandra Weissagungen hat, die durch dieses Wissen klarer damit wir es bestmöglich nutzen können.

Ich finde sie bei Hestias Schrein. Normalerweise sind ihre Farben warm – frisch gebrannter Ton oder in einer Schmiede geschmolzenes Metall, ihre Augen brennende Glut im feurigen Licht der Sonne –, aber jetzt wirkt sie blass wie unter einem Grauschleier, sie blickt nervös hin und her und nestelt an dem Himation herum, das sie um den Hals trägt wie einen Schal.

»Was ist los?«, frage ich und vergesse sofort meine eigenen Sorgen.

Kassandra blinzelt und ich bemerke die tiefen Falten unter ihren Augen.

»Apollon war in meinem Zimmer, Helena«, flüstert sie eindringlich. »Nicht nur im Traum.«

»Nein!« Das ist mehr als Müdigkeit. Da liegt panische Angst in Kassandras Miene. »Was hat er getan? Bist du okay?«

Kassandra schluckt. »Er hat herausgefunden, dass ich Schlupflöcher in seinem Fluch entdeckt habe.«

»Kassandra, was hat er getan?«, wiederhole ich und versuche mir die Angst nicht anmerken zu lassen.

»Er hat einen Faden um mich geknüpft, und es ist wie eine ständige Vision am Rand meines Bewusstseins.«

»Kannst du ihn entfernen?«

»Ich weiß es nicht«, sagt sie, ihre Augen sind feucht, die Stimme angespannt. »Ich weiß nicht einmal, ob ich es riskieren kann, es zu versuchen, oder ob ihn das noch wütender macht.«

»Du kannst es nicht einfach hinnehmen und hoffen, dass er nicht noch andere schreckliche Dinge tut.«

»Das weiß ich.« Tränen lösen sich zitternd und laufen ihr über die Wangen. »Sieh doch – ist es nicht ein Zeichen, dass er mir jederzeit den Hals umdrehen kann?«

Sie zieht den Schal herunter und zeigt mir eine Linie, die tief in ihren Hals einschneidet – so dünn, dass sie ihr den Kopf abtrennen könnte, wäre sie aus Draht.

»Was zur Hölle …?«, zische ich.

»Ich weiß, er will mir Angst machen. Aber es funktioniert – mir graut davor, was er tun könnte, wenn ich versuche, es abzumachen, oder wenn ich weiter versuche, das Schicksal des Krieges zu ändern. Wenn ich *egal was* tue, das ihm nicht gefällt.«

»Willst du damit sagen, dass du nicht länger versuchst den Krieg aufzuhalten?«

»Natürlich – ich tue, was ich kann. Aber, Helena, dieser Faden, den er um mich geschlungen hat, zeigt mir ständig schreckliche Dinge. Und wenn ich versuche, die Fäden zu lesen, werden sie real – zusammen mit dem um meinen Hals. Er ist zu eng, er schneidet ein, und … Ich lese noch gelegentlich die Fäden, aber … es tut weh.«

»Kass …«, fange ich an, selbst den Tränen nah, aber sie redet schnell weiter, als könnte sie nicht auch noch meinen Schmerz ertragen.

»Die Visionen, die mich überkommen – die ich nicht gezielt suche –, zeigen mir auch wertvolle Dinge. Gestern hat sich mir, glaube ich, ein neuer Strang offenbart. Entweder Achilles tötet Hektor, oder Hektor tötet Achilles. Wenn Hektor stirbt, gewinnen die Achaier den Krieg. Ich weiß nicht, was passieren wird, wenn Achilles stirbt, aber vielleicht tritt dann das Gegenteil ein.«

Ich bin ein bisschen verwirrt durch den plötzlichen Richtungswechsel und brauche einen Moment, um ihre Worte zu verstehen. »Aber Achilles kämpft gar nicht.«

»Aber wenn er wieder anfängt, wird es den Ausgang des Krieges bestimmen.«

Eine Möglichkeit, zu siegen. Es sollte eigentlich leicht sein – wir könnten Achilles daran hindern, weiterzukämpfen, indem wir ihn auszahlen oder ihn für unsere Seite rekrutieren oder gezielt gegen ihn vorgehen, sodass er erschöpft oder gar verletzt ist, falls Hektor sich ihm wirklich stellen sollte.

Ich bin schlagartig ernüchtert, als ich wieder zu Kassandra blicke und zu dieser knallroten Linie um ihren Hals.

»Wirst du diesen Faden wirklich dort lassen und seine Berührung aushalten?«

»Ich glaube, ich muss.«

»Das ist nicht okay – dein Leben darf nicht von den Launen eines Gottes abhängen!«

»Hängt nicht unser aller Leben immer von den Launen eines Gottes ab?«

»Nicht von einem bestimmten Gott. Von einem allgemeinen Götterhimmel, ja, aber du hast einen Feind unter ihnen«, sage ich und tue so, als würden diese Worte nicht auch auf mich zutreffen. »Du kannst dich nicht darauf verlassen, dass seine sogenannte Liebe ihn davon abhält, dir etwas Schlimmes anzutun.«

»Und das heißt?«

»Du könntest beten, dass ein anderer Gott oder eine Göttin eingreift. Tyche?«

»Die hat es nicht einmal gewagt, mich aufzusuchen, solange Apollon und Zeus nicht abgelenkt waren – sie wird sich nicht offen gegen sie stellen.«

»Okay, und was ist mit einem Gott auf der Seite der Achaier?«

»Warum sollten die uns helfen?«

»Weil ein Gott auf *unserer* Seite das Problem ist. Es ist die perfekte Gelegenheit, ihm eins auszuwischen. Wie wär's mit Athene? Die wird wissen, wie man Apollon aufhalten kann. Bete zu ihr.«

Ich soll mich nicht auf den einen launischen Gott verlassen und mich stattdessen einem anderen launischen Gott anvertrauen?

»Was können wir sonst tun?«, frage ich. Ich streiche ganz leicht mit dem Finger über die Wunde um ihren Hals, als könnte ich sie lindern oder irgendwie auslöschen. Sie erschauert bei meiner Berührung und hebt ganz leicht den Kopf.

Ich überlege, meine Lippen auf das Mal zu drücken – seine Drohung mit meiner Zuneigung zu verdecken.

»Du hast recht«, sagt sie. »Ich werde mich kaum allein dagegen wehren können.«

Aber sie versucht es und allein das ist beruhigend.

47

KASSANDRA

Athenes Tempel ist der größte von allen auf der Akropolis, in seiner Mitte erhebt sich eine Statue, deren gefiederter Helm die umliegenden Dächer überragt. Ganze Familien würden in die Statuen der Stadt passen, aber Athenes Statue, das ursprüngliche Palladion, ist so riesig, dass man vielleicht sogar sämtliche Palastbewohner darin unterbringen könnte.

Es ist das Fundament Trojas, und es wurde gesandt, um zu zeigen, wo die Stadt gebaut werden soll, und ich hoffe, wenn ich davor bete, wird die Göttin sich erinnern, dass wir einmal ihre Gunst besaßen.

Im Tempel gehe ich wankend auf Athenes Statue zu; ihr Altar befindet sich neben mir, die Marmorwände glänzen.

In Visionen habe ich gesehen, wie ich herkomme. Hier verstecke ich mich, wenn die Stadt untergeht, weil ich weiß, dass Apollon mich nicht retten wird, und hoffe, dass sie es tut.

Sie tut es nicht.

Ich bohre die Fingernägel in die Handflächen, um zu verhindern, dass mir Tränen in die Augen treten. In den Visionen muss ich einen Grund gehabt haben, zu glauben, dass Athene mich retten würde. Vielleicht hat sie das schon getan.

Ich falle auf die Knie und verbeuge mich vor ihrer Statue.

Ich kann nicht einmal ein Gebet sprechen, kann meine Bitte nicht in Worte fassen. Ich bleibe einfach sitzen, vorgebeugt im Gebet, erfüllt von Hoffnung und Verzweiflung, und wünsche mir, dass sie mich versteht.

Der Tempel ist ruhig und still – völlig leer. Und nichts passiert.

Aber am nächsten Tag und an den Tagen, die folgen, kehre ich zurück und bete um Rettung.

Die Visionen werden blutiger, als würden sie von dem Faden angezogen, der so fest um mich geschlungen ist. Ich sehe, wie Krëusa aus der Stadt flieht und in der Massenpanik niedergetrampelt wird. Ich sehe Skamandrios, umringt von Achaiern, die das Schwert gegen ihn richten. Ich sehe meine Mutter gefesselt am Strand, wo sie um die Ruinen ihrer Stadt weint, um die Kinder, die sie begraben hat, und um die Töchter, die sie nie wiedersehen wird. Und wieder und wieder die Stadt, die in Trümmern liegt, Staub und stickiger Rauch und lodernde Flammen.

Trotzdem suche ich noch nach diesem anderen schimmernden Faden, der eine neue Zukunft bieten könnte. Aber wo er auch ist, es muss tief in den Falten des Gewebes sein, und all die anderen Tragödien verlangen zuerst angesehen zu werden.

Der Krieg ist das reine Chaos – mit den Amazonen machen wir Fortschritte, aber ohne Paris zaudert unsere Armee. Beide Seiten gewinnen und verlieren, und das Pendel schlägt jedes Mal so jäh aus, dass ein Schwerthieb eine ganze Schlacht verändern kann.

Eines Tages bin ich mit Krëusa und Andromache in der Bibliothek. Krëusa liest, ich zupfe an prophetischen Fäden und denke, dass Andromache vielleicht nur etwas Ablenkung wollte, weil sie plötzlich einen merkwürdig erstickten Laut von sich gibt und in Tränen ausbricht.

»Was ist los?«, frage ich und strecke ungeschickt die Hand nach ihr aus. Ich bin gut im Ablenken, nicht im Trösten.

Sie schüttelt den Kopf, als würde sie es nur schlimmer machen, wenn sie es ausspricht.

»Andromache«, drängt Krëusa und ergreift über den Tisch hinweg ihre Hand.

Andromache zögert, dann sackt sie förmlich in sich zusammen und spricht zu den Pergamenten, die auf dem Tisch liegen. »Hektor und ich haben uns gestern gestritten. Ich bin schrecklich, und bitte seid mir nicht böse, aber ich habe ihn angefleht, nicht weiterzukämpfen. Ich habe vorgeschlagen, dass wir Troja verlassen.«

»Du bist nicht schrecklich«, versichere ich ihr. Sicher hat jeder in der Stadt schon etwas Ähnliches gedacht.

Die Prophezeiung, die mich würgt, zieht sich fester. Sie schwebt über allem wie ein Schatten, blendet das andere zwar nie ganz aus, aber färbt es trotzdem ein. Manchmal ist da Schmerz, der durchsickert, das Gefühl, als würden sich Pfeile in meine Haut bohren, oder da ist Rauch, der einen benommen macht, oder ein dunstiger Nebel über der Welt.

Jetzt gerade ist es der Geruch meiner brennenden Haare.

»Ich habe ihn angefleht, nicht zu kämpfen, und ein paar Stunden später hat jemand einen Stein auf ihn geschleudert. Ich werde das Gefühl nicht los, dass er den Krieg nicht überleben wird. Ich lese es ständig aus diesen verdammten Rätseln heraus.« Sie schiebt eine Seite weg, als könnte die persönlich der Grund für Hektors Tod sein. »Und dann hat er gesagt, dass er das auch denkt und dass er hofft, vorher zu fallen, damit er nicht mitansehen muss, wie Troja untergeht, und ich … Er hat gesagt, es sei eine Schande, nicht zu kämpfen, und ich habe gesagt, dass es dumm sei, sich von Schande und Ehre leiten zu lassen, und außerdem egoistisch, und …«

Sie bricht ab mit einem Aufschrei und lehnt sich entsetzt zurück, als sich ein Mann in Rüstung auf dem Tisch materialisiert und Blut auf die Seiten unter ihm tropft. Krëusa springt auf, und ich fahre zusammen und starre auf den Mann über ihm, der die Hand auf die Brust des Soldaten gelegt hat und mich mit einem boshaften Funkeln in den Augen ansieht.

»Hallo, kleine Priesterin.«

Ich bin zu erschrocken, um Angst vor ihm zu haben. »Apollon, was ...«

»Dafür ist jetzt wirklich keine Zeit«, sagt er, reißt dem Soldaten den Helm vom Kopf und enthüllt den nach Luft ringenden Aeneas. »Aphrodite würde mir das Leben zur Hölle machen, wenn ich ihn sterben lasse – sie hat ihn mir praktisch in die Arme geworfen.« Er dreht sich zu Krëusa um. »Nun, ich würde nicht einfach nur herumstehen, Liebes, er braucht ärztliche Hilfe.«

Sie kann Apollon nicht sehen und sicher auch nicht hören, aber sobald sie sieht, dass es Aeneas ist, stürzt sie sich auf ihn und drückt die Hände auf seine Wunden, dass Blut über ihre Finger rinnt.

Andromache rennt los und schreit nach den Palastärzten.

Apollon glänzt vor Schweiß, seine Tunika ist dreckig, seine Rüstung sitzt schief, und eine tiefe Wunde heilt vor meinen Augen auf seiner Stirn.

»Oje, dein Hals sieht ja furchtbar aus. Diese Prophezeiung muss wirklich einschneidend sein.«

Ich betaste meine Kehle. Mein Himation ist heruntergerutscht, als ich rückwärtsgetaumelt bin, und ich spüre die Einkerbung in der Haut. Ist sie tiefer geworden? Ist es ein langsamer Tod, den er immer fester um mich schlingt? Werde ich eines Tages aufwachen und nicht mehr atmen können, an etwas ersticken, das niemand sehen kann?

»Wenn du dir Schmerzen ersparen willst, beschränkst du dich auf die Visionen, die die Fäden dir zu zeigen geruhen. Du hörst auf, neue Prophezeiungen zu suchen. Du hörst auf, *mich* zu bekämpfen.«

Ich kann nicht reden, nicht in Krëusas Gegenwart, die ihn nicht sehen kann. Also nicke ich nur und hoffe, er versteht es als Kapitulation.

»Das hat Spaß gemacht.« Er grinst grausam. »Lass uns das wiederholen.«

Er zieht sein Schwert, geht einen Schritt vor ins Nichts und verschwindet.

In den nächsten Wochen ist es schwer, den Überblick zu behalten. Es heißt, dass wir gewinnen, dass sie gewinnen, dass wir sie zurückgedrängt haben, dass sie vor unseren Mauern stehen, ein einziges Chaos von Fäden, die nicht länger mit der Ordnung der einst als Schicksal festgelegten Ereignisse übereinstimmen. Verbündete kommen in Scharen; jeder, der sich uns anschließt, begeistert ein paar andere, die sich den Ruhm auch nicht entgehen lassen wollen. Paris geht endlich wieder an die Front, weil er den Gedanken nicht erträgt, dass sie ohne ihn siegen, und die Götter wechseln so schnell die Seiten, dass wir nicht mehr mitkommen.

Ich habe immer wieder gelegentlich bei den Kriegsanstrengungen geholfen, aber jetzt versucht meine Mutter mich wirklich in die Arbeit einzubinden: Essen machen, Verbände weben, Wunden verbinden und Kleidung nähen. Sie glaubt, mein Widerstreben rührt daher, dass sie mir separate Räume zuweist und mich von den anderen trennt, obwohl sie meine Hilfe einfordert. Und es trifft mich auch, aber ich bin zu müde, als dass es mir wirklich etwas ausmachen würde – und auch viel zu müde, um viel für die Soldaten zu tun. Die Visionen zu ignorieren ist aufreibend, aber mich aufzuraffen und sie trotz der Schmerzen zu lesen, zehrt an meinen Kräften. Und jeden Tag tue ich ein bisschen weniger – obwohl ich sie mehr lesen sollte. Der Krieg setzt uns zu, wir sind alle müde und hungrig, und selbst die, die keine prophetischen Visionen haben, hören nachts die Schwerter klirren.

Ich verbringe fast jede freie Minute in Athenes Tempel, schwenke Weihrauch und zünde Kerzen an. Es dauert Wochen, aber endlich kühlt die Luft ab, und das ferne Murmeln der Priesterinnen verstummt.

»Ganz Anatolien weiß, dass ich fest auf der Seite der Achaier stehe«, tönt eine Stimme, und ich fahre herum, aber ich kann niemanden sehen. »Und doch kommst du jeden Tag her. Warum?«

»Ich bitte dich nicht, die Seiten zu wechseln«, sage ich zur Statue und sinke auf die Knie. Ich bin so erleichtert, dass ich meine ganze Kraft brauche, um nicht zu schluchzen. »Ich bitte dich nicht um Hilfe für den Krieg, sondern für mich selbst.«

»Für dich selbst?« Jetzt höre ich Schritte und sie kommt näher und baut sich vor mir auf. Ich blicke hoch in die sturmgrauen Augen einer Göttin. Sie sieht jung aus, ihr Gesicht ist faltenlos und ihre Alabasterhaut strahlt, wie es nur die einer Göttin kann. Aber ihre Augen sind alt. »Eine Armee steht vor euren Mauern und doch betest du für dein eigenes Wohl?«

»Es gibt jemanden, den ich mehr fürchte als achaiische Soldaten.«

»Ach ja?«, fragt sie. »Erzähl.«

»Apollon.«

Sie schweigt so lange, dass ich fast schon erwarte, dass sie mich mit ihrem göttlichen Glanz verbrennt.

»Steh auf«, sagt sie, und das tue ich. Sie sieht mich nicht mehr verächtlich an, sondern neugierig. »Wer bist du?«

»Prinzessin Kassandra.«

Ihre Augen verengen sich, ihr Blick ist jetzt scharf. »Du bist das Orakel.«

»Das sollte ich sein, ja.«

»Und jetzt bist du in meinem Tempel? Wechselst du einfach von einem Gott zum anderen, bis einer dir die Macht verleiht, die du begehrst?«

»Nein, Herrin«, sage ich schnell. »Ich will gar keine Macht.«

»Was *willst* du *dann?*«

Ich zucke zusammen bei dem Zorn, den sie in das Wort legt – weil eine Sterbliche mit Forderungen zu ihr kommt und die eigenen Wünsche wichtiger nimmt als die der Göttin.

»Bitte«, sage ich, denn was habe ich anderes gelernt, als dass Götter es lieben, angefleht zu werden? »Apollon hat mich verflucht, nachdem ich seine Avancen abgewiesen habe, und seitdem lässt er mich nicht mehr in Ruhe. Ich habe Angst, er könnte mich bestrafen, weil ich ihm das verweigere, was er sich jederzeit nehmen könnte.«

»Wenn er dich dafür bestraft hat, dass du ihn abgewiesen hast, wäre es ein Verrat an den alten Gesetzen, die Angelegenheit auf andere Weise zu regeln. Er würde dich nicht noch einmal für eine Beleidigung bestrafen, wenn er das schon getan hat.«

Was kümmern mich die alten Gesetze der Götter? Seit wann gelten Gesetze für mächtige Männer?

»Mein Keuschheitsgelübde …«

»Das ist es also?«, schäumt sie. »Du brauchst einfach nur eine jungfräuliche Göttin?«

»Mein Keuschheitsgelübde war mehr als ein Gelübde. Ich denke, du verstehst das.«

Sie starrt mich lange an und ihr Blick wird ein klein wenig sanfter. Dann betrachtet sie das Palladion, und mir fällt auf, dass es ihr gar nicht ähnlich sieht. Athenes Nase ist kräftig und gerade, die der Statue schief, als wäre sie einmal gebrochen gewesen. Athenes kräftiges Haar ist zu Zöpfen geflochten; das der Statue ist fein und unter dem Helm zusammengebunden. Und die Miene der Statue ist so heiter, wie ich mir Athenes Gesicht niemals vorstellen kann.

Aber wenn sie es nicht ist, wer dann? Sie hat uns das Palladion geschickt, es trägt ihren vollen Namen: *Pallas Athene*.

Dann sieht sie mich so wissend an, als könnte sie förmlich sehen, wie ich die Teile des Rätsels zusammensetze.

»Sie hieß Pallas.«

So viel Ungesagtes liegt in diesen Worten, auch in der Art, wie sie sie betont: *Ich habe diese Frau so geliebt, dass ich ihren Namen angenommen und sie zu einem Teil von mir gemacht habe.*

Und etwas anderes sagt: *Selbst der Tod konnte mich nicht davon abhalten, ein Stück von ihr bei mir zu tragen.*

Sie verweilt auf dem »hieß«, als wäre es eine Last, als würde sie unter seinem Gewicht leiden.

Dann hebt sie den Kopf, ihre Züge verhärten sich, und sie dreht sich jetzt wieder Furcht einflößend zu mir um.

»Du hoffst also auf eine verwandte Seele? Du hast nie zuvor zu mir gebetet und hoffst trotzdem, das genügt, damit ich mich von der Seite abwende, der meine Gunst gehört?«

»Apollon ist der Schutzgott meiner Stadt«, sage ich. »Man hat uns nie gelehrt, dass es einen stärkeren Gott oder eine stärkere Göttin gibt, abgesehen von Zeus. Aber ich habe jetzt Visionen. Ich kann sehen, dass du die Einzige bist, die ihn aufhalten kann.«

Es ist reine Schmeichelei.

Aber Athene lächelt.

»Du hast Glück, denn ich bin im Moment nicht sehr erfreut über den kleinen Einfaltspinsel, aus Gründen, die auf der Hand liegen. Zeus überwacht unsere Entscheidungen auf dem Schlachtfeld, aber sicher nicht das hier. Es ist völlig unbedeutend, aber es wird ihn sicher wütend machen.«

Also hilft sie mir, genau wie Helena vorhergesagt hat, aus reiner Bosheit.

Götter. Einer so egoistisch, eitel und bösartig wie der andere.

Aber vielleicht ist es ja ausnahmsweise zu meinem Vorteil.

»Ich habe nicht vor, den Fluch aufzuheben, selbst wenn ich es könnte. Ein Gott kann das Werk eines anderen nicht ungeschehen machen, sonst würden wir uns noch mehr gegenseitig an die Gurgel gehen als sowieso schon. Das also ist mein Erlass: *Kein Gott soll dich anrühren.*«

»Kein ... *Gott?*«, wiederhole ich, nur um sicherzugehen, dass ich es richtig verstanden habe.

»Kein Gott«, sagt sie knapp. »Ich werde keinen zweiten Achilles riskieren – der, da kannst du dir sicher sein, bald wieder auf unserer Seite kämpfen wird. Nein. Kein Gott soll dich anrühren, Kassandra. Was andere Sterbliche angeht, kann ich nichts versprechen.«

48

HELENA

Kassandra sieht immer noch dieses Flickwerk aus Prophezeiungen, aber sie jagt ihnen nicht mehr nach, wie sie es am Anfang getan hat, und jeden Tag geraten ihre Bemühungen mehr ins Stocken. Die Visionen erdrücken sie noch immer, treffen sie wie Schläge – aber sie sucht sie nicht mehr bewusst, weshalb sie sich dabei nicht mehr schmerzerfüllt an den Hals fasst und danach lange im Bett bleibt und den milchigen Tee trinkt, den Andromache gegen Schmerzen nimmt.

Kassandra fühlt sich furchtbar deswegen. Als wäre sie gescheitert, weil sie die Schmerzen nicht länger ertragen kann und will. Als wäre Leid eine Kraftprobe, und sie hätte sich als schwach und nicht einfach nur als menschlich erwiesen, indem sie sich dagegen entschied.

»Du hast die Antwort schon«, sage ich. »Rette Hektor, gewinne den Krieg. Um das zu schaffen, brauchen wir nicht noch mehr Prophezeiungen.«

Sie schüttelt den Kopf. »Dieser andere Pfad muss versteckt sein. Ich sollte ihn suchen, denn in den einzigen Visionen, die von selbst zu mir kommen, sitzt Achilles in seinem Zelt und weigert sich, zu kämpfen, und dann wechseln sie zu dem Schwerthieb, der Hektor tötet.«

»Damit können wir arbeiten.«

Nicht nur Herophile gibt unsere Nachrichten an den Rat weiter, sondern Dutzende Priesterinnen in der ganzen Stadt. Und bald wiederholen alle unseren Vorschlag: Zieht Achilles auf unsere Seite, schickt Mörder zu ihm, macht ihn noch zorniger, damit er endgültig nach Hause fährt. Wir versuchen alles, was uns einfällt, um zu verhindern, dass er weiterkämpft, und planen gleichzeitig für den Fall, dass er es doch tut.

Ich erzähle allen, einer meiner Kontakte habe gehört, wie Achilles im Lager der Griechen herumerzählt habe, falls er jemals weiterkämpfen würde, wolle er Ruhm erlangen, indem er den Kronprinzen tötet.

Aber wir machen keine großen Fortschritte.

»Hektor hat sich ein Dutzend Mal auf dem Schlachtfeld bewiesen. Er kann im Kampf nichts Neues mehr erreichen – warum sollte er sich nicht als Meister der Strategie hervortun und dem Rat beitreten?«, schlägt Aithra vor.

Ich sitze mit ein paar Frauen in meinem Zimmer, inmitten von Pergamenten, die mit Prophezeiungen vollgekritzelt sind. Kassandra sitzt auf dem Fensterbrett – sie bleibt immer etwas für sich, auch wenn sie der Grund für unsere Zusammenkünfte ist.

»Kennt deine Quelle Achilles denn gut genug, um zu erkennen, ob es ein Schwur ist und nicht nur Prahlerei?«, fragt Agata.

Ich sehe mich nach Kassandra um, ob sie mitbekommen hat, was gerade gesagt wurde. Aber sie ist von irgendetwas abgelenkt, das ich nicht sehen kann, ihre Augen folgen einer Bewegung durch den ruhigen Raum.

Ich habe ihr die Einzelheiten meiner Vereinbarung mit diesen Frauen nicht genannt: dass sie glauben, Nachrichten von den Achaiern zu entschlüsseln. Dass sie glauben, ich hätte eine Quelle. Dass sie es niemandem sagen, weil sie glauben, mich damit zu schützen. Wenn eine von ihnen es sich anders überlegt, könnte man mich des Verrats beschuldigen. Kassandra würde mir niemals erlauben, dieses Risiko einzugehen – ein Risiko, das ich überhaupt nur für sie eingehe.

»Er meint es ernst«, antworte ich.

»Ich frage nur, weil ich nicht glaube, dass der Rat Hektor in nächster Zeit erlauben wird, die Front zu verlassen«, sagt Agata. »Er ist der Einzige, der gegen die achaiischen Anführer eine Chance hat. Ich habe vorhin bei der Ratssitzung bedient, und den letzten Berichten zufolge hat Hektor gerade heute Nachmittag Patroklos besiegt, einen ihrer ...«

Kassandra keucht, ihr Körper zuckt so heftig zusammen, dass ihr Fuß sich in dem schweren Vorhang verfängt und sie auf den harten Steinboden fällt.

Ich eile zu ihr, und sie lässt sich von mir aufhelfen, die Augen weit aufgerissen. Ich führe sie aus dem Zimmer, bevor sie anfangen kann, Weissagungen auszusprechen, und die anderen sie hören.

Aber sobald sie aus der Tür ist, krallt sie sich an mich wie mit den Klauen einer Furie.

»Helena, oh, Götter! Hektor, er – du musst ... ich weiß es nicht! Ich weiß nicht, wie ich es aufhalten soll ...«

»Es ist in Ordnung«, sage ich schnell, aber sie sieht mich so verzweifelt an, und ihr treten schon Tränen in die Augen. »Uns fällt schon etwas ein. Was hast du gesehen?«

»Er ist es nicht – er ist es gar nicht, Helena! Ich habe mich geirrt, oh Götter – es gab nie einen anderen Faden, alles ist Teil derselben elenden Zukunft, und er wird sterben, und wir ...«

»Kassandra!«, sage ich scharf.

Sie schluckt, ihre Lippen sind trocken und rissig. »Es war nicht Achilles, den Hektor in diesen Visionen getötet hat. Ich dachte es – die Männer um ihn herum haben seinen Namen gerufen und sind ihm in den Kampf gefolgt. Aber es war eine List. Es war der verkleidete Patroklos.«

Ich bin daran gewöhnt, dass sie mir die Weissagungen erzählt, und trotzdem kann ich mich dieser instinktiven Wut nicht erwehren, wenn der Fluch wirkt, und ein Teil von mir zischt, dass das alles lächerlich ist und man es sich gar nicht anzuhören braucht.

Ich unterdrücke es, und die Zweifel weichen dem Vertrauen in Kassandra. Aber es wird zunehmend schwieriger, an diesem Unglauben vorbeizukommen.

»Aber wenn Achilles nicht kämpft, dann …«

»Genau deshalb wird Achilles wieder kämpfen! Und er wird nicht aufhören, bis er Patroklos' Tod gerächt hat. Er ist wild entschlossen, Hektor zu töten.«

Die Lüge, die wir uns ausgedacht haben, um die Prophezeiung zu verhindern, ist selbst zu einer Prophezeiung geworden.

Ich sehe ihr in die Augen, denn wenn Achilles wieder kämpft und Rache will, steht Hektors Tod kurz bevor. Es kann sich nur noch um Tage handeln.

Ich nehme ihre Hände, als könnte ich sie in der Gegenwart festhalten und vor dem Untergang retten, auf den wir offensichtlich zurasen.

»Ich weiß nicht, ob wir das richten können. Aber ich verspreche dir, dass wir es versuchen.«

Kassandra kritzelt stundenlang Worte auf Pergament, quält sich mit den winzigsten Kleinigkeiten, als könnten wir so den Schlüssel finden, um unsere Rettung zu weben.

Eilig verteile ich die Blätter unter den Frauen, denen ich vertraue, aber Klymene nimmt mich beiseite.

»Es ist Kassandra, oder?«, faucht sie. »Deine *Quelle*. Wir deuten ihre Prophezeiungen.«

»Klymene«, fange ich an, aber ihr Blick macht mir klar, dass ich mich nicht herausreden kann.

»Sie hatte eine Vision, und plötzlich hast du Seiten über Seiten voller Details. Es ist direkt vor unserer Nase passiert, Helena.«

Beim Olymp, sie könnte alles zunichtemachen, alle diese Frauen gegen mich aufbringen. Das ist die Gefahr, mit der ich die ganze Zeit gerechnet habe, aber es ist mir egal, weil das hier viel, viel wichtiger ist.

»Du kannst mich anschreien, du kannst mich auch melden, ganz wie du willst –, aber können wir bitte vorher Hektor retten?«

Ihre Augen blitzen. »Hektor muss nicht gerettet werden. Und ich kann nicht glauben, dass du mitten im Krieg unsere Zeit damit verschwendest, an sinnlosen Prophezeiungen festzuhalten, nur weil du das in Ungnade gefallene Orakel magst, das sie liefert.«

»Klymene, ich bitte dich. Hier geht es nicht um Kassandra. Vertrau mir. Oder versuch wenigstens deine Zweifel auszusetzen. Was schadet es denn? Wenn wir uns irren, überlebt er sowieso, und wenn wir recht haben ... nun, wenn wir kämpfen, dann können wir vielleicht dazu beitragen, dass er überlebt.«

Sie presst die Lippen zu einem schmalen Strich zusammen, durchbohrt mich mit ihrem Blick und reißt mir dann die Seite mit den Prophezeiungen aus der Hand.

»Ich versuche es. Und dann denke ich darüber nach, ob ich dir verzeihen kann.«

Klymene ist sauer, als wir uns versammeln, unfähig – oder vielleicht versucht sie es auch gar nicht –, die Bosheit aus ihrer Miene zu verbannen oder sie nicht auf ihre spitze Zunge tropfen zu lassen. »Kämpf einfach nicht gegen Achilles«, zischt sie und wirft ihr Schreibrohr schon nach kurzer Zeit zu Boden.

Alle – alle zehn Frauen, denen ich vertraue – sitzen zusammen in einem Zimmer und vertiefen sich in die Seiten.

»Selbst wenn wir die Ehre beiseitelassen, ist es nicht möglich, einem bestimmten Gegner auf dem Schlachtfeld aus dem Weg zu gehen«, sage ich, und wir versuchen es weiter, kommen nicht voran, und mit jeder Sekunde, die vergeht, kann Achilles' Klinge ihr Ziel treffen.

Kassandra ist in einem anderen Raum und arbeitet sich hastig durch die Fäden. Sie gräbt sich in die zentralen Stränge, rast durch eine Vision nach der anderen und bettelt immer noch um einen weiteren Blick auf etwas, das helfen könnte.

Als ich nach ihr sehe, kann sie sich kaum noch auf den Beinen halten, Blutstropfen bilden sich auf der Linie um ihren Hals. Hektisch bewegt sie die Hände vor sich, und ihrem empörten Aufschrei nach scheint sie keinen einzigen Faden fassen zu können. Je mehr sie sich abmüht, je größer die Erschöpfung und der Schmerz, desto schwieriger wird es, die Stränge zu lesen.

Das Grauen dämmert wie noch nie bisher – zu wissen, dass etwas wahr ist, und es auch zu glauben, das sind letztlich zwei völlig verschiedene Dinge –, aber dies trifft, wo ihr Fluch es nicht getan hat. Rette Hektor, rette die Stadt. Rette Hektor, bewahre Kassandra vor allem, was sie sich antun wird, um ihn zu schützen.

Als ich wieder bei den anderen bin, nimmt Krëusa den Zettel mit Prophezeiungen, den Aithra davor studiert hat. »Können wir auch Einzelheiten ändern? Ihm sagen, dass er keinen Streitwagen nehmen soll oder nicht den Speer? Dann erkennen sie ihn vielleicht nicht.«

Das ist bisher die beste Idee, aber es klingt schwach, vor allem bei einem Strang, der so entscheidend ist für den Krieg.

Dann liest Agata die Seite auch.

»Goldene Rüstung? Wir würden nie ein solches Metall für eine Rüstung verschwenden. Trojanische Rüstungen sind aus Bronze.«

»Er ist der Kronprinz«, sage ich, nachdem ich es auch überflogen habe.

»Gold ist weich. Trojanische Rüstungen sind aus Bronze«, wiederholt sie bestimmt. »Glaub mir, ich habe in den letzten Monaten genug davon ausgebessert.«

Natürlich kann sich nur ein Prinz eine solche Rüstung leisten – aber kein trojanischer Prinz.

Ein Prinz von Phthia. Kassandra hat es selbst gesagt: Patroklos hat sich als Achilles verkleidet. Er hat dessen Rüstung getragen.

Hektor muss sie ihm abgenommen haben.

Und jetzt wird Hektor von einem Mann gejagt, der ihre Schwachpunkte kennt, weil er sie davor selbst getragen hat.

Ich renne zurück zu Herophile, die wiederum zum Rat eilt mit der plötzlichen Empfehlung, dass Hektor eine Rüstung mit dem Emblem von Apollon tragen solle, nicht die von Achilles.

Es müsste ganz einfach sein – es ist logisch, nicht die Rüstung des Feindes zu tragen. Aber so viele Männer haben gesehen, wie die Schwerter an Achilles abgeprallt sind, dass sie fast glauben, seine Rüstung sei von Göttern gemacht – was sehr gut sein kann. Der Rat debattiert *viel* zu lange darüber.

Ich gehe im Vorzimmer eine Tür weiter auf und ab, während Kassandra neben mir die Fäden durchsucht und sich weigert, damit aufzuhören, bis wir die Bestätigung haben, dass Hektor den Befehl befolgt.

»Die Fäden richten sich neu aus«, keucht sie plötzlich. »Sie müssen eine Entscheidung getroffen haben, und … ja, ja, da ist keine Rüstung – Nein!«

Sie fällt auf die Knie und starrt in die Ferne. Ich bin mir nicht sicher, ob sie eine Vision hat, aber sie murmelt unablässig: »Nein, nein, nein!«

»Es klappt schon. Wir haben es schon einmal aufgehalten. Wir schaffen es noch einmal.«

»Nein, wir schaffen es nicht.« Ihre Stimme stockt bei dem schroffen Versprechen einer Zukunft, die ich nicht sehen kann. »Nicht, wenn wer weiß wie viele Götter die Stränge zurück an ihren Platz drücken.«

Dann steht sie auf und greift trotzdem nach einem Faden.

Wochenlang ist sie wie von Sinnen. Ich glaube wirklich, sie hat jede Hoffnung verloren. Aber sie macht weiter, als könnte sie sonst nichts tun, als wollte sie dem unausweichlichen Schicksal blutverschmiert und mit eingerissenen Nägeln ins Auge sehen und die Götter anschreien, die es festgelegt haben.

Wir halten es so viele Male auf: Als Hektor ein paar Männer in dardanischer Rüstung in eine Falle führen soll, lassen wir ihn stattdessen mit den Mysiern kämpfen – dafür ist Penthesilea, die Anführerin der Amazonen, schließlich an seiner Stelle und stirbt durch Achilles' Klinge; als Kassandra sieht, wie Athene selbst Achilles zu Hektor führt, sagen wir Hektor, er soll Apollon nicht von der Seite weichen – damit der Gott ihn in Nebel hüllen kann und niemand ihn sieht. Wir raten ihm, andere Waffen zu benutzen, eine andere Rüstung zu tragen, nah an der Mauer zu kämpfen – und er weiß die ganze Zeit, was wir verhindern wollen, vor allem weil sämtliche Ratschläge von Priesterinnen kommen. Es muss für alle so aussehen, als würde plötzlich ein ganzer Chor von Göttern die Aufmerksamkeit auf Hektors Überleben richten.

Wir lauschen an der Tür, als Hektor den Rat höflich begrüßt, und sich dafür bedankt, empfangen zu werden. »Ganz offensichtlich sehen die Götter etwas, dem wir lieber nicht ins Auge sehen wollen, aber ihr sollt wissen, dass es eine Ehre wäre, für Troja zu fallen.«

»Einen Scheiß wäre es ...«, zischt Andromache leise und packt Krëusa am Arm.

Andromache ist nicht unter den Frauen, die sich um die Entschlüsselung kümmern, stattdessen leitet sie das Netzwerk von Kampfkursen in der Stadt, jetzt, wo ich aufgehört habe. Aber offensichtlich weiß sie, was bevorsteht, genau wie Hektor.

Alle wissen es.

Achilles rennt über das Schlachtfeld und fordert, dass Hektor sich ihm stellt, sucht nach ihm, schreit nach seinem Blut.

Sie wissen, dass er nicht aufhören wird, bis er es bekommt.

Ich verteile die Zettel mit den Prophezeiungen auf dem Boden und gehe in meinem Zimmer auf und ab, bis ich durchdrehe und schreie und gegen die Steinwände trete. Der Schmerz durchbohrt mich, und ich lasse mich auf den Boden sinken. Ich kann das nicht. Kassandra zählt auf mich. Sie quält sich, um ihren Bruder zu retten. Wenn ich es nicht aufhalte, wird sie weiterleiden, und ich bin nicht klug genug, um zu kapieren, was wir tun müssen. Sie macht so viel durch, nur um an diese Weissagungen zu kommen, und dann kann ich sie nicht deuten und keine Anhaltspunkte darin finden, und wegen mir wird Hektor sterben und Troja fallen.

Schließlich schaffe ich es ein weiteres Mal, noch ein Wunder in einer Reihe von zwanzig. Aber als ich in den Palast zurückkehre, umarmt Kassandra ein Kissen und weint.

»Achilles, er …«, keucht sie. »Er sollte den Leichnam meines Bruders tagelang vor der Mauer herumschleifen. Aber stattdessen kämpft er noch und hat so viele getötet, die sonst wahrscheinlich nicht gestorben wären. Er hat den Fluss mit einem Damm aus Leichen aufgestaut, nur weil ich die Zukunft verändert habe.«

Ich beiße mir auf die Zunge, meine Geduld ist ein dünner Faden. Ihr Hals sieht aus wie rohes Fleisch, ein Dutzend Frauen haben alles gegeben, um die Weissagungen zu entwirren, und ich stehe nicht nur am Rand des Abgrunds, ich halte mich gerade noch mit einer Hand daran fest. All die Lügen und die schlaflosen Nächte, in denen wir versucht haben, die Dinge zu ändern – und sie fühlt sich schuldig, weil es funktioniert?

»Ich bin mir ziemlich sicher, dass der Mann mit dem Schwert diese Leute umgebracht hat«, sage ich scharf. Ich will mich nicht über sie ärgern, aber es ist so schwer, weil es mich überall juckt, wenn sie eine Weissagung ausspricht – diese Gewissheit, dass jeder Satz eine Lüge ist.

Kassandra kehrt zu ihren Visionen zurück. Ich vertiefe mich in die Weissagungen, bis mir die Augen tränen, oder halte mir die Seiten, nachdem ich wieder einmal zum Tempel gerannt bin, um Hinweise abzuliefern.

Und Hektor fällt trotzdem an einem kalten Herbstnachmittag.

Einen Monat. Mehr konnten wir ihm nicht verschaffen.

Kassandra sieht es nicht einmal, bevor es passiert, die Fäden sind tief verborgen unter anderen Strängen in diesem eisernen Kern der Zukunft, sodass sie jedes Mal, wenn sie sie loszulösen versucht, von anderen Visionen über unsere gesicherte Zukunft überwältigt wird. Aber wenn es passiert, sagt sie, verblasst das geschmolzene Gold der Zukunftsfäden zu dem stumpfen Glanz der Stränge des schon Geschehenen.

Sie unterdrückt ein Schluchzen und greift nach ihnen. Offensichtlich spielt es sich so ab: Poseidon fordert Apollon zu einem Zweikampf heraus und lenkt ihn ab. Menelaos kämpft gegen Aeneas, und Aphrodite bleibt nervös in dessen Nähe, unfähig, den Blick von den Schwerthieben abzuwenden, die auf ihren Sohn niedergehen. Und sobald die Götter auf unserer Seite beschäftigt sind, geht Athene zu Zeus, und Zeus lässt sein Licht auf Achilles scheinen und sagt, dass Hektor schon vor Tagen hätte sterben sollen und dass sie Achilles zu ihm führen soll.

»*Hätte sollen*«, faucht Kassandra, geschwächt und mitgenommen nach ihren fieberhaften Bemühungen. »Zeus sagt einfach, was er will, und legt es als den natürlichen Lauf des Schicksals fest – als hätte ich nicht gesehen, dass das Schicksal in eine neue und bessere Zukunft gewebt werden kann.«

Hektor stellt sich dem Willen des Götterkönigs. Umzingelt von Feinden, hebt er trotzdem das Schwert und gibt sich nicht kampflos geschlagen.

Wir hören die Schreie in der Stadt, lange bevor wir die Mauer erreichen, wo Priamos erschrocken und wütend und voller Trauer mitansieht, was sich unten abspielt. Andromache rennt, angezogen vom

Glockenläuten, die Treppen hoch und schreit schon vorher, weil sie weiß, was es bedeuten muss, und als sie den Leichnam ihres Mannes erblickt, taumelt sie plötzlich stumm zurück und sinkt gegen die steinerne Brustwehr.

Eine einzelne Träne läuft Kassandra über die Wange.

Es ist die einzige, die ich sie weinen sehe.

49

KASSANDRA

H**ektor stirbt, und alles zerbricht,** als wüsste die Welt nicht, wie sie ohne ihn ganz bleiben soll: Meine Mutter bringt kein Wort heraus, ohne an Tränen zu ersticken, mein Vater hat sich in seinem Zimmer eingeschlossen und weigert sich, den Rat zusammenzurufen, Krëusa und Polyxena geistern in den frühen Morgenstunden durch die Gänge, weil niemand mehr schlafen kann, die Tempel sind überfüllt mit Menschen, die beten, denn wenn der Prinz fallen kann, dann kann jeder fallen.

Mein Körper versagt, wobei das, wenn ich ehrlich bin, schon seit einer Weile so ist; nur Rachsucht und Verzweiflung haben mich noch zusammengehalten. Sobald das wegfällt, wird der Schmerz unerträglich, die Glieder schwer. Ich wusste nicht, dass Energie auch im Negativen existieren kann, wenn man weniger als nichts davon hat.

Nachdem ich eine Woche im Bett lag und zu fiebrig war, um klar zu denken, raffe ich mich auf und greife wieder nach den Fäden. Ich achte nicht darauf, dass die Wunde um meinen Hals wieder aufgeht.

Die Tür schwingt auf, und ich springe praktisch ins Bett zurück.

Es ist Helena, mit Honigmilch, die sie auf den Nachttisch stellt.

»Du bist wach.«

Es gibt keine Antwort auf eine so dumme Feststellung, also schweige ich, trinke einen Schluck und erschauere, so gut tut es meiner Kehle.

»Wie fühlst du dich?«

»Gut«, sage ich schnell. »Besser.«

Sie setzt sich neben mich aufs Bett und wirft mir ein kleines Lächeln zu. »Schön. Das freut mich. Und wie geht es dir wegen … nun, Hektor?«

Wie kann sie es wagen zu fragen?

Grob stelle ich die Tasse weg und stehe auf. »Ja, wirklich traurig, nicht wahr? Ich sollte zu Andromache gehen, ich kann mir nicht vorstellen, dass sie es gut verkraftet.«

»Kassandra, bitte, ich glaube, du solltest lieber …«

Sie verstummt unter meinem zornigen Blick.

»Ganz ehrlich, Helena, inzwischen ist mir jede Form von ›sollen‹ ziemlich egal. Keine Sorge, dauert nicht lange.«

Andromache verkraftet es in der Tat nicht gut.

Sie ist am Boden zerstört, und ich sehe es auch in ihren Fäden. Die Zukunft ist golden, und sie ist ein Bündel ergrauter Fäden, die nie verwirklicht werden, all das, was sie nie bekommen hat.

Der Krieg hätte eigentlich zehn Jahre dauern sollen. Und vielleicht wären es nicht die glücklichsten gewesen, aber es sind trotzdem zehn Jahre, denen man ein wenig Lachen und Liebe abtrotzen kann. Tänze, die noch zu tanzen sind, Witze, die noch erzählt werden müssen … *Beim Olymp*, ein Kind, von dem erst noch jemand träumen musste.

Was würde ich geben für noch zehn Jahre mit Hektor? *Ich* habe das getan – ich habe mich eingemischt. Wegen mir ist die Zeitachse zusammengebrochen. Ich bin der Grund, warum mein Bruder *jetzt* gestorben ist.

Und zwar buchstäblich, weil ich diesen ersten Faden verwebt habe: Achilles, der aufhört zu kämpfen. Hätte er das nicht getan, hätte Patroklos dann je an seiner Stelle Achilles' Rüstung angelegt? Hätte Achilles seinen Tod rächen müssen?

Also bin ich bei Andromache, wenn ich nicht schlafe, als könnte ich wiedergutmachen, was ich getan habe, wenn ich sie nur genug tröste – und natürlich denke ich genau das, natürlich tröste ich meine beste Freundin nur, um egoistisch Buße zu tun. Anscheinend kann ich immer noch tiefer sinken.

»Ich fühle mich so schrecklich«, sagt sie – was völlig unnötig ist – und flüstert dann: »Da ist so eine Wut in mir. Immer wenn jemand anderes um ihn weint – sogar seine Mutter! –, will ich sie nur schütteln und anschreien, dass sie ihn nicht so geliebt haben wie ich und dass sie kein Recht haben, zu trauern, solange ich mit blutendem Herzen vor ihnen stehe.«

»Du bist nicht schrecklich, Andromache«, sage ich und drücke ihre Hand. »Der Tod ist nicht leicht zu verstehen. Trauer ist kompliziert. Lass die Gefühle zu, die du brauchst – Trauer, Wut, das schlechte Gewissen wegen deiner Wut … das ist alles verständlich.«

Schließlich hat niemand so viel verloren wie sie.

»Ich hab dich lieb«, sagt sie und legt den Kopf an meine Schulter, und ich male ihr mit der Hand beruhigende Kreise auf den Rücken.

»Ich dich auch. Und ich bin für dich da.«

Aber ich bin schuld daran. Und jeder von Andromaches herzzerreißenden Schluchzern meißelt es tiefer in mich ein, bis ich das Gefühl habe, dass meine Verbrechen auf meine Knochen graviert sein müssen.

Es gibt nicht viele Möglichkeiten, sich im Palast zu verstecken, und ich habe Helena alle geheimen Plätze gezeigt, die ich kenne. Also bin ich nicht überrascht, als sie mich findet, nur enttäuscht.

Ich bin hinter dem Palast auf dem staubigen, schattigen Grasstück vor dem hoch aufragenden Berg und lasse die Fäden verschwimmen, die ich versucht habe zu weben, und Helena rückt in mein Blickfeld.

»Hey.« Alles an ihr ist zögerlich – der halbe Schritt, den sie auf mich zu macht, ihre ruhige Stimme, sogar die Art, wie sie mich ansieht, als würde sie absichtlich eine sanfte Miene aufsetzen.

»Was willst du?«

Ich habe nur einen winzigen Anflug von schlechtem Gewissen, weil es so hart klingt. Ich bin es einfach so leid, dass alle um mich herumschleichen und mich fragen, wie es mir geht. Andromache hat recht – gibt es nicht sehr viel wichtigere Leute, denen man diese Frage stellen sollte?

Helena verzieht keine Miene, sie blickt mich nur weiter unverwandt an. »Weissagungen, ehrlich gesagt. Ich wollte fragen, ob du welche hast. Alle sind ziemlich fertig, vor allem weil Achilles den Leichnam derart geschändet hat.«

Was er nicht getan hätte, wenn ich diese Fäden nicht zusammengewebt und seine Wut verstärkt hätte. Damit nicht genug, dass ich meinen eigenen Bruder umgebracht habe, nein, ich musste auch noch dafür sorgen, dass wir ihn nicht einmal begraben und seiner Seele eine sichere Reise in die Unterwelt gewähren können. Ich bin der Grund, warum die Trauer der anderen so viel größer ist.

»Sie müssen sich irgendwie beschäftigen. Ich habe mich gefragt, ob du etwas hast, was sie entschlüsseln können.«

»Nein.«

»Nein?«

»Nein, habe ich nicht. Ich lese die Zukunft nicht mehr.« Ich verstecke die Hände in den Falten meines Kleides, als könnte Helena die wunden Stellen entdecken, wo ich versucht habe Fäden zu bewegen und sie zu zwingen, neue Muster zu bilden. »Ich bin zu weit gegangen.«

»Sicher, eine Pause hört sich gut an.« Sie nickt energisch, fast erleichtert. »Aber vielleicht die normalen, die dich einfach so überkommen?«

»Ehrlich gesagt versuche ich die auszublenden. Ich glaube, ich habe ihnen zu viel Aufmerksamkeit geschenkt.« Und alles noch viel schlimmer gemacht. »Ich will einfach die Zeit genießen, die wir noch haben. Zeit mit Menschen verbringen, die ich liebe, solange ich noch kann.«

Jetzt verzieht Helena durchaus das Gesicht, auch wenn sie sich bemüht, zu verbergen, wie verletzt sie ist, dass sie – so wie ich sie gemieden habe – offensichtlich nicht zu diesen Menschen gehört. Eine Sekunde später zeigt ihre Miene wieder stoische Gelassenheit.

»Gut, dann gehe ich einfach?« Ihre Stimme ist so angespannt wie die Fäden, die zwischen uns verlaufen.

»Das ist wohl das Beste. Wir haben keinen Grund mehr, zusammenzuarbeiten. Bis dann.«

Ich gebe ihr gar nicht erst die Gelegenheit und gehe einfach selbst.

Krëusa vergräbt sich in der Bibliothek, als würde alles weggehen, wenn sie sich in Worten verliert. Ich setze mich neben sie mit einer Schriftrolle, die ich nicht lese – Krëusa tröstet man am besten, indem man einfach bei ihr ist.

Ich bemerke, wie sie denselben Abschnitt immer wieder liest, und endlich rollt sie die Schriftrolle sorgfältig zusammen, legt sie auf den Tisch und sieht mich an, als wären das alles festgelegte Handlungen, die sie Schritt für Schritt abarbeitet.

»Ich glaube, ich muss mich von Aeneas trennen.«

»Und warum glaubst du das?«

Sie kaut an einem Fingernagel und weicht meinem Blick aus. »Es ist zu viel, jemanden zu lieben, der jeden Tag draußen auf dem Schlachtfeld kämpft. Ich … sein Blut befleckt immer noch diesen Tisch, Kassandra, ich kann nicht …«

»Aeneas ist wahrscheinlich der Einzige da draußen, der nicht in Gefahr ist, so wie seine Mutter hinter ihm herläuft – sie bringt selbst die anderen Götter dazu, ihn am Leben zu halten.«

»Ein paar dieser Götter haben auch versucht, Hektor am Leben zu halten«, zischt sie, aber ihre Stimme stockt bei seinem Namen.

»Und hättest du Hektor lieber nicht gekannt? Glaubst du, Andromache wünscht, sie hätte ihn nicht geliebt, wenn es ihr diesen Schmerz erspart hätte?«

Krëusas Augen füllen sich mit Tränen und sie wischt sie genervt weg. »Nein, wahrscheinlich nicht.«

Und dann kann sie nicht mehr an sich halten und weint, und obwohl sie unter allen anderen Umständen bestimmt vorgeben würde, es zu hassen, nehme ich meine Schwester in die Arme und lasse sie weinen.

Als Polyxena mitten in der Nacht in mein Bett krabbelt, umarme ich auch sie, während sie weint – und als sie am nächsten und übernächsten Tag wiederkommt, sage ich ihr, sie soll sich alle Zeit nehmen, die sie braucht.

Deiphobos schreibt in einem Brief von der Front, wie schwer es ihm fällt, wie sehr er sich zusammenreißen muss, weil er jetzt die Armee kommandiert und keine Zeit hat zu trauern, und mit wem sollte er auch reden. Ich schreibe ihm zurück, dass seine Trauer bei mir gut aufgehoben ist, und wir fangen an, uns täglich Briefe zu schicken.

Helena hilft mir, aber so wie die Schalen einer Waage berühren wir uns nie. Ich trage die emotionale Last, sie kümmert sich um das Praktische. Sie koordiniert die Gebete und die Opfer, solange Mutter vor Trauer nicht denken kann. Als mein Vater Hektors Leichnam endlich zurückbekommt – er hat selbst das Tor durchquert, um den Mann anzuflehen, der seinen Sohn getötet hat –, spricht Helena mit dem Rat, um die Leichenspiele zu organisieren.

Immer wenn ich einen Moment Zeit habe, ringe ich mit Strängen, die sich nicht bewegen wollen. Und wenn Helena Zeit hat, versucht sie mit mir zu reden.

»Dein Hals verheilt nicht, Kassandra – ich mache mir Sorgen.«
»Wie geht es dir?«
»Ich vermisse dich.«

Ich fliehe vor den Gesprächen, als wären es Fesseln, streife sie ab und gehe vorsorglich in Deckung.

Ein paar Nächte vor dem Beginn der Leichenspiele findet sie mich in unserem üblichen Hof. Der Mond scheint hell, sein silbernes Leuchten ist das Gegenteil des goldenen Schimmers, den Apollons Sonne erschafft. Es fühlt sich sicher an, so als könnte ich ohne seinen aufmerksamen Blick existieren.

»Du webst«, sagt Helena, als sie wie aus dem Nichts auftaucht. »Du liest die Fäden.«

Ich fahre zusammen, komme mit den Händen durcheinander.

»Und? Hast du etwas gesehen?«
»Nein.«

Sie hat die Lippen aufeinandergepresst und betrachtet mich aufmerksam, als wäre ich eine Weissagung, die man analysieren kann.

»Hast du schon geweint?«
Ich schnaube spöttisch. »Was?«
»Hast du schon geweint?«, wiederholt sie, und ihre Stimme ist ärgerlich ruhig, obwohl ich so unfreundlich bin. »Andromache, Krëusa, Polyxena – sie können sich nicht alle auf Kosten deiner eigenen Trauer bei dir ausweinen, Kassandra.«

»Sei nicht albern.«
»Hast du?«
Nein. Natürlich nicht.
»Anders als alle anderen wusste ich, dass es kommt, Helena. Ich habe schon vor Monaten geweint.«

Ich wusste, dass es passieren würde, und habe es nicht aufgehalten – ich verdiene es nicht, einer Trauer nachzugeben, die ich hätte verhindern können, wenn ich mich nur mehr bemüht hätte, mehr Fäden gelesen hätte.

Wenn ich verflucht noch mal mit Apollon geschlafen hätte ...

»Kassandra, bitte, du brauchst nicht so zu tun, als würde es dir gut gehen ...«

»Hör auf!«, schreie ich, als ein Damm in meiner Brust bricht und heiße Wut herausströmt. »Hör auf, mich zu fragen, wie es mir geht – es geht mir gut! Ich habe es nicht verdient, traurig zu sein wie alle anderen, weil ich dafür gesorgt habe, dass es passiert, als ich diese Fäden verknüpft habe, und weil ich es trotz Dutzenden Weissagungen nicht aufhalten konnte. Ich ... es geht hier nicht um mich!«

»Für mich geht es um dich.«

»Dann solltest du deine Sichtweise vielleicht einmal überdenken, verdammt.«

Helena atmet ein, nähert sich mit vorsichtigen Schritten, als wäre ich ein wildes Tier, und ich bin so wütend, ich brauche meine ganze Willenskraft, um nicht die Faust gegen die Mauer zu rammen. »Du hast das nicht verursacht. Achilles' Stolz ist legendär – selbst als du diese Fäden verknüpft hast, hast du wahrscheinlich nur befeuert, was sowieso schon angelegt war, von seiner Mutter oder von dieser Prophezeiung oder von den achaiischen Soldaten, die ihm ständig sagen, wie besonders er ist. Oder von Agamemnon, der ihm Briseis weggenommen hat, und von der Tatsache, dass sie beide überhaupt dachten, sie hätten ein Recht auf sie, oder von Patroklos und dessen stolzem Herz und von Agamemnons Stolz noch dazu und vom Stolz der ganzen Armee. Vielleicht bist du ein winzig kleiner Teil darin, aber es ist sicher nicht deine Schuld. Du hast Hektors Tod schon gesehen, bevor du diese Fäden verknüpft hast. Du hast recht. Es geht hier um so viel mehr Leute als nur um dich.«

Es erinnert mich so sehr an das, was ich zu Paris gesagt habe, dass meine Wut jeden zusammenhängenden Gedanken blockiert, bis ich schreie: »Halt den Mund! Halt den Mund! Götter, ich wusste, du würdest das tun!«

»Was?«

»Mit mir reden, damit es mir besser geht! Mich mit deiner Wortgewandtheit manipulieren, weil du genau weißt, wo du ansetzen musst, weil ich nichts vor dir verbergen kann, Helena. Mit mir streiten und Argumente vorbringen, die zu widerlegen ich nicht klug genug bin ...«

»Du meinst, weil ich vernünftige Argumente vorbringe?«

»Deine Logik wiegt nicht schwerer als die Wahrheit, Helena! Du wirst mich nicht trösten und auch diese Schuld nicht von mir nehmen, weil ich sie verdiene, okay? Und ich kann nicht einfach zusammenbrechen, weil ich die Ursache dafür bin, und meine Familie ...«

Ich verstumme erschrocken, als sie meine Hände nimmt.

»Du weinst«, sagt sie sanft.

Wirklich? Ich zögere, blinzele, und ja, meine Augen sind feucht, Tränen laufen mir über die Wangen und löschen die Flammen meines Zorns. Habe ich mich wirklich so weit von der Welt entfernt, dass ich nicht einmal mehr merke, wenn ich weine? Ich bin erschüttert und habe Angst und versuche mich an das zu halten, was ich Andromache gesagt habe, dass Gefühle dazu da sind, dass man sie fühlt. Aber irgendwie gelten für mich andere Regeln, und was ist, wenn ich in so winzige Stücke zerbrochen bin, dass man sie nicht mehr zusammensetzen kann?

Götter, ich vermisse Hektor. Er würde das besser verstehen als irgendjemand sonst, dass man bei sich selbst einen anderen Maßstab anlegt und tut, was getan werden muss. Pflicht. Ehre. Und jetzt fließen meine Tränen schneller.

Helena dreht meine Hände um, betrachtet die wunden Fingerspitzen, die schmalen Kerben darin, die nur von harten, drahtigen Fäden stammen können.

»Du hast gesagt, du liest die Zukunft nicht mehr.«

»Tue ich auch nicht«, sage ich ruhig.

Sie braucht einen Moment. »Oh. Du versuchst, die Vergangenheit neu zu weben.«

Ich blicke zu Boden. »Ich kann nicht anders. Auch wenn ich mir ständig einrede, dass ich aufgegeben habe, mache ich weiter.«

»Ich weiß.« Sie nickt, und in ihren Augen fängt sich das Mondlicht, als wäre ihr Blick selbst die Sicherheit, nach der ich gesucht habe. »Ich finde es schön.«

»Ich nicht. Wirklich nicht. Ich weiß, ich kann die Vergangenheit wahrscheinlich nicht verändern, aber das hält mich nicht davon ab, trotzdem an diesen Fäden zu zerren. Ich denke ständig an die Geschichte von Pandora. Wie sie diese Büchse öffnet und alles Übel in die Welt hinauslässt und den Deckel dann gerade noch rechtzeitig schließt, bevor auch die Hoffnung entweichen kann ... Langsam glaube ich, dass die Hoffnung nur in dieser Büchse war, weil sie auch ein Fluch ist. Der Krieg, und dass wir alle wissen, wie er ausgehen wird. Ja, ich glaube, wir wissen es. Hektor kannte sein Schicksal. Und Andromache auch. Vielleicht ist das einfach so. Man kennt die Zukunft und kämpft und kämpft und kämpft und geht trotzdem unter. Was ist daran denn schön?«

»Dass man eines Tages vielleicht kämpft und gewinnt.«

Ich zittere, Angst und Hoffnung wirbeln in mir herum, als könnten sie sich in ein und dasselbe verwandeln. »Und wenn nichts von alldem hier es wert ist?«

»Das Ende krönt alles, Kassandra. Wir werden es erst wissen, wenn es vorbei ist. Und so oder so kämpfen wir weiter und wir träumen und wir hoffen.«

Und sie hat recht: Es ist schön.

50

HELENA

Hektors Leichenspiele dauern eine Woche. Die Achaier erklären sich mit einem zeitweiligen Waffenstillstand einverstanden. Vielleicht halten unsere künftigen Invasoren sich so für edelmütig, oder es erinnert sie gar daran, dass sie Menschen sind. Vielleicht können sie selbst eine Pause gebrauchen – oder vielleicht halten sie Spiele für Patroklos ab, nachdem Achilles' Zorn endlich seiner Trauer weicht. Normalerweise würde ich mich ganz auf die Spiele konzentrieren – beim Rennen bis an meine Grenzen gehen, den Hals recken, um die Kämpfe zu sehen, und auf die Sieger wetten.

Aber obwohl es eine Feier ist – nach Wochen der Trauer endlich eine Gelegenheit, den Mann zu ehren, der Hektor war –, kann ich keine gute Laune heraufbeschwören.

Ich denke nur ständig daran, wie wir Tag für Tag verzweifelt versucht haben, ihn am Leben zu halten.

Und an die schwere Zeit danach.

Kassandra, die fiel und fiel und fiel – und mich weggestoßen hat, damit ich sie bloß nicht auffange. Erst jetzt, da sie sich aus diesem Loch befreit hat, kann ich mir eingestehen, dass es mir große Angst gemacht hat. Ich kenne Trauer, habe in ihrem tiefen Schacht gewohnt. Es ist das Zuhause, das Menelaos mir am liebsten errichten würde.

Ich kenne die entsetzlichen Gedanken, die einem in den Kopf kriechen und sich dort festsetzen können.

Aber sie ist nicht hier. Die Götter erlauben den ihnen geweihten Anhängern nicht, an Leichenspielen teilzunehmen, damit der Makel des Todes nicht an ihnen haften bleibt, und obwohl Kassandra ihrer Priesterinnenwürde beraubt wurde, will doch niemand das Risiko eingehen.

Also sehe ich mir stumpf die Spiele an und lehne mich an Paris. Wir haben nicht viel geredet, und alles ist steif und peinlich, seit er wieder da ist, aber wir mögen uns wirklich, denke ich, trotz der Verletzungen und Hoffnungen, die es gab. Also lehnt er sich auch an mich, drückt meine Schulter, als wollte er mich nicht verlieren, auch wenn er mich nicht so haben kann, wie er es gern hätte.

Andromache steht neben mir und betrachtet die Spiele mit stählernem, kaltem Blick.

Klymene entdeckt mich in der Menge, und wir treten zur Seite und flüstern miteinander. Ich frage mich, ob es das jetzt war, ob ich gleich meine engsten Freundinnen verliere. Ich erinnere mich, wie Menelaos meine Freundinnen von mir getrennt hat, und der Gedanke, dass Klymene und Aithra sich gegen mich stellen, öffnet von Neuem eine Wunde, die wohl niemals ganz verheilt ist.

»Irgendetwas geht hier vor, oder? Etwas, was du uns nicht sagen kannst.« Sie spricht ruhig, als wüsste sie schon, dass das die Antwort ist. Ich frage mich, wie lange sie nachgedacht hat, um zu so einem Schluss zu kommen.

Ich bin so erleichtert, dass mein Nicken ein bisschen hektisch ausfällt. »Auch ich verlasse mich nur auf meinen Glauben. Die Götter haben es kompliziert gemacht.«

Klymene denkt nach. »Ich verstehe. In Zukunft wäre es mir lieber, wenn du mir sagst, dass du mir nicht alles erzählen kannst, anstatt mich anzulügen, um die Lücken zu füllen.«

»Dann ist alles gut zwischen uns?« Es klingt so bedürftig, aber ich hatte schon fast befürchtet, sie würde dem Rat berichten, woher die Priesterinnen die angeblichen Nachrichten der Götter wirklich haben.

Sie blickt kurz zu den Kämpfen. Ich kann sehen, wie sie etwas abwägt, bevor sie seufzt. »Ich weiß nicht, wie du darauf reagieren wirst, Helena, aber du solltest wissen, dass du Fehler machen darfst und dir verziehen wird. Du kannst uns vertrauen, wenn wir sagen, dass du uns wichtig bist – und damit meinen wir mehr als die Teile von dir, die du uns zeigst.«

Ich habe einen Kloß im Hals, und dann ist Paris wieder an meiner Seite, und ich sehe die Spiele kaum, sondern denke darüber nach, wie vorsichtig ich immer bin, was ich alles tue, um zu überleben, und wie das Leben aussehen könnte, wenn ich diese Mauern einstürzen ließe.

Wir beten für Hektor, bringen Opfer dar, bestatten ihn angemessen mit einer Münze im Mund, damit er den Fährmann bezahlen kann und endlich in Frieden in das Paradies gelangt, das er verdient.

Am letzten Tag bevor der Krieg wieder beginnt, wird mehr getrunken, und trotz all der Bankette davor fühlt es sich an, als könnte es das letzte sein. Die Spiele haben funktioniert: Alle sind guter Stimmung, wir feiern, wie Hektor es zweifellos gewollt hätte, und halten uns aneinander fest, als hätte man uns daran erinnert, wie anfällig das Leben ist.

Kassandra steht mit Krëusa und Polyxena in einer Ecke. Sie lacht – strahlend und mit Fältchen um die Augen –, und ich hatte recht: Hoffnung ist schön, und bei ihr übersteigt sie alles.

Ich durchquere den Saal, fast ohne mir dessen bewusst zu sein. Sie funkelt im Halbdunkel – Laternen und Kerzen, alle Flammen spiegeln sich in den Rubinen in ihren Ohren und in dem zarten Silberdiadem auf ihrem Kopf. Ihr dunkles Haar ist darum herumgeflochten, damit es nicht herunterfällt.

Sie bemerkt mich erst, als ich direkt vor ihr stehe.

»Tanzt du mit mir?«, frage ich.

Sie blickt auf meine ausgestreckte Hand. »Warum?«

Weil ich dich im Arm halten will und nicht weiß, wie ich dich das sonst fragen soll. Weil ich der Welt etwas Ganzes und Echtes und Wahres geben will, und für mich bist das du.

»Weil wir es beide brauchen.«

»Es ist äußerst unüblich.«

»Wir sind im Krieg. Ich glaube, inzwischen ist allen egal, was üblich ist.«

Und ich dachte, ich wäre es leid zu lügen. Es ist niemandem egal. Es ist alles andere als egal, und vielleicht werde ich dafür bestraft und deswegen eher nach Griechenland zurückgeschickt, aber dann hätte ich wenigstens mit jemandem getanzt, der mir wichtig ist. Es sollte das Risiko nicht wert sein. Und doch stehe ich hier, strecke die Hand aus und bitte um diesen Moment.

Sie verschränkt ihre Finger mit meinen, und plötzlich wird alles so klar, als hätte ich zum ersten Mal im Leben festen Boden unter den Füßen.

Die Instrumente klimpern leise – ein schneller Rhythmus, der in meinem Herzen widerhallt. Ich tauche ein in die Musik, während ich sie drehe, dass ihre Röcke fliegen, und ich versuche, nicht mit den Händen ihren Körper nachzuformen, versuche, sie nicht anzustarren und auch auf keinen Fall darüber zu fantasieren, wie es wäre, sie zu berühren – wie eine Hand über ihre Hüfte, ihre Taille, ihren Oberschenkel wandert.

Sie ist anmutig – sehr viel anmutiger als ich. Sie bewegt sich wie eine leichte Brise, als würde sie die vibrierenden Töne eher fühlen als hören, und sie hält meine Hände so fest, dass sie die Knochen zerdrücken könnte. Ich merke erst, wie breit ich grinse, als auf ihren Lippen ein leichtes Lächeln erscheint.

»Du bist nicht sehr gut darin«, neckt sie mich. »Endlich etwas, das die große Helena von Troja nicht kann.«

Ich sage ihr nicht, dass es daran liegt, dass ich führe und in dieser Rolle noch nie getanzt habe.

»Vielleicht bist du einfach so talentiert, dass du mich weit übertriffst«, sage ich und ziehe sie an mich, bis nur noch wenige Zentimeter zwischen uns sind. Zentimeter, die ich schmecken kann, die ich zittern und bröckeln fühle, als wir uns mit jedem Atemzug näher kommen.

Ich vergesse, dass sich andere Menschen neben uns drehen, Kreise aus Seide – ihr Rot neben meinem Meerblau, wie der Sonnenaufgang über dem Wasser, ihr Lächeln, ihre schimmernden braunen Augen, die im flackernden Kerzenlicht blitzen.

Und dann ist das Lied vorbei, und da ist eine Hand auf meiner Taille, und ich drehe mich zu Paris um, der lacht und seine andere Hand Kassandra auf die Schulter legt.

»Die Leute schauen schon«, sagt er lächelnd. Und er und ich sind nur ein glücklich verliebtes Paar, und Paris redet mit seiner Schwester, die so gut befreundet ist mit seiner Frau, dass sie sogar miteinander tanzen, und wenn man nicht so genau hinsieht, ist gar nichts passiert.

»Danke«, sage ich und meine es ernst. Da ist ein Blick in seinen Augen, nicht direkt wissend, aber voller Vertrauen – als würde er nicht verstehen, was los ist, aber glauben, dass ich uns niemals in eine heikle Lage bringen würde oder die Illusion gefährden, für die wir alle kämpfen. Aber das tue ich gerade, oder? Ich greife nach Perlen der Wahrheit, die unter einem Dutzend Lügen versteckt sind.

Vielleicht kann ich mehr Wahrheit finden, auch ohne sie ganz zu enthüllen. Vielleicht kann ich Kassandra nicht sagen, dass ich dabei bin, mich in sie zu verlieben.

Aber ich kann ihr das Gefühl geben, geliebt zu werden.

51

KASSANDRA

Die Pyanopsia ist nur Wochen später, und es fühlt sich richtig an – es ist genug Zeit, um den Weg der Trauerverarbeitung anzufangen und wieder als Familie zusammenzufinden. Meine Brüder kehren von der Front zurück, obwohl der Kampf weitertobt.

Wir bringen Opfergaben zum Tempel des Apollon. Gebäck, Obst, Honig – wie sollen wir nur auf diese Lebensmittel verzichten? Aber ich würde es Apollon zutrauen, selbst seine Lieblingsstadt zu verraten, wenn sie ihn nicht genug ehrt.

Ich stolpere, abgelenkt von den Flammen und dem Rauch, die mich begleiten, und von dem scharfen Brennen des Fadens, der um meinen Hals geschlungen ist.

»Ist das nicht ein athenisches Fest?«, fragt Helena.

»Bestimmt gibt es viele Städte, die Apollon geweiht sind, aber wir sind seine Lieblingsstadt«, sage ich. »Deshalb begehen wir alle Feste zu seinen Ehren.«

Herophile im Tempel sieht prachtvoll aus in einem aufwendigen safrangelben Gewand und schwebt umher, als feierten wir die Pyanopsia ihr zu Ehren, anstatt zu Ehren ihres Gottes. Wir singen, beten, bringen Opfer dar. Es ist komisch, bei meiner Familie zu sitzen und nicht an der Prozession teilzunehmen. Aber es ist auf schöne Weise komisch, vor allem nachdem ich so lange in die Ecke gedrängt worden bin. In dem Tempel des Herrn, dem ich gedient habe, können sie sich kaum von mir wegsetzen. Außerdem bin ich viel lieber hier als bei den Priesterinnen. Ich vermisse die Ehrerbietung und das Prestige nicht mehr – ich will einfach nur bei den Menschen sein, die ich liebe, Lieder singen und feiern.

Wir bringen mehr Opfer dar an den Toren des Palasts – Zweige, geschmückt mit dem bisschen Essen, das wir entbehren können.

Im großen Saal tanzen wir und spielen Spiele, plaudern in Grüppchen, und plötzlich berührt Helena mich am Ärmel.

»Hey, können wir reden?«

»Immer.«

Ich folge ihr in ihre Gemächer.

Helenas Räume sind schlicht möbliert, die Einrichtung ist nicht sehr persönlich, aber ich sehe, dass sie nach und nach Dinge hinzugefügt hat: Die Blumenkränze, die wir geflochten haben, hängen getrocknet an den Bettpfosten, polierte Steine aus den Palastgärten liegen in einer Schale auf ihrem Frisiertisch, und in einer Ecke lehnt eine Reihe Waffen. Sie kniet sich hin und zieht ein Kästchen unter dem Bett hervor.

»Hier.«

Ich nehme es stirnrunzelnd entgegen. »Was ist das?«

»Ich bin wütend auf die Götter«, sagt sie mit einem verschwörerischen Lächeln. »Also habe ich gedacht, *warum sollte Apollon als Einziger heute Geschenke bekommen?*«

Und plötzlich ist dieser Moment aufgeladen. Es passt nicht zu Helena, das Risiko eines solchen Sakrilegs einzugehen. Es ist ein Fehler zu glauben, die Götter könnten dich nicht noch mehr bestrafen, als sie es schon getan haben.

Ich öffne das Kästchen.

Ein winziger goldener Apfel an einer dünnen Kette. Als ich ihn aus dem Kästchen nehme, dreht er sich, und auf der Seite sehe ich die Inschrift. *Ti kallisti.* »Für die Schönste«.

Ich sehe auf, und sie blickt mich so intensiv an, dass ich die Kette fast fallen lasse.

Nun, das ist noch gefährlicher. Es ist, als würden wir die Götter verspotten. Ein Dutzend Geschichten gehen mir durch den Kopf über die, die es gewagt haben, sich mit Gottheiten zu vergleichen. Und wenn Helena andeuten will, dass der Gegenstand, um den sie sich gestritten haben und der eindeutig für eine von ihnen – wenn nicht für alle drei – bestimmt war, irgendwie mir gehören könnte, dann ist das ganz genauso tödlich wie die Klingen, die vor diesen Mauern klirren.

»Was bedeutet das?«

»Du weißt, was es bedeutet«, sagt sie mit Nachdruck, ein bisschen lauter als sonst, als wäre es eine Erklärung.

»Helena«, sage ich mit belegter Stimme. Sie sieht mich immer noch an und ich halte es nicht aus. Ich weiß nicht, ob ich weinen oder sie küssen soll, und mir fällt nur ein, die Spannung zu durchbrechen und herauszuplatzen: »Ich habe auch etwas für dich.«

»Wirklich?« Sie lacht fast erschrocken auf. »Warum?«

»Ich … Du wirst schon sehen.«

Ich gehe mit ihr in mein Zimmer und überreiche ihr das Geschenk, das immer noch in das dünne Leinen eingeschlagen ist von dem Laden, wo ich es gekauft habe. Die Kette halte ich fest in der Hand, und sie fühlt sich viel schwerer an, als das bisschen Gold wiegen kann – als würden auch alle meine unbeantworteten Fragen daran hängen.

Für die Schönste. Für die Schönste. Für die Schönste.

Ich will nicht glauben, dass es das bedeutet, was ich denke, denn wenn ich mich irre, überlebe ich es vielleicht nicht.

Helena löst schnell die Bänder um das Leinen und enthüllt den Spiegel, den ich auf Andromaches Ermutigung hin gekauft habe. Ich frage mich, ob wir unsere Geschenke im selben Laden gekauft haben. Ich kenne keinen anderen, der so feine Gravuren macht.

Sie braucht einen Augenblick, um zu erkennen, dass die Worte um den Rand des Spiegels nicht nur ein Muster sind, und dann lacht sie.

»›Für das Antlitz, das an tausend Schiffe zur Meerfahrt zwang, damit es sich besser sehen kann‹«, liest sie vor. »Willst du mir damit sagen, dass ich eitel bin?«

»Ja«, sage ich lächelnd. Und dann, bevor ich es verhindern kann: »Außerdem ist es unfair, dass wir anderen dich ständig sehen. Du solltest solche Schönheit auch sehen.«

Jetzt errötet sie und sieht weg. »Danke.« Ihr Ton ist angestrengt, als wollte sie einen Witz machen, der aber nicht ankommt. »In letzter Zeit hat man mir nicht oft genug gesagt, wie schön ich bin.«

Mein Mund ist trocken. Warum mache ich das? Es einfach weitergeben, als würde es nichts bedeuten, obwohl ich es gekauft habe, um ihr zu sagen, was ich nicht in Worte fassen kann: *Ich sehe dich.*

Ich nehme meinen ganzen Mut zusammen. »Kein Wunder. Deine Schönheit ist das am wenigsten Interessante an dir.«

Sie sieht auf, blickt mich mit ihren himmelblauen Augen an. »Ich leg sie dir um«, sagt sie und deutet auf die Kette, die an meinen Fingern baumelt.

Bevor ich protestieren kann, legt sie sie mir um den Hals und beugt sich über meine Schulter, um sie hinten zu schließen. Ihr Jasminparfüm schwebt in der Luft, und der kleine goldene Apfel ruht schließlich zwischen meinen Schlüsselbeinen.

Sie richtet sich ganz langsam wieder auf, und ich bin mir nicht sicher, was hier gerade passiert. Sie ist mir viel zu nah, und mir wird schwindelig von ihrem Duft, ihren kalten Händen an meinem Hals, ihrem Haar, das mich an der Wange kitzelt.

Und dann liegen ihre Lippen auf meinen.

Sie schmeckt wie bitterer mit Honig gesüßter Wein.

Ihr Kuss ist wie der Strom der Gezeiten und fallende Blätter, abnehmende Monde und rauschender Wind. Er ist eine Naturgewalt, und ausnahmsweise einmal fühle ich mich verwurzelt in der Welt, in der ich wohne, nicht wie ein Widerspruch, den sie hinter sich herschleift.

Meine zitternden Finger berühren ihr Gesicht, als wäre ich unsicher, ob dieser Augenblick real ist – ob sie real ist. Und sie legt die Hände um meine Taille und zieht mich an sich, als hätte sie dieselben Zweifel.

Als ich mich lösen will, hält sie mich fest. Sie sieht mich nur an mit einem Hunger, der über Verlangen hinausgeht, der viel tiefer reicht – es ist das Bedürfnis nach etwas Reinerem: ganz und vollkommen erkannt zu werden; nicht nur akzeptiert zu werden, sondern verehrt.

Ich spüre es zuerst um meinen Hals – der Faden, der dort um mich geschlungen ist, zittert. Ich öffne die Augen, und das Gewebe der Prophezeiung ist lebendig, bewegt sich und zuckt und entwirrt sich und wickelt sich wieder auf – die goldenen Stränge vibrieren so heftig, dass ich Helenas Hand nehme, damit sie stillhält.

Der Faden um meinen Hals zerreißt.

Ich keuche, und die Fäden bewegen sich so schnell, dass es überall im Raum golden schimmert.

Und dann legt sich alles. Jener eiserne Strang ist unverändert, aber alles andere ist neu festgelegt.

Ihr Vertrauen. Meine Macht. Unser Kuss.

Von solchen Dingen passieren meistens drei.

Wir können unsere Zukunft ändern – wir können uns eine eigene erschaffen.

TEIL

DREI

52

KASSANDRA

Sobald die Schicksalsfäden sich beruhigen, überkommt mich eine so heftige Vision, dass ich nur noch spüre, wie ich mit den Knien auf dem harten Steinboden des Palasts aufschlage, bevor ich hineingerissen werde.

Paris auf dem Wehrgang der Stadtmauer, die Lippen gefärbt von Rotwein. Es ist dunkel, aber in der Stadt ist es noch laut, es wird gefeiert. Mit erschreckender Klarheit erkenne ich eine Hymne. Es ist die Pyanopsia. Heute.

Das Schlachtfeld sollte eigentlich verlassen sein, aber in der Ferne sehe ich ihn: Achilles. Paris spannt seinen Bogen. Er schießt den Pfeil ab, und jeder einzelne Faden, der mit Achilles verbunden ist, reißt, als hätte der Pfeil mehr durchtrennt als nur eine Ader.

Helena hat die Arme um mich gelegt und flüstert beruhigende Versprechen, die sie hoffentlich halten kann. Gedämpft höre ich Hymnen für Apollon.

»Achilles, der edle Märtyrer, spornt die Achaier an zum Sieg.«

Paris wird Achilles töten, und das wird uns den Sieg kosten.

»Achilles?«, wiederholt Helena, und ihr Blick verschleiert sich wegen des Fluchs. Sie blinzelt. »Was hast du noch gesehen?«

Ich nehme ihre Hand. Ich kann kaum glauben, dass ihre Lippen gerade eben noch auf meine gedrückt waren, und ich will nicht, dass die

Erinnerung daran so schnell verblasst. »Das Schicksal hat sich gerade verändert. Die Fäden haben sich neu geordnet. Unser Kuss.«

»Unser Kuss hat die Zukunft beeinflusst?« Es ist eine andere Art Ungläubigkeit als die, die ich von ihr kenne – Angst schwingt darin mit, als würde sie einfach hoffen, dass es nicht stimmt.

Schnell rede ich weiter. »Paris wird heute Abend Achilles töten. Wenn er das tut, verlieren wir den Krieg.«

»Was?« Sie blinzelt, als der Fluch ihre Augen trübt. »Sei nicht albern. Er würde den Palast niemals während einer Feier verlassen.«

»Bitte, Helena. Ich weiß, dass du mir nicht glauben kannst, aber du musst mir vertrauen.«

Doch wie viel blindes Vertrauen kann ich von ihr verlangen? Ich sehe, wie es jedes Mal an ihr zehrt. Sie hat mir nie geglaubt, und eines Tages wird sie sich fragen, warum sie mir überhaupt zuhört.

Heute allerdings nickt sie, wenn auch zögerlich. »Okay, in Ordnung, ich halte ihn hier fest.«

»Wie?«

Helena lächelt ein wenig reumütig. »Ich kann sehr einnehmend sein, Kassandra. Ich vertraue dir. Und es wird Zeit, dass du auch mir vertraust.«

Zurück im Saal geht sie rasch zu Paris, und es ist so normal, dass sie um ihn herumschwirrt, ihm etwas ins Ohr flüstert und sich an ihn lehnt und ihre Hände überall hat, wo es in Gesellschaft schicklich ist, dass es mich fast überrascht, wie sie ihm jetzt einfach zunickt, ein paar Worte sagt und ihn wegführt.

»Du könntest sie etwas weniger offensichtlich anstarren«, sagt Deiphobos, der zu mir tritt. »Sonst kannst du dir auch gleich Luft zufächeln und sabbern.«

»Ach, halt den Mund«, sage ich. Ich spüre, wie ich rot werde, und blicke starr geradeaus, als müsste ich es so nicht zugeben.

»Kass«, sagt er sanft. »Ist deine Zuneigung woanders nicht besser aufgehoben? Paris wird König werden, jetzt wo Hektor tot ist. Sie wird noch mehr von ihm angetan sein als zuvor.«

»Helena hat eine Krone aufgegeben, um hier zu sein – ich bezweifle, dass es ausgerechnet das ist, was sie lockt.«

»Nun, was auch immer es ist, sie scheint … ernsthaft bemüht zu sein.«

Ich trinke einen Schluck Wein und stelle den Becher weg. Ich bin zu unruhig. Ich sollte nichts trinken – es könnte mich in den Wahnsinn treiben.

»Hör jetzt damit auf«, sagt er. »Lass es, verschließ dein Herz vor ihr. Quäl dich nicht so.«

»Man kann nicht einfach aufhören, etwas zu fühlen.«

»Doch, man kann«, sagt er und blickt in seinen Becher. »Jeder Mann, der mir je etwas bedeutet hat, ist auf einem Schlachtfeld. Wenn ich nicht die Entscheidung getroffen hätte, nichts mehr zu fühlen, würde ich keinen einzigen Tag überleben.«

Ich schlucke, weiß nicht, was ich antworten soll. Deiphobos und ich sind uns zu ähnlich. Wir lenken uns eher von unserem Schmerz ab, als ihm ins Auge zu sehen.

»Und funktioniert es?«

Er leert seinen Becher. »Nein, aber ich rede es mir ein.«

»Es klingt schrecklich, so zu leben.«

»Ich versuche nicht, zu leben, ich versuche nur, nicht zu sterben.« Er dreht seinen leeren Becher in der Hand. »Also, ich hole mir noch Wein, weil ich diesen Feiertag auf keinen Fall nüchtern begehe. Willst du dich nicht an meinen Bemühungen beteiligen und dich auch bis zur Besinnungslosigkeit besaufen?«

Ich schüttele den Kopf. Ich muss wach bleiben. Weil ich mich nicht darauf verlassen kann, dass die Götter meine Pläne nicht durchkreuzen.

Nervös schiebe ich die Opfergaben hin und her, rücke die hängenden Krüge mit Eingemachtem gerade und ziehe die Schleifen glatt, als mein Zwillingsbruder mich findet.

»Weißt du, dass wir den Krieg verlieren werden?«, fragt Skamandrios.

Ich halte inne und richte mich auf, um ihm ins Gesicht zu sehen. »Das habe ich gesehen, ja.«

»Was machen wir dann noch hier? Wir sollten die Familie hinausschaffen.«

»Und dann? Über den Ozean fliehen, Xenia fordern bei Laodike oder Ilione und als Feiglinge leben, die ihr Zuhause, ihr Volk *und* ihre Verbündeten im Stich gelassen haben?«

»Nein, natürlich nicht«, sagt er, und ich sehe in seinem Gesicht, wie ihm allmählich dämmert, dass es keinen Ausweg gibt.

Seufzend sehe ich meinen Bruder an. Als Kind hat es mich immer wütend gemacht, dass wir uns so ähnlich sahen. Ich wusste, dass das nicht sein muss bei Zwillingen, die nicht dasselbe Geschlecht haben. Aber bei uns war es so, wir waren identisch, nur dass er alles durfte, was mir verboten war.

Und jetzt sehen mich diese Augen, die meinen so ähnlich sind, flehend an.

»Ich kann dir nicht sagen, dass alles gut wird, aber wir kämpfen«, sage ich. »Die Weissagungen legen nicht fest, wie die Zukunft wird, sie zeigen uns nur, wie ihr jetziger Weg verläuft. Wir können immer noch gewinnen. Was du gesehen hast, ist nur *eine* Zukunft. Ich habe Hunderte gesehen.«

Er sieht zerbrechlich aus.

»Bist du sicher?«

»Ja.«

Er betrachtet mich ruhig, als hätte er nur diese Versicherung gebraucht.

»Deshalb hat Apollon solche Angst vor dir.« Mein Bruder grinst schief. »Weißt du, er hat mir einmal erzählt, dass auch Orakel nicht so viel sehen dürfen wie du. Er hat was davon gefaselt, dass er die Schleusentore geöffnet hätte. Also vertraue ich dir.«

Es wird Nacht, und sie sind immer noch nicht zurück. Krëusa schmiegt sich an Aeneas, Andromache hat sich früh zurückgezogen, meine Brüder trinken mehr, als sie sollten, Polyxena rennt mit meinen jüngeren Cousins herum, und meine Eltern sind in ein Gespräch vertieft. Aber keine Helena. Kein Paris.

Ich warte noch eine Stunde, aber ich kann mich des Gefühls nicht erwehren, dass etwas nicht stimmt. Also schleiche ich mich zur Stadtmauer.

Alle feiern, Musik dringt aus jeder Ritze, Alkohol fließt in halb leere Mägen. Hektisch schlängele ich mich durch die Menge, bis ich an die Mauer komme und den langen Aufstieg beginne. Mit jedem Schritt werden die Geräusche leiser. Auch nimmt der Wind zu, und als ich höher komme, übertönt er alles andere.

Ich halte den Schal fest, erklimme die letzten Stufen und sehe Paris.

Seine Lippen sind rot vom Wein, der Pfeil ist schon eingelegt. Aber während er mit der Waffe auf Achilles unten zielt, ist sein Blick auf die Treppe gerichtet – er sieht mich direkt an. Als hätte er auf mich gewartet.

Er schießt den Pfeil ab.

»Nein!«, schreie ich und laufe zur Brustwehr, um hinunterzusehen. Er kann unmöglich getroffen haben. Aber da liegt Achilles, nur noch ein dunkles Gebilde am Boden.

Ich drehe mich zu Paris um, will Antworten von ihm, als seine Gestalt schimmert.

Ein Lächeln, so kalt, dass ich erstarre.

»Die Prophezeiungen treten ein, Liebes«, sagt Apollon und deutet achtlos auf den Toten unten. »Ob du willst oder nicht.«

53

KASSANDRA

Ich habe beschämend lange gebraucht, bis ich begriffen habe, dass du es warst«, sagt Apollon und wirft den Bogen weg, während er auf mich zustakst.

Meine Kehle ist trocken, meine Zunge schwer. »Dass ich was war?«

»Stell dich nicht dumm, meine Liebe, das steht dir nicht.«

»Warum hast du das getan? Du weißt, dass Achilles' Tod dazu führt, dass die Achaier den Krieg gewinnen.«

»Vielleicht ist mir dieser verfluchte Krieg inzwischen egal?«, brüllt er so zornig, dass ich rückwärts stolpere und an die Brustwehr stoße. »Wobei es mir nicht ganz so egal ist, dass du dich mir immer noch widersetzt.«

Langsam und träge geht er noch einen Schritt auf mich zu.

»Als Hektor sterben sollte und dem Schicksal, das ihm bestimmt war, immer wieder entgehen konnte – ich habe meinen Vater noch nie so wütend gesehen. Er hat mich beauftragt, herauszufinden, was da schiefgelaufen ist. Und an jedem einzelnen Tag, den ich versagt habe ... Nun, er hat damit angefangen, mir etwas zu nehmen. Mir meine Orakel, Dodona und Trophonios, entrissen und in seinem Namen neu ernannt. Du bist mir natürlich in den Sinn gekommen, aber ich dachte, *nicht meine Priesterin. Um das Problem habe ich mich geküm-*

mert. Und dann ist es zum dritten Mal während dieses Kriegs passiert: Das Gewebe selbst hat sich verändert, und ich dachte, *und wenn sie sich mir immer noch widersetzt?* Und hier bist du am Schauplatz eines weiteren, vom Schicksal bestimmten Ereignisses, und der Faden, mit dem ich dich gefesselt habe, ist abgerissen.«

Ich blicke schnell zur Treppe, überlege zu fliehen, und er lacht.

»Oh, tu dir keinen Zwang an – ein Sturz und ein gebrochener Hals sind ziemlich leicht zu erklären.«

Mir stockt der Atem, und er lacht wieder.

»Muss ich das wirklich tun, Kassandra? Vielleicht braucht es in der Tat eine dauerhafte Lösung.«

»Nur zu«, sage ich und werfe einen Blick auf den toten Achilles. »Wenn du uns zu der Zukunft verurteilt hast, die ich in meinem Kopf sehe, dann sterbe ich lieber.«

»Dann würde ich dir also einen Gefallen tun. Ist vermerkt.« Er bleckt die Zähne.

»Worauf wartest du noch?«, frage ich. »Ich habe ja wohl bewiesen, dass ich nicht aufgebe und jedes mir zur Verfügung stehende Mittel nutze, um die Stadt zu retten, die dir inzwischen egal ist.«

In seinem Lachen liegt der Klang von klirrenden Schwertern. Es verspricht Gewalt. Es ist entfesselt durch den Krieg.

Er stürzt vor und greift nach mir. Vielleicht will er mir an die Kehle gehen, vielleicht versucht er, mich von der Mauer zu stoßen. Aber seine Hand trifft auf eine Barriere, die ich nicht sehen kann, etwa zehn Zentimeter vor meiner Haut.

»Was ist das?«, knurrt er. Es verunsichert ihn; sein Zorn findet keinen festen Boden.

Und ich atme auf.

Ich hatte keine Ahnung, wie Athenes Erlass sich zeigen würde, ich hatte keinen Beweis, dass er überhaupt funktioniert hat. Aber das hat er.

Ich schicke ihr ein stummes Dankgebet, und Apollon verzieht das Gesicht, als hätte er etwas gerochen.

»Athene?«, zischt er.

Er tastet nach der Barriere, fährt die Umrisse nach, mein eigenes Gesicht in einer Rüstung.

»Du bist zu einem anderen Gott gegangen. Wie kannst du es *wagen?*«

»Hatte ich eine Wahl?«

»Wahl? Du bist mein, Kassandra, und du bist zu einer anderen Göttin gegangen!«

»Um mich zu schützen.«

»Wenn ich dich von diesen Mauern stoßen will, dann ist das mein gutes Recht. Wenn ich dir den Hals umdrehen oder dich unter der Erde gefangen halten oder dich in eine verfluchte Pflanze verwandeln will, dann ist auch das mein Recht. Ich bin ein *Gott.*«

»Tja, sie auch.«

Er betrachtet mich von oben bis unten, sein Hass wird größer, und als er mir schließlich in die Augen sieht, ist sein Blick so voller Feuer, dass trotz Athenes Schutz schreckliche Angst durch meine Adern fließt.

»Weil du auch weiter meinen Fluch missachtest, nimm das: *Du wirst keine sterbliche Seele auch nur von einem einzigen Wort aus deinem Mund überzeugen können.* Du wirst um meine Aufmerksamkeit betteln, weil ich der Einzige sein werde, der dir noch glauben könnte. Und ich werde dich verlassen haben.«

Er richtet sich zu seiner vollen Größe auf und grinst mich höhnisch an.

»Dafür.« Er deutet mit der Hand auf die Barriere, die in der Luft schimmert. »Weil du zu Athene gegangen bist und auf Knien andere Götter angefleht hast, obwohl du geschworen hast, mir zu dienen. Dafür werde ich dich vernichten.«

54

HELENA

Ich lehne an der geschlossenen Tür, aber die Bretter fühlen sich an, als könnten sie jeden Augenblick nachgeben. Trotz meiner Zweifel habe ich getan, was sie gesagt hat, weil sie mich darum gebeten hat. Weil der Geschmack ihrer Lippen noch auf meinen lag und ich in diesem Augenblick alles für sie getan hätte.

Ich habe Kassandra geküsst.

Und jetzt ist sie fort, ich kann sie nirgends finden.

Hat sie sich geärgert? Glaubt sie, ich hätte Paris mit Sex abgelenkt? Ganz offensichtlich wird das nie wieder vorkommen – aber selbst wenn, was hat sie denn erwartet? Ich bin immer noch verheiratet. Wenn Paris stirbt, werde ich wieder heiraten, und mein neuer Ehemann wird höchstwahrscheinlich solche Dinge von mir verlangen. Und wenn jemand das mit Kassandra und mir herausgefunden hat? Wobei, was gibt es da schon herauszufinden? Was sind wir anderes als eine hoffnungsvolle Möglichkeit, deren Fäden zu leicht reißen, als dass man sie jemals zu einer Wahrheit weben könnte.

Eine Möglichkeit, deren Kuss die Zukunft beeinflusst hat.

Wir dürfen nicht so wichtig sein – *unmöglich*. Wenn es überhaupt ein »Wir« geben soll, muss es folgenlos bleiben, denn wenn man uns entdeckt ...

Beim Olymp, in meinem Namen werden Schlachten geschlagen. Kassandra wurde von einem Gott auserwählt. Wir sind wichtig. Und es wird Folgen haben.

In den Stunden, in denen Kassandra fort ist, werde ich panisch, aber als sie endlich mit staubigem Chiton und Tränenspuren im Gesicht um die Ecke biegt, ist alles vergessen. Ihre Miene ist ruhig, aber ich bemerke den zerknitterten Stoff, die geröteten Augen, die bebenden Lippen.

»Was ist los?« Ich eile zu ihr, streiche ihr das Haar aus dem Gesicht, um sie besser zu sehen, aber sie weicht zurück und schüttelt den Kopf. »Was ist?«

»Ich ...«

»Paris schläft. Ich habe ihn betäubt, also wird er eine Weile weg sein, aber lass uns irgendwohin gehen, wo es ruhiger ist.«

Ich erwarte Fragen – über die Drogen, die ich gehortet habe, falls ich auf einem Boot zurück nach Griechenland ende. Eine Möglichkeit, mir Menelaos vom Leib zu halten. Aber sie schweigt.

Und plötzlich bezweifle ich, dass sie wegen etwas, was ich getan habe, so verzweifelt ist.

Ich führe sie zu einer Sitznische unter einem Fenster, weich gewebte Kissen sind auf dem Sims verteilt. Man kann die Lichter der Stadt von hier aus sehen – und Leuchtfeuer, die irgendeine Nachricht zwischen den Soldaten übermitteln.

»Was ist?«

»Ich kann nicht ...«, haucht Kassandra, bevor sie verstummt, als würde sie ihren Worten nicht trauen.

Ich lege ihr die Hand auf die nackte Schulter. Sie hat dort ein dunkles, rundes Muttermal, das ich mit dem Daumen umkreise und das ich genauso liebe wie alles an ihr.

»Götter, scheiß auf ihn«, flüstert sie. »Ich kann nicht glauben, dass er mir auch das nimmt.«

»Das tut er nicht«, sage ich schnell, ohne eine Ahnung zu haben, woher die Worte kommen, weil ich verwirrt bin. »Mit ›er‹ ist Paris gemeint?«

Sie schüttelt den Kopf.

Und dann begreife ich, dass nur ein »er« ihr solche Angst einjagen kann.

»Apollon.«

Ein Nicken.

»Du hast ihn wieder gesehen? Was ist passiert?«

Abermals schüttelt sie den Kopf und deutet auf ihre Kehle. Ich streiche mit dem Daumen über das Mal. Ist es tiefer geworden?

»Noch ein Faden?«

Erneutes Kopfschütteln, dann öffnet sie den Mund und hält ihre Zunge fest, während sie versucht zu reden.

Versucht sie, Weissagungen zu unterdrücken?

»Noch ein Fluch?«

Mit traurigen Augen sieht sie zu mir auf und bestätigt es, ja, er hat ihr etwas angetan. Etwas, das sie selbst in meiner Gegenwart davon abhält, frei zu sprechen.

»War es wegen uns? Wegen des Kusses?«

Nein, offensichtlich nicht – und sie zeigt aus dem Fenster zu den Leuchtfeuern. Was ist das, der Tod eines wichtigen Mannes? Und ich habe die ganze Nacht versucht, einen zu verhindern.

»Achilles? Aber wie, Paris hat nicht – Apollon hat dich verflucht? Hat er auch Achilles etwas angetan? Ist er tot?«

Sie nickt.

Ich atme ein und setze die Fakten zusammen. »Apollon ist wütend, weil wir wieder versucht haben, das Schicksal zu ändern. Aber Athene – oh, er konnte dich nicht verletzen, also hat er dich noch einmal verflucht. Er hat dir die Stimme genommen, oder, nein ... er hat etwas gemacht, das dich davon abhält, in diesem Moment mit mir zu reden.«

Achilles ist tot, und für den Krieg ist das besorgniserregend, aber mich beunruhigt mehr, wie Apollon gerade außer Kontrolle gerät. Die Götter schnippen mit den Fingern und verwandeln Sterbliche in Bäume oder Tiere oder schicken sie einfach direkt in die Unterwelt und gehen zum Nächsten über. Aber Apollon lässt sich Zeit, er foltert Kassandra langsam. Er nimmt es persönlich.

Selbst Aphrodite nimmt mich nicht so wichtig. Sie kommt nicht mehr – hat sich nicht für meinen Streit mit Paris gerächt. Wo ist sie?

Ich habe mich so lange vor den Achaiern gefürchtet, und dabei habe ich nicht wirklich darüber nachgedacht, dass Kassandra in ebenso großer Gefahr schwebt, und zwar einmal wegen der Armee vor unseren Mauern und dann noch durch ihren eigenen Schutzgott.

Ich nehme ihre Hand, streiche über die schwieligen Fingerkuppen, mit denen sie die Fäden bewegt und Achilles' Zorn gewebt hat. Wenn sie das kann, dann kann sie auch den Fluch überwinden, mit dem Apollon sie jetzt belegt hat.

»Uns fällt schon etwas ein«, verspreche ich. »Wie immer.«

Sie hebt unsere Hände hoch und drückt meine an ihre Lippen.

Ich glaube, sie will danke sagen oder sich in Erinnerung rufen, dass Apollon ihr nicht alles nehmen kann.

»Kass, ich … Vorhin, der Kuss.«

Mit gefasster Miene sieht sie auf, aber in ihren Augen leuchtet Hoffnung, wenn auch wider besseres Wissen.

»Ich habe noch nie jemanden so geliebt – noch nie jemanden so begehrt. Nicht nur mit meinem Herzen, sondern mit allem – meine Hände wollen deine halten, mein Verstand will sich mit deinem austauschen, meine Seele will bei deiner sein. Ich habe noch nie jemanden so sehr gewollt.«

Es ist nicht fair, das alles zu sagen und ihr dann zu erklären, dass es nicht sein darf. Aber Apollon hat ihr die Wahrheit genommen, und ich will ihr dafür etwas Wahres geben. Und es ist wahr, dass sie ein

Teil von mir ist. Und in einem anderen Leben – oder eher in einem anderen Strang der Zukunft – könnten wir unsere Seelen miteinander verflechten. Ich kann nicht glauben, dass wir nicht irgendwo füreinander bestimmt sind.

Aber nicht hier.

»Aber es ist zu gefährlich. Wir sind im Krieg, und wenn jemand entdeckt, was ich für dich empfinde … Wir sind nicht raffiniert, Kass. Ich kann die Flammen nicht ersticken und erwarten, dass niemand den Rauch sieht. Dieser Kuss war wundervoll, aber ich glaube, es muss der letzte sein.«

Sie malt kleine Kreise auf meine Hand.

»Ich kann das mit dir nicht geheim halten. Und für uns würde niemand einen Krieg führen.«

Mit der anderen Hand greift sie nach der Kette um ihren Hals und umfasst den Apfel.

Ich verstehe es – ich bin ein Widerspruch, eine Ansammlung von Leuchtfeuern, die ein Dutzend unterschiedliche Dinge signalisieren. Was ist ein goldener Apfel, wenn nicht das Versprechen einer heimlichen Liebe?

Und all das zu sagen, wenn sie gar nicht antworten kann! Es ist grausam. So vieles ist grausam.

»Ich denke, mehr kann ich dir nicht geben: nur das Versprechen, dass ich will.«

Kassandra nickt, drückt ein letztes Mal meine Hände und lächelt leicht, bevor sie aufsteht und sich in ihr Zimmer zurückzieht. Ich bleibe noch eine Weile sitzen und betrachte die feiernde Stadt und weiter weg die Achaier, die wegen eines gefallenen Helden durchdrehen, dessen Tod ihnen den Sieg bringen wird.

55

KASSANDRA

Ich will.
Das ist der einzige Gedanke, der die nächsten paar Wochen erträglich macht.

Mein Leben fällt auseinander, ein falsches Wort nach dem anderen. Eine Weile schaffe ich es mit Schweigen oder Gesten, aber die Diener erwarten Antworten oder direkte Aufträge, und ich bin so verwöhnt, dass sich durch diesen losen Faden mein ganzes Leben auflöst. Ich kann meine Dienerinnen nicht davon überzeugen, dass ich heißes Wasser will, also wasche ich mich mit kaltem. Ich fühle mich krank, mein Körper ist geschwächt. Ich kann ihnen nicht sagen, dass ich Hilfe brauche, um mein Kleid auszuziehen, also trage ich es drei Tage lang, bis Krëusa es bemerkt und fragt, ob die Knoten zu fest sind, und ich endlich nicken kann. Die Weissagungen strömen mir immer noch über die Lippen, und ich kann mich nicht entschuldigen, kann sie nicht zurücknehmen oder so tun, als wüsste ich, dass sie unsinnig sind.

»*Die mit rasendem Munde Ungelachtes und Ungeschminktes und Ungesalbtes redet*«, murmele ich, und ich habe das deutliche Gefühl, die Fäden machen sich über mich lustig.

Aber ich lasse Apollon nicht gewinnen – und auch die Achaier nicht. Ich bin ständig in der Bibliothek und stelle Recherchen über die griechischen Poleis an, aus denen sich die achaiische Seite zusammensetzt. Ich muss wissen, worauf ich in den Visionen achten soll: Wappen, die auf Städte hindeuten können, welche Polis welche Waffen bevorzugt, wie sie ihre Schilde bemalt – und dann die Sprache! Mein Griechisch ist eingerostet. Was, wenn sie sich etwas zurufen und ich es nicht verstehe?

Und dann sehe ich es: *Eine Gruppe Menschen läuft auf die Straße, genau wie bei der Pyanopsia, aber anstelle einer Handvoll Prinzen und Soldaten auf Urlaub sind Männer in großer Zahl dabei – genau wie vor dem Krieg. Sie sind alle hier. Es wird gejubelt und gefeiert, und dann höre ich die Trinksprüche. Die Achaier. Sie sind fort, sie sind nach Hause gefahren. Wir haben gewonnen.*

Ein zweiter Strang. Eine neue Zukunft.

Ich bin halb durch den Palast, renne durch die Gänge, als mir klar wird, dass ich nicht weiß, wie ich es Helena überhaupt sagen soll, wenn ich sie finde.

Zum Glück ist sie fest entschlossen, es herauszufinden. Sie macht sich mit solchem Enthusiasmus daran, die Wirkungsweise des Fluchs zu ergründen, als wollte sie alles andere ausblenden – andere Gedanken und Erinnerungen an Lippen auf den ihren.

»Wir kriegen das heraus«, verspricht sie. »Nichts, was du sagen kannst, könnte mich dazu bringen, dich zu hassen.«

Aber dann treffen sich unsere Blicke, und es ist klar, dass wir beide wahnsinnige Angst haben, es könnte nicht stimmen.

»Lass uns mit irgendwelchem unwichtigen Quatsch anfangen – sag mir, dass es morgen regnen wird.«

Beim sechsten Versuch haben wir etwas.

»Glaubst du, meine Lieblingsfarbe ist Grün?«, frage ich.

»Ich weiß es nicht. Ist sie es? Warte! Das hat funktioniert – du kannst etwas als Frage formulieren, und ich nehme an, dass du es als Aussage meinst. Deine Lieblingsfarbe ist also Grün.«

Ich schüttele den Kopf. Es ist Blau. Ich habe es erst gemerkt, als Helena mir gezeigt hat, wie viele schöne Blauschattierungen es gibt.

»Oh, das geht auch – bei Gesten habe ich nicht das Gefühl, dass du mich anlügst. Also, ist Grün deine Lieblingsfarbe?«

Ich schüttele den Kopf. »Ist Blau meine Lieblingsfarbe?«

»Ist es Blau?«

Ich nicke.

Helena quietscht. »Okay, das sind schon zwei Sachen, die du kannst.«

Ich presse die Lippen aufeinander, nervös, dass es nicht funktionieren wird. Aber dann reiße ich mich zusammen und sage: »Wie wäre es, wenn ich dir sagen würde, dass ich eine Zukunft gesehen habe, in der wir den Krieg gewinnen?«

Helena erstarrt, und einen Moment lang kann ich die Gedanken praktisch in ihrem Schädel hin und her flitzen sehen, während sie versucht zu verstehen, ob das wahr ist. Ich sehe, wie sie beschließt, dass es das ist, und in diesem Moment werden ihre Augen trüb, weil der andere Fluch greift und dafür sorgt, dass sie es nicht glaubt. »Hast du das?«

Ich nicke.

»Kassandra!«, quietscht sie und springt fröhlich auf, und obwohl ich weiß, dass sie es nicht wirklich glaubt, lasse ich mich von ihr hochziehen. »Erzähl mir alles!«

Vorsichtig reihe ich die Worte aneinander. »Glaubst du, die Achaier könnten einfach abziehen? Würden wir dann feiern?«

»Hast du das gesehen?«

Ich nicke wieder.

»Okay, lass mich zuerst den Fluch verstehen, und dann überlegen wir, wie wir aus diesem Strang den Kern unserer neuen Zukunft machen können.«

Ich zögere, habe fast mehr Angst vor dem Versuch als vor der Zukunft selbst. Wenn sie mir nicht glaubt, könnte es mich vernichten.

»Was würdest du tun, wenn du verflucht bist, sodass niemand ein Wort glaubt, das du sagst?«

Ich sage es leicht falsch, damit wir noch Spielraum haben, falls sie mir nicht glaubt.

»Der Mistkerl«, knurrt sie.

Also nenne ich ihr den kompletten Wortlaut des Fluchs: *Du wirst keine sterbliche Seele auch nur von einem einzigen Wort aus deinem Mund überzeugen können.*

Sie nickt nachdenklich. Es ist zu viel, und ich schließe die Augen, als würde es mich nicht so tief bewegen, wenn ich ihre verständnisvolle Miene nicht sehe. Aber sie versteht es – wie auch sonst, sie hat es durchschaut –, und irgendwie werde ich die Vorstellung nicht los, dass wir immer eine Verbindung haben werden, ganz gleich was Apollon uns in den Weg legt. Ein bittersüßer Gedanke, denn wir könnten so viel füreinander sein in einer freundlicheren Welt.

Zusammen probieren wir alles aus, was uns einfällt. *Ein einziges Wort* – kann ich jemanden von mehreren Worten gleichzeitig überzeugen? Nein, eindeutig nicht.

Sterbliche Seele – ist auch Helena damit gemeint? Ja, anscheinend zählen Halbgötter in der Formulierung des Fluchs als sterblich.

Ein einziges Wort *aus meinem Mund*. Ich kann nicken. Ich kann den Kopf schütteln. Was gibt es noch für Gesten? Ich mache eine ziemlich unanständige, und Helena schlägt mir auf den Arm und murmelt so etwas wie, dass ich auch niemanden davon überzeugen könnte, dass ich witzig bin.

Ich kann das Gegenteil von dem sagen, was ich denke. Ich kann Dinge sagen, von denen ich Helena nicht überzeugen muss, Dinge, von denen sie sowieso weiß, dass sie wahr sind. Ich kann meine Worte mit »Glaub ja nicht, dass« oder »Ich werde dich anlügen« einleiten, aber »Du solltest das nicht glauben« zusammen mit einer Weissagung führt dazu, dass Helena blinzelt und sich den Kopf hält und fragt, was ich gerade gesagt habe, weil sie die Worte gar nicht mehr hört, wenn die Flüche kollidieren.

Könnte ich schreiben? Wir holen Wachstafeln, und es ist eine ganz neue Freiheit, denn ja, es funktioniert.

Wir grübeln stundenlang über dem Wort »überzeugen«, weil es eindeutig mehr mit den Worten zu tun hat, die ich sage, als mit meiner Absicht, sonst könnte ich ja niemals mit Fragen vermitteln, was ich meine.

Aber obwohl wir einige Schlupflöcher in diesem Fluch finden, macht keins davon ein Gespräch besonders einfach.

Es ist ein Weg, aber kein Ausweg.

Es gibt jetzt Gerüchte, dass der Wahnsinn auch meine Zunge befallen hat, dass ich nicht mehr in ganzen Sätzen denken kann – und deshalb nur mit stockenden Fragen und vorsichtigem Nicken antworte.

Eines Abends kommt meine Mutter zu mir – und mir wird bewusst, dass wir eigentlich nur reden, wenn sie beunruhigt ist. Sie versucht nicht, Zeit mit mir zu verbringen – zwingt mich nicht, mit ihr in den Tempel zu gehen, wie sie das bei allen anderen Familienmitgliedern tut.

Früher war ich immer dankbar für das bisschen Zeit, das sie mir gewidmet hat, aber jetzt frage ich mich, warum ich eigentlich darum betteln soll.

»Es gibt Soldaten in den Lagern, die nicht sprechen können«, sagt sie. »Sie haben so viel durchgemacht. Ich kann mir nicht vorstellen, wie es ist, mit diesen schrecklichen Bildern im Kopf zu leben. Aber ich verspreche dir, dass wir die besten Ärzte im Land finden werden, wenn das hier vorbei ist. Wir werden diesen Visionen Einhalt gebieten, und du wirst gesund werden.«

Ich fühle mich wie Trümmerteile, die im Ozean herumwirbeln und mit jedem ihrer Worte langsam sinken. Wie gern wäre ich diese Flüche los und könnte wieder frei sprechen, wie gern würde ich eine weniger schreckliche Zukunft sehen. Aber was ist falsch daran, dass ich Weissagungen murmele oder mich in Visionen verliere? Es schadet niemandem; es ist nur eine Unannehmlichkeit, oder nicht einmal das – nur eine Abweichung von der geordneten Welt, die sie gern hätte.

Zum Teil liegt es daran, wer ich jetzt bin, zum Teil an etwas, woran ich leide, warum also schert sie alles über einen Kamm, als müsste alles repariert werden?

»Wenn es mir wieder gut geht, redest du dann wieder mit mir? Erlaubst du mir, mit den anderen zu essen?«

Sie zieht die Augenbrauen hoch angesichts der Tatsache, dass ich sprechen kann. »Ja, Kassi, alles wird wieder wie vorher, als wäre nichts geschehen.«

In meiner Wut vergesse ich den Fluch und fauche: »Aber es ist geschehen. Und du hast mich isoliert, mich von Zusammenkünften ausgeschlossen und sogar zugelassen, dass man mir die Priesterinnenwürde nimmt. Ich werde das nicht einfach vergessen.«

»Jetzt sei nicht albern, Kassandra. Natürlich wirst du es vergessen. Ich weiß, dass du das jetzt nicht so sehen kannst, aber es ist nur zu deinem Besten. Es ist gütig.«

»Aber du hast mich nicht gefragt, was ich will.«

»Nun, du bist momentan nicht ganz bei Verstand, vor allem nicht wenn du mitten beim Essen aus vollem Hals zu schreien anfängst. Ich weiß, es ist hart, aber es wäre dir gegenüber nicht fair, wenn wir zulassen würden, dass du immer wieder in solche Situationen gerätst. Vertrau mir, eines Tages wirst du mir dafür danken.«

Da bin mir nicht so sicher. Ich verstumme. Die Energie, mich zu streiten, verfliegt – und ich bin mir auch nicht sicher, worauf ich eigentlich hinauswill: dass ich nicht krank bin und nicht geheilt werden muss, oder will ich hinterfragen, warum es in ihrem Palast nur Platz gibt für Personen, die sie als »normal« ansieht, und warum sie es als Güte verpackt, mich zu isolieren, wo sie sich diese Grausamkeit überhaupt erst ausgedacht hat.

»Hast du die Fähigkeit zu sprechen wieder verloren, Kassandra?«

Ja, und ich kann überhaupt nichts mehr sagen – denn mit dem Fluch im Hinterkopf gehe ich unser Gespräch noch einmal durch. Mir wird klar, dass da nicht viel war, von dem ich sie überzeugen wollte. Ich nehme alles auseinander und hoffe fast, etwas zu finden, wo der Fluch sie gegen mich aufgebracht hat.

Als ich gesagt habe, ich würde es nicht vergessen.

Das ist alles.

Und das war nicht der Fluch, nur das, was sie denkt. Und das tut mehr weh, als dieser Faden um meinen Hals jemals wehgetan hat.

Als ich eines Morgens mit Krëusa in der Bibliothek sitze, zeigt sich hinter ihr eine dunstige Vision. Männer tauchen Holz in heißes Wasser, biegen die Bretter und hämmern sie zusammen. Ich bin verblüfft. Die Visionen zeigen mir nur noch selten alltägliche Dinge. Ich glaube, ich könnte sie ertragen, wenn sie mir nur Soldaten zeigen würden, die schlafen, sich unterhalten und Tee kochen.

Ich beuge mich vor, um es besser zu sehen, weil es wichtig sein muss – und die Prophezeiung stößt mich zurück und wirft mich so heftig nach hinten, dass mein Stuhl fast umkippt.

Ich atme ein und bereite mich darauf vor, es noch einmal zu versuchen.

Mach eine Pause.

Krëusa schiebt das Pergament zu mir herüber. Sie hat jetzt immer welche dabei, damit wir reden können

Ich kann nicht, schreibe ich. *Es ist wichtig.*

Wütend starrt sie zuerst das Geschriebene und dann mich an und denkt nach.

Ich weiß, aber du bist es auch.

Ich will etwas aufschreiben, aber sie schnappt sich das Pergament und schreibt einen ganzen Aufsatz. Es berührt mich sehr, dass sie es unhöflich findet, ein Gespräch zu führen, bei dem sie redet und ich schreibe. Aber, beim Olymp, es ist auch eine Qual zuzusehen, wie sie ewig mit dem Schreibrohr über das Pergament kratzt.

Sie zögert, bevor sie es mir zurückgibt, und als sie es endlich tut, wirft sie es praktisch nach mir.

Hör zu, Kass, ich weiß, dass wir deine Weissagungen entschlüsseln. Ich weiß nicht, wie oder warum sie helfen, wo sie sich doch so lächerlich anhören, aber ich vertraue dir und Helena genug, dass ich keine Fragen stelle, wenn ihr uns um etwas bittet. Ich weiß, es muss wichtig für dich sein, wenn du uns überhaupt bittest. Und es ist schon vorgekommen, dass Prophezeiungen unterlaufen wurden: Thetis hat einen Sterblichen geheiratet, Zeus hat Metis gefressen. Aber du scheinst zu glauben, dein einziger Wert für uns alle bestünde darin, dass du immer mehr Weissagungen auswirfst. Wenn die Geschichten dieses Krieges erzählt werden, können wir von Glück sagen, wenn wir mehr sind als schöne Prinzessinnen, die darauf warten, dass die Männer siegen und sie retten. Aber das sind wir nicht, und du bist es nicht, und du hast mehr zu bieten, als nur das Richtige zu sehen. Hör auf, dir so viel abzuverlangen, denn uns ist es ganz genauso wichtig, dich zu retten wie die Stadt.

In klassischer Krëusa-Art weicht sie meinem Blick aus, nachdem ich alles gelesen habe.

»Glaubst du, du kannst etwas so Nettes schreiben und dann einfach so tun, als wäre nichts gewesen?«, frage ich, und meine Stimme ist belegt von all dem, das sie gar nicht hören will.

»Ja.«

Du liebst mich, schreibe ich zurück.

»Örks, Kass, igitt. Ja, tu ich. Und jetzt lass mich in Ruhe.«

Das habe ich nicht vor, vor allem weil ich noch durcheinander bin von dem, was sie gesagt hat, aber eine neue Vision überwältigt mich.

Aphrodite schleicht sich aus dem Olymp und murmelt vor sich hin, dass Zeus ihr gesagt hat, sie soll aufhören, sich im Krieg zu versuchen. Dabei war sie früher eine Kriegsgöttin. Das vergisst er einfach. Oder er hat Angst davor. Liebe und Krieg zusammen wären zu mächtig, als dass ein Gott wie Zeus es einfach zulassen würde.

Sie überquert das Schlachtfeld, sucht nach ihrem Helden, ihrem Kämpfer. Sie weicht den Schwertern und den Männern aus, und ein goldenes Licht scheint sie zu leiten, sodass sie gerade noch rechtzeitig eine Klinge herabsausen sieht.

»Nein«, schreit sie und rennt zu Paris.

Sie kann ihm nicht helfen. Liebe heilt alles Mögliche, außer den Körper. Wie eine grausame Wendung des Schicksals erinnert sie sich an seine Ex-Frau: die hat diese Macht. Aber als sie Paris zu ihr bringt, hat er sein letztes Wort geflüstert, seine Lippen sind blau, und seine Augen fallen zu.

Ich zucke zusammen und versuche, nicht in Panik zu geraten.

Ich schreibe alles auf, was ich gesehen habe, und übergebe es Krëusa – wenn sie sowieso weiß, dass es meine Prophezeiungen sind, gibt es keinen Grund, es zu verbergen.

»Das ergibt keinen Sinn«, sagt sie und ihre Augen werden trüb.

Ich bewege wieder die Fäden, hoffe, dass ich noch einmal zurückkann und mehr erfahre, dass ich zumindest eine Ahnung bekomme, *wann* es passieren könnte.

Aber bei Einbruch der Nacht ist Paris tot.

Und wir erfahren es erst drei Tage später.

56
HELENA

Man sagt mir, dass mein Mann tot ist, als ich gerade einem Dutzend Frauen zeige, wie man jemandem die Kehle durchschneidet: wo man ansetzt, in welchem Winkel man die Klinge hält, wie man die Stimmbänder durchtrennt, damit der Gegner nicht schreien kann.

Agata erscheint am Eingang zum Tempel der Artemis, und ihr Gesicht ist so ernst, dass ich es schon *weiß*, bevor sie sagt: »Paris ist erschlagen worden.«

Nein. Nein, nein, nein ...

Ich lasse klirrend das Schwert fallen, dann falle ich selbst, und ich heule, hämmere mit den Fäusten auf die Steinfliesen und brülle. Agata versucht, mich abzuschirmen, Herophile eilt herbei – obwohl sie bestimmt entzückt ist, dass sie diesen Augenblick miterleben darf. Ich trage ziemlich dick auf, erhebe mich taumelnd und gehe aus dem Tempel zum wartenden Wagen.

Paris. Der arme, dumme Junge – dem Ganzen nie gewachsen und hat in einem Krieg gekämpft hat, den es nie hätte geben sollen.

Wir waren gerade dabei, zu lernen, uns wieder zu vertrauen, diese neue Beziehung zu verstehen, und jetzt werden wir nie erfahren, ob wir auch etwas anderes füreinander hätten sein können als ein erzwungenes Liebespaar. Ich denke an seine Verblüffung, an sein Lächeln, wenn er es versucht und versucht und versucht hat …

Ich frage mich, ob ich wohl bleiben darf oder ob meine Rückkehr nach Sparta mit seinem letzten Atemzug besiegelt war.

Kassandra. Es ist nicht einmal ein richtiger Gedanke, nur ein allumfassendes Sehnen und das Gefühl, ins Bodenlose zu fallen, wenn ich mir vorstelle, dass ich sie verlassen muss.

Im Palast herrscht Durcheinander, aber man führt mich in einen kleinen Raum, wo Priamos und Königin Hekabe einander festhalten, während Skamandrios an seinen Fingernägeln pult und Deiphobos untröstlich aus dem Fenster blickt.

»Oh, Helena«, sagt die Königin, eilt zu mir und schließt mich in die Arme. »Du musst am Boden zerstört sein.«

Das bin ich, wenn auch vor allem wegen mir selbst. Ich mochte Paris wirklich, aber ich kann erst wirklich um ihn weinen, wenn ich weiß, dass ich außer Gefahr bin.

Ich versuche König Priamos in die Augen zu sehen. In dieser ganzen Zeit hat er mir versichert, dass es nicht meine Schuld sei und dass sie mich nicht zurückschicken würden. Aber jetzt weicht er meinem Blick aus, und mir wird flau im Magen.

»Wissen wir, was passiert ist?«, frage ich.

»Die Berichte sind abweichend.« Die Königin schnieft. »Und es gibt da eine etwas heikle Angelegenheit.«

»Ach so?«

Sie sieht sich um, als würde sie darauf warten, dass jemand anderes etwas sagt. Als niemand es tut, seufzt sie und redet weiter. »Man hat ihn nicht auf dem Schlachtfeld gefunden. Es tut mir leid, meine Liebe, aber wusstest du, dass er vorher schon verheiratet war?«

Was soll ich sagen. Soll ich schockiert tun? Sie werden Mitleid mit mir haben und nicht so genau hinsehen, wenn meine Trauer nicht ihren Erwartungen entspricht. Letztlich hat Paris es mir nicht gesagt. Es war Kassandra.

»Er ... *was?*« Ich lasse mich auf den nächsten Stuhl fallen. »Nein, nein, er hat mir nichts gesagt.«

»Sie hat seinen Tod gemeldet«, sagt Deiphobos. Er wirkt verändert – nicht mehr der gut gelaunte, Witze reißende Prinz, den ich in Erinnerung habe, sondern ernster. Ich frage mich, ob der Tod seiner beiden Brüder diese Veränderung bewirkt hat oder die Tatsache, dass er jetzt Kronprinz ist. »Ihre Leute haben die Beerdigungsriten schon durchgeführt, aber sie behauptet, er wäre in Aphrodites Armen vor ihr erschienen. Manche sagen, dass er im Kampf gegen Philoktetes gefallen sei und dass Aphrodite seinen Leichnam habe verschwinden lassen. Andere sagen, er sei weggelaufen und zu der Frau zurückgekehrt, die er wirklich geliebt hat.«

»Bei Zeus' Gnade«, murmele ich und schüttele verzweifelt den Kopf. Es ist vorbei. Sie werden nicht einmal kämpfen, um sein Andenken zu ehren, wenn sie ihn für einen Feigling halten, der die Stadt im Stich gelassen hat.

»Abgesehen davon, wie furchtbar alles ist«, sagt Priamos mit heiserer, belegter Stimme – und ich frage mich, wie lange er die Nachricht für sich behalten hat, bevor er alle informierte; wie lange er allein um seinen Sohn weinen musste, bevor er sich um die Auswirkungen kümmern konnte –, »bringt es uns in eine ziemlich schwierige Lage.«

Ich fürchte, ich bin in einer noch schlimmeren.

»Ja?«

»Paris ist tot. Dieses Gerücht kann zur Folge haben, dass niemand für seinen Ruhm kämpfen will«, sagt Priamos mit einem Blick auf seine Söhne. »Wir denken, wir könnten das am leichtesten ausräumen, wenn du – vergib mir – einen der anderen Prinzen heiratest.«

Alles verlangsamt sich. »Verzeihung?«

»Ich weiß.« Er wendet den Blick ab. »Es ist zu früh, aber ich muss dich bitten, nicht nur an deine Trauer zu denken. Niemand wird von dir erwarten, dass du deinen neuen Mann liebst. Es wird eine rechtschaffene Verbindung sein und deine Liebe zu Paris bekräftigen, wenn du ihm zu Ehren seinen Bruder heiratest. Es wird sein Andenken bewahren, eine erhabene Sache, die unsere Armeen anspornen könnte.«

Ich betrachte die Gesichter im Raum: Königin Hekabe ist angespannt, als würde sie sich darauf gefasst machen, dass ich mich weigere; Deiphobos ist resigniert und Skamandrios selbstzufrieden.

Ich wusste, ich würde wieder heiraten müssen, aber nicht, dass es so bald sein würde. Ich dachte, ich hätte Zeit, mich vorzubereiten auf alles, was ein neuer Ehemann erwarten würde. Ich dachte, ich könnte ein wenig Freiheit genießen, auch wenn klar war, dass man sie mir bald wieder nehmen würde.

»Ich verstehe. Und ich beuge mich deiner Weisheit, mein König, egal welches Vorgehen du für richtig hältst. Aber darf ich fragen – und damit das klar ist: Ich bin sehr froh, dass ihr es nicht tut –, warum ihr mich nicht einfach zurückschickt?«

Priamos sieht mich entsetzt an. »Du bist doch kein Gegenstand, den man einfach tauschen kann, Helena. Ich habe dir schon einmal gesagt, dass ich dir nie die Schuld an diesem Krieg gegeben habe, und ich werde ihn nicht beenden, indem ich dich an unsere Angreifer ausliefere. Du bist vielleicht nicht in diese Familie hineingeboren worden, aber du bist ein Teil davon.«

Noch eine Träne läuft mir über die Wange, und sie hat nichts mit Paris zu tun.

Ich nicke und betrachte die Prinzen. »Und wen soll ich heiraten?«

»Ich wollte dir die Wahl überlassen«, sagt Priamos, und seine Stimme ist plötzlich scharf wie eine Klinge. »Aber offenbar hat Apollon eine Weissagung geschickt und einen Kampf gefordert.«

Kassandra?

Da tritt Skamandrios vor. »Ich bin mit solchen Prophezeiungen gesegnet, seit ich neben unserem Herrn Apollon gekämpft habe. Ich war am Boden zerstört, als ich von Paris' Tod erfahren habe, und habe mich angeboten, um deinen Kummer leichter zu machen. Ich war überrascht, als ich hörte, dass das schon ein anderer getan hat.« Er wirft Deiphobos einen wütenden Blick zu. »Aber dann kam die Vision.«

Deiphobos sieht mich entschuldigend an. »Wir kämpfen bei Einbruch der Nacht.«

Ich bin schon wieder ein Preis, wie es scheint.

Scheiße. Scheiß auf das alles.

»Sehr gut«, sage ich und stehe auf. »In dem Fall möchte ich den Göttern ein Opfer darbringen und um meinen Mann trauern.«

57

KASSANDRA

Ich erfahre es als Letzte, laufe sofort zu Helena und hämmere an ihre Tür, bis sie ruft, dass ich hereinkommen soll.

Ich eile ins Zimmer, und sie legt schon die Arme um mich. Ich halte sie fest, bis sie mich loslässt, dann sehe ich sie prüfend an und suche nach Zeichen von Trauer.

Sie ist wie immer schwer zu durchschauen.

»Ich weiß nicht, was ich tun soll«, sagt sie. »Der Brauch schreibt vor, dass ich mir ihm zu Ehren die Haare abschneiden soll, aber meine kurzen Haare waren ihm so zuwider, dass es mir respektlos vorkommt.«

»Helena«, sage ich sanft.

Sie lächelt beruhigend. »Alles gut, ich bin nur ein bisschen aufgewühlt. Könnten wir irgendwohin rausgehen? Ich fürchte, ich kann nicht in die Stadt nach diesen Neuigkeiten, aber vielleicht in einen der Höfe oder auf ein Dach?«

»Ein Dach.« Ich nicke. Ich mag die Einsamkeit, wenn nur die Himmel auf uns herunterschauen. Die Götter sind so beschäftigt mit dem Krieg, dass ich bezweifle, dass sie uns überhaupt bemerken.

Als wir aus dem Fenster auf das Ziegeldach klettern, können wir den Krieg sehen, der sich bis zum Horizont erstreckt – kämpfende

Punkte in einem Nebel aus Staub und Dreck. Sie sind näher an den Mauern als vorher.

Wir krabbeln auf die andere Seite des Dachs, wo wir vor Blicken geschützt sind und nur die Felswand sehen, die uns Schatten spendet.

»Ich ...«, sagt Helena. Ich will ihr Gesicht umfassen, sie berühren. Aber wie kann ich das, ohne etwas zu unterstellen, das sie eindeutig abgelehnt hat.

Stattdessen nehme ich ihre Hand und fahre mit dem Daumen über die Hornhaut zwischen Daumen und Zeigefinger, wo der Griff des Schwerts gescheuert hat.

»Sie schicken mich nicht zurück«, sagt sie. »Das haben sie mir vorhin gesagt. Es war meine erste Angst, als ich es erfahren habe. Ich dachte, ich würde wegmüssen, und habe begriffen, dass ich dich am meisten vermissen würde. Was ja offensichtlich war.«

»Offensichtlich«, wiederhole ich – halb im Scherz, halb ungläubig.

»Und ich ... Eine Armee steht vor der Tür. Ich kann nicht länger Angst vor Dingen haben, die das Risiko wert sind, oder?«

»Äh ...« Mir wäre es eigentlich lieber, sie würde keine Risiken eingehen.

»Und das schließt dich mit ein.«

Ich bin ein Risiko? Hoffnung flattert in meiner Brust, und ich muss dem Drang widerstehen, sie zu zerquetschen.

»Und ich denke ... ich denke, ich habe sowieso schon eine Weile mit dir Beziehung gespielt, und der Gedanke, wirklich eine zu haben, war furchterregend – nicht nur weil man uns verurteilen könnte, wenn es herauskäme, sondern weil es wirklich etwas wäre, das ich verlieren kann – wo ich sowieso schon Gefahr laufe, alles zu verlieren. Aber heute Morgen habe ich verstanden, dass ich ohnehin am Boden zerstört wäre, wenn ich dich verliere, warum mich also zurückhalten? Ich will lieber dein Geheimnis sein als gar nichts.«

Alles wirkt klarer, ich nehme jeden Luftzug, jedes widerhallende

Geräusch mit erschreckender Intensität wahr. Ich könnte jedes Detail von ihr auswendig lernen: die aufrichtigen kobaltblauen Augen, die nervös aufeinandergepressten Lippen, die Finger, die mit der dunkelgrünen Kordel spielen, die ihr Kleid zusammenhält.

»Ich ...« Sie sieht mich so aufmerksam an, dass es schwer ist, klar zu sehen. »Willst du damit sagen, dass du mich magst?«

»Ja. War das nicht sowieso klar?«

»Nicht wirklich, nein«, sage ich, und mir ist egal, ob sie mir glaubt oder nicht. »Was ... was bedeutet das?«

Sie scheint sich zu wappnen, als hätte sie nicht sowieso schon so viel gestanden. »Ich will mit dir zusammen sein. Ich will nicht länger das tun, was ich soll, nicht länger die Person sein, die alle lieben, sondern die, die ich bei dir bin. Ich will in Romantik schwelgen. Ich will dich, Kassandra.«

»Helena.« Ich schlucke, meine Kehle ist so zugeschnürt, dass es mich wundert, dass ich überhaupt atmen kann. »Ich kann nichts sagen, ohne die Worte hundertmal vorher umzudrehen, ich kann kaum ein Gespräch führen.«

Wenigstens muss ich sie davon nicht überzeugen – sie weiß es schon.

»Wir kriegen das hin, oder?«

»Das ist nicht ...« Schnell gehe ich die Worte durch, formuliere sie als Frage neu und fange noch einmal von vorn an: »Ist das die Art Beziehung, die sich irgendjemand wünschen würde?«

»Nun, ich schon«, sagt sie einfach. »Und ganz ehrlich, Kassandra, das ist wohl meine Entscheidung. Die eigentliche Frage ist also: Willst du mich?«

»Ich ... Eine Beziehung?«

»Ja.«

»Und was ist, wenn das für mich nicht dasselbe bedeutet wie für dich? Eros ...«

»Ich sage, ich will mit dir zusammen sein, und du denkst als Erstes, dass ich dir nur an den Chiton will?«

»Helena!«

Sie seufzt. »Kassandra, ich empfinde eindeutig Eros für dich. Aber das ist nur ein kleiner Teil meiner Gefühle, und es ist sicher nicht der Grund, warum ich auf ein Dach klettere und dich bitte, dieses Wagnis mit mir einzugehen. Ich will mit dir zusammen sein, die ganze Zeit, und wenn du ähnlich empfindest, ist es dann nicht erst einmal ganz einfach?«

»Bist du dir sicher?«

»Ja. Heißt das jetzt, dass du mich noch magst? Ich lehne mich hier ziemlich weit aus dem Fenster und würde es wirklich zu schätzen wissen, wenn du mir endlich sagst, ob ich total danebenliege.«

Ich lache, was wahrscheinlich nicht die beste Antwort ist. Also drücke ich die Hand, die ich halte, an meine Lippen, und das flatterige Gefühl steigt in die Lüfte. »Ja, Helena, du liegst total daneben.«

Der Nebel meines Fluchs trübt ihre Augen und verblasst.

Ich habe sie so oft lächeln sehen. Aber noch nie so wie jetzt.

Ich würde alles tun, um es wieder zu sehen.

»Okay«, sagt sie. »Also ... machen wir das jetzt?«

Ich kann nicht anders – ich lache wieder. Vielleicht bin ich einfach zu glücklich, um damit aufzuhören. »Du bist so schüchtern.«

Ich glaube, ich muss sie auch da nicht überzeugen; sie scheint sich dessen wahnsinnig bewusst zu sein.

»Nur wegen dir! Du bist so ...« Sie schluckt ihr Lachen hinunter und sieht mich ernst an. »Du bist schön, und ich liebe es, dass du das weißt – dein Selbstvertrauen, wie du durch die Gegend stolzierst, als wüsstest du, dass alle dich ansehen. Selbst wenn du dich im Schatten versteckst, trägst du den Kopf hoch, als könntest du den Gedanken, dich unsichtbar machen zu wollen, nicht wirklich nachvollziehen. Und dann, nach wochenlangen lähmenden Selbstzweifeln, erinnerst du dich plötzlich wieder daran, dass du besser bist als alle anderen, und fährst jeden an, der es wagt, etwas anderes zu behaupten und ...«

»Sollen das Komplimente sein?«

»Ja, deine angeborene königliche Arroganz ist unwiderstehlich. Und außerdem bist du die leidenschaftlichste Person, die ich je kennengelernt habe. Also ja, das macht mich schüchtern. Ich bewundere dich. Ich habe noch nie jemanden bewundert, mit dem ich zusammen war. Wenn ich mich also lächerlich und rührselig und schrecklich benehme, dann nur, weil es mir nie so wichtig war, es hinzukriegen.«

Ich streiche ihr die kurzen Haare zurück, die sich um ihr Gesicht locken, mit der anderen Hand halte ich immer noch ihre.

»Du kriegst es nicht hin«, sage ich sanft. »Bin ich dran, dir Komplimente zu machen?«

»Nein, bitte nicht. Noch mehr emotionale Aufrichtigkeit verkrafte ich nicht.«

»Dann bin jetzt nicht ich dran mit Erklärungen? Soll ich dich nicht mit einer Blume vergleichen? Oder ...«

Sie legt mir den Finger auf die Lippen, damit ich nicht weiterrede.

Dann bleibt er dort liegen, sie senkt den Blick, ihre Pupillen sind riesig, und ich erinnere mich an unseren Kuss. Ich frage mich, ob sie es wieder tun wird. Ich frage mich, ob es mir beim zweiten Mal genauso gefallen wird.

»Es ist nur ... ich weiß nicht, wann ich bei dir eine Linie überschreite«, sagt sie. »Du weißt schon, weg von der Romantik.«

»Ich bin mir gar nicht sicher ... Ich meine, glaubst du, ich habe es selbst so richtig verstanden?« Aber ich weiß, dass ich ihre Wärme spüren will, ihre Sanftheit – alles, was wir nicht mit fluchbelasteten Worten zum Ausdruck bringen können, aber mit Umarmungen, mit verschränkten Fingern, sich berührenden Lippen. »Können wir das zusammen herausfinden?«

»Absolut. Du weißt, wie sehr ich es liebe, etwas mit dir herauszufinden.«

Ich ziehe sie näher an mich. »Würdest du gern jetzt damit anfangen? Wir könnten herausfinden, wie es beim Küssen ist.«

Ihre Augen leuchten auf, ein Meer, das in der Sonne glitzert. Es ist nicht plötzlich und verwirrend wie das letzte Mal. Es ist absichtsvoll, bewusst. Sie beugt sich langsam vor, und ich schließe die Augen, und als sie mich diesmal küsst, ist es kein loderndes Feuer, sondern eine sanft flackernde Flamme, zart und wehmütig und erfüllt von einer so tiefen Sehnsucht, dass sie vielleicht nie gestillt wird.

Ich spüre ihr Lächeln an meinen Lippen, und mein Herz schlägt fröhlich Purzelbäume.

Sie löst sich von mir, beißt sich fast schüchtern auf die Lippen. »Du machst mich so glücklich, Kassandra.« Sie zögert und seufzt. »Ehrlich gesagt ist es mehr. Du machst, dass mein eigenes Glück mir wichtig ist. Das hat noch nie jemand getan.«

58

HELENA

»Ich soll einen deiner Brüder heiraten«, sage ich, als wir auf dem Dach in der trägen Herbstsonne liegen. Die Ziegel unter uns sind scharfkantig und etwas feucht. Ich liege auf der Seite, auf einen Ellbogen gestützt, und spiele mit einer Haarsträhne, die sich aus ihrem Zopf gelöst hat. Ich überlege, das Band einfach zu lösen, damit ihr Haar offen fällt und mich die weichen Strähnen kitzeln, wenn sie sich über mich beugt …

»Was?« Kassandra schreckt mich aus meinen Gedanken.

Ich muss mich erst wieder erinnern, worüber wir gerade gesprochen haben. »Paris ist in den Armen seiner Ex-Frau gestorben, also muss ich es tun, oder der ganze Krieg ist verloren. In diesem Augenblick kämpfen deine Brüder um meine Hand.«

»Aber hier ein paar Lügen: Du bist nicht gerade Deiphobos' Typ.«

»Und was ist mit Skamandrios?«

»Ein bisschen zu sehr sein Typ.«

»Vielleicht will Deiphobos nur verhindern, dass Skamandrios mich heiratet.«

Kassandras Augen weiten sich. »Oh. Er tut es für mich. Er weiß, dass ich dich gut finde.«

»Wie? Er war doch kaum hier.«

Sie murmelt etwas, das verdächtig klingt wie »als die Amazonen angekommen sind«, und ich lache voller Freude. »Du hast mich damals schon gemocht? Warum hast du nichts unternommen?«

»Du warst mit meinem Bruder verheiratet, wenn du dich erinnerst. Und wirst es bald wieder sein.«

Wütend blickt sie in die Richtung, aus der wir den Jubel der Menge und das Klirren von Schwertern hören.

»Deiphobos ist älter«, fährt sie fort. »Wenn er dich heiraten will, warum kommt Skamandrios überhaupt infrage?«

»Anscheinend eine Prophezeiung von Apollon.«

Ihr Gesicht verdüstert sich. »Dieser elende Lügner. Ich bringe ihn um.«

Ich bin mir nicht sicher, ob sie Skamandrios oder Apollon meint, aber ich platze heraus: »Nein, tust du nicht.« Götter, ich hasse es, dass der Fluch auch mir die Worte von den Lippen zieht, als hätte Apollon in uns allen seine Tentakel.

Die Menge brüllt – ein Sieger wurde erklärt. Ich fahre ihr ein letztes Mal mit der Hand durchs Haar. »Wollen wir nachsehen, wen ich heirate?«

Es ist Deiphobos, was Kassandra ziemlich erleichtert. Er nimmt mich beiseite, während Kassandra ihren Zwilling anschreit.

Mein Magen zieht sich zusammen, als ich die Hand in seine lege. Ich wusste ja, dass ich das nicht will, aber meine Zuneigung zu Kassandra hat mich so abgelenkt, dass mir gar nicht klar geworden ist, wie wenig.

Aber dann sagt er: »Also, ich mag Männer, und du hast etwas mit meiner Schwester.«

Ich gerate selten aus der Fassung, und noch seltener starre ich jemanden mit offenem Mund an. »Woher weißt du das?«

Kassandra meinte nur, er wüsste, dass sie mich gut findet. Von da bis zu der Annahme, dass es gegenseitig ist, ist es ein ziemlicher Sprung, und auch noch ziemlich besorgniserregend, da wir uns erst vor einer Stunde auf »etwas« geeinigt haben.

Deiphobos lacht. »Oh bitte, du bist schlimmer als sie. Du bist viel zu sehr daran gewöhnt, dass immer alle in dich verliebt sind. Andersrum hast du nicht darüber nachgedacht. Du solltest mal sehen, wie du sie ansiehst. Also, brich meiner Schwester nicht das Herz, dann werden wir eine angenehme Ehe führen. Ich denke, wir sind beide in der Lage, unsere außerehelichen Affären geheim und in der Öffentlichkeit Händchen zu halten?«

Ich nicke und suche nach Worten. »In Ordnung, ja. Einverstanden.«

»Gut. Und jetzt gehen wir besser zurück, bevor Kassandra Skamandrios den Todesstoß versetzt, was ich nicht übers Herz gebracht habe.«

Als er die Streitenden trennt, werde ich von Klymene und Aithra weggeschleppt, die mich auf die Hochzeit vorbereiten wollen – Kleider, Gebete, Rituale und Bräuche. Das geht den ganzen Abend bis in die Nacht.

Als wir fertig sind, gehe ich direkt zu Kassandras Zimmer.

»Hallo«, begrüßt sie mich an der Tür.

»Ich will heute nicht allein schlafen«, sage ich und merke erst als meine Stimme versagt, was ich alles ausgeblendet habe.

Paris ist tot. Ich dachte, man würde mich zurückschicken. Die Vorstellung, eine neue Ehe einzugehen – ohne zu wissen, wie Deiphobos und ich das handhaben würden. Die Angst, dass Kassandra mich nicht mehr wollen würde.

Kassandra nimmt meine Hand und zieht mich über die Schwelle in ihr Zimmer.

Dann legt sie die Arme um mich und beugt sich vor, ihre Lippen streifen mein Haar, als gäbe es die paar Zentimeter Größenunterschied nur, damit sie mich ganz umschlingen kann.

»Wirst du hierbleiben?«, fragt sie, was ich als einen Weg verstehe, den Fluch zu umgehen und mich zum Bleiben einzuladen, und ich nehme gern an.

Sie gibt mir ein Nachthemd und deutet auf den Wandschirm. »Ist es okay, wenn wir …«

»Natürlich«, sage ich und nicke etwas zu heftig, aber ich kann nicht anders. Es ist so wundervoll, wie sie das fragt, wie wir die Grenzen ausloten und die Form einer Beziehung festlegen, die wir führen wollen. Eine Beziehung, in der das Wohl des anderen heilig ist …

Ich habe so viel getan, um mich bei Paris sicher zu fühlen, aber ich habe Sicherheit nie so betrachtet wie jetzt – nicht als die Abwesenheit von Leid, sondern als Streben nach Glück, als könnte Liebe eines Tages eine Zuflucht sein.

Ich schlüpfe unter die Decke, während sie sich umzieht, und als sie wieder auftaucht und mit einem zaghaften Lächeln auf mich zukommt, warte ich nur, bis sie nah genug ist, nehme ihre Hand und ziehe sie zu mir.

Ich umarme sie, und sie streichelt meine Wange, bevor sie blinzelt und wütend die übergriffige Hand anstarrt, als hätte sie gar nicht bemerkt, was sie tut.

Wir sind ein Gewirr aus Armen und Beinen, schwer und zufrieden.

»Glaubst du, ich kann so schlafen?«, fragt sie.

»Ich hoffe es«, antworte ich grinsend. »Aber zuerst wollte ich mit dir über vorhin reden und … ob es okay für dich ist, dass ich deinen Bruder heirate.«

»Du warst schon mit meinem Bruder verheiratet.«

»Jetzt ist es etwas anderes.«

Sie denkt kurz nach. »Weißt du noch, wie du gesagt hast, du könntest nicht mit mir zusammen sein, weil du verheiratet bist?«

»Leider.«

»Ich hatte nie … Glaubst du, ich hatte ein Problem damit? Oder habe ich vielleicht immer gewusst, dass das Leben mit einer anderen Frau bedeuten würde, die Gelübde zu brechen, die die Männer uns aufzwingen?«

Es dauert einen Moment, bis ich verstehe, was sie sagt.

»Ich bin froh darüber, aber ich hätte dir trotzdem von der Hochzeit erzählen müssen, bevor ich dich gefragt habe, ob du mit mir zusammen sein willst. Ich wollte dich nicht manipulieren. Aber als mir endlich klar geworden ist, wie sehr ich dich will, war es schwer, an etwas anderes zu denken.«

Sie schließt mich fester in ihre Arme, ihr ganzer Körper ist an meinen geschmiegt. Wir passen aneinander, die scharfe Kante meiner Hüfte an ihrer weichen Haut, ihre weichen Kurven an meinen festen Muskeln, die samtweichen Härchen an ihren Beinen reiben sich an meinen.

In der Dunkelheit finden ihre Lippen die meinen in einem keuschen, schläfrigen Kuss. Ihre Lippen sind butterweich bis auf zwei harte Erhebungen, wo sie draufgebissen hat, wenn die Visionen über sie gekommen sind. Der Mensch, der sie geworden ist, ist darin eingeschrieben, und ich will alles daran genießen.

»Gute Nacht, Helena«, flüstert sie an meiner Haut und kuschelt sich an meine Schulter. Ich grinse, obwohl sie es nicht sehen kann – lache innerlich über die Bemerkung, dass sie vielleicht nicht schlafen könnte, solange wir uns umarmen, obwohl ihr Atem schon langsamer wird.

»Gute Nacht, Kassandra.«

59

KASSANDRA

Der Olymp. *Glitzernd, ohrenbetäubend, erhaben.* Zeus, *fast reines Licht. Es brennt selbst in meinem Kopf.*
Eris *sitzt bei ihm, und ihre geflüsterten Worte dröhnen laut in den prophetischen Fäden.*

»Ich will, dass sie untergehen, ich will, dass sie vernichtet werden«, sagt er.

»Ich weiß«, flüstert sie und sieht sich verstohlen um. »Ich dachte, der Apfel ... die Inschrift ...«

»Dieser verfluchte Apfel. Diese Sache sollte sie dezimieren und zurück in den Staub werfen. Zehn Jahre Krieg, Hunderttausende Tote – das haben die Weissagungen versprochen. Die Menschen sind zu selbstbewusst geworden und zu zahlreich. Und Troja – ein Palast, der dem Olymp selbst Konkurrenz macht, eine Stadt, die zu groß ist, zu überheblich. Ich lasse nicht zu, dass sie mit den Göttern wetteifern. Denn dann hören sie auf, uns anzubeten, das habe ich schon gesehen.«

»Wenn du mehr Chaos willst, kann ich mehr Chaos verursachen.«

»Nein, ich will Ordnung. Ich will das, was die Zukunft mir versprochen hat.«

»Die Zukunft macht keine Versprechungen, Vater«, sagt Apollon und schlendert herein. »Dafür ist sie nicht festgelegt genug.«

»*Ganz vorsichtig, Junge*«, zischt Zeus. »*Wenn dieser Krieg vorbei ist, wirst du mit ihnen im Dreck liegen. Ich habe dich schon einmal dahinunter geschickt.*«

»*Wie könnte ich das vergessen? Meine Maniküre hat sich nie erholt.*«

»*Beschaff mir die Zukunft, die deine Prophezeiungen versprochen haben.*«

»*Prophezeiungen sind keine Versprechen, es sind Vorhersagen. Dutzende Götter weben daran, aber nur mir wirfst du vor, dass die Zukunft sich nicht an den Strang hält, den du wolltest.*«

»*Du bist der Gott der Prophezeiung – sorg dafür, dass es passt. Schließ mein Vorhaben ab.*«

»*Ich soll meine eigene Stadt niederreißen?*«

»*Nicht nur deine Städte sind in Gefahr – Hera hat schon etliche von ihren geopfert. Tu es also oder leide mit ihnen. Wenn du es gut machst, lasse ich dich zehn Trojas bauen.*«

Apollon versteift sich und stößt hervor: »*Wie du befiehlst, mein König.*«

Als ich zu mir komme, ist Helena wach und spielt mit meinem Haar.

»Morgen«, sagt sie. »Du siehst bezaubernd aus, wenn du Visionen hast, weißt du das? Manchmal bist du einfach plötzlich weg und deine Augen werden riesig, und manchmal ist es, als würdest du etwas direkt vor deiner Nase beobachten, und man sieht alle deine Gefühle. Was war es diesmal? Du sahst ziemlich wütend aus.«

Ich habe nichts Neues erfahren, aber es ist trotzdem beängstigend, es auch zu sehen – den Beweis, dass der Götterkönig selbst sich gegen uns verschworen hat. Aber es bringt nichts, sich darüber den Kopf zu zerbrechen.

»Du würdest es mir nicht glauben, wenn ich es dir erzähle.« Ich grinse, weil ich weiß, dass ich sie davon nicht überzeugen muss. »Wollen wir dich für die Hochzeit vorbereiten?«

»Ja gut.« Sie seufzt. »Ich sollte wohl einigermaßen schön aussehen, um alle daran zu erinnern, dass es sich lohnt, in diesem Krieg zu kämpfen.«

Sie hat recht. Sie muss so perfekt sein, wie es für eine Sterbliche nur möglich ist.

Wir wickeln die Haare mit Bändern auf, bevor ich anfange, sie zu schminken. Ich umrahme ihre Augen mit Kajal, beuge mich so weit vor, dass unsere Nasen sich berühren, halte ihr Kinn fest, um Farbe auf ihre Lider aufzutragen. Silberpulver in einem Töpfchen, Creme, damit es auf der Haut hält, dann bestäube ich ihre Wangenknochen damit. Im Kontrast mit diesem Glanz sind ihre Augen so blau wie noch nie.

»Warte, lass mich jetzt dich schminken«, sagt sie. »Aber ich brauche länger und krieg es wahrscheinlich nicht hin.«

Es war schon schwierig, bei ihr die Schminke aufzutragen, aber das hier ist viel schlimmer. Jedes Mal, wenn sie mich berührt, wird mir flau im Magen, immer wenn sie sich vorbeugt, setzt mein Herz aus.

Sie nimmt purpurnes Pulver und verteilt es auf meinen Lidern.

»Ich will dir eine Lüge erzählen: Ein Mann hat mir einmal gesagt, dass die Schminke einer Frau nur aus zwei Dingen bestehen sollte – aus roter Lippenfarbe, die er in seiner Fantasie verschmieren kann, und rotem Puder, das das Erröten nachahmt, nachdem er das getan hat.«

»Wow, so kann man es auch schaffen, dass eine Frau das nie wieder benutzt.«

»Auch dies ist gelogen: Ich habe es getan«, sage ich. »Manchmal. Sie zu verführen war wie ein Spiel. Ich konnte mir nicht vorstellen, sie zu begehren, aber ich wollte ihre Anerkennung.«

Helena denkt nach, ihre Augen sind noch getrübt. »Ich kann mir wohl kein Urteil erlauben – ich will immer die Anerkennung von allen.«

»Meiner Meinung nach ist Make-up nichts anderes als Tarnung.«

Helena blickt mich stirnrunzelnd an, dann taucht sie ein Stück Stoff in Wasser und wischt mir das Gesicht wieder ab.

»Keine Verkleidung. Es ist schon schlimm genug, dass *ich* allen etwas vorspiele – du sollst wenigstens echt sein.«

Mir ist es egal. Ich werde mich sowieso nach hinten schleichen.

Und es ist nicht so, dass ich es brauchen würde, es ist nur eine andere Art Schönheit. Ich kann Männern und Göttern – *und Helena!* – auch ungeschminkt problemlos den Verstand vernebeln.

Ich helfe ihr, das Kleid anzuziehen, und verknote die Bänder. Es passt ihr perfekt, obwohl es in nur einem Tag für sie geändert werden musste. Seide wie flüssiges Gold, am Halsausschnitt mit Sternbildern bestickt, und über die Schultern fällt der Stoff wie ein Umhang. Er fließt so sinnlich, dass ich den Blick abwenden muss, wenn sie sich bewegt.

Sie greift nicht nach ihrem Parfüm, sondern nach meinem.

»Ist das okay?«, fragt sie

Ich nicke, als sie die Finger in das Öl taucht und es sich auf die Handgelenke und ein wenig davon auf den Hals reibt. Es ist nicht ihr üblicher Duft nach Jasmin und Freesien, sondern meiner, nach Zeder und Kamille und einem Hauch Gewürzen.

Sie dreht sich um, und ich knote die Stoffbänder in ihren Haaren auf, sodass die Locken fallen. Ich stecke sie fest, wische verschmierte Schminke weg und verteile das glitzernde Pulver auf ihren Schlüsselbeinen. Dann nehme ich hellrosa Lippenfarbe und blicke sie an.

Ich stelle sie wieder weg.

Als ich mich ihr zuwende, betrachtet sie mich, und ich trete näher und nehme ihr Gesicht in beide Hände.

Ihre langen Wimpern senken sich, und sie seufzt, bevor ihre Lippen meine berühren, und dann stockt mir der Atem bei dem unerwarteten Druck, der viel fester ist, als ich erwartet habe. Sie legt mir die

Hände auf den unteren Rücken und zieht mich an sich, bis sich nicht nur unsere Lippen berühren, sondern die Oberschenkel, die Hüften, und ich nach Luft schnappe.

Wir lösen uns voneinander. Ich weiß, wenn ich in diesem Moment vorgeschlagen hätte, dass wir die Hochzeit einfach sausen lassen, hätte sie sofort zugestimmt.

Ich nehme wieder die Lippenfarbe.

»Rosa oder rot?«

»Äh ...« Helena blinzelt. »Rosa.«

Die Tür öffnet sich, und eine Frau stürmt herein. Ich sehe meine Augen – so klar und strahlend, wie sie waren, bevor die Müdigkeit kam –, Andromaches fein geflochtenes Haar, Krëusas weiches Kinn und all das vervollkommnet durch Helenas feste Muskeln und ein paar Sommersprossen. Es ist sowieso scheußlich, aber bei diesem letzten Detail dreht sich mir der Magen um – bei jedem einzelnen perfekt kopierten Punkt.

Aphrodite.

Ich falle nur auf die Knie, um sicherzugehen, dass der Apfel, der von meinem Hals baumelt, nicht zu sehen ist.

»Schick deine Dienerin weg«, befiehlt sie Helena.

»Aphrodite, darf ich dir Prinzessin Kassandra vorstellen«, sagt Helena, was ich als Zeichen nehme, dass ich aufstehen soll.

Aphrodite nimmt mich kaum wahr. Sie funkelt nur Helena wütend an, als wollte sie fragen, warum sie das kümmern sollte. Dann scheint ihr zu dämmern, wer ich bin, und sie sieht mich forschend an.

»Apollons Priesterin? Nun, ich verstehe nicht, warum alle so einen Wirbel um sie machen.« Sie wendet sich wieder Helena zu. »Du heiratest? Paris ist erst einen Tag tot.«

»Ich will nicht, aber ...« Helena senkt den Kopf und blinzelt imaginäre Tränen weg. »Ich kann ihn am besten ehren, indem ich seine Stadt schütze. Und offenbar wurde seine Leiche bei seiner Ex-Frau gefunden. Es gibt Gerüchte, und der König und die Königin glauben, nur eine Ehe kann sie aus der Welt schaffen.«

Aphrodites Miene verdüstert sich. »Ich habe Paris zu der kleinen Flusshexe gebracht, damit sie ihn heilt. Sie hat sich geweigert.«

Helena lächelt nur ganz leicht, ein hoffnungsvolles Zucken der Lippen, das an einem Knoten in meiner Brust zieht. Aphrodite wirft mir einen scharfen Blick zu. Es ist merkwürdig, von den eigenen Augen angestarrt zu werden.

»Ich wusste, er hätte mich nicht für sie verlassen, wo du doch so eine perfekte Verbindung zwischen uns arrangiert hast«, sagt Helena. »Aber das Andenken an unsere harmonische Ehe könnte von diesen Gerüchten beschmutzt werden. Ich dachte, es ist das Beste, dem Klatsch ein Ende zu machen und Deiphobos zu heiraten. Es sei denn, du bist dagegen? Es war so schwer ohne deine Führung, Herrin.«

Aphrodites Nasenlöcher blähen sich. »Es hält mich nichts mehr auf dem Olymp wie früher. Aber diese Ehe scheint wohl das Beste zu sein. Es ist keine Liebesgeschichte, aber ein Beweis für deine Hingabe an Paris. Vielleicht nicht das Ende, das ich wollte, aber immer noch besser, als wenn du wieder bei Menelaos landest.«

Ich verziehe keine Miene, aber ich weiß, dass man am Ende voller Verachtung erzählen wird, wie Aphrodite und all ihre Gaben Paris nicht hatten retten können. Wie nutzlos Liebe ist angesichts von Heldenmut und Waffen.

Helena neigt den Kopf. »Danke, Herrin.«

Aphrodite blickt zwischen uns hin und her und runzelt misstrauisch die Stirn.

»Nun ja«, sagt sie, ihre Stimme ist angespannt. Sie verdächtigt uns, aber sie weiß nicht, wessen sie uns verdächtigt. »Du solltest diese Gerüchte lieber zum Schweigen bringen, sonst sitzt du in ein paar Tagen wieder bei dem verschmähten griechischen König.«

Die Hochzeit ist schnell vorbei.

Ich sitze nah am Ausgang, weit entfernt vom Rest meiner Familie, und sehe Polyxena auf meinem üblichen Platz und Aeneas dort, wo eigentlich Hektor sitzen sollte. Es ist, als wären die Risse in meinem Herzen ein leerer Raum, eine Lücke, die sich in mein Fleisch gegraben hat.

»Du hättest dir wirklich ein bisschen mehr Mühe geben können, Liebes.«

Panisch sehe ich mich im Raum um, ob sonst noch jemand den Gott auf dem Platz neben mir bemerkt. Helena unterhält sich mit meinem Vater und sieht gar nicht in meine Richtung ...

»Oh, keine Sorge, meine Liebe. Wir sind ganz unter uns.«

»Was willst du?«, zische ich. Ein paar Leute drehen sich, wütend über die Störung, nach mir um, und ich dämpfe die Stimme.

»Du weißt genau, was ich will, Kassandra.«

»Wie willst du die ersehnte Zerstörung erreichen, indem du mich auf einer Hochzeit belästigst?«

»Das ist wohl kaum Belästigung – dafür hat Athene gesorgt, oder?« Er klopft auf die Barriere zwischen uns, und das genügt, dass ich erschrecke. Er lächelt zufrieden, als er meine Angst sieht.

»Du streitest nicht ab, dass du auf der Seite der Achaier stehst?«

»Ich stehe auf der Seite der Olympier«, verbessert er mich. »Was Vater will, bekommt er auch.«

»Auch wenn er dir deine Stadt nimmt?«

Er lacht, und ich hatte vergessen, dass sein Lachen wie Musik klingt. Falls Musik einem Furcht einflößen würde. »Versuch es nur, meine Liebe. Vielleicht könntest du mich dazu bringen, Troja zu verteidigen, wenn es mir noch wichtig wäre. Aber es ist mir gleich, ob Troja untergeht, solange du mit untergehst.«

»Du nennst mich ›meine Liebe‹ und wünschst dir meinen Tod?«

»Liebe und Tod, unterm Strich ist das ein und dasselbe. Beide sind zerstörerisch.«

»Für mich klingt das wie eine ziemlich abartige Vorstellung von Liebe.«

»Und was weißt du von Liebe?«

Ich bin eine Idiotin.

Ein ganz kurzer Blick, kaum merklich, aber er hat darauf gewartet und jede meiner Bewegungen beobachtet.

Er lacht so laut, dass ich mich auf meinem Stuhl ducke.

»Helena?« Er schnappt nach Luft. »Oh, Liebes, wie schrecklich vorhersehbar. Du hast dich in die Frau verliebt, in die sich alle verlieben? Ich dachte, du würdest es besser treffen.«

»Wolltest du etwas, Apollon?«

»Nein, nein, so schnell wechseln wir nicht das Thema. *Helena*. Die Frau deines Bruders? Von zweien deiner Brüder? Ach, die arme kleine Priesterin himmelt ausgerechnet den Grund für die Zerstörung ihrer Stadt an. Ach, das ist großartig. Das ist eine bessere Folter als alles, was ich mir hätte ausdenken können.«

»Heißt das, du lässt mich in Frieden?«

»Niemals.«

»Könntest du mich dann endlich umbringen? Das wäre mir lieber, als diese Unterhaltung fortzusetzen.«

»Ich würde niemals etwas so Seltsames tun, nicht für dich.«

Ich lehne mich zurück und versuche mich zu beruhigen. Er kann mich nicht berühren. Es gibt Dinge, die selbst er nicht kann.

Er spannt den Kiefer an. Ich weiß nicht, ob er will, dass ich bettele oder lache, aber meine Gleichgültigkeit scheint ihn zu stören.

»Wo ist eigentlich dein Bruder, Kassandra?«

»Da wirst du konkreter werden müssen.«

»Skamandrios«, sagt er trocken, und er hat recht: Als ich die Menge absuche, ist er nicht hier.

Wenn Apollon nach ihm fragt, muss es einen Grund geben, aber ich beiße mir auf die Zunge und versuche mir nichts anmerken zu lassen.

»Meinetwegen, Liebes. Wechseln wir das Thema. Diese Scheinhochzeit ist unglaublich langweilig, oder? Wir müssen unbedingt ein bisschen Leben in die Bude bringen.«

Seine Augen brennen golden, und ich werde aus der Wirklichkeit gerissen und in eine Vision geworfen.

Die Stadt in Flammen.

Blut, in den Dreck getreten.

Ketten und Messer.

Krëusa in Panik, das Flackern der brennenden Stadt fällt auf ihr Gesicht.

Menelaos packt Helena am Arm und schleift sie auf sein Schiff.

Gellende Schreie in jedem Haus der Stadt. Schreie kommen auch über meine eigenen Lippen.

Meine Kehle ist wund, aber ich schreie immer noch, höre erst auf, als die Worte aus mir herausströmen. Apollon flackert vor mir, sein Lächeln ist das Letzte, was ich sehe.

»*Hütet euch! Hütet euch vor den Achaiern, auch wenn sie Geschenke bringen! Troja wird untergehen, es wird brennen, und die Götter werden auf dem Olymp feiern, wenn wir zu Staub werden.*«

Meine Augen verdrehen sich, und ich falle zu Boden.

60

HELENA

Die Frau, die ich liebe, fängt an zu schreien, und ich tue nichts. Sie öffnet den Mund, und Schmerz strömt heraus, und etwas in mir fällt so tief und so schnell, es ist, als würde ich mir selbst entrissen. Ein einziger zusammenhängender Gedanke jagt durch meinen Kopf: *Ich liebe sie*, und dann stehe ich auf und beobachte ihre Qual.

Dann verdichten sich die unzusammenhängenden Gedanken: *Was soll ich tun? Wer sieht zu? Was erwarten sie? Was wissen sie?* Die Zukunft des Krieges steht und fällt mit dieser Hochzeit, mit der Wahl, die ich in diesem Augenblick treffe, also treffe ich keine, was natürlich auch eine schreckliche Entscheidung ist.

Deiphobos hält mich fest, obwohl ich keinen Schritt auf sie zugehe.

Krëusa erreicht sie zusammen mit den Wachen, und als die sie aufheben, blickt Krëusa zu mir, als hätte sie alles unter Kontrolle.

Ihre Mutter läuft hinter ihr aus dem Saal, während Kassandras Schreie durch den Flur hallen.

Und ich lächele die versammelten Menschen an, tanze weiter und wünschte, ich wäre nicht so feige.

Die Hochzeitsfeier dauert Stunden. Mein Auftritt ist eine vorsichtige Mischung – ich trauere um den Mann, den ich verloren habe, und werfe Deiphobos hoffnungsvolle Blicke zu, als würde die Trauer uns verbinden und jene erste Liebe umso stärker machen.

In dieser Nacht schlafe ich in Deiphobos' Zimmer. Oder vielmehr, ich versuche zu schlafen, während die Schuldgefühle in mir brodeln und mich wachhalten. Ich versuche mir einzureden, dass ich nichts tun konnte.

Aber ich kenne die Wahrheit. Ich hätte bei ihr sein können. Und das hätte genügt.

Am nächsten Morgen ziehe ich mich in meine Gemächer zurück, wo Agata ängstlich auf mich wartet.

»Wie war dein Abend mit Prinz Deiphobos?«, fragt sie und macht sich gleich daran, mir die Haare zu kämmen. Sie sind gerade lang genug, dass die vollen Strähnen sich verheddern könnten, aber die Locken lösen sich leicht und bilden flauschige Wolken um meinen Kopf.

Ich bin mir nicht sicher, ob von mir erwartet wird, dass ich mit ihm schlafe. Niemand hält es für eine Liebesheirat; es ist eine Verbindung, die die vorherige Ehe ehren soll. Aber man wird sicher erwarten, dass so eine Ehe auch vollzogen wird.

Ich hoffe, Paris' Tod verschafft mir ein paar Wochen Aufschub, und außerdem bin ich mir sicher, dass die meisten Bediensteten von Deiphobos' Neigung wissen.

»Sehr angenehm«, antworte ich.

»Und, hast du von Prinzessin Kassandra gehört?«, fragt sie mit einer gezwungenen Unbefangenheit in der Stimme, die mich sofort beunruhigt. Ich höre das Gewicht darin, sie weiß etwas.

Vielleicht sind Deiphobos' Neigungen nicht das Einzige, was die Bediensteten wissen.

»*Was* gehört von Prinzessin Kassandra?«, frage ich scharf.

»Sie war gewalttätig in ihrem Wahn und wurde zu ihrer eigenen Sicherheit in den Ostturm gesperrt. Ligeia hat ihr heute Morgen Essen gebracht und gesagt, sie wäre immer noch nicht bei Sinnen.«

Fast hätte ich Lust, einfach direkt in den Turm zu rennen. Aber wenn es wirklich Gerüchte gibt über Kassandra und mich, dann würde ich die dadurch nur bestätigen. Nein, ich muss vorsichtiger sein.

Stunden später, als ich ganz zufällig dort vorbeigehe, stehen Wachen am Fuß des Turms, und auf mein Nachfragen beharren sie darauf, dass die Königin allen den Zutritt verboten hat.

Seit Paris' Tod ist Priamos mit seinen Beratern an der Mauer und bespricht Strategien mit den Anführern der Armeen, die noch übrig sind. Unsere Verbündeten sind gefallen und langsam immer weniger geworden, und Deiphobos verliert keine Zeit und kehrt auf das Schlachtfeld zurück.

Hekabe sucht nacheinander alle Tempel auf, aber als sie bei Einbruch der Nacht noch nicht zurück ist, gehe ich sie suchen.

Ich denke, dass sie noch im Tempel einer Göttin der Dämmerung sein wird – Artemis oder Selene oder Nyx. Also mache ich mich auf den Weg Richtung Akropolis.

Es sind nur wenige Menschen unterwegs, und normalerweise hätte ich ihn nicht gesehen, weil ich nicht immer in jedes Gesicht blicke, an dem ich vorbeigehe. Aber ich suche dringend nach der Königin, und Männer sind so ein ungewöhnlicher Anblick in diesen Tagen, dass einer mit so breiter Brust, der noch dazu so verschlagen aussieht, sofort auffällt.

Odysseus.

Er hat die Kapuze seines Umhangs hochgeschlagen und verbirgt sein Gesicht, aber er ist nur wenige Schritte von mir entfernt und hastet die Straße entlang, als er sieht, dass ich ihn beobachte. Instinktiv stürzt er sich auf mich, packt mich am Handgelenk und drückt mir eine scharfe Klinge in den Rücken.

»Ich empfehle dir wirklich nicht, die Wachen zu rufen«, sagt mir Odysseus ins Ohr und zieht mich in eine dunkle Gasse zwischen einem Schulbau und einem Tempel.

Ich habe gar nicht vor, die Wachen zu rufen. Ich will wissen, was er hier will und was er weiß. Und sollte er wirklich eine Bedrohung sein, habe ich selbst eine bessere Chance, ihn zu erledigen, als die schlecht ausgebildeten Palastwachen, die zu jung sind, um in der Schlacht zu kämpfen.

»Warum sollte ich dich melden?«, frage ich, während ich vor seiner Klinge herstolpere. »Ich würde eher zu deinen Füßen weinen, so sehr freue ich mich, ein Gesicht aus dem Volk zu sehen, das ich liebe.«

»Ich will nicht behaupten, dass es nicht befriedigend wäre, dich nach all den Monaten Krieg in deinem Namen zu meinen Füßen weinen zu sehen«, sagt er, drückt mich an eine Wand und zieht den Dolch in einem Bogen von meinem Rücken zu meinem Bauch. Der Stoff des Chitons reißt. Ich muss mich nicht fragen, ob er die Klinge vor Kurzem geschärft hat.

Ich würde eine Verletzung an dieser Stelle lange genug überleben, um die Wachen zu rufen; wenn er mir also Angst einjagen will, damit ich es lasse, hat er die Sitten von Sparta vergessen. Er hat meine Cousine Penelope geheiratet, und die würde lachen, wenn sie sähe, wie unvorsichtig er mit einem Mädchen wie mir umgeht.

»Wie bist du reingekommen?«, frage ich. Er verzieht die Lippen, und ich fahre schnell fort, bevor er sich höhnisch weigert zu antworten. »Dumme Frage – natürlich hast du einen Weg gefunden. Wenn jemand es hier hereinschafft, dann ein genialer Mann wie du.«

Odysseus lacht kurz auf. »Du schmeichelst mir, Helena, wirklich? Lass dir was Besseres einfallen.«

»Ich frage nur, weil ich hoffe, dass du mich rausbringen kannst.«

Er starrt mich an, und ich halte seinem Blick stand; jeder von uns versucht, den anderen zu ergründen. Mein Herz pocht, weil ich ausgerechnet diesen Mann vielleicht nicht überzeugen und um den Finger wickeln kann. Ich könnte gegen ihn verlieren – und er drückt mir eine Waffe gegen den Bauch. Ich rufe mir in Erinnerung, dass er nicht nur der größte Stratege der Achaier ist, sondern auch ein Plünderer. Er hätte absolut kein Problem damit, die Klinge gegen mich einzusetzen.

»Ich war mir nicht sicher, ob diese Fackel wirklich das bedeutet hat, was ich dachte.« Er hält den Dolch lockerer, hat ihn zwar noch drohend erhoben, aber ich laufe nicht länger Gefahr, bei einem unvorsichtigen Atemzug durchbohrt zu werden. »Als ich die Nachricht losgeschickt habe, wusste ich nicht, ob sie überhaupt bei dir ankommen würde.«

»*Du* warst das?«

Es klingt logisch – schließlich hatte seine Frau die Idee –, also bin ich nicht sehr überrascht. Trotzdem werde ich ihm vormachen, dass er mich gehörig überlistet hat.

»Du glaubst, Menelaos legt noch Wert auf ein Gespräch mit dir?« Odysseus grinst, er genießt es, so herablassend zu sein. »Was auch immer deine Gründe waren, in jener Nacht die Fackel zu schwenken, tu nicht so, als wäre es aus Liebe zu ihm gewesen. Ich würde dir einfach nicht glauben.«

Das könnte womöglich ein Ansatz sein. Odysseus hält sich für klüger als mich – aber er hält mich trotzdem nicht für dumm. Er ist vielleicht der einzige Mann in ganz Griechenland, der mehr in mir sieht als nur ein hübsches Ding zum Angucken.

»Müssen wir dieses Gespräch mit gezücktem Dolch führen?«

»Ja, ich denke, das müssen wir«, spottet er.

Ich atme ein. »Du willst wissen, warum ich vor meinen Entführern fliehen will?«

»Du läufst frei herum. Und unsere Spione berichten, dass du ziemlich verliebt bist.«

»Glaubst du, ich würde noch leben, wenn ich nicht so tun würde, als würde es mir hier gefallen?«, erwidere ich. »Paris hat mich aus meinem Königreich entführt, hat mich gezwungen, ihn zu heiraten, und ist unehrenhaft als Feigling gestorben. Mein Volk blutet, um mich zurückzuholen. Ich will wieder nach Hause, Odysseus.«

»Menelaos hat vor, dich zu töten.«

»Dann sterbe ich wenigstens in Sparta, wo ich hingehöre«, verkünde ich mit der ganzen Autorität meiner ehemaligen Krone und richte mich ein wenig auf, als würde sie immer noch auf meinem Kopf sitzen.

Er sieht mich lange an, bevor er etwas sagt. »Beweise es. Hilf mir jetzt. Und wenn die Stadt untergeht, helfe ich dir. Vielleicht bringst du Menelaos dazu, dir zu verzeihen, dass du diesen Krieg verursacht hast, und er lässt dich am Leben.«

Mir verzeihen. Auch wenn ich sage, dass ich nicht herkommen wollte – auch wenn der Pakt, den sie alle geschworen haben, um meine Ehe zu verteidigen, *seine* Idee war. Odysseus hat diesen Krieg ganz genauso verursacht wie ich – und wie Paris, Aphrodite, Zeus, Eris, Hera, Athene und Menelaos. Wie merkwürdig, die zu sein, die sie alle begehren, der sie zugleich alle die Schuld geben.

»Und wie lang soll das dauern? Ich kann hier nicht bleiben«, protestiere ich, weil es von mir erwartet wird. Wenn ich glauben würde, es gäbe irgendwie die Möglichkeit, dass Odysseus mich jetzt aus der Stadt schleust, würde ich nicht fragen. Falls er es doch vorhat, wird er mir zeigen, wie er die Mauer überwunden hat. Und mit dem Überraschungseffekt auf meiner Seite kann ich ihn vielleicht töten und die Lücke in unserer Verteidigung schließen.

»Die Stadt wird bald fallen. Komm, Helena, vertrau den Menschen, die du angeblich so schätzt.«

»Was willst du?«

Er legt den Kopf schief. »Das Palladion. Ich werde es stehlen.«

Er sieht mich finster an, als ich auflache. »Odysseus, es ist zehn Meter hoch.«

»Betrachte das hier als Erkundungsmission, bevor ich meine Männer dazuhole. Wenn du wirklich auf der Seite der Griechen bist, dann bring mich hin.«

Ich täusche nicht vor, dass ich kurz nachdenke. »Na gut.«

Er versteckt den Dolch in den Falten seines Umhangs.

»Geh ein bisschen gebeugter«, sage ich zu ihm. »Die Leute könnten mich erkennen, und es wäre das Beste, wenn sie dich für jemand Älteren halten.«

Er tut, was ich sage.

Ich könnte ihn töten oder die Wachen alarmieren. Ich könnte abwarten, bis er zurückkommt, und ihm mit mehr Männern auflauern – aber Odysseus wird das irgendwie eingeplant haben, da bin ich sicher. Er wird bereit sein.

Oder ...

Ich würde liebend gern so tun, als würde mich dieser verlockende Gedanke erst im letzten Moment verführen.

Aber tief in mir weiß ich, dass es mit ein Grund ist, warum ich die ganze Zeit gelogen habe. Weil ich doppelzüngig bin und feige und weil ich alles tun werde, was nötig ist, damit ich überlebe. Weil es in meiner Natur liegt, das Richtige zu sagen, mich zu verbiegen und die zu sein, die die anderen in mir sehen – auch wenn ich noch so oft beschließe, dass es die Konsequenzen wert sein könnte, mir selbst treu zu bleiben.

Was schadet es schon, wenn die Achaier die Statue stehlen?

Wenn Troja fällt, habe ich einen Verbündeten. Wenn nicht, haben wir nur eine Statue verloren.

Und wenn ich an der Seite meines Mannes wieder Königin von Sparta bin, dann kann ich vielleicht ein paar der Leute retten, die mir wichtig sind.

Also zeige ich Odysseus das Palladion und sehe zu, wie er wieder verschwindet. Und ich halte tagelang den Mund, während das schlechte Gewissen quälend in mir nagt. Ich weiß, ich habe eine vernünftige Entscheidung getroffen, aber mutig war ich nicht. Vielleicht bin ich einer Amazone deshalb unterlegen – ich kann mit einem Schwert umgehen, aber ich würde es sofort fallen lassen, wenn das die bessere Wahl wäre. Ich bin jederzeit bereit, mich zu ergeben.

Aber Kassandra schreit immer noch in einem Turm.

Und für manches lohnt es sich dann doch zu kämpfen.

61

KASSANDRA

Apollon schließt mich in meine schlimmsten Albträume ein. Ich sehe jeden einzelnen Tod, jede Verstümmelung und den ganzen Schmerz, der mich seit Wochen verfolgt.

Zuerst denke ich, wenn ich es überlebt habe, als ich das alles das erste Mal gesehen habe, dann überlebe ich es auch jetzt.

Dann fängt es wieder von vorn an.

Als ich zu mir komme, bin ich wie im Wahn – Vergangenheit und Gegenwart vermischen sich, und ich kann nicht sagen, was Erinnerung ist, was Prophezeiung und was ein Schrecken, den mein Verstand sich ganz allein ausgedacht hat. Es ist wie das Joch um meinen Hals, aber vervielfacht, wie tausend Fäden, die mich würgen und in Dutzende Richtungen zerren.

»Apollon! Apollon! Du mein Vernichter! Ach, wohin hast du mich denn gebracht …«

»Ganz ruhig, kleine Priesterin«, flüstert er sanft. »Ich glaube, es ist genug.«

Ich erwache auf einem kalten Steinboden. Mein Kleid ist zerfetzt, eingerissene Kanten und lose Fäden. Ich habe eine vage Erinnerung an den Stoff in meiner Hand und daran, wie ich ihn zerrissen habe, während ich etwas über Klytaimnestra und ihre Axt herausschrie.

Er streckt die Hand aus, um mir aufzuhelfen, dann lacht er. »Ich kann dich ja gar nicht berühren.« Er zieht die Hand weg, und ich stehe auf, meine Glieder sind schwach, der Raum dreht sich.

Ein Turm. Ich bin in einem der Türme des Palasts. Runde Wände, rauer Ziegelstein, ein kleines, hoch oben liegendes Fenster.

»Die ist wohl abgeschlossen?« Ich blicke zur Tür.

»Oh ja. Das haben sie ziemlich schnell gemacht.«

Ich betrachte den kleinen Raum und schlinge die Arme um mich. »Das war's schon? Deine große Bestrafung? Noch mehr von den Prophezeiungen, die ich sowieso schon gesehen habe?«

»Ich fange gerade erst an.«

Da ist dieselbe spöttische Selbstgefälligkeit, wie als er nach meinem Bruder gefragt hat – und plötzlich bin ich mir sicher, dass Skamandrios Teil seines Plans ist. Apollon benutzt ihn, um an mich heranzukommen, genau wie er es schon einmal versucht hat.

»Wo ist Skamandrios?«

»Ooch.« Er zuckt zusammen, bevor er fasziniert die Augen weit aufreißt, als würde er mich aufmerksam studieren. »Du hasst es, oder? Du bist so daran gewöhnt, alles zu wissen, dank meines kleinen Geschenks. Kein Orakel hat je so viel gesehen wie du. Aber das kannst du nicht sehen, und du kannst es nicht ertragen.«

»Ich kann gerade so einiges nicht ertragen.«

»Nun, zerbrich dir nicht dein hübsches kleines Köpfchen, du kannst nichts dagegen tun. Du kannst überhaupt nichts tun.«

Er will, dass ich hilflos bin, das ist nicht überraschend. Ich habe genug Geschichten über ihn gehört, um zu wissen, dass er diese Art Mädchen am liebsten mag.

Er legt einen Finger an die Lippen. »Still jetzt, ich freue mich auf die Show.«

Ein Wink von ihm, und die Weissagungen kommen lauter über meine zitternden Lippen.

Der Schlüssel kratzt im Schloss, und meine Mutter erscheint in der Tür. Hinter ihr stehen zwei Wachen. So wie sie an Apollon vorbeigeht, ist klar, dass er sich wieder unsichtbar gemacht hat.

»Kassandra?«, fragt sie zögernd.

Ich nicke, ich kann die Weissagungen nicht so weit unterdrücken, dass ich sprechen kann.

»Wie fühlst du dich?«

Mein Blick huscht zu Apollon und ich bitte ihn stumm um Erlaubnis. Es ist so beschämend, dass es wehtut. Aber er nickt, und die Weissagungen hören auf.

»Du hast mich in einen Turm gesperrt.«

»Kassi, was hatte ich denn für eine Wahl?«

»Mir fällt da so einiges ein.«

»Du hast schreckliche Dinge geschrien. Wir haben es im ganzen Palast gehört, sogar als du in deinem Zimmer warst und die Musik so laut gespielt hat, wie es nur ging.«

»Du hast mich in einen Turm gesperrt, damit ich die Hochzeit nicht störe?«

Mutter richtet sich auf. »Du hast die Hochzeit sowieso gestört. Was du geschrien hast, diesen Unsinn, den du gesagt hast, glaubst du, das kann man so schnell vergessen?«

»Das ist also der Grund? Ich habe etwas gesagt, was du nicht hören willst, und deshalb hast du mich hier hochgeschleift?«

»Du bist zu deiner eigenen Sicherheit hier«, sagt sie. »Du hast mit den Fingernägeln an den Wänden gekratzt – sieh dir doch dein Kleid an, bei den Göttern. Drei Wachen waren nötig, damit du dich nicht vom Balkon stürzt. Was hätte ich denn sonst tun sollen?«

Ich starre Apollon so wütend an, dass er zu lachen anfängt, bevor er in gespielter Ergebenheit die Arme ausbreitet. »Keine Sorge, Liebes, ich hätte dich schon nicht springen lassen.«

»Darf ich jetzt gehen?«, frage ich.

Sie zögert. »Wir können das nicht riskieren, Kassandra. Was ist, wenn etwas passiert?«

Ich könnte es tun. Ich könnte ihr sagen, dass sie mich hierlassen soll, dass es die richtige Entscheidung ist, dass ich es verstehe. Ich könnte sie zwingen, das Gegenteil zu glauben.

Aber dann sehe ich aus den Augenwinkeln, wie Apollon wartet.

Er will wissen, ob ich es geschafft habe. Er will wissen, ob ich ein weiteres Schlupfloch gefunden habe.

»Und wenn ich eine ständige Wache hätte?«

»Die konnten dich ja kaum aufhalten. Ich kann mich nicht darauf verlassen, wo du nur den Bruchteil einer Sekunde bräuchtest, um ... dir etwas anzutun.«

»Du kannst mich nicht hier oben lassen«, sage ich, und Apollon gluckst, als ihre Augen glasig werden. Ich blinzele die Tränen weg. Er darf nicht sehen, wie ich den Fluch umgehe. Wenn er die Lücken in diesem Fluch schließt, kann ich außer den Prophezeiungen, die er zulässt, vielleicht nie wieder etwas sagen.

Mit plötzlichem Grauen erkenne ich, dass ich sie dazu bringen muss, mich hier einzuschließen, wegzugehen und mich zu verstoßen – denn erst wenn Apollon mich ganz und gar vernichtet und als aussichtslosen Fall abgeschrieben hat, wird er mich vergessen. Ich werde die Stadt niemals retten, solange mir ein Gott über die Schulter sieht und meine Arbeit immer wieder ungeschehen macht.

Mutter verschränkt die Arme, als der Fluch in ihren Augen verblasst. »Doch, das kann ich.«

»Lass mich gehen!«

Ich sperre mich selbst ein, verschließe den Turm, bevor jemand anderes es tun kann.

»Du kannst nicht herumlaufen und dich und andere in Gefahr bringen. Vor unseren Mauern herrscht Krieg, Kassandra, und ich lasse nicht zu, dass dein Wahnsinn die größere Bedrohung darstellt.«

»Ich bin nicht wahnsinnig!«, schreie ich, und meine letzte Chance auf Freiheit ist vertan. Apollon klatscht erfreut in die Hände. Das sollte reichen.

Aber ich wusste nicht, dass es so wehtun würde.

Mutters Augen werden weich: Mitleid. Und ein Hauch von Angst.

»Kassandra«, sagt sie, als würde es ihr das Herz brechen. Ich glaube, mir bricht auch das Herz, jetzt, da ich weiß, wozu sie die ganze Zeit bereit war.

»Bitte tu das nicht.«

»Es ist kein Gefängnis, du …«

»Mach dir nichts vor«, sage ich, und meine Stimme wird hart. »Es ist nichts anderes als ein Gefängnis. Ich will Besuche! Instrumente! Irgendwas!«

Apollo starrt mich nur mit offenem Mund an. »Du merkst schon, dass du es nur noch schlimmer machst?«

Darum geht es ja gerade, du egoistischer, dämlicher Phallus.

»Das geht nicht«, sagt Mutter – obwohl ich glaube, sie war gerade noch kurz davor, es mir selbst anzubieten. »Es ist nur zu deinem Besten.« Dann macht sie auf dem Absatz kehrt und die Tür fällt hinter ihr zu. Ich höre, wie der Schlüssel sich dreht.

»Und?«, frage ich, starre auf die massive Eichentür, hinter der ich eingesperrt bin, und schlucke die Tränen hinunter.

»Und was?«

»Freu dich, lach, gerate ins Schwärmen über deine Genialität; tu das, weswegen du gekommen bist, und verschwinde.«

Er blickt, zu seiner vollen Größe aufgerichtet, auf mich herab, nicht einmal ein halber Meter ist zwischen uns, die Barriere beginnt zu schimmern. »Das war's jetzt.«

Das will ich wirklich hoffen.

Er beugt sich dichter zu der Barriere. »Du wirst hier versauern, bis die Stadt untergeht. Du wirst über den Prophezeiungen den Verstand verlieren. Und dann kommen die Achaier, verschleppen dich an eine ferne Küste, knebeln dich, damit deine Weissagungen endlich verstummen, und bringen dich um. Sie werden dich in einem namenlosen Grab in der Erde des Landes verscharren, das du verabscheust.«

»Soll ich dir auch noch gratulieren?«, stoße ich hervor.

»Sag es«, sagt er sanft, und seine Stimme ist kaum mehr als ein Flüstern. »Ergib dich mir.«

»Verpiss dich«, sage ich, allerdings ohne meine übliche Schärfe.

Er verzieht den Mund.

»Ich denke, du hast die Gelegenheit verpasst, meine Frau zu werden. Aber ich könnte dich immer noch retten. Du würdest einen wunderbaren Mundschenk abgeben. Ich könnte dafür sorgen, dass du Helena vergisst, dass du alles vergisst bei einem einzigen Kuss.«

Wenn ich Fäden auch zuschneiden könnte, und nicht nur lesen, dann würde ich jeden einzelnen von seinen durchtrennen. »Kein Gott kann den Fluch eines anderen aufheben, und ich bezweifle, dass Athene dir den Gefallen tut, ihren zurückzunehmen. Was ist also der Sinn deiner Folter?«

»Unterhaltung?«, schlägt er vor. »Rache vielleicht. Athene hat mir gesagt, dass sie ihren Fluch punktgenau formuliert hat. *Kein Gott soll dich berühren*, stimmt das? Sie war sehr zufrieden mit sich. Du könntest nämlich einen Gott berühren, Kassandra. Und damit kann ich arbeiten.«

»Ich weiß wirklich nicht, wie ich dir noch klarmachen soll, dass ich eher sterben würde, als mit dir zusammen zu sein. Jeder Teil der Zukunft, die du beschreibst, ist mir lieber als das.«

Sein Lächeln verschwindet, etwas Hartes und Undurchdringliches erscheint in seinen Augen.

»Genieß den Rest deines sehr kurzen Lebens, Kassandra.«

Er macht eine schnelle Bewegung mit dem Handgelenk, und ich

sehe noch, wie er sich in Luft auflöst, und werde dann wieder in die Prophezeiungen geschleudert, in ihren heftig wirbelnden Sog.

Alles steht in Flammen, Ketten rasseln, der Rauch nimmt uns den Atem, als unsere Stadt brennt, als unsere Lieben …

Ich darf die Hoffnung nicht verlieren. Nicht nach dem hier gerade – und nicht nach allem, was er getan hat.

Der Schmerz und das Heulen und das verzweifelte Flehen …

Apollon darf mich nicht vernichten. Und er darf auch Troja nicht vernichten.

Die Götter auf dem Berg Ida sehen zu, mit angespannten Gliedern, die Kiefer aufeinandergepresst, und Zeus lächelt.

Als die nächste Weissagung kommt, begrüße ich sie mit offenen Armen, ich schreie sie heraus so laut ich kann. Als die Visionen kommen, bitte ich um mehr. Dann fordere ich mehr.

Es gehört alles *mir*, weil ich es beschließe – weil mein Zorn und meine Hoffnung stärker sind als der Wille irgendeines Gottes, und ich werde diese Fäden kontrollieren. Ich werde meine eigene Geschichte des Untergangs schreiben.

Apollon hat mir die Prophezeiung gegeben. Nicht nur flüchtige Blicke auf die Zukunft, nicht den Zugang zu Visionen – sondern das Ganze. Das war seine ach so unglückliche Formulierung: *Die Prophezeiung sei dein.* Und diesmal nehme ich sie an. Ich öffne das Tor, das er nicht abgeschlossen hat, und hole sie mir.

Die Arroganz eines Gottes – *mein*. Mit ihrer Gleichgültigkeit kann ich es nicht aufnehmen, aber vielleicht kann ich ihr etwas entgegensetzen. Ich kann so viel auf einmal empfinden, dass es sich ausgleicht: die ganze Verzweiflung und der Schmerz, die Angst und die Furcht – und auch die Hoffnung. Andromaches neckendes Lachen, Deiphobos, der mir hilft, zu entdecken, wer ich bin, die Liebe in Hektors Augen, als er mich bittet, vorsichtig zu sein, der Brief, den Krëusa mir über den Tisch zugeschoben hat. Helena, die sich an mich schmiegt und ihre Finger mit meinen verschränkt, unsere Lippen, die elektrisiert aneinander knistern. *So viel Hoffnung.*

Die Fäden geben nach, irgendetwas löst sich. Plötzlich ist es ganz leicht.

Ich bin nicht Prophetin, nicht Orakel; ich bin etwas anderes. Ich bin eine Göttin ohne Unsterblichkeit, ohne Menschen, die sie verehren, und ich habe nur eine einzige Domäne.

Prophezeiung ist nicht etwas, das man haben kann, sondern das, was man ist.

Ich stehe nicht in einem Gewitterregen. Ich bin die Wolken. Ich bin der Donner. Ich bin jeder einzelne Tropfen, der fällt.

Ich sehe alles.

62

HELENA

Königin Hekabe macht ziemlich deutlich, dass Kassandra im Turm bleibt, sie ist so eisern, dass es mir schon unnatürlich vorkommt – und dann sehe ich den Nebel des Fluchs in ihren Augen. Also warte ich ab.

Die erste Gelegenheit, Kassandra zu befreien, bietet sich ein paar Tage nach meiner Begegnung mit Odysseus.

Man hatte ihn noch in derselben Nacht gefangen genommen.

Ich hatte nichts damit zu tun, aber falls er das glaubt, müsste er sich bei mir bedanken. Unsere Wachen kamen gerade noch rechtzeitig, um ihn vor seinen eigenen Gefährten zu retten, die ihn gerade zu Brei schlagen wollten. Sie sind mit dem Palladion geflohen – einem von ihnen hatten die Götter genügend Kraft verliehen, dass sie es durch die dunklen Straßen schleifen können.

Die Wachen haben ihnen den Weg in die Stadt versperrt, und Odysseus wurde in einen Kerker gebracht, von dem ich gar nicht wusste, dass es ihn überhaupt gibt.

Das ist alles, was man weiß, aber in Apollons Tempel finde ich mehr heraus – dort scheint sich das Getuschel zu verstärken.

»Du weißt sicher schon, dass Prinz Skamandrios von unserem Herrn mit dem Gesicht gesegnet wurde«, sagt Herophile.

»Ja, er hat vor ein paar Tagen eine Prophezeiung verkündet – dass meine Hand dem Sieger im Zweikampf zwischen ihm und Deiphobos gehört.«

Herophiles rechtes Auge zuckt. »Die Schwäche der göttlichen Geschenke ist, dass sie sterblichen Männern gegeben werden. Ihr Versagen leuchtet umso heller neben ihren heiligen Gaben.«

»Versagen?«

»Seine Flucht aus der Stadt.« Sie senkt die Stimme zu einem düsteren Brummen. »Er ist von den Achaiern gefangen genommen worden und hat ihnen geweissagt, dass Troja nicht untergehen kann, solange sich das Palladion in der Stadt befindet.«

Deshalb wollte Odysseus es also. Und ich habe ihn direkt hingeführt.

»Wenn sich die Gelegenheit bietet, einen Prinzen von Troja gegen einen König von Ithaka einzutauschen, sollte man das nicht hinterfragen. Und wir haben Glück, dass die Achaier es überhaupt in Betracht ziehen und Odysseus zurückwollen, obwohl sie zuletzt auf ihn losgegangen sind, weil er die Statue selbst behalten wollte.«

Ich schnaube. So viel dazu, dass Odysseus der klügste Mann in der achaiischen Armee ist.

»Jedenfalls wurde Odysseus heute Morgen gegen Prinz Skamandrios ausgetauscht, aber die Tatsache, dass jemand geflohen ist, der das Gesicht hat … Das verheißt nichts Gutes. Ich weiß, du hast Verbindungen, Möglichkeiten zu kämpfen, die über Bronze und Eisen hinausgehen. Wenn du also etwas unternimmst, würde ich gern helfen. Ich denke, es ist Zeit, etwas zu wagen.«

»Da wäre wirklich etwas«, sage ich, weil mir plötzlich eine Idee kommt. »Du könntest tatsächlich etwas tun.«

63

KASSANDRA

Ich sehe jede Phase des Krieges, *jede Entscheidung, jeden Schwerthieb. Ich zeichne die Fahrten von jedem einzelnen der tausend Schiffe auf. Ich sehe, wie mein Volk aus den Häusern geschleift und vernichtet wird. Und ich sehe, wie auch seine Vernichter zu Asche werden. Ich sehe ihre Kinder aufwachsen und verblühen und sterben. Ich sehe, wie wir uns in Geschichten verwandeln, höre die Dichter, die sie erzählen, sehe, dass sie nie aufhören.*

Ich sehe tausend Jahre. Zweitausend Jahre. Dreitausend Jahre.

Und ich sehe die Götter verschwinden.

Jetzt, wo Jahrtausende vor meinen Augen verbrennen, geht es ganz schnell. Eine Handvoll Helden ist im Land versprengt und hinterlässt eine Spur der Zerstörung. Die Menschen lehnen sich gegen ihre Götter auf, brennen Tempel nieder, schänden heilige Stätten – die Flammen tragen den Zorn, der tief in meiner Seele vergraben ist.

Die Götter werden in ihre Paläste zurückkehren und die Tore des Olymp verschließen. Nur eine bleibt: Astraia. Eine Göttin der Gerechtigkeit – und sie hält das feurige Blitzbündel von Zeus.

Und selbst jetzt, selbst hier, wo tausend Jahre zu Asche zerfallen, sehe ich mich um, finde nicht allzu weit entfernte Länder, wo die Götter keine Rechtsprechung haben und wo sie nichts sind ohne die, die sie verehren.

Und darin sehe ich etwas anderes: Hoffnung.

Unsere Geschichte wird so oft erzählt, dass sie mir nicht länger real vorkommt. In jeder einzelnen Version immer wieder dieselbe Tragödie. Immer und immer wieder.

Mögen sie es in jeder Dichtung anders erzählen. Mögen sie die Fäden heraussuchen, aus denen eine bessere Geschichte wird. Aber könnten wir nicht nur dieses eine Mal den Strang finden, der ein glücklicheres Ende verspricht?

Die Prophezeiung ist ein verschlungenes goldenes Gewebe, und ich zupfe an den Fäden. Sie sind formbar unter meiner Berührung. Trojas Zerstörung ist ein verdrehter, unabänderlicher Knoten, der sich nicht lösen will, ein Joch über der Stadt, das so tief mit ihr verbunden ist wie einst das um Hektors Hals.

Aber es gibt Lücken – Stellen, die ich ausschmücken kann. Ich kann die ganze künftige Geschichte mit Flickwerk überziehen. Kann eine Geschichte neu weben. Nur komme ich nicht an diesen eisernen Fäden vorbei. Es sei denn ...

Wir wären in ihnen.

Wenn sie nicht die Zukunft sind, sondern die Gegenwart, wo der Knoten sich dehnt und einzelne Fäden biegsam werden. Erst wenn diese Verknotung wirklich geschieht, können wir neue Formen weben, bevor die Götter die Stränge erneut verdrehen. Wir müssen weg von diesem Abgrund.

Und wir haben nur wenige Tage, bis die Tore überwunden werden und Troja brennt.

64

HELENA

»Willst du irgendwohin?«, frage ich mit der Stimme von Königin Hekabe.

Im Turm herrscht Chaos. Das Bett ist hochkant an die Wand gelehnt, die dünne Matratze liegt am Boden, und das in Streifen gerissene Laken ist zu einem Seil verknotet und an einem eher wackelig aussehenden Bettpfosten festgebunden. Kassandra steht auf einer Strebe des Bettgestells und sucht mit dem anderen Fuß Halt, als sie offensichtlich zum Fenster hochklettern will. Das goldene Licht der untergehenden Sonne strahlt ihr ins Gesicht.

Sie dreht sich so schnell um, dass ich plötzlich Angst habe, sie könnte abrutschen, also ziehe ich die Kapuze meines Umhangs herunter.

»Sorry, Sorry, ich bin es! Ich konnte nicht widerstehen!«, sage ich schnell, aber ich weiß nicht, ob sie mein schuldbewusstes Lächeln überhaupt wahrnimmt, bevor sie mir um den Hals fällt.

In ihren Armen fühle ich viel zu viel auf einmal: ein schlechtes Gewissen, Liebe, Dankbarkeit, Sorge und, viel größer und alles andere übertönend, Angst, sie enttäuscht zu haben.

Als sie mich loslässt, lasse ich den Blick über ihre Gestalt wandern, erwarte das Schlimmste und habe zugleich recht und unrecht. Ihr

Kleid ist zerrissen, ihre Haare hängen in fettigen Strähnen herab, und durch die Blässe sieht sie fast ausgezehrt und hungrig aus.

Aber sie wirkt auch beschwingt – ihre Augen funkeln wie Gold, das man dem Sand abringt, die trockenen, rissigen Lippen lächeln, und sie ist erfüllt von einer aufgeregten Energie, die ich an ihr nicht kenne. Sie ist so aufgedreht, dass sich in meiner Brust etwas zusammenzieht, und Herz und Lunge geraten aus dem Takt.

»Du bist hier«, seufzt sie erleichtert.

Ich lasse ihr keine Zeit, zu Atem zu kommen, und ziehe sie an mich für einen Kuss. Ich will sie so sehr, ich bin wie ausgehungert. Sie zu küssen ist überwältigend – Feuer brennt in meinem Bauch, mein Herz hämmert wie wild, und ich umarme sie fester. Eigentlich haben wir keine Zeit dafür, aber bei der Berührung ihrer sanften Lippen bin ich Ikarus, unfähig, der Versuchung zu widerstehen, auch wenn es meinen Untergang bedeutet.

Es geht viel zu schnell – ich hatte ihr versprochen, es langsam und vorsichtig anzugehen, und doch bin ich eine Verdurstende, die in der ersten Oase der Wüste ertrinkt.

Ich zwinge mich, den Kuss zu unterbrechen, und ignoriere einfach, dass mein Blick zur Matratze wandert.

Aber dann sehe ich, dass Kassandra die Augen geschlossen hat, als würde sie den Moment genießen. Dem Drang zu widerstehen, sie wieder an mich zu ziehen, erscheint mir so schwer wie eine der Arbeiten des Herakles.

Kassandra öffnet die Augen und schnaubt belustigt bei meinem Anblick. »Sollen wir zu einem günstigeren Zeitpunkt auf diese lüsternen Gedanken zurückkommen?«

»Mach dich nicht lustig über mich«, schimpfe ich.

»Sieh dich nur an, bist du nicht hinreißend verunsichert?« Sie stupst gegen meine warme Wange, die höchstwahrscheinlich so rot ist, wie sie sich anfühlt.

»Deine Pupillen sind auch ziemlich groß!«

»Ja, das kann ich mir vorstellen.« Sie lacht. »Du hast mich gerade leidenschaftlich geküsst, Helena. Kann es sein, dass ich kein Verlangen nach Menschen verspüre, aber es trotzdem schwer finde, so etwas zu ignorieren?«

»Wirklich?«

»Was wäre, wenn ich eine Frau gar nicht begehren muss, um gern von ihr berührt zu werden? Aber sollten wir uns nicht grade auf wichtigere Dinge konzentrieren?«

Sie streicht die Falten in ihrem zerfetzten Kleid glatt, als könnte es dadurch vorzeigbarer werden. Ich bin mir ziemlich sicher, dass die Falten schon da waren, bevor ich den Stoff gepackt und sie an mich gezogen habe, aber die Risse sind davon vielleicht größer geworden.

Es tut mir nicht leid.

»Ich weigere mich zu glauben, dass irgendetwas in diesem Moment wichtiger sein könnte.«

»Wirklich? Weil ich gerade aus dem Fenster klettern wollte, wenn du dich erinnerst. Nachdem man einem Gott die Macht gestohlen hat, macht einen nichts so demütig wie die Gefahr, in den Tod zu stürzen.«

Ich achte nicht mehr auf ihr Kleid – oder auf das Fehlen desselben. »Bitte?«

»Könnte die richtige Kombination aus Empörung, Entschlossenheit und gerechtem Zorn dazu führen, dass man totale Kontrolle über die Prophezeiung erlangt? Würde es helfen, dass ein Gott Mist gebaut hat, als er mir damals das Geschenk gemacht hat?«

»Wirklich? Dann können wir es aufhalten!«

Sie zögert. »Das ist nicht wahr, aber … vielleicht? Ich dachte, wir könnten – ich habe uns siegen sehen. Aber es ist Teil ihrer List, es ist nur ein Aspekt desselben Strangs. Ich weiß nicht, ob wir es verändern können, aber ich hoffe es. Und ich werde auf jeden Fall weiterkämpfen.«

Ich schlucke. »Wie lange haben wir?«

Sie hält zwei Finger hoch.

»Zwei Jahre.«

Sie wirft mir einen grimmigen, fast mitleidigen Blick zu.

»Monate? Wochen – Kassandra, sag mir, dass es Wochen sind. Nein, wir können nicht nur zwei Tage haben.«

Sie nickt.

Es verunsichert mich mehr als sonst, als der Fluch sich durch meinen Verstand arbeitet. Zwei Tage ist eine unglaubliche Prophezeiung. Eine absolut lächerliche Annahme.

Aber ich tue das, was ich schon so oft getan habe, und vertraue ihr trotz meiner Zweifel.

»In Ordnung, lass uns das später durchdenken. Jetzt müssen wir dich aus diesem Turm herausholen.«

»Und wie?«

»Du denkst wirklich, ich habe dich tagelang in diesem Turm allein gelassen und mich dann nur reingeschlichen, um dich zu küssen?«

»Ehrlich gesagt würde ich es dir zutrauen.«

»Ich habe alles vorbereitet, es gibt einen sicheren Ort! Und ich bin hier, um dich rauszuholen.«

»In Ordnung, was ist dein Plan?«

Ich setze die Kapuze wieder auf und rede mit der Stimme ihrer Mutter. »Lasst uns vorbei und kein Wort zu niemandem.«

Als ich aufblicke, entdecke ich eine schmale Falte zwischen ihren Augenbrauen.

»Was ist?«, frage ich.

»Oh, das ist nicht genial«, sagt sie ruhig, und ich lächle über das Kompliment, als der Fluch wirkt. »Aber ich habe bestimmt nicht gehofft, dass ich selbst diesen Umhang tragen würde. Wie lange muss ich in Fetzen herumlaufen in deinem Plan?«

»In meinen Plänen hast du nie sehr lange was an.« Das ist eigentlich ein Witz, aber wir sehen uns etwas zu lange in die Augen, und ich spüre, wie etwas in meiner Brust Wurzeln schlägt, ein schwerer Setzling, der ungeduldig darauf wartet, zu erblühen.

»Und dann?«, fragt sie. »Wo gehen wir hin?«

»Dieser Teil wird dir nicht besonders gefallen«, sage ich. »Aber ich erzähle dir unterwegs das Neueste über Skamandrios. Im Vergleich dazu kommt dir unser Ziel vielleicht angenehm vor.«

65

KASSANDRA

»Soll das ein Witz sein?«, frage ich, als Herophile die Tür des Hauses öffnet, in dem wir uns verstecken sollen.

»Das hier oder der Turm«, flötet Helena, und ich trete ein.

Wir kommen direkt in ein kleines Wohnzimmer. Lange, tiefe Sofas stehen um einen kleinen Holztisch, und durch eine offene Tür sehe ich Gerätschaften und Kräuter von der Decke hängen – Lavendel und Thymian mischen sich mit dem staubigen Geruch eines Hauses, das öfter geputzt werden könnte.

Herophile schnüffelt. »Ich hole eine Schüssel mit Wasser. Und sehr, sehr starke Seife.«

»Ach, wirklich nicht, du …«

Helena stößt mir in die Rippen und zischt: »Xenia.«

Bei der Erinnerung an die Gesetze der Gastfreundschaft, denen wir in Herophiles Haus verpflichtet sind, beende ich meinen Satz nicht. Aber ich fange auch keinen neuen an, bis Helena hinzufügt: »Wir haben zwanzig Minuten.«

Na gut. Ich zwinge mich zu einem höflichen Lächeln. »Seife wäre wunderbar, danke.«

Herophile hin oder her, es ist wirklich eine Erleichterung, mir die Überbleibsel aus dem Turm abzuwaschen – den Schweiß und Dreck, als ich mich dort auf dem Boden gewälzt und Prophezeiungen geschrien habe. Ich hatte nur Zeit, einen frischen Chiton anzuziehen und schnell ein paar Habseligkeiten in einen Leinenbeutel zu stecken, bevor wir den Palast verlassen haben, und das Kleid fühlt sich jetzt schon zu dreckig an, um es wieder anzuziehen.

Ich habe mir gerade die Haare ausgewrungen, als die ersten Frauen ankommen, und nach und nach kommen immer mehr.

Helena begrüßt sie wie alte Freundinnen. Ich weiß nicht, warum ich ständig überrascht bin, dass sie so gut mit Menschen kann. Ein paar von ihnen erkenne ich. Dienerinnen aus dem Palast – Ligeia und Agata sind die Einzigen, die ich mit Namen kenne –, aber sie nicken mir alle höflich zu und strahlen Helena an. Die meisten habe ich beim Training gesehen. Und natürlich Klymene und Aithra. Sie plaudern fast vergnügt miteinander, während mein Verstand ruft *Zwei Tage*, immer wieder, als würde er die Sekunden zählen.

Es ist ziemlich eng, die Sofas sind schnell besetzt, und dann auch der Boden. Helena nimmt eine Fensterbank, und ich lehne mich an den Türrahmen zur Küche.

Dann kommt Krëusa herein, Skamandrios an ihrer Seite.

Idiot.

Alle verstummen. Offensichtlich ist es kein Geheimnis, dass er übergelaufen ist.

Sie setzen sich direkt an die Tür, als müssten sie schnell abhauen können – und so unruhig wie Krëusa sich in dem vollen Zimmer umsieht, will sie das vielleicht auch.

»Andromache wahrt den Schein im Palast«, sagt Krëusa. »Alle wissen, dass ihr beide verschwunden seid. Mutter und Vater haben wir gesagt, dass du in Sicherheit bist und dass wir wissen, wo, aber nicht mehr. Sie sind natürlich wütend, aber sie können kaum etwas dagegen sagen, nachdem sie dich in den Turm gesperrt haben.«

»Danke.«

Herophile schenkt Tee ein. Alle, die noch stehen, suchen sich einen Platz, und die Gespräche verstummen.

»Ich danke euch, dass ihr gekommen seid.« Helenas Stimme erklingt wie eine Glocke in dem kleinen Raum. »Ihr werdet denken, dass das, was wir gleich besprechen, nicht real ist. Aber das liegt nur an gewissen Göttern, die euch etwas anderes glauben machen wollen. Also bitten wir euch, so zu tun, als ob, einfach hypothetisch zu denken und euch vorzustellen, was ihr tätet, wenn ihr glauben würdet, es wäre wahr.«

Erwartungsvoll dreht sie sich zu mir um – genau wie alle anderen im Raum.

Ich zögere – aber kein Gott würde das jemals tun. Und Arroganz ist entscheidend. Also richte ich mich auf und greife nach den Fäden der Prophezeiung, als hätte ich jedes Recht dazu.

Die Zukunft ist ein Klingen in meinen Ohren, das Gefühl der Kleidung auf meiner Haut und der Duft meines eigenen Parfüms – immer gegenwärtig und meistens leicht auszublenden. Aber jetzt richte ich meine Aufmerksamkeit darauf und erinnere mich an die Macht. Sofort tauche ich ein in ihre Wellen, und die Visionen versuchen, mich hinunterzuziehen.

Es ist, als würde ich durch einen dichten Wald waten, und ich drohe über Schicksalsfäden zu stolpern, die sich verzweigen und die vor lauter Möglichkeiten oszillieren, bis ich zum nächsten unveränderlichen Knoten zurückgehe. Ich finde die eiserne Verwicklung von Trojas Untergang.

Achaiische Schiffe fliehen, ihre Lager sind verlassen, es bleibt nur ein hölzernes Pferd, gezimmert als Opfergabe für eine sichere Heimreise. Trojanische Männer ziehen es durch das Tor, nicht ahnend, dass sich dreißig Männer darin verstecken. In der Vision beordert Zeus die Götter auf den Berg Ida, von dem aus man die Stadt überblickt. Er spricht davon, wie herrlich Troja brennen werde, dass es verdammt sei, und er verbannt die Götter aus der Stadt und sagt, was nun geschehe, liege in der Hand der Sterblichen – als würde er die Götter freisprechen von ihrer Rolle bei Trojas Untergang, der ihm so gewiss erscheint. Die Schiffe kehren zurück, die Männer befreien sich aus dem Pferd und greifen mitten in der Feier an, als die meisten von uns unbewaffnet, betrunken und erschöpft sind.

Die Vision endet in einem Flammenmeer.

Ich nehme diesen flüchtigen Blick auf die Zukunft, stoße ihn aus mir heraus und um mich herum, das Gewebe ist zum Zerreißen gespannt. Als ich aus der Prophezeiung heraustrete und wieder in den Raum zurückkehre, sind alle so erstarrt, wie ich es wahrscheinlich sonst immer bin – mit großen Augen blicken sie in eine Ferne, die noch nicht sichtbar ist.

Sie erschrecken, als sie zu sich kommen, keuchen entsetzt und schlagen zitternd die Hand vor den offenen Mund.

»Eine Vision?«, fragt Aithra. »Wie hast du …«

»Du falsche Prophetin«, stößt Herophile hervor. »Und jetzt hast du einen Weg gefunden, deine Lügen zu verbreiten.«

»Herophile«, sagt Helena warnend. »Ich habe dir erklärt, wir würden es nicht glauben können.«

Ich habe mir die Macht der Prophezeiung direkt aus den Händen eines Gottes genommen, aber seine Flüche kommen mir immer noch in die Quere.

»Zeus will, dass Troja untergeht?«, fragt Krëusa. »Wir können es also sowieso nur aufschieben?«

Ich nicke.

»Wir müssen warten, bis er den Göttern verbietet, sich einzumischen«, sagt sie völlig nüchtern. Wahrscheinlich ist es leicht, wenn man nicht wirklich glaubt, dass die Zukunft sich so abspielen wird, wie ich ihnen gezeigt habe. »Und dann verbrennen wir das Pferd? Aber das ist dann wohl schon zu spät. Also fliehen wir? Aber wie sagen wir das den Leuten, ohne dass sie in Panik geraten und die Achaier gewarnt sind?«

»Ich denke, es ist absolut vernünftig, in Kriegszeiten einen Evakuierungsplan zu haben«, sagt Ligeia. »Wir teilen allen mit, wie der aussieht, und wenn wir Alarm schlagen, wissen alle, was zu tun ist.«

Helena nickt. »Wir müssen sie anweisen, dass es still und leise vor sich gehen soll.«

»Und wohin evakuieren wir die Leute?«, fragt Klymene.

Ich lehne mich zurück, lasse sie reden, sage nichts dazu, um sie nicht durcheinanderzubringen. Genau das machen Orakel: weissagen, was sie können, und die Fragenden auf dieser Basis ihre Entscheidungen treffen lassen.

»Es könnte sein, dass die Achaier uns folgen, also sollten wir uns aufteilen«, sagt Krëusa. »Wir haben Verbündete. Und es gibt ... Länder, die weiter entfernt sind.«

»Bei nur vierundzwanzig Stunden für eine ganze Stadt können wir froh sein, wenn wir es in die Berge schaffen«, sagte Agata. »Die Achaier könnten uns zu Pferd in drei Stunden einholen, vielleicht sogar weniger.«

»Dann stehlen wir ihre Schiffe«, sagt Skamandrios. »Wir wären schneller, und sie könnten uns nicht folgen.«

Der Raum verstummt erneut, und die Frauen drehen sich zu meinem Bruder um. Herophiles Kiefer zuckt, Agata ballt die Fäuste.

Endlich gibt Helena zu: »Das ist eine gute Idee.«

Aithra hebt die Hand, als bräuchte sie eine Erlaubnis, um zu sprechen. »Und wie machen wir das? Wir müssten die ganze Stadt an den achaiischen Soldaten vorbeiführen.«

Weitere Ideen kommen auf, weitere Probleme werden angesprochen. Und gerade als ich Hoffnung schöpfe, verpufft das Gespräch.

»Nehmt euch alle ein Pergament«, sagt Helena, in genau demselben Tonfall, in dem sie uns auch erklärt, wie man mit einem Schwert umgeht. »Schreibt so viel wie möglich von dem auf, was ihr gesehen habt. Wir müssen sichergehen, dass wir jedes Detail kennen. Kass, glaubst du, du kannst es uns noch einmal zeigen?«

Das tue ich, immer wieder, bis alle so müde aussehen, wie ich mich seit Monaten fühle.

»Also, den Evakuierungsplan können wir leicht verbreiten«, sagte Herophile in die Stille. »Wenn du keine offizielle Ankündigung machen willst.«

»Danke, es sollte auf keinen Fall offiziell werden«, sagt Helena. »Es ist weniger wahrscheinlich, dass die Götter es bemerken, wenn es nicht von uns kommt.«

Es ist schon spät, und wir kommen nicht weiter.

»Treffen wir uns morgen wieder«, schlägt Helena vor.

Nein. Aber alle sehen aus wie ausgewrungen, als hätten die Fäden wirklich alles aus ihnen herausgepresst. *Nur noch ein Tag,* flüstert mein Verstand voller Angst. *Ein Tag, und dann fällt die Stadt.*

Aber wir haben mehr als vor ein paar Stunden, als ich noch in einem Turm eingesperrt war.

Und es ist eine Erleichterung, die Last zu teilen, und dass *wir* uns darum kümmern, nicht nur *ich*.

Alle gehen, nur Krëusa und Skamandrios bleiben.

Herophile entschuldigt sich, um in den Tempel zu gehen. Ich weiß nicht, ob sie es keine Sekunde länger in meiner Nähe aushält oder uns einfach Raum zum Reden geben will.

»Und?«, frage ich.

Skamandrios kratzt sich im Nacken. »Was soll ich sagen, Kass?«

»›Es tut mir leid, dass ich ein rückgratloser Feigling bin, der uns an die Achaier verraten hat‹?«

»Sie hätten mich getötet.«

Krëusas Nasenlöcher blähen sich. »Und du hättest eher sterben sollen, als deine Heimat und deine Familie zu verraten. Ganz abgesehen von der Tatsache, dass du gar nicht dort gewesen wärst, wenn du uns nicht erst im Stich gelassen hättest.«

»Weil wir sowieso sterben werden!«

»Nein, weil Deiphobos Helena geheiratet hat und du ein eingeschnappter Idiot bist.«

»Was ich gesehen habe ...«

Meine Wut ist kein aus einem Feuerstein geschlagener Funke, kurz und schnell und heiß wie bei Krëusa – die ist müde und erschöpft wie ein ausgefranstes Seil, das ich bereit bin durchzuschneiden. »Verstehst du überhaupt die Macht, die du hast?« Ich fühle die Schicksalsfäden, die um ihn gewickelt sind, und würde sie gern von ihm abreißen. Aber Apollons Worte von vor langer Zeit hallen in meinem Kopf wider: *Die Prophezeiung ist mit dem Kern deines Wesens verbunden. Es würde dich töten, wenn ich sie dir wieder entreiße.*

»Komm schon, Kass, sei nicht so.«

»Ich finde, sie hält sich erstaunlich gut zurück«, faucht Krëusa.

Ich bemerke Helena in meiner Nähe. Sie lehnt an der Wand und blickt zu Boden. Vielleicht will sie sich nicht in eine Familienangelegenheit einmischen. Aber ich habe den Verdacht, dass sie Verständnis für meinen Bruder hat. Schließlich hat sie mir auf dem Weg hierher erzählt, dass sie Odysseus das Palladion gezeigt hat und ihn dann hat gehen lassen.

Aber genau darum geht es doch, oder? Helena würde uns nicht einfach verraten, um sich zu retten; sie würde es schlau anstellen. Sie würde ihnen sehr wenig geben und sie in dem Glauben lassen, dass sie ganz viel bekommen. Wenn es allerdings darauf hinausläuft, dass sie alles – Troja eingeschlossen – opfern muss, um zu überleben, würde sie das tun?

»Warum hast du ihn mitgebracht?«, frage ich Krëusa, weil ich nicht so über Helena denken will.

Ihre Augen werden sanft, als sie mich ansieht, aber es bleibt auch ein Anflug von Härte. »Er ist ein in Ungnade gefallener Prinz. Ich glaube, im Moment achtet niemand besonders auf ihn. Aus der trojanischen Armee ist er rausgeflogen, und die Achaier lassen ihn kein zweites Mal mit dem Leben davonkommen. Er ist niemand.«

»Ich werde niemals niemand sein, Krëusa.« Skamandrios lächelt selbstgefällig und glaubt wie immer recht zu haben, obwohl er ganz eindeutig falsch liegt. »Was sagt es über deine Stellung aus, wenn mein Fall mich gerade einmal auf deine Stufe gebracht hat?«

Ich sehe ihn gar nicht an, wende mich nur an Krëusa. »Kannst du morgen vielleicht ohne ihn kommen? Können wir ihm nicht hinterher sagen, was er wissen muss?«

»Kassandra, komm schon«, jammert er. »Du siehst mehr Prophezeiungen als ich – wenn du glaubst, dass wir eine Chance haben, will ich helfen.«

»Kannst du das nicht aus der Ferne tun?«

»Was, ihr traut mir nicht?«, stößt er wütend aus.

Mein eigenes Entsetzen spiegelt sich in Helenas und Krëusas Gesicht.

»Nein, Skamandrios, wir trauen dir nicht!«, schreit meine Schwester, als ich meinen dämlichen Bruder zur Tür schiebe. »Und jetzt hau ab.«

Sobald sie weg sind, gehen Helena und ich in das Schlafzimmer, das Herophile uns gezeigt hat, und sinken aufs Bett. Sie berührt zitternd meine Wange, legt die Hand an mein Gesicht und sieht mich einfach nur an.

»Ich hab mir wirklich Sorgen gemacht, als du im Turm warst«, sagt sie leise. »Wahnsinnige Sorgen.«

»Es geht mir nicht gut.«

»Ich weiß. Gib mir nur einen Moment, um es sacken zu lassen.«

Sie löst die Hand nicht von meiner Wange.

Ich liebe dich.

Der Gedanke entfaltet sich ruhig. Er fühlt sich an wie die sanfte Liebkosung von Seide, zart und schön und erlesen. Die meisten meiner Gefühle für sie sind schwer – Steine im Magen, eine Macht, die mich am Boden festhält. Aber dies ist federleicht. Schwerelos.

Vielleicht ist es zu früh, aber es fühlt sich nicht so an. Es fühlt sich an, als hätte ich sie schon immer geliebt.

Aber wenn ich es sagen würde, würden ihre Augen sich trüben, und ihr Lächeln würde verblassen.

Und ich will meine Liebe nicht in Lügen hüllen, damit sie mir glaubt.

Helena legt ihre Stirn an meine, und ihre Augen schließen sich. »Zwei Tage reichen nicht, Kass. Wir verdienen ein ganzes Leben.«

»Ich weiß.«

Sie küsst mich, Lippen, so weich wie Blütenblätter und ein Hauch von Zitrone von dem Tee, den sie getrunken hat.

Ich fühle, wie sie lächelt, bevor wir uns voneinander lösen. »Ich werde das niemals satthaben.«

Vielleicht hast du nicht die Chance dazu.

»Musst du bleiben?«, frage ich. Denn eigentlich muss nur ich mich vor einem Gott verstecken.

Sie hebt kurz eine Augenbraue. »Willst du, dass ich gehe?«

Ich nehme ihre Hand, ein stummes *Auf keinen Fall.*

»Dann bleibe ich.«

»In Ordnung.« Ich merke, dass ich gedankenverloren mit der Kette um meinen Hals spiele. Der Apfel und die Erklärung, die darauf eingraviert ist. »Aber es gibt wahrscheinlich einfachere Möglichkeiten, mich ins Bett zu kriegen, als aus dem Palast wegzulaufen.«

»Nein, die gibt es nicht«, sagt sie automatisch, und als die Trübung ihrer Augen nachlässt, sieht sie fast traurig aus. »Ich fand es wirklich schön, neben dir einzuschlafen.«

Sie dreht sich um und rutscht näher an mich heran.

Ich liebe dich, denke ich wieder, diesmal mit solcher Kraft, ich bin überrascht, dass mir die Worte nicht herausrutschen. Ich blicke Helena nur an und finde mich damit ab, dass sich alles, was ich sagen kann, wie Verleugnung anfühlen wird, als würde ich einen Teil von mir wegstoßen.

Sie sieht mich aus halb geschlossenen Augen an, als wüsste sie das.

»Sag schon.«

»Ich hasse dich«, sage ich verzweifelt, als würde es einem Bekenntnis am nächsten kommen.

Sie umfasst mein Kinn, dreht mein Gesicht zu sich und küsst mich wieder, ihr Körper schwebt über meinem. Ihre Lippen sind drängend und fordernd. Einen Moment lang bin ich angespannt, aber dann packe ich sie und atme in sie aus. Sie summt, und die Vibration trifft mich tief in meinem Inneren. Ihre Freude, ihr Glück. Wegen *mir*.

Ich fahre mit den Fingern durch ihr Haar, ihre Hand streicht über meine Taille und weiter hinauf, ihr Daumen berührt den Rand meiner Brust.

»Ist das in Ordnung?«, fragt sie atemlos.

Und ich weiß es gar nicht. Es ist nicht unangenehm. Eigentlich ist es sogar schön. Aber wenn sie wissen will, ob ich es mit brennendem Verlangen will, ob ich ihr die Kleider vom Leib reißen oder ihren Körper an meinen pressen will, dann nein, nicht wirklich. Aber es könnte Spaß machen. Es könnte befriedigend und lustvoll sein und ein Weg, mich ihr näher zu fühlen.

Wie sehr müsste ich es wollen? Wie sehr wollen es andere? So wie meine Freundinnen reden und wie Barden und Dichter es beschreiben, hört es sich die meiste Zeit an wie ein Märchen – eine Erfindung, die wir uns ausdenken, um uns von der grausamen Realität des Lebens abzulenken. Etwas, das wir vorgeben zu glauben.

Aber vielleicht fühlt es sich gut an. Vielleicht bedeutet das Fehlen von Eros nicht unbedingt, dass auch Erregung fehlt. Vielleicht brauche ich keinen übermächtigen, unwiderstehlichen Drang, um es zu tun – vielleicht kann ich mich einfach entspannt und glücklich und sicher und *neugierig* fühlen. Manchen ist das vielleicht nicht Grund genug. Ich habe jedenfalls nicht das Gefühl, ich muss es tun, als würde meine Liebe nur durch diesen Akt bewiesen. Ich will es so, wie ich auch tanzen oder singen will, es ist kein übermächtiges Bedürfnis, aber könnte trotzdem Spaß machen – ist das Grund genug? Vielleicht sollte ich …

Vielleicht habe ich es satt, Fragen zu stellen und mich und meine Gefühle auseinanderzunehmen. Vielleicht muss ich gar nicht logisch sein; ich kann einfach nur *sein*. Vielleicht ist »es fühlt sich gut an« schon die Antwort.

Und vielleicht kann »für dich soll es sich auch gut anfühlen« ein Grund sein, auch sie zu liebkosen und zu berühren und zu halten.

»Wir müssen das nicht tun, nur weil die Welt untergeht«, flüstert Helena, als ich die Schärpe aufknote, die meinen Chiton zusammenhält.

»Glaubst du nicht, dass ich eine viel zu verwöhnte Prinzessin bin und nie etwas tun würde, was ich nicht will?«, erwidere ich und werfe die Schärpe beiseite. Das Kleid ist jetzt offen und ich ziehe sie wieder an mich. Ihre Lippen legen sich auf meine, und diesmal *will* ich es, als sie mich an sich zieht und meine Haut berührt – ich will von ihr angefasst werden, ihre Liebe in den sanften Berührungen spüren.

Mit bebenden Fingern streife ich ihr das Kleid von den Schultern und freue mich an der Gänsehaut, die sich bildet, wo ich sie berühre, wie sie erschauert, als ich leicht mit dem Daumen über ihre Brust streiche. Ich liebe jedes Keuchen, jedes atemlose Stöhnen. Es ist, als würde ich leuchten, weil ich das auslöse, ihr solche Lust bereite – als würde ein Licht in mir glühen, von dem ich dachte, nur die Götter hätten es in sich.

Wir ziehen uns ganz aus und sind nackte Körper, die sich umschlingen, sich mit Händen erkunden, die nicht länger zögern. Ihr warmer Mund auf meiner Haut bringt meinen Körper zum Singen, als sie Küsse auf meinen Hals drückt und mich beißt. Und ich sehne mich danach, auch sie mit den Lippen zu erkunden – sie keuchen zu hören und zu wissen, es ist wegen mir. Zu fühlen, wie sie sich unter mir windet.

Und als ich sie weiter erkunde, tiefer, über die Schenkel und zwischen ihre Beine, tue ich das mit der arroganten Gewissheit von jemandem, der etwas beweisen will: ihr die Art Freude bringen zu können, nach der sie sich sehnt.

Ich weiß nicht wirklich, was ich tue, aber ich reagiere auf ihr Keuchen, ihr Stöhnen, korrigiere mich, wenn ich irre, und endlich –

»Oh, ja, so«, keucht sie, klammert sich an die Laken und bäumt sich plötzlich auf, stöhnt und zittert – so wunderschöne Laute, die ich gern wieder hören möchte – und dann sagt sie meinen Namen, ein langes zischendes Stöhnen der Lust, und ich habe das Gefühl, ich könnte auch direkt kommen

Ja, denke ich, *es macht Spaß* – noch bevor sie ihre Aufmerksamkeit auf mich richtet. Ich schließe die Augen und konzentriere mich darauf, wie sich alles anfühlt – elektrisierend und zart –, das Kratzen von Nägeln auf meinem Oberschenkel, und dann geschickte Finger, die mein Innerstes berühren.

Ich erkenne, wie mein Bauch sich anspannt – durch meine eigenen Versuche, wenn ich gelangweilt war oder nicht schlafen konnte, aber ohne eine Fantasie, sicher nicht vergleichbar mit jetzt –, und ich schwebe über einem Abgrund und stürze hinein, und helle Lichter erblühen hinter den geschlossenen Lidern.

Danach lege ich den Kopf auf ihren Bauch, und Helena spielt träge mit meinem Haar. Ich fühle mich ruhig und behaglich im Nachklang der Ekstase. Friedlich in Zeiten des Krieges.

Ich verstehe, warum Männer an unserer Küste stehen: Ich würde sofort einen Krieg führen für diese Frau.

66

HELENA

Ich wache mit Kassandra in den Armen auf, mein Körper ist an sie geschmiegt, ihre Haare kitzeln mich an der Nase und duften ganz zart nach Herophiles Rosenwasserseife.

Da ist ein nagendes Gefühl in meinem Bauch – eine so tiefe Erkenntnis in meinem Inneren, dass es keinen Zweifel gibt: Aphrodite weiß es.

Dies ist keine Hochzeit zu Ehren von Paris' Vermächtnis oder einfach ein Körper, bei dem ich meine Trauer vergessen kann – es geht hier überhaupt nicht um Paris. Und das bedeutet, dass es auch nicht um sie geht.

Ich weiß nicht, wie die Konsequenzen aussehen könnten, aber sie bestehen fort in den Hymnen, die wir singen, in den Gebeten, die wir flüstern – alles, was Aphrodite hübschen Mädchen angetan hat, von denen sie glaubte, sie würden sie nicht respektieren.

Wir haben keine Zeit, auszukosten, was wir letzte Nacht getan haben – dass ich noch rieche wie Kassandra und selbst in diesem Augenblick nichts anderes will, als mit den Händen über ihre Kurven zu streichen, mein Knie zwischen ihre Beine zu pressen, ihr Ohrläppchen zwischen die Zähne zu nehmen und ihr zuzuflüstern, was ich alles gern mit ihr machen würde.

»Denkst du je darüber nach«, fragt Kassandra, und ich erschrecke ein bisschen, weil ich gar nicht gemerkt habe, dass sie wach ist, »dass wir weglaufen könnten? Nur wir zwei? Das hier aufgeben, alle anderen zurücklassen und nur uns retten?«

»Ständig«, gebe ich zu. Es ist leichter auszusprechen, wenn sie mich nicht ansieht und ich nicht damit klarkommen muss, dass große braune Augen mich um eine Erklärung bitten, wie ich diese Stadt nur aufgeben könnte.

Ich komme auf unseren Plan zurück, Trojas Untergang einfach hinzunehmen. Verlassen wir uns wirklich darauf, dass die Achaier uns nicht folgen? Sie werden vielleicht auf den einen oder andern Prinzen von Troja verzichten, auf den alternden König.

Aber auf mich?

»Wenn wir nicht alle evakuieren können, wenn die Achaier in die Stadt eindringen und wir scheitern, versuchen wir dann zu fliehen? Sehen wir von einem Berg in der Nähe aus zu, wie die Stadt niederbrennt, und laufen immer weiter?«

»Ja«, sage ich sofort. »Was ist die Alternative? Es ist sehr viel leichter, sich gar nicht erst schnappen zu lassen, als danach noch zu fliehen.«

Es klingt anstrengend, so ein Leben, ein Leben auf der Flucht.

»Aber wir haben noch Zeit, Kass.«

»Glaubst du, wir brauchen Zeit? Ich dachte eher an ein Wunder.«

Aber Wunder kommen von den Göttern.

Ein Wunder würde uns vernichten.

Krëusa kommt am Vormittag, beladen mit den ganzen Schriftrollen, die sie durchgearbeitet hat. Ich helfe ihr eine Weile, und Krëusa und ich lesen, während Kassandra Stränge und Prophezeiungen nach einer fehlenden Verbindung durchsucht.

Stundenlang versuche ich etwas zu finden.

Aber vielleicht kann man manchmal einfach nichts tun. Die Städte, die von den Achaiern geplündert wurden, Thebe und Lyrnessos und noch andere, sind nicht deshalb untergegangen, weil die Frauen untätig waren. Diejenigen, die umgekommen sind, trifft keine Schuld; diejenigen, die überlebt haben und die in den achaiischen Lagern in Ketten gelegt wurden, trifft keine Schuld; und diejenigen, die geflohen sind und auf unseren Straßen stehen, trifft auch keine Schuld.

Manchmal verliert man einfach.

Manchmal ist es einfach eine verdammte Tragödie.

Ich stehe unvermittelt auf. »Ich gehe spazieren.«

Krëusa verzieht den Mund. »Ich weiß nicht, ob das eine gute Idee ist.«

Ich halte es in diesen vier Wänden nicht aus, nicht solange ich so nervös bin und diese dunkle Vorahnung im Bauch habe. *Nur noch ein Tag.*

Aber daher kommt die Angst nicht – ich kenne ihren beißenden Geruch nur allzu gut und spüre fast schon ihre brennenden Fingerspitzen auf meiner Haut.

»Ich bin vorsichtig«, verspreche ich, nehme meinen Umhang und setze die Kapuze auf.

Es nieselt, und vom Nebel und von der feuchten Luft kleben mir die Haare im Gesicht. Ich zittere, als ich durch die Akropolis zu ihrem Tempel gehe.

Ich habe ihn nur ein paar Mal aufgesucht, und er sieht nicht viel anders aus als die anderen: hohe weiße Säulen, Reliefs mit Geschichten, die nur wenig mit ihr zu tun haben, und Ranken und Blumen, die viel zu viel mit ihr zu tun haben – Blumen, die, wenn sie nicht wie hier in Marmor gemeißelt sind, mit dem Blut ihrer Liebhaber gefärbt wurden.

Die hölzerne Statue in der Mitte ist interessant. Ich bin so daran gewöhnt, dass sie von allen in ihrer Nähe Teile zusammenstiehlt –

Schönheit ist Eifersucht, Liebe ist Diebstahl –, dass dieses Bild von ihr überhaupt nicht passt: einfach eine Frau – schön, ja, und ganz und gar sie selbst.

Als sie erscheint, nimmt sie diese Gestalt an: das Haar wellt sich wie Hitze in der Luft, ein Schmollmund und ein besticktes fuchsiarotes Kleid, auf dem Dutzende Perlen und Edelsteine glänzen, die sie nicht überstrahlen können.

Ich bin erschöpft – mein Haar ist kraus von der Feuchtigkeit, meine Haut nicht ganz sauber nach der kurzen Morgenwäsche, Schweiß und Körpergerüche haften noch an mir. Ich fühle mich wie vor sie hingespuckt.

»Nun«, sagt sie und stolziert auf mich zu, und ich hätte gern einen Speer, einen Bogen – irgendetwas, um das Raubtier abzuwehren. »Du hast mich angelogen. Mehrmals.«

»Ja.« Ich könnte Entschuldigungen auflisten oder auf die Knie fallen und betteln.

Aber damit bin ich fertig. Viel zu lange war ich so, wie andere mich haben wollten.

Jetzt nicht mehr.

Aphrodite ist wie erwartet wütend – sie knistert vor Energie; Licht blitzt in ihren Augen. »Hast du Paris je geliebt?«

»Ich wollte es.«

Sie presst die Kiefer zusammen. »Ich hätte einen Pfeil auf dich abschießen lassen sollen, als ich Paris in dein Zimmer geführt habe.«

Das hat sie schon getan. Medea, Hohepriesterin von Hekate, eine mächtige und unglaublich kluge Frau, die sogar Magie ausüben konnte, Enkelin eines Sonnengottes – ein einziger Pfeil, und sie war einem nichtssagenden Mann wie Jason treu ergeben. Sie hat alles für ihn getan, und nachdem sie ihm nicht mehr nützlich war, ließ er sie fallen.

Hatte Aphrodite sich das für mich und Paris auch so vorgestellt.

»Ich hatte Paris gern, aber ich habe ihn nicht geliebt. Und ich trauere um ihn ...«

»In den Armen seiner *Schwester*.«

»Zusammen mit der Frau, die ich liebe«, verbessere ich sie. »Der einzigen, die mir Trost spenden kann. Und ich wünschte, Paris hätte überlebt. Ich wünschte, er hätte dir den Ruhm gebracht, nach dem du dich sehnst. Aber vielleicht können wir das auch – die Liebe ist in Troja aufgeblüht, so wie du es wolltest.«

»Wie kannst du es wagen.« Aphrodite bleckt die blendend weißen Zähne. Sie kommt näher und packt die Spange an meinem Umhang. »Das ist nicht die Liebe, die ich für dich gewählt habe. Ich werde Eros bitten, einen Pfeil vorzubereiten, und dich lehren, wie Liebe sich wirklich anfühlt. Ich werde dafür sorgen, dass du einem anderen ungeeigneten Mann verfällst. Oder vielleicht wird es gar kein Mann – vielleicht wird es ein Monster, ein Tier.«

Ich weiß, sie spricht diese Drohungen nicht leichtfertig aus. Aus Rache für angebliche Kränkungen hat sie schon Mädchen gezwungen, sich in ihre eigenen Eltern zu verlieben.

»Könntest du das dann bitte meinem Vater erklären?«, bluffe ich. Zeus hat viele seiner unehelichen Kinder auf dem Schlachtfeld umkommen lassen, nicht zuletzt Sarpedon. Er würde uns eindeutig alle opfern, wenn es nötig wäre. »Er hat ein schlimmes Schicksal über uns verhängt, damit unsere Geschichte durch alle Zeiten besungen wird – und die Dichter werden sagen, dass meine Schönheit Kriege verursacht hat. Er wird ziemlich wütend sein, wenn sein Vermächtnis Schaden nimmt und seine Tochter nicht mehr der großartige Preis ist, sondern nur noch eine demütigende Fußnote.«

Ihr Griff lockert sich etwas, und ich kann ein bisschen leichter atmen, aber der Umhang schnürt meinen Hals immer noch ein, und ich kann nicht weglaufen.

»Und was ist mit deiner angeblichen Liebsten?«, faucht sie und lächelt jetzt, als ihr dieser neue Weg klar wird. »Vielleicht breche ich dir das Herz, indem ich ihres von dir abwende.«

»Nein«, flüstere ich.

Ich übertreibe nur ein winziges bisschen. Aber wenn sie glaubt, dass sie diese Karte noch ausspielen kann, wird sie nicht so schnell nach anderen Möglichkeiten suchen.

»Doch«, sagt sie, als würde sie das Wort genießen. Sie lässt mich so hinterhältig los, dass ich rückwärts taumele. »Ich habe mich um diesen Krieg gekümmert, seit dieser Apfel geworfen wurde. Hunderttausende Männer im Kampf vereint, Tausende Leben verloren, Dutzende Städte vernichtet. *Das* ist die Macht der Liebe. Glaubst du, ein einziges aufsässiges Mädchen kann sich dagegen wehren?«

Ich verkneife mir die scharfe Erwiderung – dass sie all das verursacht hat und trotzdem vom Schlachtfeld abgezogen wurde. Aber dann begreife ich, dass es genau darum geht – sie hat so viel getan, um ihre Macht zu beweisen, und hat stattdessen nur bewiesen, dass sie wie alle anderen auch Zeus' Willen ausgeliefert ist. Beim Olymp, sie hat sich nicht einmal ihren Ehemann selbst ausgesucht; auch das war Zeus.

Ich bin die Letzte, an der sie ihren kleinlichen Frust noch auslassen kann, und sie kann mich trotzdem nicht treffen, weil sie Angst vor meinem Vater hat – vor genau dem Gott, über den sie flucht.

Aber Kassandra und ich bieten Zeus die Stirn. Wir wehren uns gegen die Zukunft, die er für uns geplant hat. Unsere Liebe hat die Fäden des Schicksals neu ausgerichtet.

Was für eine grausame Ironie, dass Liebe wirklich so mächtig ist, wie sie hofft – aber genau wie Zeus beim Lauf des Schicksals glaubt Aphrodite, dass man sie lenken und festlegen muss. Und dafür ist sie viel zu groß. Aphrodite kann nicht kontrollieren, wer sich in wen verliebt – niemand kann das. Sie muss drohen und herumkommandieren, um ihre Macht zu beweisen. Oder einen Krieg anfangen. Oder

Eros in eine Richtung lenken und hoffen, die Kontrolle über dieses winzige Stück Liebe würde genügen.

Und ich bin verliebt in ein Mädchen, das immun ist gegen seine Pfeile. Aphrodite kann Athenes Schutz nicht durchbrechen und Kassandra angreifen.

Aber dann fährt sie fort.

»Troja wird eine Tragödie. *Da* hast du dein Vermächtnis. Nicht diese merkwürdige Geschichte. Ich werde persönlich dafür sorgen, dass Troja untergeht, bevor ich mich von euch beiden demütigen lasse. Ich habe dir einen Ausweg angeboten, aber wenn du so undankbar bist, schicke ich dich zu dem Mann zurück, den du verlassen hast. Ich werde dir zeigen, wie grausam Liebe sein kann. Ich werde dir das Herz brechen.«

Nur noch ein Tag. Das ist das Ende. Aphrodite und Apollon verlassen uns beide, und die Stadt fällt.

Sie lächelt strahlender als der Marmor, der uns umgibt, so hell brennt ihr Lächeln.

»Hättest du getan, was ich dir gesagt habe, hätte es anders ausgehen können. Wenn du Paris geliebt hättest, hättest du vielleicht eine andere Zukunft schmieden können. So aber verlierst du den Krieg.«

Sie irrt sich.

Wenn Aphrodite eine Liebe will, an die sie ihren Sieg heften kann, dann ist es unsere.

67

KASSANDRA

Die Frauen versammeln sich erneut, an unserem vorletzten Abend, bevor die Stadt untergeht.

»Vielleicht sollten wir einfach kämpfen«, sagt Krëusa. »Wir warten auf den Alarm, verbrennen das Pferd und schicken unsere Armeen ans Ufer, wo sie warten, bis die Schiffe der Achaier zurückkommen. Es ist schwer, vor einer wartenden Armee anzulegen.«

»Könnte funktionieren«, gibt Helena zu. »Aber so werden wir sie nicht besiegen, jedenfalls nicht in vierundzwanzig Stunden.«

Sobald das Verbot der Einmischung nicht mehr gilt, würden die Götter ausschwärmen und die Reihen der achaiischen Armeen verstärken – sie würden alles tun, was nötig ist, um Troja zu zerstören.

»Wir könnten fliehen, uns in den Bergen verstecken und sie in dem Glauben lassen, wir wären zu unseren Verbündeten geflohen«, schlägt Ligeia vor. »Wenn sie uns verfolgen, entwischen wir auf einem anderen Weg an die Küste und stehlen ihre Schiffe.«

Krëusa nickt und sieht von ihren Notizen auf. »Es ist eine Idee. Aber eine ganze Stadt auf der Flucht? Es wird schwer, die Spuren zu verwischen.«

»Wir könnten Briefe zurücklassen«, fügt Klymene hinzu. »Wir könnten sagen, dass wir lieber tot wären als ihre Gefangenen, sagen, wir seien ins Meer gegangen. Das könnte uns Zeit verschaffen, um über die Berge in die Nachbarländer zu kommen.«

Ich merke, dass ich nicke. Die Achaier kämpfen um Ruhm. Für sie ist das alles genauso eine Geschichte wie für die Götter, und ich kann mir gut vorstellen, dass sie ihren gesunden Menschenverstand außer Acht lassen und wirklich glauben, wir würden ihnen ein so tragisches, bemerkenswertes Ende schenken.

Agata blickt finster drein. »Dann verbreiten wir morgen also die Nachricht, dass alle nach dem Alarm an einen vorher festgelegten Ort fliehen sollen?«

So laut ausgesprochen, wird mir klar, wie wenig wir haben.

Ich sehe mich im Raum um, alle sind mutlos, kleinlaut – auch wenn sie nicht so recht an die Folgen glauben, spüren sie doch, dass etwas passieren wird, und unsere Planlosigkeit und die Unfähigkeit, dieser Prophezeiung etwas entgegenzusetzen, verwandelt sich in ein tiefgreifendes Gefühl, zu scheitern.

Nur Helena wirkt begeistert und lächelt, als wäre das eine unglaublich brillante Idee. »Wir werden die Götter ablenken, damit sie nicht merken, was wir tun.«

Herophile schnaubt. »Ein riesiges Holzpferd ist schon eine ziemlich gute Ablenkung.«

Helena schnappt hörbar nach Luft.

Alle drehen sich zu ihr um. Sie starrt mit großen Augen ins Leere und sucht nach Worten.

»Oh, Götter, ich hatte gerade die beste Idee oder die schlechteste.«

Ehrlich gesagt ist es ein bisschen von beidem. Aber wir entscheiden uns trotzdem dafür.

Ich nehme Krëusa beiseite, bevor sie in den Palast zurückkehrt.

»Da ist noch eine Sache«, sage ich.

Ihr Blick ist hart und entschlossen, aber es lauert auch Angst darin.

Ein Beschützerinstinkt schreit in mir auf, fleht mich an, für ihre Sicherheit zu sorgen. Aber wie soll ich sie vor etwas so Gewaltigem wie der Zerstörung unserer Stadt beschützen?

Sie nimmt eine Wachstafel aus ihrer Tasche – was sehr viel praktischer ist für dieses Gespräch, und ritzt eine Nachricht hinein.

Unser Plan ist lächerlich.

Ich streiche das Wachs glatt und schreibe selbst.

Ja, aber der Plan der Achaier auch, und es wurde prophezeit, dass er funktionieren wird. Warum also nicht auch unserer.

All das Gerede von Ehre, dabei planen die Achaier, durch Verrat zu gewinnen. Wir müssen einfach genauso hinterlistig sein.

Krëusa schlingt die Arme um sich. Einmal hat mich der Gedanke, sie retten zu müssen, vom Abgrund zurückgeholt. Aber wie oft habe ich sie jetzt schon sterben sehen? Schwer atmend in der Menge, erdrückt bei der Flucht der Massen.

Ich nehme den Stilus und schreibe weiter.

Wenn das Pferd kommt, werden wir glauben, dass der Krieg vorbei ist, und holen die Männer von der Front nach Hause. Aeneas wird bei dir sein. Du musst dafür sorgen, dass er auf eins der Schiffe gelangt.

Ihre Miene verfinstert sich.

Ich hatte nicht vor, ihn zurückzulassen. Aber warum?

Götter, wenn einer von uns nach dem hier ein glückliches Leben führt, dann er. Aphrodite hat diesen Krieg mitverursacht. Aber sie wird nicht zulassen, dass ihr eigener Sohn darin stirbt.

Ich habe Länder jenseits der Macht der Götter gesehen, Länder, wo sie uns nicht erreichen können. Ich glaube, er weiß, wie man sie findet.

Sie sieht zweifelnd aus, aber sie nickt noch einmal.

Bitte pass auf dich auf.

Krëusa umarmt mich lange. Als sie mich endlich loslässt, schüttelt sie heftig den Kopf. »Nein, mach keinen Abschied daraus. Wir *sehen* uns auf einem dieser Schiffe.«

68

KASSANDRA

Helena und ich verlassen dreist und voll Selbstvertrauen das Haus, wir sind die Ablenkung, die die anderen brauchen, um unseren Plan weiterzugeben. Wenn die Götter heute Nacht nicht zu den Lagern blicken, sollen sie uns sehen.

Ich versuche, die Statuen nicht anzusehen, als wir daran vorbeigehen. Ich versuche, sie nicht zu zählen, mir nicht vorzustellen, wie viele Menschen hineinpassen könnten.

»Gehen wir zum Palast zurück?«, frage ich.

»Noch nicht. Lass uns das Beste aus diesem letzten Abend machen.«

Also gehen wir zum Ufer des Skamander, legen uns Hand in Hand ins kalte Gras und blicken in den Himmel.

Unwillkürlich zeichne ich die Muster in den Sternen nach und sehe nur eine Karte der Grausamkeit der Götter. Da sind der kleine und der große Bär, die Frau, die in einen Bären verwandelt wurde, und ihr Sohn, der versuchte, sie zu töten. Da sind Orion und der Skorpion, der ihn umbrachte – geschickt von Gaia, die nicht wollte, dass Orion ihre Tiere jagt. All die Kreaturen, die gesandt wurden, um Herakles zu töten, nur weil er existierte. Ich entdecke Andromeda, eine Frau, die an einen Felsen gekettet wurde, weil ihre Mutter die Götter beleidigt hat.

An unserem Himmel sind Frauen angekettet, und wir wundern uns darüber, dass ein Mann eher in den Krieg zieht, als zuzulassen, dass eine Frau ihn verlässt.

Helena zeigt auf die Zwillinge.

»Meine Brüder«, sagt sie mit Wehmut in der Stimme. »Kastor und Polydeukes. Die Tage verbringen sie in der Unterwelt, die Nächte in den Himmeln.«

»Vermisst du sie?«

»Ja, aber … ja, ich vermisse sie. Aber ich bin auch wütend auf sie. Dieser dumme Kampf, diese dumme Entscheidung. Polydeukes hätte überleben können, aber er hat sich dagegen entschieden, er hat Kastor gewählt. Ich kam in dieser Gleichung nie vor.«

»Das tut mir leid.«

»Es ist eine Ewigkeit her.« Sie schüttelt den Kopf.

»Glaubst du, es hat irgendeine Bedeutung, wie lange so etwas her ist?«

Ich werde wahrscheinlich niemals aufhören, Hektor zu vermissen, wenn ich überlebe.

»Ach«, seufzt sie. Sie verschränkt die Finger mit meinen, als wären die Zwischenräume nur dafür gemacht, dass sie sie füllt. »Vielleicht sollen wir zu einem Gott beten, dass er sich unser erbarmt und Sternbilder aus uns macht, bevor die Achaier uns kriegen. Die trojanischen Frauen fliehen in den Himmel.«

»Sehen die Sterne in Griechenland genauso aus?«

»Ja«, sagt sie. »Aber sie werden uns wohl nie wieder so hell erscheinen.«

»Glaubst du, wir können für eine Weile wenigstens dasselbe sehen?«

»Was, du willst jedes Mal an mich denken, wenn du in die Sterne guckst?« Helena dreht sich mit einem schiefen Lächeln zu mir um.

»Wann denke ich nicht an dich?« Auch wenn es stimmt, sage ich es, als wäre es ein Witz. Ich weiß nicht, was ich sonst tun soll, alles ist so ernst. Vielleicht konnte ich die Prophezeiungen schon kontrollieren, bevor ich es bemerkt habe, habe mich aber nur auf den Krieg konzentriert und nicht auf das, was danach passiert. Wenn ich mich je damit aufgehalten hätte, wäre ich von seinem Gewicht erdrückt worden.

»Wie, glaubst du, sieht die Zukunft aus, die wir gestalten?«, sinniert Helena. »Wenn unser Kuss das Schicksal verändern kann, wenn wir alles allein dadurch verändern können, dass wir uns in jemanden verlieben, der in den Plänen der Götter nicht vorkommt, dann muss ich auch glauben, dass wir fliehen können. Wir schaffen es auf diese Schiffe und segeln davon. Und dann? Inspirierende Prinzessin für ein neues Volk?«

»Der niemand auch nur ein Wort glaubt, das sie sagt?«, frage ich. »Ich will dich belügen: Du bist diejenige, die alle lieben. Wenn jemand die Menschen von Troja zusammenhalten kann, wenn die Stadt untergeht, dann du.«

»Aber irgendetwas musst du doch wollen.«

»Ich will vieles, es sind nur nicht besonders ehrgeizige Ziele.«

»Erzähl mir davon. Los, erzähl mir Lügen darüber, was die Zukunft bringt.«

Ich weiß gar nicht, wo ich anfangen soll. Wir haben über so vieles geredet, und das kommt mir jetzt vor wie ein Geständnis. Aber ich atme zitternd ein und fange an. »Ich wusste immer nur, was ich *nicht* wollte. Und wenn ich es geschafft habe, dem zu entgehen, wusste ich nicht weiter. Ich habe immer darauf gewartet, dass mich eine Leidenschaft packt, und als das nicht passiert ist, habe ich mich an oberflächlichen Dingen festgehalten. Aufmerksamkeit, Prestige, Macht – ich habe mir eingeredet, dass ich glücklich wäre, wenn ich nur mehr davon hätte. Aber ich glaube, in Wirklichkeit will ich Dinge, auf die ich nie besonders geachtet habe. Ich will gut leben, mit Freude, jeden Augenblick genießen. Ich will in der Sonne lesen, barfuß im Sand tanzen, unter den Wellen schwimmen, unter den Sternen geküsst werden.«

Mit der Hand, die nicht meine hält, streicht sie mir über die Wange. Mein Atem stockt bei der Berührung, aber ich erstarre, so wie sie mich ansieht. Es ist genauso wie die Gläubigen die Statuen der Götter ansehen oder wie die Menschen Kunst betrachten, mit einer Wertschätzung, die mich gleichermaßen erschreckt und erregt.

»Bei einer Sache kann ich behilflich sein«, sagt sie. Ihr Kuss ist sanft und liebevoll, aber etwas daran zerreißt mir das Herz, und ich bin den Tränen nah. Ich dachte, diese Sehnsucht nach ihr würde aufhören, wenn wir endlich zusammen sind, aber sie ist nur noch größer geworden. Selbst ohne das Gewebe des Schicksals stelle ich mir vor, ich könnte etwas sehen, das uns körperlich verbindet, einen Faden von meiner Brust zu ihrer. Und als mein verschwommener Blick sich auf die Stränge konzentriert, sehe ich Dutzende, die zwischen uns verlaufen. Ich stelle mir ein Leben vor, das noch mehr davon knüpft.

»Ich wünschte, ich könnte es dir sagen. Ich würde es so gern aussprechen. Aber ich will es nicht in eine Lüge verwandeln oder dich zwingen, es zu glauben.«

Im Mondlicht sind ihre Augen dunkelblau, fast schwarz, und es liegt etwas Unergründliches darin: etwas Trauriges und Ernstes und Hoffnungsvolles.

»Du musst mich von nichts überzeugen, Kassandra«, sagt sie mit ernster Stimme. »Ich weiß es schon.«

Mein Mund ist trocken, mein Herz pocht.

»Bist du dir sicher? Weil ich wirklich nicht wollen würde, dass du mir nicht glaubst.«

»Ich bin mir sicher.«

»Ich liebe dich«, sage ich.

Und ich meine damit: *Ich würde einen Krieg rechtfertigen, wenn ich dadurch die Gelegenheit bekäme, dich kennenzulernen.* Und: *Du bist die Einzige, die das hier erträglich macht.* Und: *Ich würde zulassen, dass meine Heimatstadt niederbrennt, wenn du dadurch eine Chance auf ein glücklicheres Leben bekämst.*

»Ich liebe dich auch«, sagt sie. Während es bei mir klang wie die wichtigste Erklärung meines Lebens, klingt es bei ihr ganz einfach, als wäre es nur eine weitere Tatsache – ja, die Sterne scheinen über uns, und ja, da sind Schiffe am Horizont, und ja, sie liebt mich.

Sie flüstert es weiter, als ich sie küsse, löst sich immer wieder von mir, um »Ich liebe dich« an meinen Lippen zu stöhnen.

»Ich habe diese Worte vorher nie wirklich gemeint«, sagt sie, als wir uns voneinander lösen.

»Sie gehören zu den wenigen ehrlichen Worten, die mir noch bleiben.«

»Das wird nicht mit uns verschwinden«, sagt sie. »Und selbst ... selbst wenn die Geschichten lügen und uns ausradieren. Irgendwo, irgendwann werden wir für jemanden wichtig sein.«

Wir sind uns so nah, dass sich unsere Nasen berühren, als wäre jeder Abstand zwischen uns zu viel.

»Das will ich«, sage ich. »In der Zukunft, all die anderen Dinge, alles das, was ich mir vorstellen kann. Ich will dich.«

Sie brummt zufrieden. »Genau auf die Antwort hab ich gehofft.«

69

KASSANDRA

Helena und ich schlafen in Apollons Tempel, aneinandergeschmiegt, weil wir uns nicht loslassen werden, solange man uns nicht zwingt.

Wenn wir die Aufmerksamkeit der Götter, besonders die eines gewissen Arschlochs, auf uns lenken wollen, was ist da eine bessere Methode, als in seinem Tempel zu übernachten?

Wir wachen bei Sonnenaufgang auf. Es laufen schon Leute durch die Straßen, es geht das Gerücht, dass die Achaier weg sind, keine Schiffe, nichts. Männer rennen vom Palast zu den Toren und zurück, ein Dutzend Botschaften werden überbracht.

Wir hören auch andere Gerüchte, Gerüchte über einen Evakuierungsplan für die Stadt, Gerüchte, bei denen die Götter hoffentlich nicht so genau hinhören.

Gegen Mittag hat die Stadt begonnen zu feiern, die Leute tanzen und trinken auf den Straßen. Helena und ich gehen zum Stadttor, reißen Stücke von einem Brot ab und reichen es hin und her.

Alle drehen sich zu uns um. Ich trage ein Diadem auf dem Kopf; eine Spange mit Apollons Sonnenemblem schließt den Umhang um meinen Hals. Helena trägt ein spartanisches Kleid, nicht nur kurz, sondern mit Ketten um die Schultern, als wäre eine Rüstung reine

Zierde. Ein schmaler Goldreif schmückt ihr Haar, und das Schwert hängt an ihrer Taille – geschärft und sauber, aber immer noch mit so vielen Rostflecken, dass es eindeutig kein schmückendes Beiwerk ist.

Wir könnten uns genauso gut unsere Namen auf die Brust schreiben.

Der Plan funktioniert hoffentlich. Wenn die Achaier uns finden, werden sie genau wissen, wen sie geschnappt haben.

»Kassandra!« Deiphobos entdeckt mich und läuft zu mir. Er brüllt meinen Namen voller Wut, aber in seinen Augen ist Erleichterung. »Wir haben dich überall gesucht!«

Einen Moment lang bin ich besorgt, dass Krëusa ihm nicht Bescheid gesagt hat – und ihn auch nicht über den Rest unseres Plans informiert hat. Aber dann sehe ich, wie seine Mundwinkel zucken, als würde er ein Grinsen unterdrücken. Er hat Spaß an diesem Theater.

»Ich hätte wissen müssen, dass du bei Helena bist«, fügt er hinzu und hält seiner Frau die Hand hin, als wollte er sie mit einem Handschlag begrüßen.

Helena starrt sie einen Moment lang an. »Mein Gemahl«, sagt sie und nimmt seine Hand. »Wir haben von Apollons Tempel aus etwas gesehen. Und als das Gerücht ging, dass die Lager der Achaier verlassen sind, wollten wir es sehen.«

Wie aufs Stichwort öffnen sich die Tore.

Ein paar Männer marschieren hindurch, zwei von ihnen halten einen gefangenen Achaier an den Armen fest.

»Herr«, sagen sie und bleiben unvermittelt vor Deiphobos stehen.

»Und? Ist es wahr?«

»Völlig verlassen«, sagt einer der Männer. »Sie haben alles mitgenommen und die Lager niedergebrannt. Es ist nichts mehr da.«

»Nun«, sagt ein anderer Mann und deutet auf das Tor. »Nicht nichts.«

Woraufhin ein Dutzend weitere Männer erscheinen und das riesige Holzpferd ziehen, das meine Visionen heimsucht. Das ist der Beginn unserer Vernichtung.

Krëusa wird Deiphobos eine klare Anweisung gegeben haben: Hol das Pferd in die Stadt.

Die Götter werden sich erst zurückziehen, wenn sie sicher sind, dass wir untergehen, aber als ich die hölzerne Statue jetzt vor mir sehe, kann ich den Drang kaum unterdrücken, sie mit bloßen Händen auseinanderzureißen.

»Da ist eine Inschrift, Herr. Sie lautet: ›Die Achaier weihen diese Gabe Athene für ihre Heimkehr‹.«

»Nun, das ist wirklich nett von ihnen«, sagt Deiphobos bitter. »Nachdem sie ihren Tempel geplündert haben. Du«, fährt er eine der Wachen an. »Geh und hol Laokoon und die Priester der Athene.«

Der Mann nickt und läuft los.

Deiphobos wirft einen letzten Blick auf das Pferd, dann schüttelt er den Kopf, als wäre das merkwürdige Ding seine Zeit und Aufmerksamkeit nicht wert. Oh, er genießt es wirklich.

»Wer ist das?« Er deutet auf den Mann, den die Wachen festhalten.

»Mein Name ist Sinon, Herr. Ich ... man hat mich zurückgelassen.«

»Warum?«

»Weil ich eines Nachts versucht habe, nach Troja zu fliehen und überzulaufen. Auf eure Seite.«

»Und sie haben dir nicht die Kehle durchgeschnitten?«

Sinon schluckt, seine Lippen sind rissig. »Sie fanden wohl, es wär' eine schlimmere Strafe, sie wegsegeln zu sehen und mich eurer Gnade zu überlassen, Herr.«

»Und warum sollten wir dich nicht töten? Falls du wirklich die Wahrheit sagst, haben wir keinen Grund, dich am Leben zu lassen.«

Sinon zuckt zusammen. »Ist es nicht ein schlechtes Omen, am Tag eures Sieges einen Unbewaffneten zu töten?«

Deiphobos zieht eine Augenbraue hoch. »Sind das deine Argumente?«

»Genießt du die Vorstellung, Liebes?« Bei der Stimme läuft mir ein Schauder über den Rücken, auch wenn ich schon seit Stunden darauf warte.

Ich spüre, wie Apollon hinter mir gegen die Barriere klopft, bevor er, ganz unbekümmerte Eleganz und lässiges Grinsen, um mich herumstolziert, als wollte er zusehen, wie wir verbrennen, und dem großartigen Schauspiel dann applaudieren.

Helena blickt kurz zu ihm und dann wieder unverwandt geradeaus, damit er nicht merkt, dass sie ihn auch sehen kann. Trotzdem merke ich, wie sie mich aus den Augenwinkeln beobachtet, und fühle mich etwas sicherer.

»Was soll das Pferd?«, fragt Deiphobos.

»Ein Opfer für Athene«, sagt Sinon. »Sie hoffen, ihr lasst es an der Küste stehen, damit es aufs Meer blickt und für ihre sichere Heimkehr sorgt.«

Deiphobos' Augen leuchten auf bei der Gelegenheit. »Ach wirklich?«

Mein Bruder ist in der Armee vergeudet; er sollte Schauspieler werden.

»Sag doch etwas«, sagt Apollon. »Dieses Schweigen passt gar nicht zu dir.«

»Was willst du?«

»Ach, ich wollte mir nur ansehen, was für eine letzte verzweifelte List du geplant hast. Ich kann dich ja anscheinend nicht davon abhalten, zu tun, was du verdammt noch mal willst, und würde dich zu gern scheitern sehen. Ich will unbedingt dabei sein, wenn die Hoffnung in deinen Augen schließlich erlischt.«

Ich knirsche mit den Zähnen, aber versuche ihn zu ignorieren.

»Holt das Pferd herein«, ruft Deiphobos. »Mögen die Mauern ihm den Blick auf das Meer versperren. Ich sehe keinen Grund, warum die Achaier eine sichere Heimreise verdient hätten, nachdem sie so vielen das Leben genommen haben.«

»Na los, jetzt mach schon, was auch immer du geplant hast«, sagt Apollon. »Oder willst du jetzt doch, dass deine Stadt untergeht? Haben sie dir zu oft nicht geglaubt? Nimmst du es ihnen so übel, dass sie dich eingesperrt haben, dass du ihnen allen den Tod wünschst?«

Ich lasse ihn denken, dass er mich dazu angestachelt hat, und fange an, Prophezeiungen zu rufen – ich lasse zu, dass sie mich erfüllen und aus mir herausströmen.

»... *Achaier ... Verrat ... Zerstörung ...*«

Apollons Lachen ertönt, als ich vorwärts stürze und Deiphobos so fest am Arm packe, dass meine Knöchel weiß hervortreten.

»Tu das nicht«, flehe ich atemlos zwischen den Prophezeiungen.

»Jetzt nicht, Kassandra.« Er wimmelt mich ab wie ein bettelndes Kind.

Ich reiße eine Fackel aus einem Halter an der Mauer und stürze mich auf das Pferd, sobald der Kopf sich durch das Tor schiebt.

Ich weiß genau, wie viel Zeit ich habe, ich kann praktisch die Sekunden zählen, bis eine Wache mich aufhält und eine andere mir die Fackel aus der Hand reißt.

Deiphobos sieht aus wie vor den Kopf geschlagen. Gott, er kostet es wirklich aus. »Du würdest es wagen, ein der Athene geweihtes Monument zu zerstören?«

Etwas legt sich kalt und hart um meine Handgelenke. Ketten. Selbst der griechische Gefangene wurde nicht mit Eisen gefesselt.

»Also, *ich* hatte nur vor, dich im Turm einzusperren.« Apollon grinst. »Nicht einmal ich würde so tief sinken und dich in Ketten legen. Aber hast du wirklich gedacht, das würde funktionieren?«

»Verpiss dich«, zische ich.

Der Soldat, der mich festhält, glaubt eindeutig, das würde ihm gelten, und er packt so fest zu, dass ich schon spüre, wie sich blaue Flecken bilden.

Die Priesterinnen und Priester der Athene kommen jetzt heran, Laokoon in ihrer Mitte, und Deiphobos wendet sich ihnen zu. Laokoon ist einer von zwei Hohepriestern der Stadt, die in allen Tempeln wirken. Er war immer absolut anständig, wenn auch etwas langweilig, und beäugt jetzt das Pferd mit dem skeptischen und gelehrten Blick, mit dem er auch über den Willen der Götter grübelt.

»Das gefällt mir nicht, mein Prinz. Erst vor wenigen Tagen war Odysseus dein Gefangener – trägt das nicht seine Handschrift? Entweder es verstecken sich Achaier in diesem Pferd, oder es ist eine Maschine, die sie gegen unsere Mauern einsetzen wollen oder um unsere Häuser auszuspionieren, oder für irgendeine List, die zu erfinden ich nicht schlau genug bin, Odysseus aber sicher schon.«

»Oh«, sagt Apollon leise und schüttelt den Kopf, als er sich umdreht, um zuzusehen. »Das wird Athene nicht gefallen.«

»Traut dem nicht«, fährt Laokoon fort, aber er hat keine Chance, den Gedanken zu Ende zu bringen. Der Boden unter seinen Füßen bricht auf, und Laokoon stößt einen Schrei aus, bevor zwei Steine sich lösen, hochfliegen und sich in seinen Augen versenken. Brüllend fällt er auf die Knie und schlägt die Hände vors Gesicht. Zwischen seinen Fingern sickert Blut hervor.

Apollon blickt in den Himmel. »Wirklich? Der Untergang Trojas scheint dich ganz ungewöhnlich theatralisch zu machen.«

Ich glaube nicht, dass ich dem zustimmen kann – Athenes Strafen sind immer kühn und selbstbewusst. Aber sie ist die Göttin der Weisheit und bestraft jetzt den, der Weisheit besitzt?

So weit sind die Götter also bereit zu gehen, wenn wir so kurz vor dem Ende von ihren Plänen abweichen.

»Athene ist eindeutig zornig, dass wir die ihr zu Ehren gebaute Statue ablehnen«, sagt eine der Priesterinnen der Athene.

Deiphobos nickt. »Das denke ich auch. Bringt sie erst mal in die Akropolis. Ich will sie so weit weg vom Meer haben wie möglich.«

Apollon wendet sich wieder mir zu, und beäugt misstrauisch, wie ich mich kraftlos von der Wache festhalten lasse. »Das kann nicht sein. Die letzte verzweifelte List der verfluchten Priesterin ist, herumzuschreien und zu versuchen, das Ding kaputt zu machen?«

Ich nicke Helena zu. Wir sind schließlich die Ablenkung – und es ist Zeit, die Götter davon zu überzeugen, dass wir keine Tricks mehr auf Lager haben und jetzt wirklich am Ende sind, nachdem wir ihre Pläne die ganze Zeit durchkreuzt haben.

»Deiphobos, mein lieber Gemahl.« Sie eilt zu ihm und berührt ihn sanft am Arm. »Vielleicht sollten wir diese Theorien wenigstens prüfen?«

»Wie meinst du das?«, fragt Deiphobos. Er sieht mich an, als würde er nicht begreifen, dass unsere Proteste nur Teil der Show sind. Nein, er kann sich auf keinen Fall fragen, ob der Plan sich geändert hat.

»Bring das Pferd nicht in die Stadt!«, rufe ich, damit der Fluch ihn antreibt.

Helena blickt die riesige Statue finster an. »Können wir sie untersuchen? Ob wir eine Luke oder eine Klappe finden?«

»Das haben wir schon, Herr«, wirft ein Soldat ein. »Da ist nichts.«

»Siehst du?« Deiphobos winkt ab. »Alles gut.«

»Bitte«, sagt sie. »Gib mir nur einen Moment.«

»Meinetwegen.« Er lächelt herablassend. »Aber kein Feuer in der Nähe des Pferds.«

Helena nickt und nähert sich vorsichtig dem Ding. Es ist jetzt zur Hälfte in der Stadt, Kopf und Hals sind durch das Tor hindurch, die Vorderbeine schieben sich durch den Staub, als die Männer an den Seilen ziehen.

»Odysseus, Liebster?«, ruft sie mit einer Stimme, die ich nur erkenne, weil ich in Visionen gesehen habe, wie die dazugehörige Frau tagsüber webt und nachts alles wieder auftrennt. Penelope, Odysseus' Frau und Helenas Cousine. »Bitte, komm heraus. Unser Sohn ist hier. Er kann schon laufen, aber erinnert sich nicht an das Gesicht seines Vaters. Willst du es ihm nicht zeigen?«

Apollon sieht mit einer Faszination zu, die in Furcht umschlägt. »Oh nein, das wird nicht funktionieren.«

Aber er klingt nicht so, als würde er es glauben.

Helena hustet, dann verändert sie wieder ihre Stimme, während die Männer verwundert zusehen – sie wussten nicht, dass sie diese Gabe der Nachahmung besitzt. »Ich verzeihe dir«, sagt sie mit der Stimme ihrer Schwester Klytaimnestra, meiner künftigen Mörderin. »Agamemnon, ich verzeihe dir. Ich weiß, du hattest keine Wahl, und ich weiß, wie sehr es dich geschmerzt hat, unsere Tochter zu töten. Komm heraus, mein Liebster, bitte, lass uns gemeinsam um sie trauern. Lass uns Frieden finden.«

Nichts. Was keine Überraschung ist, denn Agamemnon ist gar nicht in dem Pferd. Aber Helena macht trotzdem weiter, wechselt immer wieder die Stimme und versucht die Männer herauszulocken. Es wirkt genau wie der letzte verzweifelte Versuch, den auch die Götter darin sehen müssen – eine letzte Anstrengung, die Männer im Pferd zum Herauszukommen zu bewegen und so zu beweisen, dass das Pferd nicht in die Stadt gebracht werden darf.

»Antiklos, mein Geliebter, bist du wirklich da drin? Oh, wie habe ich auf diesen Tag gewartet! Verliere keine Sekunde und komm in meine Arme.«

Apollon richtet seine Aufmerksamkeit plötzlich von Helena auf das Pferd, wo Odysseus, wenn die Fäden die Wahrheit sagen, Antiklos' Kopf mit dem Arm umklammert und ihm den Mund zuhält.

Helena fährt fort, ihre Worte dringen Antiklos ins Ohr, während er langsam erstickt. Wenigstens hört er beim Sterben die Stimme seiner geliebten Frau. Aber es ist wieder eine Lektion, als hätte Iphigenie nicht schon genügt: Die Achaier wollen uns so unbedingt vernichten, dass sie dafür sogar ihre eigenen Leute töten.

Apollon dreht sich zu mir um. »Ruf sie jetzt zurück, sonst werde ich ihr etwas antun.«

»Das wagst du nicht – um sie geht es in diesem Krieg.«

»Menelaos wird sie zurückbekommen«, sagt Apollon, und zornige Lichter, die ich nicht ansehen kann, flackern in seinen Augen, so schön wie die Blitze seines Vaters und genauso grausam. »Ich glaube nicht, dass es ihn stört, wenn ich ihr die Zunge herausreiße – im Gegenteil, es wird ihm sogar lieber sein.«

Ich lasse Apollon nicht aus den Augen und rufe: »Helenas Worte. Sie reißen die Männer auseinander.«

Die haben bei der Vorführung sowieso schon gelacht, aber jetzt verhöhnen sie Helena und stören ihre Versuche, bis Deiphobos irgendwann knurrt: »Das reicht, Helena. Komm, gehen wir zurück in den Palast.«

Sie dreht sich lachend um und schüttelt den Kopf. »Es war dumm von mir. Ich dachte, es wäre einen Versuch wert. Danke, dass du es erlaubt hast.«

Ich muss mir auf die Lippe beißen, um nicht über den ausdruckslosen Blick zu lachen, den sie den Männern zuwirft.

»Schon besser.« Apollon lächelt. »Ich werde voller Freude zusehen, wie du in Ketten in den Palast gebracht wirst, nur um später genauso wieder herausgeschleift zu werden. Wird es wohl wehtun, zu wissen, dass du die Gefangene deines eigenen Volkes warst, bevor du die Gefangene des Feindes wirst?«

»Ich hasse dich«, stoße ich hervor.

»Ich glaube dir nicht.« Sein Lächeln verblasst, als er zum Himmel blickt. »Nun, leider werde ich aus der Ferne zusehen müssen. Vater ruft uns auf den Olymp zurück. Aber ich bin mir sicher, dass wir uns bald wiedersehen, meine Liebste. Ich würde den Untergang Trojas um nichts auf der Welt verpassen wollen.«

70
HELENA

Kassandra wehrt sich, als sie sie in den Turm zurückbringen, und ich weiß, es gehört zu unserer Darbietung, aber es tut trotzdem weh, und mein Herz wimmert verzweifelt. Deiphobos' Worte sind plötzlich nur unverständliches Rauschen, und mein Bauch sagt mir, dass ich mit ihr gehen soll, damit sie uns zusammen in eine Zelle sperren.

»Helena«, sagt Deiphobos in einem Tonfall, als hätte er es schon mehrere Male wiederholt, bevor ich ihn endlich beachte. »Was jetzt?«

Die Götter haben sich versammelt, aber wir sollten ihnen etwas Zeit geben, wenigstens bis wir sicher sind, dass Zeus sie wirklich von den Kämpfen ausgeschlossen hat.

»Wir feiern das Ende des Krieges. Alle sehen uns zu, also müssen wir ihnen etwas bieten.«

Wir gesellen uns zu den vielen Menschen, die im großen Saal des Palastes tanzen, fassen uns an den Händen, während unsere Füße automatisch die Tanzschritte machen. Wir lächeln für die feiernde Menge, bringen Trinksprüche aus und tun so, als würden wir trinken.

Ich nehme Deiphobos' Hand und denke plötzlich, dass er bei Einbruch der Nacht vielleicht tot sein könnte und ich vielleicht wieder bei Menelaos. Es gibt viele tausend Fäden, bei denen unser Plan nicht funktioniert – und was dann?

Ein leichter kalter Schauer überläuft mich.

Die ganze Zeit habe ich mich darauf vorbereitet, zu ihm zurückzugehen – bin Szenarien durchgegangen, habe mir Lügen überlegt, um ihn von meiner Aufrichtigkeit, meiner Liebe, meiner Angst zu überzeugen, all die demütigenden Dinge, die ich tun wollte, damit er mir nicht nur glaubt, dass mir leidtut, was passiert ist, sondern mir auch die sanftmütige, gehorsame Frau abnimmt, die ich immer für ihn sein sollte. Ich dachte, mir würde schon das Richtige einfallen, wenn es so weit ist.

Aber ich habe nicht mit der Angst gerechnet.

Wenn Troja brennt, worauf kann ich im besten Fall hoffen? Darauf, dass Menelaos auf mich hereinfällt? Dass er mich nicht hinrichten lässt? Ich stelle mir vor, wie ich mich ein Leben lang Regeln unterwerfe, von denen er vorher nicht einmal geträumt hätte, mit denen er jetzt mit einem Krieg als Entschuldigung aber durchkommt. Und das alles, während er aus Sparta einen Ort macht, vor dem mir graut.

Ich habe kein Recht, deswegen beunruhigt zu sein, wenn man bedenkt, was allen anderen passiert. Ich habe eine Chance zu überleben. Aber es ist ein langsamer Tod, bei dem ich mich in die zerbrechliche Hülle meines früheren Ichs verwandle. Vielleicht sind Tragödien kein Wettbewerb – vielleicht ist es einfach tragisch, dass wir alle am Ende vernichtet werden. Ich weiß besser als die meisten, dass man einen Menschen auf tausend Arten zerstören kann. Die Achaier werden sie alle ausprobieren.

Das Lied endet, und ich entdecke Aithra, die mir vom Rand des Saals her zuwinkt. Es ist Zeit.

»Viel Glück.« Ich nickte Deiphobos zu.

Ich mache mich auf den Weg zu dem Posten, der mir zugewiesen wurde – Athenes Tempel. Es wird schon dunkel, und ich sehe ein paar von den anderen, die mit einer Laterne in der Hand den Palast verlassen und auf ihren jeweiligen Posten gehen.

Auf dem Weg sehe ich so viel Freude und Jubel. Ich bin dankbar, dass es, wenn wir das Richtige tun, am Ende Grund zu feiern geben könnte.

Athenes Tempel ist fast leer – die Priester und Priesterinnen feiern wie alle anderen auch. Ich gehe zu den schmalen Säulen am anderen Ende, halte mich an einer Säule fest und beuge mich vor und warte, dass oben auf dem Wachturm das Licht erscheint.

Als es aufflackert, zünde ich meine eigene Laterne an und sehe in der ganzen Stadt Lichter aufleuchten – unser Signal, unsere Warnung.

Die Musik verstummt. Ich kann die Leute von hier aus nicht sehen, aber ich stelle mir vor, wie sie losrennen. Wenn es auch sonst nichts bringt, wird man uns wenigstens nicht überrumpeln. In Sparta sterben wir kämpfend: mit Zähnen und Klauen, wenn es sein muss. Ich hoffe, die Trojaner müssen überhaupt nicht kämpfen, aber wenn doch, haben sie wenigstens Zeit, ihre Schwerter zu holen.

Aber dann taucht vor mir eine Hand auf, packt meine Laterne und schleudert sie auf den Boden des Tempels. Das Glas zerbirst – die Splitter spritzen mir über die nackten Füße, die in leichten Sandalen stecken. Meine Hand zuckt an mein Schwert, aber auch das wird mir schneller abgenommen, als ein Sterblicher sich bewegen könnte, und schlittert über den Boden.

Ich drehe mich um und blicke in schöne grüne Augen, gesprenkelt mit brennendem Gold. Schnell erkenne ich den Rest: sandblondes Haar, das sich um frische Lorbeerblätter lockt, elfenbeinfarbener Chiton und gebräunte Haut über harten Muskeln. Aber es ist das Lächeln, bei dem ich es schließlich kapiere: freudig, selbstsicher und mit dem wilden Frohlocken von jemandem, der sehr wenig zu verlieren hat.

Apollon.

»Hallo, Helena. Wie schön, dass wir uns *endlich* kennenlernen. Ich hatte gehofft, wir könnten uns kurz unterhalten.«

71

KASSANDRA

»Was zählt denn als Einmischung?«, *fragt Hera, spielt mit einem Ring in ihrem ausgiebig gepiercten Ohr und zieht eine schmale Augenbraue hoch, als sie sich zu ihrem Mann umdreht.*
Zeus sieht sie wütend an. »Jedenfalls alles, was du grade denkst.«
Apollon sitzt im Schatten eines Baums ein paar Meter entfernt und wendet sich an seine Zwillingsschwester Artemis. »Das gefällt mir nicht«, sagt er, blickt zum Horizont und beobachtet unsere Vernichtung.
»Stell dich nicht so an. Jeden Tag gehen Städte unter. Du wirst sicher neue Orte finden, wo man dich verehrt.«
»Irgendetwas stimmt nicht. Ich traue diesem Mädchen nicht.«
»Deine Prophetin schon wieder? Warum ist es dir so wichtig, dass dich immer alle verehren? Komm drüber weg. Oder hör wenigstens auf, deswegen zu jammern. Wo willst du hin?«, fragt sie, als er aufsteht, packt ihn an seinem Chiton und zieht ihn auf den Boden zurück. »Nicht einmal du kannst so dumm sein, dich einzumischen.«
»Ich mische mich nicht ein. Ich guck es mir nur mal aus der Nähe an.«
»Nein«, zischt sie. »Niemand von uns ist glücklich darüber, Apollon.«
»Hera und Athene sehen wirklich bestürzt aus«, schimpft er giftig.
»Sei kein Idiot – sogar sie wissen, was mit Mädchen passiert, wenn Städte erobert werden. Auch wenn sie wollen, dass die Achaier gewinnen,

würden wir manches verhindern, wenn wir könnten.« Sie blickt zu ihrem Vater und sieht wirklich wütend aus. »Aber genau wie wir musst du sitzen bleiben, den Mund halten und damit fertig werden. Und bei Styx, hör auf, so beleidigt zu gucken.«

Als die Vision verblasst, bin ich wieder im Turm. Es ist passiert – warum höre ich dann noch Musik im Palast?

Es dämmert, die Nacht bricht herein. Wir haben höchstens eine Stunde. Es kann sein, dass die Achaier zu diesem Zeitpunkt schon Kurs aufs Ufer nehmen.

Ich greife in die Prophezeiung, aber wir sind erst am Anfang dieses eisernen Knotens, auf den wir zugerast sind, und ich finde noch keinen Weg hindurch. Wenn die Männer aus dem Pferd klettern und eine verlassene Stadt vorfinden, zeigen sich vielleicht neue Fäden, um dem einen Sinn zu geben, und dann kann ich vielleicht einen trojanischen Sieg weben.

Die Tür des Turms wird aufgestoßen, und Deiphobos steht im Türrahmen. Zusammen hasten wir so schnell wir können die Treppen hinunter.

»Kommst du mit mir, oder …«

Ich schüttele den Kopf.

»Natürlich … Helena«, sagt er. »Sie hat mich übrigens gebeten, dir das zu geben.«

Er überreicht mir ihren Dolch, zusammen mit dem Stoffstreifen, mit dem sie ihn an ihrem Oberschenkel festbindet.

Ich mag mir nicht vorstellen, was sie ohne ihn macht, aber ich bin auch erleichtert, dass ich jetzt selbst bewaffnet bin.

»Du weißt, was du zu tun hast?«, frage ich und stecke den Dolch in die Tasche meines Kleids.

»Ja, Krëusa hat mir gesagt, ich soll unseren Plan im Palast verbreiten. Andromache hat sicher schon angefangen.«

»Und Skamandrios?«

»Ich soll ihn dazu bringen, uns zu helfen«, sagt er düster. »Obwohl ich ihn lieber bei den Achaiern zurücklassen würde.«

»Könntest du so viele Schätze mitbringen, wie du kannst? Oder wenigstens verstecken?«

»Warum?«

»Wenn du andere Schätze finden würdest, würdest du dich dann mit den Statuen aufhalten?«

Sie dürfen keine andere Wahl haben, als die Statuen auf ihre Schiffe zu schleppen.

»In Ordnung. Nachdem wir unsere Verbündeten bezahlt haben, ist sowieso nicht viel übrig ... Wir sehen uns bald.« Aber sein Gesichtsausdruck sagt, dass er keine Prophezeiung braucht, um daran zu zweifeln.

Ich falle ihm um den Hals, obwohl ich weiß, dass er Umarmungen nicht mag und dass ihm meine Zuneigungsbekundungen nicht sehr angenehm sind.

Diesmal erwidert er die Umarmung.

Dann tätschelt er mir den Kopf, und für diese herablassende Geste ramme ich ihm den Ellbogen in den Bauch.

Sein Lachen ist ein scheußliches lautes Bellen, und ich würde es am liebsten in eine Flasche abfüllen, um es zu bewahren. Ich will so gern glauben, dass ich es nicht zum letzten Mal höre.

»Geh zu ihr«, sagt er. »Wir sehen uns sehr bald.«

Und diesmal klingt es, als wäre er bereit, der Sache eine Chance zu geben, auch wenn er nicht daran glaubt.

Ich renne durch den Palast, und versuche, mir nicht alles so genau anzusehen. Werde ich jemals wieder von so viel Schönheit umgeben sein? Der weiße Marmor, der so kalt hätte sein können, goldene Symbole der Götter, in die Spalten eingearbeitet, detailreiche Kunst in Nischen. Das sanfte Leuchten der Laternen, die dicken Teppiche, in die man mit den Füßen einsinkt. Die Achaier werden mein Heim auseinandernehmen.

Als ich um die Ecke biege und am großen Saal vorbeilaufe, stoße ich fast mit meinen Eltern zusammen.

»Was macht ihr hier?«, keuche ich, ich habe schon Seitenstechen. Polyxena steht mit ängstlich geweiteten Augen bei ihnen und hält die Hand meiner Mutter, aber, beim Olymp, sie müssen *los*!

»Kassandra«, sagt mein Vater. »Du kannst nicht erwarten, dass wir uns in irgendwelchen Statuen verstecken und die Stadt aufgeben.«

»Aber ...«

»Es tut mir leid, Kassi«, unterbricht meine Mutter und fällt mir weinend um den Hals. »Ich wollte dich wirklich nicht in diesen Turm sperren, aber ich habe keine andere Möglichkeit gesehen.«

Für so etwas habe ich keine Zeit, das weiß ich, aber ich bin überrascht von der Empörung, die in mir brüllt. Weil ich schon in diesem Turm war, bevor ich sie gezwungen habe, die Tür zuzuknallen. Ich stoße sie weg. »Du wolltest mich vor allen verstecken!«

»Kassandra, mir tut es auch leid«, sagt mein Vater, und mein Fluch trübt seine Augen. »Aber das stimmt einfach nicht.«

Ich schreie und schlage frustriert gegen die harte Marmorwand. Ich kann das einfach nicht mehr! Und ich kann meine bröckelnden Beziehungen nicht mit Lügen und Auslassungen und verdrehter Sprache kitten.

Ich schlucke. Ich weiß, was ich tun werde, und ich hasse mich dafür. Ich will ihnen nicht die Möglichkeit nehmen, selbst zu entscheiden, will mich nicht über ihren Willen hinwegsetzen, als wüsste ich es besser.

Aber sie müssen sich in Sicherheit bringen. Das darf nicht unser letztes Gespräch sein – und vor allem muss ich die Hoffnung haben, eines Tages mit ihnen reden zu können, ohne dass ihr Verstand durch einen Fluch verdreht wird.

»Ihr solltet euch nicht verstecken. Ihr solltet die Stadt nicht verlassen«, sage ich, und noch während der Fluch wirkt, meldet sich mein Gewissen.

Weil sie sich deswegen mit mir streiten würden, das weiß ich. Sie würden sagen, dass es unser Zuhause ist, wo unsere Wurzeln sind, und dass wir es nicht einfach so aufgeben können. Und ich würde alle meine Gefühle außer Acht lassen – meine grenzenlose Liebe zu dieser Stadt, die Erinnerungen, die mit ihr verbunden sind, und dass sie irgendwie alles ist, was ich bin – und behaupten, sie sei nur Stein, nur Mörtel, dass wir sie bis zum letzten Atemzug verteidigen können, aber sie wird unsere Liebe nie erwidern. Aber ich würde lügen, denn sie erwidert sie. *Ja.* Und die Stadt zu verlieren übersteigt jede Vorstellung: Unsere Grundfesten werden zerstört, wir haben keinen Boden mehr unter den Füßen und kein Dach über dem Kopf.

Aber wir können sie nicht retten, also retten wir uns selbst, wir retten uns gegenseitig.

Der Fluch arbeitet in ihren Köpfen, und sie nicken und sind bereit, Troja kampflos aufzugeben.

»Ich liebe euch nicht«, ende ich, dann laufe ich los – denn wenn ich bleibe, tue ich vielleicht nicht, was getan werden muss.

Das Schicksal brennt. Ich fühle, wie die Prophezeiungen reißen, zischen, sich auflösen. Das Gewebe der Zukunft selbst wird instabil – und ich weiß nicht, was passiert, wenn es sich ganz auflöst.

Es wird schlimmer, als ich zur Akropolis komme und durch den wohldurchdachten Ring aus Schulen und Tempeln renne.

»*Wenn sie die Schutzgottheiten des besiegten Landes voll Ehrfurcht achten und der Götter Heiligtümer, dann könnt es sein, dass aus Eroberrn nicht Geschlagne werden.*« Ich hole Luft, aber die Worte verpuffen, als wäre die Zukunft sich nicht sicher, ob sie überhaupt gesagt werden.

Und dann komme ich an ihm vorbei: an dem hölzernen Pferd.

Nachts ist es noch imposanter. Anders als unsere Statuen aus langen, gebogenen Holzelementen, ist es aus Hunderten ineinandergesteckten Brettern. Und es ist sehr viel einfacher, darin eine Öffnung zu verbergen.

Es wäre so leicht, dieses verdammte Pferd jetzt, in der Dunkelheit, anzuzünden. Wir würden den Krieg dadurch nicht gewinnen, aber ich könnte zusehen, wie die Männer darin verbrennen, hören, wie sie schreien und vielleicht um Gnade winseln, während die Flammen sie verzehren.

Ist es das? Ist das der Wahnsinn?

Ich trete zurück. Es würde uns nicht auf ihre Schiffe bringen. Es würde uns nicht helfen, es aus dieser dem Untergang geweihten Stadt hinauszuschaffen.

Ich werfe einen letzten Blick darauf und gehe weiter zu Athenes Tempel, wo ich Helena treffen soll. Es wurde so schnell entschieden, dass ich nicht an die Visionen gedacht habe – dass mich in der Zukunft, die mich verfolgt, die Achaier genau dort finden. Jetzt wird jeder meiner Schritte schwer.

Aber der Tempel ist leer.

Hat Helena gedacht, ich komme nicht? Hat sie sich schon versteckt? Sollte ich mich auch verstecken?

Ich schlinge die Arme um den Körper und frage mich, ob meine Familie es geschafft hat, ob sie in eine Statue gekrochen sind. Gibt es genug? Haben manche vielleicht beschlossen, dass es besser wäre, zu fliehen? Oder verstecken sich die Leute in den Kellern, in denen ich sie tausendmal habe sterben sehen?

Und dann höre ich Gebrüll in der Ferne – das Gebrüll einer angreifenden Armee.

Oh Götter, es beginnt.

Ich eile zum Eingang des Tempels und spähe vorsichtig hinaus. Mein Herz schlägt schnell, als ich Gestalten sehe, die sich mit gezücktem Schwert durch die Dunkelheit bewegen. Und dann, die Straße hinunter, sehe ich ihn: Apollons Tempel. Ich kann nicht sagen, warum, aber ich weiß es. Ich weiß es, wie immer, wenn es um ihn geht.

Ich renne los.

Mit wütenden Rufen drehen sich die Gestalten zu mir um. Ich kann sie in der Dunkelheit kaum erkennen, weiß nicht, ob es namenlose Soldaten sind oder die Männer, die die meisten meiner Visionen heimgesucht haben.

Einige von ihnen stürzen auf mich zu.

»Ihr solltet mich nicht gehen lassen!«, schreie ich. »Nichts Schlimmes wird passieren, wenn ihr mir folgt! Ihr solltet auf keinen Fall vergessen, dass ihr mich gesehen habt.«

Der Fluch wirkt, und ich renne auf den Mann zu, der mir diese verdrehte Macht verliehen hat.

72

KASSANDRA

Meine Schritte hallen durch die dunkle Stille in Apollons Tempel; das einzige andere Geräusch ist mein unregelmäßiger Atem. Vielleicht ist er nicht hier; vielleicht bin ich paranoid.

Aber dann erscheinen glühende Lichter aus dem Nichts, und er lehnt an seinem Altar. Er beginnt zu lächeln, als er mich sieht. Und da ist auch Helena, er hat sie hinten am Kragen ihres Kleids gepackt, hält sie wie eine Katze am Genick.

»Du bist spät dran«, sagt sie und versucht lässig zu klingen, aber selbst sie kann ihre Erleichterung nicht verbergen.

Apollon dreht brutal seine Hand, und Helena geht auf die Zehenspitzen, als der Stoff sie würgt.

»Still jetzt«, sagt er sanft und beugt sich so weit vor, dass seine Lippen ihr Haar berühren. »Du hast deine Rolle gespielt. Das geht dich jetzt nichts mehr an.«

Helena sieht mich an, und ihre Augen sind voll panischer Angst. Jeden Sterblichen hätte sie jetzt schon auf dem Boden gehabt, aber wer weiß, was die Strafe dafür ist, gegen einen Gott zu kämpfen.

»Dann lass sie gehen«, fauche ich und versuche, sie nicht anzusehen. Ich will ihm nicht zeigen, was für eine Angst es mir macht, dass er sie in seiner Gewalt hat.

»Und warum sollte ich das tun?« Mit einem Knurren dreht er sich zu mir. »Dich kann ich nicht berühren, aber sie ...«

Er verdeutlicht sein Argument und streicht ihr genüsslich mit dem Finger über die Wange. Ich weiß genau, dass er mir nur wehtun will, aber es funktioniert trotzdem. Ich brauche meine ganze Selbstbeherrschung, um seine Hand nicht wegzureißen. Aber ich traue ihm zu, dass er noch etwas Schlimmeres tut.

Helena windet sich und sucht mich immer noch mit großen, aufgerissenen Augen.

»Du übertreibst es wirklich mit dieser dramatischen Bösewicht-Nummer«, sage ich, um seine Wut auf mich zu lenken, aber er lacht nur.

»Glaubst du, das funktioniert?« Er deutet in Richtung Stadt.

»Sonst wärst du wohl kaum hier.«

»Ach, Liebes, mir ist das völlig egal. Troja wird untergehen. Die Sterblichen sind in fünfzig Jahren sowieso alle tot, und wir erzählen einfach die Geschichte, die wir wollen. Nur du bist mir nicht egal.«

»Dann mach mit mir, was auch immer du vorhast, und lass Helena gehen.«

Er legt den Kopf schief. »Ist es das, was du willst? Erregt es dich, mich zu fürchten?«

Ich kann meinen angeekelten Blick nicht schnell genug verbergen, aber er lächelt nur noch breiter. Meine Zurückweisung ist bezaubernd, mein Ekel liebenswert.

Ich begreife, was mir die ganze Zeit entgangen war: Es ist nicht so, dass er mein ›Nein‹ nicht hört oder nicht versteht oder nicht glaubt, weil er eben ein Gott ist und es deshalb nicht wahr sein kann. Ihn hat einfach kein Wort jemals mehr erregt.

»Du solltest mir danken«, sagt er. »Euer kleiner Plan könnte funktionieren, aber glaubst du wirklich, sie folgen euch nicht bis ans Ende der Welt, wenn sie mit euch kommt?« Er schüttelt die Hand, mit der er Helena festhält, und sie fährt zusammen. »Sie könnten es als Sieg betrachten, wenn die Stadt bis auf die Grundmauern niederbrennt, aber ohne sie werden sie nicht wieder gehen.«

Ich versuche ruhig zu bleiben oder meine Wut in Eiseskälte zu verwandeln, die man besser zu einer Spitze schärfen kann. Aber ich will ihn vernichten. Ich will ihn so schlimm verletzen, dass er sich nie wieder erholt. Ich will ihn schlagen, ganz ohne Sprache, denn hat er mir die nicht viel zu oft genommen?

»Leider glaube ich nicht daran, dass man Frauen wie Schätze eintauschen kann.«

»Nicht einmal für die Tausenden Leben, die du verloren geglaubt hast?«

»Ist das eine so einfache Rechnung für dich?«

»Ich könnte dich sofort meinem Vater übergeben, damit er dich dafür bestraft, dass du es gewagt hast, den von ihm vorgegebenen Pfad zu stören. Oder du führst diesen Plan durch. Vielleicht funktioniert er. Vielleicht schleppen sie die Statuen ans Ufer. Vielleicht können deine Leute wirklich die Boote stehlen und davonsegeln. Aber nicht einfach so. Das ist mein Angebot: Hoffnung für euer Volk, wenn Helena ihrem rechtmäßigen Ehemann übergeben wird und du mit mir kommst.«

»Und wenn ich dir sage, du kannst dich in einen der Flüsse der Hölle stürzen?«

Apollo zuckt die Schultern. »Du hast die Chance verpasst, dich in einer Statue zu verstecken. Willst du riskieren, es mit den Achaiern aufzunehmen?«

»Anstatt mit dir? Ja.«

»Und dein Volk?«

»Vielleicht kann ich alle retten.«

Er schließt die Augen, und ich spüre, wie etwas an meinem Inneren zerrt.

Die Prophezeiung, merke ich. *Er versucht, die Prophezeiung zu sehen. Aber sie gehört nicht mehr ihm, sie gehört mir.*

»Was ist das?« Er runzelt die Stirn und blickt immer finsterer, und ich nicke Helena zu, die sich losreißt und anfängt zu rennen.

Er versucht noch, sie zu packen, aber ich ziehe an einem bestimmten Faden, und es ist so leicht, ihn in diese Visionen zu werfen, wie er es immer mit mir gemacht hat. All diese Bildteppiche der Zukunft, all die Stränge, die anzusehen er sich nie die Mühe gemacht hat und in denen er sich jetzt verheddert.

Apollon taumelt, taucht in den goldenen, dunstigen Schleier der Fäden, die ihn hinunterziehen. Helena hebt den Arm, um sich vor dem Licht zu schützen, aber ich konzentriere mich auf Apollon.

Ich zeige ihm jedes einzelne Mal, wo er versagen wird. Ich zeige ihm die Geliebten, die er töten wird, die Strafen, die er erleiden muss, alles, was er verliert.

Wieder und wieder und wieder. Wenn es bei alldem einen Trost gibt, dann dass er verliert, auch wenn es Jahrtausende dauert.

Apollon fällt auf die Knie.

»Verschwinde von hier«, flüstere ich Helena zu, und ich kann sie gar nicht ansehen, so groß ist meine Angst, dass ich die Gewalt über Apollon verliere, wenn ich den Blick von ihm abwende.

Ich zeige ihm, wie die Sterblichen sich gegen ihn wenden, ihn zwingen, auf den Olymp zurückzukehren. Man vergisst ihn, macht sich über ihn lustig, verstreut ihn auf tausend verschiedene Geschichten, bis er nicht einmal mehr selbst weiß, wer er einmal war.

»Nein«, keucht er und streckt die Hand aus, und die Prophezeiungen wanken nur einen kurzen Moment, als er sich wehrt. Aber er braucht auch nur einen Moment, um die Hand zur Faust zu ballen. Magie strömt in einem Bogen heraus, ein knisternder Strahl aus goldenem Licht, und er trifft Helena, hüllt sie in sein Leuchten und verschwindet mit ihr.

Dann verliere ich die Gewalt über ihn, und er liegt keuchend am Boden und fängt langsam an zu lachen. Ich kann nur auf die Stelle starren, wo Helena eben noch gestanden hat.

»Wo ist sie?« Halb schreie ich, halb flehe ich ihn an. Ich hebe die Hände und bereite mich darauf vor, ihn zurückzuwerfen in die erbarmungslose Flut der Prophezeiungen, aber er unterbricht mich mit erhobenem Zeigefinger und schnalzt mit der Zunge, dass ich ihm am liebsten den Kopf abreißen würde.

»Oh nein, das würde ich lieber lassen. Zumindest wenn du willst, dass deine Freundin überlebt.«

Ich lasse die Hände sinken und heule auf vor Frustration.

»Du hast da einen interessanten kleinen Trick gelernt«, stößt er hervor, während er aufsteht. »Was hast du getan, kleine Priesterin?«

Ich kann kaum an etwas anderes denken als an Helena, kann die Panik nicht lange genug unterdrücken, um mir eine Lüge auszudenken, die uns retten könnte.

»Antworte!«

»Die Prophezeiung«, sage ich schnell und hoffe, dass er sie zurückholt, wenn ich gehorche. »Du hast mir die Prophezeiung gegeben.«

Er braucht einen Moment.

»Nein«, sagt er so leise, dass ich mich anstrengen muss, um es zu hören. »Nur Visionen von Prophezeiungen; vielleicht habe ich dir erlaubt, ihr Flüstern zu hören, nicht ...«

»Doch. Du hast mir die Prophezeiung gegeben.«

Ich werde ihn in dem Glauben lassen, dass es einfach sein Fehler war, nicht eine Leistung von mir.

Ein Schatten fällt über ihn, seine Züge sind nicht länger goldener Sonnenschein, sondern die matte Bronze eines viel benutzten Schwerts.

»Es ist genau wie vorher …«. Er stakst auf mich zu und vergisst vielleicht, dass er mich nicht berühren kann. »Du nimmst ein Geschenk und glaubst, dass du mir nichts dafür schuldest.«

»Ich schulde dir nichts. Was hast du mit Helena gemacht?«

»Sei still. Das ändert alles. Du musst mit mir kommen. Ich werde den Göttern sagen, dass ich dir das mit Absicht gegeben habe, dass ich dir Unsterblichkeit geschenkt habe, dich zur Göttin der Prophezeiungen gemacht habe und dich zur Frau nehme.«

»Das wird nicht passieren.«

»Oh doch, wenn du deine kleine Freundin wiedersehen willst«, sagt er. »Du wirst natürlich nichts sagen. Du wirst bei Styx schwören, dass du niemandem verrätst, dass du die Gabe der Prophezeiung besitzt …«

»Weil du Scheiße gebaut hast?«

Er kneift die Augen zusammen. »Auch das wird sich ändern, wenn du mir gehörst.«

»Ich werde nicht dir gehören.«

»Und Helena?«

Er blufft. Er muss bluffen. »Wenn das nicht schon als Einmischung in den Untergang Trojas zählt, dann ganz bestimmt, wenn du Helena etwas antust.«

»Ich werde schon fertig mit den Konsequenzen, wie immer. Komm schon, Kassandra, ich biete dir Unsterblichkeit, Göttlichkeit und eine Liebesgeschichte für die Ewigkeit.«

»Du bist nicht meine Liebesgeschichte.«

Er lächelt und kommt näher, als könnte er mich umstimmen, wenn er mir nur noch einmal seine perfekten Zähne zeigt. »Ach Liebes. Ich habe dich vernichtet, und du hast mich vernichtet. Wenn das keine Liebe ist, wenn das keine Geschichte ist, von der die Dichter noch jahrelang singen werden. Wir werden ein Epos sein, du und ich.«

»Ich werde dich niemals lieben«, zische ich. »Ich werde dich nicht einmal mögen, Apollon. Selbst wenn ich Jungen mögen würde, dann niemals so einen wie dich. Dich mag niemand. Und das ist das Problem, oder? Dass alle vor dir weglaufen?«

»Ganz vorsichtig, Liebes, ich kann deiner Freundin mit einem Fingerschnippen den Hals brechen.«

»Das wäre ihr lieber, als wenn du sie Menelaos übergibst.«

»Ist es wegen ihr? Weist du mich deshalb zurück? Wegen einer kindischen Schwärmerei für die Königin von Sparta?«

»Ich liebe sie!«

Er grinst lüstern, und ich fühle mich in die Ecke gedrängt. Ich weiß nicht, wie oft ich vor diesem Mann noch davonlaufen kann.

»Dann tu es für sie«, sagt er. »Heirate mich, in dem Wissen, dass sie dann überleben wird.«

»Ich habe dir schon gesagt, dass sie nicht bei Menelaos leben will, sie würde lieber sterben. Es gibt nichts, was du mir anbieten kannst.«

»Nein?« Er zieht eine Augenbraue hoch. »Na gut, Kassandra, das ist mein letztes Angebot: Heirate mich, und Helena bekommt einen Platz am Sternenhimmel.«

Das bringt mich durcheinander. Ich starre ihn an, versuche einen Hinweis zu entdecken, dass er lügt.

Er fährt fort: »Ich habe den Überblick über die Kinder meines Vaters verloren. Nicht einmal Athene kann so weit zählen. Aber Polydeukes? Der war wirklich schwer zu übersehen. Ihre Brüder sind am Himmel, nicht wahr? Warum nicht auch sie?«

Zugegebenermaßen hat das etwas Verlockendes an sich. Wenn er mir Helena jetzt zurückbringen würde, würden wir überleben? Die Achaier suchen sie überall auf unseren verlassenen Straßen.

Er grinst, als ich zögere. »Dein Volk kann fliehen, Helena wird ewig in den Himmeln leben, und du wirst sogar unter den Olympiern Macht haben.«

Ich würde sterben, um die Menschen dieser Stadt zu retten.

Kann ich nicht auch für sie leiden?

Andererseits ... könnte ich auch tun, was er mir immer vorgeworfen hat? Könnte ich zustimmen, warten, bis alle weg sind und Helena sicher zwischen den Sternen ist, und dann verschwinden? Mich weigern zu heiraten oder bei der nächsten Gelegenheit von irgendeiner Klippe springen?

Wenn ich scheitere, geht es wenigstens den anderen gut. Dafür könnte ich Apollon in Kauf nehmen.

Ich blicke hinaus auf die Stadt, über der die Sterne leuchten. Ich könnte sie jede Nacht dort oben sehen.

»Du hebst die Flüche auf, mit denen du mich belegt hast, und schwörst bei Styx, nie wieder deine Macht gegen mich einzusetzen.«

Er strahlt im Siegesrausch. »Sehr gut.«

Die Worte bleiben mir im Hals stecken, und als ich sie schließlich herausbringe, klingen sie wie eine geflüsterte Kapitulation. »Dann bin ich einverstanden.«

Er streckt die Hand aus – perfekte, nichtssagende Finger, trotz der Schwerter, die er geschwungen, der Fäden, die er berührt hat.

Ich zögere, klammere mich an die letzte Chance, mich zu weigern, dann hebe ich die Hand, um seine zu nehmen.

Und ich hoffe, dass Athenes Fluch mächtiger ist, als er denkt, und dass ich gleich gegen die Barriere stoße. Aber meine Hand gleitet einfach durch die Luft, bis sie seine berührt. Das Herz wird mir schwer. Es ist also wahr. Er kann mich nicht berühren, aber ich kann *ihn* berühren.

Aber das genügt ihm nicht, weil er so lange darauf gewartet hat, dass ich mich füge, und zweifellos hat er schon seit Monaten von diesem Augenblick fantasiert.

»Besiegle es«, befiehlt er. »Küss mich.«

Was habe ich jetzt für eine Wahl, wenn ich will, dass er seinen Teil der Abmachung einhält?

Ich lasse seine Hand langsam wieder los, um um ein bisschen Zeit zu gewinnen, und ja, ich kann ihn auch so berühren: Mit zitternden Fingern streiche ich ihm durch die Haare, umfasse sein Gesicht und drehe es zu mir.

Er schließt die Augen.

Und er sieht nicht, dass ich hinter ihm den Turm erblicke. Das blinkende Licht ganz oben. Das Signal, das wir verabredet haben, auf das hin die Bürger zu den Statuen laufen sollen.

Helena. Sie ist im Turm.

Und ich erkenne, dass das immer sein Plan war – denn Kastor und Polydeukes wurden erst nach ihrem irdischen Tod als Gestirne in die Himmel gehoben. Und er will, dass auch sie zuerst stirbt, und würde sie ein langes, elendes Leben bei Menelaos führen lassen, bevor er sie in den Himmel versetzt.

Ich hätte es wissen müssen – was haben wir je anderes getan, als Schlupflöcher zu finden, um uns gegenseitig damit zu quälen?

Mein Entschluss steht fest. Ich werde diesem Mann überhaupt nichts geben – nicht ohne ihn zu benutzen, wie er es immer gefürchtet hat.

»Ich kann das so nicht, Apollon.« Ich lasse meine Stimme brüchig klingen, nur ein bisschen, genau wie ich es bei Helena gehört habe. »Ich wollte nie eine Ehe, habe mich immer nur dir geweiht. Aber so ist es nicht richtig, das weiß ich. Heb deine Flüche auf, dann vergesse ich meinen Hass, und unser Kuss kann der Anfang von etwas Neuem sein.«

Er schlägt die Augen auf, und ich kann deutlich das Misstrauen darin sehen.

Ich rede schnell weiter, bevor er es aussprechen kann, und tue, was er immer wollte: Ich sage ihm seine eigenen Ideen auf. Was auch immer er mir für eine Rolle zugedacht hat, dass er so dermaßen hinter mir her ist, ich lasse das Versprechen, sie auszufüllen, in meine Worte fließen: »Ein Gedicht. Ein Epos. Unser Kuss soll die erste Seite davon sein.«

Apollon entspannt sich ein winziges bisschen, aber vor allem ist er ungeduldig. Nachdem er mir monatelang nachgestellt hat, kriegt er endlich, was er will, und kann keine Sekunde länger warten. Ich habe mich so lange geweigert, er würde mir alles geben, damit ich endlich diese letzte Linie überschreite.

Helena hat recht: Es liegt eine gewisse Macht darin, so zu sein, wie andere es wollen. Ich werde dafür sorgen, dass er es bereut.

»Na gut«, sagt er. »*Ich widerrufe meine Flüche und schwöre bei Styx, dass ich nie wieder meine Macht gegen dich einsetze.*«

Ich *spüre*, wie sie sich aufheben. Bei den Göttern, ich hatte keine Ahnung, wie schwer diese Flüche waren, als sie auf meiner Haut, meinen Knochen, all meinen Taten lagen.

»Danke«, sage ich, und ich meine es auch so.

Ich schließe die Augen – gerade so weit, dass ich durch die Wimpern noch etwas sehen kann. Aber er ist so durcheinander durch die Vorfreude auf den bevorstehenden Kuss, dass er nicht nachdenkt, sondern einfach nur die Augen schließt und sich vorbeugt.

Vorsichtig greife in die Tasche meines Kleids und packe Helenas Dolch.

Ich hätte gedacht, dass es schwerer ist, einen Gott zu verletzen.

Aber aus dieser Nähe, und während er die Augen geschlossen hat? Die Klinge, einfache sterbliche Bronze, durchbohrt sein unsterbliches Fleisch wie warme Butter.

Er keucht, aber ich laufe schon los und ziehe die Waffe so leicht wieder heraus, wie ich sie hineingestoßen habe, und Apollons goldenes Blut tropft von der Klinge auf meine Hand und meinen Umhang.

Ich höre, wie er hinter mir zu Boden stürzt, aber dann lacht er. Ich stelle mir vor, wie er die Hand auf die Wunde presst, von der er weiß, dass sie ihn nicht töten, sondern nur bremsen wird, und wie er trotz der Schmerzen lacht. Aber ich drehe mich nicht um, verschwende keine Sekunde. Ich haste schon die Treppe hinunter, als er spricht.

»Lauf nur, kleine Priesterin. Glaubst du, dass du es vor den Achaiern zu ihr schaffst?«

73

HELENA

Ich knalle mit solcher Wucht auf einen rauen Holzboden, dass meine Kiefer aufeinanderkrachen, der ganze Schädel dröhnt und helle Lichter vor meinen Augen tanzen. Ich bleibe einen Moment liegen und erfasse meine Verletzungen – der stechende Schmerz in den Knien dämpft sich zu einem anhaltenden Pochen, meine Handgelenke sind leicht verstaucht und ich habe Splitter in den Handflächen.

Ich sollte erleichtert sein, dass nicht mehr passiert ist – ein Gott könnte schließlich fast alles tun. Aber ich muss sofort an Menelaos denken und daran, wie viel schlimmer alles wird, wenn er mich in diesem Zustand findet. Um zu überleben, muss ich die perfekte Ehefrau sein, so unerbittlich schön, dass ich ihn nicht nur umgarnen, sondern in meinen Bann ziehen kann. Stattdessen werde ich ihm in einem staubigen Kleid gegenübertreten, mit schmutzigem Haar und blauen Flecken, die meine Haut verunstalten.

Ich stehe wankend auf. Ich bin in einem runden Raum. In den Wänden sind in Abständen Öffnungen eingelassen, und ein rauer Wind und der erstickende Geruch von Feuer wehen herein. Ich eile zu einer dieser Öffnungen und sehe, dass der Palast in Flammen steht – Rauch quillt in dichten Wolken aus den Fenstern.

Ich lehne mich hinaus, und in der Dunkelheit streife ich mit der Hand an etwas Warmes, Metallisches.

Eine Laterne.

Ich blicke in die Richtung von Apollons Tempel. *Kassandra.*

Ich will ihren Namen schreien – ihn immer wieder rufen. Ich will niemals damit aufhören, auch nicht wenn die Achaier kommen und mich in Ketten legen und Menelaos mich über das Meer wegbringt, damit mein Blut in die Erde meiner Stadt sickern kann – ihr Name soll mein einziger Trost sein, sein Klang das Letzte auf meinen Lippen, wenn mich die Klinge durchbohrt.

Apollon kann sie nicht berühren. Aber was könnte er sonst tun?

Auf dem Brett, wo die Laterne steht, taste ich nach einem Zündholz und finde ein letztes, streiche es schnell über die raue Steinwand des Wachturms und zünde die Laterne an.

Ich schwinge sie hin und her, wie ich es schon zwei Mal getan habe: einmal nach Odysseus' Nachricht, um den Achaiern ein Signal zu geben, und einmal, um die Trojaner vor ihnen zu retten. Ich hoffe, Apollon sieht es. Ich hoffe, es lenkt seine Aufmerksamkeit von ihr ab zu mir. Ich hoffe, es verschafft ihr Zeit, zu fliehen.

In den Straßen scheinen sich ein paar Fackeln in meine Richtung zu bewegen. Schnell stelle ich die Laterne auf das Sims – ein Signalfeuer, und sei es noch so klein – und renne die Treppe hinunter. Ich schiebe zwei dicke, unhandliche Riegel vor die Tür – das wird sie aufhalten, aber wie lange? Ich weiß, ich bin am Ende. Aber ich würde mich aus diesem Fenster stürzen, wenn es Kassandra Zeit verschaffen könnte.

Wieder oben, sehe ich, dass das Feuer sich ausbreitet. Die Stadt wird etwas heller erleuchtet, und die kleineren Lichter, die auf mich zurennen, sind weniger gut zu erkennen. Die, die ich noch sehe, stürzen zur Seite oder flackern heftig – dort unten passiert etwas, was ich nicht sehen kann.

Und dann entdecke ich im rötlichen Licht ihrer brennenden Stadt Kassandra.

Nein.

Ich renne wieder nach unten, weil sie eindeutig zu mir will – die *Idiotin. Diese wunderbare Idiotin.*

Ich schiebe die Riegel zur Seite und öffne die Tür gerade rechtzeitig, um sie zu packen, hereinzuziehen und die Tür hinter ihr wieder zuzuschlagen – nur am Rande bemerke ich, dass die Achaier vor ihr zurückweichen. Sie lässt sich an mich sinken, und ich stütze sie mit einem Arm, während ich mit der freien Hand die Riegel wieder vorschiebe.

Dann wende ich mich ihr ganz zu, diesem warmen Körper in meinen Armen, dem kraftlos gesenkten Kopf – es gibt keine Anzeichen äußerer Verletzungen, kein Blut, aber, beim Olymp, sie ist gerade durch eine Stadt gerannt, in der es von Feinden nur so wimmelt, wie kann es ihr da gut gehen? »Kassandra!«, rufe ich verzweifelt.

»Hi«, haucht sie, und sieht mich aus dunklen, müden Augen an. »Es geht mir gut. Ich musste ihnen nur gerade Visionen schicken, durch die sie erst mal durchmüssen … Der Fluch ist weg.«

Der Fluch ist weg.

Und ich verspüre ihn nicht – diesen Drang, ihr zu widersprechen, diesen kurzen Moment des Zorns, dass sie es wagt, mich anzulügen.

»Wie?«, frage ich und renne die Treppe hoch, um die Laterne auszumachen. Vielleicht gibt es eine Chance, dass sie nicht merken, dass wir hier drin sind. Vielleicht können wir uns verstecken.

Kassandra erzählt mir nach Luft ringend, wie sie Apollon dazu gebracht hat, den Fluch aufzuheben. Dann schreit sie auf und unterbricht sich mitten im Satz.

»Sieh doch!«, ruft sie. Sie blickt Richtung Meer – zu den Flecken, die man im blassen Mondlicht sieht, Flecken, die kleiner werden, als sie davonsegeln.

»Es waren kaum Statuen auf den Straßen«, sagt sie – und es ist so herrlich, sie frei reden zu hören. »Ich bin an Soldaten vorbeigekommen, die sich gestritten haben – anscheinend haben sie sich Sorgen gemacht, jemand anders könnte sie mitnehmen, wenn sie es nicht selbst tun.«

»Dann ist es also geglückt, wenigstens ein paar haben es geschafft«, sage ich und sehe die Pünktchen davonsegeln. »Das ist immerhin etwas.«

Aber nicht wir. Nicht Kassandra.

Unten hört man den ersten Schlag eines Mannes, der versucht, in den Turm einzubrechen.

Erschrocken nehme ich Kassandras Hand, präge mir ihre Knochen ein – die trockene Haut, die Schwielen, die zierlichen Finger.

»Ich bin nur froh, dass es dir gut geht«, sagt sie. Im trüben Licht ist sie ein Flickenmuster aus Schatten – unglaubliche Wangenknochen und ein harter Kiefer, tiefe Furchen oberhalb der Schlüsselbeine und in der Halsgrube.

»Mir?« Ich ersticke fast an dem Wort, als ich kurz auflache. »Kassandra, er hat mich nur in diesen Turm geworfen, um mit dir allein zu sein. Ich dachte, mit einem Signal könnte ich seine Aufmerksamkeit wieder auf mich lenken, aber …«

»Was? Das ist total dumm – jeder in dieser Stadt ist auf dem Weg zu diesem Turm.«

»Ich dachte, wenn ich dir die Chance verschaffe, von ihm wegzulaufen …«

»Bitte keine Opfer mehr«, sagt sie und geht einen kleinen Schritt auf mich zu. Ich wünschte, ich könnte sie in den Momenten, die mir bleiben, einfach nur ansehen, aber sie ist die Prinzessin einer eroberten Stadt. Sie ist in sehr viel größerer Gefahr als ich.

Das nächste Rütteln unten unterstreicht diesen Gedanken.

»Könntest du sie noch einmal mit Visionen überschütten, damit wir es zum Wasser schaffen?«

Sie beißt sich auf die Lippe. »Es hat mich ziemlich erschöpft. Ich bin mir nicht sicher, ob ich uns auch nur bis zur Mauer bringen kann.«

»Kannst du die Zukunft neu weben?«

»Ich versuche es die ganze Zeit, aber die Fäden gleiten mir aus den Händen, und ich weiß nicht, welche ich nehmen soll. Tyche hat gesagt, es ist eher wie Bauen als wie Weben, aber ich finde keinen Strang, der kräftig genug wäre, um als Fundament zu dienen. Ich denke, wir sollten uns nicht darauf verlassen, dass ich das Gewebe bearbeiten kann.«

»Ich kann sagen, dass du meine Dienerin bist«, schlage ich vor. »Dann wärst du keine so wertvolle Gefangene. Vielleicht kann ich Menelaos sogar überreden, dich mitzunehmen, dich bei mir zu lassen.«

»Das wird niemand glauben.« Sie zupft an dem feinen Umhang in einem dunklen und teuren Purpurton, der von einer goldenen Spange in Form der Sonne zusammengehalten wird. Die passt zu dem Diadem auf ihrem Kopf, und selbst wenn wir alles aus dem Fenster werfen, würde niemand sie mit einer Dienerin verwechseln. Ein Blick auf ihre Hände genügt. Und es müsste sie nur eine einzige andere gefangene Person erkennen und ich wäre wegen meiner Lüge genauso in Gefahr wie sie.

Sie zieht an meiner Hand und ich sinke in ihre ausgebreiteten Arme. So oft vergesse ich, dass sie ein paar Zentimeter größer ist als ich, bis ich mich an sie schmiege und den Kopf an ihren Hals lege. Es bräuchte die Macht der ganzen Armee, um mich ihren Armen zu entreißen.

Unten kracht es ohrenbetäubend, und wir fahren erschrocken auseinander. Schreie folgen, laute, aufgeregte Rufe. Die Tür hat nachgegeben.

»Wir könnten springen«, sage ich.

Das könnten wir wirklich.

So oft hat Kassandra gesagt, sie würde den Tod ihrer Zukunft vorziehen. Würde ich das auch?

»Wir verdienen eine gemeinsame Zukunft«, sagt sie so kläglich, dass sich mir das Herz zusammenzieht. »Götter, was für ein furchtbarer Moment, um festzustellen, dass ich gar nicht springen will. Ich will auf einem Boot mit dir sein, irgendwohin segeln, wo wir eine Chance haben.«

»Ich weiß«, stimme ich leise zu, denn wenn ich nur ein bisschen lauter rede, könnte meine Stimme brechen wie alles andere.

Dann sind Schritte auf der Treppe.

Ich drehe mich zu ihr um. »Vielleicht ist die Unterwelt das Beste, was wir uns wünschen können. Hades war gütig. Vielleicht ist er es noch einmal.«

»Aber was kann es an einem solchen Ort für eine Zukunft geben? Selbst wenn wir im Elysium landen, im ewigen Paradies, wäre es nicht wie das Glück, mit dir an meiner Seite zu wachsen und mich zu verändern. Ich will sehen, wie meine Schwestern Kinder bekommen. Ich will Polyxena aufwachsen sehen. Ich will in der Sonne lesen, barfuß im Sand tanzen, unter den Wellen schwimmen und unter den götterverdammten Sternen geküsst werden.« Sie redet schnell, und ihre Stimme ist zu hoch, und ich umarme sie, bis sie den Kopf schüttelt.

Götter, ich will das auch alles, aber diese Schritte, die auf der Treppe donnern ...

»Erst wenn jede Hoffnung verloren ist«, sagt sie fest.

»Und was, glaubst du, haben wir noch für eine Hoffnung?«

Sie hebt die Hand, und ich sehe ein metallisches Mal darauf, das aufleuchtet, als sich das ferne Feuer darin spiegelt.

»Wir können sogar Unmögliches erreichen«, sagt sie und holt den Dolch aus der Tasche ihres Kleides. Er ist überall mit einem goldenen Glanz bedeckt.

»Oh, Götter«, hauche ich. Goldener Ichor. »Ist das Apollons Blut?«

Ich kann nicht aufhören, die Klinge anzustarren, als würde sie in meinem Kopf etwas anstoßen – all das schimmernde Blut eines Gottes.

»Ja«, sagt sie. »Und wenn wir den Fängen eines Gottes entkommen können, dann entkommen wir auch diesen Männern.«

In diesem Augenblick wird die Tür aufgestoßen, und ich drehe mich um, packe Kassandras Hand und reiße sie hoch, sodass die Klinge – klebrig von Apollons Blut und so scharf, dass ich fürchte, sie könnte auch mit meinem befleckt werden – an meinem Hals liegt. Ich lasse meine eigene Hand so schnell fallen, dass die Männer nicht sehen, was ich getan habe.

Sie sehen nur Kassandra, die der Frau, wegen der sie monatelang gekämpft haben, einen Dolch an die Kehle hält.

74

KASSANDRA

Genau diese Art grausamer Wendungen lieben die Moiren so sehr – dass mein letzter Fluch uns in diesem Moment hätte retten können.

Der Mann ganz vorn ist massig, mit einem langen, struppigen Bart und wettergegerbter Haut. Ich bin so gewöhnt an meine Brüder, an unsere von Jungen angeführte Armee, dass ich ganz vergessen habe, dass die meisten auf dem Schlachtfeld älter sind. Es ist irgendwie viel erschreckender, vor einem erwachsenen Mann mit gezogenem Schwert zu stehen. Er dreht sich zu einem seiner Gefährten um. »Los, hol Idomeneus.«

»Sollten wir nicht Menelaos holen?«

»Sind wir Menelaos' Männer?«

»Nein, Herr.«

»Dann geh Idomeneus holen, verdammt.«

Anscheinend ist die ohnehin schon brüchige Einheit unserer Angreifer zerfallen, als sie Troja verlassen vorfanden.

Ich halte Helena weiter den Dolch an die Kehle und weiß immer noch nicht warum. Aber sie hat meine Hand geführt – sie muss einen Plan haben. Jedenfalls steht sie stockstaff vor mir, als hätte sie wirklich Angst. Ist immer noch goldenes Blut daran? Können die Männer es sehen? Glauben sie, dass es von ihr ist? Dass Helena als Tochter von Zeus Ichor in ihren Adern hat?

Wenn ja, wäre es ein Grund mehr, sie besitzen zu wollen.

Aber bevor der andere Mann gehen kann, hört man wieder laute Schritte auf der Treppe.

Odysseus schiebt sich in den Raum, weitere Männer sind hinter ihm. Er sieht müde aus, aber auf andere Weise als sonst. In den Visionen habe ich ihn müde vom Kampf gesehen und einmal, wie er erschöpft auf einer Insel zusammenbrach. Aber diese Situation scheint ihm Energie zu verleihen, er stürmt herein, Keilerzähne schimmern an seinem Helm, und er hat das Schwert gezogen.

Ich spüre, wie Helena sich anspannt, und mir selbst stockt der Atem.

»Lasst uns gehen, und ich werde ihr nichts tun.« Ich versuche, gebieterisch zu klingen, einen Hochmut heraufzubeschwören, der einmal meine zweite Natur war. Aber selbst in meinen eigenen Ohren klinge ich genau wie das, was ich bin – ein ängstliches und verzweifeltes Mädchen.

Odysseus lächelt, und ich packe den Dolch fester. So langsam fürchte ich das Lächeln von Männern.

Er dreht den Kopf zur Seite und klopft sich aufs Ohr. Da ist etwas drin. Wachs? Hält er mich für eine Sirene?

»Meine Schutzgöttin hat mir von deinem Fluch erzählt, und ich habe den Verdacht, du könntest gelernt haben, wie man ihn als Waffe einsetzt.«

Er weiß von meinem Fluch. Und glaubt, dass ich noch unter seinem Einfluss stehe.

Kann ich mir das irgendwie zunutze machen?

Helena versteift sich, und ich weiß, dass sie wahrscheinlich eine Idee hat, irgendeinen Plan. Aber ich bin nicht so brillant wie sie und sicher nicht halb so gut darin, Männer dazu zu bringen, zu tun, was ich will.

Odysseus nickt dem ersten Mann zu. »Ich nehme an, du hast Männer zu Menelaos geschickt?«

Er antwortet nicht, was offenbar Antwort genug ist.

Odysseus verdreht die Augen. »Komm schon, unsere Einigkeit hat uns an dieses Ufer gebracht, lass sie nicht im letzten Moment zerbrechen.«

»Ist gut, Herr.« Der Mann nickt und geht selbst Menelaos holen.

Odysseus wendet sich wieder uns zu, sein Blick verweilt auf Helena, als hätte er alle Zeit der Welt.

»Helena, meine Liebe, wie schön, dich wiederzusehen.«

»Odysseus«, keucht sie. »Bitte, hilf mir, bitte. Ich habe keine Ahnung, wozu sie fähig ist.«

»Ich nehme an, du flehst mich an, dich vor der Verrückten zu retten, die dir eine Klinge an den Hals hält? Du musst mir erzählen, wie du in diese Lage gekommen bist. Natürlich erst wenn ich es hören kann.«

Noch mehr Männer drängen hinter ihm herein, einige stehen auf der Treppe, weil so wenig Platz ist.

Odysseus tritt einen Schritt vor, und ich schüttele Helena und versuche auszusehen, als könnte ich ihr ernsthaft wehtun.

»Keinen Schritt weiter.«

Odysseus hebt die Hände in gespielter Kapitulation.

»Ich nehme jetzt das Wachs aus den Ohren«, sagt er. »Aber ich würde nichts versuchen – meine Männer haben den Befehl, mich davon abzuhalten, etwas Dummes zu tun, und ich hätte wirklich schlechte Laune, wenn ich über dein Schicksal entscheide.«

Was kann ich tun? Sie in Visionen zu schleudern – falls ich die Kraft dafür aufbringe – würde uns höchstens aus diesem Turm bringen. Aber nicht bis zu den Schiffen. Vielleicht sollte ich sie am besten dazu bringen, Mitleid mit Helena zu haben, damit sie ihr gegenüber Milde zeigen.

Odysseus pult das Wachs aus den Ohren und dreht sich mit einem boshaften Lächeln zu mir um.

»Hallo. Prinzessin Kassandra, nehme ich an?«

»Was hat mich verraten?«

»Sehr kühn, das muss ich dir lassen«, sagt er. »In den meisten Städten, die wir besucht haben, haben die Prinzessinnen mit ihren Dienerinnen die Kleider getauscht und sich in der Küche versteckt. Allerdings wurden sie jedes Mal von denen verraten, die sie als unter ihnen stehend betrachteten. Deine alte Freundin Briseis hat es nicht einmal so weit geschafft – ihr Volk hat sie ausgeliefert, bevor Lyrnessos überhaupt gefallen ist.«

»Besucht? Mir war nicht klar, dass ihr Touristen seid.«

»Ein Krieg bringt gewisse Erfordernisse mit sich.«

»Ach wirklich? Oder wollten die Männer, die meine Brüder umgebracht haben, sich abends nur nicht selbst das Bad einlassen?«

An all das andere, was sie den weiblichen Gefangenen antun, kann ich jetzt nicht denken. Nicht wenn es in meiner eigenen Zukunft vielleicht ein guter Tag sein könnte, wenn ich Agamemnon das Bad einlasse.

Odysseus schnaubt spöttisch. »Wir haben nicht viel Zeit, bis Menelaos kommt – willst du ausgerechnet darüber reden?«

»Was wäre dir lieber?«

»Deine Bedingungen vielleicht?«, sagt er und deutet mit dem Kinn auf Helena. »Du weißt, dass sie kein sehr gutes Druckmittel ist. Als sie Sparta verlassen hat, hat sie ihr Todesurteil unterschrieben.«

»Bringst du alle Frauen um, die ihre Männer verlassen?«

Odysseus zuckt die Achseln. »Wenn in ihrem Namen Abkommen geschlossen werden, denke ich darüber nach.«

»Und doch nehme ich an, dass Menelaos gern die Ehre hätte, sie persönlich hinzurichten, sonst wären wir beide inzwischen tot. Glaubst du, ich kann ihr nicht die Kehle durchschneiden, bevor er hier ist?«

»Es sei denn?«

Ich lecke mir über die trockenen Lippen und bete um Worte, die mir bisher nicht eingefallen sind.

Ich weiß, warum Helena das getan hat – sie will mich zwingen, mich selbst zu retten. Und vielleicht ist es wirklich der bestmögliche Ausgang, dass ich es hinausschaffe und sie hierbleibt. Sie könnte überleben, ich aber nicht. Vielleicht kann sie später sogar fliehen.

Aber ich habe das alles nicht durchgestanden, um sie jetzt zurückzulassen.

»Lass uns gehen.«

»Uns?«

»Ich kann nicht auf mein einziges Druckmittel verzichten und auf deinen guten Willen vertrauen. Sobald ich aus der Stadt bin, lasse ich sie zurück und ihr könnt sie einsammeln.«

»Interessant.« Odysseus tut so, als würde er es in Betracht ziehen. »Gegenangebot: Ich töte dich schnell und sauber, bevor jemand kommt und etwas dagegen einwendet.«

»Verlockend«, stoße ich hervor.

»Wir wissen alle, wie verzweifelt deine Lage ist. Wir könnten dich innerhalb von Sekunden entwaffnen.«

»Willst du es versuchen?«, frage ich mit einer Gehässigkeit, die ich nicht empfinde.

»Kassandra, bitte«, fleht Helena und spielt das hilflose Opfer.

»Halt den Mund«, fahre ich sie an und hasse mich dafür. Ist das das letzte Mal, dass ich sie im Arm halte? Mit einem Dolch an ihrer Kehle? »Du bietest mir den Tod an? Warum sollte ich nicht zuerst sie töten und die Klinge dann gegen mich selbst richten? Eine letzte Tat, um meine Stadt zu verteidigen.«

Odysseus atmet belustigt aus. Natürlich. Warum sollten Verhandlungen um mein Leben auch etwas anderes für ihn sein als reine Unterhaltung?

»Also gut«, sagt er. »Aber du musst verstehen, dass du uns in eine missliche Lage gebracht hast. Keine Frauen in der Stadt außer Helena und eine trojanische Prinzessin? Du bist wertvoll für uns, Kassandra.«

»So wertvoll, dass ihr mich tötet.«

»Den Tod kann ich dir nur anbieten, solange keiner der anderen Könige hier ist. Die würden mir das niemals erlauben.«

Etwas bewegt sich am Rand meines Blickfelds, und mit Schrecken erkenne ich, dass es die Prophezeiung ist, und sie will sich nicht länger nur entfalten, sondern verspricht etwas Verhängnisvolles. Ich kann nicht nachsehen, solange Odysseus vor mir steht und ich einen Dolch in der Hand halte, aber es fühlt sich an, als würde es ... wehtun.

»Lass mich nachdenken«, sagt Odysseus, und ich weiß, er spielt mit mir und versucht, mich hinzuhalten. Aber was soll ich machen? »Du bist eine Priesterin von Apollon, oder? Vielleicht kann ich die Männer davon überzeugen, dich einem Tempel auf dem Festland zu übergeben. Ein Geschenk an Apollon, um seine Gunst wiederzuerlangen, nachdem wir seine Stadt gebrandschatzt haben.«

»Als *jungfräuliche* Priesterin von Apollon?«

»Das könnte schwierig werden.«

»Schwieriger als die Klinge an Helenas Kehle?«

»Herr.« Jemand drängt sich nach vorn. »Wir bekommen Berichte, dass die Trojaner unten am Hafen angreifen. Sie stehlen unsere Schiffe.«

»Was?« Odysseus dreht sich weg, so unbesorgt ist er, dass ich Helena wirklich etwas antue. »Wo haben sie sich versteckt?«

»Äh, das ist nicht ganz klar, aber sie haben etwas von Statuen gesagt.«

Odysseus braucht einen Moment, als diese Neuigkeit bei ihm ankommt. Und dann lacht er. »Statuen? Sie haben unsere eigene List gegen uns verwendet?« Er dreht sich zu mir um. »Eine Prophezeiung von dir, nehme ich an?«

Er schüttelt eher belustigt als wütend den Kopf, dann wendet er sich wieder den Männern zu. »Schickt jeden einzelnen Mann in den Kampf, und ihr geht auch. Ich schaffe das hier allein.«

Sie ziehen eilig ab, und ich bemerke, wie Helena ihr Gewicht verlagert. Wir können uns vielleicht nicht gegen viele wehren, aber nur gegen Odysseus – das schafft sie. Und er weiß nicht, dass wir auf derselben Seite sind.

»Nun, mit dieser kleinen Entwicklung ist mein Angebot leider vom Tisch«, sagt Odysseus. »Wenn die Trojaner unsere Schiffe stehlen, glaube ich nicht, dass ich noch jemanden davon abhalten kann, es an der Prinzessin der Stadt auszulassen.«

»Vorher bringe ich sie um.« Ich packe Helena fester, denke daran, wie Apollon sie am Umhang festgehalten hat, und wünschte, sie würde nicht mehr so unsanft behandelt.

»Nur zu.«

»Odysseus, bitte«, drängt Helena. »Lass das nicht zu.«

»Wie ist es überhaupt dazu gekommen, dass eine trojanische Prinzessin dir eine Klinge an den Hals hält, liebe Helena? Wir haben dich alle kämpfen sehen. Du bist Königin von Sparta.«

»Sie hatte die Überraschung auf ihrer Seite.«

»Wirklich?« Er zieht eine Augenbraue hoch. »Und ich hätte gedacht, du hättest schon unser Gespräch gerade dazu nutzen können, sie zu entwaffnen.«

»Götter, Odysseus, ist das nicht egal? Vielleicht will ich ja, dass sie flieht. Ich bin nicht besonders froh darüber, ihr als Druckmittel bei den Verhandlungen zu dienen, aber ich hoffe, es funktioniert. Ich will nicht sterben, aber vielleicht habe ich gehofft, dass auch Kassandra nicht sterben muss.«

»Vielleicht.« Odysseus zuckt die Achseln und blickt hinter sich die Treppe hinunter. »Los, Kassandra, wir warten. Schlitz ihr die Kehle auf.«

Ich will gerade die Klinge senken und aufgeben, damit Helena ihn angreifen kann. Aber ich höre Schritte, die schon beängstigend nah sind.

Und dann ist es zu spät, weil Menelaos durch die Tür kommt, ein Leopardenfell um die Schultern. Helena packt mit der Hand – die die anderen nicht sehen können – die Falten meines Umhangs.

Ich halte ihr immer noch dieses verfluchte Messer an die Kehle, obwohl ich mich eigentlich nur vor sie stellen will, um sie vor seinem Blick zu schützen.

Ihm folgen weitere Männer, und manche erkenne ich. Es sind sogar ein paar der anderen Könige dabei: Teukros, Agapenor, Eumelos. Und dann kommt Agamemnon mit schweren Schritten hinter ihnen die Treppe herauf. In meiner Brust zieht sich etwas zusammen, und einen Moment lang bin ich nicht sicher, ob ich mich auf den Beinen halten kann.

»Hallo, *meine Liebste*.« Menelaos spricht die Worte höhnisch aus, spuckt sie Helena praktisch vor die Füße. »Jetzt ist der Moment, in dem du um dein Leben betteln solltest.«

75

HELENA

Ich bin Asche und zerfalle in der leichtesten Brise. Aber ich bin nicht traurig, dass ich zu Nichts werde – bei Menelaos ist es das Beste. Und obwohl ich innerlich zerfalle und sicher bin, dass ich mich so davonstehlen kann, habe ich doch meine feste Form nicht verloren, ich stehe noch und spüre immer noch die Klinge an meiner Kehle.

»Menelaos!«, rufe ich und verhaspele mich fast bei dem Klang des Namens. »Oh, den Göttern sei Dank, Menelaos!«

Kassandras Hand mit dem Dolch zittert, und ich weiche zurück und rücke näher an sie heran. Unsere Körper berühren sich, und wir haben beide wahnsinnige Angst, aber wenigstens haben wir zusammen wahnsinnige Angst.

Er grinst mich höhnisch an. »Dank den Göttern lieber nicht für das, was ich mit dir machen werde.«

Ich nicke, bis meine Kehle an die Klinge kommt, und lasse sie darüberkratzen, sodass Blut austritt, als wäre meine Treue zu ihm den Schmerz wert. »Ich weiß, dass du wütend bist. Ich wäre es auch. Ich wünschte, man hätte mich nie entführt. Oh, verflucht sei Aphrodite, dass sie mich von dir ferngehalten hat.«

Sein Blick wandert prüfend an mir auf und ab, wie ich es nur zu gut in Erinnerung habe. So oft hat er irgendeinen Makel gefunden – und jetzt sind es so viele. »Was zur Hölle ist mit dir passiert?«, will er wissen und dreht sich zu seinen Gefährten um. »So können wir sie nicht zurückbringen – wir wollen das schönste Juwel aus Trojas Schatz, nicht dieses Mannweib da.«

Ich wusste, er würde so etwas sagen, aber ich ärgere mich trotzdem. »Meine Haare werden nachwachsen«, flehe ich. »Meine Muskeln werden schrumpfen. Was immer du willst. Wie immer du mich willst.«

»Du wirst lange vor solchen Veränderungen dein Ende durch eine Klinge finden.«

»Gewiss, mein Gemahl, ich habe dich weit mehr gekränkt, als irgendeine Waffe mich verletzen könnte. Wenn es deinen Schmerz und auch den Schmerz von Sparta lindert, dann lass mich von tausend Klingen durchbohren.«

Kurz flackern Zweifel über Menelaos' Gesicht, weggewischt von Odysseus' Spott und von seinem Bruder, der nach vorn stürzt.

»Hör nicht auf die verlogene Schlampe«, sagt Agamemnon. Er ist über zehn Jahre älter als sein Bruder, hat schüttere, schmutzig blonde Haare und eine Haut wie geronnene Milch. Er spuckt auf den Boden und betrachtet mich mit solchem Hass, dass ich schon bei diesem einen wütenden Blick spüre, was er mir alles antun will. »Du! Du hast das Königreich Sparta verlassen, um die Hure eines Trojaners zu werden. Unter wie vielen Männern haben sie dich herumgereicht? Wir haben gehört, dass du jetzt mit Deiphobos verheiratet bist?«

Kassandra zittert hinter mir. Ich versuche sie zu beruhigen, aber ich weiß nicht genau, wovor sie Angst hat – vor einem dieser Männer? Ich würde ihr den Dolch abnehmen und ihn töten, bevor er auch nur in ihre Richtung blicken kann.

Aber ich starre Agamemnon an, der so für diesen Krieg war. Achilles hat sich nach einem Streit um eine weibliche Gefangene von ihm abgewandt. Er hat seiner eigenen Tochter die Kehle durchgeschnitten. Er ist ein Monster.

Aber ein Mann wird nicht wegen seiner Güte zum Anführer der achaiischen Armee.

»Könnten wir vielleicht zum Thema zurückkommen?« Kassandra beschwört von irgendwoher ihre Wut herauf. Die Worte sind knapp und gebieterisch, und sogar ich richte mich ein wenig gerader auf. Zum ersten Mal beachten die Männer sie überhaupt. »Wollt ihr uns gehen lassen, oder soll ich Helena lieber die Kehle durchschneiden?«

»Wer ist das?«, fragt Menelaos.

»Prinzessin Kassandra«, antwortet Odysseus. »Tochter von König Priamos. Priesterin des Apollon. Orakel. Hab ich was vergessen?«

»Das Mädchen, das Helena einen Dolch an die Kehle hält?«, schlägt sie vor.

Menelaos betrachtet sie mit quälend vertrautem Scharfsinn – als könnte auch er Fäden auseinanderzupfen und den suchen, den durchzuschneiden am meisten wehtut. »Du hast mir damals diesen Brief geschickt und mir angeboten, mir das Miststück Helena auszuliefern.«

Mir stockt der Atem, aber Kassandra packt mich fester – und diesmal fühlt es sich fast beschützend an, als sie faucht: »Ich kann dir jetzt dasselbe mit ihrer Leiche anbieten.«

»Ja, meinetwegen«, sagt Agamemnon mit einem anzüglichen Grinsen im Gesicht, das deutlich macht, dass er eine Jagd erregend fände. »Du darfst gehen.«

»Ist dein Wort etwas wert?«, knurrt sie. *Nein.* Die Verachtung in ihrer Stimme ist beispiellos – und sie ist sehr, sehr persönlich. All diese Dinge aus ihrer eigenen Zukunft, die sie mir nie erzählt hat ... Nicht er. Ich kann nicht meine Schwester *und* die Frau, die ich liebe, an diesen schrecklichen Mann verlieren.

»Mehr wirst du nicht bekommen.«

»Bitte«, bettele ich, ich will, dass sie so weit weg ist von diesem Ort wie nur irgend möglich. »Lasst sie einfach gehen, sie bedeutet euch nichts.«

»Ja, und später holen wir sie uns sowieso«, sagt Odysseus. »Jetzt leg den Dolch weg. Du machst uns nur noch wütender, wenn du das weiter in die Länge ziehst.«

»Ich sterbe lieber, als dass ich mit euch gehe«, knurrt sie. »Und sie nehme ich mit.«

»An diesem Punkt waren wir schon«, sagt Odysseus.

Dann erschaudert Kassandra und spricht mit einer tiefen, hallenden Stimme. »*Zornige Achaier, bleibt ruhig jenseits der Tore von Troja, in der verlassenen Stadt und dem öden Land, in dem Turm, wo sich zwei verfluchte Schätze finden, und man bei windschlaffen Segeln die Vorsicht vergisst und erzürnte Götter zur Jagd blasen.*«

Mein Atem stockt, als ich sehe, wie die Männer dieser falschen Prophezeiung lauschen. Sie ist fast überzeugend, nur etwas konkreter als sonst. Aber sie wissen nicht, wie Prophezeiungen klingen – kennen den Tonfall nicht, den Kassandra nicht so ganz nachahmen kann.

»Ist das nicht die falsche Prophetin, von der die Trojaner gesprochen haben?«, fragt Menelaos.

»Sie wurde verflucht, dass ihr niemand glaubt«, sagt Odysseus, und er ist zum ersten Mal neugierig auf Kassandra. »Das hat Athene gesagt. Was bedeuten würde, dass die Prophezeiung wahr ist.«

»Aber wir können sie glauben – denkst du, wir stehen über diesem Fluch?«, fragt Agapenor auf der Treppe.

»Vielleicht gilt der Fluch nur den Trojanern. Wir sind von den Göttern auserwählt, oder nicht?«, meldet sich Menelaos. »Oder der Fluch ist aufgehoben, jetzt, wo der Krieg vorbei ist.«

»Wen kümmert das«, zischt Agamemnon. »Ich habe schon genügend Propheten angehört. Und wenn ich sie auf mein Schiff mitnehme, werde ich ihre falsche Zunge knebeln, bis ich eine bessere Verwendung dafür finde.«

Die Stadt brennt jetzt überall um uns herum, die Flammen breiten sich schnell aus durch die berühmten trojanischen Winde, und jedes Fenster wird von einem glühenden orangen Nebel erhellt. Odysseus wendet sich an die Männer hinter ihm. »Ergreift sie. Sie wird Helena nicht töten. Sie hat nicht das Zeug dazu.«

Ein Mann tritt vor.

Und ich reiße Kassandra die Klinge aus der Hand, drehe sie um und richte sie auf meine Brust.

»Sie vielleicht nicht, aber ich schon!« Mein Herz pocht, als wüsste es, dass die geschliffene Bronze nur einen Atemzug entfernt ist, aber ich starre die Männer wütend an. Sollen sie nur glauben, dass ich bluffe. Ich selbst bin mir da nicht so sicher.

Ich glaube, Kassandra begreift das, denn sie keucht stockend meinen Namen, als wüsste sie, dass sie mich nicht davon abbringen kann.

»Helena«, zischt Menelaos. »Was soll das? Hör sofort auf!«

Und jetzt? Wie soll ich beides miteinander vereinbaren? Wie bewege ich sie dazu, uns beide freizulassen, wenn ich die Heimreise, falls ich scheitern sollte, nur als brave, unterwürfige Ehefrau überleben kann?

Die Hand, die den Dolch hält, ist unsicher. Ich zwinge mich, die Augen etwas aufzureißen, und hoffe, ich sehe unschuldig aus. »Bitte, lasst sie einfach gehen.«

»Sonst bringst du dich um?«, fragt Agamemnon. »Nur zu, lass dich nicht aufhalten.«

»Nein!«, knurrt Menelaos und fährt seinen Bruder fast gereizt an. »Nicht so, wir brauchen ein Publikum. Das Volk von Sparta – nein, alle Völker Griechenlands, die so viel für diesen Krieg geopfert haben, verdienen eine Zeremonie.«

Ich rufe mir in Erinnerung, welche Demütigungen ich mir für den Moment aufsparen wollte, wenn ich vor ihm stehe. Alle diese Leute halten mich für eine Meistermanipulatorin, eine Prinzessin, der listige Worte auf der Zunge liegen, und in Wahrheit weiß ich einfach nur, wie man auf die Knie fällt und bettelt.

Das tue ich jetzt, noch einmal knalle ich mit den Knien auf das Holz. »Bitte, tu, was immer du willst. Ich werde mich nicht wehren. Ich verdiene jede Zukunft, die du für mich bereithältst, aber sie nicht. Sie ist eine Priesterin von Apollon – willst du wirklich noch eine Seuche riskieren, indem du ein zweites, ihm geweihtes Mädchen raubst?«

»Ist sie nicht in Ungnade gefallen?«, fragt Odysseus ziemlich gut gelaunt.

Ich wende den Blick nicht von Menelaos ab. »Warum das Risiko eingehen? Bitte. Ich gehe ohne Aufhebens mit dir. Du kannst mich auf den Scheiterhaufen legen und ich sage kein Wort – keine Flüche, kein Flehen, keine Bitten. Aber lass sie gehen.«

»Lass den Unsinn, Helena.« Da ist ein herausforderndes Funkeln in seinen Augen, an das ich mich nur allzu gut erinnere – es fragt, wie weit ich es wirklich treiben will.

»Du weißt, ich treffe nicht daneben. Ich weiß genau, wo ich die Klinge hineinstechen muss.«

»Du legst jetzt den Dolch weg und kommst her.« Er schnippt mit den Fingern und zeigt neben sich. »Und du wirst dich benehmen.«

Es ist jetzt warm und extrem hell, und das Feuer, das die Stadt verzehrt, ist sehr nah. Vielleicht ist das schon mein Scheiterhaufen, denn plötzlich kann ich die Flammen in mir spüren: sie sind wild und heiß und zerstören alles, was ihnen in den Weg kommt.

Ich starre meinen Mann an und knurre: »Dein Ego hat an tausend Schiffe zur Meerfahrt gezwungen, es kann wohl für ein einziges Mädchen einmal nachgeben.«

Das war's dann wohl. Das wird er nicht so schnell vergessen. Aber vielleicht kann ich Kassandra immer noch retten. Und wenn es heißt, sie oder ich, ist die Entscheidung klar.

»Mein Ego? Ich dachte, du nimmst die Schuld auf dich«, sagt Menelaos. »Ich dachte, du erkennst unser Recht an, dich hinzurichten und den Menschen einen Abschluss zu geben.«

»Ich erkenne an, dass die edlen Menschen von Sparta ein Recht auf den Abschluss haben, den sie sich wünschen. Aber wenn du vorhast, ein unschuldiges Mädchen gefangen zu nehmen, dann hast du nichts Edles an dir, das ich respektieren könnte. Sie ist nur ein Mädchen – lass sie gehen.«

Agamemnon betrachtet Kassandra mit viel zu großem Interesse. »Ein Mädchen, das dir offensichtlich sehr viel bedeutet.« Ich wage nicht, sie anzusehen, aber ich spüre, wie sie neben mir erstarrt.

»Vielleicht weiß ich, was du Mädchen antust, Agamemnon«, fauche ich. »Und vielleicht würde ich jede davor retten, wenn ich könnte.«

»Stich nur fest zu, du boshafte Hexe.«

»Fester als du bei Iphigenie?«

Agamemnon stürzt vor.

Aber Menelaos' Worte kommen zuerst bei mir an. »Wie kannst du es wagen, so mit meinem Bruder zu reden? Es reicht, Helena. Offensichtlich muss ich dich daran erinnern, wo dein Platz ist.«

Agamemnon greift nach dem Dolch – oder nach mir, vielleicht will er mich schlagen, aber ich bin schneller. Ich springe auf, weiche ihm aus und – habe ich es geplant? Habe ich Menelaos angesehen und in diesem Augenblick beschlossen, dass er den Tod verdient? Wusste ein Teil von mir, als ich ihn wiedersah, dass er durch meine Hand sein Ende finden würde? Dass ich mich nicht beugen und wieder für ihn leben könnte, aber dass er gewiss für mich sterben kann? Oder war es Instinkt, kein Gedanke, sondern dieses Gefühl in mir, dass unsere

Geschichte nur auf eine Art ausgehen kann? Ich hole aus, und der Dolch fliegt scharf und gerade und trifft sein Ziel.

Er bohrt sich in Menelaos' Hals, und eine leuchtende Blume formt sich, wo das hellrote Blut in einem präzisen Bogen herausschießt. Es spritzt Sternbilder auf die Steine und befleckt etwas unter meiner Haut.

Er presst die Hände auf die Wunde und schiebt die Klinge dadurch nur noch tiefer hinein, das Rot fließt über seine Hände. Er macht den Mund auf, aber der Dolch hat etwas Lebenswichtiges durchtrennt, und er kann nicht einmal mehr schreien, als er stirbt.

Ich spreche, bevor sein Herz aufhört zu schlagen. »Ihr habt geschworen, für Menelaos' Recht, mich zu besitzen, zu kämpfen.« Ich kann sein Blut auf meinen Zähnen schmecken. »Tja, er ist tot. Für wen kämpft ihr jetzt?«

76

KASSANDRA

»Ergreift sie! Von mir kriegt sie nicht den schnellen Tod, den mein Bruder geplant hat!«, brüllt Agamemnon. Ich zucke zusammen – es gab zu viele Visionen von meiner Zukunft mit ihm, und ich kann seine Stimme nicht ohne Angst hören.

Ich nehme Helenas ausgestreckte Hand und wir laufen zum Fenster.

»Machen wir das wirklich?«, fragt sie, als wären die Männer nicht mit gezogenen Schwertern direkt hinter uns.

Tod oder Gefangenschaft. Uns sind die Möglichkeiten ausgegangen.

»Ich mache es. Und sie werden dich umbringen, weil du ihn getötet hast.«

Sie werden es in die Länge ziehen. Ein wahres Spektakel daraus machen, statt eines sauberen Schwerthiebs.

Ich klettere auf das Fenstersims und spüre den rauen Stein. Draußen peitscht der Wind vorbei, der Rauch ist so dicht, dass ich fast ersticke. Das Letzte, was ich sehe, ist meine brennende Stadt. Ich muss mich nur hineinlehnen, dann bin ich frei.

Ich will Helenas Hand nehmen und mich verabschieden, aber uns bleibt keine Zeit.

Ich springe gar nicht. Ich trete einfach vom Sims herunter.

Ich falle und dann doch nicht, knalle gegen die Außenmauer des Turms und kriege keine Luft mehr, spüre nichts als Schmerz, als sich etwas scharf um meine Kehle zusammenzieht, und einen Moment lang frage ich mich, ob ich wieder an diesem Faden hänge, ob er mir diesmal den Hals durchtrennen wird.

Das Diadem rutscht mir vom Kopf, und ich sehe es auf den Boden fallen, als meine Sicht verschwimmt.

Ich war nicht schnell genug. Jemand hat meinen Umhang gepackt und zieht mich daran hoch, der Stoff reißt schon, aber sie packen mich an Schultern und Armen, ziehen mich durch das Fenster hinein und werfen mich auf den Boden.

Ich kann kaum erfassen, was alles wehtut – die aufgeschürfte Haut oder der Hals oder die Arme, die sie mir auf den Rücken drehen, weil ich mich überall nach Helena umsehe.

Hat sie es geschafft? Will ich das überhaupt? Mein Blick ist unsicher und wird schwarz an den Rändern, aber da kann ich zwischen Lederstiefeln den Saum ihres Kleids sehen.

Die Männer, die mich festhalten, rufen nach Ketten, und als man keine findet, wickeln sie irgendetwas anderes um meine Handgelenke. Wahrscheinlich ein Seil, ich bin mir nicht sicher.

Mein Hals ist die reine Folter, aber es gibt noch etwas Schlimmeres – Schicksal und Prophezeiung schreien mich an, fordern meine Aufmerksamkeit. In Fesseln trete ich in die Welt ihrer verworrenen Fäden und sehe das Gewebe pulsieren, sich dehnen, sehe Fäden reißen.

Ich habe keine Ahnung, was passiert, wenn es ganz zerreißt, aber ich frage mich, ob die Götter Trojas Untergang vielleicht aus einem Grund wollten, der über Gier und reine Unterhaltung hinausgeht. Vielleicht hängt an genau diesem Strang die Zukunft der Welt – und vielleicht kann er sich nicht verdrehen, ohne dass alles zerfällt.

Ich springe zurück in meinen eigenen Verstand, als die Männer mich hochreißen. Helena ist auch gefesselt. Odysseus steht plötzlich vor mir.

»Ich denke, Agamemnon hatte nicht unrecht, was deine Prophezeiungen angeht.« Und plötzlich bohrt er die Finger in meine Wangen, zwingt mich, den Mund zu öffnen und schiebt mir ein Knäuel groben Stoff in den Mund. Ich versuche, es auszuspucken, aber ich kann nicht, und jetzt ist es also so weit: Die Achaier haben mich gefesselt und geknebelt, wie ich es in Hunderten Visionen gesehen habe.

Ich kann mich nicht in eines ihrer Schwerter stürzen. Mir bleibt als einzige Hoffnung, dass der Turm so hoch ist.

Also erschlaffe ich in ihrem Griff, senke den Kopf und lasse sie glauben, dass ich aufgegeben habe.

Helena starrt auf Menelaos' Leiche.

»Wir haben im Lager gewettet, ob er dich wirklich töten würde«, sagt Odysseus. »Die meisten dachten, nein. Ich denke, du hast gerade dein Todesurteil unterschrieben.«

»Was für eine Verschwendung«, sagt Agapenor. »Können wir nicht allen erzählen, Menelaos wäre von einem Trojaner erschlagen worden, und uns selbst um ihre Hand bemühen?«

Odysseus lacht leise. Da ist etwas merkwürdig Leidenschaftsloses an diesem Mann, der in so vielen meiner Visionen vorkam und sich dieser Sache so klar verschrieben hat. »Eine Frau, die so mit einer Waffe umgeht? Das wäre wie auszulosen, wer als Nächster begraben wird.«

Agamemnon zieht den Dolch aus Menelaos' Leiche, richtet die noch vom Blut nasse Klinge auf Helena und zwingt sie, den Kopf zu heben. Speichel fliegt von seinen Lippen, als er spricht. »Sie wird sterben. Ich werde dafür sorgen, dass meinem Bruder Gerechtigkeit widerfährt.«

Helenas Lächeln ist ein gemeiner Schlitz in ihrem Gesicht; auf ihren Lippen, ihrer Haut, überall ist Blut. »Ich habe meinen Mann umgebracht. Nach allem, was du getan hast, frage ich mich, ob meine Schwester auf dumme Gedanken kommen könnte.«

Agamemnon packt den Dolch fester, und Odysseus legt ihm eine Hand auf die Schulter, bevor er ihn ihr in den Hals rammen kann.

»Komm«, sagt er. »Wenn im Hafen gekämpft wird, müssen wir dorthin. Bringt diese beiden auf mein Schiff.«

Agamemnon schüttelt Odysseus' Hand ab. »Verzeihung?«

»Meine Güte, ich will sie nicht. Ich will nur, dass jemand sie bewacht.«

»Dann bringt sie auf mein Schiff«, sagt Teukros.

»Meins hat einen richtigen Laderaum«, protestiert Eumelos.

»Beim Olymp«, schimpft Odysseus. »Bringt sie einfach zur Stadtmauer und haltet sie dort fest. Wir kümmern uns später darum, wer was kriegt.«

Ich bemerke, dass die Männer, die mich festhalten, mich gleich wegschleifen wollen, also ergreife ich meine Chance stampfe einem von ihnen auf den Fuß und reiße mich los.

Irgendwie schaffe ich es wieder zu dem Fenster, aber weil ich keine Möglichkeit habe, auf das Sims zu klettern, setze ich einfach zu einem Sprung an, auch wenn das heißt, dass ich mit den Knien gegen den Stein pralle.

Und dann, im allerletzten Augenblick, als ich schon die Straße unter mir sehe, rolle ich mich zusammen und knalle auf das Sims, weil ich so viel Schwung habe, dass ich mich anders nicht bremsen könnte. Agamemnon packt mich am Arm und stößt mich vor sich her, während er über meinen verzweifelten Versuch lacht.

»Wer die hier nimmt, wird sie im Auge behalten müssen, oder sie einfach da anketten, wo er sie haben will«, höhnt er, und er richtet die Worte an die anderen Männer, beugt sich aber zu mir, während er redet.

Er ist so damit beschäftigt, sich selbst zu beglückwünschen, dass er anscheinend nicht bemerkt, dass ich mich absichtlich gebremst habe – ich habe in der Dunkelheit etwas gesehen.

Und bei dem Gezanke hat niemand die Schritte gehört.

Jetzt strömen sie mit gezogenen Schwertern in den Raum.

Und es sind viele.

So viele Mädchen.

Manche kenne ich, manche nicht – Helena hat sie alle trainiert.

Sie sind zurückgekommen, für uns.

Und gleichzeitig sehe ich, was mir die ganze Zeit gefehlt hat – einen hellen goldenen Strang, biegsam und lebendig vor lauter Möglichkeiten. Ich brauchte ein Fundament, auf dem ich bauen kann – und das ist es. Jetzt kann ich anfangen zu weben.

Ich drehe mich zu Helena um, und die Musen werden ihren Gesichtsausdruck besingen – diese wunderbare Mischung aus Erleichterung, Stolz und Triumph.

Die Mädchen verteilen sich im Raum, Andromache ist die Erste, sie wirft uns ein breites Lächeln zu. Nach ihr kommen Herophile, Klymene, Aithra, Ligeia, Agata und noch mehr. So viele mehr.

Ich bin halb hier, halb im Gewebe der Prophezeiung. Meine Hände sind noch gefesselt, aber es ist egal – im Kopf greife ich danach, spüre, wie es zum Leben erwacht, und fange hastig an, Fäden hineinzuweben, die alles zusammenhalten.

Das Pferd, die Männer darin, und ich kann zwar die Vergangenheit nicht weben, aber ich kann daran ziehen und sie in die Zukunft dehnen, sie über diese ausgefransten Ränder ziehen. Es ist gar nicht viel anders als bei unseren Leuten, die sich in den hölzernen Statuen verstecken! Das sage ich dem Gewebe, flüstere es ihm zu, als wäre es so lebendig, wie es sich oft anfühlt, und dann spüre ich einen zweiten Faden, der sich in meinen Hän-

den löst: unsere Leute, die sich verstecken. Ich benutze ihn, um die Lücke zu füllen. Ganz langsam beruhigen sich die bebenden Stränge der Prophezeiung.

Die Männer erschrecken und ziehen schnell selbst ihre Schwerter, aber keiner tritt vor, um zu kämpfen.

»Das ist lächerlich«, sagt Agamemnon. »Legt sofort die Waffen nieder, ihr dummen Weiber, ihr wisst nicht, wie ...«

Wir finden nie heraus, wo das hingeführt hätte, weil ein Mädchen vorstürmt und ihn mitten im Satz durchbohrt.

Sie atmet schwer und starrt den Mann an, der die Hände auf das Loch in seinem Bauch presst. Diese Männer wurden so lange von den Himmeln beschützt – es gab so viele wundersame Heilungen, so oft ist es noch einmal gut gegangen. Ohne die Götter fallen sie so leicht.

Das Mädchen wirft ihre Haare zurück, und ich erkenne ihre smaragdgrünen Augen. *Briseis*. Die Königin, die Achilles als Kriegsbeute nahm – und die Agamemnon ihm dann entrissen hat, als er seine eigene Gefangene aufgeben musste.

Die anderen Männer halten die Waffen kampfbereit vor sich, aber Odysseus hebt die Hand.

»Ich denke, wir sind uns alle einig, dass er es verdient hat.«

Keiner der Männer widerspricht. Nur Agamemnon unterstreicht das Argument, indem er stöhnend vornüberkippt.

Ich bin mir nicht sicher, ob Klytaimnestra erfreut sein wird, wenn sie davon erfährt, oder erschüttert, weil sie ihm den Todesstoß nicht selbst versetzen kann.

»Ihr könnt ihn retten, wenn ihr sofort geht«, sagt Helena mit einem angewiderten Blick.

Agapenor beachtet sie gar nicht und wendet sich Odysseus zu. »Willst du ernsthaft vorschlagen, mit einem Haufen Frauen und Mädchen einen Waffenstillstand zu schließen?«

»Liegen da nicht zwei Leichen auf dem Boden, die nahelegen, dass wir uns von ihnen fernhalten sollten? Es braucht nur einen Glückstreffer.«

»Ich bin noch nicht tot«, stöhnt Agamemnon. »Und ich werde ...«

»Sterben?«, schlägt Briseis mit absolut liebreizender Stimme vor.

Ich sehe Fäden voller Möglichkeiten – angrenzende Stränge, die nie eingetretene potenzielle Zukünfte enthalten, manche mit Menelaos' Tod, manche mit dem von Agamemnon, und ich zupfe sie heraus, um sie in den zerfaserten Knoten dieses Augenblicks zu weben.

Odysseus dreht sich zu den versammelten trojanischen Mädchen um und fragt in unserer Sprache: »Was wollt ihr?«

»Kassandra und Helena«, antworten sie.

Odysseus lächelt, als er merkt, dass es keine eindeutige Anführerin gibt.

»Nehmt eure Prinzessin, und wir behalten unsere. Das ist fair, oder?«

Ich entdecke ein Mädchen, das nicht älter als dreizehn sein kann und das sich hinter dem Rücken der Männer zu Helena schleicht, ihr etwas in die gefesselten Hände legt und dann zu den anderen zurückhuscht.

Niemand scheint es zu bemerken.

Ich greife in den ursprünglichen Knoten und finde alles, was so bleibt, wie es ist – das Pferd durch die Tore, die Götter, die sich zurückziehen, die brennende Stadt. »Komm schon«, *flüstere ich.* »Das passiert gerade, reicht das nicht?« *Die Fäden dehnen sich unter meiner Berührung, werden robuster, metallisch. Die Prophezeiung zittert noch, aber ist jetzt ruhiger.*

Die Frauen denken gar nicht über Odysseus' Vorschlag nach, was ich zugegebenermaßen befürchtet hatte.

Aber sie sind nicht zurückgekommen, weil sie ihre Prinzessin vermissen und weil ein Mitglied ihrer Königsfamilie gerettet werden muss. Sie haben die Frauen vermisst, die ihre Flucht organisiert haben, die ihnen beigebracht haben zu kämpfen, *ihre Freundinnen.*

Und was das angeht, schulden sie Helena sehr viel mehr Loyalität als mir.

»Wir nehmen beide mit oder wir töten euch«, sagt Herophile und stolziert nach vorn. »Das sind eure Möglichkeiten.«

»Wir können auch beides tun«, schlägt Andromache vor und richtet einen Speer auf die Männer.

Ich finde Zukünfte, die noch eintreten müssen, die aber sehr ähnlich sind – in Argos bewaffnen sich nach einer großen Schlacht die Frauen und die Alten und wehren die Angreifer ab. Über die Jahrhunderte stellen sich in Dutzenden Städten Frauen auf die Dächer und bewerfen die Invasoren mit Ziegeln. Und Aeneas segelt nach Italien mit einer Handvoll überlebender Trojaner – was ist das hier, wenn nicht noch mehr davon? Ich leihe mir diese Fäden und nutze sie, um diesen Augenblick zu flicken.

Und endlich, endlich setzt sich die Prophezeiung in der Zukunft ab, die wir geschaffen haben und die ich gewebt habe. Denn die Prophezeiung gehört mir, und die Zukunft gehört uns, und ich werde sie so gestalten, wie es mir richtig erscheint.

»Wir könnten Helena gar nicht freilassen – unsere Leute würden euch über das Meer verfolgen«, sagt Odysseus.

»Wir haben eure Schiffe.« Andromache lächelt. »Und wir werden sehr weit weg sein. Euch fällt sicher etwas ein, um sie zu besänftigen.«

»Vielleicht war ich nie wirklich hier«, sagt Helena. Mit dem Fuß stupst sie die Leiche ihres Mannes an. »Vielleicht war ich nur ein Hirngespinst, das die Götter sich ausgedacht haben, und Menelaos und ich sind in diesem Moment ganz woanders. Ägypten ist sehr schön um diese Jahreszeit.«

»Du bist nicht halb so schlau, wie du denkst, und du gehörst uns«, beharrt Odysseus.

Herophile betrachtet ihn mit einem grausamen und herablassenden Grinsen, und es fühlt sich herrlich an, einmal nicht das Ziel davon zu sein. »Zum Glück haben wir das nicht als Frage gemeint.«

In diesem Moment hat Helena sich von ihren Fesseln befreit, und innerhalb von Sekunden rammt sie dem Mann, der sie festhält, eine so kleine Klinge in den Hals, dass ich sie kaum sehen kann. Blitzschnell dreht sie sich zu dem Mann daneben um und befreit mich aus dem Griff meines Bewachers.

Meine Fesseln werden durchgeschnitten, und ich ziehe mir den Knebel aus dem Mund und drehe mich zu den verbleibenden Männern um: die Könige und ein paar ihrer Soldaten heben die Hände und ergeben sich.

»Wenn ihr nach Griechenland zurückkehrt«, sagt Helena und streift den Rest der Fesseln von den Handgelenken, »und sie fragen, was mit mir passiert ist, sagt ihnen, dass ich jetzt mir selbst gehöre.«

Odysseus lacht. »Glaubst du das wirklich? Der Krieg geht weiter, und ihr wollt zu den Schiffen laufen? Ihr kommt niemals an unseren Armeen vorbei.«

Briseis dreht sich um, wirbelt die blutige Klinge in ihren Händen herum wie den Taktstock einer Tänzerin und grinst zuckersüß. »Eure Armeen kämpfen gegeneinander. Ich meine, ernsthaft, all die griechischen Völker, all die Geschichten vom Krieg, und ihr habt gedacht, das würde halten, wenn sie eine leere Stadt vorfinden? Ohne den Feind, der euch geeint hat, ohne ein einziges Juwel aus dem trojanischen Schatz, wegen dem sie von so weither gekommen sind? Jeder kämpft gegen jeden, und griechisches Blut fließt in Strömen. Mir scheint, es wird spielend leicht, zu den Schiffen zu kommen.«

77

KASSANDRA

Wir laufen hinaus auf die verlassene Straße und Helena findet mich und nimmt meine Hand.

Das Feuer hat sich ausgebreitet, hat ganze Straßenzüge erfasst, und der dichte Rauch verbirgt das Chaos vor unserem Blick. Helena und ich rennen Seite an Seite. Wir erreichen die Stadtmauern, und die Mädchen machen einen großen Bogen um das Geschrei und die Kämpfe und führen uns zu den gestohlenen Schiffen, die an der Küste warten. Sie werden von einer Reihe Soldaten gesichert, Deiphobos steht ganz vorn.

»Das wurde aber auch Zeit!«, ruft er mit einem breiten Grinsen im Gesicht.

Wir waten durch das kalte Wasser und werden auf die hölzernen Planken hochgezogen, die Soldaten springen nach uns an Deck. Direkt vor mir steht eine Statue: Daphne. Die Arme der Nymphe formen sich um zu Ästen mit flatternden Blättern daran, sie ist mitten in der Verwandlung in einen Baum dargestellt, um Apollons Avancen zu entgehen. Ich hatte immer Mitleid mit ihr, aber jetzt sehe ich nur das Bewundernswerte: dass sie in ihren letzten Momenten entschieden hat, ihn zu kränken.

Helena zieht mich auf die Füße, drückt ihre kalten Lippen auf meine, ohne sich um die Leute zu kümmern, ohne sich um irgendetwas anderes zu kümmern als um die bloße Tatsache, dass wir zusammen sind. Sie nimmt mein Gesicht in ihre Hände, und ich spüre, wie sie zittert – und nicht vor Kälte, glaube ich, sondern vor Erleichterung. Ich umarme sie fest und weiß nicht, ob ich sie je wieder loslassen werde.

Das Schiff legt ab, und ich blicke hoch zur Stadt. Die Flammen lecken an den Himmeln, aber die Götter sind natürlich nicht da. Die beobachten alles vom Berg am Horizont aus.

Wahrscheinlich sind sie fuchsteufelswild.

Aber Troja ist untergegangen, genau wie sie es wollten.

Ich schließe die Augen und spüre, wie die Zukunft endlich zur Ruhe kommt.

Die Kämpfe hören auf und die übrig gebliebenen Griechen stellen fest, dass sie hier gestrandet sind und die Asche der Stadt ihnen die Luft zum Atmen nimmt bei ihrem Kampf ums Überleben. Unter ihnen ist auch Apollon. Seine Abwesenheit auf dem Berg Ida wurde bemerkt, und wie praktisch, dass man nun jemandem die Schuld für alles geben kann. Apollon hat sich eingemischt, Zeus' Wille wurde missachtet. Und seine Strafe ist es, Schiffe für die Achaier zu bauen, so wie er einst unsere Mauern gebaut hat.

Unsere Nachbarländer werden ahnen, wie schwach die Achaier sind, sie werden kommen und zu Ende bringen, was wir begonnen haben, und die Götter werden ihr Bestes geben, um sie in Schach zu halten: Im Gebirge werden Felsen herabstürzen, Wellen werden ganze Schiffe verschlingen; unter den angreifenden Armeen werden Krankheiten wüten. Trotzdem werden einige durchkommen. Die Kämpfe werden wirklich zehn Jahre dauern.

Die Achaier werden erst lange Zeit später nach Hause zurückkehren.

Die Götter werden Gerüchte verbreiten, warum das so ist: Stürme und Gezeiten, sehr viele werden in fernen Ländern angespült oder stranden auf einsamen Inseln.

Aber wir segeln weg von alldem.

Aeneas wird uns anführen, seine Mutter hält die anderen Götter fern, so gut sie kann, und verbreitet Gerüchte über die tragische Liebe zwischen Paris und Helena, eine Liebesgeschichte, die sie für die Ewigkeit niederschreiben lassen wird.

Wir versuchen es mit ein paar Flecken an der italienischen Küste. Und endlich finden wir ein neues Land, schön und fruchtbar – einen Ort, an dem die Götter nicht verehrt werden. Wo sie uns nicht schaden können.

Ich sehe mich an einem Sandstrand tanzen, sehe meine Schwestern barfuß und lächelnd. Ich schwimme unter den Wellen, knüpfe Fallen für Fische, sorge für die, die ich liebe. Ich lese in der Sonne, und dann schreibe ich auch, halte unsere Geschichte fest für die Zeit, wenn die anderen versuchen, sie für uns zu schreiben.

Helena und ich finden neue Muster am Himmel. Wir hören nie auf, uns unter den Sternen zu umarmen.

Als ich zu mir komme, sehe ich zuerst die Sterne. Und dann sehe ich Helena, die sich über mich beugt und mich in den Armen hält.

Das Boot schaukelt. Ich kann noch den Rauch der brennenden Stadt riechen, aber sie ist schon viele Kilometer weit weg.

»Und?«, fragt sie, hilft mir hoch und hält meine Hand, und ich muss mich nicht fragen, ob dies die letzte Chance sein könnte, sie noch einmal zu berühren. Jahre liegen vor uns. Wir haben Zeit, so viel davon.

Und ich muss die Zukunft nicht länger fürchten, so viel Macht habe ich über ihre Stränge.

Blinzelnd vertreibe ich die vagen Visionen von dem, was vor uns liegt: *meine lächelnden Eltern, meine lachenden Geschwister, Helena an meiner Seite.*

Ich könnte mich verlieren in Visionen von einer solchen Zukunft.

Aber ich habe genug Zeit verbracht in den Prophezeiungen von dem, was kommen wird.

Ich ziehe Helena an mich, und ihr von der salzigen Meerluft feuchter Körper schmiegt sich an meinen. Sie ist so schön, umrahmt von der brennenden Stadt und von den Sternen, die unsere Zeugen sind.

»Wir verdienen ein ganzes Leben«, sage ich. Und es ist nicht einfach nur eine Erklärung und auch nicht das Echo der Worte, die sie einmal gesagt hat. Solange meine Finger im Gewebe der Prophezeiung verwickelt sind, ist es ein Versprechen.

Es ist Zeit, meine Zukunft nicht länger zu betrachten – sondern sie einfach zu leben.

DANKSAGUNG

Danke dafür, dass ihr mich in meiner blauen Phase begleitet. Dies ist in vielerlei Hinsicht mein Herzensbuch, und ich habe ganz unglaubliches Glück, dass so viele Menschen so viel Liebe hineingesteckt und es möglich gemacht haben, dass ihr es jetzt in der Hand haltet.

Ich danke wie immer Hannah Schofield, die sich unermüdlich für meine Bücher einsetzt. Ich kann gar nicht genug betonen, dass dies ohne ihre Kompetenz – und ohne ihre aufmunternden Worte und ihre Bestätigung – nicht das Buch wäre, das es ist.

Ich danke meinem Team bei Penguin, vor allem Harriet Venn, Stevie Hopwood, Naomi Colthurst und Jenny Glencross. Ich könnte mir keine besseren Unterstützerinnen für mein Schreiben wünschen, und ich bin so dankbar, dass sie mit derselben Begeisterung bei *Princess, Prophet, Saviour* dabei waren wie bei *Girl, Goddess, Queen*.

Das Buch wäre nicht möglich ohne die harte Arbeit vieler Menschen, also danke ich: Amy Strong, Faith Young, Natasha Devon, Jane Griffiths, Jan Bielecki, Candy Ikwuwunna, Shreeta Shah, Will Skinner, Jacqui McDonough, Anna Bilson, Eleanor Updegraff, Helen Gould, Stella Newing, Alice Grigg, Maeve Banham, Clare Braganza,

Stella Dodwell, Susanne Evans, Beth Fennell, Magdalena Morris, Rosie Pinder, Millie Lovett, Zoya Ali, Chloe Traynor, Ellie Williamson, Kat Baker, Brooke Briggs, Toni Budden, Ruth Burrow, Aimee Coghill, Nadine Cosgrove, Sophie Dwyer, Nekane Galdos, Michaela Locke, Eleanor Sherwood, Rozzie Todd, Becki Wells, Amy Wilkerson, Alicia Ingram, Sarah Doyle, Desiree Adams, Jenna Sandford, Mary O'Riordan, Sarah Hall, Rih Donald, Arienne Huisman und Eline Berkhout.

Ich danke meinen internationalen Verlagen und den Buchhändlerinnen und Buchhändlern, den Bibliothekaren und Bibliothekarinnen und den Bloggerinnen und Bloggern, die *Princess, Prophet, Saviour* erwähnt haben. Und ich danke Pablo Hurtado de Mendoza für die großartigen Illustrationen, die das Buch so wunderschön machen.

Dank an meine Erstleserinnen, die mir dabei geholfen haben, das Buch vollkommener zu machen, und auch daran zu glauben: Sara Adams, Anna Muradova, Izzy Everington und Laura Steven. Und natürlich danke ich Liberty Lees-Baker, der ersten Freundin, die je ein Buch von mir gelesen hat und die mich ermutigt hat, mehr zu schreiben.

Ich danke allen, die mich auf diesem Weg unterstützt haben: Laura Ray, Jessica Rome, Megan Salfairso, Eleanor Brown, Dora Anderson-Taylor, Amanda Wood, Kristina Jones, Claire Kingue, Aoife Prendiville, Fraser Wing, Laura Grady, Saoirse McGlone, Hannah Ainsworth, Annie Gardiner-Piggott, Isabel Lewis, Natalie Warner und Sophie Eminson.

Ich danke meiner Familie, vor allem Amy Fitzgerald – einmal mehr tut es mir leid, dass ich die Latte für schwesterliche Konkurrenz so hoch gelegt habe, aber du hast einen Hund, also hast du sowieso gewonnen, und danke, dass du das Buch trotzdem liest. Und auch Carol Welsford, die immer so interessiert war an diesen Büchern und die wir so sehr vermissen.

Ich danke Whoopi Goldberg, weil »Ich will niemanden in meinem Haus haben!« genau trifft, worum es beim Trojanischen Krieg ging, und weil es, ehrlich gesagt, absolut Kult ist.

Und am Ende danke ich allen, die sich die Zeit nehmen, meine Bücher zu lesen. Die größte Freude dabei, diese Geschichten zu teilen, ist die Community, die ich gefunden habe. Weil wir zusammen ein bisschen lauter sind.

QUELLENVERZEICHNIS

Aischylos: *Die Orestie,* neu übersetzt von Kurt Steinmann, Reclam 2016
Zitat S. 531: S. 20, Vers 338–40
Zitat S. 471: S. 50, Vers 1085–1087

Euripides: *Iphigenie in Aulis,* Ü. v. Friedrich Schiller
Zitat S. 110: 5. Akt, 3. Auftritt

Euripides: *Die Troerinnen,* nach einer Übersetzung von J.J. Donner und der Bearbeitung v. Richard Kannnicht, neu hrsg. und eingeleitet von Bernhard Zimmermann, Kröner, 3. Aufl. 2016.
Zitat S. 114: Z. 368

Homer: *Ilias,* Manesse 2017, Übersetzung Kurt Steinmann
Zitat S. 215: Gesang 4, Vers 174–175
Zitat S. 251: Gesang 10, Vers 37–38
Zitat S. 206: Gesang 13, Vers 56

Marlowe, Christopher: Die tragische Historie vom Doktor Faustus, (Ü: Adolf Seebaß), Reclam 1964, 2008
Zitat S. 186: 5. Akt 14. Szene, S.67.

Shakespeare, William: Troilus und Cressida. Neu übersetzt von Friedrich Gundolf. Georg Bondi 1921
Zitat S. 402: Akt 4, Szene 5

Autorin

Wenn sie nicht gerade schreibt, unterhält Bea Fitzgerald ihre mehr als 100 000 Follower auf TikTok mit Comedy-Clips über griechische Götter oder vernetzt sich mit anderen BookTokern. GIRL, GODDESS, QUEEN ist ihr Debüt.

Von Bea Fitzgerald ist bei cbj erschienen:
Girl, Goddess, Queen. Mein Name ist Persephone (18098)
Princess, Prophet, Saviour. Kassandra, die Prophetin, der keiner glaubt (18098)

Übersetzerin

Inka Marter hat Spanisch und Lateinamerikanistik studiert, und statt an der Uni zu bleiben, ist sie nach der Promotion lieber Übersetzerin geworden. Seit 2009 übersetzt sie Liebesromane, Krimis und den einen oder anderen literarischen Titel aus dem Spanischen und Englischen. Sie lebt in Hamburg.

Mehr zu unseren Büchern auch auf Instagram

Bea Fitzgerald
Girl, Goddess, Queen – Mein Name ist Persephone

496 Seiten, ISBN 978-3-570-18098-3

Persephones Rebellion gegen den Olymp – mit dem heißesten Gott der Unterwelt

Persephone wurde nicht geraubt, sie ist in die Unterwelt geflohen. Dort hat weder ihr Vater Zeus noch ihre Mutter Demeter Macht über sie. Um keinen Preis will sie an irgendeinen Gott verheiratet werden, der sich selbst mehr liebt als sie. Jetzt muss sie den abweisenden und unerwartet attraktiven Hades davon überzeugen, mit ihr gemeinsames Spiel zu machen. Persephone hat einen Plan, der den Olymp bis ins Mark erschüttern wird …

cbj
www.cbj-verlag.de

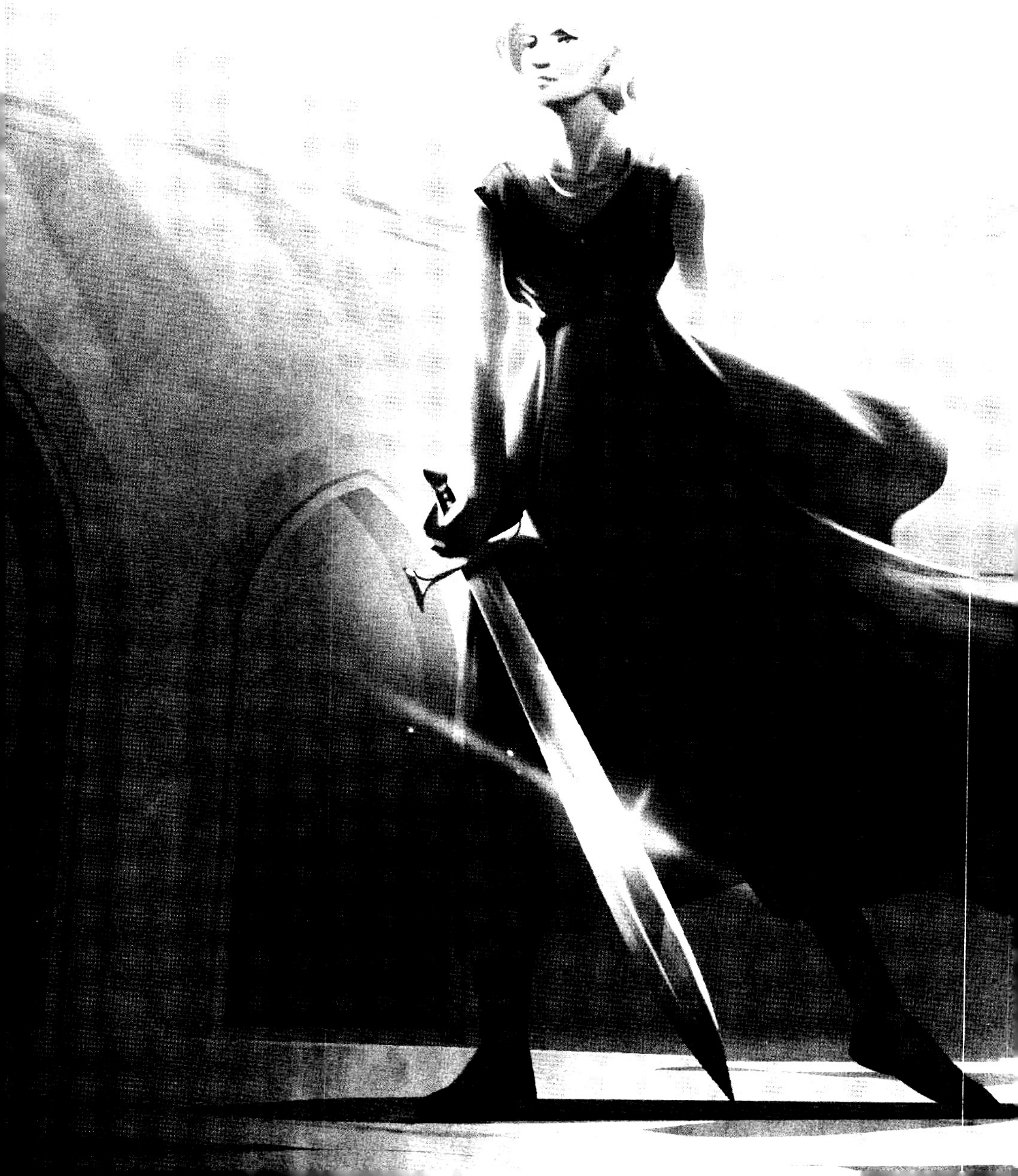